TÖDLICHES GLEICHGEWICHT

SÖHNE DES SURVIVALIST
BUCH 2

CHERISE SINCLAIR

VanScoy Publishing Group

@ Deutsche Ausgabe: FP Translations; 2024
@ Originalausgabe: *Lethal Balance* by Cherise Sinclair; 2019
Published by VanScoy Publishing Group
ISBN: 978-1-947219-56-4

Dieses Buch enthält explizite Darstellungen sexueller Handlungen und ist nicht für Leser unter 18 Jahren geeignet!

Lektorat: Christian Popp

Coverdesign: Bianca Sommerland

PROLOG

Vor 23 Jahren

I*n deiner dunkelsten Stunde, wenn die Dämonen kommen, melde dich bei mir, Bruder, und wir werden sie gemeinsam bekämpfen. - Unbekannt*

Er war ein beschissener Sohn. Und Bruder.

Miguel Ramirez, jetzt Cazador genannt, saß auf einem moosbedeckten Baumstamm und tauchte einen Zweig in den Bach. Winzige Fische knabberten an der Rinde, bevor sie davon sausten. Verschwanden.

So wie Mamá und Rosita. Denn sie waren gestorben.

Die Schreie seiner kleinen Schwester erfüllten immer noch seine Albträume.

Caz schlug mit der Faust auf seinen Oberschenkel, bis sein Bein schmerzhaft pochte. Und es sollte wehtun. Hätte er nach der Schule nicht Fußball gespielt, wären sie vielleicht noch am Leben. Vielleicht hätte er diesen Mann davon abhalten können, Mamá zu erschießen.

Vielleicht, vielleicht, vielleicht.

Er hatte Rosita gesagt, die Türen zu verriegeln. Gesagt, gesagt, gesagt. Er hatte Mamá gesagt, sie solle dafür sorgen, dass ihr niemand von der Arbeit in der Bar nachhause folgte. Ein kleines Schluchzen bahnte sich einen Weg durch seinen Körper. *Ich hab's versucht.* Sein Versuch war nicht genug gewesen. Dieser Mann hatte sie erschossen. Mamá und Rosita waren nicht mehr am Leben.

Bevor Papá ging, hatte er gesagt, dass Miguel nun der Mann des Hauses war. Eine Träne fiel auf seine Jeans, ein dunkler Fleck. Er hatte Papá enttäuscht, hatte sie alle enttäuscht.

Nun hatte Miguel eine neue Familie. Und einen neuen Namen. Cazador. So wie Kana jetzt Bull war und Derek nun Hawk. Gabe blieb Gabe, der sture Kopf!

Mako hatte sie gerettet.

Als der Pflegevater versucht hatte, böse Dinge mit Hawk zu machen – die Hose bereits heruntergezogen und alles –, hatten sich Gabe, Bull und Cazador auf ihn gestürzt. Ein großer Mann – Mako – hörte sie schreien, kam in die Wohnung und beendete alles, indem er den Pflegevater mit einem Schlag ausschaltete. Als Caz und die anderen sich der Tür näherten, um auf die Straßen zu fliehen, fragte Mako, ob sie mit ihm gehen wollten. Er hatte gesagt, er würde sie großziehen, wenn es das war, was sie wollten.

Cazador sah sich um. Alles, was er sehen konnte, waren Bäume. Alles, was er hören konnte, war das tiefe Gurgeln des Flusses. Kein Wunder, dass Mako meinte, das Jugendamt würde sie nicht finden. Nicht hier in Alaska und mitten im Nirgendwo.

Caz wollte die anderen Jungs oder Mako nicht mögen. Keinen von ihnen. Sie würden wahrscheinlich genauso sterben, da er sie nicht beschützen konnte. Schließlich war er der Kleinste. Hawk nannte ihn *Das Baby*, da Cazador erst acht Jahre alt war. Neun, ab heute.

Der dumme neunjährige Hawk war nicht so cool, wie er gerne

vorgab, wenn man bedachte, wie bitterlich er nachts weinte. Als Gabe versuchte, mit ihm darüber zu sprechen, hatte ihn der *Pendejo* geschlagen. Caz schnaubte. Mit einem Schlag hatte Gabe Hawk anschließend auf seinen Arsch befördert.

Gabe war in Ordnung. Er war zehn, und alle taten, was er sagte. Denn er schien immer zu wissen, was zu tun war.

Hawk war ein Dummkopf. Na ja, vielleicht auch nicht. Er war in den Fluss gesprungen und hatte ein Rehkitz gerettet, dessen Bein stecken geblieben war. Caz hätte es getan, aber er konnte nicht schwimmen. Seine Schultern sackten zusammen. Hawk war nicht der einzige Dummkopf.

Und im Gegensatz zu den anderen hortete Hawk seine Süßigkeiten, obwohl er letzte Woche jedoch einen Schokoriegel mit Caz geteilt hatte. Ja, manchmal war er in Ordnung.

Bull war stets gut drauf. Immer lachte er oder erzählte Witze. Nur hatte er auch ein Temperament. Er hatte Gabe gegen einen Baum geworfen, als dieser ihn immer wieder geneckt hatte. Manchmal zeigte sein Gesicht Traurigkeit, und dann lief er einfach zum Fluss und starrte auf das Wasser.

So wie Caz es jetzt tat.

Hinter Caz war ein Knacken zu hören. Er zuckte zusammen und drehte sich um.

Kein Bär. Es war Mako – der fast so groß war wie ein Bär. Der Sarge machte im Wald nie Geräusche. Er musste absichtlich auf einen Ast getreten sein, um Caz wissen zu lassen, dass er sich näherte. Er trug zwei Angelruten und eine Kühlbox.

Caz runzelte die Stirn und wandte sich ab. Dennoch hoffte er, dass Mako blieb.

Und das tat er.

Der Baumstamm senkte sich, als sich der Sarge neben Caz niederließ und ihm so das Gefühl gab, noch kleiner zu sein. Mako war groß und riesig und muskulös. Sein wirklich kurzes Haar wurde langsam grau und seine Haut war mit Falten durchzogen, fast so dunkel gebräunt wie die von Caz. Seine Augen waren blau und furchteinflößend, als hätte er in seinem Leben schon schlimme Dinge gesehen. Da er viele Jahre als Soldat gearbeitet hatte, so war die Wahrscheinlichkeit dafür sehr groß.

„Dein Essen steht immer noch auf dem Tisch, Junge."

Caz zuckte mit den Schultern, obwohl sein Magen knurrte.

„Ganz ehrlich, das ist mir neu, wegen eines Geburtstagskuchens verärgert zu sein." Mako brachte einen Köder an den Angelhaken an und warf die Rute aus. „Hat Gabe den falschen Tag erwischt?"

„Nein." Mit zusammengezogenen Augenbrauen hob Caz die andere Rute auf und brachte den Köder an. Erst vor kurzem hatte er gelernt, wie das ging. Es gab zu viele Dinge zu lernen. Sein Englisch war auch immer noch beschissen, vor allem, wenn er versuchte, schnell zu sprechen. „Ist heute."

„Hat Bull deinen Namen falsch geschrieben?"

Cazador. Er bedeutete *Jäger* auf Spanisch. Er hatte ihn gewählt, als Mako den Jungs sagte, dass sie neue Namen brauchten, falls jemand nach ihnen suchte. Obwohl Mako annahm, der Pflegevater in Los Angeles würde nur sagen, dass die Kinder weggelaufen waren. „Bull hat richtig geschrieben."

Bull war cool, und er mochte es, Menschen zu füttern. Er hatte den Kuchen gebacken und ihn sogar dekoriert.

Cazador hielt die Angelrute und runzelte die Stirn. Es war unhöflich gewesen, aus der Hütte zu rennen. Aus dem Augenwinkel versuchte er, zu beurteilen, wie wütend der Sarge war. Cool oder nicht, Mako ließ keinen Scheiß durchgehen. Gestern hatte Gabe die Fresse nicht halten können und wurde in den Fluss geworfen. Und das Wasser war im Moment eiskalt. „Ich ..."

Er konnte fühlen, als sich Mako zu ihm drehte. „Ja?"

„*No quiero* ... Ich will sie nicht mögen. Die Jungs. Ich will keine *familia*. Ich hatte *familia*, und sie ..."

„Sie sind gestorben?" Mako sagte nicht so einen Schwachsinn

wie „aus dem Leben geschieden" oder dass sie jetzt „im Himmel" waren. *Gestorben.*

Caz nickte. „*Mi hermana*, sie noch kleiner als ich. Ich konnten sie oder Mamá nicht beschützen."

„Was ist mit ihnen passiert?" Mako zog die Leine ein und warf sie wieder aus.

„Mamá und Rosita kommen mit Lebensmitteln nachhause, und der Mann kommt herein. Junkie." Der Fluss vor ihm färbte sich rot, dunkel und hässlich. „Ich komme rein. Höre es. Waffe." Die Waffe feuerte und Caz rannte ins Haus, in die Küche. Mamá lag auf dem Boden, und ihre rosa Bluse, ihre Lieblingsbluse, war ganz blutig. „Er schießt Mamá."

„Scheiße, das ist hart, Junge." Eine große Hand drückte seine Schulter, dann warf Mako erneut die Leine aus. „Es ist nicht einfach, wenn so ein Mist aus heiterem Himmel passiert."

Caz sah es direkt vor sich, wie in seinen Albträumen, als er sich ein Messer vom Tresen geschnappt und auf den Junkie zugerannt war.

Die Worte kamen langsam heraus: „Ich nehme Messer und …" Er schüttelte den Kopf, als die Worte in der fremden Sprache nicht kommen wollten. Aber Mako sollte mittlerweile wissen, was für ein Verlierer Caz war. Wenn er Caz zurück nach L.A. schicken würde, wusste Caz, dass er das verdient hätte.

„Ja? Messer gegen Pistole – die Pistole gewinnt normalerweise."

Die Waffe hatte dieses Geräusch wieder gemacht, wie ein Feuerwerkskörper, und sein Kopf hatte plötzlich wehgetan. „Er schießen mich." Caz berührte die Seite seines Kopfes, die lange Narbe der Kugel, die seine Haut und Haare gestreift hatte. „Ich gefallen und er schießt Rosita."

Weil Cazador ein Versager war.

Das Grunzen von Mako klang schmerzhaft.

Caz hielt sehr still und stellte die Frage, die er noch nie

jemand anderem stellen konnte: „Haben er sie wegen mir erschossen?" War es seine Schuld?

Ein kratzendes Geräusch war zu hören, als Mako sein Kinn rieb. Er rasierte sich jeden Morgen, aber seine Stoppeln tauchten schnell wieder auf. Er schüttelte den Kopf. „Das bezweifle ich, Caz. Nachdem er deine Mutter erschossen hatte, konnte er keine Zeugen zurücklassen. Nicht dich, nicht deine Schwester. Und ein Junkie? Höchstwahrscheinlich hat er auf alles in Sichtweite geschossen."

„Oh." Der schmutzige Knoten in seiner Brust löste sich ein wenig. Aber hätte er sich schneller bewegt, wären sie vielleicht noch am Leben. Sein Versuch war nicht ... genug gewesen.

Mako warf die Leine erneut aus, dieses Mal in ruhigeres Wasser unter einem Baum. „Klingt, als wärst du heute weggelaufen, weil du keine Familie willst. Zumindest keine, die du beschützen musst."

„Sí."

„Das verstehe ich." Mako hob den Kopf und betrachtete ... etwas.

Caz folgte seinem Blick. Weite schwarze Flügel am blauen Himmel. Weißer Kopf. Ein Adler.

„Frauen und Kinder ... Ein Mann tut alles, um sie zu beschützen. Für sie existieren wir."

Caz nickte. Das war es, was er in seinem Herzen trug. Was er noch nie in der Lage gewesen war, laut auszusprechen.

„Wir haben hier keine Frauen oder Kinder", sagte Mako.

Was waren Hawk und Gabe und Bull? Und Caz? „Ich bin neun."

„Du und die anderen Jungs seid keine Kinder – nicht mehr."

Es verdad. Das stimmte. Das Leben auf der Straße veränderte ein Kind.

„Wenn ich mit dir fertig bin, wird es verdammt viel brauchen, dich zu töten." Mako holte den Haken zu sich und erhob sich.

„Ein Mann braucht sein Team hinter sich. Es könnte dich schlimmer treffen als mit Hawk, Gabe und Bull."
Die anderen drei Jungs. Seine Rückendeckung. Von ihnen bewacht, während er sie bewachte. Das hatten sie bereits mit diesem Perversling unter Beweis gestellt. Keine Familie – ein Team.

„*Sí.*" Nein, er musste Englisch benutzen. „Ja." Er blickte auf. „Ist Kuchen übrig?"

„Oh ja." Mako zog ihn auf die Füße. „Lass uns Kuchen essen."

KAPITEL EINS

23 Jahre später

Ihm die Kehle durchzuschneiden, ist nur ein kurzes Vergnügen und wird dazu führen, dass über dich gesprochen wird. ~ Robert Heinlein

Nachdem Cazador seine Klinik für die Nacht geschlossen hatte, ließ er sich im Roadhouse seines Bruders an seinem Lieblingstisch nieder, um sich ein wohlverdientes Bier zu gönnen. Der große Barraum fühlte sich im Gegensatz zu der zunehmenden Kälte eines alaskischen Herbstes wirklich gut an, und bei den köstlichen Düften aus dem Restaurantbereich wünschte er sich, er hätte früher Feierabend gemacht. Bull und seine Köche waren verdammt talentiert.

Noch besser war, dass Caz für den Abend eine wunderschöne Frau gefunden hatte. Er lächelte die hübsche Brünette an seinem Tisch an. Nette Gespräche, ein gutes Bier, und später vielleicht ein bisschen Spaß der horizontalen Sorte. Das perfekte Rezept für Zufriedenheit. Flüchtig, aber so wollte es Caz. Keine Komplikationen, keine Verstrickungen, keine Beziehungen.

„Bitte geh mir aus dem Weg." Die Stimme eines jungen Mannes erhob sich über dem Lärm im belebten Barraum.

Caz drehte sich um.

Felix, einer der Kellner, wurde von zwei Idioten belästigt. Vom Gestank zu urteilen, waren sie wahrscheinlich Fischer.

„Sieh dir den hübschen Jungen an. Ich denke, du solltest nach San Francisco zurückkehren oder wo auch immer du herkommst." Der große kahlköpfige Betrunkene packte Felix' glitzerndes violettes Hemd und gab ihm einen Stoß.

Felix stolperte einen Schritt zurück.

Der bärtige, kräftig gebaute Mann folgte und schnappte sich ein Bier von Felix' Tablett. „Danke, hübscher Jüngling. Das schätze ich."

Felix warf einen Blick zur Bar, Caz' Bruder Bull jedoch war nicht zu sehen. Wahrscheinlich im Lager.

Caz zog die Augenbrauen zusammen. Seine schwarze Liste war kurz, aber Fanatiker und Mobber standen ganz weit oben. Außerdem betrachtete sein Bruder seine Angestellten als Familie – was sie auch zu Caz' Familie machte.

Er erhob sich und tätschelte die Hand der hübschen Brünetten. „Entschuldige mich kurz. Ich bin sofort wieder bei dir."

Ohne auf ihre Antwort zu warten, lief er zu Felix und lächelte die beiden Mobber höflich an. „Lasst das Personal bitte in Ruhe."

Der kahlköpfige Kerl lehnte sich vor, schlammbraune Augen verengten sich vor Wut. „Halt dich da raus, Bohnenfresser. Oder kommst du deinem kleinen Freund zur Rettung?"

An einem Tisch in der Nähe entließ Zappa von der Tankstelle ein Schnaufen. „Alter, was hast du geraucht? Der Doc geht durch Frauen wie ein Bär durch Heidelbeeren. Etwas, was *dir* wohl für immer verwehrt bleiben wird."

Leider ging Dummheit Hand in Hand mit Vorurteilen, und solche Typen wussten nicht mal, wie man *Logik* buchstabierte.

Er würde es noch einmal versuchen. „Meine Herren, wenn ihr

das Bedienpersonal belästigt, werdet ihr rausgeschmissen. Nur eine Warnung."

„Ich höre nicht auf Leute wie dich. Zieh ab." Der Kahle rammte seine Hand in Caz' Schulter und drückte ihn einen Schritt zurück.

Na bitte, der Kahle hatte es zuerst gewagt, ihn zu berühren. Einen Bruder zu haben, der Polizeichef war, bedeutete, dass Caz sich normalerweise bemühte, nicht die Fassung zu verlieren.

Er taumelte einen Schritt nach hinten. Dann stieß er – aus Versehen natürlich – hart genug gegen Felix' Tablett, sodass die Drinks auf den Tyrannen landeten.

Als sie in nasser Empörung herumbrüllten, sagte Caz zu Felix: „Geh und hol Bull, *sí?*" Das würde den jungen Mann aus der Gefahrenzone bringen.

„Du Wichser." Der Sack mit seinem fetten Bierbauch war durchtränkt mit Bier und präsentierte ein dunkelviolettes Gesicht. Bluthochdruck. Gerade dachte Caz noch, dass der Kerl Medikamente einnehmen sollte, da holte er mit der Faust nach Caz aus.

Caz duckte sich, trat näher und schlug zu. Seine Faust sank fast bis zur Wirbelsäule des *Pendejo*. Erbärmlich. „Du solltest Sit-ups machen", riet Caz, als sich der Mann vor Schmerzen krümmte und laut keuchte.

„Verfluchter Bohnenfresser!" Der Kahle zog eine lange Klinge aus der Scheide an seiner Hüfte und schwang damit wild um sich.

Caz tanzte zurück, trat einen Stuhl gegen Kahlkopf, sodass dieser gegen die Baumstammwand zurückfiel.

Messer. Sie wollten mit Messern spielen ...

Entzückt schob Caz sein eigenes Messer aus der Scheide an seinem linken Handgelenk und warf es.

Ein dumpfes Geräusch.

Die Klinge nagelte einen Ärmel des Arschlochs an die Wand. Auf das Quietschen des Mannes folgte eine Reihe von Schimpfwörtern.

Jubel kam von den Einheimischen.

„Hey, der Doc spielt wieder mit Messern!"

„Es gibt mehr, wo das herkam, Arschloch."

„Mach weiter so, Doc!"

Es gab Nachteile, in einer kleinen Stadt zu leben.

Caz schüttelte den Kopf über die blutrünstigen Ratschläge, wohin er mit dem nächsten Messer zielen sollte, und blickte auf die verbliebenen sechs Klingen.

Bierbauch war wieder auf die Füße gekommen. Mit dem Blick auf den Boden und dem Kopf voran stürmte er auf Caz zu.

Plötzlich erschien Bull und streckte den Mann mit einer großen Hand nieder.

Mit einem Meter dreiundneunzig war Caz' Bruder massig und machte seinem Namen alle Ehre ... etwas, das Caz als Teenager beneidet hatte.

„Belästigung des Personals? *Meines* Personals. Was zum Teufel!" Bulls dröhnende Stimme prallte von der Decke ab und dann ... hätte man eine Nadel fallen hören können. „Raus mit euch. Kommt nicht wieder."

Bierbauch lag immer noch auf dem Boden und sah besorgt aus. Das sollte er auch. *Bull's Moose Roadhouse* war die einzige Bar in Rescue.

„Tut mir leid, dass ich so lange gebraucht habe." Bull schlug Caz auf die Schulter. „Danke, dass du eingegriffen hast."

„*De nada.*"

„Oh, verdammt, der Polizist ist hier", murmelte ein Kunde. „Der Spaß ist vorbei."

Caz warf einen Blick zur Tür.

Ja, Gabe, ihr ältester Bruder, durchquerte den Raum und schloss sich ihnen an. Auf seinem khakifarbenen Uniformhemd funkelte die glänzende Marke des Polizeichefs in der dunklen Beleuchtung der Bar. „Schon wieder eine Schlägerei, Bull? Mein Gott, schafft ihr mal einen Abend, ohne die Fäuste schwingen zu lassen?"

„Nein, wir würden uns langweilen. Die Idioten gehören dir, Bruder." Nachdem er ein *Mir geht's gut*-Zeichen von Felix erhalten hatte, lief Bull zur Bar, wo er direkt zu seinem humorvollen Selbst zurückkehrte und Kritikpunkte zu der Schlägerei entgegennahm.

Ein Kunde brüllte, dass Caz es auf die Kehle des Mobbers hätte abzielen sollen. Caz' Magen drehte sich bei der Flut von Erinnerungen. *Alles schon gesehen und getan. Nie wieder.*

„Ich wollte einfach nur ein Bier, nicht mehr Papierkram." Murrend ging Gabe zu Kahlkopf und riss das Messer aus der Wand.

Mit einem hohen Quietschen umklammerte Kahlkopf seinen Arm. „Dieser verdammte –"

„Oh, halt die Fresse."

Kahlkopf verstummte.

Mit einem Meter fünfundachtzig war Gabe todbringend und bekam selten Widerworte. Er warf die Klinge zurück zu Caz.

Caz fing das Messer auf und zuckte bei dem Blut auf der Klinge zusammen. „Ich habe ihn erwischt?"

„Sieht so aus." Mit einem schnellen Ruck riss Gabe dem Verletzten die Hemdsärmel ab, um den blutigen Schnitt an der Außenseite des dicken Unterarms freizulegen. „Sorry, Bruder. Du ritzt sie, du verarztest sie."

„*No mames.*" Scheiße.

„Die zusätzliche Arbeit tut mir leid, Caz, aber ... danke", rief Felix. Der schlanke Kellner richtete Stühle und nahm gleichzeitig Bestellungen entgegen. Der Mann hatte Eier. Anchorage hatte eine Schwulenszene. Doch ... je kleiner die Gemeinden in Alaska, desto intoleranter. Leider.

Caz und seine Brüder waren nicht dazu erzogen worden, Intoleranz zu tolerieren. Der Sarge war der Meinung gewesen, dass eine gut platzierte Faust Neuronen aktivieren und engstirnige Menschen zu besseren Denkweisen verleiten konnte.

Es gab Tage, an denen Caz Makos geradlinige Lebenseinstellung vermisste.

Als er zu seinem Tisch zurückkehrte, schenkte er der Brünetten mit dem goldbraunen Teint ein bedauernswertes Lächeln. Sie war eine Touristin und übernachtete in dem Resort den Berg hoch, und sie hatten geflirtet. Sie waren sich bei ihrem Tanz sehr wohl bewusst gewesen, wo der Abend hinführen würde. Morgen würde sie sich bereits auf dem Weg zurück nach New Mexico befinden, was unangenehme Verstrickungen automatisch unterband.

Er mochte keine Verstrickungen.

„Es tut mir leid, *Chiquita*", murmelte er und streichelte ihre weiche Wange. Er hatte sich darauf gefreut, sie auch an anderen Stellen zu berühren. „Ich muss dich leider verlassen und mich um diesen Mann kümmern."

Ihre Mundwinkel drehten sich nach unten. „Warum du? Kann sich nicht jemand anderes um ihn kümmern?"

„Leider nein. Ich leite die Klinik." Er war der einzige Mediziner in der winzigen Stadt Rescue.

„Wir können, Caz." Nachdem Gabe den zerrissenen Ärmel um die Wunde des kahlköpfigen Mannes gebunden hatte, deutete er auf Bierbauch. „Du auch. Los geht's."

„Warum ich, Chief? Ich habe kein Messer gezogen." Bierbauch rieb sich zweifellos seinen schmerzenden Bauch und blickte von seinem Freund zu Gabe.

„Weil ich es gesagt habe. Und jetzt halt die Klappe." Gabe gab dem Kahlköpfigen einen Schubs.

Ja, der Chief war in einer pissigen Laune. Caz nahm einen letzten Schluck aus seinem noch immer vollen Glas und folgte ihnen aus der Bar.

Auf dem Parkplatz wurde Caz von seinem Bruder beäugt. „Messerkämpfe, Bruder? Wirst du nie erwachsen?"

Die vier hatten sich ins Erwachsenenalter geprügelt, dann durch das Militär, und hatten eigentlich nie wirklich aufgehört. Als jüngster, kleinster und leichtester seiner Brüder hatte Caz die Chancen oft mit etwas Scharfem und Spitzem ausgeglichen.

Er gab Gabe ein dünnes Lächeln. „Selbst wenn ich alt und verkrüppelt bin, habe ich eine Klinge in meinem Spazierstock."

„Das glaube ich dir sofort." Gabe runzelte die Stirn. „Gab es einen Grund für den Kampf?"

„Sie haben Felix belästigt. Bull war nicht in der Nähe, also sagte ich ihnen, sie sollen ihn in Ruhe lassen. Sie mochten es nicht, Befehle von einem Bohnenfresser entgegenzunehmen." Das Wort schmeckte sauer auf seiner Zunge. Sein weißer Vater hatte ihm ein paar Zentimeter mehr Körpergröße gegeben, aber Mamá war Mexikanerin, und er hatte ihre Haut, ihr dunkles Haar und ihre Augen geerbt. Genug, um ihn zum Ziel von Rassisten zu machen. Er hasste Rassisten und Fanatiker. So sehr. „Kahlkopf schubste mich, sodass ich das Gleichgewicht verlor und gegen Felix' Tablett gestoßen bin. Das verschüttete Bier ist auf ihnen gelandet, woraufhin Bierbauch versucht hat, mich zu schlagen."

„Ich verstehe." Gabes Mundwinkel zuckten, weil er genau wusste, wie oft Caz das Gleichgewicht verlor.

Nie.

Caz projizierte Unschuld. „Kahlkopf versuchte, mich mit dem Messer zu erwischen. Was hätte ich tun sollen, 'mano?"

„Notwehr, hmm?" Gabes Stimme verlor jedes bisschen Humor. „Ich schätze, ich kann froh sein, dass sie noch laufen können."

Caz schaute weg. Seine Brüder wussten, wie Caz das Jahr nach dem Tod seiner Verlobten verbracht hatte. Eine staatlich finanzierte Black-Ops-Truppe hatte ihn rekrutiert, da sie sein Bedürfnis nach Rache gesehen hatten, und so hatte er die nächsten Monate damit verbracht, hochrangige Ziele zu eliminieren. Stille Attentate waren für jemanden, der Messer mochte, ein Kinderspiel.

Er hätte heute Abend leicht zwei weitere Leichen zu seiner Liste hinzufügen können ... und Gabe war dies bewusst.

Als Gabe die hintere Tür des Streifenwagens öffnete, atmete Caz die kalte Nachtluft ein. Nur ein Hauch von Frost. Der Schnee und die eisige Dunkelheit würden nicht mehr lange auf sich warten lassen. Seltsam, dass er sich darauf freute, diese Zeit in dieser kleinen Stadt zu verbringen. Seine Brüder waren hier. Nach Jahren, die sie in alle Winde verstreut verbracht hatten, zuerst durch das Militär, dann den Alltag, waren sie wieder zusammen. Er hatte sie vermisst ... mehr, als ihm klar war.

„Hey." Gabes Ausdruck erhellte sich. „Mit einer Messerwunde, einem hohen ärztlichen Honorar und der Verbannung aus der einzigen Bar haben die Arschlöcher wohl ihre gerechte Strafe erhalten. Ich muss sie nicht einsperren oder einen Haufen Papierkram erledigen."

Auf dem Rücksitz blickte Bierbauch auf, sein Ausdruck entsetzt. „Verbannt? Bull meinte das ernst? Wir sind noch eine Woche hier."

Der andere klang ebenso bestürzt. „Ärztliches Honorar?"

Oh, und was für ein Honorar das wird. Auf dem Weg zu seinem eigenen Auto lächelte Caz. Notdienst und außerhalb der Geschäftszeiten. Ja, er würde sein Honorar verdoppeln ... obwohl die Klinge seine eigene gewesen war.

Eine Stunde später kehrten Caz und Gabe ins Roadhouse zurück und fanden Hawk und Bull an einem ruhigen Tisch in der hinteren Ecke.

„Fühlt sich gut an, dass wir wieder alle hier sind." Caz ließ sich auf einen Stuhl fallen und lächelte seine drei Brüder an. Bull war riesig, polynesischer Herkunft, hatte einen rasierten Kopf, schwarze Augen und einen ebenso farbenen Spitzbart mit grauen Highlights. Gabe war glattrasiert und hatte dunkelbraune Haare und blaue Augen. Der durchtrainierte Hawk war Gabes Größe, mit einem zotteligen Bart und sandfarbenem Haar. Er hatte blaugraue Augen und helle Haut. Im Gegensatz dazu erreichte Caz nicht mal die einen Meter fünfundachtzig und hatte einen latein-amerikanischen Teint. Sie bezeichneten sich selbst als Brüder – wegen Mako –, aber jeder, der sie betrachtete, war bei dem Ausdruck verwirrt. Es war gut, Hawk wieder hier zu haben, auch wenn es nur für ein paar Tage war. Im Gegensatz zu den anderen dreien war Hawk nicht nach Rescue gezogen. Er lebte immer noch in den Unteren 48 – solange er nicht von dem Militärunternehmen, für das er derzeit arbeitete, auf einen Auslandseinsatz geschickt wurde.

„Bitte sehr, Männer." Felix kam zurück mit einem Bier für Gabe und eines für Caz. „Danke für die Rettung vorhin. Das weiß ich zu schätzen."

Sein kokettes Lächeln brachte Caz zum Grinsen und er antwortete mit einem tadelnden Blick.

Felix lachte. „Ich muss es ab und zu versuchen, falls du es dir anders überlegst."

Als der Kellner zurück zur Bar ging, schüttelte Gabe den Kopf. „Es braucht Eier, um an einem Ort wie diesem offen über sexuelle Vorlieben zu sprechen."

„Ah, aber wenn jemand wie Caz aussieht", sagte Bull, „trifft der Lustnebel beide Geschlechter."

„Das sagt der Richtige. Lasst es einfach, *Cabrones*." Caz hob sein Bier und zögerte, als ihn sein wortkarger Bruder mit ... nicht Hass, nicht ganz, aber Wut ansah? Interaktionen mit Hawk waren wie Wildwasserkajakfahrten, bei denen sie regelmäßig auf wech-selnde Strömungen und pulsierende Kehrwasser trafen. Die Narben aus seiner hässlichen Vergangenheit sorgten für eine gefährliche Route.

Caz fing seinen Blick ein. „Problem, Hawk?"

Hawk blinzelte und schüttelte den Kopf. „Nein."

Was ging in seinem Kopf vor? Nun, wenn Hawk morgen noch hier war, würde Caz versuchen, das Gespräch mit ihm zu suchen. Nicht, dass Hawk viel redete, aber er teilte mehr mit Caz als mit den anderen beiden. Vielleicht, weil ein Jäger wie Caz mehr Geduld hatte, seine Beute zu stalken. Wenn sein Bruder Hilfe brauchte, würde er sie bekommen.

Bull musterte Hawk, bevor er zu Gabe sah. „Danke, dass du dich um die Bastarde gekümmert hast. Gab es noch Ärger?" „Nicht wirklich. Abgesehen von ihrer mangelnden persönlichen Hygiene lief alles gut." Gabe grinste. „Als Caz den einen von ihnen zusammengeflickt hat, begann unser Bruder plötzlich auf Spanisch zu fluchen."

„Ich hätte ihn zuerst abspritzen sollen." Caz hob sein Glas und atmete das feine Aroma von Malz ein. „Er stank nach totem Fisch und Schweiß. Ziemlich sicher, dass die beiden seit Wochen nicht geduscht haben."

„Na ja, du hast nur noch ein paar Wochen dieses Geruchs vor dir", sagte Bull. Mitte September kamen Jagd, Fischerei und Tourismus zum Erliegen.

Gabes Gesicht spannte sich an. „Scheint falsch zu sein, eine Angelsaison ohne den Sarge zu beenden."

Mako war vor einem Jahr gestorben. Auch jetzt erwartete Caz noch, den Sarge am Seeufer anzutreffen, um den Tag mit Morgensport zu beginnen. Der gleiche Anflug von Trauer kam von Caz' Brüdern. Ein Jahr oder viele – es wäre egal. Mako hatte sie zuerst als Team bezeichnet. Nach einer Weile wurde daraus Brüder, und ob legal oder nicht, er war ihr Vater gewesen.

Der Schmerz würde nie ganz verblassen.

Caz hob sein Bier. „Auf den Sarge. Mögen die Winde sanft sein und die Fische beißen, wo immer er auch ist."

Gabe tippte mit seinem Glas gegen Caz'. „Möge er immer ein Team hinter sich haben."

Bull stieß mit Gabe an. „Möge er immer gutes Essen und gutes Bier haben."

Hawk hob das Glas und murmelte: „Und möge er sich daran erinnern, wie er vier dumme Kinder gerettet hat."

Caz nickte bei Hawks Worten. Ja, Mako war stolz darauf

gewesen, sie großgezogen zu haben. Und Hawk wusste das. Er hatte die härteste Schale – und ein weiches Inneres. Würde jedoch jemand laut aussprechen, dass Hawk ein weiches Herz hatte, würde der Söldner wohl Rache üben.

Wenn er ehrlich war, mochte Caz das an ihm.

„Ich habe Blumen auf sein Grab gelegt, als ich diese Woche dort war", sagte Bull. Niemand war loyaler als Bull. „Es lagen mehrere Sträuße dort."

„Lillian", sagte Gabe. „Vielleicht sogar Dante."

Dante besaß das Lebensmittelgeschäft in der Stadt. Er und Mako waren seit ihren Vietnamtagen befreundet. Von dem, was Lillian angedeutet hatte, waren sie und der Sarge sich sehr nahegekommen, nachdem Mako von seiner abgelegenen Hütte in die sterbende Stadt Rescue gezogen war.

Die Stadt, in der er seine Ersparnisse genutzt hatte, um eine Menge scheiternder Geschäfte und Immobilien aufzukaufen, die er alle – mit einer Mission – seinen Jungs hinterlassen hatte.

Der Tod war stets Teil eures Lebens. Es wird Zeit, dass ihr stattdessen etwas kreiert. Erweckt diese Stadt wieder zum Leben.

Das ist ein Befehl.

Caz schnaubte leise und fügte einen letzten Segen hinzu: „Möge der Sarge auf Rescue herabblicken und sich bei dem Chaos, das er uns hinterlassen hat, seinen Arsch ablachen."

Seine Brüder grinsten, und drei Gläser klirrten gegen seins.

„Wie läuft's?" Hawks Stimme hatte schon immer harsch geklungen. Mako hatte mal erwähnt, dass sie wahrscheinlich durch lautes Schreien beschädigt worden war. „In Rescue meine ich?" Hawks gleichgültiger Ton widersprach dem Interesse in seinen stahlblauen Augen.

„Wir machen Fortschritte." Zufrieden sah sich Bull in seinem

Roadhouse um. „Hier läuft es gut. Etwa die Hälfte der leeren Gebäude ist jetzt gefüllt."

Bull war ihr finanzieller Ansprechpartner und kümmerte sich um die Vermietung und den Verkauf.

„Wirst du jemals herziehen und uns helfen?", fragte Gabe. Er und Hawk waren sich einmal nahe gewesen, aber im letzten Jahr, in dem sie zusammen als Söldner gedient hatten, war etwas vorgefallen. Hawk hatte sich aus Gabes Einheit zurückgezogen. Kurz darauf war Gabe in einen Hinterhalt geraten und wäre fast gestorben.

Hawks Gesicht spannte sich an. „Noch nicht."

Gabe lehnte sich vor. „Du musst –"

„Die Klinik ist in Betrieb", unterbrach ihn Caz. Gabe war ihr Anführer – schon immer –, wenn Hawk jedoch dicht machte, nahm er keine Ratschläge an. Von niemandem. Noch schlimmer war es in dem Fall, Befehle auszusprechen. „Eine Empfangsdame mit der Polizei zu teilen, war eine gute Idee."

Alle städtischen Ämter, einschließlich der Polizeistation und der Klinik, befanden sich in einem Gebäude.

Gabe nahm sich zurück. „Audrey hält die Bibliothek am Laufen, und sie ist verdammt beliebt." Gabes Freundin hatte in Chicago als Universitätsbibliothekarin gearbeitet, jedoch hatte sie sich mit einer Begeisterung auf das Kleinstadtleben eingelassen, sodass sie einfach von allen verehrt wurde.

„Hast du schon jemanden gefunden, um Officer Baumer zu ersetzen?" Hawk sprach nicht viel, aber er hatte geholfen, den Bastard während eines Entführungsversuchs von Audrey festzunageln. Damit war Gabe im Moment der einzige Strafverfolgungsbeamte in Rescue.

„Nein. Ich habe bisher niemanden gefunden, den ich einstellen möchte", antwortete Gabe.

„Ernsthaft, *Hermano*, du brauchst jemanden." Caz runzelte die Stirn. „Gestern habe ich einen Jäger zusammengeflickt, der sich fast den Fuß abgeschossen hätte, und seine betrunkenen Freunde zettelten in der Klinik immer wieder Schlägereien an. Verstärkung von der Polizei wäre nützlich gewesen."

Gabe fuhr sich mit den Händen übers Gesicht. „Ja, ich weiß. Es tut mir leid."

„Lass die Scheiße mit den Entschuldigungen." Caz boxte seinem Bruder gegen die Schulter. Gabes Verantwortungsbewusstsein für die ganze Welt würde bei ihm noch zu Geschwüren führen. „Stell einfach jemanden ein."

„Ich habe drei Kandidaten, die nächste Woche zum Vorstellungsgespräch kommen. Die Nebensaison wird mir Zeit geben, jemanden auf den neuesten Stand zu bringen, bevor die Skigebietssaison beginnt." Gabe warf einen Blick auf die Tür und sein Gesichtsausdruck hellte sich auf. „Ah, mein Goldlöckchen ist hier."

Audrey durchquerte lächelnd den Raum, während die Hälfte der Gäste sie begrüßte. Sie hatte den Sommer damit verbracht, in der Bar zu kellnern, die Bibliothek auf Vordermann zu bringen und bei Dante im Supermarkt auszuhelfen. Jeder in Rescue kannte sie.

Sie lachte, als Gabe sie für eine Umarmung und einen Kuss auf seinen Schoß zog. Ein Kuss, der ihre Wangen rot färbte.

Seit Jahren hatte Caz seinen Bruder Gabe nicht so entspannt gesehen. Wenn er so darüber nachdachte ... Hatte er ihn jemals so entspannt gesehen? Mako hatte seine Jungs vielleicht darauf vorbereitet, als Soldaten zu dienen, aber nichts konnte einen Menschen auf das Töten vorbereiten. Nicht mit den verheerenden Waffen der Moderne und schon gar nicht für lange Zeit. Caz und seine Brüder waren verdammt gute Kampfmaschinen – und sie waren mit mentalen und körperlichen Narben ins zivile Leben zurückgekehrt. Gabe und Hawk waren wahrscheinlich die am stärksten Geschädigten, da sie sich nach dem Militär einem Söldnerteam angeschlossen hatten.

Als Gabe die Söldner verlassen und sich in Makos alter Hütte versteckt hatte, musste sich Caz fragen, ob er jemals zu einem normalen Leben zurückkehren würde. Audrey hatte ihn jedoch aus dem schwarzen Loch gezogen. Ihre Liebe hatte ihn verändert. Audrey nahm einen Stuhl neben Gabe und rutschte nah genug zu ihm, um sich an ihren Mann zu kuscheln. Caz musste den Neid niederdrücken. Seine Carmen war auch so gewesen – liebevoll, anschmiegsam und süß. Natürlich hatte er sie kennengelernt, bevor er gesehen hatte, wie sie sich eine M-16 umschnallte. Und dann war sie gestorben und hatte all seine Hoffnungen für die Zukunft mitgenommen. Nach dem Verlust hatte er sein Herz so schnell verschlossen, wie Bull das Schild nach der letzten Runde von OFFEN auf GESCHLOSSEN drehte.

Nein, er wollte keine andere Frau – jedenfalls nicht, um sich wieder zu verlieben. *Dios,* was nützte ein Mann, wenn er die Menschen, die er liebte, nicht beschützen konnte? Mamá, Rosita, Carmen. Keine Frauen oder Kinder mehr. Er hatte seine Brüder, und die waren knallhart und konnten auf sich selbst aufpassen. Sie waren genug Familie für ihn.

„Caz, hey, es ist schön, dich zu sehen." Eine kurvige Rothaarige stolzierte zum Tisch, alle ihre Attribute wie auf einem Silbertablett präsentiert. Wenn er sich richtig erinnerte, waren diese Attribute sehr ansehnlich und es war ihm eine Freude gewesen, sie zu berühren. Nach einer Weile kam ihm auch ihr Name in den Sinn. „Elliana, wie geht es dir?"

„Sehr gut, danke." Sie deutete auf die Bar. „Wir sind von Soldotna hergefahren, um den Geburtstag einer Freundin zu feiern. Möchtest du dich uns anschließen?"

Auf keinen Fall. Er war sehr vorsichtig, damit keine Frau den Eindruck bekam, er wolle mehr von ihr. Aus diesem Grund nahm er keine von ihnen ein zweites Mal in sein Bett – egal, wie viel Spaß er in der Nacht auch gehabt hatte. „Leider nein. Mein Bruder ist nicht lange hier, und wir haben Nachholbedarf." Er deutete auf Hawk.

Sie sah in seine Richtung und verzog leicht das Gesicht. „Nun, das ist schade, Caz." Nach einem hübschen Schmollmund kehrte sie zu ihren Freunden zurück.

„Brichst du immer noch die Herzen der Frauen, Bruder?", fragte Hawk und sein Ausdruck bewies, dass er wenig Begeisterung dafür zeigte.

„Unser persönlicher Hengst", stimmte Gabe zu. In einem ernsten Ton fuhr er fort: „Hat Grayson nicht eins dieser superernsten Gespräche mit dir geführt, um dich auf den richtigen Pfad zu lenken?"

Caz schnaubte. Der Psychologe und Freund von Mako hatte schon vor einer gefühlten Ewigkeit ein Interesse an ihnen entwickelt. Er tauchte immer noch jedes Jahr auf, um nach ihnen zu sehen. Und er ging ihnen zur Hand, wo er konnte. „Zachary hält nie Vorträge – er stellt nur Fragen."

Fragen, die einen Mann bis in die frühen Morgenstunden wachhielten und zu Zweifeln führten. Caz schüttelte diese Gedanken ab und grinste seine Brüder an. „Obwohl er erwähnte, dass er befürchtete, dass meine Gewohnheiten mich eines Tages in den Arsch beißen würden."

„Mein Gott, klingt wie ein Fluch, der nur darauf wartet, aktiviert zu werden", murmelte Gabe.

Bei dem Gedanken lief ein Schauer über Caz' Rücken. Im nächsten Augenblick hörte er jemanden von der Tür rufen: „Hey, Doc, ich brauche dich in der Klinik. Ein Jäger hat Holz gehackt und dabei sein Bein erwischt."

Was für ein Idiot würde Holz nach Einbruch der Dunkelheit hacken? Mit einem Seufzer erhob sich Caz. „Bin auf dem Weg."

Seine Brüder und Audrey sahen ihn mitfühlend an. Er war schon so oft wegberufen worden, dass sie nicht überrascht waren.

„Melde dich, wenn du ein zusätzliches Paar Hände brauchst", sagte Gabe.

„Mach ich." Caz rannte aus der Bar und überlegte bereits, was er alles brauchen würde.

Er hatte keine Frau wie Gabes Audrey in seinem Leben, jedoch hatte er seine Liebe für seinen Job. Ein Job, bei dem er gebraucht wurde und einen Unterschied machen konnte.

Für den Moment war das genau, was er brauchte. Es funktionierte.

KAPITEL ZWEI

E *s geht nicht darum, ob du K. o. geschlagen wirst; wichtig ist nur,*
dass du wieder aufstehst. - Vince Lombardi

In der Polizeistation Weiler in Nevada lehnte sich Officer Jayden
Jenner an ihr Schließfach und seufzte. Verdammt, ihr tat alles
weh. Ihr Bauch und ihre Schulter pochten. Der aufgepumpte
Freund einer Frau hatte es geschafft, ein paar Schläge zu landen.
Verdammt, verdammt, verdammt. Ihr dummer Taser hatte an ihm
nicht funktioniert. Die Pfeile hatten ihn getroffen, aber sicher
nicht außer Gefecht gesetzt. Wahrscheinlich Drogen im Körper.
Ihre Betäubungspistole war jedoch effektiv gewesen – irgendwann
– und sie hatte den Kerl betäuben und ihm Handschellen anlegen
können. Die Freundin und der kleine Junge waren auf dem Weg
zu Verwandten. Auch wenn JJ ein bisschen Schmerzen hatte, war
es ihr das wert, solange die Unschuldigen in Sicherheit waren.

Ihre Stimmung schmerzte im Moment schlimmer als ihr
Körper. Als ihr klar wurde, wie gefährlich der Kerl war, hatte sie
Verstärkung angefordert. Niemand war gekommen. Das sagte viel
über ihre Zukunft hier in Weiler aus.

Es war an der Zeit, eine Entscheidung zu treffen. Nachdem sie ihre Ausrüstung und ihren Dienstgürtel in ihr Schließfach gepackt hatte, fühlte sie sich zumindest körperlich immens leichter. Nach einer Dusche würde sie sich noch besser fühlen. Ihr eigener Gestank der Angst war sogar stärker ausgeprägt als der Schweißgeruch in der Umkleidekabine.

Als sie sich ein lockeres Hemd anzog, um ihre Uniform zu verstecken, fiel ihr die Blume aus den Haaren, die sie an diesem Morgen geschenkt bekommen hatte. Es war erstaunlich, dass sie während des Kampfes in ihrem Haar geblieben war. Lächelnd hob JJ sie auf und steckte sie in ihre Tasche. Beste Belohnung aller Zeiten für das Auffinden des entflohenen Hasen eines Kindes. Vollkommen scheiße war der Tag also nicht gewesen.

Zuvor hatten die Nachbarn einer Frau berichtet, dass sie diese seit ein paar Tagen nicht mehr gesehen hatten. JJ fürchtete sich vor solchen Anrufen, bei denen nach dem Aufbrechen der Tür normalerweise eine Leiche entdeckt wurde. In diesem Fall hatten sie eine ältere Frau gefunden, dehydriert und halb bewusstlos, aber am Leben. Das Krankenhaus hatte berichtet, dass bei der Frau alles wieder in Ordnung kommen würde.

Wie ihr Vater vor ihr lebte JJ für diese Momente. Es war eine Freude, der Gemeinschaft auf diese Weise zu dienen. Zu wissen, dass sie einen Unterschied im Leben eines Menschen machen konnte. Sie war Teil des Herzschlags einer Gemeinschaft.

Ihr Vater war von den Bürgern in seinem Dienstbereich geliebt worden.

Er war auch ein wichtiges Mitglied der Polizeibruderschaft gewesen. Leider schien die Betonung hier auf *Bruderschaft* zu liegen. Frauen brauchten sich für diesen Club erst gar nicht zu bewerben. Als Rookie und mit Gene als ihren Ausbilder hatte sie gedacht, dass sie endlich dazugehören würde. Sie war in die sozialen Aktivitäten einbezogen worden – die Grillpartys, die Feierabend-Drinks, Football-Nachmittage – und liebte es, Teil der Polizeigemeinschaft zu sein.

Dann war alles den Bach runtergegangen. Jetzt überwogen die schlechten Tage zu den guten, und das war nicht auf ihre Pflichten als Streifenpolizistin zurückzuführen. Weiler war ein guter Ort mit guten Menschen. Ihre Probleme kamen von der Polizeigemeinschaft.

Als sie hörte, wie sich die Tür zur Umkleidekabine öffnete, erstarrte sie. Sie schloss ihr Schließfach und hielt inne, als zwei Polizisten eintraten. Chapman – groß, ausgetrocknet und bitter – hatte schon ein paar Jahre in diesem Revier auf dem Buckel. Greene war neuer. Einmal hatte sie gedacht, sie seien Waffenbrüder. Sie hatte sich geirrt.

Die beiden Männer ignorierten sie und liefen an ihr vorbei. Zumindest baggerten sie JJ nicht an, so wie es viele ihrer männlichen Kollegen mittlerweile taten.

Nur erwartete sie – berechtigterweise – mehr von anderen Officern. Wut brannte immer noch in ihr. Und Enttäuschung. „Ich habe Verstärkung angefordert", sagte sie mit fester Stimme. „Niemand kam."

Greene errötete leicht und ging weiter zu seinem Schließfach. Spöttisch rückte Chapman näher. „Wir waren in der Pause."

„Ach. Anscheinend waren *alle* in der Pause." Warum hatte sie es überhaupt versucht? Sie nahm ihren Schlüsselbund in die Hand.

„Hey, ich hab' jetzt Feierabend. Wollen wir ein Bier trinken gehen?" Chapman machte Kusslaute. „Danach können wir uns amüsieren."

Arschloch. Selbst als sich ein scheußliches Gefühl in ihrer Magengrube festsetzte, warf sie ihm lediglich einen vernichtenden Blick zu und versuchte, an ihm vorbeizugehen.

Er trat näher. Seine knochige Schulter traf ihre und sie stolperte seitwärts. Ihre Hände schlossen sich zu Fäusten. Sie wusste jedoch, dass ihr ein Schlag nur eine vorübergehende Befriedigung verschaffen und eine Verwarnung nach sich ziehen würde. *Alles schon durchgemacht.* Stattdessen lief sie um ihn herum, fiel fast über eine Bank, schaffte es aber, sich an der Wand abzufangen.

Als Schritte auf der Treppe ertönten, hob sie den Kopf. Ihr Ex-Freund Nash.

Groß, muskulös und blond. Wie ein Aushängeschild für den idealen Polizisten. Sie war auf sein wunderschönes Aussehen hereingefallen, nur um zu entdecken, dass es einen arroganten, egoistischen Jungen verbarg.

Das dämliche Grinsen auf seinem Gesicht sagte ihr, dass er gesehen hatte, was sein Kollege getan hatte. Der Ausdruck in seinen Augen forderte sie heraus, eine Beschwerde einzureichen. Bisher hatte das noch nie zu etwas geführt.

Nicht einmal.

Wutentbrannt spannte sich ihr gesamter Körper an, und ihr Gesicht. Mit ihren einem Meter zweiundsechzig musste sie den Kopf in den Nacken legen, um ihm ins Gesicht zu schauen. Wie ätzend war das bitte? Sie hielt ihre Stimme kalt, aber höflich: „Leutnant Barlow."

„Officer Jenner." Sein hämisches Lächeln kratzte an ihren Nerven. Als sie mit ihm Schluss gemacht hatte, war sie sich bewusst gewesen, dass es von dem Moment an etwas unangenehm werden könnte. Sie hatte ihn unterschätzt. Er war ihr mit einer Bosheit begegnet, die sie nie erwartet hätte. Er wollte sie ruinieren. Emotional und professionell.

Er kam einen Schritt auf sie zu. „Ich denke, du hast –"

Bevor er den Satz beenden konnte, ging sie an ihm vorbei und marschierte aus der Polizeistation. Als sie den Parkplatz überquerte, peitschte der trockene Septemberwind ihr loses Haar um ihr Gesicht und zerrte an ihrer Kleidung. Wenn nur der Wind ihre Frustration und ihre Wut wegblasen könnte ... und das Gefühl, in der Falle zu sitzen.

„JJ! Warte." Jemand rief nach ihr.

Sie drehte sich um und zwang sich zu einem Lächeln. Ihre

Frustration an ihrem alten Ausbilder auszulassen, wäre falsch. Gott, sie vermisste ihn. „Hey, Gene. Was machst du hier?" „Ich wollte dich sehen." Er blickte sie finster an. Sein graues Haar war kurz geschnitten; seine Augen waren bitterbraun. Vor vier Jahren hatte sie ihn auf den ersten Blick für einen sexistischen Idioten gehalten, aber er hatte sie schnell vom Gegenteil überzeugt und schließlich war er zu einem guten Freund geworden. „Kann ich dir eine Tasse Kaffee spendieren?"

Sie wollte einfach nur nachhause. Aber ... sein Gesundheitszustand war in letzter Zeit nicht besonders gut gewesen. Sein Herz. Vielleicht brauchte er Hilfe bei etwas. „Sicher. Das klingt gut."

Der Coffeeshop lag verkehrsgünstig in Stationsnähe. Sie kauften sich ihren Kaffee und ließen sich an einem Tisch nieder.

„Also, was gibt's?", fragte sie. Instinktiv erwartete sie schlechte Nachrichten und spannte ihren Körper an. Er war geschieden und wohnte allein. Seine drei Kinder lebten in der Nähe, dennoch machte sie sich Sorgen.

Er betrachtete sie. „Ich habe gehört, dass du Hanson eine verpasst hast. Ich habe auch von der Scheiße gehört, die auf dein Schließfach gesprüht wurde. Hängen die Vorfälle zusammen?"

„Nur ein Teil der allgemeinen Kampagne, um mich rauszuekeln." Im letzten Monat war ihr Spind dreimal mit Graffitis versehen worden. Das war nicht so schlimm. Nur könnte die mangelnde Unterstützung schnell gefährlich für sie werden. Wie heute, als sie keine Verstärkung bekommen hatte. Sie hätte schwer verletzt werden können. Wäre überhaupt jemand gekommen, um nach ihr zu suchen? „Ich habe Hanson geschlagen, weil er mich begrapscht hat. Ich hätte ihn wegen sexueller Nötigung gemeldet, aber ... warum? Jede Beschwerde von mir landet ohnehin im Müll."

Sein raspelndes, verärgertes Grunzen klang wie ein Müllwagen, der Dosen platt machte. „Das Revier ist das Letzte, seit Barlow das Kommando übernommen hat."

Der Onkel ihres Ex-Freundes war etwa drei Jahre zuvor zum

Polizeichef ernannt worden, und er beförderte den Cousin seines Sohnes Nash zum Captain. Und gleich nachdem sie mit ihm Schluss gemacht hatte, war Nash zum Leutnant aufgestiegen. Die Barlows hatten Manipulation und Charme zur Wissenschaft gemacht. Ihre polizeilichen Fähigkeiten waren lächerlich. Moralvorstellungen? Hatten sie nicht.

Nash tat sein Bestes, um ihren Ruf zu zerstören und sie aus der Strafverfolgung zu vertreiben. Da die Barlows und deren Kumpel die Station wie eine Gang führten, verliefen ihre Beschwerden ins Dunkle. Sie hatte eine Klage wegen sexueller Belästigung in Betracht gezogen, aber Anwälte kosteten Geld. Und kein anderes Department des Landes wäre bereit, sie später einzustellen.

Genes besorgter Blick traf auf ihren. „Du musst dort raus, JJ. Das weißt du, oder?"

„Ich weiß. Leider hat mich der Barlow-Clan wissen lassen, dass sie mir keine gute Empfehlung geben werden. Niemals."

Sein Gesicht verfinsterte sich. „Hurensöhne."

Oh ja. Das waren sie. Sie rührte ihren Kaffee, anstatt ihn frustriert von sich zu werfen.

„Ich hätte da eine Idee. Das könnte etwas für dich sein. Hast du jemals Alaska in Betracht gezogen?"

„Alaska? Bist du wahnsinnig?" Sie warf einen Blick aus dem Fenster zu den Ausläufern der braunen Wüstenlandschaft. „Dort schneit es, Gene."

„Ja, das ist mir auch schon zu Ohren gekommen." Er grinste für eine Sekunde. „Hör einfach zu, Mädchen. Ich habe ein paar alte Freunde aus Vietnamzeiten, Mako und Dante, die in Alaska gelandet sind. Mako ist vor kurzem verstorben, aber Dante sagt, Makos Sohn sei der Polizeichef der Stadt Rescue. Meine Empfehlung würde mehr Gewicht mit sich bringen als all der Mist der Barlows."

Alaska. Schnee. Isolation. „Wo genau liegt Rescue?"

„Kenai-Halbinsel, in der Nähe des Kenai Lakes. Ein paar

Stunden von Anchorage entfernt. Es ist eine winzige Stadt am Fuße eines neuen noblen Resorts, was bedeutet, dass der Ort wieder wächst."

„Eine winzige Stadt hat eine Polizeistation? Setzt Alaska nicht für alles ihre Trooper ein?" Sie hatte eine dieser Shows im Fernsehen gesehen.

„Früher war der Ort größer und wurde eingemeindet. Dann ging das alte Resort unter und die Stadt mit ihm. Aber sie blüht wieder auf. Mit den Haushaltskürzungen des Staates ist der nächstgelegene Stützpunkt der Trooper recht weit entfernt. Also hat der Stadtrat Gabe angeheuert, und er sucht nach einem Officer."

„Also eine Zwei-Personen-Wache. Der Chief – und ich?" Ihr Magen rebellierte. „Was ist, wenn er sich als Arschloch entpuppt? Wenn die Stadt so klein ist, wie du sagst, wäre ich in dem Fall am Arsch."

„Du hast das Recht, misstrauisch zu sein. Allerdings bin ich mir verdammt sicher, dass Gabe anders ist."

Sie warf ihm einen skeptischen Blick zu.

Er schüttelte den Kopf. „Es stimmt. Ich habe ihn nur einmal getroffen – bei Makos Beerdigung im letzten Jahr. Jedoch kannte ich Mako sehr gut. Im Militär, als ein Private eine Krankenschwester begrapschte, brüllte Mako den Idioten fünf Minuten lang an. Er hat die Manieren des Soldaten seziert, sein Aussehen, seine Intelligenz und fuhr fort, auch seine Vorfahren niederzumachen. Ich bezweifle, dass jemand, den der Sergeant aufgezogen hat, einer Frau gegenüber keinen Respekt zeigt. Und ich habe seitdem mit Gabe gesprochen. Solider Kerl."

Okay. Vielleicht war der Mann in Ordnung.

Dennoch handelte es sich um einen Job als Streifenpolizist in einer winzigen Stadt im Nirgendwo. Weiler war eine Kleinstadt. Sie kannte sich also in Städten aus. Alaska war jedoch ein anderes Kaliber. Ein Polizist in Alaska zu sein, wäre wie in einem fremden Land zu arbeiten.

Nein, das konnte sie nicht tun. Konnte sie einfach nicht. Als sie versuchte, Genes Angebot höflich abzulehnen, nahm sie ihren Kaffee und ... ihre geprellte Schulter meldete sich. Niemand war ihr zu Hilfe gekommen, also war sie verletzt worden. Diesmal war es nur die Schulter gewesen. Was war mit dem nächsten Mal? Ihre Kehle fühlte sich beengt an und sie setzte ihre Tasse ab.

Verdammt.

Sie hatte die Wahl: Geh in eine fremde Gegend mitten in der Wildnis oder bleib hier, wo ihre Kollegen sie hängen ließen, ohne sich darum zu kümmern, ob sie verletzt oder vielleicht sogar getötet wurde.

Wirklich, was hielt sie hier noch?

Keine Freunde. Ihr Sozialleben hatte sich zumeist mit Kollegen abgespielt, was bedeutete, dass sie keins mehr hatte. Abgesehen von Gene hatte sie drei Freundinnen, Polizistinnen, die anderswo Jobs angenommen hatten. Als Barlow zum Chief ernannt worden war, hatten sie genau gewusst, was das bedeutete, sodass sie schnell die Reißleine gezogen hatten.

Sie war einsam. Und statt der vorherigen Kameradschaft in der Station fühlte sie sich heutzutage manchmal eher wie ein in die Enge getriebenes Tier.

Es gab nichts zu verlieren, wenn sie kündigte und von hier verschwand. Klappte der Job in Alaska nicht, konnte sie Pommes in Anchorage servieren.

Gene hatte ihr Zeit zum Nachdenken gegeben und indessen geschwiegen. Er leerte seinen Kaffee und stellte die Tasse sanft ab. „Rescue ist sehr klein, aber ich weiß, was dir wichtig ist. Dort hast du die Möglichkeit, die Menschen kennenzulernen und Teil der Gemeinschaft zu werden. Du würdest die Menschen, denen du dienst, persönlich kennen."

Die Worte trafen sie wie eine tiefklingende Glocke. „In Ordnung, ja. Bitte mach den Anruf."

KAPITEL DREI

enn du eine starke Frau bist, wirst du Ärger anziehen. Wenn sich ein Mann bedroht fühlt, gibt es immer Ärger. - Barbara Taylor Bradford

Fast eine Woche später schleppte JJ sich und ihren Koffer in ihr Hotelzimmer. *Willkommen in Alaska, JJ.* Warum war ihr nicht bewusst gewesen, dass dieser Staat so verdammt weit weg war? Sie hatte einen ganzen Tag gebraucht. Flug nach Las Vegas, Flug nach Seattle, nach Anchorage, und all das hatte ewig gedauert, weil alle guten Flüge schon ausgebucht waren. Nachdem sie ihren Mietwagen abgeholt hatte, war sie noch mehr als zwei Stunden zum Resort gefahren, das über Rescue ragte.

Sie hatte Glück gehabt, kurzfristig eine Zimmerreservierung bekommen zu haben. Der Herr an der Rezeption hatte gesagt, dass das Restaurant bereits für die Nacht geschlossen hatte. Verdammt.

Nach der schnellsten Dusche aller Zeiten putzte sie sich die Zähne, kämmte sich die Haare, zog sich saubere Kleidung an und

ging in die Hotelbar – dem einzigen Ort, an dem sie heute noch
Essen bekommen konnte. Und da die Bar in einer Stunde
zumachte, musste sie sich bewegen. Offenbar blieben die Resorts
in Alaska nicht lange geöffnet, vor allem nicht sonntags.

Als sie die Lobby betrat, lächelte sie den Rezeptionisten an,
der sie eingecheckt hatte, und nickte den beiden Frauen neben
ihm zu.

Die Bar befand sich auf der anderen Seite der Lobby – ein
gemütlicher Bereich mit riesigen Fenstern, die einen Blick auf die
letzten Momente der Dämmerung zuließen. Zum Glück war sie
in der Lage gewesen, ihre Anreise bei Tageslicht zu beenden. So
weit nördlich ging die Sonne eine Stunde später unter, als sie es
gewohnt war.

Und, oh, es hatte sich absolut gelohnt, Tageslicht für die Fahrt
zu haben. Die Kulisse war atemberaubend. Riesige zerklüftete
Berge, Wälder überall, winzige abgelegene Städte. Sie hatte
anhalten müssen, um Fotos zu machen.

Einmal in der Bar blieb sie stehen und sah sich um. Sichtbare
Balken an der hohen Decke, glänzende dunkle Holzböden,
quadratische, cranberryrote Stühle an kleinen Tischen. Ein Zweisitzer und zwei Ohrensessel standen vor dem klobigen Steinka-
min. Dort würde sie sich niederlassen, sobald sie sich Essen
geholt hatte.

Viel war nicht los. Eine Männergruppe an einem Tisch,
vereinzelt noch ein paar mehr Leute. Zwei Paare an verschiedenen Tischen. An der Bar saßen einen Mann an einem Ende und
drei Frauen am anderen. Die Outfits der Frauen deuteten darauf
hin, dass sie aus der Stadt waren. Eine von ihnen trug ein
schwarzes Kleid mit Pailletten und eine andere eine elegante
Stoffhose.

JJ wirkte in ihrer Jeans und den Stiefeln etwas fehl am Platz,
aber sie wollte auch nicht an einem Tisch sitzen und auf einen
Kellner warten. Es war möglich, dass die Küche frühzeitig dicht-

machte, sodass sie an der kleinen Bar ein paar Hocker von den Frauen entfernt Platz nahm.

Die Barkeeperin, eine ältere Brünette, schaute von dem Getränk auf, das sie zubereitete, und lächelte. „Gib mir eine Minute." JJ erwiderte das Lächeln und griff nach der Speisekarte. Ihr Bauch knurrte und verlangte, gefüttert zu werden. Die Frauen neben ihr entschieden sich für ihre Getränke. Und schienen eine gute Zeit zu haben. JJ hörte zu, wie sie sich gegenseitig neckten. Sie beneidete die Frauen um ihre Kameradschaft.

„Ich nehme einen Texas-Eistee", entschied die Frau namens Kiki schließlich.

Hmm. Das klang gut. Ihre Mutter, die aus dem Süden kam, hatte immer Eistee im Kühlschrank gehabt, und das vermisste JJ.

Als die Barkeeperin die Getränke mischte, unterhielten sich die Frauen über einen Mann – einen Mann, der eine Männerhure zu sein schien. Sie waren aus Anchorage und genossen gelegentlich ein Wochenende in diesem Resort. Der Typ hatte zu verschiedenen Zeiten eine Nacht mit jeder von ihnen verbracht.

Heute Abend hatte Kiki angeboten, dem Mann einen Drink auszugeben – in der Hoffnung auf eine weitere Nacht. „Er sah mich mit diesen Augen an – diesen dunklen Augen!"

„Oh ja", seufzte die Frau in der Stoffhose.

Die dritte in der Runde – in einem roten Kleid – lachte und fächelte sich zu.

„Und Cazador sagte: *Kimberly.*" Kiki stöhnte. „Mmm, ich liebe es, wie er meinen Namen mit diesem Akzent ausspricht. Aber ..."

„Aber ... was?", fragte die Dame in dem roten Kleid.

„Er sagte: *Kiem-beer-ly, ich sagte dir doch, dass wir nur eine Nacht miteinander verbringen würden. Nur eine.*" Kiki stieß einen langen Seufzer aus. „Ich wollte viel mehr Nächte, um Himmels willen. Ich bin noch nie in meinem Leben so hart gekommen."

„Ma'am?" Vor JJ wartete die Barkeeperin auf ihre Bestellung.

JJ grinste reuig und flüsterte: „Sorry, ich habe sowas von gelauscht."

Die Barkeeperin lachte und antwortete ebenso leise: „Cazador zu jagen, lohnt sich, aber ich bezweifle, dass sie Erfolg haben werden. Er hält an seiner Eine-Nacht-Regel fest."

Es lohnt sich, ihm nachzujagen? Das bezweifelte sie doch sehr. Vor allem, wenn er eine Männerhure war. Essen, jetzt. Essen war es wert, gejagt zu werden. JJ lächelte und musterte die Speisekarte.

„Interesse an einer Mahlzeit?"

„Mehr als alles andere auf der Welt. Wenn es noch möglich ist, würde ich mich über eine doppelte Portion der Hähnchenstreifen freuen." Die Wahl würde ihren Magen nicht beunruhigen. Sie hatte morgen ein Bewerbungsgespräch und musste topfit sein. Oh Gott! „Und einen Texas-Eistee, bitte."

„Geht klar."

JJ schaltete die Frauen aus, als sie von eitlen Sorgen überwältigt wurde. Die Fahrt hierher war erstaunlich gewesen, hatte ihr aber gezeigt, wie fehl am Platz sie war. Wälder mit Unterholz, alles so grün. Die Berge hatten ihr den Atem geraubt. Mehr als einmal war sie auf dem Weg an einer Handvoll Geschäften und einer Tankstelle vorbeigefahren, bevor sie merkte, dass es sich um eine Stadt handelte.

Sie hatte keinen zusätzlichen freien Tag bekommen können. Der morgige Tag war für das Vorstellungsgespräch reserviert. Wenn sie so darüber nachdachte, würde sie wohl morgen einen Nachtflug nachhause nehmen.

Zuvor musste sie aber die Gegend ein wenig erkunden.

Und vielleicht würde sie mit einem Jobangebot zurückfahren. Vielleicht. Hoffentlich.

Vor dem Kamin in der Lounge des Resorts rollte Cazador sein Glas Bier zwischen seinen Handflächen. Aus dem Raum hinter ihm kam das leise Summen verschiedener Gespräche. Während er die Flammen beobachtete, löste sich seine Verärgerung langsam auf. Zumindest hatte der Teppich den stampfenden Abgang von Giselle gedämpft, als die kurvige Blondine an die Rezeption zurückkehrte. Diese Frau. Sie dachte, wenn sie weiter flirtete und ihn berührte, würde er seine Meinung ändern und sie in sein Bett holen.

Die ersten paar Male hatte er höflich erklärt, dass er sich nicht auf einheimische Frauen einließ. Dann hatte er sie unverblümt abgewiesen. Schließlich war er zu einem unhöflichen Ton übergegangen. Mit jedem Korb war sie entschlossener geworden.

Er seufzte, legte den Kopf in den Nacken und lauschte dem fröhlichen Knistern des Feuers. Ein Lachen, das gezwungen klang, ertönte von einer der Anchorage-Frauen. Kimberly. Zumindest hatte sie seine Zurückweisung akzeptiert. Er hatte seine Nacht mit ihr genossen, hatte ihre Freunde an einem anderen Abend genossen. Sicher würden ihm die Namen der beiden auch gleich wieder einfallen. Er war gut mit Namen.

Gut mit Frauen.

Nicht so gut darin, ehrlich zu sich selbst zu sein. Denn er hatte sich vorgenommen, heute Abend nach einer warmen, willigen Frau zu suchen, die Konversation und Sex wollte. Deshalb war er zum Resort gekommen. Obwohl es hier Frauen gab, mit denen er noch nie intim gewesen war, saß er grübelnd vor dem Kamin.

Er war gegen Grübeln.

Verdammt. Seine Stimmung war im Keller, seit sich Gabe in seine hübsche Bibliothekarin verliebt hatte.

Die beiden passten gut zusammen, keine Frage. Audrey beruhigte Gabes Verstand, und sein Bruder unterstützte Audrey in ihren Vorhaben. Dadurch fühlte er sich gebraucht. Vor Jahren hatte Caz mit Carmen dieses Gefühl, gebraucht zu werden, auch erfahren. Die Partnerschaft mit einer Frau. Nicht Schulter an Schulter, wie er es mit seinen Brüdern kannte, sondern mehr ...

verflochten. Mit Carmen hatte er das Gefühl gehabt, dass sich ihre Seelen auf die gleiche Weise verbanden, wie es ihre Körper getan hatten. *Dios*, der Schmerz, sie verloren zu haben, war allgegenwärtig. Er hob sein Glas in einem stillen Toast: *Möge ihre Seele glücklich sein, wohin sie auch geflogen war.*

Wenn er sie nur hätte beschützen können.

Im letzten Sommer hatte Makos Psychologenfreund ihn gefragt, ob er beabsichtige, irgendwann mit seinem eigenen Leben fortzufahren. *Nein, Zachary, das hier ist mein Leben.* Trauer war nur ein kleiner Teil des Problems. Was ihn wirklich zurückhielt, war die einfache Tatsache, dass er eine Frau nicht beschützen konnte. Frauen und Kinder waren zu zerbrechlich. Nein, er würde sich nie wieder emotional binden.

Schritte erregten seine Aufmerksamkeit, und zu seinem Ärgernis stellte eine Frau ein Glas und einen Teller mit Hähnchenstreifen auf den niedrigen Tisch vor dem Kamin. Sie machte es sich auf dem Zweisitzer bequem – gleich neben dem Sessel, auf dem er saß. Mit geschlossenen Augen lehnte sie ihren Kopf gegen die Rückenlehne.

Sein Unmut verschwand. Er bezweifelte, dass ihr seine Anwesenheit bewusst war. Sein großer Ohrensessel verbarg ihn vor dem Rest des Raumes; deshalb hatte er ihn gewählt.

Interessante Erscheinung. Ihr Haar war ein Durcheinander aus rotbraunen Locken, die ein paar Zentimeter über ihren Schultern stoppten. Sie hatte markante Gesichtszüge, schmal, mit einem spitzen Kinn und einem breiten Mund. Kein Make-up. Sommersprossen auf Wange und Nase. Verdammt, er mochte Sommersprossen.

Ihre Augenbrauen waren etwas dunkler als ihre Haare. Sie trug eine schlichte marineblaue Bluse. Obwohl sie locker geschnitten war, zeigte sich darunter ein robuster Körper mit geraden Schultern und kleinen hohen Brüsten. Ihre Wangenknochen waren ausgeprägt, ihre Handgelenkknochen standen leicht hervor. Etwas untergewichtig.

Kein Nagellack auf den Fingern. Keine Ringe. Generell kein Schmuck. Sie war nicht der übliche Typ Frau, dem er in der Resort-Bar begegnete. Also würde es nicht überraschend kommen, wenn sich gleich ein Ehemann zu ihr gesellte, der es auf ein Angelwochenende abgesehen hatte. Ihre Augen öffneten sich. Ein atemberaubendes Blaugrün. Als sie ihn sah, setzte sie sich kerzengerade hin und war drauf und dran, aufzustehen. „Oh. Entschuldigung, mir war nicht klar, dass –"

„Ganz ruhig. Ist schon gut." Es schien ihr wirklich leidzutun, also sprach er in einem sanften Tonfall mit ihr. „Ich besitze weder die Stühle noch die Bar – und das Feuer ist sehr angenehm. Ich würde mich über Gesellschaft freuen."

Mit dieser Aussage überraschte er sich selbst, wusste aber, dass es der Wahrheit entsprach, und so wies er sie an, ihren Platz wieder einzunehmen. Es freute ihn, als sie dem nachkam.

„Okay. Danke." Sie lehnte sich vor und nahm sich einen Hähnchenstreifen. „Möchtest du etwas von dem Hähnchen? Ich habe mehr als genug."

Eine großzügige Person. Eine gesellige Person. Besorgnis durchzog ihr Gesicht, sodass ihm klar war, dass sie sich wohler fühlen würde, wenn er das Angebot annahm. „Danke." Er nahm sich einen Hähnchenstreifen und beobachtete, wie die Spannung von ihr abfiel.

Sie kaute das erste Stück und griff mit Begeisterung nach einem zweiten. Natürlich war das Essen hier ausgezeichnet. Sogar Bull stimmte dem zu, weshalb er entschieden hatte, nicht mit McNally's, einem High-End-Restaurant, zu konkurrieren. Stattdessen konzentrierte er sich mit seinem Roadhouse auf Burger und Hausmannskost.

„Bist du hier zum Angeln oder Jagen oder so?", fragte sie. Er erkannte, dass sie sich anstrengte, höflich zu bleiben. Sie flirtete nicht – kein bisschen –, sondern bemühte sich einfach um ein Gesprächsthema. Das war überraschend. Regelrecht erfrischend.

„Nein, ich bin nur für eine Nacht hier", sagte Caz.

„Ich auch. Ich fahre morgen zurück nach Nevada."

„Du bist weit weg von zuhause. Hat dir Alaska gefallen?" Er nahm einen Schluck von seinem Bier.

„Die Berge sind spektakulär – noch erstaunlicher aus der Nähe als aus dem Flugzeug." Sie trank etwa die Hälfte der Flüssigkeit in dem hohen Glas, verzog leicht das Gesicht und starrte auf das Getränk, als hätte es sie gebissen. „Was hat sie da reingemacht?"

„Ist das Getränk nicht nach deinem Geschmack?"

„Das ist kein *Eistee*." Sie kniff die Augen zusammen. Angespannter Kiefer, Augenbrauen zusammengezogen. Der zähe Ausdruck war interessant.

„Darf ich?", fragte Caz. Die Barkeeperin war ein Schatz. Er würde es hassen, wenn sich ein Tourist beschwerte.

Die Frau schob das Getränk zu ihm.

Er nahm einen Schluck von der anderen Seite des Glases. „Es schmeckt wie ein Long Island Eistee, aber vielleicht mit einem extra Schuss von etwas, das ich gerade nicht –"

Ihre Augen weiteten sich. „Long Island Eistee? Das ist ... das ist ein Cocktail."

„Ja. Was hast du bestellt?"

„Einen Texas-Eistee."

Er holte sein Handy heraus und forschte nach. „Google sagt, dass das ein Long Island Eistee mit Bourbon ist."

„Oh, erschieß mich einfach." Sie rollte mit den Augen. „Ich bin ein Idiot. Ich dachte, ich bekomme einen normalen gesüßten Eistee – nichts Alkoholisches."

Von der Menge, die sie gerade getrunken hatte, würde er wetten, dass sie bereits einen sitzen hatte. Long Island Eistees waren tödlich, und diese Barkeeperin ging mit dem Alkohol großzügig um. Nevada musste durstig gewesen sein. Seine Lippen zuckten. „Iss noch etwas von dem Hähnchen."

Sie griff nach einem Streifen und runzelte die Stirn. „Du lachst mich aus."

„Nein, nein, ich wäre nie so unhöflich."

Grinsend zeigte sie mit dem Hähnchenstreifen auf ihn. „Oh, lüg nicht."

Nachdem sie den Streifen verspeist hatte, probierte sie das Getränk erneut. „Es schmeckt wirklich gut. Es schmeckt nicht so stark, aber ich kann den Alkohol fühlen."

Er gluckste. Hätte sie vorgehabt, heute noch zu fahren, hätte er nach ihrem Schlüssel gefragt.

Verlegenheit machte sich in JJ bemerkbar, als sie den Mann ansah. Zuerst hatte sie sich in seine abgelegene Nische gedrängt und dann einen starken Drink getrunken, ohne es zu bemerken. Verdammt, sie spürte bereits, wie der Alkohol in ihren Adern summte. Der Mann musste sie wirklich für eine Idiotin halten.

Schlimmer noch: Er sah einschüchternd gut aus.

Aber nicht wie ein Model oder so. Nein, rauer. Er trug eine lässige schwarze Jeans, ebenso farbene Stiefel und ein langärmeliges Hemd. Er schien ein Latino zu sein. Ziemlich groß, um die einen Meter fünfundachtzig. Und sein Körperbau war nicht sperrig wie bei einem Powerlifter, nein, stattdessen wies er stromlinienförmige Muskeln auf. Die hochgekrempelten Ärmel seines jägergrünen Hemdes zeigten sehnige Unterarme.

Sein schwarzes Haar war kurz, ein paar Strähnen fielen ihm in die Stirn und seine Augen waren ein so dunkles Braun, dass sie fast den Farbton seiner Haare erreichten. Seine Haut war ein wunderschönes Hellbraun, der Ton, nach dem sie sich oft sehnte, da ihre eigene mit Sommersprossen bedeckt war. Ein Bartschatten gab ihm ein gefährliches Erscheinungsbild.

Aber gutaussehende Männer erinnerten sie immer an Nash. So traurig es auch war, es zuzugeben, Männer – hässlich oder nicht – interessierten sie nicht länger. Nicht nach all den Schikanen des letzten Jahres.

Unbekümmert von ihrer Musterung nippte er an seinem Bier und ließ gleichermaßen den Blick über ihre Form schweifen. „Hast du einen Namen, den du gerne mit mir teilen möchtest, Nevada?"

Sie lächelte über die höfliche Formulierung. „Jayden. JJ."

„Jayden. Wunderschöner Name."

„Er klingt noch besser, so wie du ihn aussprichst." Sein spanischer Akzent ließ das J sanfter klingen und verlieh ihrem Namen einen melodischen Klang. Wirklich, er hatte eine erstaunliche Stimme. Sie wollte keinen Mann, aber diesem würde sie sogar dabei zuhören, wie er das Telefonbuch vorlas.

Und dann blinzelte sie, warf einen Blick auf die Bar und erinnerte sich an Kikis Kommentar über einen Mann mit Akzent. *„Kiem-beer-ly, ich sagte dir doch, dass wir nur eine Nacht miteinander verbringen würden. Nur eine."*

Dies war der berüchtigte Cazador.

Ihrem Blick folgend schaute er um die Rückenlehne seines Sessels und entdeckte die drei Frauen an der Bar. Seine Augenbrauen hoben sich. „Mein Name ist Cazador – aber vielleicht weißt du das bereits?"

Sie hatte das Gefühl, dass ihre Wangen nun dem Dunkelrot des Zweisitzers glichen. „Ich ... ja. Ich habe gehört, wie sie über dich gesprochen haben."

Er schien sich nicht angegriffen zu fühlen. Erfreut schien er jedoch auch nicht. Lediglich etwas amüsiert und ... gleichgültig. Als ob es ihm egal wäre, was andere über ihn dachten.

Neid überkam sie. „Sie klangen, als kämen sie oft hierher?" Er war offensichtlich schon einmal hier gewesen. Vielleicht könnte sie etwas über die Gegend lernen, um beim morgigen Bewerbungsgespräch nicht wie ein totaler Idiot zu klingen. Vielleicht würde sie dadurch herausbekommen, ob sie hier leben wollte.

„Das *McNally's* ist nah genug an Anchorage, sodass Frauen

herkommen können, um die Berge zu genießen und sich verwöhnen zu lassen. Der Wellnessbereich genießt einen guten Ruf." Er deutete auf die Gruppe von Männern an einem Tisch. „Nicht jeder Fischer möchte im Schlafsack übernachten. Einige ziehen es vor, in der Lobby abgeholt und zum Boot gefahren zu werden. Nach einem Tag mit der Angelrute werden sie zurückgebracht, während ihr Lachs gereinigt, kaltgestellt und verpackt wird, sodass sie ihren Fang mit nachhause nehmen können."

Sie musterte die Männer. „Beim Angeln dachte ich eigentlich immer an schmutzige Zelte oder Wohnmobile, aber die Methode des Resorts klingt nett." Cazador war wahrscheinlich auch aus Anchorage. Ein Stadtmensch, wenn man Anchorage eine Stadt nennen wollte. Sie machte es sich bequem und war bereits etwas ruhiger, weniger nervös. Ihr Hunger wurde gestillt, und ihr Verstand wies dank des Drinks ein angenehmes Kribbeln auf.

Noch besser: Sie hatte jemanden, mit dem sie reden konnte. Ein Mann, der sie nicht anbaggern würde, aber an einem Gespräch interessiert schien.

Er nahm sein Bier und trank einen Schluck. „Was gefällt dir daran, in Nevada zu leben, JJ? Ich war noch nie dort."

„Nevada ist der einzige Staat mit Area 51 und UFOs."

Als er lachte, grinste sie und fuhr fort: „Wirklich, es ist ein Staat der Kontraste." Sie erzählte ihm von den Eigenheiten Nevadas: von der Glücksspielstadt Las Vegas, umgeben von wunderschönem unberührtem Land und Wildpferden. Von der Wüste, wo es gleichzeitig schneebedeckte Berge und bewaldete Täler gab. Von dem Burning Man Festival und dem Nevada Day. Und während sie redete, fegte Heimweh über sie hinweg. Sie liebte ihren verdammten Staat. Was dachte sie sich nur dabei, umzuziehen?

Sie wandte ihren Blick ab und atmete zittrig ein.

„Ah, *Chica*, morgen geht es nachhause." Seine Stimme war sanft. Wohlgesonnen. Als könnte er spüren, dass das Heimweh einen Kloß in ihrer Kehle formte, übernahm er das Gespräch und bot faszinierende Einblicke über Alaska sowie Vergleiche mit Südamerika, dem Nahen Osten und Europa an. Obwohl der Mann überall gewesen war, erzählte er ihr nicht nur von seinen Abenteuern, sondern stellte ihr auch Fragen. Er hörte zu. Offensichtlich war er an ihrer Meinung interessiert. Als sie ihn nach gefährlichen Wildtieren in Alaska fragte, holte er sein Handy heraus und setzte sich neben sie auf den Zweisitzer. Er hatte erstaunliche Bilder: ein Elch mit einem Baby; ein Elch, der durch eine Innenstadt spazierte; ein Elch, der ein Auto angriff. Bei dem letzten Foto riss sie die Augen weit auf.

„Was ist mit anderen Raubtieren?" Sie errötete. „Ich meine, ich weiß, dass Elche technisch gesehen keine Raubtiere sind, aber –"

„Aber ... sie sind eher geneigt, eine Person anzugreifen als unsere faulen Braunbären."

Sie hielt sein Handy in der Hand, und anstatt es zurückzunehmen, schloss er seine Hand um ihre, um einen weiteren Ordner mit Fotos aufzurufen.

„Oh, Hagrid!" Eine Sekunde später erkannte sie, dass er ihre Hand nicht losgelassen hatte und dass sich sein Knie gegen ihres presste.

JJ neigte den Kopf, um zu ihm aufzuschauen. Sie waren sich so nah, ihre Gesichter nur wenige Zentimeter voneinander entfernt. Ihr Blick fiel auf seinen Mund. Seine Lippen waren wie gemeißelt, nicht so üppig wie bei Frauen, aber auch nicht dünn. Einfach ... perfekt.

Dann lehnte er sich vor und strich mit den Lippen über ihre. Sie zuckte zurück. „Nein."

„Nein?" Hitze brodelte in seinen dunklen Augen.

Plötzlich war sie sich viel zu bewusst, wie nah er ihr saß, wie seine Schulter gegen ihre rieb, der Wärme seines Körpers. Sie ging auf Abstand. Guter Gott, sie hatte auf seinen Mund gestarrt – natürlich hatte er gedacht, sie würde flirten. „Nein."

„Ah, ich habe die Situation falsch eingeschätzt. Bitte verzeih mir." All die Hitze und Sexualität verschwanden, und er bewegte sich ein paar Zentimeter von ihr weg. Sein Gesichtsausdruck zeigte ehrliches Bedauern – keinerlei Wut. Er beschuldigte sie nicht, gemischte Signale ausgesendet zu haben.

Stattdessen deutete er auf das Handy, das sie immer noch hielt ... und auf den zotteligen Bären. „Du meintest, der Bär erinnert dich an Hagrid. Ein Verwandter von dir?"

„Äh, nein." Sie schüttelte den Kopf in scheinbarem Entsetzen. „Hast du Harry Potter nicht gelesen?"

„Ich fürchte, er ist meiner Aufmerksamkeit entgangen. Sind das die Bücher mit dem jungen Zauberer?"

„Filme auch, ja." Sie runzelte die Stirn. „Du bist doch kein Flacherde-Anhänger, oder? Sag mir, dass du *Star Wars* gesehen hast."

„*Star Trek* auch." Als er grinste, konnte sie sehen, warum sich zahlreiche Frauen in den Mann verliebt hatten. „Wen würdest du also für deinen Captain auswählen – Kirk, Picard oder Janeway?"

Das war eine Frage, die bei ihr zu stundenlangen Debatten führen konnte. Sie leerte ihr Getränk und stellte das Glas ab. „Keine Frage; der Beste ist Picard."

Sie argumentierten über Raumschiffkapitäne, über weiße Orks, die beim ersten Mal hätten sterben sollen, bis hin zur Frage, ob der Hulk Superman in einem Kampf besiegen könnte. Sie und ihr Ausbilder Gene hatten regelmäßig Science-Fiction- und Fantasy-Diskussionen geführt, aber mit Cazador machte es noch mehr Spaß. Sie zeigte mit einem ernsten Gesichtsausdruck auf ihn. „Wenn Superman –"

„Letzte Runde."

Bei der Stimme zuckte sie zusammen. Sie hob den Kopf. „Was?"

Die Barkeeperin stand am Kamin. „Letzte Runde, Leute. Die Bar schließt in Kürze."

„Oh." Zeit zu gehen.

„Danke, dass du uns Bescheid gegeben hast." Cazador drehte

sich zu JJ und sein Grinsen blitzte auf. „Hättest du gerne noch einen *Eistee?*"

„Also das war einfach gemein." Sie lächelte die Barkeeperin an. „Ich brauche nichts mehr. Danke."

„Einen schönen Abend noch, Ma'am." Die Barkeeperin zögerte, schaute von ihr zu Cazador und zurück. Dann ging sie. JJ runzelte die Stirn. „Schien sie ...?" Sie schüttelte den Kopf.

JJ musste zugeben, dass es ihr sehr leicht fiel, mit ihm zu sprechen. Als wären sie schon jahrelang Freunde und nicht zwei Fremde, die Zeit in einer Bar totschlugen.

„Sie wollte dich warnen, dass ich Frauen genieße. Was wahr ist." Er stand auf. „Ich muss gehen. Mir war nicht klar, wie lange wir uns bereits unterhalten."

Es war wirklich schon spät – und sie hatte Spaß gehabt. „Ich muss auch zurück in mein Zimmer."

„Darf ich dich zum Aufzug begleiten?" Er streckte seine Hand aus, um ihr auf die Beine zu helfen.

„Sicher." Sie erlaubte ihm, dass er sie auf die Füße zog, und dann verließen sie gemeinsam die Bar und durchquerten die Hotellobby. Nur zwei Angestellte an der Rezeption blieben übrig. Einer lächelte sie an und nickte. Die andere, eine kurvige Blondine mit voluminösen Haaren, runzelte die Stirn und kehrte ihnen den Rücken.

Sie trat in den Aufzug, drehte sich um und lächelte Cazador an. „Danke für die Eskorte – und das nette Gespräch."

„Es war mir ein Vergnügen. Gute Nacht, Nevada." Mit einem Lächeln und einem Nicken ging er zur Rückseite des Hotels.

Sie schüttelte den Kopf. Was für ein erstaunlicher Mann ... obwohl sie sich immer noch ein wenig schämte, den Kuss abgebrochen zu haben. Am Ende spielte das jedoch keine Rolle. Sie würde ihn ohnehin nie wieder sehen.

. . .

Caz rieb sich den Nacken, als er zum hinteren Parkplatz ging. Bedauern machte sich in ihm breit. Er hatte heute Abend nicht nach einer Frau gesucht, und dann war JJ aufgetaucht. Er konnte sich nicht erinnern, wann ihm das letzte Mal ein simples Gespräch so viel gegeben hatte.

Dass er ihre Körpersprache missverstanden hatte und ihr einen Kuss aufdrängen wollte, war ein bisschen beunruhigend. Ihre Lippen waren weich gewesen ...

Aufhören. Sie hatte nichts anderes gewollt als jemanden, mit dem sie reden konnte, und er respektierte das ... unabhängig von seinem Bedauern. Er hatte es genossen, sie kennenzulernen. Faszinierende Frau. Die Art und Weise, wie sie von einem beeindruckenden Selbstvertrauen zu einem Hauch von Unsicherheit gesprungen war. Sie hatte keine Angst, über sich selbst zu lachen, sprach nicht schlecht über andere Frauen. Und hatte ihm direkt in die Augen gesehen.

Obwohl Frauen bezaubernd waren, wenn sie sich kleideten, um Aufmerksamkeit zu erregen, schätzte er eine Frau, die sich wohlfühlte, wie sie auf die Welt gekommen war – ohne die Fassade von Make-up, Schmuck und ausgefallener Kleidung.

Und eine, die Science-Fiction und Fantasy mochte? Ein seltener Schatz.

Er sollte Audrey fragen, ob sie in ihrer Bibliothek den ersten Band von Harry Potter vorrätig hatte.

KAPITEL VIER

W *enn du kämpfst, dann kämpfe, als wärst du der dritte Affe auf der Rampe zu Noahs Arche ... und, Junge, es fängt an zu regnen.*
~ Christopher Woods

Mit müden Augen fuhr JJ entlang der Hauptstraße von Rescue. Obwohl ihre Nerven – und zwei Tassen Kaffee – sicherlich halfen, sie wach zu halten, spürte ihr Körper den Schlafmangel. Nachdem sie und Cazador am Fahrstuhl getrennte Wege gegangen waren und sie in ihr Zimmer zurückgekehrt war, konnte sie nicht einschlafen. Hellwach hatte sie entschieden, etwas zu lesen.

Nichts entspannte ein Mädchen mehr, als über zwei Gestalt-wandler-Pumas zu lesen, die einem weiblichen Marine den Hof machten.

JJ parkte ihren Mietwagen vor dem Gemeindehaus von Rescue und stieg aus. Neben dem Fahrzeug drehte sie sich langsam im Kreis.

Das war Rescue? Gene behielt Recht; die Stadt war winzig.

Von Anchorage aus waren der Sterling und der Seward Highway asphaltiert, ebenso wie die Dall Road zum *McNally's*. Aber einmal von den Highways runter gab es nur auf den beiden Straßen im Zentrum Pflasterstein. Die anderen Fahrwege waren Schotterstraßen.

Doch die Stadt war charmant. Die zweistöckigen Schindelgebäude sahen frischgestrichen aus und stellten eine interessante Mischung aus rustikal und viktorianisch dar. Die satten Farben – Gold und Dunkelgrün, Hellbraun und Mahagoni, Ziegelrot und Hellgelb, Grün und Weiß – belebten die kastenförmigen Gebäude. Im Süden waren ein glitzernder See und grüne Wälder zu erkennen, die sich zu dunklen Berggipfeln mit weißen Gletschern erhoben. So schön.

Obwohl sie ein paar leerstehende Gebäude sah, waren die meisten Geschäfte offen und zeigten den Stolz des Besitzers, der das Markenzeichen einer guten Stadt war.

Also gut. Sie sah auf die Uhr. Showtime.

Sie glättete ihre dunkelblaue Hose und wischte gleichzeitig ihre feuchten Handflächen an dem Stoff ab, bevor sie ihren dunkelblauen Blazer richtete. Unter dem Blazer trug sie eine khakifarbene Bluse, da sich eine clevere Bewerberin stets passend für den Job kleidete, den sie wollte. Das Internet hatte ein Bild von Gabriel MacNair, dem Polizeichef, in einem khakifarbenen Uniformhemd mit dunkelblauer Jeans zur Verfügung gestellt. Ihr heutiges Farbschema.

Bewerbungsgespräche. Folter. Noch schlimmer, als eine Starthand mit einer Zwei und einer Sieben bei Texas Hold'em zu bekommen. Oder der Empfänger einer Rektalsonde von Aliens zu sein.

Sie schnaubte. Das waren keine Vergleiche, die sie mit ihrem potenziellen neuen Boss teilen würde.

Nachdem sie ihre konservative schwarze Umhängetasche über die Schulter geworfen hatte, ging sie zügig die Stufen hinauf und durch die gläsernen Türen in das große Gemeindehaus.

In Eingangsbereich saß eine ältere blonde Frau in ihren späten Vierzigern hinter einer halbkreisförmigen Rezeption. Auf dem

Namensschild stand Regina Schroeder. Die Frau blickte höflich lächelnd auf. „Guten Morgen. Was kann ich für Sie tun?"

„Ich heiße Jayden Jenner und habe einen Termin mit Chief MacNair."

Der Blick der Frau zeigte Interesse, doch sie sagte nur: „Natürlich. Gehen Sie einfach durch diese Tür in die Polizeistation. Indessen werde ich den Chief wissen lassen, dass Sie hier sind." Sie deutete auf die Tür links von JJ.

POLIZEISTATION RESCUE.

„Danke." Als JJ durch die Tür ging, erhöhte sich ihre Herzfrequenz. Vielleicht – hoffentlich – konnte sie dem entwürdigenden Klima der Polizeistation in Weiler entkommen. *Bitte lass das geschehen.*

Sie blickte sich um. Der Teil des Gebäudes, der die Polizeistation beherbergte, war nicht riesig, aber mehr als ausreichend für das kleine Rescue. Die Tür von der Lobby öffnete sich zu einem Großraumbüro mit einem zentralen Konferenztisch und mehreren kleineren Schreibtischen an den Wänden. Ganz hinten befanden sich die Büros.

Ein Mann kam aus dem Büro des Polizeichefs. Solide und muskulös. Einen Meter fünfundachtzig. Grobe Gesichtszüge und rasiert. Kurzes braunes Haar. Dunkelblaue Augen.

„Officer Jenner. Ich bin Chief MacNair." Er streckte die Hand aus.

Als sie ihm die Hand schüttelte und bemerkte, dass sein Griff stark war, ohne überwältigend zu sein, wurde ihre Hoffnung geweckt. Er hatte sie mit Officer angesprochen, so wie er es mit jedem männlichen Bewerber tun würde. Er erkannte an, dass sie ein Profi war. Sein Blick war nicht anzüglich, sondern eine nicht-sexuelle Einschätzung ihres Körpers und ob sie in der Lage wäre, den Job eines Polizisten zu erledigen.

Er deutete auf das Büro hinter ihm. „Dann wollen wir mal."

Während er sich hinter dem Schreibtisch niederließ, nahm sie gegenüber von ihm Platz.

Die Fragen waren direkt und ähnelten denen, die sie beantwortet hatte, als sie in Weiler eingestellt wurde. Erfahrung, Stärken, Schwächen.

„Haben Sie Fragen zu den Informationen, die ich geschickt habe – Gehalt, Zusatzleistungen und Lebenshaltungskosten in Alaska?" Chief MacNair hatte ein Lächeln, das bei der Bevölkerung sicher gut ankam.

„Nein. Es war alles klar." Sie erwiderte das Lächeln und hoffte, dass er mit den Fragen fertig war.

Aber nein.

„Ich würde gerne wissen, was Sie in die Strafverfolgung geführt hat." Er schob den Notizblock von sich und lehnte sich in seinem Stuhl zurück.

„Mein Vater war Streifenpolizist und liebte den Job. Mein Plan war es, in seine Fußstapfen zu treten."

Sie wollte es dabei belassen, aber der Chief runzelte die Stirn. „Plan? Haben Sie es sich anders überlegt?"

So viel dazu, das Thema ihrer Vergangenheit zu meiden. Nicht, dass es ein Geheimnis war, aber trotzdem ... „Er starb, als ich zwölf war. Wir schafften es, über die Runden zu kommen" – geradeso – „als ich jedoch sechzehn war, hatte meine Mutter einen Schlaganfall. Sie brauchte mich. Also konnte ich die Polizeiakademie nicht mehr besuchen, geschweige denn, einen Job mit unregelmäßigen und langen Arbeitszeiten annehmen."

„Ich verstehe. Nun sind Sie aber Officer. Kann ich davon ausgehen, dass sich der Gesundheitszustand Ihrer Mutter verbessert hat?"

„Nein." Der Verlust war immer noch ein schmerzhaftes Loch in ihrem Herzen. Sie spürte, wie ihre Schultern vor Kummer zusammensackten. „Als ich zwanzig war, wurde sie auf dem Weg nachhause von einem Auto angefahren. Sie hat es nicht geschafft."

Sein Blick zeigte Mitgefühl. „Es tut mir leid. Das kann nicht einfach gewesen sein."

Verheerend traf es eher. „Ich war gerade auf dem Weg nachhause, und ich sah die Lichter, sah ... sie." Der Schmerz fegte über sie hinweg und sie atmete zittrig ein. „Bei den Ersthelfern waren zwei Polizisten. Der Mann war" – ein Arschloch – „gefühllos und gleichgültig. Die Polizistin hat sich um mich gekümmert, während sie gleichzeitig den Tatort in Augenschein genommen hatte. Sie wurde zu einem Vorbild. Diese Art von Person wollte ich auch sein."

„Ah. Danke. Das wollte ich wissen." Der Chief musterte sie. „Jetzt lassen Sie uns darüber sprechen, warum Sie den Standort wechseln möchten."

Panik erhob sich in ihr, und sie rutschte auf dem Stuhl herum – eine Geste, die mehr sagte als tausend Worte.

Er kniff die Augen zusammen.

Oh, verdammt. MacNair hatte vielleicht kein Problem damit, eine Frau einzustellen, aber er würde sich auch nicht vom Gegenteil überzeugen lassen, wenn er sich gegen jemanden entschied.

„Obwohl meine ersten Jahre in der Weiler-Station herausfordernd waren, habe ich auch viel aus ihnen gewinnen können. Ich hatte das Gefühl, einen Beitrag zur Gemeinschaft zu leisten, und wurde für meine Fähigkeiten geschätzt."

Er hielt einen Finger hoch. „Welche Fähigkeiten sind das?"

„Ich bin gut darin, Probleme zu lösen. Tatsächlich habe ich darauf hingearbeitet, Detective zu werden. Ich bin ein ausgezeichneter Verhandlungsführer, kann viele hässliche Situationen entschärfen. Leute scheinen mich zu mögen." Zumindest diejenigen, die über das Ende ihrer Schwänze hinausblicken konnten.

„Kinder vertrauen mir. Ich bin ein erfahrener Befrager."

Er nickte mit unleserlichem Gesicht. „Sehr gut. Aber jetzt verlassen Sie Weiler? Warum?"

Ihre Muskeln spannten sich an. „Ich bin bereit für eine neue Herausforderung. Für –"

„Für eine Station, in der Sie nicht für Ihr Geschlecht schikaniert werden?", fragte er sanft.

Er wusste es. Ihr Magen drehte sich, aber sie bewegte sich nicht vom Fleck. „Ähm ..."

„Sie sind der einzige weibliche Polizist in diesem Revier. Es scheint, als hätten Sie mit ein paar Schwierigkeiten zu kämpfen gehabt." Er tippte mit einem Finger auf den Ordner. „Eine Freundin von mir ist sehr gut, wenn es um Nachforschungen geht, einschließlich der Prüfung sozialer Medien." Nash – und später fast jeder – hatte sie auf Facebook verunglimpft. Sie hatten Dinge gepostet, die darauf hindeuteten, dass sie die Schlampe des Departments war. Dass sie sich an verheiratete Männer und Kerle mit Freundinnen ranmachte. Dass sie sich an die Spitze ficken wollte. Und in jüngster Zeit gab es Vorwürfe, sie sei aggressiv und außer Kontrolle geraten.

Der Chief schob ihre Bewerbung zur Seite. „Wie viele Kämpfe haben Sie begonnen?"

„Keinen."

Bei seinem ausdruckslosen Blick seufzte sie. „Wenn jemand meine Brüste oder meinen Arsch packt, dann haben sie meiner Meinung nach den Kampf begonnen. Ich habe drei Kämpfe *beendet*."

Seine Augenbrauen hoben sich. „Bedeutet das, Sie haben gewonnen?"

„Ja, Sir. Das habe ich." Sie hatte das Jahr nach dem Tod ihrer Mutter damit verbracht, stärker zu werden und zu lernen, zu kämpfen und zu schießen. In den Jahren seit der Akademie hatte sie in dem Punkt nicht nachgelassen.

„Das freut mich." Er legte seine Unterarme auf den Schreibtisch. „Officer, ich beurteile die Leistung nicht nach Geschlecht. Die alaskische Bevölkerung kann jedoch sexistisch sein. Tatsächlich haben wir außerhalb der Stadt eine weiße, religiös-fundamentalistische Milizgruppe."

Sie lehnte sich einen ganzen Zentimeter zurück und starrte ihn an. Er meinte es ernst. Eine Milizgruppe? Ihre Schultern sackten zusammen. Verdammt, sie war es leid, zuerst nach ihrem

Geschlecht und dann nach ihren Fähigkeiten beurteilt zu werden. Sie mochte ihren ersten Eindruck dieser Stadt, mochte –

Schreie kamen von der Straße. „Du verdammte Stadtratte, bring deinen stinkenden Arsch zurück, wo er –"

Chief MacNair warf einen Blick aus dem Fenster, das zur Straße zeigte. „Scheiße." Er stand auf. „Entschuldigen Sie mich. Ich bin gleich wieder bei Ihnen."

Er war weg, bevor sie antworten konnte.

Das Geschrei gewann an Lautstärke. Es klang, als würden mehrere Leute den jungen Mann aus der Stadt anbrüllen.

Nein, so ging das nicht. Der Chief gegen einen Haufen Leute?

Ein kalter Schauer durchlief sie. Wenn sie den Job bekäme, wären sie nur zu zweit, was bedeutete, dass sie die meiste Zeit niemanden an ihrer Seite hätte.

Trotzdem war sie jetzt hier. Sie schob ihre Umhängetasche unter den Schreibtisch, zog ihre Jacke aus, warf sie auf den Stuhl und rannte auf die Straße. Dass sie keine Schusswaffe an ihrem Gürtel trug, nagte an ihr.

Einmal auf der Straße runzelte sie die Stirn.

Fünf Männer ignorierten den Befehl von Chief MacNair, einen Schritt zurückzutreten, und stießen und schlugen einen schlanken, knapp zwanzig Jahre alten, glatt rasierten jungen Mann. Die Mobber hatten alle Bärte, und JJ betitelte sie nach Eigenschaften: Fuchsrot, Strähnig, Sandfarben, Buzzcut und Braunbär.

Fünf zu eins? Arschlöcher. Wut brodelte in ihrem Körper.

Mit finsterer Miene zielte der Chief mit der Faust auf Mr. Sandfarben, der sogleich auf seinen Arsch fiel. Der Chief wich dem Schlag von Fuchsrot aus und versetzte dem Mann dann ein paar harte Schläge. Danach war Fuchsrot zu beschäftigt damit, seine Eingeweide auszukotzen.

JJ nickte zustimmend. Der Chief zeigte Talent.

Er trat vor Buzzcut und schob ihn mit einem Stoß gegen das

Brustbein von dem Stadtjungen weg. Als er sein Gleichgewicht wiedererlangte, raste Buzzcut auf MacNair zu.

Leider war es eindeutig, dass Strähnig und Braunbär drauf und dran waren, sich dem Kampf anzuschließen.

Oh nein, ganz sicher nicht. Mit rasendem Puls trat JJ vor sie und stemmte ihre Hände auf die Hüften. „Tretet zurück, sonst muss ich euch ins Revier bringen." Nicht, dass sie in diesem Staat Befehlsmacht hatte, aber ...

„Was hast du gerade gesagt, Schlampe?", zischte Mr. Strähnig. „Geh verdammt nochmal aus dem Weg."

Als sie sich nicht bewegte, versuchte er, sie zu schlagen. Gipfel der Beleidigung.

Sie blockte ihn und schlug ihre Faust in seinen Bierbauch. Das Schöne daran, klein zu sein, war, dass ihre Faust ihren Gegner tatsächlich mehr verletzte, als das eine größere Hand könnte. Sein Atem platzte aus ihm heraus. Als er mit seiner Faust auf ihren Kopf zielte, zog sie ihm den Boden unter den Füßen weg.

Sein Kopf traf auf den Bürgersteig – damit war er fertig.

Ohne zu zögern, wich sie Braunbärs Schlag aus, näherte sich ihm und schlug ihm ihre Fingerknöchel in seinen unteren Rücken – seine Niere.

Während sie von ihm ein qualvolles Geräusch vernahm, sah sie, dass Sandbraun auf sie zuraste.

Sie wich ihm aus, trat Braunbär in den Arsch und schickte ihn kopfüber in eine abgesperrte Baustelle. Sofort wirbelte sie zu Sandfarben herum.

Er schrie etwas Profanes, war aber so wütend, dass er die Worte verstümmelte.

Sie duckte sich, vermied seine Faust, kam wieder nach oben und teilte Schläge gegen seinen Bauch und sein Kinn aus. Dann nahm sie etwas von rechts wahr.

Zu spät. Es kollidierte mit ihrem Kopf. Schmerz explodierte in ihrem Schädel, ihre Knie knickten ein und die Welt verschwamm vor ihren Augen.

„Fuck." Das war das Knurren des Chiefs, und dann stieß ein Mann einen hohen Schrei aus.

Braunbär landete neben einem Auto auf dem Asphalt, und eine Holzlatte fiel ihm aus der Hand. Bewusstlos. Mit dem Sichtfeld noch immer verschwommen, hörte sie ein Brüllen und die Laute von Faustschlägen. Sie versuchte, aufzustehen und ... scheiterte.

Mr. Sandfarben schnappte sich die Latte und stürmte auf den Chief zu. JJ stellte dem Bastard ein Bein. Er stolperte und landete auf Mr. Braunbär, sein Kopf krachte gegen das Auto und sein ganzer Körper erschlaffte.

Erledigt.

JJ blinzelte und erkannte, dass etwas Warmes über ihr Gesicht lief. Sie hob die Finger an die Stelle. Regnete es? Ihre Finger kamen blutbedeckt zurück. Ihr Blut. Die Seite ihres Kopfes pochte, als wäre sie von einer schweren Holzlatte getroffen worden.

Oh, richtig. Genau das war passiert.

„Wow, Chief. Brauchst Hilfe?"

„Dante. Eine helfende Hand wäre nett." Der Chief rollte Braunbär auf den Bauch, legte ihm Handschellen an und tat dasselbe mit Sandfarben. „Kannst du die Arschlöcher babysitten, während ich den Officer in die Klinik bringe?"

„Mach ich, Gabe." Der Mann wies einen gedehnten Akzent auf, der heller wirkte, als er sagte: „Officer, ja? Du hast uns endlich einen neuen Polizisten besorgt?"

MacNair hockte sich neben JJ. „Sie bluten, Officer. Das muss sich jemand ansehen."

Immer wieder geriet die Welt außer Fokus. Als er sie auf die Füße hob, wankte ihr Körper wie in einem Kanu, und er legte einen Arm um ihre Taille.

„Sorry, sorry." Sie konzentrierte sich darauf, einen Fuß vor den anderen zu setzen. Die Welt wurde dunkel ... und sie geriet in

Panik, bis sie merkte, dass sie ein Gebäude betreten hatten. Der Empfangsbereich des Gemeindehauses.

„Oh, verdammt, Gabe. So sollte man kein Bewerbungsgespräch führen." Die tadelnde Stimme klang vertraut. Die Rezeptionistin. Der Chief gluckste. „Mein Fehler. Ist der Doc im Haus?"

„Ist er. Geh nur rein."

MacNair steuerte sie nach rechts und durch eine Tür.

„Doc, ich habe eine Patientin für dich." Die laute Stimme des Chiefs hallte im Raum wider. Irgendwo weinte ein Kind. Ein paar Leute unterhielten sich. „Sie wurde mit einer Holzlatte auf den Kopf geschlagen und ist ziemlich benebelt."

„Mir geht's gut." Sie versuchte, die Schultern durchzudrücken.

„Nein, geht's dir nicht." Der Chief klang mehr amüsiert als verärgert. Und was war aus dem Siezen geworden?

„Bring sie in Zimmer Zwei, 'mano." Die Stimme mit dem spanischen Akzent verbarg etwas Geschmeidiges, Warmes, Maskulines und nur allzu Vertrautes.

Nein. Das konnte nicht sein.

Ihre Knie knickten ein und der Griff des Chiefs wurde fester.

„Zimmer Zwei. Nur noch ein paar Schritte, Officer."

Stimmen kamen aus einem anderen Raum. „Bring Niko in zehn Tagen zurück, und ich werde die Nähte ziehen. Nicht vergessen, was ich dir über Infektionen gesagt habe."

„Wird gemacht. Danke, Doc."

„Hier, Officer." Der Chief führte sie in einen kleinen Raum und half ihr auf den Untersuchungstisch.

Der Mann, den sie in der vergangenen Nacht kennengelernt hatte, betrat den Raum. Er sah sie und hielt abrupt inne.

JJ hob ihre Hand an ihren schmerzenden Kopf und spürte warmes Blut. Im nächsten Moment sah sie doppelt.

Cazador. Er war es wirklich. Er trug eine schwarze Jeans, ebenso farbene Sneaker und einen weißen Kittel über einem schwarzen T-Shirt. Vielleicht hatte sie eine Gehirnerschütterung, aber er war immer noch der attraktivste Mann, den sie je gesehen hatte.

„*Ay, pobrecita*", murmelte er. Warme Finger legten sich unter ihr Kinn und neigten ihren Kopf nach oben. „Officer, hmm?"

„Ähm ..." Was auch immer sie hatte sagen wollen, wurde unter dem Ansturm seiner dunklen, dunklen Augen aus ihren Gedanken gelöscht.

„Lass uns diese Blutung stoppen." Er streifte sich Handschuhe über, verwendete Gaze und übte Druck auf die Wunde aus. Sie quietschte.

„Tut mir leid." Er hielt ihren Kopf fest, ohne den Druck zu mindern. Als sie einatmete, konnte sie sein Aftershave riechen – Vetiver und Limette. Wie gestern Abend. Eine gute Erinnerung an nette Gespräche und Kameradschaft. Zusammen mit einem Hauch von Verlegenheit.

Sie versuchte, den Kopf zu schütteln, jedoch erlaubte er ihr die Bewegung nicht.

„Still halten –"

„Ihr Name ist Jayden. Jayden Jenner", sagte der Chief. „Officer Jenner, das ist Caz oder Cazador oder Doc."

„Officer Jenner", murmelte Cazador höflich.

„Wenn du mich schon zusammenflicken musst, kannst du mich auch JJ nennen."

Belustigung zeigte sich in Cazadors Augen. „JJ." Er nahm die Gaze weg und betrachtete ihre Wunde. „Die Blutung ist gestoppt." Er warf einen Blick auf den Chief. „Wieso hat sie sich in den Weg einer Holzlatte geworfen?"

„Straßenkampf. Fünf der Zeloten haben einen Touristen terrorisiert." Der Chief entließ ein Lachen. „Seltsamstes Ende eines Vorstellungsgesprächs, das ich jemals erlebt habe."

„Sie ist hier, um sich bei dir vorzustellen, und du hast sie in eine Schlägerei gezogen?" Der Arzt öffnete auf dem Rolltisch eine Packung mit Verbänden, bevor er dem Chief einen missbilligenden Blick zuwarf. „Bei Bewerbungsgesprächen in meiner

58

Branche stellen wir Fragen und schauen uns Lebensläufe an. Wir reichen ihnen kein Skalpell, bevor sie eingestellt wurden. Was zum Teufel, Gabe?"

„Sie hat selbst eingegriffen, um mir Rückendeckung zu geben – und sie hat zweieinhalb Männer im Alleingang ausgeschaltet. Sie ist fast so schnell wie du." Die Stimme des Chiefs klang nun wärmer: „Gut gemacht, Officer."

„Abgesehen davon, dass ich von der Holzlatte erwischt wurde", murmelte sie.

„Leben und lernen. Nächstes Mal wirst du vorsichtiger sein, wenn es darum geht, was sich hinter dir abspielt", sagte der Chief.

Nächstes Mal? Hatte er –

„Sieh mich an, JJ." Die böse Stiftlampe blendete sie, als der Arzt die Standardfragen stellte, um zu sehen, ob sie eine Gehirnerschütterung hatte. Hatte sie Allergien? Wo schmerzte es noch?

Es war ein bisschen tröstlich, dass sie ihn gestern Abend kennengelernt hatte. Und es war auch ziemlich unangenehm.

„Leg dich hin. Ich will nicht, dass du schwankst, wenn ich mit der Nadel komme." Mit der Hand hinter ihrer Schulter führte Cazador sie in eine liegende Position.

„Doktor." Ihr Kopf drehte sich. Sie schob seine Hand weg und versuchte, sich wieder aufzusetzen. „Keine Nadeln."

„Doch, Nadeln. Auf der Stirn liegt zu viel Spannung, um die Wunde zu kleben." Seine Hand schloss sich um ihre Schulter und hielt sie still. „Und nenn mich bitte Caz oder Cazador. Ich bin Nurse Practitioner, kein Arzt."

„Die Leute nennen dich Doc."

Als er sich mit einer winzigen Nadel über sie lehnte und sie versuchte, sich abzuwenden, entließ er ein tadelndes Geräusch und sagte mit fester Stimme: „Nicht bewegen, Officer Jenner." Sie gab den Rückzug auf und er fuhr fort: „Eine Reihe von Leuten hat das Bedürfnis, mich Doc zu nennen, einschließlich dieses *Pendejo*."

Pendejo. Hatte er den Chief gerade ein Arschloch genannt?

MacNair gluckste. „Du hast mir den Titel des Chiefs verpasst. Dann darf ich dich auch Doc nennen."

Cazador schnaubte und warnte sie dann: „Kleine Nadel."

Sie schloss die Augen und ihr ganzer Körper spannte sich an. Aber er war gut in seinem Handwerk. Es gab nur einen kleinen Stich, dann noch einen und noch einen.

„Betäubungsspritze erledigt. Du hast dich gut gemacht." Seine tiefe, samtig weiche Stimme erzwang Vertrauen.

Als gebrüllte Kraftausdrücke von der Straße hereinwehten, grunzte der Chief. „Ich muss mich mit diesen Idioten auseinandersetzen. Kannst du sie hier behalten, bis sie wieder auf den Beinen ist, Caz?"

Die dunklen Augen des Arztes fanden die ihren. „Gerne doch."

JJ hätte mit den Augen gerollt, wenn ihr der Kopf nicht so wehgetan hätte. „Ja, du liebst es einfach, benebelte Polizisten babysitten zu müssen, da bin ich mir sicher."

Der Doc lächelte sie an. „Solange du hier bist, können wir über die Auswirkung von Anti-Superhelden auf die nächste Generation streiten."

Ein Köder, der überzeugender war, als einen Schokoriegel angeboten zu bekommen.

„Officer Jenner." Der Chief erregte ihre Aufmerksamkeit. „Gute Arbeit mit der Verstärkung."

Ein Kompliment. Wie toll war das?

„Die Position gehört dir, wenn du sie willst."

Sie starrte ihn verdutzt an. Es dauerte eine Weile, bis sie es schaffte, den Mund zuzuklappen. Sie konnte hier in dieser kleinen Stadt arbeiten, an einem Ort, an dem sie offensichtlich gebraucht wurde. Ein Ort, der sie hoffentlich willkommen heißen würde. Der Mann auf der Straße, Dante, hatte sich gefreut, dass der Chief jemanden einstellen wollte. Sie könnte hier reinpassen. Dann hätte sie wieder eine Gemeinschaft, der sie dienen könnte, und eine Stadt, zu der sie gehören wollte. Sehnsucht schwoll in ihr an.

Als sie sich an das Kompliment des Chiefs erinnerte, war sie noch angetaner. Sie könnte mit diesem Mann, mit Chief MacNair, zusammenarbeiten und auch von ihm lernen. „Ich akzeptiere."

„Hervorragend. Nimm dir etwas Zeit und erhol dich, während ich diese Idioten in unsere symbolische Gefängniszelle stopfe."

„Symbolisch?"

„Ja, es ist ein verstärkter Raum, in dem wir Schurken verstauen, bis die Trooper sie uns abnehmen können. Wir haben nicht das Personal, um jemanden langfristig unterzubringen. Die Trooper nehmen auch Einsatzanrufe entgegen, wenn wir nicht im Dienst sind. Rescue kann es sich nicht leisten, rund um die Uhr Polizeipersonal zu beschäftigen."

„Oh. Das ergibt Sinn."

Der Chief lächelte. „Komm zurück in die Station, wenn Caz mit dir fertig ist. Dann können wir uns um den Papierkram kümmern."

Er behandelte sie nicht wie ein zerbrechliches Kaninchen, das nachhause geschickt und verwöhnt werden musste. Ja, das würde funktionieren. „Mach ich, Chief."

Als Gabe den Raum verließ, machte der Doc ein missbilligendes Geräusch und seine Augenbrauen zogen sich zusammen.

„Was ist?", fragte sie.

„Du hast noch nicht einmal angefangen und blutest bereits."

Sie runzelte die Stirn. „Würdest du das auch zu einem Mann sagen?"

„Männer sind nicht ..." Er murmelte etwas in einem genervten Ton. „Verzeih mir, du hast Recht. Das war unpassend."

„Mach dir keine Sorgen. Das nächste Mal werde ich das Blut mit dem Wasserschlauch abspritzen, bevor ich deine Klinik betrete." Das nächste Mal – denn sie hatte einen Job. Trotz ihres schmerzenden Kopfes formten sich ihre Lippen zu einem Lächeln.

Er grummelte seinen Unmut und nähte sie dann schweigend zusammen.

Ein Job. In ihren Gedanken stellte sie sich vor, wie sie in die Polizeistation in Weiler marschierte und ihre Kündigung einreichte. Aber ... so schön die Vorstellung auch war, sie sollte wirklich ein bisschen mehr über diese Entscheidung nachdenken. Pragmatisch sollte sie vorgehen.

Das Gehalt war hoch genug, um die gestiegenen Lebenshaltungskosten in Alaska auszugleichen. Die Zusatzleistungen waren Standard.

Arbeiten mit Gabe – definitiv ein Plus. Regina, die Empfangsdame, war nett gewesen. Auch eine kleine Stadt in Alaska wäre wahrscheinlich eine Mischung aus Gut und Böse. Die meisten Leute schienen jedoch freundlich zu sein. Die Sekte war ein unschönes Minus.

Dann war da noch dieser Mann ...

Mit den Fingern unter ihrem Kinn hob er ihren Kopf. „Wir sind fertig. Ich gebe dir etwas Mildes gegen die Kopfschmerzen, und du bleibst hier, bis das Schwindelgefühl vorüber ist." Seine Augen hatten die warme Farbe dunkler Schokolade ... und waren unnachgiebig wie Stein. Möglich, dass er noch sturer war als sie.

Er war auf jeden Fall überfürsorglich. Und sie wollte seine Sorge nicht, so herzerwärmend es auch war.

Sie hatte ihn in einer Bar kennengelernt. Sie hatten eine erstaunliche Diskussion geführt. Er hatte einen Annäherungsversuch gewagt. Sie hatte ihm einen Korb gegeben. So viel also dazu. Sie konnte es sich nicht leisten, diesen Job zu verlieren, und nach Weiler wusste sie, wie katastrophal Klatsch sein konnte. In einer Kleinstadt wäre das noch schlimmer. Es stand außer Frage, dass sie mit ihm jemals über die Beziehung zwischen einer Patientin und ihres Arztes hinausgehen würde.

Sie nickte ihm zu und sagte höflich: „Jawohl, Doc."

Seine Lippen pressten sich zusammen, und dann erwiderte er das Nicken. „*Comprendo.*" *Ich verstehe.*

Gut genug.

Neuer Job, neue Stadt. Sie würde sich auf ihre Karriere konzentrieren und sich von Männern fernhalten.

Mit einem erleichterten Seufzer beendete Caz die Therapieverläufe in seinem Büro. Es handelte sich um die üblichen Sachen wie Erkältungen, Grippe, Krebs und Infektionen, Schlägereien unter Alkoholeinfluss und Kinder, die über jeden scharfen Gegenstand stolperten, der zu finden war. Dazu Jagdunfälle und idiotische Fischer, die sich selbst und nicht ihren Fang filetierten, und der Tag fühlte sich endlos an.

Er lehnte sich zurück, streckte sich und genoss die Stille. Seine Klinik war in Betrieb. Er hatte sogar fast die gesamte Ausrüstung, die er brauchte. In einem weiteren Monat oder so würde er einen Vollzeit-Arzthelfer einstellen. Vorerst würden Teilzeitleute ausreichen.

Die Rezeptionistin mit der Polizeistation zu teilen, funktionierte besser, als er erwartet hatte. Irgendwann würde die Bevölkerung vielleicht so stark anwachsen, dass er mehr Personal einstellen und somit sein eigenes Wartezimmer und seine eigene Rezeption besetzen konnte.

Nach dem Umbau hatte die Klinik nun ein effizientes Innenleben. Hinter der derzeit ungenutzten Rezeption befand sich das Büro mit Computer, Fax und Drucker. Ein Korridor führte zu seinem Büro, den drei Untersuchungsräumen und dem Behandlungsraum.

Praktischerweise öffnete sich auch eine Tür vom vorderen Büro in seins, sodass er, wenn er allein hier war, die Tür offenließ, um zu sehen, wer kam und ging.

Wie jetzt zum Beispiel. Er lächelte, als sein Bruder eintrat.

Gabe richtete einen mürrischen Blick auf ihn.

„Problem, *'mano?*"

„Vielleicht." Gabe setzte sich auf den anderen Stuhl im Raum und streckte seine langen Beine aus. „JJ meinte, dass sie die letzte Nacht im Resort verbracht hat. Dein Jagdrevier." Leider erlaubte es Gabes jahrelange Erfahrung als Polizist, zu sehen, was direkt vor seiner Nase lag, und Caz' Interesse an JJ war wahrscheinlich mehr als offensichtlich.

„Ah, mach mich nur fertig. Wie ein Stich ins Herz fühlt sich das an." Caz packte sich an seine Brust. „Erinnert mich doch stark an den Tag, an dem Mako unseren Vorrat an Playboys im Loft entdeckt hat." Für jede einzelne Seite hatten sie einen Liegestütz machen müssen. Die verfluchten Magazine waren viel zu lang.

„Meine Armmuskeln waren am nächsten Tag so wund, dass ich mir nicht einmal die Haare kämmen konnte." Gabe grinste. „Eigentlich hatte er Recht. Verdammt, du warst erst zwölf. Und ... wechselst du gerade das Thema?"

„Nein, *mi hermano*, tue ich nicht." Caz schaltete seinen Laptop aus. „Ich sage, dass Männer sich nun mal für Frauen interessieren. Du und Mako lehnt das vielleicht ab, aber die Biologie lässt sich nicht aufhalten."

Gabe presste die Lippen zusammen. „Hör zu –"

„Nein. Du hörst zu. Wir sind uns begegnet. Es gab Interesse. Sie meinte, sie sei aus Nevada, erwähnte nicht, dass sie für ein Vorstellungsgespräch hier ist. Ich habe sie jedoch nicht gefickt." Obwohl er es auf jeden Fall gewollt hatte. „Wir haben einfach geredet."

„Oh. Okay. Tut mir leid." Gabe rieb sich den Nacken. „Trotzdem. Es ist so, Bruder ... Weibliche Cops haben es schwer. Selbst in diesem Jahrzehnt denken zu viele Leute, dass sie einfach zu haben sind. Und mit JJ – nun, ich weiß nicht, ob du ihn jemals kennengelernt hast, aber einer von Makos alten Kameraden hat sie zu mir geschickt. Sein Name ist Gene. Es scheint, dass sie es besonders schwer hatte. Was ich damit sagen will, ist, dass du einen Ruf hast und dass es für sie zu einem Problem werden könnte, mit dir gesehen zu werden."

Caz' Ruf würde auf sie abfärben? Ein bitterer Gedanke. Es spielte jedoch keine Rolle. Sie hatte ihre Entscheidung klar gemacht. Das würde er natürlich respektieren. „Ich stimme zu." Gabe sah überrascht aus.

„Es gibt andere Frauen. Es gibt immer mehr Frauen. Ich werde mich von deinem Officer fernhalten, *'mano*." Obwohl sie ihm mit ihren Gedanken den angenehmsten Abend seit Langem beschert hatte. Er mochte sie, verdammt.

Mit einem genervten Grunzen stand er auf, ging den Flur runter und schaltete das Licht aus.

„Okay, gut." Gabe klang nicht ganz überzeugt. „Das schätze ich."

Schließlich ging Caz zum vorderen Büro. „*Bueno*. Das bedeutet, dass du heute Abend das Bier kaufst."

KAPITEL FÜNF

E in Diamant ist nur ein Stück Kohle, das unter Druck gut *abgeschnitten hat.* - Henry Kissinger

Zwei Wochen später lief Caz über das Gelände, das seine Familie *Die Eremitage* nannte. Es lag am südlichen Ufer des Lynx Lakes. Heute zeigte sich der See wie ein Spiegel, in dem sich die im Süden erhebenden Berge widerspiegelten. Die Gipfel waren mit Termination Dust bestäubt – dem ersten Schnee in großer Höhe, der das Ende des Sommers signalisierte. Zumindest die Kälte hatte bis Oktober gewartet; es hatte Jahre gegeben, in denen der erste Schnee im August eingetroffen war.

Er ging zu dem quadratischen Räucherschrank auf der anderen Seite des Geländes. Nachdem er die Feuerkammer überprüft hatte – sie brannte gut –, öffnete er die Tür des Kastens. Der süße Duft von Erle traf auf seine Sinne. Im Inneren lagen die Lachsfilets auf Regalen. Ein Blick auf das Thermometer zeigte, dass die Temperatur konstant blieb. Er grinste und erinnerte sich daran, wie der Sarge reagiert hatte, als sie ihm anboten, ihm einen Elektrischen zu kaufen. Er hatte jahrelang Lachs auf die altmodische Art geräuchert und das hatte sich auch nie geändert.

Mako hatte Fisch und Fleisch oft in Dosen gepackt, immer mit dem Hintergedanken, dass der nächste Krieg oder die nächste Katastrophe gleich um die nächste Ecke lauerte. Er wollte vorbereitet sein. Wahrscheinlich war er verärgert gewesen, dass die Apokalypse vor seinem Ableben noch nicht ausgebrochen war. *Schau nur, Sarge, wir machen es immer noch auf deine Weise.* Tatsächlich konnten sie morgen diese letzte Ladung kaltgeräucherter Silberkarpfen einmachen.

Seine Trauer verblasste langsam.

Sein Blick wanderte zu Bull, der in dem großen Backsteingrill auf der Terrasse ein Feuer machte.

Caz schloss sich ihm an. „Ich habe genug von Wild und Fisch."

Sie hatten gerade die letzten Vorräte in den verschiedenen Gefrierschränken aufgebraucht, und hatten seither gefischt und gejagt, um alles wieder aufzufüllen. Er und Gabe hatten vergangene Woche jeweils einen Elch geschossen, was mehr als genug für sie alle war, sodass sie ihre Beute mit denjenigen teilen konnten, die nicht jagten, oder mit Makos altem Freund Dante, der in diesem Jahr nicht zum Jagen gekommen war.

Bull grinste. „Keine Bange. Heute gibt es schlichtes Hähnchen, um Gabes neuen Officer willkommen zu heißen."

„Gute Wahl." Caz neigte den Kopf und lauschte nach den Geräuschen eines Autos. JJ sollte heute ankommen – und würde hier auf dem Gelände der Eremitage leben.

Das würde unangenehm werden. Zumindest für ihn. Da er es immer noch nicht geschafft hatte, sie aus seinen Gedanken zu vertreiben. Sie hatte all das lockige rotbraune Haar in der Farbe von Ahornblättern im Herbst. Ihre Augen waren von bezaubernder blaugrüner Farbe. Sommersprossen dekorierten ihre helle Haut, gesprenkelt von ihren Wangen bis zu ihren Armen. So unwiderstehlich, dass er jede einzelne küssen wollte. Wo genau waren auf ihrer Haut noch Sommersprossen zu finden?

Nein. So durfte er nicht über sie denken. Sie war tabu. *Halte dich an die Touristen,* estúpido.

„Soll ich irgendwas machen?"

Bull schüttelte den Kopf. „Es ist alles abgedeckt. Ich habe ein paar Beilagen aus dem Restaurant mitgebracht."

Einen Bruder zu haben, der ein Restaurant besaß, hatte einige Vorteile.

Caz ließ den Blick über das Gelände schweifen und fragte sich, was JJ wohl davon halten würde. Er fand es immer noch wunderschön, wie sich die fünf Häuser in einem schützenden Halbkreis dem See zuwandten.

Vor Jahren, als alle vier seiner Jungen beim Militär waren, hatte die Isolation seiner abgelegenen Hütte ohne Sanitäreinrichtungen die PTBS und Paranoia des Sarge verschlimmert. Als Reaktion darauf hatten sie fünf zweistöckige Hütten gebaut und ihn dazu gebracht, nach Rescue zu ziehen, wo Dante hin und wieder nach ihm sehen konnte. Mako, ein Survivalist, noch bevor es in Mode gekommen war, hatte den Ort zu etwas errichtet, das den Dritten Weltkrieg überstehen konnte.

Um zweibeinige oder vierbeinige Raubtiere aus der inneren Anlage fernzuhalten, verlief zwischen jedem Haus ein Elektrozaun, der sich von den zwei Häusern an beiden Enden zum See erstreckte. Der Dachboden jedes Hauses war für einen Scharfschützen konzipiert, und die Rückseite der Häuser, welche zur Straße zeigte, wies nur kleine Fenster auf. Die riesigen Fenster mit Blick auf den See konnten geschlossen werden – eine weitere Schlacht, die der Sergeant gewonnen hatte.

Mako war ein bisschen verrückt gewesen.

Wenn Caz jedoch von Albträumen aus dem Schlaf gerissen wurde, da es leider vorkam, dass er von Krieg und blutigen Klingen heimgesucht wurde, dem Gefühl, dass das Leben aus einem Zielobjekt entwich ... Nun, in diesen Nächten war die uneinnehmbare Natur der Eremitage ein Trost.

Makos Hütte stand leer, seit er letztes Jahr verstorben war.

Heute würde JJ einziehen. Caz lachte leise. So viel dazu, sich von der neuen Polizistin von Rescue fernzuhalten. Gabe hatte das fast unmöglich gemacht.

Caz nahm das Bier, das Bull ihm reichte. „Hat Gabe gesagt, wie lange der Officer bei uns wohnen wird?"

„Bis eines von Dantes Miethäusern frei wird. Etwa einen Monat." Bull warf einen Blick auf die Hütten. Gabe bewohnte die Hütte am westlichen Arm in der Nähe des Sees. Von dort verliefen Bulls, Hawks und Caz' Hütten in einem Bogen. Makos Haus bildete das östliche Ende des Us. „Es fühlt sich fast falsch an, jemanden anstelle des Sarge in das Haus zu lassen."

„*Sí.*" Caz konzentrierte sich auf seine Atmung, um der Flut an Emotionen entgegenzuwirken und den unlogischen Groll eines Fremden im Haus des Sergeant auszulöschen. Schließlich würde es Mako nicht zurückbringen, bliebe die Hütte leer. Es war gut, dass Hawk nicht zuhause war, sonst würde er ihnen die Hölle heißmachen. Er war noch ungeselliger und territorialer, als der Sarge es gewesen war. „Wenn Jayden hier ein Haus bezieht und dadurch Gabe etwas entlastet wird, wäre Mako dafür."

„Stimmt." Bull hielt seine Hand über das Feuer. Sie hatten Holzkohle, aber Bull bevorzugte echtes Holz, auch wenn es länger dauerte, bis die Beschaffenheit der Kohlen passte. „Nicht zuletzt zwang uns ihr Einzug, uns endlich um seine Sachen zu kümmern."

Es war nicht einfach gewesen, durch die Habseligkeiten des Sarge zu gehen, obwohl Mako nicht viel anderes als Waffen und Bücher angesammelt hatte. Gabe hatte protestiert, aber am Ende hatte er die Abzeichen des Sarge an sich genommen. Bull seine Rezepte – obwohl sie alle die meisten davon kannten. Als Bull jedoch die Karten hielt und das grobe Gekritzel des Sarge sah, hatte er für ein paar Minuten den Raum verlassen müssen.

Caz hatte Makos Klingen genommen. Er hatte immer noch das erste Messer, das Sarge ihm gegeben hatte. Jetzt hatte er andere. Irgendwann würde er sie vielleicht auch wieder benutzen.

Sie hatten ein paar Dinge für Hawk beiseitegelegt, die sie ihm geben würden, wenn er das nächste Mal nachhause kam. Falls er nachhause kam.

Caz rieb sich den Nacken. „JJ sollte bald hier sein. Wo ist Gabe?"

„Er hilft Audrey, das Bett zu beziehen und Handtücher bereitzustellen." Bull bedachte Caz mit einem vorsichtigen Blick. „An sowas würde ich nie im Leben denken."

Caz lächelte. „Es ist schön, Audrey hier zu haben." Es war schwierig, die Gewohnheit der Isolation zu überwinden, die der Sarge stets gefördert hatte, aber als Gabe sich in Audrey verliebt hatte, war es deutlich geworden, dass sich die Dinge ändern würden.

Die Liebe konnte anscheinend alles überwinden.

Bull schnaubte. „Zuerst Audrey, jetzt die Polizistin. Du hast sie getroffen – wie ist sie?"

Bezaubernd. Taff. Verletzlich. Entschlossen. Er hörte ein Auto auf der Einfahrt und lächelte. „Sie ist pünktlich."

Er ging auf Makos Haus zu.

JJ hatte Schwierigkeiten, den Schotterweg auszumachen. Schotter – ernsthaft? Gott sei Dank hatte sie Gabes Rat befolgt und sich ein Auto besorgt, das für Alaska geeignet war. Er hatte Recht behalten. Ihr kleines Stadtauto wäre inzwischen an Herzversagen verendet. Also hatte sie ihren Camry in Nevada verkauft und sich in Anchorage einen gebrauchten Toyota 4Runner gekauft.

Es war ein taffes Auto – in einem hübschen Blau. Volltreffer.

Sie bremste. Ihre Reifen rutschten auf dem Schotter, als sie auf den winzigen Feldweg abbog. Die Straßen in diesem Staat waren wirklich verrückt. *Meine Güte, wir pflastern unsere Straßen in Nevada. Ist das denn so schwer?*

Gabes Wegbeschreibung war gewesen: *„Du wirst links von dir einen See sehen. Sobald du daran vorbei bist, ignoriere die ersten beiden unbefestigten Straßen auf der linken Seite – sie enden ein paar Meter* *weiter in einer Sackgasse. Biege bei der dritten Abzweigung links ab. Du wirst denken, dass auch dieser Weg in einer Sackgasse endet, aber es kommt eine Kurve. Folge der Straße zurück zum See und parke an der letzten Hütte am östlichen Ende.*"

Totale Wildnis. Die sogenannte Straße war etwa so breit wie ein Feldweg. Als sie ihn hinunterfuhr, öffnete sich plötzlich der dichte Wald zu einer Lichtung am See, und die Straße krümmte sich hinten um fünf fast identische, zweistöckige Hütten. Solarzellenplatten glitzerten auf den Dächern. Ein großes Nebengebäude stand gleich hinter der westlichsten Hütte.

Nachdem sie einen Moment lang nur starren konnte, parkte sie vor dem angewiesenen Haus. Ihres für diesen Monat. Ein Problem in Rescue war, dass das Wachstum zu weniger Mietmöglichkeiten führte – einfach alles war reserviert. Als sie Gabe davon erzählt hatte, meinte er zu ihr, dass er von einem Ort wusste, an dem sie einen Monat lang leben konnte, bis sich eine Mietmöglichkeit für sie eröffnete.

Sie hatte dankbar angenommen. Aber ... Junge, noch isolierter ging es kaum.

Das Garagentor war oben, also fuhr sie hinein. Nachdem sie den Motor abgestellt hatte, blieb sie für einen Moment sitzen und atmete tief durch. *Okay.* Sie war hier. In Alaska. Aufregung wetteiferte mit einem Gefühl der Orientierungslosigkeit und des Verlusts. Sie hatte nie geplant, Nevada zu verlassen.

Leider hatte sie abgesehen von Gene dort keine wirklichen Freunde mehr. Der Umzug war gut. Hier hatte sie die Chance, sich zu beweisen. Sie wollte ein Zuhause für sich schaffen, neue Freundschaften formen und eine gute Polizistin sein.

Menschen so zu helfen, wie sie es sich immer gewünscht hatte.

Sie glitt aus dem Auto, öffnete den Kofferraum und ... zögerte. Sollte sie ihr Gepäck mitnehmen? Sie hatte nicht viel. Umsichtig hatte sie so ziemlich ihren ganzen Besitz in Nevada eingelagert und zurückgelassen. Für den Anfang hatte sie nur so viel Kleidung, Pflegeartikel und persönliche Favoriten wie ihren eReader, ihre Flöte und ihr Lieblingskissen mitgebracht oder mit der Post verschickt, um erstmal für einen Monat über die Runden zu kommen. Bis dahin würden sie und Chief MacNair wissen, ob sie in die Stadt passte.

„Willkommen in Rescue, JJ." Die warme männliche Stimme brach in ihre Gedanken ein. Es war Cazador. Der Doc – nein, der Nurse Practitioner, der genauso gut als Arzt durchgehen könnte.

Sie drehte sich um und – verdammt – er sah immer noch aus wie die Lieblingsfantasie einer jeden Frau. Es sollte verboten sein, so sexy zu sein. Ein stabilisierender Atemzug half. Zum Glück hatte er keinerlei Wirkung auf sie. Nein, kein bisschen. Nichts zu spüren.

„Schön, dich zu sehen, Doc." Obwohl sie nicht wusste, warum er hier war.

„Ich sah dich da stehen und wie du dein Gepäck angestarrt hast. Kommen die Zweifel schon?" Er ging die zwei Stufen hinunter in die Garage, griff in den Kofferraum und zog einen Koffer heraus.

„Ähm. Nein. Ich war mir nicht sicher, was ich als Nächstes tun soll."

„Ah. Was als nächstes kommt, ist, dass wir alles reinbringen. Dann essen wir alle zusammen Mittag. Bull grillt bereits. Den Abend kannst du nutzen, um dich einzuleben." Er war nicht so groß wie der Chief, doch er ragte weit über ihre mickrigen einen Meter zweiundsechzig hinaus. Aus warmen Augen lächelte er sie an.

„Den schaff ich auch allein." Sie griff nach ihrem Koffer.

Glucksend drehte er sich um und rief: „*Viejo*, dein Officer ist hier und sie hat Gepäck."

Eine gerufene Antwort kam zurück.

Wie es schien, wollten sie ihr helfen, was eigentlich ziemlich nett war. Nachdem Nash ihren Ruf ruiniert hatte, war ihr niemand mehr zu Hilfe gekommen, weder beim Heben von

Dingen noch bei Einsätzen. Sie hatte sich daran gewöhnt, alles ohne Hilfe zu tun.

Das beschwingte Beharren des Docs war ermutigend. „Danke", sagte sie. „Ich weiß die Hilfe zu schätzen, Doc."

„*No problemo*. Und es ist Cazador, wie du dich sicher erinnerst." Obwohl sein Gesichtsausdruck tadelnd wirkte, hielten seine Augen Hitze bereit. Eine Hitze, die von einer Sekunde auf die andere verschwand. Er trat mit einem reuevollen Lächeln zurück.

„JJ, du bist hier."

Bei der fröhlichen Stimme des Chiefs zuckte sie zusammen.

Als Gabe und eine Frau die Garage durchquerten, zog Cazador ihre Kisten und den zweiten Koffer aus dem Auto und stellte alles auf den Boden.

„Ich sehe, du hast es in einem Stück geschafft." Durch den Klaps des Chiefs auf ihre Schulter – so wie er das bei jedem Mann tun würde – fühlte sie sich mehr akzeptiert als bei einem Händedruck.

„Das habe ich. Ihr habt es hier wirklich schön." Verdammt schwer zu finden, aber reizend.

„Danke." Er deutete auf die Frau mit den goldblonden Haaren, die nur aus Kurven bestand und mindestens drei Zentimeter kleiner als JJ war. „JJ, das ist Audrey Hamilton, meine Freundin. Audrey, das ist unser neuer Officer. Jayden Jenner."

Mit einem Lächeln streckte Audrey ihre Hand aus. „Willkommen in Rescue, JJ."

JJ schüttelte ihre Hand. Sie war ihr gegenüber etwas misstrauisch eingestellt. In Weiler hatten ihre weiblichen Kollegen stets gedacht, JJ sei auf Männerjagd und dass sie eine Gefahr für deren Beziehungen darstellte. Nicht überraschend, wenn man bedachte, wie die frauenfeindlichen Beamten über sie gesprochen hatten. So hatten die Frauen allen Grund gehabt, JJ zu verurteilen.

Jedoch könnte sie nicht weniger ein Männerjäger sein, wenn sie es versuchte. Nash war der einzige gewesen, mit dem sie in

Weiler intim geworden war. Nach ihm hatte sie das gesamte Geschlecht einfach nur noch angewidert.

„Danke, Audrey." Sie hoffte wirklich, dass sich die Frau nicht bedroht fühlte, wenn JJ mit Gabe arbeitete. „Es ist schön, hier zu sein."

Der Chief wandte sich dem Stapel aus Koffern und Kisten zu.

„Audrey, wenn du JJ zeigst, wo alles ist und das seltsame Wohnarrangement erklärst, werden Caz und ich uns um das Gepäck kümmern."

„Klingt gut." Audrey lächelte. „Dann habt Spaß, ihr männlichen Männer."

„Männliche Männer?" Caz schnaubte. „Damit konnte sie nicht dich meinen, *Viejo*."

Der Chief stieß Caz mit der Schulter an, was den Doc etwas zurückwarf. JJ beobachtete die Szene aufmerksam. Musste sie mit einer Schlägerei rechnen? Aber nein, sie lachten miteinander.

„Brüder." Audrey schnaubte und führte JJ die beiden Stufen hinauf ins Haus.

„Brüder?" JJ blickte über ihre Schulter. Schwarzhaariger, braunäugiger Latinomann. Braunhaariger, blauäugiger weißer Mann. Überhaupt keine gemeinsamen Merkmale. „Echt jetzt?"

„Nicht von Geburt an. Sie waren zusammen in einer Pflegefamilie, und Mako sah sie und beschloss, vier Jungen großzuziehen."

„Vier Jungen auf einmal?"

„Er hatte während seiner einundzwanzig Jahre beim Militär auch Erfahrung als Drill Sergeant gesammelt." Audrey schnaubte. „Vier Kinder waren für ihn wahrscheinlich kein Problem."

„Okay, also Gabe, Cazador und ...?"

„Bull. Er steht gerade am Grill. Und Hawk, der auf geheimer Mission ist. Niemand weiß, wo er im Moment ist und wann er zurückkommt."

JJ hörte den besorgten Ton in Audreys Stimme. Vielleicht war Hawk nicht so sympathisch wie der Rest der Brüder. Es gab immer einen, oder?

Der Zugang von der Garage in die Hütte öffnete sich in einen langen Flur. Eine Tür auf der rechten Seite zeigte links einen riesigen Trainingsraum mit Geräten zum Gewichtheben und einen Kampfsportbereich mit Matten, Spiegeln und Boxsäcken auf der rechten Seite. Unter der Treppe, die nach oben führte, war ein Badezimmer versteckt. Vom Flur ging es in den Hauptraum des Hauses – eine riesige offene Aufteilung unter einer hohen Decke.

Ein gemauerter Holzofen hatte Platz gefunden zwischen deckenhohen Fenstern mit Blick auf den See. Die linke Wand hielt einen massiven Flachbildfernseher, vor dem die größte Sofagarnitur stand, die sie je gesehen hatte.

Unter den Fenstern auf der rechten Seite befand sich der Essbereich mit einem langen Eichentisch. Gleich daneben führte der offene Bereich in eine große Küche, bei dem zwei Kücheninseln als Raumtrenner dienten.

Sie drehte sich um und schaute hinter sich. Die Treppe, an der sie bereits vorbeigekommen war, führte in das Loft im ersten Obergeschoss, das etwa die Hälfte des Hauses einnahm. Privatsphäre in diesem Bereich wurde mit rustikalen Holzläden erreicht. „Der Chief hat etwas über ein seltsames Wohnarrangement gesagt?"

„Ja, richtig." Audrey deutete auf die Treppe. „Das Loft ist eine komplette Wohnung – und der Bereich gehört ganz dir. Das Erdgeschoss gilt als Gemeinschaftsbereich der Eremitage, in dem sich jeder aufhalten kann, der sich Geselligkeit wünscht. Du kannst den Raum gerne nutzen – du musst nur wissen, dass die Möglichkeit besteht, dass jemand gesellig sein und den Fernseher oder die Küche benutzen möchte."

„Verstanden. Weißt du, ich habe nie gefragt, wem dieses Haus gehört." JJ folgte Audrey die Treppe hinauf.

„Die Hütte gehörte dem Vater der Jungs. Mako starb vor etwa einem Jahr bei einem ... Autounfall." Zum Loft ging es über einen langen Gang mit dem Geländer links und einer Tür in der Mitte. Audrey drückte die Tür auf und trat ein.

JJ folgte ihr in den Bereich.

Das kleine Wohnzimmer war gerade groß genug für ein langes Ledersofa, einen Sessel, einen Holzofen und ein Bücherregal aus Holz. Ein Torbogen auf der linken Seite trennte den Raum von einer kleinen Küche mit einem runden Esstisch für zwei Personen. Alles war in Braun und Blau gehalten, die Möbel solide und bequem. „So nett. Wirklich gemütlich."

„Das ist es. Als ich es jedoch niedlich und gemütlich rustikal nannte, hätten mich die Jungs fast verstoßen." Audrey schmunzelte. „Mako hat die Jungs in einer abgelegenen Hütte mitten im Nirgendwo aufgezogen. Ich kann mir vorstellen, dass er sich hier oben in diesem kleinen Bereich mehr zuhause gefühlt hat als unten. Sind allerdings alle vier Männer zuhause, fühlt es sich sogar unten schrecklich überfüllt an. Warte, bis du Bull triffst, und du wirst verstehen, was ich meine."

Vier Männer. Je eine Hütte. JJs Magen rebellierte. Sie würde hier leben, umgeben von vier Männern? Und keinen von ihnen kannte sie bisher wirklich gut?

Keine Wahl. Sie redete sich gut zu: *Das wird schon werden. Gabe und Caz sind in Ordnung.*

„An der Küche gibt es auch einen Balkon, wenn du einen netten Ort für deinen ersten Kaffee am Morgen suchst." Audrey öffnete eine Tür zu ihrer Rechten. „Hier haben wir dein Schlafzimmer und das angrenzende Badezimmer."

JJ ließ den Blick schweifen. Ein Queensize-Bett mit Nachttischen, einer Kommode und einem winzigen Kleiderschrank aus dunklem Holz. Eine Patchwork-Steppdecke in Blau, Rot und Weiß und ein abgestimmter blauer Teppich belebten den Raum.

Das Badezimmer mit einer großen Dusche, einer Badewanne und viel Platz neben dem Waschbecken wirkte regelrecht einladend. Der Schrank hielt Handtücher und Toilettenpapier bereit. Alles funkelte vor Sauberkeit.

„Gabe und ich haben das Bett erst überzogen und dir Handtücher zur Verfügung gestellt. Alles frisch gewaschen."

„Ich dachte schon, ich müsste einen kurzen Ausflug in die Stadt machen, um Bettwäsche und Handtücher zu kaufen. Das ist großartig. Vielen Dank."

In dem Moment kamen die Jungs herein und füllten das Wohnzimmer mit ihren Koffern sowie den Kisten, die sie von der Post in Anchorage abgeholt hatte. Ein paar Tage nach ihrer Kündigung hatte sie diese gleich verschickt.

Die Erinnerung an Chief Barlows wütenden Ausdruck, als sie ihre Kündigung abgegeben hatte, führte bei ihr noch immer zu einem Lächeln. In den zwei Wochen Kündigungszeit hatte sie jedoch wenig zum Lachen gehabt. Ihre Emotionen waren Amok gelaufen. Schließlich war es die Polizeistation in Weiler gewesen, die sie angeheuert und auf die Akademie geschickt hatte, sodass sie sich ihre Träume erfüllen und Kameradschaften formen konnte. Dort hatte sie Freunde gefunden. Und dann hatten Sexismus und Nashs boshaftes Verhalten diese Träume und ihr Zugehörigkeitsgefühl zerstört.

Wie konnte sie sich bestätigt und gleichzeitig wie ein Versager fühlen?

Als Nash und seine Freunde hörten, dass sie gehen würde, war das Verhalten von ihnen eskaliert, sodass sie sich in der letzten Woche einfach krankgemeldet hatte. Diese Zeit hatte sie genutzt, um den Rest ihrer Habseligkeiten einzulagern.

Obwohl sie über den Alcan Highway auch mit dem Auto hätte herfahren können, war das Fliegen so viel einfacher gewesen. Sie seufzte. Jetzt hatte sie Sachen sowohl in Nevada als auch in Alaska.

„Yo, Leute! Mittag ist serviert!" Die dröhnende Stimme kam von draußen.

Audrey lächelte. „Das ist Bull. Er besitzt das *Bull's Moose Roadhouse* und ist ein großartiger Koch. Lass uns essen."

JJ warf einen Blick auf all die Kisten. So viel zum Thema Auspacken. „Ich sollte –"

„Du solltest essen und die Chance bekommen, etwas zur Ruhe zu kommen." Caz' Ton war maßgebend. Und er meinte, er sei kein Doc. Er klang wie einer. Und die freundliche Sorge fühlte sich nett an. „Du hast Zeit, dich umzusehen und Bull kennenzulernen. Gabe wird dich nicht sofort zur Arbeit zwingen." Er sah seinen Bruder mit einem warnenden Blick an.

Ja, autoritärer Doc. Obwohl ... hmm, wenn alle Brüder hier lebten, dann auch er, oder? Das könnte etwas unangenehm werden. Nein, das würde sie nicht zulassen.

Gabe legte einen Arm um Audrey und gluckste. „Entspann dich, Bruder." Er lächelte JJ an. „Ich bin ein netter Boss. Du hast heute und morgen Zeit, dich einzuleben und die Stadt zu erkunden. Aber das ist alles. Danach erwarte ich dich bei der Arbeit. Abgemacht?"

„Abgemacht." Freude stieg in ihr auf. Weil er sie brauchte. Weil die *Stadt* sie brauchte.

Sie folgte allen nach unten, aus der Tür hinter dem Essbereich und über das Terrassendeck.

„Dies ist das innere Gelände der Eremitage", sagte Caz.

Es handelte sich um einen riesigen grasbewachsenen Bereich mit dem See auf der einen und den Hütten im Halbkreis auf der anderen Seite. Dies war sicher kein elegantes Anwesen am Wasser mit Pool und Whirlpool. Nein, auf dem Gelände gab es einen weitläufigen Gemüsegarten, einen Obstgarten mit Zwergobstbäumen und einem kleinen Gewächshaus.

Die rote Ziegelterrasse mit einem massiven Steingrill war nicht zu übersehen, und am Rand stand eine schwarze Eisenstange mit einer hängenden Glocke. Ein entzückender abgeschirmter Pavillon nahm einen Platz in der Nähe des Seeufers ein.

„Wirklich cool", murmelte JJ. Sie hatten eine Minifarm in der Wildnis. Ein Bauernhöfchen?

Caz' Lächeln war warm. „Ja, wir mögen es auch."

„Ihr habt sogar Hühner." JJ hielt an, um sich den abgetrennten Hühnerhof und den Stall anzusehen. Die schwarz-weißen Hühner liefen kreuz und quer zum Zaun und gackerten hoffnungsvoll.

„Sie lieben Reste wie Wassermelonenschalen, Salat und Apfelkerne", sagte Caz zu ihr.

„Verstanden." Wie erbärmlich war es, dass sie es kaum erwarten konnte, die Hühner zu füttern?

Die Lachfalten neben seinen Augen vertieften sich. „Du kannst ihnen deine Reste zuwerfen, wann immer du willst."

Auf der Terrasse entfernte ein massiv gebauter Mann Essen vom Grill. Er stellte eine Platte mit gegrilltem Hähnchen auf den langen glänzenden Eichentisch und lächelte sie an. „Ich hoffe, du hast Hunger, Officer. Ich bin übrigens Bull."

„Ich bin am Verhungern. Und es ist schön, dich kennenzulernen, Bull. Ich bin JJ."

Er hatte schwarze Augen, einen rasierten Kopf, einen grau gesprenkelten schwarzen Spitzbart und war um die einen Meter fünfundneunzig groß. Vielleicht polynesischer Abstammung?

Caz deutete auf die lange Bank neben dem Tisch. „Komm und setz dich. Lasst uns essen."

Mit brüderlichen Beleidigungen und Hänseleien ließen sich die Männer mit Audrey zwischen Gabe und Bull um den Tisch nieder. Caz schloss sich JJ auf der anderen Seite an und reichte ihr die Platte mit dem gegrillten Hähnchen. Das Essen wurde familiär serviert. Die Männer hatten gute Umgangsformen − weitaus bessere als die meisten Polizisten an ihrem alten Arbeitsplatz.

Nachdem sie etwas von ihrem Hunger gestillt hatte − Bull war ein großartiger Koch −, fragte sie: „Kann ich fragen, woher der Name *Eremitage* stammt?" Denn es klang eher wie ein Kloster.

„Bull nannte es so, als wir unsere Häuser bauten." Gabe deutete mit seinem Glas Eistee zu den Hütten. „Da das Gelände Mako beherbergte − ein geborener Einsiedler −, taufte er das Gelände Eremitage."

„Der Sarge hat den Witz daran nicht gesehen", sagte Bull mit einem Schnauben. „Als Strafe hat er mich gezwungen, dem Klempner dabei zu helfen, das Abwassersystem einzubauen."

„Zumindest ließ er dich keine Runden laufen, bis du gekotzt hast, so wie er das getan hat, als wir noch Kinder waren", sagte Gabe. Die drei grinsten sich gegenseitig an.

Verdammt, deren Adoptivvater musste wirklich ein Charakter gewesen sein. Doch die Äußerungen enthielten sowohl Trauer als auch Liebe. Sie musterte die Jungs – den Chief, den Doc und den Restaurantbesitzer. Mako hatte gute Arbeit geleistet, sie zu Männern zu erziehen.

Als sie mit dem Essen fertig waren, begannen die Männer aufzuräumen, und JJ stand auf, um zu helfen.

Caz schüttelte den Kopf. „Diesmal nicht. Du bist erschöpft und musst noch auspacken. Audrey, warum setzt du dich nicht zu ihr und leistest ihr Gesellschaft? Wenn du später etwas Zeit hast, könnte ich Hilfe bei einer Kalkulation gebrauchen."

„Oh, Kalkulationen. Dafür bin ich dein Mädchen." Grinsend reichte Audrey ihm ihren Teller. Als er davonlief, wandte sie sich an JJ. „Also, was hältst du von dem Ort?"

JJ ignorierte die Frage. In einer E-Mail hatte Gabe erwähnt, dass Audrey JJs Hintergrund recherchiert hatte.

Okay, das sollte sie umgehend ansprechen. JJ holte tief Luft. „Ich weiß, dass du die Hintergrundüberprüfung an mir durchgeführt hast, was bedeutet, dass du wahrscheinlich auch die Dinge gesehen hast, die über mich in den sozialen Medien geschrieben wurden. Ich wollte nur eins sagen: Ich hatte eine Beziehung mit einem Polizeikollegen und lernte auf die harte Tour, dass Arbeit und Vergnügen nicht zusammenpassen. Für mich ist Gabe tabu. Er ist mein Boss – und er wird für mich nie mehr sein. Ich wollte nur, dass du das weißt. Ähm, ich weiß auch, dass der Mann Hals über Kopf in dich verliebt ist. Es ist also nicht so, als wäre er interessiert oder so, aber ich wollte das ... ähm, klarstellen, schätze ich?"

Bei Audreys schockiertem Ausdruck seufzte JJ. *Und ich habe dem Chief gesagt, dass ich gut mit Menschen umgehen kann?* „Tut mir leid, das war wohl ein bisschen zu direkt und –" „Ich mag deine Ehrlichkeit. Und ja, ich habe gesehen, was die Leute über dich geschrieben haben, aber Gabe sagte, dass sich weibliche Polizisten oft mit solchen Problemen rumschlagen müssen – was einfach scheiße ist." Audreys Gesicht wurde sanfter. „Wenn es darauf ankommt, vertraue ich auf Gabes Urteilsvermögen – und ich vertraue ihm."

Wirklich? Die Sorge, die an einer Stelle direkt unter JJs Brustbein brodelte, zerstreute sich und hinterließ nur ein warmes Gefühl. Sie schluckte. „Danke."

„Dafür musst du dich nicht bedanken. Wir Frauen müssen zusammenhalten."

Am Grill war Cazadors Lachen zu hören, als er seinen Bruder wegen etwas neckte. Gott, er hatte die mexikanische Version von Sean Connerys Stimme. Jedes Mal, wenn er sprach, schmolzen die Eierstöcke einer jeden Frau dahin.

Genervt von sich selbst schüttelte JJ den Bann ab.

Audrey folgte ihrem Blick. „Dieser Mann. Obwohl Gabe mein Herz regelmäßig zum Stillstand bringt, wenn ich ihn ansehe, muss ich zugeben, dass Cazador unglaublich heiß ist. Und dazu kommt noch sein spanischer Charme."

Er ging über den Rasen, bewegte sich wie eine Katze, ein Körper bestehend aus geschmeidigen, anmutigen Muskeln.

Heiß war eine Untertreibung. „Ja, er sieht sehr gut aus."

„Zu gut." Audrey bewegte sich auf der Bank, offensichtlich unbehaglich. „Er hat einen gewissen ... Ruf?"

JJ spürte, wie sich ihr Kiefer anspannte. „Was für eine Art von Ruf?"

„Nein, nein, nichts, was dich dazu bringen würde, deine Polizistin herauszulassen."

„Tut mir leid." Das war der Nachteil, in der Strafverfolgung zu arbeiten – dass sie immer zuerst das Schlimmste in den Menschen sah. Zu Cazador jedoch kamen Frauen, die nach einer Nacht mit ihm fragten, anstatt umgekehrt. Und sie wusste aus Erfahrung, dass er *Nein* als Antwort akzeptierte.

„Caz ist einer der fürsorglichsten und ehrlichsten Menschen, die ich kenne. Es ist nur ... nun, Gabe sagt, er nimmt sich Frauen, wie die meisten Menschen nach Kartoffelchips greifen. Eine nach der anderen."

„Ach das." JJ zuckte mit den Schultern. Sie hatte bereits gewusst, dass er eine Männerhure war.

„Ich will nicht, dass du denkst, er sei ein Perversling – das ist er nicht. Er lügt nicht und führt die Frauen nicht in die Irre. Er sagt ihnen im Voraus, dass er keine Beziehungen unterhält. Es ist, wenn Frauen ihm nicht glauben, dass es Ärger gibt." Audrey wurde rot. Das Gespräch war ihr unangenehm.

„Danke, Audrey." Frauen, die aufeinander aufpassten. Das war es gewesen, was sie vor Jahren zur Polizeiakademie geführt hatte. „Aber ... keine Warnung nötig. Ich suche weder nach einem Mann noch nach Sex oder einer Beziehung."

Nicht nach Nash und ihrer Erfahrung in Weiler. Vielleicht würde sie ihre Meinung in ein paar Jahren ändern. Oder in fünf Jahren. Fünf klangen gut. „Ich habe erstmal genug."

Audrey blinzelte verwirrt.

Gabe und Caz kamen gemeinsam zurück. Als sie die letzten Gewürze und Teller auf große Tabletts luden, musterte der Chief seine Audrey. „Du bist ganz pink im Gesicht, Goldlöckchen. Ist dir zu heiß? Oder sprichst du von etwas, das dich erröten lässt; in diesem Fall möchte ich Details hören."

Bei seinem neckenden Ton wurde Audrey noch röter und ihr Blick landete kurz auf Caz.

JJ unterdrückte ein Lachen. Die Frau sollte besser einen Pokertisch meiden. Lange bevor JJ ein Teenager war, hatte sie gelernt, ihre Gedanken niemals preiszugeben. Als Mom für ihren Casino-Job übte, wiesen sie sich beide auf ihre verräterischen

Zeichen hin – die Gesten oder die Körpersprache, die Informationen über die Karten in der Hand oder ihre Strategie verrieten. Als die beiden Männer ihre Lasten wegtrugen, stieß Gabe mit dem Ellbogen gegen Caz. „Ich wette, sie hat meinen Officer vor deinem Ruf gewarnt, Hengst."

„Ich bin ruiniert." Caz' Lachen war wie eine angenehme, warme Brise auf ihrer Haut. „Es spielt ohnehin keine Rolle. Die Frauen aus Rescue sind für mich tabu."

„Vor allem diejenigen, die Schusswaffen tragen?"

„Mako hat keine Narren großgezogen, *mi hermano*."

JJ grinste ... und fühlte ein Ziehen des Bedauerns. Eines Tages würde sie vielleicht einen Mann finden, dem es egal war, ob sie eine zähe, schusswaffentragende Frau war. Ja, in etwa fünf Jahren würde sie anfangen, zu suchen.

KAPITEL SECHS

I*ch denke, es ist dumm, dass Frauen so tun, als wären sie Männern ebenbürtig – sie sind ihnen weit überlegen und waren es schon immer.*
– William Golding

Es war ihr erster Morgen in Rescue.

JJ hatte den Montagabend damit verbracht, auszupacken und ihren Wohnbereich zu erkunden, um herauszufinden, wo alles war. Offenbar war Mako zwanghaft organisiert gewesen. Andererseits hatte er vielleicht das Bedürfnis verspürt, die Dinge immer für den Gebrauch bereit zu haben. Ein typischer Sergeant.

Der Sarge musste jedoch etwas gegen moderne Annehmlichkeiten gehabt haben. Es gab keine ausgefallenen Küchengeräte, nur die Grundausstattung aus Herd, Kühlschrank, Toaster und Kaffeekanne. Kein Geschirrspüler. Der Dosenöffner wurde noch mit einer Kurbel bedient.

Doch sie liebte die kleine Wohnung schon jetzt, und die Lage war erstaunlich. Kein Verkehr, keine Sirenen, kein Industrielärm. Nur das Plätschern des Sees, der Ruf der Vögel, die sie noch nicht identifiziert hatte, und das Gackern der Hühner. Sie hatte wie ein Stein geschlafen.

Dienstagmorgen, in der Dämmerung vor Sonnenaufgang, trat sie auf den Balkon. Die Luft war kalt und frisch, und so sah der See aus wie graublaues Eis. Die Hühner hatten sich noch nicht aus ihrem Stall gewagt. Alles war still. Wunderschön. Sie hielt den Atem an, als sich etwas außerhalb des Zaunes am See bewegte. Ein riesiges Tier mit einem schweren Geweih. Ein Elch. Oh, wow. Sie beobachtete das Tier eine Weile, bis die Kälte sie wieder rein trieb.

Dort packte sie die letzten Dinge aus und bewahrte die leeren Kisten und Koffer unter dem Bett auf, da sie in einem Monat erneut umziehen würde.

Zeit für den nächsten Punkt auf ihrer To-do-Liste: *Sieh dir Rescue an und kaufe Lebensmittel.* Zuerst jedoch? Kaffee.

Sie fuhr die enge Straße hinunter und auf die Swan Avenue, dann am schmalen Ende des Sees vorbei. Auf der anderen Seite befand sich eine gut geschotterte Straße mit einem Schild: Lake Road. Nur zum Spaß bog sie rechts ab und schaute sich den See von der Seite an, die der Stadt am nächsten war. Dieses Gebiet war weitaus bebauter.

Gabe und seine Brüder hatten sich für die wilde Seite entschieden. Sie hatten keine Nachbarn und die winzige Straße endete an der Eremitage.

Sie kam an einem Schild vorbei, das auf Dantes Miethütten verwies. Dort würde sie in einem Monat leben. Weiter unten befand sich ein kleiner Stadtpark. Am Ende des Sees ging die Straße in die Dall Road über. Einmal nach rechts abbiegen würde sie zum *McNally's Resort* bringen.

Links an der Kreuzung befand sich *Bull's Moose Roadhouse.* Sie grinste. *Ich kenne den Eigentümer.* Regelrecht heimisch fühlte sie sich bei dem Gedanken.

Sie fand ihren Weg in die Stadt, parkte vor Dantes Markt und schlenderte die Hauptstraße entlang. Gabe hatte gesagt, dass die Touristensaison im Wesentlichen vorbei war, obwohl es immer einige Fischer gab. Sie sah drei unrasierte Kerle in Flanellhemden, die sich über Forellen und Köder unterhielten. Ein junges Paar in makellosen Jeans und Kapuzenpullis flanierten Hand in Hand. Ein älterer Mann trug eine Kettensäge in den Handwerksladen. Ein älteres Paar stand vor einem großen Schaufenster. JJ lief langsamer und warf selbst einen Blick hinein. Es handelte sich um eine Kunstgalerie und ein Kunsthandwerksladen in einem. Wie cool war das denn bitte?

Eine Ecke des Displays war mit so vielen schönen Garnen gefüllt, um eine Person mit Sehnsucht zu füllen. Sie hatte als Kind das Häkeln gelernt. Hmm. Sie brauchte einen warmen Schal, und nach dem, was die Jungs gesagt hatten, brauchte sie im Winter etwas zu tun.

Eine Weile später, nach einem angenehmen Gespräch mit der Ladenbesitzerin, trat sie mit einem Häkelhaken, Garn und Mustern wieder auf den Bürgersteig.

Als das Aroma von Kaffee und frischem Gebäck sie ergriff, folgte sie dem Duft direkt die Straße hinunter zum Café. Zucker und Koffein – *was braucht ein Mädchen mehr?* Noch besser war, dass sich das Café gegenüber der Polizeistation befand.

Am Tag ihres Vorstellungsgesprächs hatte JJ erfahren, dass der Chief seinen Kaffee so schwarz wie die Nacht bevorzugte. Igitt. Das hier sah nach einer weitaus schmackhafteren Option aus.

Hinter der Theke stand eine lächelnde Brünette, die in ihren Dreißigern sein musste. „Willkommen. Was hätten Sie gern?"

JJ musterte die Köstlichkeiten in der Vitrine. „Ich hätte gerne einen Apfelstrudel und eine Latte."

„Bekommen Sie." Als die Frau an der Maschine arbeitete, warf sie JJ einen neugierigen Blick zu. „Ist es möglich, dass Sie unsere neue Polizistin sind?"

„Das ... bin ich", antwortete JJ gedehnt. Sie sah an sich herab. Hatte sie ihren Waffengürtel umgeschnallt? Nein, sie trug ihre übliche Jeans, Stiefel und den Schichtenlook aus Tanktop, Flanell-hemd und Jeansjacke. „Woher wussten Sie das?"

„Caz war heute Morgen hier und hat mir eine Beschreibung gegeben. Willkommen in Rescue. Ich bin Sarah."

„JJ." Nun fragte sie sich natürlich, wie Cazador sie beschrieben hatte. Der Officer, der überall auf seinem Untersuchungstisch Blut hinterlassen hatte? „Und danke. Ich freue mich darauf, morgen anzufangen."

„Du wirst sehen, dass Rescue ein interessanter Arbeitsplatz ist." Sarah legte ihre Hand auf ihren schwangeren Bauch. „Alaska hat einige der nettesten Menschen der Welt – und eine ganze Menge Betrunkener, Streitlustiger und Sexisten."

„Ah, nun, das ist nichts Neues." Lächelnd nahm JJ ihr Getränk und Gebäck an und bezahlte. Alaska hatte definitiv ein paar nette Leute.

Bevor sie zu einem Tisch gehen konnte, ertönte eine Auto-hupe – gefolgt von einem metallischen Knall. Vom Klang des Aufpralls war es mehr als ein Blechschaden.

Ich habe doch frei, verdammt. Sie reichte Sarah ihren Kaffee und ihr Gebäck. „Ich bin gleich zurück. Kannst du den Chief anrufen?"

„Bin schon dabei", sagte Sarah.

JJ trat nach draußen. Vor dem Lebensmittelgeschäft war ein Pick-up von hinten in einen geparkten SUV gefahren. Zum Glück gab es keine Toten oder Verletzten. Das war eine Erleichterung.

Ein Mann stürmte aus dem Supermarkt und blieb abrupt stehen, als er – wie sie annehmen musste – seinen SUV sah. „Was zum Teufel!" Sein Gesicht lief rot an.

Und da haben wir es. JJ bewegte sich vorwärts ... da sie wohl gleich eingreifen müsste.

Die Tür des Pick-ups öffnete sich und der Fahrer stieg aus. Er krallte sich an die offene Tür, um das Gleichgewicht nicht zu verlieren. „Verdammt." Als er schwankte, rollte eine Flasche Gin von seinem Sitz und zerbrach auf dem Bürgersteig. Er war betrunken. Total hacke.

Reizend.

„Du dummer Hinterwäldler", rief der SUV-Besitzer.

Der Betrunkene drehte sich um, beugte sich in sein Fahrerhaus und griff nach der Schrotflinte, die über der Heckscheibe montiert war.

Oh verdammt. So konnte man einen Konflikt auch eskalieren lassen.

„Polizei!" JJ schritt nach vorn und packte den Besitzer des SUV. „Sir, gehen Sie in den Laden und warten Sie auf mich. Jetzt!" Sie stieß ihn zur Tür.

Sie wartete nicht darauf, ob er gehorchte, sondern machte sich auf den Weg zu dem Betrunkenen. Er hatte bereits einen Ladestreifen geöffnet.

„Entschuldigung?" Sie nutzte alles an Weiblichkeit, was sie hatte, bis ihre Stimme zuckersüß daherkam. „Der Knall klang übel. Sind Sie verletzt?"

Er gab die Schrotflinte auf und zog seinen Kopf aus dem Auto. Sein Gesicht veränderte sich, als seine Wut verblasste. Der SUV-Besitzer war weg; stattdessen fragte eine Frau nach seinem Wohlbefinden.

Als er sich zu ihr drehte, wehte JJ eine Alkoholfahne ins Gesicht.

„Hi." Er schwankte.

Leider konnte sie nicht davon ausgehen, dass sein Mangel an Fokus und Gleichgewicht ausschließlich auf einen Drink zu viel zurückzuführen war. Er könnte verletzt sein und es nicht einmal merken, wenn man bedachte, wie viel Betäubungsmittel durch seine Adern schoss. „Sir, haben Sie sich den Kopf gestoßen? War Ihr Sicherheitsgurt angelegt?"

„Nein, der Gurt ist kaputt."

„Was ist mit Ihrem Kopf?"

Er runzelte die Stirn und tätschelte seine Stirn. „Vielleicht?"

Genauer ging die Antwort nicht. Sie unterdrückte ein Lachen. „Wie wäre es, wenn ich Sie zur Klinik auf der anderen Straßenseite bringe und wir den Doc bitten, sicherzustellen, dass es Ihnen gut geht?" So könnte sie ihn hinhalten, bis Gabe kam. Da sie noch nicht offiziell eingestellt war.

„Ich weiß nicht." Er schaute zwischen dem beschädigten SUV und seinem Pick-up hin und her, als überlegte er, einfach davonzufahren. „Na kommen Sie." Sie hakte ihren Arm bei ihm ein. „Wenn Sie sich den Kopf angeschlagen haben, könnte das Böse enden. Wir sollten –"

Ihre Worte verstummten.

Denn Cazador lehnte an einer Straßenlaterne. Und er beobachtete sie. Belustigung funkelte in seinen Augen, als er wortlos mit dem Kinn zur Klinik verwies. *Mach nur.*

Er war nicht zu ihr gekommen, hatte die Situation nicht einfach übernommen. Nein, er behandelte sie wie einen Officer und vertraute darauf, dass sie die Dinge und den Betrunkenen im Griff hatte.

Das Wissen war so berauschend wie ein Glas Champagner.

Lächelnd führte sie den riesigen Patienten über die Straße in die Klinik.

Caz beendete die Untersuchung des Betrunkenen, der sicherlich die blauen Flecken spüren würde, sobald er wieder nüchtern war, und übergab ihn dann an Gabe.

Als Gabe den Kerl hinausbegleitete, lehnte sich Caz an den Untersuchungstisch und musterte JJ, die auf einem Hocker in der Ecke saß. „Ich dachte, du fängst morgen an, nicht heute."

„Das dachte ich auch." Sie rümpfte die Nase, sodass die Sommersprossen näher zusammenrückten. So süß und doch hatte sich der Officer während des Vorfalls cool und kompetent gezeigt.

Sie zuckte mit den Schultern. „Nachdem der SUV-Besitzer diesen Kerl dazu gebracht hatte, nach der Schrotflinte in seinem Pick-up zu greifen, schien es ein guter Plan zu sein, einzugreifen."

„Du hast gute Arbeit geleistet und die Situation schnell entschärft. Dieser weibliche Sirup ist wirksamer als ein Betäubungsmittel."

„Ich habe gelernt, die Werkzeuge zu benutzen, die mir von Gott gegeben wurden."

Wenn sie diese verführerisch heisere Stimme an ihm benutzen würde, dann würde er ihr wohl überallhin folgen. *Nein, Ramirez. Lass das.*

Er wandte sich ab und wusch sich die Hände. „Du kamst aus dem Café – hattest du die Chance, deinen Kaffee zu genießen?"

„Nein, nicht einmal einen Schluck. Er wird jetzt kalt sein."

Ihre verdrossene Miene brachte ihn zum Lachen.

„Dann komm, Officer Jenner. Ich kaufe dir noch einen."

Sie runzelte die Stirn.

„Er hätte nicht mit mir kooperiert, wenn du nicht geblieben wärst. Du hast meine Arbeit erleichtert – und ich habe Lust auf eine Kirsch-Empanada." Caz zog seinen Kittel aus, hing ihn an den Haken und hielt die Tür für sie auf.

Er wusste es besser, als Zeit mit ihr zu verbringen. Sie jedoch dabei zu beobachten, wie sie sich um den Betrunkenen gekümmert hatte ... nun ja, ihm war das Wasser im Mund zusammengelaufen. Er hatte das instinktive Bedürfnis, zu wissen, dass es ihr gut ging.

Im Rezeptionsbereich sagte Regina: „So kann man den Dienst auch beginnen, Officer", und schenkte JJ ein anerkennendes Lächeln.

Caz konnte den Stolz in JJs Gesichtsausdruck sehen, als sie antwortete: „Danke."

Er ließ den Blick schweifen und sah, dass niemand auf ihn wartete. Perfekt. „Ich nehme mir eine halbe Stunde zum Mittagessen, Regina."

„Alles klar, Doc. Viel Spaß."

Im Café fragte Sarah nicht einmal, was sie wollten – sie übergab die Gebäckstücke, bevor sie zu Caz sah und die Augen verengte. „Es hat mich überrascht, dass du nicht eingegriffen hast, um ihr zu helfen, Doc." Ihr Ausdruck vermittelte ihm, was sie davon hielt.

Es war verdammt hart gewesen, es nicht zu tun. „Officer Jenner hatte alles unter Kontrolle."

„Oh." Sarahs Stirnrunzeln vertiefte sich, dann schnaubte sie. „Und ich beschuldige Uriah, sexistisch zu sein? Tut mir leid, Officer. Caz hat Recht – du brauchtest nun wirklich keine Hilfe. Du hast diesen Idioten perfekt gehandhabt."

JJs Augen strahlten.

Als sie nach Sitzplätzen suchten, bemerkte Caz, dass sie sich für einen Tisch im hinteren Teil entschied, von wo sie das ganze Café im Blick hatte. Typisch Cop. Er stellte seinen Stuhl um, damit er dasselbe tun konnte. Alte Gewohnheiten ließen sich eben nur schwer abschütteln.

Sie lehnte sich zurück und musterte ihn. „Ich weiß es zu schätzen, dass du dich ferngehalten hast."

„Wenn du mich gebraucht hättest, wäre ich sofort angerückt." Er nahm einen Schluck von seinem *Café de olla* und genoss, wie der süße Zimtgeschmack den Kaffee komplementierte. Nachdem Sarah und Uriah von seiner Vorliebe für mexikanischen Kaffee erfahren hatten, konnte er immer für eine Tasse herkommen. „Wolltest du, dass jemand hilft?"

„Nein." JJs Blick traf auf seinen. „Das hätte mich geärgert. Gleichzeitig war es schön, zu wissen, dass ich Verstärkung sicher hatte."

„Immer." Als sie sich ihrem Strudel widmete, betrachtete er sie. Sie war ihm ein Rätsel. Taff, ja, mit dem Selbstvertrauen von jemandem, der wusste, dass sie den Job machen konnte. Dennoch legte sie keine knallharte Macho-Attitüde an den Tag. Ihre Fähigkeit, mit dem Betrunkenen zu reden, war offensichtlich gewesen, und angesichts der Menge an Alkohol, die Alaskaner zu sich nahmen, würde sich das Talent auch in Zukunft als nützlich erweisen. Er konnte sehen, warum Gabe sie angeheuert hatte. Warum war sie nach Alaska gekommen? „Gabe meinte, du hättest es bei deiner letzten Arbeitsstelle schwer gehabt."

„Strafverfolgung ist für eine Frau immer noch eine unkonventionelle Karriere. Manche Leute werden niemals akzeptieren, weibliche Kollegen zu haben." Sie schnaubte. „Als sie nicht mehr auf meine Anfragen um Verstärkung geantwortet haben, wusste ich, dass ich gehen muss."

Caz' Hand schloss sich angesichts des Schmerzes, der Frustration und des Wuts in ihrer Stimme zu einer Faust. Gabe hatte die Polizei immer als Familiengemeinschaft verstanden. Nicht Teil dieser Familie zu sein, war für einen Officer lebensgefährlich.

„Nun, du wirst wahrscheinlich Probleme mit einigen unserer Alaskaner und den Patriotischen Zeloten haben. Brauchst du jedoch Hilfe, bekommst du sie nicht nur von Gabe, sondern auch von vielen anderen."

„Danke."

Obwohl sie es sofort unterdrückte, brach es ihm das Herz, zu sehen, dass ihr Kinn bebte. Ja, sie hatte es in ihrer Stadt in Nevada schwer gehabt.

Gabe würde auch in einem anderen Punkt Recht behalten: JJ konnte es nicht gebrauchen, dass Caz' Ruf auf sie abfärbte. Das Beste, was er für sie tun konnte, war, ihre Freundschaft zu genießen und es dabei zu belassen.

Das Glöckchen über der Tür klingelte, und mehrere Personen traten ein. JJ ließ den Blick über die Neuankömmlinge schweifen, als Caz sich jedoch sichtlich anspannte, schaute sie genauer hin. Hmm.

Zwei Männer in ihren Vierzigern gingen voran und sprachen miteinander. Einer war dürr und recht groß, schwarzes Haar, kurzer dichter Bart und braune Augen. Der andere war ein paar Zentimeter kürzer und schlaksig. Hellbraune Haare und glattrasiert. Beide trugen Arbeitshemden, Jeans, Stiefel und – Heilige Scheiße – waren mit Halbautomatischen ausgestattet.

Die beiden Frauen, die den Männern schweigend folgten, waren in knöchellangen, dunklen Röcken und langärmeligen Blusen gekleidet, als wären sie aus einem Amish-Buch herausgetreten.

Nicht, dass JJ zugeben würde, solche Romane gelesen zu haben.

Die Männer blickten Cazador angewidert an. JJ erhielt einen schweifenden Blick, bei dem die Augen zu lange auf ihren Brüsten verweilten. Sie war in die Kategorie der sexuellen Objekte eingestuft worden. Super.

Sie senkte ihre Stimme und sagte zu Caz: „Obwohl ich in der Strafverfolgung bin, gebe ich zu, dass ich es genießen würde, ihre kleinen Schwänze abzuschießen."

Der Doc brach in Lachen aus. „Ich bin mir sicher, Gabe würde dich bitten, nicht zu der Gewalt in unserer Gemeinde beizutragen." Sein Lächeln verblasste leicht. „Sie gehören zu den Patriotischen Zeloten. Der Braunhaarige ist *Reverend* Parrish, der Anführer. Der Kerl mit dem schwarzen Bart ist sein Stellvertreter, *Captain* Nabera."

Er verzog den Mund, als er ihre Titel aussprach, was auf einen Zynismus hinwies, den sie sehr genoss.

Sie behielt die Männer im Auge – und ihre Waffen. Obwohl sie in diesem Winter an dem Akademieseminar für Polizistentransfers außerhalb des eigenen Staates teilgenommen hatte, war sie im Vorfeld so schlau gewesen, sich über die Regeln und Vorschriften Alaskas zu informieren. Die Regel zum sichtbaren Tragen von Waffen wurde hier sehr liberal bewertet. „Kein echter Reverend oder Captain?"

„Bei der Recherche fand Audrey keinen Hinweis darauf, dass sie sich einen der beiden Titel verdient hatten." Er bewegte seine

Schultern. „Davon abgesehen kann eine Organisation jedes Label vergeben, das es will."

„Stimmt." Sie fuhr mit dem Finger über den Rand der Tasse. „Hat Audreys Nachforschung über die Mitglieder etwas ... Interessantes ergeben?"

Die Falten neben Cazadors Augen vertieften sich. „Magst du Klatsch? Du bist ein Mensch ganz nach meinem Geschmack."

Gekonnt entsetzt drückte sie die Schultern durch. „Es ist kein Klatsch. Das sind wichtige Informationen für einen Strafverfolgungsbeamten."

„Natürlich." Die Belustigung in seinen dunklen Augen dachte nicht daran, zu verblassen. „Der gute Reverend Parrish kommt aus Texas. Ein Studienabbrecher, arbeitete als Ladenangestellter in Houston. Er war dreimal verheiratet. Hat von zwei dieser Frauen einstweilige Verfügungen gegen ihn erhalten. Dann wurde er zum Fernsehprediger, wo er wahrscheinlich auf die Idee für diesen Betrug kam. Nachdem er die Zeloten in Texas gegründet hatte, hat er sie vor ein paar Jahren mit einer Kerngruppe hierher verlegt."

„Ich verstehe." Oder vielleicht tat sie das auch nicht. Sie würde solche Leute nie verstehen. „Woher kommt ihr Geld?"

„Anscheinend übergeben neue Mitglieder alles an die Organisation. Sie erhalten auch Spenden. Sie haben eine Webseite, die eine Rückkehr zu den Tagen befürwortet, an denen Männer noch Männer und Frauen Eigentum waren." Der Doc sah aus, als würden ihm sogar die Worte auf den Magen schlagen.

„Wie ... reizend."

„Als Officer wirst du ein sichtbarer Widersacher dieser Ideologien sein. Das gefällt mir, aber ..." Der beunruhigte Blick des Docs traf auf ihren. „Es macht dich auch zu einem Ziel für diese tollwütigen Idioten. Sei im Umgang mit ihnen sehr vorsichtig, Officer Jenner."

Er sorgte sich. Nach ihrer Zeit in Weiler fühlte es sich seltsam an, dass sich jemand um sie sorgte. Seltsam ... und wundervoll.

KAPITEL SIEBEN

E *in scharfes Messer schneidet am schnellsten und tut am wenigsten weh.* ~ Katharine Hepburn

An einem der hinteren Tische im Roadhouse sprach Caz mit Gabe und Audrey über Bulls Pläne für den Alaska Day. Ein Feiertag für viele Menschen und somit versprach der achtzehnte Oktober für das *Bull's Moose* ein interessanter Tag zu werden. Nur dass sein Polizeichefbruder an dem Tag arbeiten musste.

„Ist das nicht JJ?", fragte Audrey und zeigte auf die Tür.

„In der Tat." Gabe winkte seinen Officer heran.

Verdammt. In der letzten Woche hatte Caz die hübsche Polizistin gemieden – weil er es Gabe versprochen hatte. Es half, dass sie viel arbeitete und sich mit der Polizeiarbeit in Alaska bekanntmachte. Gabe konnte nicht glücklicher sein, wie gut sie sich machte, und nach den Kommentaren in der Stadt waren die meisten Bewohner zufrieden.

Dass sie jedoch direkt nebenan wohnte, war ein Test für seine Willenskraft.

Sie hatte sich in seinen Gedanken eingenistet. Er gab es zu.

Die großen Augen, die Sommersprossen, und die Art, wie sie sich bewegte, die von jahrelangem Kampfsport sprach. Und nicht zu vergessen, wie ihr Arsch in einer Jeans aussah.

Er hatte noch nie ein Problem damit gehabt, die körperlichen Attribute einer Frau zu ignorieren. Das Problem: Sie erreichte ihn auch auf emotionaler Ebene.

Wenn sie die Hühner mit Resten fütterte und sie alle zum Zaun rannten, strahlte JJ regelrecht. Abends spielte sie die traurige Musik der Flöte, die von einem einsamen Herzen sprach und in ihm das Bedürfnis weckte, sie in die Arme zu nehmen. Manchmal saß sie einfach im Pavillon, um den Sonnenuntergang über den schneebedeckten Berggipfeln zu bestaunen.

Sie mochte die einfachen Dinge des Lebens ... und er mochte sie.

Es wäre einfacher, wenn er das nicht täte.

Er und Gabe standen auf, als sie zum Tisch kam. Ihr Dienstgürtel war weg, und sie hatte ihr khakifarbenes Uniformhemd gegen einen blaugrünen Pullover ausgetauscht, der die türkise Farbe ihrer Augen hervorhob.

„Setzt euch, Männer." Sie lächelte Audrey an. „Ich wollte euren Abend nicht stören. Ich bin nur vorbeigekommen, um einen von Bulls Burgern mit nachhause zu nehmen."

„Du störst uns nicht. Setz dich zu uns." Audrey deutete auf einen Stuhl.

Bei der Einladung fegte Freude über JJs Gesicht.

Und Caz spürte wieder diesen unangenehmen Wunsch, sie einfach zu halten. Statt dem Drang nachzukommen, zog er den Stuhl für sie heraus. „Setz dich, JJ."

Ihr Blick traf auf seinen, und er sah, wie sich ihre Wangen rot färbten, als sie Platz nahm.

Er setzte sich wieder hin und schaute auf die Uhr. Zehn Uhr abends. Sie hatte die Schicht von zwölf Uhr Mittag bis acht Uhr abends übernommen und war jetzt erst fertig geworden? „Es ist ungesund, zu viele Überstunden zu machen oder Mahlzeiten auszulassen, Officer Jenner."

Sie verzog das Gesicht. „Ich weiß, aber so ist das eben manchmal. Warum dachte ich, dass es in einer Kleinstadt ruhiger zugehen würde?"

„Kleine Städte sind ruhiger ... in gewisser Weise." Gabe grinste. „Keine Gangaktivitäten, wenige Morde. Aber zwei Officer sind nicht genug für eine wachsende Bevölkerung. Es wird bald ruhiger werden. Etwas. Ich möchte jedoch, dass du dir deine Pausen nimmst und pünktlich Feierabend machst, wenn es möglich ist."

„Natürlich, Sir", sagte sie höflich. Bei dem Ausdruck auf ihrem Gesicht wurde ihm bewusst, dass Gabe wohl zu optimistisch war.

Gabe hob seinen Drink in reumütiger Zustimmung zu seinen Lippen.

Ja, der neue Officer passte perfekt zum Chief.

Felix kam zu ihnen und nahm ihre Bestellung für eine Cola, einen Burger und Pommes auf. Der Kellner tätschelte ihre Schulter und es wurde offensichtlich, dass er Officer Jenner mochte. „Möchte noch jemand bestellen?"

„Sonst ist alles perfekt, danke", sagte Gabe.

„Perfekt, oh ja." Felix grinste Caz an, bevor er zurück an die Bar ging.

JJ schüttelte den Kopf. „Oh, Doc, es liegt dir einfach jeder zu Füßen, oder?"

„Leider nicht jeder, nein." Er stieß einen dramatischen Seufzer aus.

Ihre Mundwinkel zuckten.

Es schien, dass er nicht der Einzige war, der sich daran erinnerte, wie sie ihn abgewiesen hatte. Er begegnete ihrem Blick, ließ sie sein Bedauern sehen und sah den Funken in ihren Augen. „Also wenn es allein ums Aussehen geht, lässt mich Bull weit hinter sich."

Hinter der Bar genoss Bull seine Arbeit, mixte Getränke und plauderte mit seinen Gästen. Sein Lachen ertönte, als er Witze mit einem Mann riss, eine ältere Dame unterhielt und einem jüngeren Mann in einem strengen Ton vermittelte, dass er kein weiteres Getränk bekommen würde, wenn er nicht seine Autoschlüssel aushändigte. Ein Quartett junger Frauen kicherte über alles, was er sagte, und sie richteten ständig ihre Ausschnitte, präsentierten ihre Dekolletés, warfen die Haare anzüglich über die Schultern und bezahlten ihre Getränke so, dass ihre Finger Bulls berührten.

Armer Bull.

„Du bekommst so ziemlich die gleiche Aufmerksamkeit, Caz", sagte Audrey. „Der Unterschied ist, dass es dir nichts ausmacht und du sehr geschickt darin bist, interessierte Frauen charmant abzuweisen. Obwohl er es versteckt, hasst es Bull, begehrt zu werden, und er ist nicht so gut im Entkommen."

Caz neigte den Kopf und war von ihrer Beobachtung wirklich überrascht. „Stimmt. Es ist schön, dass die meisten Frauen den Wink mit dem Zaunpfahl verstehen." Die meisten, nicht alle. Einige stürzten sich auf einen Mann, wie das begeisterte Fischer bei einem Königslachs machten.

„Ihr tut mir so leid", sagte JJ in gespieltem Mitleid.

Er verstand, was sie damit sagen wollte. Keine Frau würde mit einem Mann Mitleid haben, der darüber jammerte, mit weiblicher Aufmerksamkeit überhäuft zu werden. Er und Bull mochten es leid sein, belästigt zu werden, aber sie mussten keine Angst haben, bei einem Korb verletzt zu werden. „Es ist ein harter Job", sagte er leichtfertig.

Gabe grinste und fragte seinen Officer: „Was ich dich noch fragen wollte, JJ: Hast du herausgefunden, wer den illegalen Bärenköder platziert hat?"

„Es war einer von EmmaJeans Mietern, Chief." Sie sah zu Caz und Audrey. „Der Kerl hat in der Nähe des neuen Bed & Breakfasts einen Bärenköder eingerichtet. Er wollte von seinem Balkon einen Bären schießen."

Caz setzte sich gerader hin. „Das ist Wahnsinn." Es gab Gesetze gegen die Aufstellung von Ködern in der Nähe von Wohngebieten.

„Jäger." JJ zuckte mit den Schultern. „Ich habe das Problem an das Fish and Game Department übergeben."

Gabe schnaubte. „Der Idiot dachte, er würde im Oktober einen Bären schießen? Nun, die Braunen Hüte werden sich mit Freude um ihn kümmern."

Ein Telefon klingelte. Caz' Handy. Er runzelte die Stirn, als er es herauszog. Die Klinik war geschlossen, und Notfälle gingen an den Bezirk und das Bereitschaftspersonal des Krankenhauses in Soldotna. Das Display zeigte die Nummer eines Amtes. Zu dieser Zeit? Jemand legte Überstunden ein. Er antwortete mit: „Ramirez."

„Cazador Ramirez?"

„Ja. Verzeihen Sie mir, aber es ist recht laut hier. Können Sie lauter sprechen?"

„Natürlich." Die Stimme der Frau klang reifer. „Ich kann nicht glauben, dass ich Sie gefunden habe."

„Mir war nicht klar, dass ich vermisst wurde." Caz erkannte, dass er die Aufmerksamkeit aller am Tisch hatte.

„Nun, das wurden Sie nicht, nicht direkt, aber ... die Angelegenheit ist etwas schwierig, zu erklären. Ich bin Mrs. Townsend vom Sacramento County Department of Child, Family, and Adult Services." Papier raschelte im Hintergrund, bevor sie fortfuhr: „Damals, als Sie beim Militär waren, hatten Sie anscheinend ... na ja, intime Beziehungen mit einer Frau namens Crystal Hodge."

Der Name kam ihm vage bekannt vor. „Ma'am, ich wurde vor über sechs Jahren aus dem Militär entlassen." Er überlegte. „Gibt es einen Grund für diesen Anruf?"

Ihm gegenüber am Tisch runzelte Gabe die Stirn.

JJs Kopf war geneigt.

„Die Beziehung mit der erwähnten Dame muss vor etwa einem Jahrzehnt gewesen sein", sagte die Frau.

Vor zehn Jahren. Das war das Jahr, in dem seine Verlobte von einem Aufständischen getötet worden war. Er erkannte, dass Mrs. Townsend immer noch redete. Er räusperte sich und sagte: „Es tut mir leid; können Sie das wiederholen?"

„Ich sagte, Crystal Hodge hat Sie als Vater auf der Geburtsurkunde ihrer Tochter aufgeführt."

Alles in Caz erstarrte.

„*¿Perdóname? Tochter?*"

„Ja, Crystal hatte eine Tochter. Regan Ramirez."

„Das ist nicht möglich. I-Ich habe immer verhütet."

In seiner Branche hatte er diese Ausrede zuhauf gehört und anschließend mit den Worten geantwortet, die nun Mrs. Townsend vorbrachte: „Mr. Ramirez, wir alle wissen, dass keine Verhütungsmethode hundertprozentig effektiv ist."

„Diese Crystal Hodge denkt also, dass jetzt ein guter Zeitpunkt ist, mir das zu sagen?" Wie alt wäre diese sogenannte Tochter jetzt? Panik setzte in ihm ein. Ein Kind? Caz stand auf. „Ich möchte mit ihr reden."

„Sie ist tot, Mr. Ramirez. Anscheinend glaubte sie, dass Sie auf dem Schlachtfeld getötet worden, weshalb Ihnen diese Information nie offenbart wurde." Mrs. Townsend seufzte. „Von dem, was ich zusammensetzen konnte, hat ihr, als sie hartnäckig versuchte, Sie zu finden, jemand in den Special Forces-Büros den Eindruck vermittelt, dass Sie im Einsatz verstorben wären. Ein Militärfreund von mir meinte, dass Sie sich möglicherweise in einer verdeckten Operation befunden haben, bei der Ihre Chefs eine Frau davon abgehalten haben könnten, Ärger zu verursachen."

Dios. Caz rieb sich den Nacken und versuchte, nachzudenken.

Nachdem Carmen gestorben war, hatte er sich zuerst mit Alkohol getröstet. Nach einer Weile erkannte er, dass er nur nüchtern Rache nehmen konnte. Black Ops. Auftragsmorde.

„Nein, sie hätte mich nicht kontaktieren dürfen. Nicht zu dieser Zeit", gab er zu. Es hatte eine Weile gedauert, um zu erkennen, dass mehr Tote Carmen nicht zurückbringen und das Loch in seinem Herzen nicht heilen würden. Mehr Blut war niemals die Antwort.

Er begegnete dem Blick seines Bruders. Da Gabe eine Abneigung gegen Geheimnisse hatte, war es ihm vor ein paar Jahren gelungen, aus Caz die ganze Geschichte herauszubekommen. „Eine Tochter?", sagte Gabe.

Caz ignorierte ihn und sprach ins Telefon: „Crystal dachte, ich sei der Vater?" Diese Phase seines Lebens war von Alkohol und Frauen definiert gewesen und er hatte keine Ahnung, mit wie vielen Frauen er zu dieser Zeit ein Bett geteilt hatte. Die meisten von ihnen waren Erkennungsmarken-Jägerinnen gewesen – also Frauen, die es auf Militärjungs abzielten.

„Ja. Sie scheint sich so sicher gewesen zu sein, dass Sie auf der Geburtsurkunde als Vater stehen." Mrs. Townsend seufzte. „Ich würde einen Vaterschaftstest vorschlagen."

„*Sí*, das wäre der erste Schritt." Caz starrte auf den Tisch. Als sich die Falle um ihn schloss, entbrannte die Wut in ihm. „Trotzdem kann ich ... ich kann nicht ... kann keine Tochter haben. Das ist unmöglich."

Er blinzelte mehrmals und marschierte dann aus dem Roadhouse.

Nachdem Caz gegangen war, sprach JJ eine Weile mit Gabe und Audrey über die Probleme in Rescue. Dann hatten sie ihr mehr Einwohner der Stadt vorgestellt. Sie endete in einem Gespräch über Krimiromane. Denise, eine Lehrerin, und Regina, die Rezeptionistin des Gemeindehauses, bevorzugten Klassiker wie Miss Marple. JJ und die Postmeisterin Irene, eine mürrische Frau in ihren Sechzigern, mochten tierzentrierte Krimis. Wer mochte Yum Yum und Koko nicht?

Alkohol und Bücher. Sie blieb länger, als sie hätte bleiben sollen. Viel länger.

Schließlich machte sie sich auf den Weg und ... verdammt. Nach der Arbeit musste sie den Kopf frei bekommen, weshalb sie von der Wache direkt zum Roadhouse gegangen war. Und jetzt musste sie zurück in die Innenstadt, wo ihr Auto stand.

Du hättest besser vorausdenken sollen, JJ.

Zumindest regnete es nicht. Als sie die Kreuzung von Grebe und Main Street erreichte, stoppte sie. Vor dem Gemeindehaus stand ein roter GMC Pick-up. Gab es Probleme?

Sie lief auf das Gebäude zu und sah, wie Bull aus dem Fahrzeug stieg. Er war einer der gelassensten Menschen aller Zeiten und doch war seine Stirn gerunzelt.

„Was ist los, Bull?"

Er wies mit dem Kinn auf das Gemeindehaus. „Gabe hat angerufen und mir die Neuigkeiten erzählt – und dass Caz bisher noch nicht nachhause gekommen ist. Dann rief Dante an, um zu sagen, dass die Lichter in der Klinik brennen."

JJ sah zum Gebäude. Lichter auf der rechten Seite, obwohl die Klinik geschlossen war. „Cazador hat die Nachrichten nicht gut aufgenommen."

„Scheint so. Ich dachte, ich sollte besser mal nach ihm sehen."

„Musst du nicht das Roadhouse schließen?"

„Brüder kommen zuerst." Sein entschlossener Ton sagte, dass dies ein tief verwurzeltes Lebensprinzip war.

Bevor sie antworten konnte, klingelte sein Handy. „Yo."

Felix' Stimme war zu hören: „Bull, diese beiden großen Jäger – sie wollen einfach nicht verschwinden. Sie sagen, Alaskabars bleiben die ganze Nacht geöffnet."

„Fuck." Bull hob den Blick zum Gemeindehaus.

Der Roadhouse-Besitzer war ein guter Kerl. „Ich sag' dir was – ich werde nach deinem Bruder sehen. Geh und kümmere dich um dein Roadhouse. Felix sollte nicht als Türsteher agieren."

Er betrachtete sie. „Stimmt. Bist du sicher, dass du dich Caz mit schlechter Laune stellen kannst? Gut möglich, dass er betrunken ist."

Sie lachte. Gabe wäre in einem Kampf schwer zu handhaben, Bull unmöglich. Aber Cazador war nicht riesig. Er strahlte nicht gerade aus, sich von einer Minute auf die nächste schlagen zu wollen. „Ich denke, ich kann mit dem Doc umgehen." Bull zog eine Augenbraue hoch, so wie es ihr Karatelehrer getan hatte, als sie einen Block vermasselt hatte. „Ich sollte mich um ihn kümmern. Du kannst im Roadhouse aushelfen."

„Irgendetwas entgeht mir hier, oder?" Sie dachte zurück an das, was sie von dem Gespräch im Roadhouse mitbekommen hatte. Die Jugendamt-Mitarbeiterin hatte so laut gesprochen, dass sie am Tisch alle die Neuigkeiten gehört hatten.

Caz schien nicht so gefährlich zu sein, aber ... natürlich, ein Mediziner würde sich wahrscheinlich bemühen, harmlos zu erscheinen. „Er war in den Special Forces, wenn ich das richtig verstanden habe." Die US Army Special Forces wurden früher Green Berets genannt. „Die Mitarbeiterin vom Jugendamt hat etwas über verdeckte Operationen gesagt?"

Vielleicht war er tödlicher, als er schien.

„Ja. Er verbrachte ein Jahr als Auftra –" Bull stoppte sich, musterte sie. „Ich meine, er wurde auf hochrangige Ziele angesetzt."

Angesetzt im Sinne von ... ein Auftragsmörder? Ihre Kinnlade klappte herunter. „Du machst Witze."

Bulls ausdrucksloses Gesicht sagte alles.

„Okay", entließ sie gedehnt. So viel zu der Vermutung, der Doc sei ein netter, harmloser Kerl. Andererseits hatte er seinen *netten* Eindruck bereits durch die Art und Weise erschüttert, wie er auf eine Tochter reagierte. Sie hatte Überraschung erwartet, sicher, dann ... Freude. Alles andere als völlige Bestürzung.

Was auch immer er war, sie konnte mit ihm umgehen. JJ verschränkte ihre Arme vor der Brust. „Bull, ich komme schon klar. Geh und kümmere dich um deine Betrunkenen. Ich schaue nach dem mürrischen Doc."

Als sie das Gemeindehaus betrat, benutzte sie ihren General-schlüssel an der Tür der Klinik, ging hinein und stoppte.

Dumpfe Geräusche kamen aus einem Raum hinter dem vorderen Büro. Sie näherte sich dem Lärm. Was machte er? Trat er einen Stuhl durch den Raum?

Nein. Er warf Messer. Messer! Wie festgefroren blieb sie im Türrahmen stehen. Apropos, tödlich.

Er sah sogar tödlich aus. Dunkle Haare, dunkle Augen, dunkle Kleidung. Er spuckte eine Flut an spanischen Flüchen aus. Nachdem er einen Schluck aus einer Flasche mit klarer Flüssigkeit genommen hatte, griff er ein schwarzes Messer von einem Stapel auf dem Schreibtisch und warf, ohne zu zielen. Die Klinge bohrte sich in ein Schwarzes Brett auf der gegenüberliegenden Seite des langen Raumes. Die anderen Messer folgten. Wurf, Wurf, Wurf. Er formte einen perfekten Kreis auf dem Brett.

Dann durchquerte er den Raum. Sie hatte seinen Gang schon einmal bemerkt, so geschmeidig wie ein Leopard, aber ... ihr war entgangen, dass er sich auch in völliger Stille bewegte.

Nachdem er die Messer aus dem Brett gezogen hatte, drehte er sich um und sah sie aus kalten Augen an. Das Lachen, das normalerweise in seinen Augen lauerte, war verschwunden – und sie vermisste es.

„Cazador."

„Ich bin heute Abend keine gute Gesellschaft, *Señorita*. Ein andermal vielleicht." Höflich. Abweisend.

Sie betrat den Raum und versuchte, die Messer zu ignorieren, die er auf den Schreibtisch warf. Sie sahen sehr scharf aus. „Bist du sauer, weil du eine Tochter hast?"

Was denn sonst ... Aber sie musste das Gespräch ja irgendwo beginnen.

Seine Lippen pressten sich zusammen. „Ich kann mich nicht um eine Tochter kümmern."

Was entging ihr, verdammt? „Du verdienst genug Geld. Du kannst –"

Er wedelte mit der Hand. „Geld bedeutet rein gar nichts. Sie kann alles haben, was ich besitze. Hätte ich vor Jahren von ihr erfahren, hätte ich schon damals helfen können."

„Wenn Geld kein Problem darstellt, warum bist du dann so aufgebracht?"

„Ich will nicht ... Das ist unmöglich. Einfach nein!" Plötzlich holte er mit dem Arm aus und stieß die Messer gewaltsam vom Schreibtisch.

JJ zuckte bei dem lauten Klappern zusammen. „Caz."

„Ich werde mich nicht um sie kümmern. Werde ich nicht."

Kümmern. Er meinte nicht, sich körperlich um ein Kind zu kümmern, sondern lehnte es ab, das Mädchen zu lieben. „Du liebst deine Brüder. Warum nicht dein Kind? Ein kleines Mädchen, das dich braucht."

„Nein." Die Flut aus spanischen Worten war zu schnell, um ihr zu folgen. „*Mi hermanos* können selbst auf sich aufpassen. Ein Kind kann das nicht. Ich bin nicht dazu fähig, Frauen und Kinder zu beschützen."

Seine Aussage war einfach nicht wahr. Nach dem, was Bull gesagt hatte, nach dem, was sie gerade gesehen hatte, war der Doc genauso tödlich wie seine Brüder. Vielleicht sogar tödlicher.

Was hatte es mit dem Schmerz in seiner Stimme und in seinen Augen auf sich?

Sie nahm seine Hand und zog ihn zu den Stühlen, die an der Wand standen, und setzte sich neben ihn. „Ich verstehe nicht."

„Du musst es nicht verst –"

„Wer ist gestorben?" Es war eine Vermutung, aber diese Art von Wut musste einfach von einem Trauma kommen.

Sein Gesichtsausdruck verfinsterte sich.

„Caz. Rede mit mir." Sie drückte seine Hand.

Sein gedehnter Seufzer sprach von Kapitulation. „Meine Mutter und meine Schwester." Er schüttelte den Kopf. „Ich hätte schneller sein sollen. Besser. Aber der Mann hat geschossen, bevor ich sie retten konnte."

Geschossen? Er hatte gesehen, wie seine Mutter und seine Schwester ermordet wurden? Der Gedanke war wie ein Stich in ihr Herz. Wann waren sie gestorben? Mako hatte die Jungs aus einer Pflegefamilie geholt, oder? „Wie alt warst du zu dem Zeitpunkt?"

Caz spürte, wie sich seine Muskeln bei der Frage anspannten. JJs Hand umhüllte seine, ihre Wärme sickerte in seine kalten Finger. Mitgefühl strahlte in ihren Augen. „Ich war sieben."

„Sieben." Sie schnaubte wie ein genervter Braunbär. „Doc, du warst zu jung, um etwas zu tun. Das muss dir klar sein."

Das hatte Mako auch gesagt. Es spielte keine Rolle. Caz war der Mann des Hauses gewesen. Und Jahre später, als er Carmens Körper gesehen hatte ... Er rieb sich den schmerzenden Kopf. Der Schmerz rührte nicht vom Alkohol her, sondern von der Vergangenheit.

Wo waren die Worte, um ihr verständlich zu machen, warum er keine Tochter haben konnte? „Ich habe sie nicht gerettet, und dann, als ich ein Mann war, starb meine Carmen. Ich bin nicht mit ihr gegangen. Ich bereitete mich auf eine Mission vor, aber ich hätte da sein sollen, um sie zu beschützen. Ich hätte ..."

Sein Herz blutete.

JJs leise Stimme brach in sein Elend ein. „Wie ist sie gestorben?"

Er sank zusammen und lehnte seinen Kopf an die harte Wand. Gegen wie viele Wände hatte er geschlagen, nachdem sie es ihm gesagt hatten? Nachdem er ins Krankenhaus des Stützpunktes gegangen war und die schrecklichen Wunden gesehen hatte? „Ihr Fahrzeug wurde mit einer Bazooka getroffen. In Afghanistan."

„Ihr wart zusammen beim Militär?"

„Sí. Sie war Army; ich war Special Forces." Carmen hatte ihn stets geneckt, weil er zu den Green Berets gehört hatte. „Wir wollten einen Monat später heiraten."

Tränen füllten JJs Augen. „Das tut mir so leid. Ich kann mir nicht einmal vorstellen, wie schlimm das für dich gewesen sein muss."

So schlimm. Die Emotionen waren überwältigend gewesen – Schmerz, Wut, Hilflosigkeit. Schuldgefühle, da er nicht bei ihr gewesen war und sie beschützt hatte. Er hatte alles versucht, um seine Gefühle zu begraben.

Er ließ JJs Hand los und rieb sich mit den Händen über das Gesicht. „Zurück in den Staaten drehte ich durch und versuchte, meinen Schmerz in Alkohol zu ertränken. Das war, als ..."

Sie nahm wieder seine Hand, als wollte sie ihn verankern. „Als du wahrscheinlich ein Baby gezeugt hast?"

„Ich kann mich nicht an sie erinnern – an Crystal meine ich. *Dios*, ich könnte dieses Kind auf der Straße sehen und ich würde es nicht einmal erkennen."

Hatte er wirklich eine Tochter, die er nie getroffen hatte? Wie hatte sie als Baby ausgesehen? Als Kleinkind. Wenn er vor einem Jahrzehnt etwas mit Crystal hatte ... und fügten sie neun Monate Schwangerschaft hinzu, dann wäre das Mädchen jetzt neun oder zehn.

Die Dame vom Jugendamt hatte ihm Informationen und Bilder von Regan geschickt. Regan. Seine Tochter. Nein, nein, er konnte keine Tochter haben.

„Die Mitarbeiterin vom Jugendamt dachte, Crystal hat dich nicht finden können, weil du zu der Zeit auf einer Geheimoperation warst?"

Er grunzte. „Ich habe den Alkohol zurückgelassen und mich stattdessen auf Rache konzentriert." Er schob seinen Stuhl von ihr weg. Sie war eine gute Frau; er war ein Mörder. „Die Aufständischen hatten den Stützpunkt mit Bazookas, Sprengsätzen und sogar Selbstmordattentätern angegriffen. Aber sie sind nicht besonders intelligent vorgegangen, haben nur Befehle befolgt. Ich

wollte jedoch, dass die Anführer für Carmen bezahlen. Ein SF-
Offizier hörte mich schimpfen – und ich wurde rekrutiert."

„Um die höhergestellten Aufständischen zu finden und sie zu
töten?"

Er nickte.

Die Erinnerungen an dieses Jahr hatten ihn nie verlassen. Das
grässliche Gefühl seines Messers, das Haut und Knorpel durchdrang. Der Gestank von Eingeweiden. Das Zucken und der letzte
Atemzug, auch nachdem die Seele geflohen war.

Die ersten Ziele hatten in ihm eine beunruhigende Befriedigung heraufbeschworen. Die Bastarde hatten schließlich für
Carmens Tod bezahlen müssen. Danach …

„Es dauerte nicht lange, bis ich erkannte, dass dieser Weg ein
Fehler gewesen war. Nichts, was ich getan habe, würde Carmen
jemals zurückbringen. Mit jedem Tod verlor ich einen Teil meiner
Seele. Wenn ich weitergemacht hätte, weiß ich nicht, was aus mir
geworden wäre."

„Ah." Sie nahm seine Hände zwischen ihre, und er war drauf
und dran, sich ihrem Griff zu entziehen. Seine Hände waren blut-
getränkt. Aber … nein, das war nur eine weitere dieser Erinnerungen, die sich in die Realität drängen wollte, ein Geisterfoto aus
der Vergangenheit.

„Also bist du vom Auftragsmörder zum Mediziner geworden?"

Er zuckte mit den Schultern. „Es klingt seltsam, oder? Ein
Freund von mir wusste, dass ich schon einmal geplant hatte, in
diese Richtung zu gehen. Er hat mich dazu gebracht, zu diesem
Plan zurückzukehren."

„Du machst das hier gut. Hier gehörst du hin."

Einfache Worte. Worte, die bestätigten, wie er sich fühlte.
Worte, die ihn wieder rational denken ließen. Wie lange war er
schon hier in der Klinik, wütend darauf, sein Herz erneut
riskieren zu müssen? Damit beschäftigt, Messer aufs Schicksal zu
werfen?

„Was wirst du in Bezug auf deine Tochter unternehmen?"

„Das ist die Frage, nicht?" Caz warf einen Blick auf die Dokumente, die er von Mrs. Townsend per E-Mail zugeschickt bekommen und ausgedruckt hatte. „Wenn der Vaterschaftstest positiv ist, dann ..." Aber er wusste, dass das Kind ihm gehörte.

Er stand auf und reichte JJ das Foto des Mädchens. Dichtes dunkles Haar, Augen in der gleichen Form und Farbe wie seine. Sein Kinn und seine Wangenknochen in einem zarten, femininen Gesicht.

JJ fuhr mit dem Finger über die Oberfläche des Fotos. Die Lippen, die seinen so ähnlich waren. „Sie ist ... eine Miniversion von dir."

Als er sich das Foto ansah, wusste er, dass er dem Untergang geweiht war. Die Augen des Mädchens hielten Schmerz, Trauer und Verlust bereit. Das dickköpfige Kinn erinnerte ihn an sich selbst, wenn er gegen Emotionen ankämpfte. Sie war ihm in mehr als nur dem Aussehen ähnlich.

Selbst wenn sie nicht seine wäre, würde er ihr helfen wollen. Um zu sehen, was er tun könnte. „Ich verlasse morgen Alaska und werde daran arbeiten, einen Ort für sie zu finden, der gut für sie ist."

„Der Ort wird an der Seite ihres Vaters sein, hoffe ich?"

Sein Gedächtnis hielt an der Vergangenheit fest: Mamás tote Augen. Die Schreie seiner kleinen Schwester. Carmens blutiger, zerfetzter Körper.

Sein eigener Tod beunruhigte ihn nicht, aber er konnte es nicht ertragen, jemanden zu verlieren, der so verletzlich und unschuldig war. Nicht noch einmal.

Nichtsdestotrotz war dies seine Pflicht. Seine Schultern hoben sich, als er die Verantwortung anerkannte. „Vielleicht. Wahrscheinlich." Schließlich schien die junge Regan sonst niemanden zu haben. Morgen oder übermorgen würde er sie das erste Mal treffen.

Nach einem Blick auf die Wanduhr runzelte er die Stirn. „Was machst du hier, Officer? Es ist schon spät."

„Bull wollte nach dir sehen, aber es gab ein Problem im Roadhouse. Ein paar Betrunkene wollten sich nicht rausschmeißen
lassen. Also bin ich stattdessen gekommen."

„Ah. Das weiß ich zu schätzen." Er musterte sie. Immer noch
in der schwarzen Jeans und den Stiefeln, die sie für ihre Polizeiarbeit trug. Schulterlanges Haar geflochten und zurückgebunden.
Wieder fiel ihm ihr Pullover auf, der das Blaugrün ihrer wunderschönen Augen widerspiegelte. So weich sah der Pullover aus.
Weich und verlockend.

„Da du nicht im Dienst bist, möchtest du einen Drink?" Er
deutete auf den Meskal.

„Sicher, warum nicht." Bevor er sich bewegen konnte, stand
sie auf und holte die Flasche.

Er versuchte, nicht zu bemerken, wie ihr Arsch von der Jeans
umhüllt wurde, wie sich der Pullover um ihre kleinen Brüste legte.
Sie war eine Freundin. Nur eine Freundin.

Mit der Flasche in der Hand setzte sie sich neben Caz und
nahm einen kräftigen Schluck. Dann blinzelte sie. „Das ist kein
Scotch." Sie musterte die Flasche und sprach falsch aus: „*El
Jolgorio Tepeztate*. Es ist nicht schlecht – was auch immer es ist."

„Meskal." Sie amüsierte ihn. „Wie Tequila, nur besser."

Um gesellig zu sein, nahm er die Flasche an, trank aber nur
einen kleinen Schluck. Obwohl er einen Großteil des Alkohols in
seinem Blut durch seine Wut und das Workout mit den Klingen
verbrannt hatte, summte er immer noch in seinem Blutkreislauf.
„Es tut mir leid, dass ich keine Gläser oder etwas zum Mischen
habe."

„Ich kann mit Shots umgehen." Nach einem weiteren Zug
zuckte sie mit den Schultern. „Es war eines der Dinge, die ich
gelernt habe, als ich versuchte, mich anzupassen und einer der
Jungs zu werden."

Sie tranken eine Weile in geselliger Stille und reichten die
Flasche hin und her. Caz wurde von tröstenden Geräuschen

umhüllt. Dem Brummen der Ausrüstung und der Leuchtstofflampen. Dem gelegentlichen Auto auf der Hauptstraße. Der Knoten in seinem Bauch begann, sich zu lösen.

Als er den Kopf drehte, konnte er sehen, wie die Hitze in JJs Wangen stieg und sich ihre Muskeln entspannten. Er schätzte es wirklich, dass sie ihm Gesellschaft leistete. Sie hatte keinen Wirbel darum gemacht, aus der Flasche zu trinken oder einen unverdünnten Meskal angeboten zu bekommen. Sie war verdammt erstaunlich. „Was hast du sonst noch getan, um einer der Jungs zu sein?"

Ein Mundwinkel zog sich nach oben. „Ich nahm Kampfsportunterricht, ging zum Schießstand, hob Gewichte und joggte."

„Das ist eine Menge Arbeit." Er neigte den Kopf. Die Leute meinten, er sei gut mit Frauen, und gelegentlich dachte er, er verstehe sie. Zumeist, das gab er zu, hatte er keine Ahnung, was in ihren Köpfen vor sich ging. „Warum?"

Ihr Blick fiel.

Er legte eine Hand auf ihre Wange und drehte ihren Kopf zu sich. „Ich versuche nicht, dich in Verlegenheit zu bringen, *Chiquita*. Ich bin nur neugierig, warum du einen so harten Beruf für dich gewählt hast. Warum also?"

„Es ist töricht. Ich wollte Leben retten, Leute beschützen, ein Held sein."

Wäre sie die Seine, würde er sich Zeilen merken, nur um sie erröten zu sehen – in der Farbe, die jetzt ihre Wangen überflutete.

„Nicht töricht. Du bist Gabe sehr ähnlich, und in der Strafverfolgung zu sein – gut darin zu sein –, ist eine Berufung, nicht nur ein Job."

Sie nickte – und lächelte ihn an.

Er hatte bemerkt, dass sie nicht oft lächelte, nicht oft lachte, oder vielleicht lag es an ihm. Vielleicht hielt sie sich in seiner Nähe zurück. Der Gedanke nervte ihn und machte ihn traurig. Weil sie etwas Besonderes war. Ihr Mitgefühl hatte sie hierher gebracht, sodass er jemanden zum Reden hatte, und das, obwohl er Messer geworfen hatte. Sie hatte seine Hand gehalten. Sie hatte mit ihm getrauert. Sie war von ihrem Bedürfnis zu helfen zur Polizeiarbeit gekommen. Weil sie Menschen beschützen wollte. Er hatte das gleiche Pflichtgefühl. Sie waren sich sehr ähnlich, oder?

Dumm nur, dass sie eine Frau war. Gegen Chemie und Anziehung gab es kein Mittel ... und *Dios*, er hatte es versucht, sie aus seinem Kopf zu bekommen.

„Nun." Sie erhob sich. „Wenn es dir besser geht, sollte ich wohl nachhause gehen. Auch du solltest nachhause gehen."

Er stand auf und erkannte, dass sie viel zu nah beieinanderstanden. Ihre Wangen waren rosig. Ihre blaugrünen Augen sprachen von Sanftheit und ihr Mund ...

Als sie den Kopf hob, um ihn anzusehen, konnte er nicht widerstehen und ... gönnte sich eine Kostprobe von diesen Lippen. So weich und verlockend. Sie entließ ein kaum hörbares, flehendes Geräusch und so packte er sie, riss sie in seine Arme und vertiefte den Kuss, spürte ihre Wärme, ihre Kurven an seinem Körper, nachgiebig und erregend.

Sie hob sich auf ihre Zehenspitzen und legte ihre Arme um seinen Hals.

Sein Schwanz zuckte, und er packte ihren Arsch mit einer Hand und zog sie enger an sich. Ihre Zunge duellierte mit seiner, ihr Mund heiß und bedürftig.

Als er sich jedoch zurückzog und plante, ihre Brüste für seinen Genuss freizulegen, meldete sich die Vernunft.

„*Estúpido*." Er trat einen Schritt zurück und ergriff ihre Hände. „Wir sollten das nicht tun."

Ihr Blick traf auf seinen und ihre Begierde wich der Bestürzung. „Es tut mir leid. Oh Gott. Ich bin nicht hierhergekommen, um ... etwas anderes zu tun, als zu reden."

Sanft berührte er ihre Wange. Der Drang, sie wieder an sich zu ziehen, sie auf dem Schreibtisch auszubreiten, ihr Stöhnen zu hören, ihre Lustschreie, war beinahe überwältigend. *Nein.* Dieser Drang musste im Keim erstickt werden.

Er konnte und würde sie auf diese Weise vor Schaden bewahren.

„Ich weiß, *Princesa.* Mir tut es auch leid." Er warf einen Blick auf seine Messer, steckte einige in seinen Gürtel und in die Scheiden in seinem Stiefel und wies sie zur Tür. „Erlaube mir, dich zu deinem Auto zu bringen."

Sie schenkte ihm ein bedauernswertes Lächeln. „Eigentlich denke ich, dass wir Bull anrufen und ihn um eine Mitfahrgelegenheit bitten sollten."

KAPITEL ACHT

E in Mensch ist ein Mensch, wie klein er auch sei! ‑ Horton der Elefant

Die letzten Tage waren lang gewesen und doch gingen sie rum wie im Fluge. Der beschleunigte Vaterschaftstest hatte gezeigt, dass Caz nun ein Vater war. Seitdem hatte er alles gegeben, den Prozess zu beschleunigen, um Regan endlich in seine Obhut zu holen. Weil die anderen Pflegekinder sie mobbten. Sein kleines Mädchen.

Er hatte Dr. Zachary Grayson angerufen. Der angesehene Kinderpsychologe war ein alter Freund von Mako und kannte Caz seit zwei Jahrzehnten. Grayson stimmte ihm zu, dass es besser wäre, Regan schnell aus der Pflegefamilie zu bekommen. Je schneller, desto besser. Demnach hatte er seine Verbindungen spielen lassen und die Dinge vorangebracht.

Heute würde Caz seine Tochter mit nach Alaska nehmen.

„Glückwunsch, *pinche culero*, du bist Vater."

Er fühlte sich nicht wie einer. Nach Regans zurückhaltender

Art beim Kennenlernen zu urteilen, war sie auch nicht gerade beeindruckt.

Ihr zu begegnen, hatte ihn sprachlos gemacht. Ihre Treffen, bei denen entweder Mrs. Townsend oder die Pflegemutter dabei gewesen waren, hätten nicht unangenehmer sein können. Als Gesundheitsexperte war er in der Lage, Menschen aus ihren Schneckenhäusern zu ziehen und mit ihnen zu interagieren. Mit einer Tochter, die er bereits vor langer Zeit hätte kennenlernen müssen, wusste er nicht, wie er sich verhalten sollte. Bei ihrem ersten Lachen, ihrem ersten Wort, ihren ersten Schritten hätte er verdammt nochmal anwesend sein müssen. Er hätte ihr beibringen sollen, wie man einen Löffel benutzte oder die Zähne putzte. Er hätte da sein sollen, um ihre Tränen zu trocknen. Das Gewicht dieser verpassten Jahre war es gewesen, das ihn sprachlos gemacht hatte. Sprachlos und ungeschickt.

Nun wäre Regan von einer Person abhängig, die sie kaum kannte. Er erinnerte sich nur zu gut daran, wie das war.

Caz parkte den Mietwagen vor dem Haus der Pflegefamilie, in dem Regan untergebracht war. Untergebracht. Derzeit lebte. Wie auch immer. Er blickte zum Himmel. „Wenn du uns von da oben beobachtest, Sarge, könnte ich hier etwas Hilfe gebrauchen."

Er wusste, was Mako sagen würde: *Feiglinge fangen nie an. Die Schwachen beenden nie etwas. Gewinner geben nie auf.* " So viel dazu. Für seine Tochter würde er alles geben. Weniger war nicht akzeptabel.

Er stieg aus dem Auto, drückte die Schultern durch und marschierte zum Haus.

Mrs. Townsend wartete in der offenen Tür. Sie war eine kleine Frau, graue Haare, eine Brille auf der Nase und freundlicher, als ein erster Eindruck vermitteln würde. Sie lächelte. „Guten Morgen, Mr. Ramirez. Regan sollte in –"

Bei einem Geräusch blickte sie über ihre Schulter. Ihre Augen weiteten sich.

Er folgt ihrem Blick.

Seine Tochter hatte einen blutigen Kratzer auf einer Wange, eine geschwollene Lippe, zerzauste Haare und ein aufgekratztes Knie.

Als Regan das Wohnzimmer durchquerte, tat sie dies mit einem schmerzerfüllten Gesicht. Tränen brannten in ihren Augen, also gab sie ihr Bestes, ihrem Gesicht einen unerschütterlichen Ausdruck zu verleihen. Diese Rotznase Haley würde es nicht schaffen, sie zum Weinen zu bringen. Niemand konnte sie zum Weinen bringen. Sie war –

„Wie schwer bist du verletzt, Regan?" Die Stimme eines Mannes ließ sie aufblicken und einen Schritt zurücktreten. Es war der Kerl, von dem Mrs. Townsend steif und fest behauptete, er sei ihr Vater. Nur hatte Mom ihr gesagt, er sei tot. Wie konnte jemand in diesem Punkt einen Fehler machen?

Er hockte sich vor ihr hin. Seine Augenbrauen, genauso dunkel wie ihre, wanderten nach oben. „Regan?"

Die Frage, die ... Sorge in seinem Gesicht verursachte ein Gefühl in ihr, das sich in etwa so anfühlte, als hätte sie zu viel Eis gegessen.

Sie hob das Kinn. „Mir geht's gut."

„Ah, natürlich geht es dir gut, *Chiquita*", sagte er in einem ruhigen Ton. Er schrie nicht oder so. Er sprach mit ihr, so wie sie das mit der Katze von nebenan tat – sanft und behutsam.

„Lass uns deine Kratzer säubern, bevor wir gehen, ja?" Er näherte sich ihr und legte seine Hand auf ihre Schulter. „Mrs. Townsend, könnten Sie mir bitte die nötigen Dinge dafür holen?"

Zu Regans Schock hob er sie in seine Arme, nahm sie mit ins Badezimmer und setzte sie neben das Waschbecken auf die Oberfläche. Ihre Worte blieben in ihrer Kehle stecken, als er sanft das Blut und den Schmutz von ihrem Bein wusch.

„Der Anblick von Blut stört dich nicht?", fragte er.

„Äh, nein."

Er griff nach dem Gelzeug und sie spannte sich an. Anstatt es wie die Pflegemutter in ihren Kratzer zu reiben, spritzte er etwas auf das Pflaster. „Gut. Du bist ein taffes Kind."

Als er das Pflaster an Ort und Stelle klebte, sagte sein Nicken, dass er es mochte, wie taff sie war. Er hielt sie für mutig.

In ihrer Brust meldete sich wieder dieses warme Gefühl, bis sie sich daran erinnerte, dass sie kein bisschen mutig war. Sobald er sie besser kennenlernte, würde er das schon sehen. Dann würde er sie nicht mehr mögen. Was würde sie dann tun?

Begleitet von einem erleichterten Seufzer nahm Caz auf dem Sitz im Flugzeug Platz und zwang seine Hände, still zu halten, während er dabei zusah, wie Regan sich selbst anschnallte. Mit Erfolg. Als sie zu ihm aufblickte, lächelte er. „Sehr gut."

Diese verdammten Flughäfen hatten ihn schon immer nervös gemacht. Heute war es noch schlimmer. Er hatte zu viele Schlagzeilen über verloren gegangene Kinder, entführte Kinder und bei Terroranschlägen verletzte Kinder gelesen. Er hatte kein Problem damit, wenn er verletzt wurde, aber niemand – *absolut niemand* – sollte es wagen, sich mit seinem Mädchen anzulegen. Allein bei dem Gedanken biss er die Zähne fest zusammen und knurrte.

Als ihm Regan daraufhin einen besorgten Blick zuwarf, wollte er sich in den Arsch treten. Er war ein Idiot. Ihre Sicherheit zu garantieren, bedeutete in erster Linie, dass er sich selbst beherrschen musste.

„Tut mir leid, Regan." Ein Teil der Wahrheit könnte helfen. „Ich war eine Weile beim Militär und jetzt mag ich Orte mit zu vielen Menschen nicht mehr."

Ihre kleinen Augenbrauen zogen sich zusammen. „Weil jemand Waffen haben und auf dich schießen könnte?"

Oder auf das Kind, das er zu beschützen geschworen hatte. Das war viel schlimmer. „Genau das ist es."

„Oh. Du kannst meine Hand halten, wenn du willst."

Alles in seiner Brust schmolz zu einer großen Pfütze dahin.

„Danke, *Mija*." Sie hatte ein großes Herz. Ein einfühlsames Herz.

Sie legte ihre winzige Hand um seine und sah sich um. Sie hörte aufmerksam zu, als die Flugbegleiterin den unvermeidlichen Vortrag über Sicherheit hielt.

„Ist das das erste Mal, dass du in einem Flugzeug sitzt?", fragte Caz sie.

„Ja. Ich war nur an Orten in Kalifornien."

Er war nicht überrascht.

Mrs. Townsend hatte Regans erste Lebensjahre für ihn zusammengestellt. Als Regan ein Baby war, hatte Crystal bis zum Tod ihrer Mutter bei ihr gelebt. Dann arbeitete Crystal als Friseurin, konnte aber keinen Job lange halten. Die Frau hatte mit einer Reihe von Männern gelebt. Anscheinend war sie mit jedem Jahr weniger ehrlich geworden, weniger anständig, weniger gesetzestreu. Sie und ein fester Freund waren verhaftet worden, weil sie mit Drogen gehandelt hatten. Das war Regans erster Aufenthalt in einer Pflegefamilie gewesen. Leider hatte niemand Crystals Aussage, dass Regans Vater tot sei, infrage gestellt. Mrs. Townsend hatte das auch nicht. Sie hatte einfach nach möglichen Verwandten von ihm gesucht, die möglicherweise bereit waren, Regan zu sich zu nehmen. Da es derzeit keinen Grund gab, seine Existenz zu verbergen, war das Militär mit Informationen über ihn offen umgegangen, und so hatte die Jugendamt-Mitarbeiterin entdeckt, dass Caz am Leben und wohlauf war.

Crystals letzter Freund hatte sie schließlich dazu überredet, mit ihm einen Mini-Mart auszurauben – und der Bastard hatte die Kassiererin erschossen. Crystal ging ins Gefängnis und starb an einem subduralen Hämatom, nachdem sie sich mit einer anderen Insassin angelegt hatte.

Mrs. Townsend war nicht in der Lage gewesen, ihm viel über Regans Beziehung zu ihrer Mutter zu erzählen. Während den

Gesprächen mit ihr hatte Crystal die Zeit damit verbracht, über ihre Verhaftung und ihren Freund zu toben, anstatt der Jugendamt-Mitarbeiterin Fragen über ihre Tochter zu stellen. Auch Regan war nicht gerade mitteilsam. Was ihn an sich selbst erinnerte – Fragen wurden nur beantwortet, wenn er gedrängt wurde, aber zusätzliche Informationen anbieten? Ganz sicher nicht. Hoffentlich bekam Caz mehr aus ihr heraus, wenn er die Sache subtiler anging. „Bist du mit deiner Mutter jemals zelten gegangen oder hast die Wälder besucht?"

„Nein. Mom mochte Dreck nicht besonders." Sie zögerte. „Ist das schlecht?"

Caz gluckste. „Nein, *Chiquita*. Es bedeutet nur, dass Alaska für dich so voller Überraschungen sein wird, wie das bei mir der Fall war, als ich das erste Mal meinen Fuß in den Staat gesetzt habe. Ich war jünger als du, als ich meine Familie verlor – meine Mamá und meine Schwester. Ich kam in eine Pflegefamilie" – ihre Augen weiteten sich – „und landete schließlich bei Mako, der mich großzog. In Alaska."

„Deine Mom ist gestorben?"

„Als ich sieben war." Das Jahr danach hatte er in verschiedenen Pflegefamilien verbracht. Allzu oft war er bei Familien gelandet, die die Kinder vernachlässigten oder ihnen furchtbare Dinge antaten. Immer wieder war er weggerannt und hatte versucht, auf der Straße zu überleben. Für sein Alter war er recht klein, aber schnell gewesen, und auf sich allein gestellt hatte er zum ersten Mal den stillen Equalizer für sich entdeckt – das Messer.

Regan starrte auf ihre verflochtenen Finger in ihrem Schoß, bevor sie ihre großen braunen Augen wieder zu ihm hob. „Du hast deine Familie verloren, aber meintest du nicht, dass du Brüder hast? Wie geht das?"

„Mako hat mich und drei weitere Jungen bei sich aufgenommen. Am Ende wurden wir zu Brüdern."

„Hmm."

Er musste über etwas reden, das nicht so ernst war.

Tatsächlich hatte er einen Auftrag für sein Shoppingteam zuhause. Gestern Abend hatte er angerufen und Audrey gefragt, ob sie ein paar Einkäufe für ihn erledigen könnte. Audrey hatte nicht nur zugestimmt, sondern ihn auch gefragt, ob sie Lillian und JJ mitnehmen könnte. Eine großartige Idee. Er hatte das Gefühl, dass JJs Karriere und das Durcheinander in Weiler die Polizistin ohne Freundinnen zurückgelassen hatten. Vielleicht sogar ein wenig übervorsichtig. Er hatte zugestimmt und Audrey gebeten, JJ bei Bedarf zu drängen. *Dios*, er hoffte, dass er damit keine Grenze übertreten hatte.

In der Zwischenzeit wollte er Audrey und dem Shoppingteam einige Vorschläge machen, bevor sie nach Kenai aufbrachen.

Er schaute auf seine Tochter hinunter. Seine Tochter. Wie lange würde es dauern, bis er sich an dieses Wort gewöhnt hatte?

„Gelegentlich spiele ich gerne ein Kennenlernspiel." Er hatte Fragen wie diese als Eisbrecher für Frauen verwendet und sie dann für ängstliche Kinderpatienten angepasst. „Es ist eine gute Möglichkeit, die Zeit totzuschlagen. Bist du dabei?"

Ihr misstrauischer Gesichtsausdruck brach ihm das Herz, aber sie nickte.

„Okay. Was ist deine Lieblingsfarbe?"

Sie blinzelte, als hätte sie eine unangenehme Frage erwartet. Dann lächelte sie. *Dios*, sie war wunderschön. „Rot, ich mag Rot."

Als Antwort auf ihren erwartungsvollen Blick sagte er zu ihr: „Meine ist Blau. Lieblingsessen?"

„Pizza."

„Dagegen kann ich nichts sagen. Pizza, eindeutig." Das brachte ihm ein strahlendes Grinsen ein. „Obwohl Eiscreme wohl an zweiter Stelle kommt."

Sie nickte enthusiastisch.

„Was ist dein Lieblingskleidungsstück."

„Äh, Jeans und T-Shirts." Sie runzelte die Stirn und sah ihn aus besorgten Mädchenaugen an. „Ich mag keine Kleider."

„Ich trage auch keine Kleider."

Sie kicherte und brachte damit sein Herz zum Leuchten.

Okay, sie war also nicht das mädchenhafteste Mädchen – und war das nicht eine Erleichterung? „Ich mag auch Jeans und T-Shirts. Lieblingsbeschäftigungen, wenn du nicht in der Schule bist?"

Sie fühlte sich nun sichtlich wohler und hob die Beine auf den Sitz, der anscheinend für Zwerge entworfen wurde, und machte es sich im Schneidersitz bequem. „Ich mag Fußball, lese gern und schaue Fernsehen."

Lesen war gut. Fußball war gut. Fernsehen – nun, das könnte zu Schlachten führen.

„Was ist mit dir?"

Er hielt ratlos inne. War er jemals nicht bei der Arbeit? Vor kurzem hatte die Klinik die meisten seiner Stunden beansprucht, abgesehen von der Zeit, die er eingelegt hatte, um die Gefrier-schränke mit Fleisch zu füllen. Seine Neigung, Abende in der Klinik zu verbringen, musste sich wohl ändern, oder? „Ich verbringe viel Zeit mit meinen Brüdern – deinen Onkeln. Wir grillen gerne. Gehen angeln."

„Angeln?" Der Ausdruck auf ihrem Gesicht war unbezahlbar – als könnte sie sich nicht entscheiden, ob sie enthusiastisch aussehen oder ihre Nase rümpfen sollte.

„*Sí.* Ich kann dich ein- oder zweimal mitnehmen und du kannst sehen, ob es dir Spaß macht."

Die Vorsicht war zurück, aber sie nickte.

„Ich lese, schaue Filme" – suche mir gerne eine Frau für ein bisschen Spaß – „gehe gerne essen, arbeite im Garten und mache Musik. Ich spiele die Trommel."

„Das ist eine Menge."

„Was haben du und deine Mom zum Spaß zusammen gemacht?"

Die Stille, die folgte, brach ihm einfach das Herz. Nichts?

Regan blinzelte heftig. „Ich habe ihr manchmal geholfen, sich anzuziehen. Bevor sie am Abend ausging. Sonst ... nicht viel."

Er nickte. „Jede Familie ist anders. Da wir in einer kleinen Hütte ohne Strom aufgewachsen sind – ohne Fernseher –, haben sich meine Brüder und ich daran gewöhnt, alles zusammen zu machen."

„Keinen Fernseher? Im Ernst?"

Bei ihrem entsetzten Gesichtsausdruck hätte er am liebsten gelacht.

„Hast du *jetzt* einen Fernseher? Und Internet?"

„Ja, *Chica*. Wir haben Internet. Und einen Fernseher."

„Oh." Sichtlich erleichtert lehnte sie sich gegen die Lehne. „Okay."

„Was möchtet ihr beiden trinken?" Die Flugbegleiterin stoppte den Wagen.

Caz wartete auf Regan und freute sich über ihre offene Antwort. „Eine 7-Up?" Sie sah ihn fragend an.

„Gute Wahl. Ich nehme dasselbe, bitte." Er zeigte ihr, wie man den Tabletttisch benutzte.

Als sie sich ihrem Getränk zuwandte, überlegte er, was er als Nächstes tun sollte. Es gab noch einige offene Fragen. So viele Fragen. Schließlich war sie den Fragen nach der Ursache ihres Streits in der Pflegefamilie ausgewichen.

Er runzelte die Stirn. Mako war kein leuchtendes Beispiel für Vaterschaft, obwohl er sein Bestes gegeben hatte. Vertrauliche Gespräche waren nicht seine Stärke gewesen. Andererseits hatte Caz ein Talent im Umgang mit Menschen. Er hatte Jahre als Sanitäter im Militär verbracht, dann als Nurse Practitioner. Und er hatte gelernt, dass Gespräche von Angesicht zu Angesicht und direkte Fragen an nervöse Menschen, insbesondere Kinder, hemmend sein konnten.

Er holte sein Handy heraus und begann, eine Nachricht zu schreiben. „Ich werde deine Onkel, Gabe und Bull, wissen lassen, wann sie uns erwarten können."

Sie nickte.

Danach schrieb er in die Gruppe mit Lillian, Audrey und JJ und informierte sie über Regans Lieblingsfarbe, Kleidungsstil und Interessen und schickte die Nachricht über das WLAN des Flugzeugs.

Als Regan zusah, wie die Flugbegleiterin den Wagen den Gang hinunterschob, sagte Caz müßig: „Damals, als ich in deinem Alter war, haben meine Brüder und ich uns ziemlich oft geprügelt."

„Habt ihr?"

„Oh ja. Manchmal zum Spaß, manchmal, weil einer von uns wütend wurde. Es gab viele Gründe." Er grinste. „Was war dein Grund, als ich dich abholen kam?"

Aus den Augenwinkeln sah er, dass sie ihn beobachtete, aber seine Aufmerksamkeit blieb auf dem Handy.

„Ähm." Ihre kleinen Finger fummelten an ihrem T-Shirt herum. „Snowball wohnt nebenan, aber sie kam immer nach drüben, um mich zu besuchen. Haley hat sie geärgert. Sie zog an ihrem Schwanz und wollte ihre Schnurrhaare ansengen. Sie wollte nicht aufhören, also habe ich sie geschlagen."

Snowball war also eine Katze. „In dem Fall bin ich froh, dass du sie geschlagen hast."

„Wirklich?"

„*Sí.*" Regans erstaunter Ausdruck brachte ihn fast zum Lachen. „Ich bin stolz auf dich, dass du ein Tier vor einem Tyrannen beschützt hast."

Ihr überraschter und … erleichterter Blick wirkte traurig.

Sie starrte auf ihre Hände, eine Sorgenfalte zwischen ihren Augenbrauen. Dieses Kind war ein Denker. Sie dachte zuerst nach, bevor sie sprach. Er erinnerte sich daran, wie auch er lernen musste, zuerst zu denken – da er sich sonst Ohrfeigen von Pflegeeltern eingefangen hatte.

Seine Tochter war so jung, so klein, so zerbrechlich. Wie zum Teufel sollte er sie beschützen?

Eine Montage von Erinnerungen fegte über ihn. Mamá,

Carmen. Alle seine Kameraden, die gestorben waren, ausgeblutet auf einem Schlachtfeld. So viele Menschen, die er nicht hatte beschützen können. So fühlte wahrscheinlich jeder Militärsanitäter der Welt.

Er erkannte, dass sie ihn beobachtete, ihre Stirn noch immer gerunzelt.

„Wir werden das schon machen, Regan. Du wirst Alaska mögen." Er wuschelte durch ihre Haare.

Vielleicht könnte er sie in der Hütte halten, weg von allen Gefahren. Das abgetrennte Gelände war sicher. Sie konnte dortbleiben, bis ... oh, vielleicht bis zu ihrem fünfzigsten Geburtstag?

JJ folgte mit einem Lächeln auf den Lippen Audrey und Lillian in den Kenai Walmart. Cazadors Nachricht über Regans Vorlieben war bei ihnen angekommen, und sie hatten Einkäufe zu erledigen.

JJ hatte Lillian gestern Abend kennengelernt, als die ältere Frau – eine pensionierte englische Schauspielerin – sie, Gabe, Audrey, Bull und Dante zum Abendessen eingeladen hatte.

Lillian war eine ausgezeichnete Köchin, eine fantastische Gärtnerin, und überraschenderweise gleichzeitig diplomatisch und unverblümt. Sie betrachtete Audrey als *Ihr Mädchen*.

Neid stupste gegen JJs Herz. Obwohl der Schlaganfall das Gehirn ihrer Mutter etwas aus dem Gleichgewicht gebracht hatte, war sie immer noch ihre ... Mom gewesen. JJ würde sie immer vermissen. Die Liebe, die Unterstützung und die grundlegende Überzeugung, dass ihre Tochter alles schaffen konnte, was sie sich vornahm.

Lillians Unterstützung für Audrey war genauso – und bei dieser Erkenntnis brannten JJs Augen. Audrey hatte einmal gesagt, dass ihre Mutter eher eine Studienberaterin als eine Mutter gewesen war. Auch wenn es später kam, war es schön, dass Audrey jetzt jemanden hatte, der mütterlich war.

Während alle bei Lillian waren, hatte Caz aus seinem Hotelzimmer in Sacramento angerufen, um ihnen mitzuteilen, dass sie heute in ein Flugzeug steigen würden. Freitag.

Ja, er brachte sein kleines Mädchen nachhause. Er hatte sich Sorgen gemacht, ob der Umzug zu viel für sie sein würde, und er hatte sich Sorgen gemacht, sie an einer neuen Schule anzumelden. JJ lächelte. Er klang wie jeder neue Vater, den sie bisher getroffen hatte – auch wenn sein Baby bereits neun Jahre alt war. Sie wusste, dass er ein Naturtalent sein würde.

Dann hatte er gesagt, dass seine Tochter nur eine traurige Menge an Warmwetterkleidung besaß, und sie nichts für die Temperaturen in Alaska hatte. Und auch sonst hatte sie keine anderen Besitztümer.

Um noch einen draufzusetzen: ihr Schlafzimmer in Caz' Hütte hatte keine Möbel.

Als er sagte, er wolle nicht, dass Regan ein leeres Zimmer vorfand, waren JJ die Tränen gekommen. Er wollte dieses kleine Mädchen nicht lieben, aber es war bereits zu spät.

Ja, das hatte sie von Anfang an gewusst.

Der heutige Einkaufsbummel war schnell arrangiert. Da Gabe Termine in der Polizeiwache hatte, die er nicht verschieben konnte, übernahm Bull die Möbelbeschaffung. Audrey hatte Lillian gebeten, mit ihr nach Kenai zu fahren, um Kleidung, Bettwäsche und andere Dinge zu besorgen. Auch JJ hatte sie zu dem Shoppingtrip eingeladen. Wenn sie ehrlich war, hatte Audrey wohl eher einen Befehl ausgesprochen.

Es war schön, erwünscht zu sein. Und es war wundervoll, heute hier zu sein.

„Wollen wir?" Audrey blieb am Eingang des Ladens stehen.

„Ja, wir wollen." Lillian schob einen Einkaufswagen zu JJ und holte einen zweiten. Lillian hatte sich für den Bett- und Badeteil des Einkaufsausflugs entschieden und erklärt, dass JJ und Audrey besser darin wären, Kleidung zu kaufen, die ein kleines Mädchen tragen würde. „Wie Dante sagen würde: ihr habt eure Mission, ich habe meine. Wir treffen uns in zwanzig Minuten wieder hier."

„Die Kinderbekleidungsabteilung ist in der Richtung." Audrey zeigte auf die Mitte des Ladens. „Das wäre einfacher, wenn ich kleine Schwestern oder Nichten und Neffen oder so etwas hätte. Hast du Erfahrung damit?"

„Kein bisschen. Ich habe keine Familie mehr." Sie hatte gedacht, sie hätte beiläufig genug geantwortet, aber Audreys mitleidiger Blick zeigte, dass ihre Einsamkeit durchgerutscht war. „Ich war sowieso immer zu beschäftigt mit Arbeit und Schule."

„Ich kenne das Gefühl. Nun, wir werden unser Bestes geben." Audrey blieb an einem Kleiderständer stehen und hielt ein entzückendes Oberteil hoch.

Immer mehr Kleidung landete im Wagen.

JJ fand eine Winterjacke in einem dunklen Rot und einen Kapuzenpullover in einem leuchtenden Grün. Die Farben würden an Caz gut aussehen, und er hatte gesagt, Regan hatte seine Hautfarbe. „Wie wäre es mit Pyjamas?"

„Auf jeden Fall. Warme."

Socken, Unterwäsche, Sneaker. „Mehr Schuhe?"

„Wir warten mit Stiefeln, bis wir sicher sein können, dass die Sneaker passen." Audrey fügte bunte Socken hinzu. „Das nächste Mal können wir sie mitnehmen. Aber es macht irgendwie Spaß, Patin zu spielen, findest du nicht auch?"

„Oh ja."

Als der Wagen mit Kleidung vollgepackt war, erschien Lillian. Auch ihr Wagen quoll bereits über. Bettwäsche und Handtücher, Kissen und Teppiche. Sie lächelte über die viele Kleidung. „Das sieht doch schon mal gut aus, meine Lieben."

„Ja, das haben wir gut gemacht", stimmte Audrey zu.

JJ sah sich die Bettwäscheauswahl an und stellte sich vor, wie der kahle Raum aussehen würde, sobald er mit Möbeln gefüllt wäre. Die Steppdecke mit dunkelrotem und blaugrünem Blumendruck im französischen Landhausstil war wunderschön.

Dazu hatte Lillian zwei flauschige, blaugrüne Teppiche ausgewählt.

Audrey holte ihr Handy heraus und machte ein Foto von der Tagesdecke und den Teppichen. „Ich werde Gabe sagen, dass er eine Wand in dem Blaugrün streichen muss. Wenn er das um die Mittagszeit tut, wird es Zeit zum Trocknen haben, bevor die beiden vom Flughafen kommen."

„Armer Gabe." Das Schlafzimmer war komplett weiß verkleidet, also war Streichen eine mühsame Aufgabe. Eine Akzentwand wäre jedoch schön.

Trotz allem wäre das kleine Mädchen immer noch allein, ohne ihre Mutter und in einem Haus voller Fremder.

JJ schüttelte den Kopf und erinnerte sich an ihre erste Woche in Alaska. Schon als Erwachsene hatte sie immer das Gefühl gehabt, nicht dazuzugehören. Es war nicht ihr Zuhause gewesen; sie hatte niemanden gekannt. Sogar das Land hatte anders ausgesehen. Was könnten sie sonst noch tun, um der kleinen Regan beim Einleben zu helfen? „Sie braucht persönliche Dinge. Vielleicht eine Haarbürste, Zahnbürste und Shampoo für ein Kind? Oh, und Spielzeug."

Die beiden Frauen starrten sie an.

Dann rollte Audrey mit den Augen. „Mein Gott, natürlich. Wir haben uns auf praktische Artikel konzentriert und die wirklich unterhaltsamen Sachen vergessen."

Lillian drehte ihren Wagen. „Ich werde bei den Pflegeprodukten vorbeischauen und in der Spielzeugabteilung zu euch stoßen."

Die Spielzeugabteilung war riesig.

Audrey stieß den Atem aus. „Ist es nicht seltsam, dass ich einige dieser Spielsachen für mich selbst kaufen möchte? Lass mich zum Künstlerbedarf gehen."

„Gut, dann schaue ich nach, was es sonst noch gibt." JJ positionierte den Wagen am Ende eines Ganges. „Wir treffen uns in zehn Minuten wieder hier."

Sie brauchte fünfzehn Minuten. Als JJ zurückkehrte, wartete Lillian mit Audrey.

Audrey hielt ihre Funde hoch. „Die Grundlagen: Buntstifte, Malbücher und Gummistempel. Lego-Hogwarts."

JJ musste lachen. „Zwei Dumme, ein Gedanke." Sie legte den ersten *Harry Potter*-Film in den Warenkorb und fügte *Plötzlich Prinzessin* und *Die Eiskönigin* hinzu.

Lillian nickte zustimmend. „Ihr ladet mich besser für einen Mädelsfilmabend ein."

Nachdem sie die Brettspiele *Labyrinth* und *Carcassonne* beigefügt hatten, näherte sich JJ mit roten Wangen dem Einkaufswagen. „Das hier noch." Das Stofftier – eine weiße Katze – hatte genau die richtige Größe, um mit Regan im Bett zu kuscheln, war weich und hatte große ansprechende Augen. „Um sie willkommen zu heißen. Caz hat geschrieben, dass sie sich mit einem Mädchen geprügelt hat, weil die das Nachbarkätzchen schikaniert hatte."

Regans Mutter war tot und jeder sollte etwas zum Umarmen haben.

„Perfekte Wahl, Liebes." Lillian streichelte das weiche Fell der Katze und lächelte JJ an. „Ich bin so froh, dass du heute mit uns gekommen bist."

Die lieben Worte kamen so unerwartet. Und erfüllten JJ mit Wärme.

Audrey lachte. „Caz hat uns aufgetragen, dass wir nicht zulassen dürfen, dass du Ausreden findest. Er bestand darauf, dass du eine gute Freundin sein würdest."

Das hatte Caz gesagt? Als JJs Kinnlade herunterfiel, lehnte sich Audrey vor und umarmte sie fest. „Caz hatte Recht."

JJ schaffte es, ein ersticktes *Danke* herauszupressen, wandte sich dann ab und versuchte verzweifelt, die unwillkommenen Tränen wegzublinzeln.

Es herrschte Schweigen, das Lillian mit einem fröhlichen: „Zu den Kassen!" brach.

Audrey grinste. „Zwei Wagen. Es sieht so aus, als hätten wir den ganzen Laden aufgekauft. Ich hoffe, das Sparkonto des armen Cazador ist gut gefüllt."

„Pfft." Lillian schüttelte den Kopf. „Er gibt sein Geld für nichts anderes aus, als hin und wieder Rescue zu verlassen, der schamlose Vagabund."

JJ starrte sie an. „Bitte was?"

„Ich denke, sie meint damit" – Audrey überlegte und grinste Lillian an – „dass er eine kompromisslose Männerhure ist. Und macht es nicht Spaß, einen Mann mit einem Schandmal zu versehen?"

Lillian lächelte selbstgefällig.

JJs Emotionen fuhren Achterbahn und sie spürte, wie sich ihr Kiefer anspannte. Sie wusste nur zu gut, wie sich dieses Schandmal anfühlte, und würde es niemandem wünschen. Auch nicht einem Mann. Sie räusperte sich. „Sieht so aus, als wäre die letzte Kasse die leerste."

Lillian schob ihr weißes Haar hinter ihr Ohr, während sie JJ aufmerksam musterte. „Audrey hat mir erzählt, dass deine ehemaligen Kollegen dich mit etwas betitelt haben, das nicht weit von einem schamlosen Vagabunden entfernt liegt. Wie kam es dazu?"

„Ich ... ich –" JJ blinzelte. „Ich dachte, die Briten seien höflich. Du bist –"

Lillian war würdevoll, fast königlich. „Als ich noch jünger war, war ich sehr höflich, junge Jayden. Dann verbrachte ich Zeit mit zwei entsetzlich direkten Yankees, die beim Militär waren."

Audrey stieß ein Schnauben aus. „Mako und Dante?"

„In der Tat. Mako hatte keine Toleranz für das, was er Bullshitting nannte. Dante, der ein bisschen manierlicher ist, nennt es: um den heißen Brei herumreden. Mit zunehmendem Alter neige ich dazu, auf oberflächliche Höflichkeit zu verzichten und zu fragen, was ich wissen möchte."

Die Frau war einfach genial. „Kann ich du sein, wenn ich groß bin?"

Lillian lachte. „Erzähl uns, was passiert ist, Officer Jenner."

Hier? In der Spielzeugabteilung von Walmart?

Audrey lehnte sich auf ihren Wagen. Lillian verschränkte die Arme. Beide waren offensichtlich bereit, zu warten, bis die Hölle einfror. Auf das Geschehene. Auf JJs Albtraum.

„Also gut. Ich war einundzwanzig, als die Polizei von Weiler mich einstellte. Ich habe die Akademie abgeschlossen, habe die Probezeit überstanden, war ein echter Officer." Sie schüttelte den Kopf. „Ich war überglücklich."

„Keine Probleme damit, eine Frau in der Strafverfolgung zu sein?", fragte Audrey.

JJ zuckte mit den Schultern. „Es gab ein paar sexistische Officer und einige Belästigungen. Ich war die einzige weibliche Polizistin, aber mein Ausbilder, der zu Beginn leicht genervt davon war, einen Neuling einweisen zu müssen, der zudem eine Frau war, stellte sich am Ende voll und ganz auf meine Seite." Wo wäre sie jetzt ohne Gene? Heute Abend würde sie ihn anrufen, ihn auf den neuesten Stand bringen und versuchen, zu erklären, wie viel ihr seine Unterstützung bedeutete.

Lillian runzelte die Stirn. „Aber etwas ist passiert?"

„Ein Officer ist passiert. Nash ist ein paar Jahre älter als ich. Ich dachte, er sei fantastisch. Wir gingen aus, dateten und ich verliebte mich in ihn. So schnell und hart. Und, Gott, ich war so ein Idiot."

Audrey kniff die Augen zusammen. „Wenig Erfahrung?"

„Sehr wenig. Ich hatte davor nie viel Zeit, zu daten." Ihre Mutter war krank gewesen. JJ musste arbeiten und die Highschool besuchen. Dann kam die Polizeiakademie und das Bestreben, der beste Officer aller Zeiten zu sein. „Nash wurde schnell kontrollierend und herablassend und ... einfach gemein. Ich war mir nicht sicher, ob das Problem er oder ich war, bis ... er alles gegeben hat, dass ich meinen Job verliere."

„Warum?", fragte Audrey. „Ich meine, sollte er es nicht begrüßen, eine Familie mit zwei Einkommen zu sein."

JJ rieb sich das Gesicht. Normalerweise hielt sie nichts davon, sich zu rühmen. „Ich ... äh, habe stets versucht, besser zu werden. Weiterbildung, mehr Workouts und –"

Lillian musterte sie aus scharfsinnigen Augen. „Du warst besser als der verdammte Narr, oder? Er konnte es nicht akzeptieren, also wollte er dich aus dem direkten Wettbewerb entfernen, anstatt an sich selbst zu arbeiten." Mit heißen Wangen nickte JJ. „Ich brauchte eine Weile, um zu erkennen, dass ich manipuliert werde."

„Wann bist du dahintergekommen? Wie?", fragte Audrey.

„Die Drogenbehörde bat uns, mit einer Gang zu helfen. Wir warteten vor dem Hauptquartier der Gang darauf, dass sich eine gute Möglichkeit bot. Nash wurde ungeduldig und rannte in der Hoffnung auf Ruhm hinein. Ich sah, wie er durch das Fenster sprang und hörte ihn Befehle schreien. Wir sollten die Ausgänge sichern. Ich nahm den Hinterausgang."

Es machte sie immer noch wütend, wie er ihrer aller Leben riskiert hatte. Sie hatten nicht genug Leute vor Ort gehabt. Und dann knallte die Hintertür auf, und sie war allein ohne Verstärkung.

„JJ", flüsterte Audrey. „Was ist passiert?"

„Wir haben es geschafft, sie auszuschalten, obwohl einige aus den Seitenfenstern entkommen konnten." Sie presste die Lippen fest zusammen. „Nashs überstürzter Zutritt hatte die Gang gewarnt. Ich habe zwei ausgeschaltet, die versucht haben, durch die Hintertür zu fliehen. Geradeso. Ich taserte den ersten, fing eine Kugel vom zweiten ein – auf meine Weste – und schoss auf ihn."

„Wie schwer wurdest du verletzt?", fragte Audrey. „Gabe meinte mal, dass du einen Schuss auch durch die Weste noch spürst."

„Ich hatte eine gebrochene Rippe." Sie hatte wochenlang unter Albträumen gelitten und geträumt, sie hätte die Weste nicht getragen, oder dass die Kugel in ihrem Kopf gelandet war.

Hin und wieder hörte sie immer noch die abgeschossene Kugel, die den Mann getroffen hatte.

Sie holte tief Luft und beendete die Zusammenfassung dieses Erlebnisses: „Ich habe Nash in dieser Nacht gemieden. Am nächsten Abend ging ich in die lokale Bar, die wir alle mochten. Die Leute gratulierten mir, fragten, wie es mir gehe. Nash war wütend. Als ich ging, folgte er mir und schrie mich an, weil ich ihn schlecht habe aussehen lassen. Ich wollte ihn verdammt nochmal schlagen, aber ich habe ihm nur gesagt, dass wir fertig sind und bin nachhause gegangen."

Lillian betrachtete sie. „Ja, du bist ziemlich kontrolliert. Ich nehme an, er hat die Nachricht nicht gut aufgenommen?"

„Hat er nicht. Danach fing er an, meine Leistung als Officer offen zu kritisieren. Er sagte immer wieder, dass ich der Aufgabe nicht gewachsen bin. Er verbreitete Gerüchte, dass ich mit meinen Ausbildern geschlafen hätte, um durch die Akademie zu kommen. Dass ich Kollegen anmache und er deswegen mit mir Schluss gemacht hätte. Und dann wurde er zum Leutnant befördert."

„Ein Versager wie er?" Audrey sah empört aus.

„Sein Cousin ist der Captain. Sein Onkel ist Polizeichef." JJ verzog das Gesicht. „Vitamin B, wo auch immer man hinschaut."

„Eine Beschwerde würde nirgendwohin führen." Lillians grimmiger Ausdruck zeigte, dass sie verstand. „Ich bin überrascht, dass sie dir ein Empfehlungsschreiben gegeben haben."

„Das haben sie nicht. Mein alter Ausbilder kennt Gabe ein wenig und hat mich hergeschickt." JJ lächelte Audrey an. „Gabe ist der Boss, den ich immer haben wollte. Ich kann viel von ihm lernen – und ich werde mein Bestes tun, um ihn nicht zu enttäuschen."

„Das weiß ich." Audrey drückte ihre Hand. „Gabe brauchte endlich mal einen guten Officer. Ich bin froh, dass er dich hat."

Wirklich? Das Kompliment raubte JJ den Atem.

„Ja, Rescue wird es mit dir hier besser gehen." Lillian lächelte.

„In Ordnung, meine Mädels, lasst uns von hier verschwinden. Ich möchte bei *Sweeney's* in Soldotna anhalten. Ich bezweifle, dass einer von euch die richtige Ausrüstung für den Winter hat. Wir können Regan dort auch ein paar Dinge besorgen." Als sie zur Kasse gingen, tätschelte Lillian die Katze in JJs Wagen. „Du hast die richtigen Instinkte, um eine ausgezeichnete Mutter zu werden."

JJ blinzelte. „Ähm. Darüber habe ich eigentlich noch nie wirklich nachgedacht."

„Du bist noch jung. Es ist jedoch besser, vor dem ersten Baby einige Jahre verheiratet zu sein, also warte nicht mehr allzu lange." Lillian tippte gegen ihre Lippen. „Wir haben ein paar Kandidaten in Rescue. Ich werde sie dir alle vorstellen."

„Warte mal, was ..." JJ warf Audrey einen hilflosen Blick zu, die Blondine jedoch lachte nur. Natürlich tat sie das. Schließlich hatte sie Gabe. JJ packte ihre Einkäufe ein und seufzte. Ein guter Officer sollte nie sprachlos sein. „Ich weiß dein Interesse zu schätzen, aber da ich neu in Rescue bin, sollte ich mich auf meine Arbeit konzentrieren. Ich habe nicht die Zeit" – oder das Interesse – „mich zu verabreden."

Sie warf der Britin einen eindeutigen Blick zu.

Lillian tätschelte ihren Arm. „Natürlich. Aber du wirst sehen, dass für die Liebe immer Zeit ist. Dein Zukünftiger muss in seiner Männlichkeit ziemlich sicher sein. Ich muss eine Liste erstellen."

Guter Gott. Jeder in der Stadt liebte Bürgermeisterin Lillian, und JJ war drauf und dran, sich auch in sie zu verlieben. Nichtsdestotrotz ...

Würde Rescue bemerken, wenn die Bürgermeisterin plötzlich nicht mehr aufzufinden wäre?

KAPITEL NEUN

M anchmal ist das Beste, was wir tun können, uns gegenseitig daran zu erinnern, dass wir auf Gedeih und Verderb miteinander verwandt sind, und zu versuchen, das Verstümmeln und Töten auf ein Minimum zu beschränken. - Rick Riordan

Regan fühlte sich eher wie ein Kleinkind als eine Neunjährige. Im Moment wollte sie in den Schlafzimmerschrank klettern und sich hinter all den Kisten verstecken. Nur hatte sie keinen Schrank oder ein Schlafzimmer oder Kisten. Auch eine Mutter hatte sie nicht.

Sie hatte gar nichts. Nur einen Fremden, der behauptete, ihr Vater zu sein.

Er lief ins Wohnzimmer, drehte sich zu ihr und zog die Augenbrauen zusammen. Verärgert? Oder ... besorgt? Er kehrte zu ihr zurück, legte seine Hand auf ihre Schulter und sagte rein gar nichts. Er stellte sich einfach zu ihr.

An ihre Seite.

Zittrig holte sie Luft und sah sich zum ersten Mal um. Eine Wand bestand nur aus Fenstern und gab den Blick auf einen See frei. Die Decke endete weit über ihr. Auf der einen Seite hing ein großer Fernseher. Sessel mit Blumenmuster. Eine große hellbraune Couch und eine kleinere standen auf einem schicken Teppich mit Rot-, Braun- und Grautönen. Die Küche und ein Esstisch befanden sich auf der anderen Seite.

Wie konnte die Hütte so groß sein und sich trotzdem gemütlich anfühlen? „Hier wohnst du mit Bull, Gabe und Hawk?"

Seine Augenbrauen wanderten nach oben. „Nein, deine Onkel haben ihre eigenen Hütten." Er deutete auf die Seitenfenster, durch die andere Häuser zu sehen waren. „Alle fünf Hütten gehören uns."

Ein Haus ganz für ihn allein? Neben einem See? „Und hier werde i-ich leben?"

„Das ist der Plan." Er lächelte sie an. „Komm, ich zeig dir dein Schlafzimmer. Du kannst dich frisch machen und dann stelle ich dir deine Onkel vor. Anschließend wird gegessen."

Sie legte ihre Hand auf ihren Bauch. Essen klang gut – und schlecht –, denn ihr Magen fühlte sich etwas komisch an. Sie hatte Onkel. *Was, wenn sie mich nicht mögen?* Was, wenn sie etwas Dummes sagte? „Okay."

Als er ihre Schulter drückte, ließ das komische Gefühl in ihrem Magen ein wenig nach. „Mein Schlafzimmer ist im Loft." Er zeigte auf das Geländer, das ins Obergeschoss führte. „Das zeige ich dir später. Dein Schlafzimmer ist hier entlang."

Er ging wieder den Flur hinunter in Richtung Garage, die sich unter dem Loft befand, und öffnete eine Tür.

Hinter ihm blieb sie stehen und starrte. „Mein Zimmer?"

„Ja, das ist dein Bereich."

„Fuck", hauchte sie. Im nächsten Moment zuckte sie zusammen und sah zu ihm auf.

Er blinzelte. Dann gluckste er. „Ich nehme an, es gefällt dir."

„Äh, ja." Sie beobachtete ihn aufmerksam. Die Lehrer schrien sie gewöhnlich an, wenn sie fluchte, er hatte jedoch gelacht. Was bedeutete das? Wenn er wütend wurde, bestand die Möglichkeit, dass er sie rauswarf und sie in eine Pflegefamilie steckte. *Sag nicht Fuck. Niemals wieder.* Er ging aus dem Weg, sodass sie einen Schritt in den Raum machen konnte. Das Bett war wirklich cool, aus einem weißen Metall mit hübschen Verzierungen und einer Tagesdecke mit winzigen Blumen. Sie wollte sich einfach hinsitzen und den Raum in sich aufnehmen. Das Blau in den Blumen fand sich in der Wand hinter dem Bett wieder. Und es gab allerlei hübsche Kissen in Rot und Schwarz, genug, um sich unter ihnen zu vergraben.

Quer durch den Raum standen Bücherregale zu beiden Seiten des Fensters, Regale, die so groß waren wie sie. Dazwischen befand sich eine lange Bank mit einem schwarzen und einem roten Kissen. So konnte sie lesen und gleichzeitig die Aussicht genießen.

Ein kleineres Fenster neben dem Bett blickte auf die Straße, von der sie gekommen waren. In der Ecke saß ein riesiger schwarzer Sitzsack mit einer flauschigen rot-schwarzen Decke.

Hinzu kam ein weißer Schreibtisch mit einem Schwarzen Brett darüber. Und davor ein Schreibtischstuhl, auf dem eine weiße Katze saß. Ein Kuscheltier. Sie konnte nicht anders, ging zum Stuhl und hob die Katze auf. So weich und fluffig. „Für mich?", flüsterte sie.

Er berührte ihr Haar, und bei seinem Lächeln hätte sie am liebsten geweint. Sie wollte eine Umarmung und ... sie war so ein Baby.

„Alles hier drin ist für dich, *Mija*."

Für mich. Sie drückte die Katze fester und schluckte hart. „Was bedeutet Mie-ha?"

„Mein kleines Mädchen", sagte er leise.

Oh. Sie senkte den Blick; sie konnte ihn einfach nicht länger ansehen. „Ähm. Wie ... wie soll ich dich nennen? Cazador oder ..."

„Oh nein, ganz sicher nicht. Obwohl ich in deinen ersten Lebensjahren nicht für dich da war, bin ich dennoch dein Vater."

Er drückte ihre Schulter und trat zurück. „Du hast jedoch die Wahl: Daddy, Dad, Vater, Padre oder Papá."

„Oh."

Nach einer Sekunde sagte er: „Ich habe meinen Vater Papá genannt."

Papá. *PaPA*. Es klang chillig. Aber ... sie konnte es nicht sagen. Noch nicht. „Okay."

Einer seiner Mundwinkel zuckte, als würde er verstehen ... als würde es ihn nicht stören. Er wies auf die Doppeltür gegenüber von dem Bett. „Komm und schau dir das an. Dein Schrank." Er öffnete eine der Türen.

Sie hatte einen Schrank. Mit dunklen Ecken, in denen sie sich verstecken konnte, wenn er betrunken und gemein war.

Kleiderbügel hielten Kleidung, aber keine Kleidung für Erwachsene. Die Jacke und der Kapuzenpullover waren in ihrer Größe. Für sie? Sie konnte nicht fragen.

Er öffnete eine weitere Tür. „Das ist dein Badezimmer."

Weiße Wände, viel Platz neben dem Waschbecken. Badewanne mit Duschvorhang, von dem Katzen sie angrinsten. Die Handtücher und Vorleger waren alle dunkelrot.

Sie blickte auf die Katze in ihren Armen, dann zu denen auf dem Duschvorhang. „Wusstest du, dass ich Katzen mag, bevor du mich abgeholt hast?"

„Erst, seit du mir von deiner Heldentat erzählt hast. Ich habe deinen Onkeln, JJ und Audrey, die gerade für dich einkaufen waren, eine Nachricht geschickt." Er verließ das Badezimmer. „Dieser Raum war vor wenigen Stunden noch vollkommen kahl. Wir mussten dir Möbel besorgen, sonst hättest du auf der Couch schlafen müssen."

Sie trat einen Schritt zurück. „Du hast all das für mich gekauft?"

„Ja, natürlich. Lass uns zu Makos Haus gehen, damit du alle kennenlernen kannst. Gabe und Bull sind hier. Audrey ist Gabes

Freundin. JJ arbeitet für Gabe und wohnt für den Moment in Makos Haus, bis sie eine Unterkunft mieten kann."

Regan zählte an ihren Fingern ab. Vier. Okay, vier Leute sollten kein Problem darstellen. Hoffentlich.

Aber es war wirklich schwer, die Katze auf das Bett zu setzen und ihr Zimmer zu verlassen.

Ihr eigenes Zimmer, nur für sie.

Mit dem Arm um die Schultern seiner winzigen Tochter führte Caz sie aus dem Haus und plauderte auf dem Weg zu Makos Hütte über die Hühner. Nieselregen wehte ihnen ins Gesicht, ein feiner Nebel, der niemanden nass machen würde. Er war es gewohnt, in der Kälte herumzutraben, für sie hätte er jedoch eine Jacke holen sollen. Sie war ein Mädchen aus Kalifornien. Er musste sich ihren Bedürfnissen bewusster werden.

Er musste das Wetter im Auge behalten. Und ihre Sorgen.

Ihr zu schlanker Körper zitterte leicht. *Dios*, wie konnte er dafür sorgen, dass sie sich wohler fühlte? Entspannter. Er wusste es nicht. Alles auf einmal war auf jeden Fall nicht möglich. Egal, wie laut seine Instinkte ihn anschrien, es zu versuchen.

„*Mija*, wenn du willst, können wir einfach nur *Hallo* sagen, und wenn du sofort wieder in unser Haus willst, dann ... drückst du meine Finger zweimal, okay? Wir müssen nicht zum Essen bleiben." Er überlegte. So viele neue Dinge, die im nächsten Monat auf sie zukämen. „Wann immer du etwas entkommen musst, kannst du die ... Quetschfinger-Methode verwenden, um es mich wissen zu lassen. Ja?"

„Wenn ich zurück in mein Zimmer gehen will, drücke ich deine Finger. Zweimal." Ihre Schultern entspannten sich ein wenig. „Okay."

Sie gingen über Makos Veranda in den Essbereich. Caz schnupperte die Luft. „Riecht nach gebratenem Hähnchen."

Als ihr Magen knurrte, grinste er.

Durch den offenen Grundriss der großen Hütte sah er, dass alle auf der massiven Couch saßen. Als Caz und Regan den Raum durchquerten, stand jeder von ihnen auf – und Regan blieb abrupt stehen.

„Wie ihr seht, sind wir hier." Caz nickte seinen Brüdern und Audrey zu, die sich an Gabes Seite gesellt hatte. Ihr graues T-Shirt hatte die Farbe ihrer Augen und auf dem Oberteil las er: *Never trust an atom. They make up everything.* Die Frau war ein Nerd und stolz darauf.

JJ stand am Ende der Sofagarnitur. Mit ihrer herbstlichen Haarfarbe und dem goldenen Thermo-Oberteil unter einem blaubraunen Flanellhemd schien sie den ganzen Raum zu wärmen. Sie schenkte *ihm* Wärme.

Ihr Gesichtsausdruck, als sie ihn beobachtete, war unlesbar – etwas, das sie tat, wenn sie verunsichert war. Sie wusste immer noch nicht, was sie von ihm halten sollte.

Da waren sie schon zu zweit.

Ihr Blick wurde sanfter, als sie zu Regan sah.

Unter seinem Arm fühlte er, wie sich Regan panisch anspannte. Ja, sie starrten sie alle an.

Er zog sie an sich, beugte sich auf der Suche nach Blickkontakt vor und zeigte auf die Anwesenden. „Das ist dein Onkel Gabe – er ist der Polizeichef dieser Stadt. Das ist seine Freundin Audrey – sie leitet die Bibliothek."

Sich Regans Gefühlen bewusst, setzte sich Gabe auf den alten Scheunenholz-Couchtisch, den Mako gebaut hatte. „Wir freuen uns, dich bei uns zu haben, Regan. Caz braucht jemanden, der ihn in Schach hält."

Caz spielte mit und sagte empört: „Bruder!"

Seine Tochter brauchte eine Sekunde, und dann kicherte sie.

Vertraue darauf, dass Gabe wusste, wie man die Stimmung aufhellt. Selbst in Kampfzonen hatte er es geschafft, seinen Männern ein Lächeln zu entlocken.

Audrey lächelte. „Es ist schön, dich kennenzulernen, Regan."

Regan biss sich auf die Unterlippe und nickte.

Caz wies auf seinen anderen Bruder. „Das ist dein Onkel Bull. Er wählte den Namen, als er in deinem Alter war, weil er so groß wie ein Elch werden wollte. Ein männlicher Elch wird als Bulle bezeichnet."

Bull rieb sich die rasierte Kopfhaut und schenkte ihr ein schiefes Grinsen. „Es hat funktioniert, oder? Glaubst du, ich bin groß genug?"

Sie nickte, bevor sie mit gerunzelter Stirn zu Caz blickte. „Wie kommt es, dass er sich seinen Namen aussuchen durfte?"

Hmm. Dies war nicht die Zeit, um zu erklären, wie Mako sie mit Zustimmung der Jungen aus einer Pflegefamilie gestohlen hatte. „Ah, Mako verbrachte sein Leben beim Militär, also wollte er, dass wir uns Soldatennamen aussuchen."

„Oh." Sie überlegte. „Ich mag meinen Namen."

„Genau das habe ich Mako auch gesagt. Ich habe meinen eigenen Namen behalten", sagte Gabe. „Du musst deinen nicht ändern. Regan ist ein großartiger Name."

Ihr glückliches Lächeln schaffte es, alle Erwachsenen im Raum zum Schmelzen zu bringen.

Caz wandte sich an JJ. „*Mija*, das ist JJ. Sie ist Polizistin und arbeitet für Gabe."

„Hi, Regan", sagte JJ mit ihrer heiseren Stimme. „Willkommen Zuhause. Du hattest eine schrecklich lange Reise. Hast du schon ein bisschen Hunger?"

Als Antwort knurrte Regans Magen.

Oder vielleicht war es auch seiner. „Wenn sie es nicht ist, ich bin es auf alle Fälle. Sag mir, dass es gebratenes Hähnchen ist, das ich rieche."

„Du hast eine gute Nase, Bruder", murmelte Bull. Er grinste Regan an. „Wir haben dieses Gericht immer an seinen Geburtstagen für ihn gemacht. Der Geruch hat ihn jedes Mal aus dem Wald gelockt."

Als Bull sich in Bewegung setzte – wie ein Grizzly, der durch den Wald trampelte –, versteckte sich Regan hinter Caz. Ah, nun, es würde Zeit brauchen. Zumal niemand, auch er nicht, genau wusste, was sie durchgemacht hatte. Sie müssten behutsam vorgehen. Die ersten paar Male, als Caz sie berührt hatte – ihre Haare verwuschelt, eine Hand auf ihrer Schulter –, war sie zusammengezuckt. Seine Vermutung war, dass sie gelernt hatte, misstrauisch zu sein – vielleicht, weil Crystal nicht aufgepasst hatte, welche Männer sie in das Leben ihrer Tochter brachte. Der Gedanke, dass jemand dieses Mädchen verletzte – sein Mädchen –, führte bei ihm zu dem starken Bedürfnis, nach seinen Messern zu greifen.

Gabe erhob sich und legte einen Arm um Audrey. „Na kommt, Leute. Wollen wir das Essen auftischen?"

Als sich alle bewegten, stand Regan erstarrt da, bis JJ ihre Hand ausstreckte. „Hey, wie wäre es, wenn du mir mit dem Besteck hilfst?"

Nach einer Sekunde nahm Regan ihre Hand. „Okay."

Als die beiden Hand in Hand in den Essbereich gingen, warf Caz einen Blick aus dem Fenster. Es regnete immer noch. Seltsam, denn es fühlte sich an, als wäre die Sonne aufgegangen.

Eine Stunde später waren sie mit dem Abendessen fertig, die Küche sauber, alle saßen wieder im Wohnzimmer, um etwas zu trinken, zu reden und zu musizieren. JJ rannte in ihren Bereich des Hauses, um die Cookies zu holen, die sie gebacken hatte. In ihrer begrenzten Erfahrung mit Kindern hatte sie noch nie ein Kind getroffen, das keine Chocolate-Chip-Cookies mochte.

Musik begrüßte sie, als sie ins Wohnzimmer zurückkam. *Natürlich ... Musik.* Seit ihrer Ankunft vor fast zwei Wochen hatte sie die Jungs so gut wie jeden Tag zusammen singen hören.

JJ hatte noch nie Leute wie sie getroffen. In einer Hütte ohne Strom aufzuwachsen und lange dunkle Winter zu erleben, bedeutete wohl, dass sie gelernt hatten, sich selbst zu unterhalten. Da Mako Musik geliebt hatte, lernten seine Jungen, zu singen und verschiedene Instrumente zu spielen.

Mit Regan neben sich saß Caz an einem Ende der Couch und spielte eine Djembé – eine mit geschorenem Ziegenfell bespannte Bechertrommel. Er hatte JJ erzählt, dass er den Klang einer handgefertigten Trommel besonders mochte.

Neben Audrey zupfte Gabe die Saiten einer Gitarre. Bull hatte eine Bassgitarre, die gut zu ihm passte. Bassstimme, Bassgitarre.

Als die Jungs *Lonely People* von America anstimmten, verspürte JJ den Drang, wieder nach oben zu rennen, ihre Flöte zu holen und mitzumachen. Obwohl sie in Regans Alter mit der Flöte begonnen und in der Highschool in Quartetten gespielt hatte, war diese Art von Wohnzimmer-Jamming so viel ... intimer.

Sie würde es dabei belassen, nur für sich selbst zu spielen. Es war ihre Art, mit der Einsamkeit umzugehen. Mit Stress ... und sogar Wut. Hatte ihre Mom nicht mal gesagt, wie dankbar sie war, dass JJ Flöte spielte, anstatt andere Kinder zu quälen?

Ihre Mutter hatte sie wirklich durchschaut gehabt.

Vielleicht würde sie sich eines Tages trauen, mit den Jungs zu jammen. In der Zwischenzeit stellte sie die Cookies auf den Tisch, wo Caz und Regan sie erreichen konnten, und setzte sich dann auf die andere Seite des Mädchens.

Als die Männer in den Refrain segelten, zwinkerte Audrey Regan zu und schloss sich für den Zieleinlauf an. Sie hatte eine wunderschöne Sopranstimme.

„Wow", flüsterte Regan.

Caz lächelte sein Mädchen an. „Ich wette, du hast *Das Dschungelbuch* gesehen, oder?"

Regan nickte.

„Perfekt." Er grinste Bull an, der einen finsteren Blick vortäuschte.

Gabe lachte und sagte zu Regan: „Caz und ich haben dieses Lied gelernt, um Bull zu ärgern, nachdem er sich einen Knöchel gebrochen hatte und das Haus nicht verlassen konnte." Mit ein paar schnellen Schlägen begann er *Probier's mal mit Gemütlichkeit* zu singen.

Audrey kicherte los.

Zur Freude von JJ flüsterte Regan die Worte mit. JJ gab zu: „Es ist einer meiner Lieblingsfilme. Komm, das können wir besser."

JJ lächelte das kleine Mädchen an und fügte ihre Stimme dem Gesang bei, und eine Sekunde später gesellte sich eine junge, hohe Stimme zu ihnen dazu.

Caz warf JJ einen dankbaren Blick zu – einen Blick, der Hitze in ihre Wangen schickte –, und dann zwinkerte er seiner Tochter zu.

JJ konnte nichts machen, ihr Herz schmolz einfach dahin.

Nach der Musik hatte Caz seine erschöpfte Tochter nachhause gebracht und versucht, eine Abendroutine zu starten. Regan hatte es geschafft, sich zu duschen und ihre langen Haare zu waschen. Die Frauen – gesegnet seien sie – hatten ihr Badezimmer mit allem ausgestattet, was sich ein Mädchen wünschen könnte, einschließlich Shampoo und Spülung. Und einem breitzackigen Kamm.

Auch hatten sie ihr einen weichen Flanellpyjama besorgt. Ein Set mit Kätzchen. Der andere war mit Schneeflocken und zeigte irgendeine Frau aus einem Disney-Film, den er nicht gesehen hatte. *Eiskönigin?*

Sie hatte sich für die Kätzchenpyjamas entschieden und flauschige Hausschuhe angezogen. Diese Frauen hatten wirklich an alles gedacht.

Im Wohnzimmer, als er ihr die Knoten aus den Haaren

gekämmt hatte, las er ihr aus dem Bibliotheksbuch vor, das Audrey auf dem Couchtisch zurückgelassen hatte. *Harry Potter.* Er hatte Regan dazu überredet, dass sie sich beim Lesen abwechselten. Jeder las eine Seite und sie hatte sich sehr gut geschlagen.

Nachdem sie in ihr Bett geklettert war – mit der ausgestopften weißen Katze –, erinnerte er sie daran, dass sein Bett oben war und sie nur nach ihm schreien müsste, wenn sie ihn brauchte. So große Augen. So verloren.

„Schlaf gut, *Mija*", murmelte er, küsste sie auf den Kopf und legte die Bettdecke enger um sie.

Er hatte das Nachtlicht im Badezimmer bemerkt, und als er das große Licht ausmachte, sah er, dass es noch eins im Schlafzimmer gab; ein tänzelndes Einhorn leuchtete in einem sanften Weiß.

Er ließ die Tür einen spaltbreit offen und hörte sie flüstern: „Gute Nacht, Papá."

Papá. Auf dem Weg ins Wohnzimmer rieb er sich seine brennenden Augen.

Etwas angespannt nahm er sich ein Bier aus dem Kühlschrank und ging nach draußen auf seine Veranda. Der Regen hatte aufgehört. Die Luft hielt einen gewissen Biss bereit, eine Vorwarnung auf Schnee. Wenn er raten müsste, hätten sie in einer Woche die ersten Flocken. Die Schulter, die er sich als Kind beim Klettern verletzt hatte, stimmte der Prognose zu.

Aber ... noch nicht. Der klare dunkle Himmel zeigte Federwolken, die am zunehmenden Mond vorbeizogen. Über dem See funkelte der Nebel im schwachen Mondlicht.

Er lehnte sich an das Geländer, atmete ein und versuchte, die Stille und Ruhe der Nacht in sich aufzunehmen – um den Sturm der Emotionen in seinem Herzen zu lindern.

Er hatte eine Tochter.

Er hatte gedacht, er hätte die Tatsache akzeptiert. Aber sie nachhause zu bringen, sie mit seinen Brüdern zu sehen und sie ins

Bett zu stecken, hatte eine simple Information in überzeugende Realität verwandelt.

Dios, er wusste nicht, wie man ein kleines Mädchen großzog. Er rieb sich über den Nacken. Besser er als seine Brüder. Sie wären noch ratloser als er.

Andererseits hätten sie sich niemals in so eine Situation gebracht.

Situation.

Ein Geschenk.

Sowohl als auch.

Er hörte leise Schritte und drehte sich um.

Jemand lief über das Gelände, und die Person kam vom Dock. Nicht groß genug für Gabe oder Bull. Caz spannte sich an und bereitete sich darauf vor, den Eindringling auszuschalten. Im nächsten Moment erinnerte er sich, dass Gabe und Bull nicht die einzigen waren, die in diesen Tagen in der Eremitage lebten.

Welche Frau war es?

Das lockige Haar identifizierte sie – und seine Finger sehnten sich danach, durch die weichen Strähnen zu kämmen.

„JJ. Was machst du so spät noch hier draußen?", fragte er.

Auf halbem Weg zu Makos Haus sah sie sich um.

In der Dunkelheit und mit der Baumstammwand hinter ihm war er so gut wie unsichtbar, also ging er die Stufen hinunter und über das feuchte Gras. „Verzeih mir, dass ich dich erschreckt habe."

„Alles gut." Ihr Gesicht wirkte in der Dunkelheit noch blasser.

„Wie geht es Regan? Die erste Nacht in einem fremden Haus ist sicher nicht leicht."

„Sie ist beeindruckend." Er konnte den Stolz in seiner eigenen Stimme hören. Schon heute. „Was ihr aus Regans Zimmer gemacht habt ... Danke – euch allen. An so vieles davon hätte ich nie gedacht. Sie war von allem begeistert."

„Wir hatten eine wundervolle Zeit, als wir für sie Dinge

zusammengesucht haben." JJ lächelte. „Nächstes Mal nehmen wir sie mit, damit sie sich aussuchen kann, was ihr wirklich gefällt."

„Die weiße Katze hat sie mit ins Bett genommen. Audrey meinte, du hättest das Kuscheltier ausgesucht ... damit sie an einem fremden Ort etwas in den Armen halten kann."

Er hatte das Gefühl, dass das Herz dieser Frau Einsamkeit verstand.

„Ich bin froh, dass es geholfen hat." Bei ihrem breiten Lächeln trat er instinktiv näher. „Wahrscheinlich wird sie dich bald nach einer echten Katze fragen."

„Äh, nein." Obwohl ein Haustier keine schlechte Idee war. Vielleicht ein Tier, das helfen könnte, sie vor Gefahr zu bewahren. „Vielleicht besorge ich ihr aber einen großen Hund." Groß genug, um es mit einem Braunbären, einem Puma, einem ...

„Armer Cazador. Du hast Arbeit vor dir." Ihr Lachen war bezaubernd. Tief und heiser, wie ihre Gesangsstimme.

„Ich habe es genossen, dich heute singen zu hören." Es war das erste Mal gewesen, dass er sie gehört hatte – und sie alle wussten, dass sie sich ihnen nur angeschlossen hatte, um Regans Nerven zu beruhigen.

„Es hat Spaß gemacht." Sie fand seinen Blick und ihre Tiefen funkelten unter dem Licht des Mondes.

„Sí, das hat es." Unfähig zu widerstehen, legte er einen Arm um sie und zog sie näher zu sich. Sein Kopf senkte sich und er gab ihr Zeit, Einwände zu erheben.

Das tat sie nicht. Ihre Lippen fühlten sich unter seinen weich und nachgiebig an. Als Reaktion zog er sie enger an sich und beanspruchte ihren Mund mit einem langsamen, verführerischen Kuss. Einem Kuss, bei dem er alles um sich herum vergaß. Als sie an ihm dahinschmolz, rieb er über ihren Rücken, erkundete die süße Kurve ihres Arsches. Ihre kleinen Brüste pressten sich an seinen Oberkörper und harte Nippel bettelten schon jetzt um seine Aufmerksamkeit. Er leckte ihre Lippen, schmeckte Schokolade und vertiefte den Kuss erneut.

Dann, bevor sein gesunder Menschenverstand vollkommen verloren ging, zog er sich zurück. Er musterte ihr Gesicht und fand Verlangen. Er war nicht der Einzige, der versucht war. Zudem sah er Verwirrung. Erneute Übereinstimmung. Und er sah den reuevollen Ausdruck, als sie sagte: „Danke. Mehr wäre eine ... schlechte Idee."

„Leider hast du damit Recht." Er hatte ein Kind, das er vor der Welt schützen musste – was schwer genug war. Er konnte absolut keine weitere Schnur zu seinem Herzen legen – schon gar keine Gesetzeshüterin. Die Karriere war so riskant wie die eines Soldaten.

Mit Bedauern fuhr er mit einem Finger über ihre Wange. Ihre Haut war feucht vom Nebel, roch frisch von einer Dusche.

„Schlaf gut, *Princesa*."

„Du auch, Doc."

Er konnte nicht anders und beobachtete sie, bis sie sicher in Makos Hütte war.

KAPITEL ZEHN

Wenn dir alles fehlt außer dem Feind, befindest du dich in der Kampfzone. - Murphys Gesetze des bewaffneten Kampfes

Diese Schule war so ganz anders, als sie es gewohnt war.

Montagmorgen folgte Regan ihrem Vater von dem Auto, das auf der kreisrunden Einfahrt geparkt war, zum Schulgebäude. Das Gelände war ein paar Blocks von der Innenstadt entfernt und nur über eine Schotterstraße zu erreichen.

„Bist du sicher, dass das eine Schule ist?" Sie deutete auf die vier winzigen und das eine etwas größere Gebäude. „Was ist das?"

„Die kleineren Gebäude beherbergen die Klassenzimmer. In dem großen befindet sich ein Mehrzweckraum und die Verwaltung." Papá betrachtete die Gebäude. „Es sind wohl eher Schulcontainer und sie sind ziemlich alt. Angesichts der wachsenden Bevölkerung wird sich der Stadtrat hoffentlich bald eine Alternative einfallen lassen."

Die Gebäude standen in einem Kreis und formten in der Mitte eine offene Fläche – wo sich der Spielplatz befand –, da der Wald dahinter ganz sicher nicht für spielende Kinder geeignet war. Das Gelände war die einzige flache Stelle in der Gegend. Rechts von den Containern ging es steil bergauf, links ging es in den Wald.

„Doc, es ist schön, dich zu sehen." Der Mann, der an einer Tür wartete, war etwas größer als Papá, und sein kurzes braunes Haar zeigte an den Schläfen graue Strähnen. Er sah freundlich genug aus.

„Das kann ich nur zurückgeben." Papá schüttelte seine Hand. „Rektor Jones, das ist meine Tochter Regan."

Meine Tochter. Es war immer noch komisch, das zu hören. Wie Luftblasen in ihrem Bauch fühlte es sich an.

„Es ist auch schön, dich kennenzulernen, Regan." Der Schulleiter schenkte ihr ein Lächeln. Es wirkte aufrichtig. „Lass uns den Papierkram erledigen und dann zeig ich dir dein Klassenzimmer."

Das langweilige Zeug dauerte nicht allzu lange – diese Dinge hatten immer länger gebraucht, wenn sie mit ihrer Mutter umgezogen war.

Aber ... fuck. Als sie ihrem Papá in ihr neues Klassenzimmer folgte, fühlte sich alles einfach seltsam an. In der Ecke saßen vier ältere Kinder an Computern und ihr erster Gedanke war, dass dies der falsche Raum sein musste. Nur gab es auch Kinder in ihrem Alter, die etwas an einem Tisch in der Nähe des Eingangs taten. Und dort saßen kleinere Kinder – dritte Klasse wahrscheinlich – an Schreibtischen, die zwischen den beiden kleinen Fenstern aufgereiht waren.

Schulleiter Jones sprach mit einer Frau, bei der es sich um die Lehrerin handeln musste. Die Lehrerin war nicht gerade hübsch und weitaus älter als Papá, trotzdem sah sie nicht gemein aus. Ihr braunes Haar war noch lockiger als das von JJ, irgendwie schnörkelig, und ihre Nase war spitz. Sie war nicht schick gekleidet, trug nur schwarze Jeans und eine blaue Bluse.

Die Lehrerin und der Schulleiter hörten auf zu reden und sahen zu Regan.

Instinktiv wich sie zurück und wollte sich hinter Papá verstecken, aber dann würden die Kinder denken, sie sei ein Angsthase. Und das würden sie, denn sie konnte deren Augen auf sich spüren. Papá legte seine Hand auf ihre Schulter, so wie er das stets tat. Nicht, um sie zu schubsen oder so, sondern in einer Geste, die dem Händehalten ähnelte. Sie war zu alt, um nach der Hand ihres Vaters zu greifen, aber die Sache mit der Schulter war in Ordnung. Irgendwie sogar nett.

Sie hob den Kopf. „Warum sind hier ältere Kinder?"

„Da es sich um eine so kleine Schule handelt, gibt es nur drei Lehrer vom Kindergartenalter bis zur achten Klasse. Kinder aus verschiedenen Klassen teilen sich das Zimmer. In deinem Zimmer sind Dritt-, Viert- und Fünftklässler." Er zuckte mit den Schultern. „Selbst mit drei Klassen zusammen gibt es nur etwa zwölf bis vierzehn Kinder in jedem Klassenzimmer."

Die Frau kam zu ihnen und Papá schüttelte ihre Hand. „Regan, das ist Mrs. Wilner, deine Lehrerin. Sie arbeitet schon einige Zeit hier und weiß, wie man die Dinge interessant hält."

Regan begann zu nicken und erinnerte sich dann an etwas, das Audrey gesagt hatte. *Wie* sie es gesagt hatte. „Es freut mich, Sie kennenzulernen, Mrs. Wilner."

„Danke, Regan. Und ich freue mich darauf, dich besser kennenzulernen."

Papá ging auf ein Knie und nahm Regans Hände in seine. „Ich arbeite heute in der Klinik, aber einer von uns – ich, Gabe oder Bull – wird dich abholen, wenn die Schule vorbei ist. Dann kannst du deine Hausaufgaben in der Klinik machen, bis wir schließen."

Sie sah, wie zwei Mädchen Blicke austauschten, und erkannte diesen speziellen Gesichtsausdruck: *Das neue Mädchen kann nicht einmal zwei Blocks allein gehen.*

Heute entsprach das der Wahrheit – schließlich wusste sie nicht genau, in welchem Gebäude sich die Klinik befand. Er hätte es ihr zeigen sollen. Er hätte mit ihr durch die Stadt laufen und

ihr alles zeigen sollen. Ihre Stimme kam genervt heraus: „Ja ...
okay. Aber morgen gehe ich zu Fuß. Allein."

Sein Kiefer spannte sich an, jedoch nickte er. „Wir werden
Kompromisse finden. Diese Woche wirst du es ertragen, wenn
einer von uns dich abholt. Nächste Woche kannst du alleine
gehen, ja?"

Eine Woche. Sie war erleichtert, zu erfahren, dass sie Zeit
haben würde, sich an die Gegend zu gewöhnen. Sie nickte.

Er berührte ihre Wange, erhob sich und küsste sie auf den
Kopf. „Hab' einen schönen Tag, *Mija*."

Als er hinausging und sie dort mit Fremden zurückließ, fing
sie an, zu beben. Sie wollte ihm nachlaufen, wollte in seine Arme
rennen. *Sei kein Baby. Es wird nicht geweint.*

„Na komm, Regan, ich stelle dich deinen Klassenkameraden
vor." Mrs. Wilner ging mit ihr zu der Gruppe am Tisch.

Der Morgen war nicht allzu schrecklich gewesen, entschied
Regan, als sie nach dem Mittagessen ihren Klassenkameraden
nach draußen folgte. Der sogenannte Spielplatz hatte Schaukeln,
ein kleines Feld zum Fußballspielen und eine gepflasterte Basket-
ballfläche.

Nicht, dass sie spielte. Der Fußballplatz war nass. Die beiden
Jungen aus ihrer Klasse warfen Körbe – etwas, in dem Regan
schlecht war. Sie war zu klein. Und hatte nicht viel Übung.
Normale Kinder hatten oft zuhause einen Basketballkorb zum
Üben.

Sie zog den Kragen ihrer Jacke enger um sich, als sie bei einem
Windstoß zitterte. Zumindest hielt ihre Jacke sie warm, und hey,
ihre neue Kleidung war so schön wie die aller anderen, und das
war mega. Keine Risse, Löcher oder Flecken. Ihre Jeans und ihr
Oberteil passten. In der Pflegefamilie waren ihre Handgelenke

und ihre Beine zu lang für die Ärmel und die Hosenbeine gewesen.

Wenn Papá – Cazador – sie satthätte, würde er ihr erlauben, ihre Klamotten mitzunehmen?

Ihr wurde schlecht, wenn sie daran dachte, zu gehen. Zurück in die schmutzige Pflegefamilie und ein Zimmer mit gemeinen Mädchen teilen.

Als die Kinder auf dem Spielplatz brüllten und spielten, entrang Regan ein Seufzer. Sie versuchte, so auszusehen, als wäre es ihr egal, dass sie hier allein herumstand, steckte ihre Hände in die Taschen ihrer neuen Jacke und ... fand etwas. Sie zog es heraus.

Eine Tüte M&Ms – eine große – mit einer Notiz. *Ich wünsche dir einen schönen Tag, Regan! JJ*

Ihre ganze Welt wirkte plötzlich heller.

„Okay!" Lachend riss Regan eine Ecke von der Packung auf. In dem Moment sah sie ein anderes Mädchen aus ihrer Altersgruppe zu ihr rüber spähen. „Willst du ein paar M&Ms? Ähm, Dela-a –"

„Delaney. Und ja, gerne." Das Mädchen schob sich ihr hellrotes Haar aus den Augen und rückte näher. Sie war etwas größer als Regan und schwerer. Eines der älteren Kinder hatte sie fett genannt. Und gerade hatte sie auch allein herumgestanden.

Regan schüttete Delaney ein paar M&Ms auf die Handfläche.

„Ich liebe die Grünen." Delaney steckte eines der kleinen Teile in ihren Mund.

„Bist du auch neu hier?"

„Auf eine Weise." Delaney aß noch ein M&M. „Wir haben früher in Anchorage gelebt, aber Mom hat einen Job im Resort bekommen und so sind wir letzten Monat hergezogen." Sie rollte mit den Augen. „Mom ist in Rescue aufgewachsen, und meine Großeltern sind hier, nur hat Mom immer gesagt, sie würde nie wieder nach Rescue zurückkommen."

„Und doch seid ihr das." Regan runzelte die Stirn. „Magst du es hier?"

„Manchmal." Delaney schüttelte den Kopf. „Ich kann hier mehr tun, weil es keine Stadt ist. Zum Beispiel kann ich zu Fuß zur Post gehen. Da arbeitet meine Oma. Aber ich kenne nicht viele der Kinder und einige sind –"

„Hey, Neue!" Der große Junge hatte kurze blonde Haare und stand neben einem wirklich hübschen Mädchen mit langen Haaren, das noch heller war als seines. Fünftklässler. „Wenn du Süßigkeiten hast, teilst du – und die Fette braucht nicht noch mehr Futter."

Delaneys Schultern sackten zusammen und sie streckte die Hand aus, um die Süßigkeiten zurückzugeben.

Regan schob ihre Hand von sich weg. „Du bist nicht fett. Er ist einfach ein Dummkopf."

„Wie hast du mich gerade genannt?" Als der Junge zu ihr stampfte, eilten die kleineren Kinder wie Mäuse aus dem Weg. Das Mädchen neben ihm lachte.

Regan schob die Tüte M&Ms zurück in ihre Jackentasche, da der Junge versuchte, sie ihr wegzunehmen. Schon im Kindergarten hatte sie gelernt, wie sie dem entgegenwirken konnte. Ihre Hände ballten sich zu Fäusten. Ohrfeigen waren nicht so effektiv wie Fäuste.

Halt. Nein. Sie sollte nicht kämpfen. Das würde die Erwachsenen wütend machen. Papá würde es wütend machen.

Sie wich ein paar Schritte zurück. Sie würde nicht kämpfen, wenn sie es nicht müsste. Vielleicht würde der Lehrer eingreifen? „Geh weg von mir!", schrie sie. „Du kannst mich nicht bestehlen!"

Der Junge sah schockiert aus und wich zurück. Im Flüsterton sagte er: „Ich habe rein gar nichts gestohlen, du dummer Bohnenfresser. Warum gehst du nicht zurück nach Mexiko, wo du hingehörst?"

Regan rollte mit den Augen – und schrie lauter: „Ich wurde in Kalifornien geboren, du dummer Dummkopf."

„Brayden, lass uns gehen." Das blonde Mädchen zog an seinem Arm, aber er riss sich los.

„Nein, diese Bohnenschlampe –"

„Verficktes Arschloch, verzieh dich!", brüllte Regan, und als Delaney nach Luft schnappte, wurde ihr klar, was sie gesagt hatte. Oh Mist.

„Diese Art von Sprache verwenden wir hier nicht." Mrs. Wilner zeigte auf das Gebäude. „Lasst uns reingehen. Ihr alle." Eine Welle der Angst fegte über Regan. Wie wütend würde Papá sein? Würde er sie zurückschicken?

JJ hatte die Küche unten benutzt, um Bananenbrot aus den reifen Bananen zu backen, die sie nicht mehr essen würde. In Anbetracht der Kosten für Obst und Gemüse in Alaska würde sie die Bananen ganz sicher nicht wegschmeißen. Sie entwickelte einen Anflug von Schuldgefühlen – die Hühner hätten den Leckerbissen bestimmt auch genossen.

Oben in ihrem Bereich im zweiten Stock hörte sie den Timer. Als sie die Treppe nach unten nahm, bemerkte sie, dass Caz und Regan in der Hütte waren und er ihr gerade eine Standpauke hielt.

Nicht gut. Sollte sie wieder nach oben verschwinden? Nein, das Bananenbrot musste jetzt raus. JJ schlich die Stufen runter und versuchte, auf Zehenspitzen in den Küchenbereich zu gehen, obwohl das nicht viel nützen würde, da das gesamte Erdgeschoss aus einem riesigen Raum bestand.

Zum Glück ignorierten sie die beiden, als sie das Brot herauszog und den Ofen ausschaltete.

Und von hier konnte sie besser lauschen. *Neugierig bis zum geht nicht mehr? Oh ja. Du bist ein böses Mädchen, Jayden Linnea Jenner.*

„Es ist nicht einfach, die Neue in einer Schule zu sein, aber du musst dich anstrengen, mit den anderen Kindern klarzukommen", sagte Caz mit dieser nachklingenden Stimme, die jedes Mal, wenn sie ihn sprechen hörte, Lustschauer bei ihr entfachte. „Und es gibt bestimmte Wörter, die nicht erlaubt sind. *Fuck* in all seinen Variationen. *Arschloch*. Das sind zwei davon. Du wirst diese Worte nicht mehr verwenden."

Regan stand mit gesenktem Kopf vor ihm. Aber von der Seite konnte JJ sehen, dass ihr Gesichtsausdruck eher verärgert als entschuldigend war.

Dann sagte Caz doch tatsächlich, dass kleine Mädchen solche Worte nicht einmal kennen sollten und –

„Ist das dein Ernst?" JJ lehnte sich über die Kücheninsel. „Ich bin sicher, dass ich dich und deine Brüder diese Worte habe sagen hören."

Caz drehte sich um, sein Kiefer angespannt. „Das geht dich nichts –"

„Oh, das tut es sehr wohl. Denn ich bin eine Frau." Sie funkelte ihn aufgebracht an. „Ja, du solltest ihr sagen, dass es Orte gibt, an denen Fluchen unangemessen ist. In dem Punkt stimme ich zu. Aber einem Kind zu sagen, dass sie zu jung ist, um bestimmte Worte zu verwenden, wenn die Erwachsenen um sie herum es tun? Ist das nicht eine Form der Altersdiskriminierung?"

Caz rieb sich über den Nacken. „JJ, das ist –"

„Und ihr zu sagen, dass *Mädchen* nicht fluchen dürfen, *Jungs* aber schon? Nicht unter meiner Aufsicht, oh nein."

Caz runzelte die Stirn und schüttelte dann den Kopf. „Das habe ich gesagt, oder?"

Zu JJs Überraschung ging er auf ein Knie und nahm Regans Hände in seine. „JJ hat Recht, und ich entschuldige mich."

Regans schockierter Gesichtsausdruck war unbezahlbar. Ein schimpfender Vater hatte sie nicht beeindruckt, aber ein Erwachsener, der sich entschuldigte, ließ sie fassungslos zurück.

JJ holte tief Luft. Er hatte zugegeben, dass sie Recht hatte und er sich irrte. Ohne Ausreden zu finden.

Er sprach weiter mit Regan. „Allerdings gibt es Orte, an denen Fluchen als sehr unhöflich angesehen wird. Als Faustregel gilt: wenn andere Menschen neben deiner Familie anwesend sind, ist es am besten, nicht zu fluchen. Das gilt für uns alle, männlich oder weiblich, jung oder alt. Und wie du sehen konntest, ob das nun richtig oder falsch ist, reagieren Menschen stärker auf ein Kind, das flucht, als auf einen Erwachsenen. Daran solltest du denken."

Regan runzelte die Stirn. „Aber ... er wollte mir meine Süßigkeiten wegnehmen."

Als Caz' Lächeln verschwand, machte JJs Herz einen Salto.

„*Mija*, ich bin stolz auf dich, dass du für dich selbst einstehst. Es gibt Möglichkeiten, dies zu tun, die besser funktionieren und dich vor Ärger bewahren können. Über diese Möglichkeiten werden wir noch sprechen. Da wir es heute beide vermasselt haben, werden wir das Wohnzimmer zusammen aufräumen, und du kannst mir mehr über diesen *Pende* – ah, diesen Jungen erzählen, und was genau vorgefallen ist."

Cazadors zärtlicher Ausdruck war einfach zu verlockend, sodass sie nicht länger zusehen konnte und sich abwandte. Sie legte die Bananenbrote auf zwei Teller, nahm eines davon und ließ das andere auf der Arbeitsfläche stehen.

„Die Reinigungscrew bekommt als Belohnung Bananenbrot", verkündete sie. „Nehmt es mit nachhause, wenn ihr fertig seid, okay?"

Caz fuhr mit einer Hand über Regans Haar und lächelte JJ an. „Wir nehmen dankend an ... aber nur, wenn du heute mit uns zu Abend isst."

Ihr Atem stockte. Bei dem warmen Ausdruck in seinen Augen verlor sie regelrecht ihr Gleichgewicht. „Was?"

„Bitte, JJ?" Regan hüpfte auf ihren Zehen auf und ab. „Bitte komm?"

Das sollte sie nicht, sollte sie wirklich nicht. „Sehr gerne."

KAPITEL ELF

Wenn das Leben eine Tür schließt, durchbreche die Wand und marschiere selbstbewusst durch. ~ Unbekannt

Ende Oktober an einem Samstagabend hatte JJ langsam das Gefühl, dass sie sich eingelebt hatte. Sie war jetzt seit fast drei Wochen in Rescue.

Sie lehnte sich auf ihrem Stuhl zurück und sah sich um. Lillians Haus war voller atemberaubender Antiquitäten und wunderschöner orientalischer Teppiche. Die grüne Pokerdecke aus Filz, die den Esstisch bedeckte, sah ziemlich fehl am Platz aus.

Das schien der Britin egal zu sein.

Andererseits steckte Lillian stets voller Überraschungen. Ein Blick auf die Gäste, die sie zu ihrem Pokerabend eingeladen hatte, bestätigte das. Neben ihr und Gabe waren Bull und Caz anwesend. Bull hatte sich einen freien Abend vom Roadhouse gegönnt.

Dante, der Besitzer des Lebensmittelgeschäfts, war gekommen sowie Tucker und Guzman, die beide grauhaarige, bärtige Hinterwäldler waren und außerhalb der Stadt in benachbarten, abgelegenen Hütten lebten.

Als die Pause zu Ende ging und alle an den Tisch zurückkehrten, beobachtete sie Caz, der im Wohnzimmer auf und ab lief. Er hatte das Handy am Ohr und sprach mit Regan. Dies war der erste Abend, den Caz nicht bei seiner Tochter zuhause verbrachte.

Sein dunkelroter Pullover mit V-Ausschnitt über einem schwarzen Rollkragen schmiegte sich so verlockend um seine breiten Schultern und die muskulöse Brust, dass sie nicht anders konnte, als immer wieder Blicke zu stehlen. Sie wusste es besser und konnte dennoch nicht aufhören, ihn anzustarren.

Seine Stimme war wie eine geschmeidige Melodie, als er sagte: „Geh schlafen, *Mija*. Audrey wird bei dir bleiben, bis ich nachhause komme."

Jedes Kind sollte einen Vater wie ihn haben.

Als er sein Handy in die Tasche steckte, schaute er auf ... und ertappte sie dabei, wie sie ihn ansah. Seine dunkelbraunen Augen hielten ihre gefangen und ein Grübchen erschien in seiner Wange.

Hitze stieg in ihre Wangen und sie räusperte sich. „Geht es Regan gut?"

„Ja, es klingt, als hätten sie Spaß gehabt." Er hob seine Karten auf und betrachtete das Fudge, das auf einem Teller neben seinen Chips lag.

„Wie läuft es für sie in der Schule? Unsere winzige Schule muss eine große Umstellung für sie sein", sagte Lillian.

„Sie ist nicht gerade ... begierig darauf, morgens zur Schule zu gehen, aber ihre Lehrerin meint, dass sie sich gut macht. Sie bringt sich ein. Sie scheint auch ein paar Freunde gefunden zu haben." Caz' Kiefer spannte sich an. „Sie ist nur recht kurz angebunden und springt immer gleich jedem an die Kehle."

Gabe schnaubte. „Wie der Vater, so die Tochter."

Oh? Während das Spiel startete, betrachtete JJ den Doc. Sie versuchte, sich ihn in einem Kampf vorzustellen – wie er eine

Schlägerei initiierte. Cazador schien immer eine fast unendliche Menge an Geduld zu besitzen. Nur durfte sie nicht vergessen, dass er diese Messer hatte ...

Sie lächelte leicht und blickte auf ihre Karten, musterte dann die anderen Spieler und deren Mienen. Es schien, als –

Um sie herum stöhnte das Gebäude, und es ... bewegte sich. Sie fühlte sich wie in einem Boot auf unruhiger See. War ihr Stuhl kaputt? Nein, denn auch ihr Getränk schwappte im Glas, die Donut-Holes rollten über den Tisch und Gläser klirrten in der Küche. Als sich Lillian und die Männer vom Tisch wegstießen, kam die Welt erneut zur Ruhe.

„Kurz und bündig. Es gefällt mir, dass es keinen Grund mehr gibt, unter den Tisch kriechen zu müssen." Gabe rutschte mit seinem Stuhl wieder heran. „Vielleicht eine 3,7 auf der Skala."

„Nein, das war stärker. Hast du nicht gesehen, wie die Donut-Holes herumgerollt sind? Ich wette einen Fünfer, dass es eine 4,2 war." Dante zupfte an seinem weißen Bart. „Vielleicht fünfzig Meilen tief im Golf."

„Ich nehme die Wette an." Mit einem Lachen hielt Guzman einen Fünf-Dollar-Schein hoch. „Ich sage 4,0 und Zentralalaska."

Als die Einsätze getätigt wurden, starrte JJ die verrückten Leute mit offenem Mund an. „Das war ein Erdbeben, und ihr wettet?" Und jetzt wollten sie einfach wieder Poker spielen?

Guzman hob seine Karten auf, lachte und offenbarte so seine Silberfüllungen. „Jep. Dein erstes Beben?"

„Ähm, ja." Sie legte eine Hand auf ihren Bauch. „Es fühlte sich ziemlich seltsam an."

„Alaska bekommt ein paar Tausend im Monat, normalerweise so schwach, dass wir sie nicht spüren. Einige spüren wir sehr wohl." Bull schenkte ihr ein besänftigendes Lächeln. „Gewöhn dich besser an sie. Wenn du dekorierst, denke daran, dass Dinge fliegen können. Und das alles nach unten fällt."

„Ernsthaft?"

Alle um den Tisch herum nickten.

Okay. *Okay.* Sie entließ den Atem und hob ihre Karten auf. „Ich setze zwei Fudge-Stücke."

Da Tucker und Guzman hauptsächlich Selbstversorger waren, hatte Lillian Gebäck und Leckereien zur Verfügung gestellt, um sie mit etwas Hausgemachten zu verwöhnen. Tucker – der genau wusste, wie man Poker spielte – hatte die letzte Hand gewonnen, und seine Freude über seinen Gewinn bestehend aus Donut-Holes war bezaubernd gewesen.

Nun warf der Mann einen traurigen Blick auf ihr Fudge und schmiss seine Karten hin. „Ich bin raus."

Neben Tucker streichelte Bull seinen Spitzbart – ein Anzeichen dafür, dass er nichts hatte.

JJ knabberte an einem Stück Fudge, das sie vor sich aus dem Haufen gezogen hatte. Sie könnte es sich leisten, ein Stück zu essen, oder?

„*Chiquita*", murmelte Caz von rechts, „du solltest deine Einsätze nicht essen." Die Art, wie er sie ansah, so zärtlich, wie er das bei Regan tat, ließ sie dahinschmelzen.

Sie versuchte, eine Verteidigungsmauer zu errichten und auf Abstand zu gehen, doch es war sinnlos. „Ich liebe Schokolade", gab sie zu. Ihr Vater hatte immer einen Vorrat an M&Ms gehabt, die er an schlechten Tagen zusammen mit seinen Umarmungen anbieten konnte: Schlägereien auf dem Spielplatz, blutige Knie, kaputtes Spielzeug. Sie knabberte erneut an dem Stück. „Hey, ich habe gerade mein erstes Erdbeben erlebt; ich brauche Trost. Fudge ist perfekt dafür."

„Ah, das ist gut zu wissen." Mit einem Zwinkern legte er eines seiner eigenen Stücke Fudge auf ihren Stapel.

Wie eine Umarmung fühlte sich seine Großzügigkeit an.

„Ich habe nichts", verkündete Bull und warf die Karten von sich. Die anderen spotteten, und es ging weiter zu Lillian, Dante, Gabe und Guzman.

Schließlich schob Caz eine Mischung aus Fudge und Donut-

Holes nach vorne. „Ich gehe mit. Zeig mir, was du hast, Officer Kartenhai."

Sie grinste und zeigte ihre Hand. Ein Full House.

Tucker sah sie finster an. „Fräulein, du bist noch besser als Bürgermeisterin Lillian. Hat dir das dein Daddy beigebracht?" Sie lachte, zog die Einsätze zu sich und reichte ihm ein Stück Fudge. Ihre Belohnung waren seine strahlenden Augen. „Meine Mutter. Wir lebten in Las Vegas, und sie hat jahrelang als Kartendealer gearbeitet, bevor sie krank wurde. Sie hat es mir beigebracht."

„Kein Wunder, dass du abräumst." Guzman zupfte an seinem grau-weißen Bart.

Bull runzelte die Stirn vor Besorgnis. „Deine Mutter wurde krank?"

JJ war schnell bewusst geworden, dass der riesige Kerl ein weiches Herz versteckte. „Durch einen Schlaganfall war sie teilweise behindert. Ich kam von der Schule nachhause und fand Sanitäter in unserer Wohnung." Sie versuchte, die Trauer wegzulächeln. „Es war ein Schock."

„Schule? Wie alt warst du?" Caz drehte sich auf seinem Stuhl zu ihr und musterte sie.

„Sechzehn."

„Verdammt, das ist hart, Mädchen", sagte Dante. „Schlaganfälle sind furchtbar. Wie schlimm hat es sie getroffen?"

„Eine Seite war gelähmt. Und sie" − JJ überlegte, wie sie es am besten ausdrücken sollte − „ihre Emotionen und Denkprozesse waren nicht mehr so wie früher. Sie war entschlossen, es zu überwinden, und sie erholte sich genug, um klarzukommen, aber ihr Verstand war nicht mehr so fit. Sie konnte keine Karten mehr austeilen; das Casino war jedoch so nett, sie im Lager einzusetzen."

„Was sicher mit einer beträchtlichen Gehaltskürzung daherkam, wette ich", bemerkte Bull. Mit einem MBA wusste er das natürlich. Als Mako seinen Söhnen eine Reihe von Immobilien in

Rescue hinterlassen hatte, wurde Bull beauftragt, sich um diese Angelegenheit zu kümmern – zusätzlich zu einem Restaurant und einer Brauerei in Anchorage und einem Restaurant in Homer. Er runzelte die Stirn. „Mit einem Mindestlohn zu überleben, ist nicht einfach. Wie seid ihr beiden über die Runden gekommen?"

„Wir kamen klar. Ich habe nach der Schule in einem kleinen Lebensmittelmarkt ausgeholfen."

„Arbeiten und um deine Mutter kümmern – nicht die übliche Highschool-Erfahrung." Caz' Augen waren warm und verständnisvoll.

Sie spürte, wie sich ihre Wangen erhitzten. „Nachdem ich sie fast verloren hatte, war ich dankbar für die zusätzliche Zeit, die ich mit ihr hatte. Sie war eine großartige Mutter."

„Ich bin überrascht, dass du nicht als Kartendealer gearbeitet hast, als du einundzwanzig geworden bist", sagte Gabe. „Einfacher und wahrscheinlich besser bezahlt als ein Streifenpolizist."

„Nicht sofort. Dealer beginnen mit dem Mindestlohn – obwohl Trinkgelder einen Unterschied machen. Das Geld, das du in dem Job verdienst, hängt von deiner Erfahrung und dem Tischlimit und all dem ab."

Caz griff nach den Karten und mischte sie, seine langen Finger anmutig und talentiert. „Du hast die Vergangenheitsform benutzt. Wie hast du deine Mamá verloren?"

Die Karten wurden verteilt und sie nahm ihre Hand auf. Indessen schaute sie sich um und erwartete, dass die Frage vergessen wurde, da alle spielen wollten, aber ... nein. Alle warteten. Auf sie. „Auf dem Weg von der Arbeit wurde sie von einem Auto angefahren. Zwei betrunkene Fahrer, die Verfolgungsjagd in der Innenstadt spielten, ignorierten eine rote Ampel. Ein paar andere Fußgänger wurden verletzt, aber meine Mom wurde direkt getroffen." Sie sah zu Gabe, da sie sich fragte, ob er jemandem etwas erzählt hatte.

Er schüttelte kaum merklich den Kopf. Hatte er also nicht.

Sie holte tief Luft. „Ich war auch auf dem Weg nachhause – ich habe darauf geachtet, dass wir zur gleichen Zeit beschäftigt sind, sodass ich für sie kochen konnte und ... ich sah ...“ Caz nahm ihr die Karten ab und griff nach ihrer Hand. Ihre Finger waren kalt; seine Hand war warm. Solide. Beständig. „Wie alt warst du zu diesem Zeitpunkt, JJ?“

„Zwanzig.“ Sie schüttelte den Kopf. „Einer der Polizisten an der Unfallstelle war ein totaler Idiot, aber der weibliche Streifenpolizist ... sie war großartig. Mitfühlend, effizient und kompetent. Der Kontrast war unglaublich und“ – sie lachte – „ich bewarb mich bei jeder Polizeistation im Umkreis von etwa hundert Kilometern.“

Da Gabe das bereits von ihrem Bewerbungsgespräch wusste, lächelte er sie an. „Und Rescue ist froh, dass du es getan hast.“

Ihr Boss wusste, wie man jemandem den Tag versüßte.

Und jetzt wollte sie nicht länger über sich sprechen. Sie zog ihre Hand aus Caz' Griff, wünschte jedoch, sie müsste es nicht, und schenkte den anderen ein Lächeln. „Lasst uns spielen, Leute. Die beste Lösung gegen Traurigkeit ist Schokolade, und, oh schaut, da drüben ist ein ganzer Haufen.“ Sie zeigte auf das Fudge vor Dante, der ihr einen herausfordernden Blick zuwarf.

Caz' nachhallendes Lachen füllte das Loch in ihr, und sie konnte nicht anders, als ihn anzulächeln.

Als sie die Augen über die Anwesenden am Tisch schweifen ließ, stoppte sie bei Bull, der stirnrunzelnd von ihr zu Caz und wieder zurückblickte. Gabe sah sie und Caz auf die gleiche Weise an.

Großes Ups! Sie musste daran denken, sich von Cazador fernzuhalten, emotional und körperlich und auf jede andere Weise.

Wie vorgewarnt beendete Lillian den Abend um Mitternacht. Tucker und Guzman verschwanden, um die Reise zurück zu ihren abgelegenen Hütten anzutreten. Bull und Dante räumten das

Esszimmer auf – und JJ hatte den Eindruck, dass Dante die Nacht bei Lillian verbringen würde. Der Okie und die Britin waren so unterschiedlich, aber sie zusammen zu sehen, war einfach nett.

JJ half dabei, das Geschirr in die Küche zu tragen, und lächelte ihre Gastgeberin an. „Vielen Dank, dass du mich für heute Abend eingeladen hast. Ich hatte so viel Spaß."

„Es war schön, dich hier zu haben – und eine andere Frau, die Pokerabende genießt. Ich habe versucht, Audrey dazu zu bringen, sich uns anzuschließen, aber sie hat absolut kein Interesse." Belustigt stapelte Lillian das Geschirr in der Spüle. „Sie war erfreut, stattdessen den Abend mit Regan zu verbringen."

Gabe überreichte sein Glas. „Als ich ging, entschieden sie gerade, welcher Mädchenfilm es werden soll."

JJ spürte einen Hauch von Neid. Ihre Zeit des Filmeschauens mit anderen Kindern hatte ein Ende gefunden, als sie nach der Schule und abends arbeiten musste.

„Schau dir dieses Gesicht an – sie will auch Mädchenfilme gucken." Caz deckte die Platte mit den Vorspeisen ab und stellte sie in den Kühlschrank. Er schien sich in Lillians Küche gut auszukennen. „Keine Bange. Wenn du in der Eremitage lebst, wird es dafür weitere Möglichkeiten geben."

Gabes scharfsinnige Augen verengten sich, dann lächelte er. „Um genau zu sein: Audrey mag es nicht, allein in der Hütte zu sein, wenn ich lange arbeite. Sicher würde es ihr gefallen, jemanden zu haben, mit dem sie Zeit verbringen kann."

Zeit verbringen. Mit einer Freundin. Und Audrey war drauf und dran genau das zu werden. JJ konnte nicht anders, als zu lächeln.

„Yo, Gabe, lass uns gehen, Bruder", rief Bull aus dem Esszimmer. „Lillian, dein Pokerabend war wie immer exzellent – danke. Wir sehen uns in einem Monat."

Gabe küsste Lillian auf die Wange, hob seine Hand zu Caz, JJ und Dante und folgte Bull nach draußen, da sie zusammen gekommen waren.

„Gibt es noch etwas, bei dem ich helfen kann?", fragte JJ.

„Nein, Liebes. Alles ist sauber." Lillian deutete auf Dante. „Kannst du sie zu ihrem Auto bringen, Liebling?"

JJ schüttelte den Kopf. „Ich brauche keinen –"

„Ich bringe sie, Dante. Ich habe neben ihrem Auto geparkt", sagte Caz. „Lillian, danke für den Abend – und das Fudge."

JJ runzelte die Stirn, holte aber ihre Jacke. „Nochmals vielen Dank, Lillian. Gute Nacht, euch beiden." Sie ging zur Tür hinaus, ohne auf den Doc zu warten. In seiner Nähe zu sein, war nicht die beste Idee. Außerdem brauchte sie keine Eskorte – sie war das Gesetz, um Himmels willen. Und schon gar nicht von dem Mann, der den Großteil ihres Fudges mit der letzten Hand gewonnen hatte.

Sie hatte sich darauf gefreut, es sich schmecken zu lassen.

Als sie von der Veranda trat, wehte etwas Kaltes über ihre Wange. Sie blieb stehen und hob den Blick. Fette Schneeflocken fielen vom Himmel, weiß gegen den dunklen Nachthimmel. Eine dünne Schicht bedeckte bereits das Gras und die Schotterstraße vor Lillians Haus. Einfach wunderschön.

„Es ist hübsch, oder? Möglich, dass die Straßen morgen glatt sind." Caz ging die Stufen hinunter und blieb neben ihr stehen. „Du hast deine Schneereifen gerade noch rechtzeitig draufgemacht."

„Weil du und Gabe nicht aufgehört habt, mich zu nerven." Sie gaben acht auf sie. Und sie liebte es. Sie lächelte gen Himmel. Schnee. „In Weiler gab es immer nur ein paar Schneeflocken pro Jahr. Was passiert, wenn Massen kommen? Wer räumt die Straßen?"

Auf dem Weg über die Schotterstraße legte er eine Hand auf ihren Rücken, und nicht auf kontrollierende Weise, nicht wie Nash das immer getan hatte, sondern einfach, um sie in Sicherheit zu wissen. „Die Gemeinde stellt lokale Unternehmen für die Highways ein, aber sie machen sich nicht die Mühe den Schnee zu räumen, bis eine gewisse Menge auf der Straße liegt. Die Stadt kümmert sich um die Schneeräumung innerhalb der Stadtgrenzen, also ist Lillians Straße immer geräumt. Ich glaube, Chevy und Knox haben einen Vertrag mit der Stadt, um die Bürgersteige in der Innenstadt zu schaufeln. Früher arbeiteten sie im Winter auf den Eisstraßen des Nordhangs, aber in diesem Jahr haben sie genug Arbeit, um hierzubleiben."

Chevy und Knox waren die örtlichen Handwerker. „Leben sie nicht außerhalb der Stadt? Wie kommen sie bei schwerem Schneefall in die Stadt?"

„Schneemaschinen. Ihr nennt sie Schneemobile in den unteren 48. Im Winter verlagert sich unser Transport auf Flugzeuge, Schneemaschinen und Schneeschuhe."

„Oh." Sie ging neben ihm, ihre Hüfte stieß immer wieder gegen seine. Seine Hand schuf unter ihrer Jacke einen warmen Kreis auf ihrem Rücken. „Was ist mit der Eremitage?"

„Unsere Straße ist privat, aber wir haben einen kleinen Traktor, um genug Schnee zu räumen, damit wir herauskommen. Wir haben auch Schneemaschinen. Du wirst in die Stadt kommen."

„Oh, gut. Ich schätze, ich sollte mehr Lebensmittel im Haus bunkern. Ihr scheint furchtbar gut auf den Winter vorbereitet zu sein."

„Du hast ja keine Ahnung, *Chica*."

Bei ihrem neugierigen Blick grinste er. „Mako war ein Survivalist und zudem verdammt paranoid, immer in Erwartung eines Kriegs oder einer Katastrophe. Wir haben Solarzellenplatten, um den Strom zu erzeugen, und es gibt genug Lebensmittel, sodass wir ... hmm, vielleicht ein Jahr oder so, auch ohne Jagen oder Angeln überleben würden."

„Das ist eigentlich ziemlich cool." Sie blieb wie angewurzelt stehen. „Warte mal. Das Jugendamt hat einen paranoiden Survivalist vier Jungen adoptieren lassen? Wie alt warst du?"

„Ich war acht Jahre alt." Seine Lachfalten vertieften sich. „Und na ja, er hat die Regierung nicht gerade um Erlaubnis gebeten."

„Er hat nicht gefragt. Er hat dich ... euch aus einer Pflegefamilie gestohlen?"

„Mmmhmm. Wir waren jedoch willige Teilnehmer."

„Das ist einfach falsch." Ihr gesetzestreues Herz war empört, aber sie entschied sich für das Endergebnis. „War er ein guter Vater?"

„Das war er." Als sie ihren Toyota erreichten, lehnte sich Caz gegen das Auto. „Er hatte PTBS mit einigen schlimmen Paranoiaphasen. Jahre im Militär machten ihn knallhart, sodass er immer hundert Prozent von seinen" – er grinste – „Soldaten erwartete, egal wie jung sie waren."

Sie konnte die Trauer in seiner Stimme hören. „Aber du hast ihn geliebt."

„Er hat viel erwartet, aber genauso viel oder mehr gegeben. Wir haben nie daran gezweifelt, dass wir gewollt sind, dass wir genau dort hingehören und dass er für uns sterben würde." Als Caz zu dem fallenden Schnee aufblickte, beleuchtete ein nahegelegenes Verandalicht sein schlankes Gesicht. Sein Kiefer zeigte den Bartwuchs eines Tages. Und sein Gesichtsausdruck war bei den Erinnerungen weicher geworden.

Eine harte Kindheit, ein harter Vater, doch dieser Mann erinnerte sich an die guten Momente. Er jammerte nicht. Wenn sie so darüber nachdachte, hatte sie ihn noch nie jammern hören. Selbst am Kartentisch, an dem Manieren oft den Bach runtergingen, hatte er mit einem Lachen verloren, mit einem Grinsen gewonnen, und eher die Gesellschaft genossen als den Wettbewerb. Hatte sie jemals jemanden getroffen, der so selbstsicher war?

Warum zum Teufel musste sie ihn so sehr mögen?

Sein Blick traf auf ihren. Er legte seine Finger unter ihr Kinn und hielt ihr Gesicht zu seinem gewandt. „Schau dir die riesige Sorgenfalte an. Was ist los, *Mamita*?"

Darauf wollte sie nicht antworten. „Was bedeutet *Mamita*?"

„Ah, es ist die Abkürzung für *mamacita* – kleine Mama."

Gönnerhafter, herablassender Begriff. Und doch ... wenn er

das zu ihr sagte, ausgesprochen mit einer Stimme, die sie an geschmolzene Schokolade erinnerte, schmolz auch sie dahin.

„Sag mir, was das Problem ist." Langsam formte sich ein schiefes Lächeln auf seinen Lippen. „*Mamita*."

Die Worte glitten einfach über ihre Lippen: „Ich will dich nicht so sehr mögen." Schlimmer noch: Sie rutschte in mehr als Mögen ab, und das machte ihr unheimlich Angst.

Sein Grinsen strahlte weiß in der Dunkelheit. Dann senkte sich seine Stimme, kam geschmeidig und maskulin bei ihr an. „Ich fühle genauso."

Seine Finger auf ihrer Haut waren leicht rau ... und so warm. Sie erinnerte sich an die Berührung seiner Hand, an die Art und Weise, wie sich seine Lippen auf ihren angefühlt hatten – als hätte sich jedes sensorische Detail in ihre Seele eingebrannt. Ihr Blick fiel auf seinen Mund und ihre Stimme kam viel zu heiser heraus: „Dann scheinen wir wohl beide ein Problem zu haben."

Seine Mundwinkel zuckten. Schließlich schob er seine Finger in ihr Haar, während er ihre Stirn, ihre Schläfe und ihre Wange mit Küssen verwöhnte. Seine Lippen waren so warm.

Langsam festigte sich sein Griff in ihrem Haar, sodass er ihren Kopf zurückziehen konnte. Im nächsten Moment senkte sich sein Mund auf ihren.

Das hier ... das war es, was sie sich seit Beginn des Abends erhofft und gewünscht hatte. Begierde sammelte sich in ihrem Bauch.

„Mehr", murmelte er, legte ihre Arme um seinen Nacken und riss sie enger an sich. Seine Lippen waren fest, neckten die ihren und forderten sie dazu auf, sich zu öffnen. Er nahm ihren Mund mit verheerender Kontrolle und ließ ihre Gedanken in Fragmenten um sie herum verstreut zurück.

Dios, ihre Lippen waren weich. Die Art und Weise, wie sie auf ihn reagierte, verwandelte einen einfachen Kuss in etwas so Erotisches, dass jeder Entschluss, sie in Ruhe zu lassen, direkt aus seinem Kopf getrieben wurde. Als er versuchte, sich zurückzuziehen, legte sie die Arme enger um seinen Hals. Sie presste sich an seinen Körper, ihr unterer Bauch rieb sich an seiner pochenden Erektion. Vielleicht noch eine Minute ... Vielleicht auch länger. Er packte ihren Arsch – der sich trotz der harten Muskeln so verdammt weiblich anfühlte – und zog sie enger an sich. Näher und immer näher. Ihre kleinen Brüste drückten sich an seinen Oberkörper. So verlockend. Sie flehte ihn regelrecht an, sie zu berühren.

Als er darüber nachdachte, wohin sie gehen könnten, um dies auf die nächste Ebene zu bringen, erinnerte er sich, dass er eine Tochter hatte. Audrey passte gerade auf Regan auf. In seiner Hütte. Und er sollte sich nicht – konnte sich nicht – auf Gabes Officer einlassen.

„JJ, wir müssen aufhören." Mit einem unglücklichen Seufzer packte er ihre Handgelenke und zog ihre Arme von seinen Schultern. Auf dem Weg nach unten streifte er mit der Rückseite seiner Finger ihre harten Brustwarzen, sodass sie beide scharf Luft holten.

Hatte er jemals eine Frau so sehr gewollt? Nicht einmal Carmen hatte seine Kontrolle auf diese Weise getestet.

„Cazador." JJ schüttelte den Kopf, in dem Versuch, ihre Sinne wieder ins Gleichgewicht zu bringen. Ihre Stimme hatte noch nie so tief und heiser geklungen. „Ich habe vergessen, was –"

„Wer knutscht denn dort wie Teenager herum?" Die beißende Stimme der Frau schnitt durch die ruhige Nacht wie ein gezackter Blitz am dunklen Himmel.

„Scheint unser neuer Officer zu sein." Eine andere Frau antwortete.

Caz drehte sich um und sah zwei Frauen auf der beleuchteten Veranda nicht weit von ihnen.

„A la verga", fluchte er so leise wie möglich. Eine davon war

Brooke, eine Frau, mit der er vor Jahren mal etwas hatte, und die jetzt im *McNally's Resort* arbeitete. Neben ihr stand Giselle, ebenfalls Angestellte im *McNally's*. Sie war hinter ihm her, seit sie vor ein paar Monaten in Rescue angekommen war.

Er neigte den Kopf nach unten und schenkte der Frau in seinen Armen ein reumütiges Lächeln. „Tut mir leid. Das ist vielleicht ein bisschen zu öffentlich."

JJs Lachen klang gepresst. „Das ist es. Selbst wenn es das nicht wäre, ist es immer noch keine gute Idee."

Anstatt zu antworten, öffnete er ihr die Tür, streichelte ihre Wange und entfernte sanft die glitzernden Schneeflocken aus ihrem lockigen Haar. „Fahr vorsichtig, *Princesa*."

„Du auch, Doc."

Als er zu seinem Auto ging, beobachtete er, wie die Rücklichter ihres Autos im fallenden Schnee verschwanden. Nein, sich auf sie einzulassen, wäre keine gute Idee. Nichtsdestotrotz wuchs die Anziehungskraft zwischen ihnen weiter.

KAPITEL ZWÖLF

W enn *möglich greife deine Gegner aus der Flanke an, und schütze deine Kameraden.* ~ Regeln des Marine Corps für Schießereien

Im Untersuchungsraum der Klinik lehnte JJ gegen die Wand und schrieb Gabe, dass sie wieder in der Stadt war. Gerade rechtzeitig, denn die Halloween-Aktivitäten für den Mittwochabend standen bevor. Hochkonzentriert reinigte Cazador das Blut von der hässlichen Wunde in Guzmans Schulter.

Sie konnte sich nicht davon abhalten, seine schlanken, gebräunten Hände zu bewundern, die so fähig waren und behutsam vorgingen. Die weißen Ärmel des Kittels hatte er hochgekrempelt, und die dunklen Härchen konnten die harte Muskulatur seiner Arme nicht verbergen. Sie erinnerte sich, wie sich diese Arme um sie herum angefühlt hatten, wie leidenschaftlich er sie geküsst hatte und ... Gott, jetzt starrte sie auf seinen Mund.

Attraktive Männer wie er sollten verboten werden. Nun, nein, vielleicht war das ein bisschen drastisch. Sie sollten nur auf

Rezept zur Verfügung gestellt werden. Wie Betäubungsmittel. Denn, verdammt, er machte total süchtig.

Nur zuzusehen, wie er sich um seinen Patienten kümmerte, erhitzte ihr Blut.

„Ja, es war ein Glück für mich, dass unsere neue Polizistin aufgetaucht ist." Guzman streichelte seinen brustlangen Bart und schenkte ihr ein Grinsen. „Obwohl sie ein Kartenhai ist."

Sie erwiderte sein Grinsen.

Während des Pokerspiels am vergangenen Wochenende hatten Tucker und Guzman ihr gesagt, wo ihre Hütten standen. Heute hatte sie sich mit dieser Gegend vertraut gemacht und wäre fast gegen einen Baum gefahren, der auf die Straße gefallen war.

Als sie auf die Bremse trat, hatte sie aus dem Augenwinkel Bewegung wahrgenommen und Guzman blutend auf dem Boden entdeckt. Ja, er konnte sich glücklich schätzen. Wenn sie nicht eine Kompresse auf die Wunde gedrückt und ihn in die Klinik gebracht hätte, wäre er vielleicht verblutet.

„Was ist überhaupt passiert?", fragte der Doc.

„Äh, ich zerstückelte gerade einen Baum, der über unsere unbefestigte Straße gefallen war, und der verdammte Stamm kam ins Rollen. Ich sprang weit genug zurück, dass er mich nicht platt machte, aber einer der Aststummel hat mich an der Schulter erwischt. Ich fiel und landete mit meinem verdammten Kopf auf einem verfluchten Felsbrocken. Danach war alles etwas verschwommen." Guzman hob sein Kinn in ihre Richtung. „Danke, Officer."

„Gern geschehen."

Ihr Handy gab einen Ton von sich. Gabe hatte ihr eine Nachricht geschrieben, in der er sie bat, sich ihm auf der Hauptstraße anzuschließen.

Verdammt. Sie wollte bleiben, Caz bei der Arbeit zusehen und einfach ... in seiner Nähe sein. *Oh, gib es zu, du willst deinen gesunden Menschenverstand total ignorieren und ihn ins Bett ziehen.* Das durfte sie nicht. Nachdem diese beiden Frauen beobachten konnten, wie JJ ihn geküsst und sich an ihn geklammert hatte, wäre es nicht gerade intelligent, mit ihm weiter zu gehen.

Sie hielt ihr Handy hoch. „Ich muss bei der Halloween-Parade für Polizeipräsenz sorgen. Kommt ihr beiden klar?"

Caz warf ihr aus seinen dunklen Augen einen Blick zu. „Wir kommen klar. Wenn du Regan siehst, sag ihr, dass ich hier gleich fertig bin."

„Das werde ich. Guzman, du meintest, dass dich jemand nachhause fahren würde?"

Der alte Holzfäller nickte. „Tucker kommt in die Stadt. Wir trinken ein Bier, genießen die Kinderparade und anschließend bringt er mich nachhause."

„Dann wünsche ich euch viel Spaß." Sie verließ die Klinik und hielt an der Rezeption inne.

Mit ihren spitzen Zähnen grinste Vampirin Regina sie an. „Officer JJ, bist du bereit für den Wahnsinn?"

„Absolut." Durch die Fenster leuchteten die funkelnden weißen Lichterketten entlang der Hauptstraße und erhellten die Dämmerung. „Ich kann nicht glauben, dass es schon dunkel wird. Es ist erst kurz nach sechs."

„Das ist noch gar nichts. Warte mal den Dezember ab. Dann stehst du im Dunkeln auf, gehst im Dunkeln zur Arbeit und kommst im Dunkeln heim." Regina wies auf die Straße. „Die kurzen Tage sind der Grund, warum die Straße – und viele der Häuser – jetzt schon ihre Weihnachtsbeleuchtung anstellen und sie bis zum Frühling hängen lassen. Das Leben ist ansonsten einfach zu dunkel."

„Ich hätte nach Jobs in Florida suchen sollen."

Regina lachte. „Mädchen, wir alle wissen, dass es dir hier gefällt."

Sobald JJ erstmal aus dem Gebäude war, fand sie Gabe an einem Ende des gepflasterten Abschnitts der Hauptstraße. Er half Knox, Sägeböcke zu positionieren, um Autos von der Innenstadt fernzuhalten. Rescue veranstaltete eine Kostümparade – eine Parade, die sich über zwei ganze Blocks hinzog. „Sind die anderen Straßen abgesperrt?"

Der schlaksige Handwerker schob eine Locke seines buschigen roten Haares aus seinem Gesicht. „Ja. Chevy kümmert sich um das andere Ende der Hauptstraße. Wir haben Grebe Street bereits gesperrt."

„Was ist mit der Decke?" JJ deutete auf eine Decke, die auf dem Boden ausgebreitet war.

Er grinste. „Für diejenigen, die sich ohne Jacken zur Schau stellen wollen. Ich bin der Jackenwächter."

JJ lachte, wohl wissend, dass Regans Jacke auf der Decke landen würde. Das Mädchen war sehr stolz auf ihr Kostüm und wollte es unbedingt vorzeigen.

„Da kommen sie." Sie zeigte auf die Kinder, die vom *Queen's Rest* kamen, dem viktorianischen B&B an der Ecke zu Sweetgale und Swan.

„Sie lassen sich Zeit. Kannst du Lillian sagen, dass sie sie ankündigen soll?"

„Mach ich." JJ machte sich im Schritttempo auf den Weg zurück ins Stadtzentrum. Mittig der Hauptstraße war eine Bühne mit Sound-Equipment aufgebaut worden, und dort fand sie Bürgermeisterin Lillian, die sich mit Sarah aus dem Café unterhielt.

„Jayden, meine Liebe."

„Happy Halloween, Lillian. Die Kinder kommen. Kannst du sie ankündigen?"

„Natürlich kann ich das." Lillian nahm die zwei Stufen zur Bühne und lehnte sich zum Mikro. „Ich bitte um Aufmerksamkeit. Die Kostümparade beginnt in einer Minute. Die Kinder werden über die Hauptstraße zur Bühne kommen. Macht euch bereit, für eure Favoriten abzustimmen. Gönnt euch danach einen Rundgang über die Hauptstraße. Jeder Laden hat einen Halloween-Stand. Für alle ist etwas dabei. Vom Wahrsagen über

Gesichtsbemalung bis zu dem Sacklochspiel oder Ratespielen. Es gibt viel zu sehen. Unten an der Swan Street feiert das *Queen's Rest B&B* seine Eröffnung mit unserem ersten jährlichen Geisterhaus."

Applaus war die Antwort.

Als sich die Leute auf dem Bürgersteig versammelten, trat Lillian vom Mikro weg und setzte sich neben Sarah auf den Bühnenrand.

JJ lächelte die ältere Frau an, die eine simple schwarze Jeans und eine dunkelrote Jacke nach Fashion aussehen lassen konnte. Sarah steckte in einem langen violetten Mantel, der ihre Schwangerschaft nicht verbergen konnte. Eine passende ebenso farbene Strickmütze bedeckte ihr dunkles Haar.

„Das sollte nett werden. Wir haben jetzt viel mehr Kinder. Und sieht die Stadt nicht großartig aus?" Lillian ließ den Blick zufrieden über die Straße schweifen.

Jedes Geschäft hatte sein Schaufenster oder den Bürgersteig zu Halloween geschmückt. Das Skelett der Kunstgalerie stand an einer Staffelei, der Pinsel von knochigen Fingern umklammert. Vor Dantes Lebensmittelladen saßen zwei Skelette auf einer Decke mit einem Picknickkorb zwischen ihnen. Einer hielt ein Sandwich mit einem getrockneten Echsenkadaver zwischen den Scheiben. Das Postamt hatte einen Geist aufgestellt, vor dem ein Postsack stand. Das Schaufenster für Sportausstattung setzte eine Hexe beim Angeln in Szene, eine schwarze Katze zu ihren Füßen.

„Die beiden sind meine Favoriten." Sarah zeigte auf das Gemeindehaus, wo auf jeder Seite der Tür mit Stroh gefüllte Figuren saßen, eine in einer Polizeiuniform mit einer Gorillamaske, die andere in einem weißen Laborkittel mit einem Plastikstethoskop und einer Vampirmaske. Auf einem Schild darunter stand geschrieben: *Ich werde dein Blut trinken.*

„Der Humor des Docs ist doch etwas verkorkst", stimmte Lillian zu.

„Und er ist nicht der einzige." JJ deutete auf die Apotheke. Ein Zombie stand mit ausgestreckten Armen im Fenster, und anstelle des gedehnten Wortes GEHIRN prangte in der Cartoon-Wolke über seinem Kopf DROOOGEN. „Ich bin ein wenig überrascht, dass es keinen Kürbisschnitzwettbewerb gibt. Generell sehe ich überhaupt keine Kürbislaternen."

„Ich denke, das war unsere erste Tragödie hier in Alaska." Sarah schüttelte traurig den Kopf. „Uriah und ich haben uns kreativ an Kürbissen ausgelassen – und sie für die Nachbarn rausgestellt, sodass sie bewundert werden können."

JJ musterte sie. „Und?"

„Wir hörten etwas und schauten aus dem Fenster." Sarah streckte ihre Arme aus. „Ein riesiger, hungriger Elch. *Mampf, mampf, mampf.*"

„Er hat deine Kürbisse verspeist?" JJ starrte sie an. „Das ist wirklich traurig."

Lillian lächelte. „Niemand konfrontiert einen Elch, der hungrig ist und es auf einen Kürbissnack abgesehen hat."

„Das glaube ich." Vor allem wenn es sich um ein Tier handelte, das größer als ein Auto war. Könnte böse enden.

Während Sarah und Lillian plauderten, lehnte sich JJ gegen die Bühne und genoss die Atmosphäre der Stadt. Die Leute versammelten sich gut gelaunt an der Straße. Drei Männer sprachen über ihre Jagderfolge. Zwei jüngere Frauen liefen an ihr vorbei, flüsternd und mit komischen Blicken in JJs Richtung.

Ein unangenehmes Gefühl überkam sie. Ihnen folgten jedoch weitere Leute, die ihr freundlich zunickten und sie grüßten. Es schien, als sei *Officer Jenner* für das netter klingende Officer JJ eingetauscht worden.

Das machte ihr überhaupt nichts aus.

Musik kam vom anderen Ende der Hauptstraße, wo Lautsprecher aufgestellt worden waren. War das Michael Jacksons *Thriller?*

Applaus begrüßte den Auftritt der Kinderparade. Der Großmarschall war der grauhaarige Zappa von der Tankstelle. Er trug ein viktorianisches Kostüm, komplett mit Zylinder und Frack. Er sah verdammt authentisch aus.

Das erste Kind, das ihm folgte, war ein stolzer Fünfjähriger, der als Braunbär verkleidet war.

Weitere Kinder folgten. So viele Kinder. „Ist jedes einzelne Kind aus der Schule bei der Parade dabei?"

„Die meisten." Sarah legte ihre Hand mit einem Lächeln auf ihren Bauch. „Es sind mehr Kinder, als es den Anschein macht, wenn du die Schule besuchst. Viele der Kinder, die zuhause unterrichtet werden, laufen auch mit."

„Ah." JJ runzelte die Stirn, als sie sich an abgelegene Hütten und schmale Schotterstraßen erinnerte. „Ich kann sehen, wo es im Winter schwierig sein könnte, zur Schule zu kommen."

„Aber sie kommen zu diesen Veranstaltungen", sagte Lillian. „Ob sie hier in die Schule gehen oder nicht, sie sind immer noch Teil von Rescue."

War es nicht wunderbar, wie Rescue seine Kinder schätzte?

„Was ist mit den Patriotischen Zeloten?"

„Sie werden zuhause unterrichtet", sagte Sarah. „Die Kinder laufen aber nicht mit. Parrish hält nichts von Veranstaltungen dieser Art."

Bevor JJ etwas sagen konnte, änderte sich die Musik zur Titelmusik von Ghostbusters. Augenblicklich brach Jubel aus.

Die Kinder in der Parade tanzten regelrecht über die Straße.

Da war Regan, verkleidet als Wonder Woman, langes braunes Haar, das von einer goldenen Tiara von ihrem Gesicht zurückgehalten wurde. JJ lächelte, denn im schwachen Licht waren das langärmelige dunkelbraune Fleecehemd und die extra Leggings, auf die Caz bestanden hatte, unter dem knallroten, korsettartigen Oberteil und dem kurzen blauen Rock nicht zu sehen.

In der letzten Woche hatten JJ, Lillian und Audrey jeden Abend mit Regans Kostüm geholfen. Sie hatten ihre kniehohen Stiefel mit roter Folie umwickelt und aus demselben Material Armbänder geformt. „Sieht Regan nicht bezaubernd aus?"

„So niedlich!" Sarah grinste. „Vertraue darauf, dass Caz ihr eine scharfe Waffe gibt, hm?"

„Der Mann ist verrückt nach Klingen." Zum Glück war das Schwert aus Gummi. Wenn er anfing, seine Tochter mit Stahl zu bewaffnen, müsste sie ihm wohl ihre Meinung sagen. „Schau, da ist deine Rachel. Sie ist die süßeste Meerjungfrau, die ich je gesehen habe." Das Kindergartenkind war als Arielle aus *Die kleine Meerjungfrau* verkleidet. Sarah rollte mit den Augen. „Sie bestand darauf, es diese Woche jeden Tag zum Abendessen zu tragen und *Unter dem Meer* zu singen. Disney schuldet mir so einiges."

JJ kicherte und tätschelte dann Lillians Schulter. „Ich gehe zu Fuß patrouillieren. Viel Glück bei der Auswahl der Gewinner."

„Oh, Mist! Ich habe mich dafür freiwillig gemeldet? Mein Verstand ist verloren." Lillian schüttelte den Kopf – und JJ verstand. Denn jedes einzelne Kind sah einfach bezaubernd aus.

Regan lief mit einem breiten Lächeln über die Straße. Die Leute jubelten und einige zeigten auf sie und sagten ihr, wie süß sie aussah und dass sie ihr Kostüm liebten.

Noch cooler war, dass sich Delaney für ein Captain Marvel-Kostüm entschieden hatte, und nun liefen sie beide in der Superheldengruppe der Parade. Delaney hatte helles Haar wie Captain Marvel, und Regan hatte dunkle Haare wie Wonder Woman.

Als Delaney die Leute sah, war sie ganz schüchtern geworden und hatte Regans Hand ergriffen. Sie würden sich gegenseitig unterstützen. Schließlich waren sie Mädchen-Superhelden.

Wie Regan trug Delaney gegen die Kälte einen Body und eine Strumpfhose. Regan hatte ihr erzählt, dass JJ, Audrey und Miss Lillian ihre Stiefel auf Hochglanz gebracht und die Armbänder gebastelt hatten. Gestern hatte Regan Delaney nach der Schule in die Bibliothek gebracht, wo JJ und Audrey glänzend roten Stoff und gelbe Bänder auf Delaneys Body genäht hatten, damit es noch mehr nach Captain Marvels Superheldenanzug aussah.

„Sie jubeln uns zu." Delaneys Augen wurden groß.

Regan grinste, denn sie konnte Onkel Bull hören – er konnte wirklich laut sein –, und mittlerweile bereitete ihr das keine Angst mehr. Der schrille Pfiff kam von JJ, die ihr beibringen wollte, wie man das machte. Sie sah Papá neben Onkel Gabe stehen, und beide sahen sie zu ihr und klatschten.

In ihrer Brust fühlte sich alles so warm an. Sie war glücklich. Sie spürte nicht einmal die Kälte, obwohl noch Schnee auf der Straße lag.

Delaney drückte ihre Finger. „Hat dir dein Dad die Erlaubnis für Süßes oder Saures gegeben?"

„Ja. Aber wir müssen zusammenbleiben und dürfen den abgesperrten Bereich nicht verlassen."

Delaneys Gesicht fiel. „Oh. Aber was ist mit dem Geisterhaus? Gram und Gramps werden uns nicht dorthin begleiten – sie sind irgendwie komisch mit Halloween-Zeug."

Vor der Parade hatten sie sich vor dem Geisterhaus aufgestellt – einen Block von der Absperrung aus Sägeböcken entfernt. Selbst von außen sah es supergruselig aus. „Papá muss in der Stadt bleiben, falls ein Idiot verletzt wird."

Ein Idiot. Das hatte Onkel Gabe gesagt, als er Papá bat, die Klinik offen zu lassen.

„Oh."

Regan grinste. „Aber Papá bat Nikos Vater, uns – Niko, mich und dich – zu begleiten. Nach der Parade führt uns Nikos Vater durch das Gruselhaus. Danach können wir Süßigkeiten in der Stadt sammeln, bevor er dich bei deinen Großeltern absetzt."

Delaneys Augen waren weit aufgesperrt und sie grinste wie ein Honigkuchenpferd.

Regan und Delaney hatten Preise für ihre Kostüme erhalten –

bunte Mini-Taschenlampen. Regan konnte es nicht fassen – sie hatte etwas gewonnen!

Nachdem Nikos Vater, der Chevy genannt wurde, sie gefunden hatte, holten sie ihre Jacken und liefen zu dem Geisterhaus.

Auf dem Weg erschreckte Mr. Chevy sie mehr, als dass das ein Geist jemals könnte, indem er ihnen von einem Grizzlybären – einem Braunbären – erzählte, der ihn angegriffen hatte. Er hatte Narben und alles. Der Bär hatte Niko so weit in den Wald gejagt, dass man nach ihm suchen musste.

Regan zitterte, noch bevor sie das Geisterhaus betraten.

Im Inneren gab es, wie zu erwarten, Geister und Skelette. Sie schrie, als etwas sie von hinten packte. Natürlich lachte Niko sie aus, und sie lachte mit ihm. Delaney quietschte und drückte Regans Hand so fest, dass sie das Gefühl in ihren Fingern verlor.

Der Rundgang ging viel zu schnell vorbei. Danach mussten sie und Delaney so dringend pinkeln, dass sie in der B&B-Lobby auf die Toilette rannten und Chevy und Niko lachend zurückließen. In den Kabinen stieß Delaney einen erleichterten Seufzer aus, als sie ihre Blase leerte. Regan kicherte so heftig, was auch Delaney zum Lachen brachte.

Die beste Nacht aller Zeiten.

Gemeinsam gingen sie und Delaney nach draußen und die Treppe der großen Veranda runter. Chevy stand bei einer Gruppe aus Erwachsenen. Niko hockte auf dem Kiesweg und leuchtete mit seiner Taschenlampe auf die Steine.

„Hast du etwas verloren?", fragte ihn Delaney.

„Nein. Wir brauchen Steine für die Schule, erinnerst du dich?" Er beugte sich vor, um einen aufzuheben.

„Oh, wow, das tun wir." Regan zog ihre eigene Taschenlampe heraus. Mrs. Wilner hatte gesagt, Steine für eine wissenschaftliche Sache mitzubringen.

„Schaut euch das an." Niko hielt einen Stein hoch und schob sich mit der anderen Hand sein braunes Haar aus den Augen. Er brauchte einen Haarschnitt und seine Jeans hatte ein Loch am Knie. Shelby, die blonde Fünftklässlerin, hatte ihn aus diesem Grund mehr als einmal als weißen Abschaum betitelt.

Regan hatte es geschafft, Shelby nicht als dumme Schlampe zu bezeichnen, denn Papá sagte, das würde sie in Schwierigkeiten bringen. Aber Niko war kein Abschaum; er war nett. Wenn er während der Lesezeit Sachen laut vorlas, spielte er mit seinem ganzen Körper vor, was passierte und brachte damit alle zum Lachen.

Regan nahm den Stein und strahlte ihn mit ihrer Taschenlampe an. Er war klar und so sah sie die goldenen Linien, die durch ihn verliefen. „Hübsch." Sie zeigte ihn Delaney.

„Ich möchte, dass Dad mich nach Cook Inlet bringt, da er immer meint, dass wir dort Achate finden könnten." Niko grinste und nahm seinen Stein zurück. „Das letzte Mal hat sich mein Hund Einstein am Strand in einem toten Fisch gerollt. Ich musste ihn dreimal waschen, und er stank immer noch."

Regan lachte. „Ich wünschte, ich hätte einen Hund – oder lieber eine Katze."

„Vielleicht findest du eine und Doc erlaubt dir, sie zu behalten." Niko steckte seinen Stein ein. „So habe ich Einstein bekommen. Ich fand ihn unter einem Auto, ganz dünn und hungrig, und Chief Gabe half mir, ihn einzufangen. Und Dad ließ mich ihn behalten."

„Du Glücklicher." Sie biss sich auf die Unterlippe und lief über den Pfad. „Ich weiß nicht, was Papá dazu sagen würde."

„Könnte deine Mom ihn dazu überreden?"

Mom. Regan schaute weg und erinnerte sich an das letzte Mal, als sie ihre Mutter gesehen hatte. Mom war aufgeregt und irgendwie verängstigt gewesen und hatte sich mit ihrem neuen gruseligen Freund verabredet, um einen Laden auszurauben, nur dass sie erwischt wurde und im Knast gelandet war. Nicht mal verabschiedet hatte sie sich. „Meine Mutter ist tot."

Der Klang ihrer Stimme kam hässlich heraus. Gemein. Als

wäre sie sauer auf Niko, nur war sie das nicht. Sie konnte nicht mal sauer auf Mom sein – denn Mom war tot und das war nicht richtig. Sie schluckte schwer, beugte sich vor und hob einen Stein vom Boden auf.

„Oh." Niko starrte sie an. „Das ist scheiße."

Delaney nahm ihre Hand. „Bist du deshalb hierhergezogen? Um bei deinem Vater zu leben?"

Ihre Kehle fühlte sich merkwürdig an und ihre Augen brannten. Sie nickte.

„Das ist hart." Delaney rückte näher. „Mein Daddy hat uns verlassen. Er mochte seine Sekretärin lieber als Mama und wollte nicht mehr bei uns sein."

„Oh, sieh mal, die Neue, die Fette und der Arme." Bei Braydens hartem Stoß stolperte Regan vom Bürgersteig und in den aufgetürmten Schnee.

„Versperre nicht den Weg, Idiotin." Spöttisch warf Shelby ihr geflochtenes blondes Haar über die Schulter. Sie war als Prinzessin Elsa verkleidet und trug sogar Make-up.

Als Regan wieder stand und sich den Schnee abklopfte, lachte Brayden. „Definitiv eine Idiotin. Und hässlich und braun."

Die Worte taten weh. Braun, okay, ja. Ihre halb lateinamerikanische, halb kalifornische Bräune war dunkler als die von Brayden und Shelby. Nur mochte sie es, Papás Haut-, Augen- und Haarfarbe zu haben. Ganz sicher war sie nicht hässlich oder ein Idiot.

Sie ballte die Hände. Okay, aber kämpfen war schlecht. Langsam öffnete sie ihre Fäuste. Papá möchte vielleicht kein Kind, das ständig in Raufereien geriet.

Lachend gingen die beiden größeren Kinder auf die Straße zu.

„Alles okay?", fragte Niko. Er hob den Stein auf, den sie fallen gelassen hatte, und reichte ihn ihr. „Ignoriere die beiden. Sie sind Resort-Idioten."

„Resort?"

„Ja, *McNally's Resort*. Großer schicker Ort zum Skifahren im Winter und Urlaubszeug im Sommer. Es bringt alle möglichen

Touristen und neue Leute nach Rescue. Dad hasst es aus diesem Grund."

Niko war die erste Person gewesen, die sie im Unterricht angelächelt hatte. Dachte er, sie sei schlecht, weil sie neu war?

„Hasst du das Resort? Oder neue Leute?"

„Nee. Ich mag neue Sachen." Er grinste. „Wenn ich älter bin, wette ich, dass ich dort einen Job bekommen kann. Dann kann ich Menschen das Snowboarden oder Skifahren beibringen. Delaney wird mir helfen, ja?"

Delaney nickte und sagte zu Regan: „Meine Mom arbeitet dort."

„Das ist cool." Snowboarden und Skifahren klang nach Spaß. Vielleicht sollte sie auch dort arbeiten. Wäre sie in ein paar Jahren noch hier?

„Niko, komm mal kurz her", rief Chevy.

Niko rannte zu seinem Vater.

„Lass uns nach Steinen schauen, solange wir hier sind", sagte Regan.

Delaney zog ihre Taschenlampe heraus und gemeinsam suchten sie auf Händen und Knien nach glitzernden Steinen.

Regan hatte einen gefunden, als zwei Paar Schuhe vor ihr stehen blieben. Sie hob den Kopf.

Die beiden Fünftklässler waren zurück und starrten auf sie herab.

Brayden stieß sein Knie in Regans Schulter, tat es ein zweites Mal, streckte dann seine Hand aus und wackelte mit den Fingern. „Gib mir die Taschenlampe."

Sie starrte ihn an. *Nicht fluchen. Nicht kämpfen.* Papá hatte nichts davon gesagt, dass sie nicht *Nein* sagen könnte. Sie stand auf. „Nein."

Selbst im schwachen Licht konnte sie sehen, wie sich das Gesicht des großen Kindes verfinsterte. Seine Lippen verzogen sich wie bei einem tollwütigen Tier. „Du sagst nicht *Nein* zu mir, Bohnenfresser."

„Habe ich doch gerade getan."

Er schubste sie und versuchte, ihre Taschenlampe zu greifen. Als Reaktion schob Regan die Taschenlampe in ihre Tasche. Indessen riss Shelby an Delaneys Kapuze. „Es ist dunkel, Fette. Ich will deine Taschenlampe." Delaney stand auf, festigte den Griff an der Taschenlampe und schüttelte den Kopf. „Nein. Lass mich in Ruhe."

„Gib sie her." Shelby schlug Delaney und schnappte sich die Taschenlampe.

Delaney fiel und Shelby trat sie.

„Lass sie in Ruhe!" Wutentbrannt stürmte Regan los und rammte in Shelby.

Schreiend schlug Shelby auf Regan ein.

Dann bekam Regan irgendwie Shelbys lange Haare zu fassen und riss daran. Shelby klatschte ihr ins Gesicht. Sie landeten auf dem Boden und Shelby kratzte mit den Fingernägeln über Regans Wangen.

„Aua!" Regan schlug ihr direkt aufs Auge. Hart.

Shelby schrie.

Etwas traf Regans Rücken so hart, dass sie vor Schmerz brüllte. Shelby versuchte wieder, sie zu kratzen, und Regan packte ihren Arm.

Brayden schrie: „Runter von mir, Abschaum!"

„Es reicht. Das. Ist. Genug." Eine Frauenstimme. JJs Stimme. „Jungs. Setzt euch hin und bewegt euch nicht vom Fleck."

JJ packte Regan und Shelby an den Kapuzen und trennte sie so.

Shelby trat wie eine Verrückte um sich, und JJ schüttelte sie. „Hör auf damit, oder ich lege dir Handschellen an."

„Sie hat mich zuerst geschlagen." Shelby brach in Tränen aus. „Sie hat mir wehgetan."

„Oh, ich bitte dich", murmelte Niko. „Gleich wächst die Nase." Er und Brayden saßen mit viel Platz zwischen ihnen auf dem Pfad.

Regan stand still und erkannte nach einer Sekunde, dass JJ ihre Polizeiuniform trug, was einen großen Gürtel mit einer Pistole und anderes Zeug beinhaltete, während die Polizeimarke auf ihrer schwarzen Jacke funkelte. *Nein, nein, nein.* Regan erstarrte. Wenn sie verhaftet wurde, würde Papá sie sicher wegschicken.

Also mal ehrlich, dachte JJ. Kam nicht mal Halloween ohne Schlägereien aus?

„Regan. Willst du mir sagen, warum ihr gekämpft habt?"

Regan schaute nach unten, schüttelte den Kopf und presste die Lippen fest zusammen.

JJ sah zu der Blondine, mit der sich Regan geprügelt hatte. „Was ist mit dir? Wie heißt du?"

Die Tränen des Kindes waren getrocknet, wahrscheinlich weil sich JJ davon wenig beeindruckt gezeigt hatte. „Shelby Berman. Dieses schreckliche Mädchen hat angefangen. Sie hat mich geschlagen."

„Habe ich nicht", murmelte Regan.

Was für ein Durcheinander. JJ sah sich den großen Raufbold an, der Regan getreten hatte – von hinten. Der kleine Scheißer. „Und du? Wie heißt du?"

Vielleicht ein Jahr älter als Regan war der blonde, blauäugige Junge schwerer und größer. Sein Gesichtsausdruck war fies. Sie sah die Gemeinheit in seinen Augen. Von seinem finsteren Blick zu urteilen, der an einen Stier in der Arena erinnerte, würde sie von ihm keine Antworten bekommen.

„Ich bin Brayden Kearns, und mein Vater wird super sauer sein, wenn Sie mich nicht gehen lassen."

„Mein Chef wird super sauer sein, wenn ich es tue." JJ wandte sich an die letzten beiden Kinder in der Runde.

Der schlanke Junge, der Brayden von Regan weggerissen hatte, starrte auf den Boden. Chevy, einer der örtlichen Handwerker, stand hinter ihm. Ausgehend vom Aussehen war dies sein Vater.

Ein weiteres Mädchen, das neben Regan in der Parade gelaufen war, weinte und bebte.

„Möchte mir jemand sagen, worum es bei dem Streit ging, oder sollen wir zur Polizeistation gehen und eure Eltern anrufen?" Niemand schien glücklich mit dieser Lösung, und JJ hätte am liebsten gegrinst. „Nun." JJ beäugte den Jungen, der zu den Füßen seines Vaters saß. Er warf Regan besorgte Blicke zu. „Wie heißt du?"

„Niko, Ma'am. Niko Chavdarov." Er drückte die Schultern durch. Dann hob er seine braunen Augen zu ihren und sah sie direkt an. „Ich weiß nicht, worum es ging. Ich bin zu ihnen gerannt, als ich sah, wie Brayden Regan trat."

„Du lügst!", schrie Shelby. „Dieses neue Mädchen hat mir ins Gesicht geschlagen – direkt in mein Auge."

Und der Schlag war gut gewesen. Okay, dann also auf zur Polizeiwache. Gabe würde einen Bericht erwarten, und Mobber waren nicht gerade etwas, bei dem die Leute ein Auge zudrückten. Nicht mehr.

Regan hatte einige Kratzer, die auch gereinigt werden mussten. JJ musterte die Menschen, die sich um sie versammelt hatten. Zwei davon erkannte sie. „Guzman, Tucker, könnte ich euch damit beauftragen, diese Meute zur Wache zu eskortieren?"

Cazador zog die Augenbrauen zusammen, als er nach seinem letzten Patienten den Therapieverlauf beendete. Bei der nächsten Stadtveranstaltung würde er seine Assistenten arbeiten lassen. Schon den ganzen Abend gab es einen stetigen Strom von Menschen, der durch seine Klinik kam. Betrunkene, die gefallen waren. Zwei Faustkämpfe. Ein Autounfall außerhalb der Stadt.

Verdammt. Er hatte gehofft, den Abend mit Regan zu verbringen, ihr zuzusehen, wie sie Süßes oder Saures vor Haustüren aufsagte oder die vielen Spiele genoss.

Sein Handy klingelte. Gabes Name war auf dem Display zu lesen. „Was ist los, *'mano*?"

„Bruder, kannst du zur Wache kommen?"

Caz blinzelte. Hatte es in der Arrestzelle einen Unfall gegeben? „Okay, ich mache mich auf den Weg."

Nachdem er sich seinen Arztkoffer geschnappt hatte, trat er in den Empfangsbereich. Zwei Kinder wurden von ihren Eltern aus dem Gebäude eskortiert. Hinter der Rezeption grinste Regina ihn an, die sich als Vampir verkleidet hatte. „Doc. Geh nur rein."

Caz beäugte ihre blutigen Reißzähne. „Ich hoffe, du lächelst Kinder nicht mit diesem Mund an."

Ihr Grinsen wurde breiter.

Caz lief in einem weiten Bogen um sie herum und konnte nur denken, dass Gabe klug war, der Empfangsdame keine Schusswaffen zu erlauben.

Als er die Tür der Wache erreichte, kamen Chevy und sein Sohn Niko mit Delaney heraus. „Hey, Doc."

Caz erstarrte. „Solltet ihr nicht im Geisterhaus sein? Wo ist Regan?"

Als beide Kinder hinter den Handwerker traten, zeigten Chevys Lippen ein schiefes Grinsen. „Regan geht es gut. Sie ist bei deinem Bruder. Ich lasse sie die Sache erklären, okay?"

Caz musterte die schmutzige Kleidung der Kinder. Delaneys Gesicht zeigte blaue Flecken. Niko hatte eine aufgeplatzte Lippe. Regan – wie würde Regan aussehen? Ein kalter Schauer der Sorge lief ihm über den Rücken. Nur Chevys Aussage, dass sein Mädchen in Ordnung war, hielt Caz davon ab, in die Polizeistation zu stürmen. Stattdessen hockte er sich hin und streckte beide Hände aus. „Kommt her, ihr zwei."

Nach einer Sekunde traten sie beide vor. Er musterte die Kinder nach Wunden, fuhr mit den Händen über Beine und

Arme, tastete Rippen und Wirbelsäule ab. „Nikos Knie ist wund, Chevy. Behalte das bitte im Auge."

Chevy grunzte seine Zustimmung.

„Delaney, lass dir von deiner Großmutter einen Eisbeutel geben und kühle dein Kinn. Das wird mit den Schmerzen und der Schwellung helfen."

Sie flüsterte: „Ja, Sir."

Chevy führte sie aus dem Gebäude. Indessen betrat Caz die Polizeistation, bemerkte, dass das Großraumbüro leer war, und steuerte direkt auf Gabes Büro zu. „Gabe?"

„Er ist für eine Minute rausgegangen." JJ kam aus dem Büro des Chiefs und Regan trat hinter ihr hervor.

Sein kleines Mädchen. Sie blutete. Sein Herz setzte mehrere Schläge aus.

„*Mija.*" Caz rutschte auf den Knien vor ihr zu einem Halt. Mit seiner Tasche neben sich machte er eine schnelle Einschätzung. Das Blut auf ihrem Gesicht – Kratzspuren von Fingernägeln. Auf ihrer Kleidung war Schmutz, aber zum Glück kein Blut. Er fuhr mit den Händen über ihre Arme und Beine, beobachtete ihr Gesicht und suchte nach einem Anzeichen auf Schmerz. Oder auf Schwellung.

„Mir geht es gut, Papá. Das ist doch keine große Sache."

„Du blutest, und Blut ist immer eine große Sache." Nein, das sollte er nicht sagen. Er sollte eine Verletzung nicht zu etwas machen, das ihr in der Zukunft Angst bereiten könnte. Er versuchte, Makos lässige Art im Umgang mit Verletzungen zu verinnerlichen: *Knochenbruch – hier ist eine Schiene. Schnittwunde – lass mich dir zeigen, wie man sie zusammennäht.*

Nein, das konnte er nicht. Nicht mit seinem kleinen Mädchen.

Er zwang sich zu einem Lächeln. „Für einen Vater ist es eine große Sache."

Er spürte, wie sich ihre Muskeln etwas entspannten.

JJ schenkte ihm ein unterstützendes Lächeln.

Er öffnete seine Tasche. „Lass uns diese Kratzer säubern, während ihr mir erzählt, was passiert ist." Er warf JJ einen Blick zu, der sagte, dass sie ihm alles erzählen würde. Denn er wollte wissen, wer zum Teufel sein Mädchen gekratzt hatte.

Zehn Minuten später hatte er seine Kleine verarztet und wusste, was geschehen war.

Mobber. Sie war von Mobbern tyrannisiert worden.

Mit gleichmäßiger Stimme hatte JJ beide Seiten der Schlägerei dargestellt, zusammengefasst von den Erzählungen der fünf beteiligten Kinder. Entweder hatte Regan die Rauferei begonnen, oder Regan war ihrer Freundin zu Hilfe gekommen, damit die anderen Kinder ihr nicht die Taschenlampe wegnahmen.

JJ glaubte ganz offensichtlich Regan.

Genau wie Caz. Ein Knurren rutschte aus ihm heraus, und er sah, wie sein Mädchen erstarrte.

Ihr Blick fiel. „Bist du ... wütend auf mich?"

Er zog sie in seine Arme. Sie war verletzt worden, und er war nicht bei ihr gewesen. Als sie sich entspannte und sich an ihn kuschelte, schmolz er regelrecht dahin. „Tut mir leid, *Mija*, ich bin nicht wütend. Nicht auf dich. Ich bin kein Freund von Mobbern."

„Ich auch nicht." Ihr kleiner Kopf ruhte an seiner Schulter – und er spürte, wie sie nickte.

„Ich will nicht, dass du kämpfst, aber manchmal bleibt dir keine andere Wahl. Ich bin stolz auf dich, Regan." Er küsste sie auf den Kopf.

„Das bist du?"

Ihr Kopf schoss so plötzlich hoch, dass sie ihn fast am Kinn erwischt hätte, und er sah JJs amüsiertes Lächeln.

„Bin ich."

„Obwohl ich gekämpft habe?"

„Verdammt, dein Vater war an mehr Kämpfen beteiligt als wir alle zusammen." Bull kam durch die Hintertür. „Zumindest hast du keine Messer."

Dios. Wenn Bull weitersprach, würde Regan am Ende ihre Klassenkameraden aufschneiden, wenn sie das nächste Mal wütend wurde. „Bull, das ist nicht –"

„Messer?" Regan starrte ihn aus ihren großen Augen an. „Du kämpfst mit Messern?"

„Es wird keine Messer in der Schule geben", sagte Gabe mit fester Stimme. Er trat ins Büro und schlug Bull gegen die Schulter. „Idiot."

„Richtig." Bull grinste Regan an. „Keine Messer in der Schule, Kleine."

Als Gabe zu ihnen kam, sagte er zu Caz: „Bisher haben die Eltern entschieden, dass die Kinder durch ihre Verletzungen genug bestraft sind. Shelbys und Braydens Eltern wurden gewarnt, dass die Mobbinggewohnheiten ihrer Kinder nicht toleriert werden. Ich habe mit Rektor Jones gesprochen, der in der Schule darauf achten wird, dass sie sich benehmen."

Caz runzelte die Stirn. „Ich erinnere mich nicht, jemals eine Shelby oder einen Brayden als Patienten gehabt zu haben."

„Das hast du wahrscheinlich auch nicht", sagte Gabe. „Sie wohnen im Resort."

„Niko nannte sie Resort-Idioten." Regans kleines Kichern brachte ihn zum Lächeln.

„Wirst du mich verhaften, Onkel Gabe?" Sie sah ihn aus großen braunen Augen an und biss sich auf die Unterlippe.

„Nein. Jemanden vor Mobbern zu beschützen, verstößt nicht gegen das Gesetz." Belustigung war in Gabes Augen zu sehen. „Sonst würde dein Vater jetzt noch im Gefängnis sitzen."

„Warum überrascht mich das nicht?" JJ schnaubte. „Lass mich raten. Cazador sah, wie jemand geärgert wurde, und kam ihm sofort zu Hilfe."

„Mensch oder Tier, völlig egal", warf Bull ein. „Er konnte es einfach nicht ertragen, wenn jemand Tiere verletzt. Das macht ihn jetzt noch wahnsinnig. Zu Recht."

„Ja, verständlich", sagte JJ. „Und seine Brüder haben ihm stets Rückendeckung gegeben, richtig?"

Als Bull grinste, lachte Gabe und gab zu: „Das tun wir immer noch."

„Ah ja." Officer Jenner tippte auf die Polizeimarke. „Du, Chief, bist das Gesetz."

Ihre wunderschönen türkisfarbenen Augen schossen zu Caz – und sah sie nicht hinreißend aus? „Du, Doc, bist ein Vater. Das bedeutet, Grenzen zu setzen, wann gekämpft werden muss und wann nicht."

Zur Hölle mit Grenzen. An den Schultern schob er seine verdammt tapfere Tochter etwas von sich weg, damit er ihr ins Gesicht sehen konnte. „Wenn du andere Kinder mobbst, bekommst du Schwierigkeiten, *Mija*. Rettest du sie? Gute Sache."

JJ rollte mit den Augen, aber Caz sah, wie ihr rechter Mundwinkel zuckte. Auch entging ihm nicht die sanfte Art, mit der sie sein Mädchen ansah.

Er war nicht der Einzige, der stolz auf Regan war.

KAPITEL DREIZEHN

H*abe einen Plan. Habe einen Plan B, falls der erste Plan schief geht.*
– gesunder Menschenverstand

Der kleine weiße Ball schoss an Regans Schläger vorbei und sie schrie empört: „Verdam – Mist!"

Auf der anderen Seite des Tischtennistisches tanzte ihr Gegner einen Siegestanz, und Regan musste lachen. Delaney war wirklich lustig. Es machte Spaß, Zeit mit ihr zu verbringen. Nach Halloween hatten sie entschieden, dass sie BFFs waren. An diesem Sonntag, da Delaneys Mutter arbeiten musste, hatte sie Regan zum Haus ihrer Großeltern eingeladen. Sie hatten mit Mr. Hudsons Hunden gespielt, Mrs. Hudson beim Kochen geholfen und *Die Schöne und das Biest* geschaut.

Zudem hatte ihr Delaney beigebracht, wie man Tischtennis spielte. Obwohl Regan kein Spiel gewonnen hatte, war es trotzdem lustig gewesen.

„Kinder, legt die Schläger weg. Cazador und Giselle sollten bald hier sein." Mrs. Hudsons Stimme wehte aus der Küche ins hintere Zimmer.

„Okay, Grams", antwortete Delaney.

„Ist Giselle der Name deiner Mutter?", fragte Regan. „Klingt hübsch."

„Äh, ja. Gramps sagt, sie ist so hübsch wie ihr Name." Delaneys Mundwinkel krümmten sich für eine Sekunde nach unten. „Mom betont jedoch immer, dass Daddy sie wegen einer Rothaarigen verlassen hat."

Verlassen. Eine Scheidung? „Das ist ätzend."

„Ja. Daddy gab seiner Sekretärin Mamas Platz in der Firma und alles. Das hat Mom wirklich wütend gemacht." Delaney stieß einen Seufzer aus und lächelte Regan an. „Dich hier zu haben, war großartig. Alles macht mehr Spaß mit einem anderen Kind, weißt du?"

„Ich weiß." Kniend legte Regan die Schläger in die Box auf dem niedrigen Regal. „Bei Papá gibt es nur Erwachsene und überhaupt keine Kinder. Es ist komisch. Wenigstens hast du hier Hunde. Wir haben nur Hühner. Obwohl es schon cool ist, immer frische Eier zu haben."

Delaney zuckte mit den Schultern. „Die Hunde gehören Gramps. Mom lässt mich keine Haustiere in unserem Haus haben. Sie sagt, weil wir noch nicht angekommen sind, aber ich glaube, es liegt eher daran, dass sie Hunde und Katzen nicht mag."

Regan holte tief Luft. Wie traurig. Ihre Mom hatte Haustiere auch nicht gemocht. „Ich denke, es könnte irgendwo in der Nähe unseres Hauses eine Katze geben. Ich habe sie letzte Nacht miauen hören."

„Das Kätzchen eines Nachbarn?"

„Wir haben keine Nachbarn." Es gab auf ihrer Seite des Sees nur diese fünf Hütten. Dadurch musste sie sich fragen, wie die Katze an Futter kam. Draußen war es schrecklich kalt. Es lag nach dem letzten Schneefall immer noch etwas Schnee auf den Straßen. Würde das Kätzchen erfrieren? „Wie –"

Die Haustür öffnete sich und Delaneys Mutter kam herein.

Regan hatte sie ein paar Mal gesehen, als sie Delaney von der Schule abgeholt hatte. Wie ihre Tochter hatte sie glattes blondes Haar und helle Haut. Ihre Brüste waren riesig. Störten sie bei alltäglichen Aufgaben?

Regan hoffte, dass sie als Erwachsene nicht solche Brüste bekam.

„Delaney, können wir gehen?" Sie sah Regan mit einem angespannten Lächeln an. „Wer ist das?"

Regan stand schnell auf. „Ich bin Regan."

Delaney bedeckte die Tischtennisplatte mit einem hellen Tuch. „Sie ist das neue Mädchen in meiner Klasse. Ich bin mit ihr in der Parade gelaufen und –"

„Delaney, was habe ich dir darüber gesagt, wie man Leute vorstellt?"

„Tut mir leid. Ähm ..." Delaney senkte den Blick auf den Boden. „Mom, das ist Regan. Regan, das ist meine Mutter. Giselle Washik."

„Hat Regan einen Nachnamen?" Als Giselle ein Geräusch entließ, dass Delaney als dumm darstellte, sah Regan regelrecht, wie ihre Freundin schrumpfte.

Regan runzelte die Stirn. Delaney war großartig im Zeichnen und so lustig, aber nicht gut darin, sich Namen oder Dinge zu merken. Sollte ihre Mutter das nicht wissen?

„Wir verwenden in der Schule nicht oft Nachnamen." Regan grub ihre Fingernägel in ihre Handflächen, um höflich zu bleiben. „Mein Nachname ist Ramirez. Mein Vater ist Cazador Ramirez."

„Cazador." Die Augen der Frau zeigten einen Funken, der Regan nicht gefiel. „Deine Großmutter hat nichts davon gesagt, dass du mit Caz' Tochter befreundet bist. Du auch nicht."

„Ähm, vielleicht, weil sie noch nicht sehr lange bei ihm lebt."

Delaney warf Regan einen seltsamen Blick zu.

„Du wohnst bei ihm. Dort draußen ... irgendwo. Der Chief wohnt auch dort? Und Bull?", fragte die Mutter.

„Ich schätze." Regan schüttelte den Kopf. „Es sind mehrere

Häuser mitten im Wald. Onkel Gabe und Onkel Bull sind immer dort. Und Audrey. Oh, und JJ auch."

„JJ?"

„Sie ist die neue Polizistin", sagte Delaney.

Giselles Augen verengten sich. „Sie lebt mit ihrem Chef und Caz zusammen? Tatsächlich?" Ihre Lippen schlossen sich über dem Wort, als hätte sie ein Eis am Stiel im Mund. „Ist diese JJ dünn? Eine Rothaarige mit ungekämmten Haaren?"

„Ich mag ihre Haare." Zu fragen, ob sie dünn war, klang auch nicht richtig. Aber JJ hatte keine großen Brüste wie Delaneys Mutter, also machte sie das vielleicht dünn? Regan trat einen Schritt zurück. „Ich hole meine Jacke und warte draußen auf Papá."

„Du musst nicht warten. Ich bringe dich nachhause und erspare deinem Vater die Fahrt. Delaney, hol deine Jacke."

Nein zu sagen, wäre nicht höflich, oder? Regan starrte die Frau an. Audrey sagte einmal, dass die Männer nie Leute einluden. Nicht gut.

Giselle wandte sich an Delaneys Großmutter: „Mom, ich bringe Regan nachhause. Danke für –"

„Wirst du? Nun, das ist nett von dir, Liebes." Mrs. Hudson klang überrascht, schenkte Regan jedoch ein Lächeln. „Wo wohnst du?"

Regan öffnete den Mund, schloss ihn, öffnete ihn erneut. „Ähm. Ich bin mir nicht sicher."

„Was soll das heißen?" Bei dem harten Klang in Giselles Stimme drehte sich Regans Magen.

„Ich ..."

„Sie ist das neue Mädchen, Mom." Delaney trat neben Regan. „Es hat lange gedauert, bis ich wusste, wo wir wohnen, und wir leben in der Stadtmitte."

Giselle funkelte ihre Tochter an.

Die Hunde draußen bellten.

„Ich schätze, es spielt keine Rolle mehr", sagte Mrs. Hudson leichtfertig. „Das muss dein Vater sein, Regan."

Regans Füße baten sie, aus der Tür zu rennen, aber sie war nicht länger fünf Jahre alt. Sie zwang sich, den Raum in einem normalen Tempo zu durchqueren, ihre Jacke zu nehmen und die Worte zu verwenden, die Papá ihr gesagt hatte: „Danke, dass ich vorbeikommen und mit Delaney spielen durfte, Mrs. Hudson."

„Es war mir eine Freude, Kind." Mrs. Hudson wies zur Tür. „Geh nur."

Offiziell freigegeben rannte Regan aus dem Haus.

Ihr Papá stand neben dem Auto, und Giselle direkt vor ihm. Sie trug ein breites Lächeln und streckte ihre großen Brüste in seine Richtung. So wie ihre Mom es getan hatte, wenn sie einen neuen Mann um sich hatte.

Regan blickte finster drein und ihr wurde kalt, obwohl sie ihre Jacke trug.

„Ich wollte dein süßes kleines Mädchen zu dir bringen. Sie hatte so viel Spaß beim Spielen mit meinem Baby, aber sie war sich nicht sicher, wo du wohnst."

„Ich bin froh, dass sie eine gute Zeit hatte." Papá lächelte Giselle an, bevor er Regan entdeckte und seine Hand nach ihr ausstreckte. „*Mija*."

Giselle rückte näher. „Warum kommst du nicht rein und trinkst eine Tasse –"

Regan rannte hinüber, nahm seine Hand und drückte seine Finger. Zweimal.

„Ah. Wir müssen jetzt gehen." Papá nickte Giselle zu, ging mit Regan um das Auto herum und öffnete ihr die Tür. Als sie sich beeilte, ihren Sicherheitsgurt anzulegen, um so schnell wie möglich von hier zu verschwinden, zwinkerte er ihr zu und schloss die Tür.

„Bitte richte deiner Mutter einen Dank von mir aus. Ich schätze es sehr, dass Regan hier sein durfte", sagte er zu Delaneys

Mutter und stieg ins Auto. Er hatte den Motor nie abgestellt und so fuhr er augenblicklich los.

Regan winkte Delaney zum Abschied zu – und Papá auch – und dann waren sie weg.

Das war seltsam gewesen. Regan spielte mit dem Reißverschluss an ihrer Jacke. „Papá. Ähm –"

„Frag einfach, *Mija*. Ich beiße nicht. Ich war mehr als bereit von dort zu verschwinden."

Er war nicht sauer, dass sie das Signal verwendet hatte, um schnell von dort abzuhauen ... nur klang er irgendwie sauer. „Sie ... Delaneys Mutter –"

„Giselle."

„Ja, sie. Sie wollte mich nachhause bringen, aber ich wusste nicht, wo wir wohnen."

„Gott sei Dank", murmelte er.

„Was?"

Er lachte, und es klang, als wäre er nicht länger wütend. „Du hast so große Augen."

Regan runzelte die Stirn, und dann wurde es ihr klar. „Du willst nicht, dass sie weiß, wo wir leben?"

„Es ist kompliziert."

Diesmal passte sie auf der Fahrt auf. Sie fuhren an Onkel Bulls Roadhouse vorbei und entlang der Hauptstraße, wo Papás Klinik war. Das Auto bog nach links ab, wo sie das Geisterhaus im B&B entdeckte, und dann befanden sie sich auch schon auf der Straße, die zum See führte.

„Es ist so, *Mija*. Mako, der Mann, der deine Onkel und mich großgezogen hat, mochte keine Menschen. Wir lebten weit ab vom Schlag, in der Wildnis, und gingen nur ein paar Mal im Jahr in die Stadt. Nachdem wir erwachsen waren und unser eigenes Leben hatten, war er ganz allein da oben, also überredeten wir ihn, nach Rescue zu ziehen. Obwohl er einige Freundschaften schließen konnte, vertraute er den meisten Menschen immer noch nicht. Wir kauften den Großteil des Landes auf dieser Seite des Sees auf, um sicherzustellen, dass niemand in seiner Nähe leben konnte. Deshalb ist die Eremitage so isoliert."

„Oh." Die einzigen Häuser in der Umgebung befanden sich auf der anderen Seite des Sees. „Aber er ist nicht mehr hier."

„Das stimmt." Papás Augenbrauen zogen sich zusammen. „Obwohl es kein großes Geheimnis ist, wissen die meisten Menschen nicht genau, wo wir leben oder wie man zu uns gelangt. Dein Onkel Gabe ist Polizist, Onkel Bull besitzt eine Bar und ich bin der Mediziner der Stadt. Keiner von uns möchte, dass Leute, die etwas wollen oder wütend sind, mit Erwartungen zu uns kommen. Okay?"

„Onkel Bull wirft Leute aus der Bar und das macht sie oft wütend." Regan dachte kurz nach und nickte. „Du willst nicht, dass sie oder böse Jungs – Doper oder Mörder oder kranke Leute – zu uns nachhause kommen."

„Genau. Wenn eine Person zu krank ist, um auf die Eröffnung der Klinik zu warten, muss sie einen Krankenwagen rufen." Er nahm ihre Hand und drückte sie. „Die Eremitage ist unser privater Ort. Keine Arbeit, keine Menschen."

Regan presste die Lippen zusammen, als sie nachdachte. Vielleicht war Giselle keine Mörderin, aber sie war nicht sehr nett, und sie verhielt sich wie ihre Mom, wenn sie sich einen neuen Kerl angeln wollte. Es gab keinen Grund für Giselle, zu Papás Haus zu kommen, auch wenn sie Delaneys Mutter war.

„Wenn dich also jemand fragt, wo du wohnst, sag der Person, dass sie mich anrufen soll. Oder deine Onkel."

„Jawohl, Sir." Das sagten Bull und Papá manchmal zu Onkel Gabe. Sie kicherte, als Papá schnaubte.

„Du kennst alle Telefonnummern, *sí?*"

„Ja." Sie kannte bereits Papás Handynummer. Ihre Onkel hatten dafür gesorgt, dass sie auch deren Nummern auswendig kannte, indem sie die Ziffern immer und immer wieder aufsagen musste. Onkel Gabe hatte schließlich auf sie gezeigt und gesagt: *„Du wurdest verletzt und die Sanitäter können Caz nicht erreichen.*

Welche Nummer gibst du ihnen, Regan?" Dann rief sie ihm die Ziffern zu, ganz schnell, und er grinste und warf ihr als Belohnung einen Vierteldollar zu. Onkel Bull tat dasselbe, klatschte dann mit ihr ab und gab ihr Cookies. Auch Audreys und JJs Nummern kannte sie. Von ihnen hatte Regan nach dem Auswendiglernen Comics und Gummibärchen bekommen.

Mittlerweile könnte sie jede einzelne Handynummer im Schlaf aufsagen.

Lächelnd schaute sie aus dem Fenster und bewunderte den funkelnden See durch die Baumstämme. In dem Moment trat Papá auf die Bremse. Der Eingang zu ihrer kleinen Straße war schwer zu sehen. Er bog links ab. Als er fuhr, erkannte sie, dass die Straße zurück zum See gekrümmt war – als wollten sie nicht, dass jemand wusste, dass es eine Straße auf dieser Seite des Sees gab.

Mako musste wirklich clever gewesen sein.

Und, hey, jetzt kannte sie den Weg nachhause.

KAPITEL VIERZEHN

E *ine Lüge geht um die halbe Welt, bevor die Wahrheit Zeit hat, ihre Hose anzuziehen.* – Winston Churchill

Montagabend saß Caz auf seiner langen Couch, die Füße auf dem Couchtisch, und schaffte es nicht, dem Film auf seinem Großbildfernseher viel Aufmerksamkeit zu schenken. Regan lag mit dem Kopf auf seinem Oberschenkel und schlief bereits halb. JJ lehnte warm und weich an seiner anderen Seite, mit seinem Arm um ihre Schultern.

Er war noch nie in seinem Leben so zufrieden mit der Welt gewesen.

JJ wieder in sein Haus zu bekommen, war nicht einfach gewesen. Als er und Regan sie gebeten hatten, sich ihnen zum Abendessen und für einen Film anzuschließen, hatte sie entschlossen abgelehnt. Jedoch hatte er in ihren Augen gesehen, dass diese Antwort nicht so entschlossen war, wie sie das gerne hätte. Also hatte er die schweren Geschütze aufgefahren und seine Tochter hatte JJs Einwände wie ein Bradley-Panzer überrollt.

JJs weiches Herz auszunutzen, war ein taktisch solider Plan und machte unglaublich viel Spaß bei der Ausführung. Er konnte nicht widerstehen und rieb seine Wange an ihrem lockigen roten Haar. Seidenweich.

Ihr Duft war süßlich holzig, ein Duft, der so leicht war, dass er näher rutschen wollte, um mehr davon einzufangen. Er wollte für mehr zu ihr rücken. Für so viel mehr.

Sie neigte ihren Kopf leicht und warf ihm einen finsteren Blick zu, während sich die Hitze in ihre Wangen stahl. War das von Verlangen oder Wut?

Als sich ihre Nippel als harte Knospen unter ihrem blauen Thermoshirt zeigten, hatte er seine Antwort ... sowie einen höchst erfreuten Schwanz in seiner Jeans.

Sie hatte keine großen Brüste und glaubte wahrscheinlich, dass sie keinen BH brauchte – was der Wahrheit entsprach. Er hatte bemerkt, dass sie zuhause generell auf einen BH verzichtete. War ihr überhaupt bewusst, wie verlockend ihre frei schwingenden Brüste und harten Nippel waren?

Er bezweifelte es.

Das Abendessen war ein Vergnügen gewesen – gutes Essen, Lachen und ein ungezwungenes Gespräch. Regan hatte von der Schule erzählt, und JJ war wunderbar darin, das Mädchen aus ihrem Schneckenhaus zu locken. Auch er und JJ hatten Anekdoten von ihrem Tag hinzugefügt. Das hatte ihn an Mako erinnert, der nach einem langen Tag jeden seiner Jungs gebeten hatte, zu erzählen, was ihnen heute passiert war.

JJ war so entspannt wie nie gewesen. Tatsächlich war sie diejenige gewesen, die Popcorn für den Film vorgeschlagen hatte. Die Schüssel stand jetzt auf dem Couchtisch und enthielt nur noch Kerne.

Mit einem Seufzer erkannte Caz, dass der Abspann des Films auf dem Fernseher zu sehen war. Regan befand sich im Halbschlaf und blinzelte gelegentlich.

Mit der Fernbedienung schaltete Caz den Fernseher aus und leise Musik an. „Guter Film."

JJ kicherte. „Das war er, obwohl der Polizist unglaublich unprofessionell war."

„Gabe hat die gleiche Reaktion auf Filme mit Polizisten." Caz rieb seinen Daumen über ihre Schulter. „Es klingt, als würdest du dich gut in den Job einleben, *Princesa*."

„Das tue ich." JJ lächelte. „Gabe hat mich geschickt, um zwischen zwei streitenden Nachbarn zu verhandeln. Er meinte zu mir, wäre er hingefahren, hätte die Auseinandersetzung sicher in einer Schlägerei geendet."

„Er ist ein kluger Cop und kann sehen, wie gut du mit verärgerten Leuten bist. Wir schätzen beide, wie du eine Situation entschärfen kannst." Hätte sie sich nicht bereits für einen Beruf entschieden, würde er versuchen, sie in sein Berufsfeld zu locken. „Rescue wird dein Talent im Winter noch mehr brauchen."

Vorfreude füllte ihre Augen. Es war ihr wichtig, gebraucht zu werden. Zudem sehnte sie sich danach, von der Stadt akzeptiert zu werden. Sicher, jeder wollte gemocht werden, für JJ schien das allerdings eine größere Rolle zu spielen. Sie hatte ihm erzählt, dass ihre Kollegen in Nevada sexistisch gewesen waren, und dass sie aufgehört hatten, ihr Rückendeckung zu geben. Aber er hatte das Gefühl, dass mehr an der Geschichte dran war.

Mit seiner Unfähigkeit, Geheimnisse zu tolerieren, wusste Gabe wahrscheinlich, um was genau es sich handelte. Den Polizeichef über seinen Officer auszufragen, wäre jedoch unangemessen.

Caz würde auf Antworten warten, bis JJ bereit war, sie mit ihm zu teilen. Obwohl es den Anschein machte, dass das eine Weile dauern könnte. Einige Frauen — Leute, sollte er sagen — breiteten jedes private Detail ihres Lebens vor einem Fremden aus.

JJ war da anders.

Der Gedanke, dass sie verletzt wurde, emotional oder körperlich, störte ihn höllisch. Er hatte noch nie jemanden wie sie getroffen, eine Mischung aus weichherzig und zäh, freundlich und zurückhaltend.

Na ja, er hatte Zeit. Er ging nirgendwohin und sie auch nicht. Nun musste er allerdings an Regan denken und demnach die Sache mit JJ langsam angehen.

Der Plan jedoch war, etwas zu tun.

In dem Moment gähnte seine Tochter und ihr Kopf hob sich. „JJ?"

„Ja, Maus?"

Regans Lippen formten sich bei dem Kosewort zu einem sanften Lächeln. Dann setzte sie sich auf und kuschelte sich an ihn, damit sie JJ ansehen konnte. „Ähm, ich und Delaney haben uns gefragt ... Also sie meinte, sie habe gehört, dass du nicht hier leben solltest. Weil es nicht richtig ist oder so. Nur wusste sie nicht, warum es nicht richtig sein soll, und ich weiß es auch nicht."

Caz erstarrte. Oh, zur Hölle nochmal.

Jedes von Regans Worten traf JJ wie ein Blitz, wie Baseball große Hagelkörner, unerwartet und hart.

Jemand wusste, dass sie in der Eremitage lebte und natürlich stellte sich diese Person das Schlimmste vor. Das klang viel zu sehr nach ihrer Zeit in Weiler. Der Klatsch, bei dem es um die Verunglimpfung eines weiblichen Polizisten ging, hatte begonnen. Nach Nashs Lügen waren die Gerüchte über sie unerträglich geworden. Er hatte verbreitet, dass sie Ehen und Beziehungen zerbrach, Frauen ihre Männer stahl und sich an die Spitze schlief. Wenn man bedachte, dass sie nie befördert worden war, schien diese letzte Lüge doch sehr weit hergeholt.

„Gute Officer müssen ihr Leben riskieren, um ihre Unzulänglichkeit auszugleichen." Diese Unwahrheit hatte sie am meisten verletzt. Weil es einfach nicht auf sie zutraf.

Sie erkannte, dass sie Regan nicht geantwortet hatte. Und dass

Caz sie beobachtete. Er wartete. Nur hatte sie keine Ahnung, was sie sagen sollte.

Sie setzte sich auf, ging von ihm auf Abstand und vermisste sofort das Gefühl seines muskulösen Arms um sie herum. „Regan." Caz zog Regans Aufmerksamkeit auf sich. „Damit Menschen in Familien, Städten oder Gemeinden zusammenleben können, brauchen wir Richtlinien. Einige sind unkompliziert. Du sollst andere nicht töten, sollst nicht lügen, betrügen oder stehlen. Fast jeder Ort und jede Zeitperiode war sich in dem Punkt einig. Also haben wir sie zu Gesetzen gemacht. *Sí?*"

„Ja, okay."

„Andere sogenannte Regeln variieren, je nachdem, in welchem Jahr wir uns befinden, was gerade als trendy gilt, wo man sich auf dem Planeten befindet, welcher Religion man angehört und sogar, welche Stimme am meisten Gehör findet."

Regan rümpfte die Nase. „Okay?"

„Würde jemand in Sacramento bemerken, dass eine alleinstehende Frau in der Hütte neben einem Mann lebt?"

Regan schnaubte. „Mom war Single und wir lebten die ganze Zeit neben Jungs. Das taten alle."

„So ist es." Caz berührte die Nase seiner Tochter mit der Fingerspitze. „Einige Leute denken leider, wenn ihre Religion eine bestimmte Regel verfolgt oder wenn sie mit einer Regel aufgewachsen sind, müssen sich alle anderen auch daran halten. So kommt es zu verrückten Ideen, wie Mädchen zu verbieten, Haut zu zeigen, während es kein Problem ist, wenn Jungs oberkörperfrei herumrennen. Oder dass Frauen nicht neben Männern oder nicht in der Nähe ihres Chefs leben sollten – auch wenn es für den Moment keine andere Möglichkeit gibt."

„Das ist dumm."

„Das ist es." Caz warf JJ einen Blick zu.

JJ schüttelte sich mental. Sie hätte Regans Frage beantworten sollen. Stattdessen war sie wie ein feiges Huhn erstarrt.

„Als Gabe mich anstellte, gab es nicht eine Wohnung oder ein Haus zum Mieten. Ein Grund dafür ist die Tourismussaison. Ich werde irgendwann in eine von Dantes Miethütten ziehen." Obwohl Gabe ihr gesagt hatte, einfach hierzubleiben. Regans Ausdruck zeigte nun Traurigkeit. „Nein, ich möchte nicht, dass du gehst."

JJ spürte, wie ihr Herz einfach dahinschmolz. Sie wollte auch nicht gehen. Der Abend war so wundervoll gewesen. Sie hatten alle zusammen gekocht, aufgeräumt und sich dann einen Film angeschaut. Regan war bezaubernd und Caz ... Wie selten war es in ihrem bisherigen Leben vorgekommen, dass sie die einfache Gesellschaft eines Mannes genoss? Was auch immer er tat, er schien Spaß zu haben. Zudem hatte er nicht versucht, den Aufgaben in der Küche zu entkommen. Er hatte das Geschirr-spülen zu einer Teamaktivität gemacht.

Zu einer sexy Aktivität. Jedes Mal, wenn er sie berührte – ihre Hüften packte, um sie aus dem Weg zu schieben, oder sie von Hand mit einem Stück Käse fütterte –, wurde es wärmer im Raum. Oder als er über etwas gelacht hatte, das sie gesagt hatte, und ihr einen Kuss gegeben hatte. Der kleine Schmatzer hatte in ihr ein elektrisierendes Gefühl ausgelöst.

Als er sie vor ein paar Minuten auf die Haare geküsst hatte, stieg ihr Lust-o-meter direkt in die Gefahrenzone.

Keine Lust, Jayden Linnea Jenner. Nein, nein.

„Kannst du nicht hierbleiben, JJ?", fragte Regan.

JJ griff über seine Brust hinweg, um Regans Haar zu berühren. „Ich würde nicht weit gehen – nur zu einer Hütte auf der anderen Seite des Sees. Wenn ich dort eingezogen bin, hoffe ich, dass du mich besuchen kommst."

Regans Ausdruck erhellte sich. „Okay. Das werde ich."

„Gut." Sie begegnete Caz' dunklem Blick und sah seine Besorgnis. War er um sie besorgt? Um ihren Ruf?

JJs Magen verkrampfte sich, als sie über Gerüchte und böswillige Menschen nachdachte. In Weiler war ihr Ruf so leicht ruiniert worden.

Rescue war um einiges kleiner. Es würde nicht viel brauchen.

KAPITEL FÜNFZEHN

D*u hast nur drei Optionen im Leben: Aufgeben, nachgeben oder alles geben.* - Unbekannt

Am nächsten Abend, als Regan ihre Schlafzimmertür zuknallte und der Laut durch das ganze Haus hallte, schüttelte Caz den Kopf. Durch das Haus? *Dios*, sogar in Rescue hatten sie das gehört.

Hatte Crystal ein solches Temperament besessen? Er hatte keine Ahnung. Er erinnerte sich kaum an die Frau oder den von Alkohol dominierten Sex.

Gut möglich, dass Regan Caz' hitziges Temperament geerbt hatte. Das arme Kind.

Caz schnaufte ein Lachen heraus, das halb gereizt und halb gequält klang, senkte sich auf einen Sessel und rieb die Hände über sein Gesicht. „Das ist nicht gut gelaufen."

Dieses Erziehungszeug war knifflig. Wie hatte Mako es so einfach aussehen lassen? Verdammt, der Sarge hatte es mit vier Straßenkindern zu tun gehabt.

Andererseits war die Hütte, in der sie aufgewachsen waren,

von Wald umgeben. Kein Zugang zur Außenwelt. Keine Schule oder Lehrer. Keine widersprüchlichen Meinungen. Kein Gruppenzwang. Keine Zeugen. Wenn er alle vier ertränkt hätte, wäre es niemandem aufgefallen.

Der Sarge war wahrscheinlich versucht gewesen, da Caz und seine Brüder keinen Tag ausgelassen hatten, mit den Fäusten zu schwingen. Caz hatte mehr als ein paar Schlägereien angezettelt – zumeist, wenn Gabe seine herrschsüchtige Seite herausgelassen hatte. Hawk wütend zu machen, dauerte länger, sobald er jedoch die Beherrschung verlor, wurde es gefährlich. Bull wurde selten wütend, aber ein Schlag von ihm konnte viel Schaden anrichten. Als Kinder hatten sie gekämpft, weil sie Fremde waren. Später schlugen sie sich, weil es Spaß gemacht hatte.

Wirklich, es war ein Wunder, dass der Sergeant sie nicht einfach hingerichtet hatte.

Caz hatte keine vier eigensinnigen Jungen. Er hatte ein kleines Mädchen. Nur eins. Also sollte er es doch hinbekommen, ein anständiger Elternteil zu sein.

Ja, sie hatte ein beeindruckendes Mundwerk, wenn sie nicht bekam, was sie wollte. In gewisser Weise war das ein Kompliment. Es war ein Zeichen, dass sie begonnen hatte, ihm zu vertrauen. Er hoffte, dass sie nach drei Wochen bei ihm wusste, dass er sie nicht einfach in eine Pflegefamilie abschieben würde.

Er wusste, wie allgegenwärtig diese Sorge sein konnte.

Als Mako sie aufgenommen hatte, waren Bull und Gabe nicht besorgt gewesen, aber Caz und Hawk hatten lange Angst, dass der Sergeant das Interesse an ihnen verlieren und er sie wie Müll wegwerfen würde. Sie hatten etwa ein Jahr gebraucht, um sich sicher zu sein, dass Mako sie nicht aufgeben würde – dass der Mann nie etwas aufgegeben hatte, dass sie ihm wichtig waren und er sich um Kinder kümmern wollte, die sonst niemand wollte.

Zu diesem Zeitpunkt hatte sich Caz' Verhalten verschlechtert

– eben weil er keine Angst mehr hatte, rausgeworfen zu werden. Weil er ein normales Kind sein konnte. *Danke, Mako.*

Regan fühlte sich sicherer und begann, sich wie ein normales kleines Mädchen zu verhalten.

Dios, steh mir bei.

Als Caz draußen Stimmen hörte, schnappte er sich eine Jacke. Ein Schneesturm wäre in der Lage, sein Temperament abzukühlen, und einige Zeit allein würde hoffentlich dazu führen, dass sich Regan beruhigte. Er gab ihr eine halbe Stunde, bevor er erneut versuchen würde, die Geschichte aus ihr herauszuziehen. Denn er wusste genau, dass sie keine Bücher beschädigt hatte. Das Mädchen liebte Bücher fast so sehr wie Gabes kleine Bibliothekarin.

„Yo, Bruder. Dein Kind hat beeindruckende Lungen." Nebenan auf der überdachten Veranda von Makos Hütte saßen Bull und Gabe. Dampf erhob sich aus der Tasse in Bulls Hand.

„Genießt ihr das milde Wetter?" Caz zog seine Jacke an und stampfte durch den immer mehr werdenden Schnee.

Gabe deutete auf einen mit weißen Flocken gefüllten Nachthimmel. „Erster echter Schneesturm der Saison."

Es war eine Tradition, den ersten Wintersturm zu beobachten. Bull verschwand im Haus. Bis Caz die Stufen überwunden und einen Stuhl für sich beansprucht hatte, war sein Bruder mit einer Tasse heißer Schokolade zurück. „Hier. Geselle dich zu uns."

Caz nahm einen Schluck. Schokolade mit einem Schuss Kahlúa. „Sehr nett. Danke, *'mano*."

„Dem Mädchen geht's gut?" Mit gerunzelter Stirn sah Gabe zu Caz' Haus. Regans Jalousien waren unten, aber Licht strömte an den Seiten herein.

„Es geht ihr gut, obwohl der Türrahmen ganz schön leiden musste." Caz schaute auf und traf auf zwei erwartungsvolle Augenpaare. „Ihr zwei seid so neugierig wie Regina und Irene. Oder Tucker und Guzman."

Begleitet von einem schmerzerfüllten Laut schlug Bull mit

einer großen Hand auf seine Brust. „Direkt ins Herz. Das hat mich tief getroffen."

Caz schnaubte. „Wenn die Klinge passt ..."

„Hey, erste Nichte und all das. Berichte, Bruder." Gabe machte deutlich, dass er alle Informationen wissen wollte.

„Es ist so: Regan kam von der Schule nachhause –"

Als JJ aus der Tür trat, konnte Caz regelrecht hören, wie sein Herz sie begrüßte. Es fühlte sich einfach richtig an, sie in seiner Nähe zu haben.

JJ zögerte. „Tut mir leid. Ich hörte Stimmen und musste nachsehen. Die Paranoia einer Polizistin."

„Kann ich nur bestätigen", murmelte Gabe.

Als sie wieder reingehen wollte, kam Bull ihm zuvor und sagte: „Bleib, JJ. Wir feiern den ersten echten Schneesturm."

„Du störst uns nicht, wenn es das ist, was du denkst, *Princesa*." Caz deutete auf den Stuhl neben ihm. „Setz dich zu uns."

„Oh. Okay, das würde mir gefallen." Sie trat lange genug ins Haus, um sich ihre Jacke zu holen, und setzte sich dann auf den Stuhl neben Caz.

Neben ihn. Oh ja. Da gehörte sie hin.

„Jetzt erzähl uns, was mit Regan passiert ist." Bull warf JJ einen Blick zu. „Die kleine Kröte schrie ihn an und ist dann mit großem Trara in ihr Schlafzimmer marschiert. Sie hat ihre Tür so laut zugeschlagen, dass wir es hier draußen gehört haben."

„Oje." JJ warf einen besorgten Blick zu Caz.

„Vielleicht solltest du Makos Regeln für Wutanfälle einführen." Gabe grinste JJ an. „Der Sarge sagte immer, die Hütte sei zu klein für angepisste Männer. Schreien, streiten, ärgern – was auch immer – musste draußen passieren."

„Männer?", fragte JJ.

Bull trank einen großen Schluck. „Mmm. Die Regel trat ein paar Monate nach unserer Ankunft in Kraft. Ich war ein Mann von neun Jahren. Gabe war zehn."

„Oh Gott." JJ sah zu Caz. „Und du warst acht?"

Er nickte. „Dios, ich hasste es, der Jüngste und Kleinste zu sein."

„Bruder, du bist immer noch der Jüngste und Kleinste", wies Bull auf das Offensichtliche hin und lachte, als er sich weglehnte, um Caz' Rückhand auszuweichen.

„Du warst erst acht, und er hat dich jedes Mal rausgeschickt, wenn du die Beherrschung verloren hast?" Sie sah entsetzt aus.

„In Alaska?"

Gabe kratzte sich am Ohr. „Ich habe mehr als einmal Erfrierungen bekommen, bis ich herausfand, dass es eine verdammt schlechte Idee ist, jemanden im Winter zu schlagen."

„Er hat dir wirklich gesagt, du sollst nach draußen in den Schnee gehen?"

„Uns gesagt?" Caz schnaubte. „Er hat uns am Kragen gepackt und uns aus der Tür in die Schneebank geworfen."

„A-Aber ... die Kälte." Ihre Augen waren weit.

„Jacken und Stiefel kamen auch geflogen." Bull grinste.

Gabe schüttelte den Kopf. „Irgendwann im Januar wurde uns klar, dass er uns absichtlich Schnee an dieser Stelle schaufeln ließ. Ich bin überrascht, dass er uns nicht aufgetragen hat, eine Zielscheibe hinzumalen."

In der dunklen Nacht zeigte sich eine Gestalt auf dem Gelände.

„Da ist meine Schöne." Gabe sagte lauter: „Goldlöckchen, hast du deine Arbeit beendet?"

„Die Nachforschung ist beendet und geschickt. Ich bin frei."

In einer dicken Jacke kam Audrey die Stufen hoch.

Gabe lehnte sich vor, packte ihre Hand und riss sie auf seinen Schoß. „Komm und sei meine Decke, Süße."

„Gabe!"

Caz grinste. Sie wurde immer noch rot, wenn Gabe Dinge dieser Art veranstaltete.

Wie würde JJ reagieren, wenn Caz sie auf seinen Schoß setzen würde?

JJ wandte sich an Caz. „Ich möchte, dass du weißt, dass ich dich erschießen werde, wenn du versuchst, Regan in den Schnee zu werfen."

Bull brach in Lachen aus und zeigte mit einem warnenden Finger auf Caz. „Ich habe gehört, sie ist eine äußerst talentierte Schützin."

„Das ist sie." Gabe grinste seinen Officer an. „Aber alles ist gut, JJ. Caz hat das weichste Herz von uns allen. Ich glaube nicht, dass du dir Sorgen machen musst."

„Oh." Wenig überzeugt musterte sie Caz. Und er liebte es, dass sie sich so um sein kleines Mädchen sorgte.

„Das würde ich meiner Tochter nicht antun. Auf keinen Fall." Der Gedanke war abscheulich. „Bei Mako waren die Umstände anders. Der Sarge ... kam mit kleinen Räumen voller schreiender Leute nicht gut zurecht, selbst wenn die Leute nur vier Jungen waren. Wie lange wir draußen blieben, lag an uns, und ehrlich gesagt endete ein Kampf normalerweise sofort, wenn wir in Kontakt mit kaltem Schnee kamen. Obwohl Gabe länger schmoren konnte als seine ... klügeren Brüder."

Gabe knurrte vor sich hin. „Dafür wirst du noch bezahlen."

Natürlich wusste er, dass seinen Brüdern die Bewegung nicht entgehen würde, und doch nahm er JJs Hand und drückte sie, denn es war ihm egal, was sie dachten. „Du hast ein weiches Herz und willst Menschen, die du gern hast, beschützen. Mein Mädchen ist umso reicher, weil sie dich kennt."

Wie Audrey errötete auch JJ auf entzückende Weise.

Alle Erwachsenen waren draußen. Regan konnte sie hören – nicht, was sie sagten, aber die Klangfarbe von Papás Stimme und ihrer Onkel. Manchmal Audrey und JJ. Sie hatten Spaß miteinander.

Ohne sie.

Wahrscheinlich lachten sie über sie.

Regan saß auf dem Sitzsack und kuschelte mit dem Plüschtier in Form einer Katze. Und sie weinte. Papá war gemein und fies und liebte sie nicht mehr. Das hatte er nie.

Nach einer Weile trockneten ihre Tränen. Sie schniefte und ... dachte nach.

Vielleicht war sie ein Dummkopf gewesen.

Sie setzte die Katze auf die Knie und sprach mit ihr: „Mrs. Wilner erzählte Papá, dass Brayden und Shelby ihr gesagt haben, ich hätte Seiten aus Büchern gerissen, und dass einige Bücher verunstaltet wurden. Und Papá fragte mich, ob ich etwas darüber wüsste."

Regan zog die Augenbrauen zusammen. „Ich war das nicht. Ich weiß, dass Brayden und Shelby es getan haben. Nur um mich in Schwierigkeiten zu bringen!"

Jetzt hasste Papá sie.

Nur hatte er sie nicht angeschrien. Er hatte auch nicht gesagt, dass sie es getan hatte. Er hatte nur gefragt, ob sie etwas darüber wüsste, wie es passiert war, und sie war in ihr Zimmer gerannt und hatte die Tür wie ein großes Baby zugeschlagen.

Würde er sie rauswerfen? Sie presste die Katze an ihre Brust und lehnte ihre Stirn an ihre Knie. Nicht Papá. Nein, würde er nicht. Wenn sie sagte, dass es ihr leidtue und sie reden wolle, würde er zuhören. Vielleicht würde er ihr sogar glauben?

Sie rieb sich die Brust, wo es irgendwie weh tat. Möglicherweise würde er ihr glauben. Er mochte sie. Ein wenig, richtig?

„Ich bin seine *Mija*", sagte sie zu der Katze.

Ja, sie war ein Dummkopf gewesen.

Da sie sich besser fühlte, stand sie auf und verließ den Raum. Nach der Arbeit hatte JJ Ausstechplätzchen mitgebracht und sie und Regan hatten sie zusammen dekoriert. Mit buntem Zuckerguss und Streuseln und allem.

JJ mag mich. Vielleicht könnte sie JJ dazu bringen, die Arschlöcher vom Resort zu verhaften. Sie könnte ihnen eine Falle stellen oder so. In der dunklen Küche aß sie ein Plätzchen und starrte in die Dunkelheit. Schnee wirbelte am Fenster vorbei, und der Wind wehte laut vor sich hin.

In ihren flauschigen Hausschuhen ging sie wieder in ihr Zimmer, kletterte auf den Sitzsack und wandte sich dem Fenster zu, sodass sie den fallenden Schnee über ihrem Kopf beobachten konnte, während sie ein weiteres Plätzchen verspeiste.

Als sie plötzlich ein Kratzen vernahm, zuckte sie zusammen und riss die Augen weit auf. Der Ast eines Baumes? Nur gab es keine Bäume zwischen dem Haus und dem Feldweg. Sie hatte Papá gefragt, warum die Hütten so weit vom Wald entfernt standen. Daraufhin hatte er ihre Haare verwuschelt – sie mochte es, wenn er das tat, weil es bedeutete, dass er gut gelaunt war – und ihr dann gesagt, dass ein Eindringling bereits von den Häusern wüsste, wenn er so nah kam, und der Sarge hatte sich aus diesem Grund für eine freie Schussbahn entschieden.

Was auch immer das bedeutete. Wahrscheinlich um sicherzustellen, dass ein Waldbrand nicht die Hütten erreichte.

Der Laut war also nicht von einem Ast gekommen. Sie rollte aus dem Sack und schaute aus dem Fenster. An diesem war außen ein Metallgitter angebracht, sodass kein Bär ins Fenster klettern konnte.

Onkel Bull meinte, die Bären schliefen gerade in Höhlen, und dass sie erst im Frühjahr herauskommen würden. Und doch ...

Das Geräusch war erneut zu hören. Für einen längeren Zeitraum.

Ihre Augen weiteten sich. Das war ein Kätzchen. Ein trauriges Kätzchen. Das Kätzchen, das sie heute nicht zum ersten Mal hörte. Aber es schneite. Die Katze würde da draußen sterben.

Regan presste ihr Gesicht an das Fenster, um nach draußen zu schauen. Der Schnee wurde immer mehr.

Auf dem weiß bedeckten Boden bewegte sich etwas Dunkles.

Sie sollte Papá holen.

Wenn sie das aber tat, wäre die Katze weg. Sie konnte sie jetzt kaum noch sehen.

Vielleicht würde sie zu ihr kommen, wenn Regan zu ihr ging. Sie zögerte. Draußen war es schrecklich dunkel – und die Halloween-Taschenlampe in ihrer Jacke funktionierte nicht mehr.

Aber ... warte. Papá hatte eine Taschenlampe in ihren Nachttisch gelegt, für den Fall, dass der Strom ausfiel. „Es ist schön, zu wissen, dass du in jedem Fall Licht hast, richtig, *Mija?*" Schuldgefühle trafen sie unvermittelt. Er war so nett. Er benahm sich wie ... wie ein echter Vater.

Ein weiteres Miauen ertönte. Sie zog die Schublade auf, schnappte sich die Taschenlampe und rannte den Flur hinunter in die Garage. Nachdem sie ihre Füße in Stiefel gesteckt hatte, zog sie ihre rote Pufferjacke an und ging aus der Seitentür der Garage, die sich vor ihrem Schlafzimmerfenster befand. Es war ein seltsames Haus, da der Teil, der auf die Straße hinausblickte, langweilig war. In Städten war die Straßenseite immer besonders hübsch. In der Eremitage zeigten die wandhohen Fenster und ausgefallenen Sachen auf das Gelände und den See.

Sie hielt im Schnee direkt vor der Tür an und tadelte sich, weil sie etwas Wichtiges vergessen hatte. Bull hatte ihr gesagt, erst das Haus zu verlassen, wenn sich ihre Augen an die Dunkelheit gewöhnt hatten. *„Stelle sicher, dass du etwas siehst und weißt, worauf du dich einlässt."*

Sie verengte die Augen gegen den Wind zu Schlitzen. Im Dunkeln und vom Schnee bedeckt sah alles anders aus.

„Kätzchen?", flüsterte sie.

Kein Miauen. Als sie jedoch weiter ging, sah sie Spuren. Kleine Pfoten. Sie musterte sie mit ihrer Taschenlampe. Onkel Gabe hatte ihr, JJ und Audrey gezeigt, wie man Hunde- und Katzenspuren voneinander unterschied. Bei Kätzchen zeigten sich keine Spuren von Krallen und die Ferse sollte wie ein formloses *m* aussehen. Sie hatte Onkel Gabe gesagt, dass sie das sogenannte *m* an die Schriftzüge erinnerte, die Kinder auf Gebäude in der Stadt sprühten. Er hatte gelacht.

Es war leicht, ihre Onkel und Papá zum Lachen zu bringen. Sie biss sich auf die Unterlippe und warf einen Blick auf die Hütte. Die Erwachsenen würden nicht darüber lachen, dass sie im Dunkeln draußen war. Sogar Pflegefamilien hatten diesbezüglich Regeln.

Aber ... die Katze.

Regan würde sich beeilen. Sie stapfte vorwärts, folgte den Spuren hinaus auf die schneebedeckte Straße, wo ihr Licht von den hohen Reflektoren zurückgestrahlt wurde. Die Straße krümmte sich, aber die Spuren gingen geradeaus und durch den Graben direkt in den Wald.

Ihre Hand zitterte, sodass das Licht der Taschenlampe auf- und absprang. Es war so kalt und Pyjamas waren nicht so warm wie Jeans. Sie fischte ihre Fäustlinge aus den Taschen, zog sie an und joggte los. Sie rannte an Bäumen und Büschen vorbei, und alles war so dunkel.

Unter den Bäumen lag nicht so viel Schnee, und manchmal musste sie nach einem kahlen Fleck erneut nach den kleinen Pfotenspuren suchen. „Kätzchen? Kätzchen, willst du mit mir nachhause kommen? Dort gibt es Futter."

Die Spuren verschwanden unter Büschen, durch die sie nicht durchkäme. Zitternd rief Regan nochmal nach der Katze. „Kätzchen?" Nur der Wind war so laut, würde das Tier sie überhaupt hören?

Keine Spuren. Kein Kätzchen. Sie gab auf, drehte sich um und ... sah nur Bäume. Überall Bäume. Okay, sie würde ihren eigenen Spuren nachhause folgen. Nur waren ihre Schuhabdrücke kaum zu erkennen. Weil es im Wald dunkler wurde. Die Bäume schienen näher zu rücken.

Mit Entsetzen hob sie die Taschenlampe und drehte sie auf sich selbst. Die Glühbirne strahlte nur in einem schwachen Gelb. Und dann ging sie komplett aus.

Nachdem JJ die Männer auf Makos Deck zurückgelassen hatte, war sie in ihren Wohnbereich gegangen und hatte sich ihren Pyjama angezogen. Sie war bereit fürs Bett. Sie grinste sich im Badezimmerspiegel an. Warum hatte sie das Gefühl, dass sie davon träumen würde, als Strafe in eine Schneebank geworfen zu werden? Sergeant Mako musste wirklich ein interessanter Mann gewesen sein.

Ein lautes Läuten ließ sie zusammenzucken. Es kam vom Gelände und der Laut klang dringlich. Erschreckend. Noch in ihrem Pyjama trat sie auf den Balkon im Obergeschoss. Caz stand neben dem Terrassengrill und läutete die große Glocke. Hm, sie hatte immer gedacht, sie sei nur Deko.

„Yo, was ist los, Bruder?", rief Bull. Sie nahm an, dass er auf seiner Veranda war, da sie ihn von ihrem Balkon aus nicht sehen konnte.

„Regan ist nicht im Haus. Die Tür in der Garage wurde entriegelt, ihre Jacke und ihre Stiefel sind weg. Sie hat Spuren hinterlassen, aber sie verblassen schnell. Wir müssen sie finden."

JJs Herz rutschte ihr in die Hose, als sie in die dunkle Nacht schaute. Der wirbelnde Schnee dämpfte Geräusche und verringerte die Sicht.

„Verstanden. Wir treffen uns vor deiner Garage." Bull verschwand.

Gabe war auf seiner eigenen Veranda, sprach mit Audrey und zeigte auf Caz' Haus. Wahrscheinlich bat er Audrey, in Caz' Hütte zu bleiben, falls Regan von allein zurückkam.

JJ zog sich ihr Thermoshirt wieder an, darüber einen Fleecepulli und weitere Kleidung für kalte Temperaturen, die Lillian ihr aufgezwungen hatte, als sie für Regan einkaufen waren. Gott sei Dank hatte sie gehört. Sie schnappte sich eine Taschenlampe sowie die kleine Notfalltasche. Gabe hatte ihr den Rucksack gegeben und ihr genau erklärt, was sie darin finden würde.

Unten angekommen rannte sie durch die Garage. Draußen hatte jemand das Flutlicht eingeschaltet, was den dichten Schneefall nur betonte. Außerhalb der Beleuchtung herrschte die Nacht. Zwei der Männer waren bereits mit Spurenlesen beschäftigt. Bull und Caz. Warum hatten sie nicht auf sie gewartet?

Oh, natürlich, sie würden nicht wissen, dass sie sich ihnen anschließen wollte. Schnell näherte sie sich ihnen. Der Pulverschnee türmte sich rasant auf. Höher und immer höher. Ein Schauer schoss durch ihren Körper. Regan war so klein.

„Hey", rief sie.

Beide Männer drehten sich um.

Bevor sie etwas sagen konnten, sprach sie weiter: „Sag mir, was ich tun soll."

„JJ." Caz berührte ihren Arm in einer Geste der Dankbarkeit.

„Lasst uns gehen." Bull marschierte los, seine Taschenlampe zeigte auf kleine Fußabdrücke. Wie Caz gesagt hatte, war der Schnee bereits ans Werk gegangen und hatte die Spuren gefüllt.

JJ folgte den Männern, schaute sich immer wieder um und prägte sich bestimmte Punkte ein. Es war erschreckend, wie schnell die beleuchteten Häuser von der Dunkelheit und der Schneewand verschluckt wurden.

Als sie die Straße erreichten, begannen sie zu joggen. Auf der anderen Seite des schneebedeckten Straßengrabens waren Solarleuchten angebracht, die die Seiten der privaten Landebahn markierten. Das Licht war kaum sichtbar. Verdammt.

Sie blickte wieder hinter sich. „Gabe kommt nicht mit?"

Caz folgte ihrem Blick. „Er holt seine Schneemaschine aus dem Nebengebäude und macht es bereit. Wir hätten besser vorbereitet sein sollen."

„Der Sarge wäre sauer, dass wir mit heruntergelassener Hose erwischt wurden", sagte Bull.

Als sie das Ende des gerodeten Landes erreichten, kamen sie

zu einer Kurve und der Pfad führte direkt in den dichten Wald. Nicht gut. Unter den Baumkronen gab es nur wenig Schnee und auf dem Boden waren die Fußabdrücke schwer auszumachen.

Bull brüllte: „Regan! Regan, schrei, wenn du mich hören kannst!"

Der Wind peitschte den Klang seiner Stimme nieder.

Caz führte sie an und stoppte, um immer wieder Zweige zu knicken, sodass sie problemlos zurückfanden. Die Spuren führten tiefer in den Wald. JJ zitterte und zog ihre Jacke enger um ihren Hals. Der Gedanke an das Kind hier draußen ... allein ... war entsetzlich.

Was hatte sich Regan nur dabei gedacht?

An einem Bereich gänzlich ohne Schnee verloren sich die Spuren.

Mit seinem Gesicht vor Sorge angespannt, knickte Caz noch ein paar Zweige, um den Weg nachhause zu markieren. „Bull, geh du nach rechts auf Spurensuche. Ich gehe geradeaus, JJ nach links. Sobald ihr wieder Schnee erreicht, geht im Uhrzeigersinn den Bereich ab und schaut, ob ihr Spuren findet. Wenn ihr diese angeknacksten Zweige erreicht, habt ihr den Kreis geschlossen. Stoppt und wartet. Wenn ihr Spuren findet, gebt Bescheid und markiert die Stelle mit drei Zweigen in der Form eines Tipis. Vergesst nicht, euren Rückweg zu markieren."

Er riss drei lange Zweige ab, reichte sie ihr und zögerte dann. „Du bist nicht an Schnee gewöhnt. Vielleicht –"

„Ich schaff das." Sie legte ihre Hand auf seine Schulter und ging nach links. Sie musste zugeben, dass seine Sorge um sie ihr das Herz wärmte.

Viel zu früh stellte sie fest, dass sie den Strahl der Taschenlampen der Männer nicht mehr sehen konnte. Außerhalb ihres Lichtkreises ragten die Bäume wie ominöse schwarze Wächter über ihr. Büsche füllten Lücken zwischen den Bäumen, als sie durch den Schnee stapfte und das windige Gebiet umkreiste. Sie

hielt alle paar Schritte an, um ihre Taschenlampe über die schneebedeckten Haufen zu schwenken, bevor sie weiterzog.

Es war so kalt. Die eisige Luft attackierte ihre Lunge, ihre
Wangen brannten und sie zitterte. Wenn ihr schon kalt war,
musste die kleine Regan kurz vorm Erfrieren stehen. Panik fegte
über sie hinweg. Wenn sie Regan nicht bald fanden, wäre es
möglich, dass das kleine Mädchen nicht überlebte. Sie hatte bei
der Suche nach Kindern in der Wüste geholfen. Zwei hatten es
nicht geschafft.

Das hier war so viel schlimmer.

Entschlossen wies sie ihre müden Füße an, einen Zahn zuzule-
gen. Beweg dich.

Das hohe Jammern eines Schneemobils ertönte. Gabe war auf
dem Weg zu ihnen.

Augenblick, was war das gerade? Sie beugte sich vor, und ihr
Licht zeigte einen Schatten – eine Vertiefung im Schnee. Ein
Schuhabdruck. „Hier!", schrie sie. „Spuren!"

So wie der Klang ihrer Stimme von den Bäumen hallte, wären
die Männer, selbst wenn sie sie hörten, nicht in der Lage, eine
Richtung auszumachen.

JJ konnte jedoch nicht warten. Sie entfernte sich ein paar
Schritte von dem Abdruck, und baute mit Zweigen ein Tipi. Die
angewiesene Markierung. Na bitte.

Sie packte einen Haufen toter Zweige aus den Büschen,
kehrte zum Weg zurück und legte sie in einer geraden Linie auf
den Schnee, um den Beginn des Weges zu markieren.

Dann folgte sie den Spuren, zog einen Fuß immer wieder über
den Weg, kreierte so Furchen, und knickte Zweige auf Augen-
höhe. Laufen, Furchen ziehen, knicken. Ihr Atem kam schwer,
und sie spürte den Schweiß, der ihren Rücken runtertropfte.

„Regan!" Sie ging weiter und stoppte erneut, um nach den
kleinen Schuhabdrücken zu suchen. Wenn sie etwas fand, hinterließ sie Zweige.

„Regan!"

Bei einem hohen Schrei hielt sie abrupt an. Die Hoffnung stieg. Sie hätte fast den Weg verlassen, um dem Geräusch zu folgen. Bei einem weiteren Schrei änderte sie jedoch ihre Meinung. Der Laut prallte von den Baumstämmen ab. Es war unmöglich, zu wissen, aus welcher Richtung er kam. „Bleib, wo du bist, Regan! Ich komme! Bleib, wo du bist!"

Immer und immer weiter. *Sei nicht dumm und verlaufe dich. Ziehe einen Fuß durch den Schnee. Breche einen Zweig ab.*

Gott, sie war müde. Und ihr war so verdammt kalt. Kein kleines Mädchen sollte hier draußen sein. Wie sehr fror Regan?

Ihre Taschenlampe fing etwas ein – ein knalliges Rot. Eine Jacke.

„Regan", hauchte sie. Tränen füllten JJs Augen, und sie wäre vor bodenloser Erleichterung fast gestolpert.

„JJ!" Regan flog nach vorne, schlang einen Arm um JJ und schmiegte sich an sie.

JJ legte die Taschenlampe ab und zog Regan an ihre Brust. „Alles ist gut. Ich habe dich. Ist ja gut."

„Ich hatte solche Angst. Mir ist so kalt."

Ein hohes Miauen erklang, und ein brauner, pelziger Kopf erschien am Kragen von Regans Jacke. Aus dem Inneren der Jacke.

„Das ist eine Katze." *Bist du wieder Ms. Offensichtlich heute, JJ.*

„Ich habe ihn gehört und bin ihm gefolgt. Ich wollte ihn retten, aber er ist mir entwischt. Als meine Taschenlampe jedoch ausging, kam er für mich zurück."

JJ konnte die Worte kaum verstehen, da Regans Zähne so heftig klapperten. Aber ... eine Katze. Natürlich war das Kind dem Tier nachgelaufen. Das würde Caz bestimmt gefallen. Nicht.

Andererseits ... wie konnte er jetzt noch sauer sein? Er hätte genau dasselbe getan.

Lächelnd kniete JJ nieder, öffnete ihren Rucksack und zog die Rettungsdecke heraus. Das Kind trug Stiefel, Fäustlinge und eine Jacke, aber ihre Pyjamahose sah durchnässt aus. „Die werde ich um deinen Körper wickeln. Kannst du laufen? Ich bin mir nicht sicher, ob ich dich und die Katze tragen und trotzdem mit der Taschenlampe jonglieren kann."

Regan hob stolz ihr Kinn, obwohl JJ die Schauer spüren konnte, die durch ihren kleinen Körper jagten. „Ich kann laufen." Das Kind hatte eine Kapuze an der Jacke. Und die Katze hielt wahrscheinlich ihre Kerntemperatur hoch, was für beide gut war. „Kannst du deine Füße fühlen? Wackle mit den Zehen?"

„Ja, geht. Meine Finger sind jedoch ..."

Natürlich. JJ fand die Taschenwärmer und knickte sie einmal, so wie Gabe es ihr gezeigt hatte. Als sie aktiviert wurden, steckte sie einen in jeden ihrer Fäustlinge. Sie sollten in ein paar Minuten Wärme abstrahlen. „Das wird helfen."

JJ erhob sich und holte tief Luft. „Dann wollen wir mal von hier verschwinden. Pass auf die Katze auf. Wird sie dir zu schwer, kann ich sie tragen. Wir werden nebeneinander laufen" – obwohl das auf dem Pfad schwierig sein könnte – „damit wir uns nicht verlieren. Sag mir einfach, wenn du eine Pause brauchst. Okay?"

„Okay." Regan zitterte so stark, dass es JJ das Herz brach. Jedoch war es besser, zu zittern, als nicht zu zittern.

JJ lief los, packte das Mädchen an der Jacke und hielt mit der anderen Hand die Taschenlampe. Sie hatte einen guten Job gemacht, als sie die Furchen gezogen hatte. Die Spur, die sie hinterlassen hatte, war eindeutig zu erkennen – zumindest auf diesem Abschnitt.

War das ein Licht? Sie erstarrte und blinzelte die Schneeflocken von ihren Wimpern. „Oh!"

Ein Licht hüpfte durch den Wald. Nein, zwei Lichter, und sie näherten sich rasant.

„Regan! JJ!" Caz' Schrei war klar und deutlich zu hören, gefolgt von Bulls dröhnendem Brüllen.

Regan quietschte und entließ dann ein ohrenbetäubendes: „Papá!"

„Hier! Wir sind hier!" JJ rotierte ihre Taschenlampe im Kreis und zwang sich, normal weiterzulaufen, sodass Regan das Tempo bewältigen konnte.

Eine Taschenlampe blendete sie für eine Sekunde, und dann standen die Männer direkt vor ihnen.

„Dios, Regan!" Caz drückte JJs Schulter in unausgesprochener Dankbarkeit und griff nach seiner Tochter.

„Zerquetsche nicht die Katze", quietschte JJ. Sie hoffte, er hatte sie gehört, bevor einer von ihnen zerkratzt wurde.

„Katze. Du hast eine ..." Der darauffolgende Strom aus spanischen Worten war unverständlich.

Bull lachte, als er einen Arm um JJ legte und sie an seine Seite zog. „Gut gemacht, JJ. Bruder, lass uns zurückgehen. Ich kann die Zähne des Mädchens von hier aus klappern hören. Wir werden sie abwechselnd tragen."

„Führe den Weg", antwortete Caz.

JJ war kalt und erschöpft und doch konnte sie nicht aufhören, zu lächeln.

Sein Haus war endlich ruhig. Als sich seine Familie auf den Weg zu ihren eigenen Häusern machte, schloss Caz die Verandatür und ging in den Wohnbereich.

Einmal aus dem Wald heraus war Regan mit Gabe auf der Schneemaschine zurück zum Haus gefahren, während Caz die Katze für den Rückweg in seine eigene Jacke gestopft hatte. Sie betraten die Hütte, als Audrey seiner Tochter aus einem warmen Bad half. Schon bald waren Katze und Mädchen wieder vereint, und es wurde entschieden, dass es Zeit für heiße Schokolade, Tee und Geschichten war. Alle behielten seine Tochter im Auge, um sicherzustellen, dass sie die Gefahren der Unterkühlung überwunden hatte.

Es war ein Segen, dass Kinder so widerstandsfähig waren.

Nachdem Caz sie ins Bett gesteckt hatte, las JJ ihr eine

Geschichte vor, während er sich bei seiner Familie bedankte und sie alle zur Tür brachte.

Schritte kamen den Flur herunter. JJ.

„Schläft sie?", fragte Caz.

„Nicht ganz. Sie hat nach dir gefragt. Sie will nochmal Gute Nacht sagen." JJs Augenbrauen zogen sich zusammen. „Sie ist ziemlich besorgt darüber, dass du wütend sein könntest. Du wirst sie doch nicht anschreien, oder?"

„Nein. Morgen werden wir darüber sprechen, was sie falsch und was sie richtig gemacht hat." Caz lächelte. „Zumindest hat sie sich daran erinnert, was ich ihr über Wanderer erzählt habe, und dass sie an Ort und Stelle bleiben soll, wenn sie sich verläuft." Sie hatte jedoch ihre Notfalltasche nicht mitgenommen oder irgendjemandem erzählt, wohin sie gehen wollte. Stattdessen hatte sie das Haus einfach verlassen und ... „Es wird schwierig sein, nicht zu schreien."

„Wenn du sie anschreist, werde ich dich anschreien", warnte JJ – und sie machte keine Witze.

Die Polizistin hatte eindeutig eine Schwäche für Regan. Caz lächelte, als er den Flur zu Regans Schlafzimmer durchquerte.

Regans Schlafzimmer war dunkel, nur von den Nachtlichtern beleuchtet. In dem ruhigen Haus hörte er Schnee gegen das Fenster peitschen und das beruhigende Schnurren eines sehr glücklichen Streuners.

„Papá." Regans Augen öffneten sich und sie versuchte, sich aufzusetzen. „Es tut mir leid, Papá. Bist du sehr wütend auf mich?"

„Nein, *Mija*. Ich habe dir gesagt, dass ich nicht wütend bin." Er lächelte sie an. „Hast du dir schon einen Namen für die Katze überlegt?"

„Sirius."

„Guter Name." Sein Mädchen hatte sich in das *Harry Potter*-Universum verliebt. Caz streichelte ihr Haar und fuhr dann mit der Hand über den Rücken der braunen langhaarigen Tigerkatze.

Sirius war abgemagert, das Fell stumpf. Die letzten Mahlzeiten mussten dürftig ausgefallen sein.

„Es tut mir leid." Regan sah ihn aus ihren großen, flehenden Augen an. „Ich hätte –"

„Ganz ruhig. Wir werden morgen darüber besprechen."

„Du ... du wirst mich nicht wegschicken?" *Dios, hat sie sich deswegen Sorgen gemacht?* „Auf keinen Fall." Er steckte eine Locke hinter ihr Ohr. „Ich wusste nicht, dass ich eine Tochter habe, sonst wäre ich früher zu dir gekommen, Regan. Du gehörst jetzt mir, und ... und ich hab dich sehr lieb, *Mija.*" Da hatte sie die Wahrheit. „Und nichts wird daran jemals etwas ändern."

„Wirklich?"

Wie hatte er nicht bemerkt, wie sehr er sie bereits in sein Herz geschlossen hatte?

Warum verdammt hatte er es ihr nicht früher gesagt? Mako – keiner von ihnen – gehörte zu den Typen, die solche Dinge sagten. Aber das war das Defizit seiner Familie. Er war ein Idiot. Natürlich musste sein kleines Mädchen von ihm hören, wie er fühlte. „Ja, ich hab dich ganz doll lieb."

Ihre zerbrechlichen Schultern waren immer noch angespannt.

„Du bist mein Mädchen und das ist dein Zuhause." Er lächelte und erinnerte sich daran, was Mako gesagt hatte, als er sie aus der Pflegefamilie mitgenommen hatte. *„Wenn ihr mit mir kommt, werde ich euch großziehen, bis ihr auf eigenen Füßen stehen könnt."*

„Regan, du wirst hier leben, bis du erwachsen bist, aufs College gehst, umziehst oder heiratest. Bis du bereit bist, deine Flügel auszubreiten. Und falls irgendetwas Unvorhergesehenes passieren sollte, dann sei dir sicher, dass du immer zu mir kommen kannst."

Das war genau, was sie hatte hören müssen. Die Muskeln in ihrem Körper lockerten sich, und sie seufzte, als hätte es alles von ihr abverlangt, sich so lange anzuspannen.

Dann stieß die Katze mit dem Köpfchen gegen ihre Hand, als

wollte sie Regan daran erinnern, dass sie mehr als ein Problem hatte.

Bevor sie sich auch darüber Sorgen machen konnte, gluckste Caz. „Ja, Sirius kann bleiben. Du bist verantwortlich für sein Futter, Wasser, die Katzentoilette und das potenzielle Chaos, das er anrichten wird." Er musterte das lange Fell, die weiße Halskrause und den buschigen Schwanz. Sieht aus, als hätte Sirius etwas DNA einer Waldkatze in sich. „Bürsten wirst du ihn auch müssen."

„Wirklich?" Ihre Augen waren weit aufgerissen, ihre Atmung stoppte, und dann strahlte ihr ganzes Gesicht.

„Wirklich." Caz beugte sich vor und küsste sie auf die Wange. „Und jetzt schlaf, *mi tesoro*. Du wirst morgen nicht in die Schule gehen. Die Straßen werden gesperrt sein, also kannst du ausschlafen."

„Oh ..." Sie warf ihre Arme um seinen Hals. „Ich hab dich auch lieb, Papá. Danke, dass du nach mir gesucht und mich gefunden hast."

Er umarmte sie und atmete den süßen Duft seines sauberen kleinen Mädchens ein. *Sein kleines Mädchen.* „Ich werde immer kommen und dich finden. Das ist es, was Väter tun."

Als er den Raum verließ, fragte er sich, warum er so lange davor weggerannt war, jemanden zu lieben.

KAPITEL SECHZEHN

D er wahre Liebhaber ist der Mann, der dich schon dann verrückt macht, wenn er dich auf die Stirn küsst. ~ Marilyn Monroe

Da es JJ nicht schaffte, sich zu entspannen, entschied sie, das Wohnzimmer aufzuräumen. Dann wusch sie die Tassen und Gläser ab. Und räumte die Küche auf. Weil sie sich nicht dazu bringen konnte, zu gehen. Die kleine Regan wäre fast gestorben. Es war unmöglich, diese Tatsache zu verarbeiten.

Ein Geräusch ließ sie aufblicken. Caz kam vom Flur in die Küche und zog sich sein schweres Flanellhemd aus. Er wusste wahrscheinlich nicht einmal, dass sie noch da war, und jetzt müsste sie ...

Die gesamte Vorderseite seines T-Shirts war geschreddert und mit Blut bedeckt. Sie schnappte nach Luft.

Sein Kopf schoss hoch und er fand ihren Blick. „*Princesa*, mir war nicht klar –"

„Was hast du gemacht? Wie schwer bist du verletzt?"

„Es sind nur ein paar Kratzer. Ich werde mit Sicherheit nie wieder eine Katze in meiner Jacke herumtragen." Ein schiefes

Lächeln zeigte sich auf seinen Lippen. „Ich bin über einen Baumstamm gestolpert und er geriet in Panik."

Ihr Kopf drehte sich, als sie auf das Blut starrte. Sie sog scharf den Atem ein und drängte die aufkeimenden Emotionen zurück. „Ich kann nicht glauben, dass du die Wunden nicht sofort gereinigt hast. *Doc.*"

Caz zuckte mit den Schultern. „Es gab wichtigere Dinge, die zuerst erledigt werden sollten. Ich musste sicherstellen, dass es Regan gut geht und sie keine Unterkühlung erlitten hat."

„T-Shirt ausziehen. Lass uns nachsehen, wie schlimm es ist." Sie benutzte ihre Officer-Stimme.

Als er mit den Achseln zuckte und offensichtlich beschloss, sie nicht weiter zu verärgern, wurde ihr klar, dass er nicht den Macho heraushängen lassen würde. Noch ein Grund, warum sie ihn so sehr mochte.

Er zog sich sein T-Shirt über den Kopf.

Sie zuckte bei dem Anblick der langen Kratzspuren zusammen, entspannte sich aber schnell wieder. „Es ist nicht so schlimm, wie ich dachte. Sie sind nicht besonders tief. Wo ist dein Erste-Hilfe-Kasten?"

„Ich hole ihn." Oberkörperfrei ging er auf den Flur zu.

Und ... wow. Der Mann war unglaublich ... männlich. Die fein geformte Muskulatur seines Rückens war hinreißend.

Er zog den Verbandskasten aus einem Schrank im Flur und kam zurück ... und sie starrte immer noch.

Seine Brust war breit, mit kleinen, dunklen Brustwarzen und ... Kratzern, die über seine Rippen verliefen.

„Bitte sehr." Als er ihr den Kasten reichte, spannten sich seine Brustmuskeln und sein Bizeps an, tanzten vor ihren Augen.

„Danke", hauchte sie.

Sie senkte den Blick auf seine Jeans und bewunderte auf dem Weg sein Sixpack.

Er gluckste und sie riss ihren Blick hoch. Natürlich sah sie die Belustigung in seinen Augen.

Sie räusperte sich. „Okay, also dann." Sie stellte das Wasser an, nahm den Waschlappen, den er ihr reichte und reinigte die Kratzer. Dann schmierte sie antibiotische Wundsalbe auf die Stellen. Und Pflaster kamen zum Einsatz, wo es wirklich schlimm war.

Anstatt ihre Hände zu beobachten, musterte er ihr Gesicht. „Fertig." Sie wollte einen Schritt zurücktreten, als sie plötzlich seine Hand auf ihrer Wange wahrnahm.

„Danke, JJ. Für die Erste Hilfe. Dafür, dass du Regan gefunden hast. Dafür, wie offensichtlich es ist, dass du sie magst."

„Sie wäre fast g-gestorben." JJs Augen, ihre Nase, ihr Gesicht brannten und sie schluckte schwer.

„Ah, *Princesa*", murmelte er, legte seine Hand um ihren Nacken und zog ihren Kopf an seine Schulter. Sie sehnte sich so sehr danach, von ihm gehalten zu werden, dass es weh tat.

Als ob er es wüsste, zog er sie noch enger an sich. „Es ist vorbei. Alle sind in Sicherheit."

Sie schlang ihre Arme um ihn und schmiegte ihr Gesicht an seine Schulter – und dann kamen die Tränen.

Er versuchte nicht, sie zu beruhigen, sondern hielt sie einfach und ließ sie weinen.

Oh Gott. Sie schluchzte immer noch und fühlte sich wie eine Närrin. Sie hatte ihn vollgeheult. Warum hatte sie das getan? Sie hob ihren Kopf und begegnete seinem Blick. „Es tut mir leid. Ich weiß nicht mal genau, warum ich –"

„Angst." Mit dem Arm noch um ihre Taille streichelte er ihr Haar in einer sanften Liebkosung. „Angst um Regan, um uns alle. Erschöpfung spielt auch eine Rolle." Er gluckste. „Und Frustration, weil wir es nicht an ihr auslassen können."

Sie lachte und erkannte verspätet, dass sie sich immer noch gegen seine nackte Brust presste, ihre Hände auf seinem Rücken hatte. Samtweiche Haut über harten Muskeln. Sie versuchte, sich zurückzuziehen. „Du bist verletzt."

„Es würde mich weitaus mehr verletzen, wenn du dich jetzt

wegbewegst." Sofort erstarrte er und schüttelte den Kopf. „Vergib mir; ich vergesse mich immer wieder."

Wie konnte er das nicht, wenn man bedachte, wie sie sich mit ihm benahm? „Du bist nicht der Einzige, der sich unangemessen verhält." Sie rieb ihre Wange an seiner warmen Haut und atmete den schwachen Duft von Seife und sauberem Schweiß ein.

Er hätte da draußen sterben können. Wenn sie Regan nicht gefunden hätten, hätte er nicht aufgehört, nach ihr zu suchen. Keiner von ihnen hätte das. Ihre Jahre in der Strafverfolgung hatten ihr gezeigt, wie brutal das Leben sein konnte. Brutal und erbarmungslos. Und oftmals endete es viel zu früh.

Sie neigte den Kopf zurück, fuhr mit den Fingern durch sein dickes schwarzes Haar und konnte beobachten, wie sich seine Augen vor Lust verdunkelten. Dann hob sie sich auf die Zehenspitzen und presste ihre Lippen auf seine.

Als er zögerte, zog sie sich schnell zurück. „Sorry, ich –"

Seine Arme festigten sich um sie, bevor er sie an seinen Körper zog und sie küsste. Und wie er sie küsste. Tief und leidenschaftlich und wundervoll. Er schickte Verlangen durch ihre Adern, Hitze zu ihrer Mitte.

Ja, genau das wollte sie. Sie wollte das Leben feiern. Mit Cazador.

Er hob den Kopf, sein Atem wehte warm über ihre nassen Lippen, und sie spürte seine Erektion an ihrem Bauch. Seine Augenbrauen zogen sich zusammen. „*Princesa*, vielleicht sollten wir aufhören, bevor ..."

„Nein, wir hören nicht auf." Verspätet erinnerte sie sich an das, was die Barkeeperin im Resort zu ihr gesagt hatte. Über seine Regeln. „Aber nur für heute Nacht. Nicht mehr."

Er musterte ihr Gesicht und lächelte dann. „*Sí*. Aber nicht hier." Er trat zurück, nahm ihre Hand und führte sie die Treppe hinauf zu seinem Schlafzimmer.

Dort angekommen fiel ihr Blick auf sein Bett.

Nashs kalte Stimme erfüllte ihren Kopf: *Du bist wertlos im Bett.*

Was für eine Frau kann keinen Orgasmus bekommen? Wie war es möglich, dass sie das vergessen hatte? Alles in ihr wollte Liebe mit ihm machen. Sie wollte Cazador küssen und berühren und in sich aufnehmen. Sie wollte das Wunder spüren, mit jemandem intim zu sein, den sie wirklich mochte. So sehr mochte sie ihn. Obwohl sie sich mit der Nähe, die Sex mit sich brachte, bereits zufriedengeben würde, gehörte Caz auf jeden Fall zu den Männern, die das nicht als genug empfinden würden. Er würde wollen, dass sie kam. Und wenn das nicht passierte, würden sie sich beide schlecht fühlen.

Als er das Schloss an der Schlafzimmertür drehte, schüttelte sie den Kopf. „Caz." Ihre Stimme brach, als wäre sie ein Junge in der Pubertät. „Ich ... das wird nicht funktionieren. Es tut mir leid. Ich sollte einfach nachhause gehen." Sie machte einen Schritt auf die Tür zu, bevor sie merkte, dass er noch immer ihre Hand umklammerte.

Tatsächlich drückte er ihre Finger, bevor er sie an seinen Mund führte. „Deine Finger sind kalt, *Princesa*", murmelte er. Eine Sekunde später stand er direkt vor ihr und sie musste den Kopf in den Nacken legen, um ihm in die Augen zu sehen. Er zog sie an den Haaren zurück, küsste sie und schaffte es so, dass ihr wieder heiß wurde.

Ihre Ängste verblassten wie Nebel auf dem Wasser.

Bis er den Kopf hob.

„Du kannst jederzeit gehen, wenn du willst, *Mamita*. Aber ich würde gerne den Grund wissen. Und da ich deine Gedanken nicht lesen kann, musst du mit mir reden." Er zog sie zum Bett, setzte sich neben sie und schlang einen Arm um ihren Rücken.

Was sollte sie sagen? Sie starrte auf ihren Schoß, bis er ihre Wange berührte und ihren Kopf drehte, um ihren Blick einzufangen. Der Raum war dunkel, sodass ihre Verlegenheit nicht ganz so auffällig war.

„Unten wolltest du weitermachen." Seine Augen waren dunkel, sein Ausdruck scharfsinnig. „Was hat sich in der Zeit geändert?"

Gott, wie demütigend! Aber ... okay, einmal erklären und die Sache wäre erledigt. Und sie hatte sich selbst das Versprechen abgenommen, dass sie im Schlafzimmer mit Unehrlichkeit fertig war. In Beziehungen generell. „Ich wollte es, aber dann musste ich daran denken, wie sehr es dich vielleicht enttäuschen würde, wenn ich nicht ... komme, ähm, keinen Orgasmus habe. Ich kann nicht. Nicht mit einem Mann."

„Gibt es einen Grund dafür?" Fragend neigte er den Kopf. „Nein, lass mich das anders ausdrücken: Kommst du, wenn du masturbierst?"

Hatte er sie das ernsthaft gerade gefragt?

Das hatte er. Sie spürte, wie ihre Wangen heiß wurden, und nickte. Einmal, als sie in einen Pool getaucht war, hatte sich ihr Bikinioberteil gelöst. Sie war aus dem Wasser gekommen und hatte festgestellt, dass alle auf ihre nackten Brüste gezeigt hatten. Immer mal wieder erinnerte sie sich an diesen Moment und die Verlegenheit brodelte über.

Diese Situation kam dem Gefühl sehr nah.

Mit der Hand hielt er immer noch ihr Kinn und er rieb seinen Daumen über ihre Unterlippe. „Bedeutet das, du brauchst mehr als nur einen Schwanz in dir?"

Ihr Versuch, von ihm auf Abstand zu gehen, wurde gestoppt, als er seine Hand in ihren Haaren zu einer Faust ballte. „Nein, Jayden, es wird jetzt geredet und nicht davongelaufen." Seine Stimme klang endgültig.

Davonlaufen? Sie erstarrte. Sie war kein Feigling. Sie würde das schaffen. Als ihr Blick jedoch auf seinen traf, wusste sie nicht, was sie als Nächstes sagen sollte.

Er schien nie ein Problem damit zu haben, Worte zu finden. „Das sind hilfreiche Informationen. Oralsex, Finger, Spielzeug? Was ist dein Favorit?"

Oralsex, oh ja, Oralsex. Ihre Wangen erinnerten mittlerweile wahrscheinlich an eine Tomate. Dieses Gerede über Sex war unmöglich. Könnte sie einfach verschwinden? Sie seufzte. *Sei ehrlich, JJ.*

„Oralsex, aber es ist okay. Ich weiß, wie Männer darüber denken, und ich möchte nicht, dass du etwas tust, das du als ekelhaft empfindest."

Seine Augenbrauen zogen sich zusammen. „Jemand hat dir gesagt, dass Männer nicht gerne Oralsex geben?"

„Äh, ja."

„Wer hat dir das gesagt? Deine Mamá?"

„Oh Gott, nein." Sie unterdrückte ein Schnauben. Ihre Mom hatte nicht über Sex gesprochen. Niemals. „Mein Ex-Freund. Er, ähm, hat es ein paar Mal probiert und jedes Mal gewürgt. Dann meinte er immer, dass Männer eben so darüber denken."

„Hmm. Zeit für einen kleinen Abstecher ..."

„Was?" Einen Abstecher in der Diskussion darüber, wie sie zum Orgasmus fand? Damit war sie einverstanden.

„Warum habt du und der *Cabrón* euch getrennt?"

Oder vielleicht auch nicht. „Du bist ganz schön neugierig."

Sein rechter Mundwinkel zuckte, als hätte er am liebsten gelacht. „*Verdad.* Stimmt. Antworte mir, bitte?"

„Er war ein anderer Officer in der Polizeistation. Als wir schließlich auf Dates gingen, war er wirklich nett, aber dann ..." Sie runzelte die Stirn. „Er fing an, alles zu kritisieren, was ich tat. Er hat sogar gelogen, wenn es darum ging, wie ich meinen Job mache. Irgendwann" – *nach viel zu langer Zeit* – „habe ich mit ihm Schluss gemacht."

„Das freut mich." Caz' Daumen fegte wieder über ihre Lippen und alles in ihr kribbelte bei dem Kontakt. „*Mamita*, benutze Logik. Wenn der Mann schon bei der Arbeit so unehrlich ist, würde er dann nicht auch über Sex lügen?"

Nash hatte ... gelogen?

Sie musste schockiert ausgesehen haben, denn Caz gluckste. „JJ, wie viel Erfahrung hast du?"

„Nicht sehr viel. Vor Nash gab es ein paar Typen. Nichts Langfristiges, also keine festen Freunde. Ich hatte keine Zeit für

Männer, als Mom krank war. Danach ging ich auf die Akademie und konzentrierte mich darauf, Polizist zu werden." „Und so hast du geglaubt, was dieser Nash sagte." Er schüttelte den Kopf. „Dann lass mich dir mal die Wahrheit erzählen: Jedes Geschlecht kann egoistisch sein. Es gibt Frauen, die nicht gerne Blowjobs geben, richtig?" „Ich schätze." Wenn sie ehrlich war, genoss sie den Akt. Obwohl sie kein Wort gesagt hatte, wärmte sich der Ausdruck in seinen Augen. „Eine Person hat das Recht, zu Dingen, die ihr nicht zusagen, *Nein* zu sagen. Aber es sollte ein Gleichgewicht geben. Muss es sogar." Er stand auf und marschierte durch den Raum, während sie ihn nur anstarren konnte. Er war wütend – in ihrem Namen. Das war einfach ... herzerwärmend.

Caz drehte sich zu ihr um, sein Blick direkt auf sie gerichtet. „Nicht alle Männer hassen es, Oralsex zu geben. Dein Nash hätte sagen sollen, dass *er* es nicht machen will, und wenn er Blowjobs von dir wollte, hätte er etwas anbieten sollen, was auf derselben Ebene ist. Zumal Frauen in der Regel mehr als einen Schwanz brauchen, der in sie hineinstößt. Gott weiß, wie sehr es uns Männer nerven würde, wenn Frauen unsere Schwänze auf dieselbe Weise ignorieren würden, wie einige Herren der Schöpfung die Klitoris ignorieren."

Sie starrte ihn fassungslos an. Wie konnte er so ... unverblümt über Sex sprechen?

Okay, okay, sie würde später über die Idee eines Gleichgewichts nachdenken. Unterm Strich hatte Nash gelogen – und sie hatte ihm geglaubt.

Schlimmer noch: Sie war eine Närrin gewesen und hatte Nash gegeben, was er wollte, ohne etwas dafür zu erhalten. „Ich habe mich immer als jemand gesehen, der Gleichberechtigung hochbewertet. Ich meine, sieh dir an, was ich beruflich mache. Wie konnte ich nur so blind sein? So naiv?"

„Kontrollierende Arschlöcher gehen hinterhältig vor, greifen an, wo du am verwundbarsten bist und kratzen an deinem Selbstwertgefühl, bis nichts mehr übrig ist." Caz setzte sich wieder neben sie und legte einen Arm um ihre Taille. „Lass mich korrigieren, was Nash gesagt hat. *Er* mochte es nicht, Oralsex zu geben. Insgesamt denke ich, dass es die Mehrzahl der Männer gerne tut, aber ich rede mit meinen Geschlechtsgenossen nicht über Sex. So wurde ich nicht erzogen."

Es war beruhigend, zu wissen, dass er nicht mit Gabe oder Bull über sie sprechen würde. Aber jetzt wollte sie wissen ... „Ähm _"

Sein Grinsen sagte, dass er genau wusste, was sie wissen wollte. „Ich liebe es, Frauen oral zu befriedigen. Ich liebe den Geschmack und den Geruch. Mit den Lippen, der Zunge, meinen Fingern. Ich liebe alles daran."

Sie erschauerte, als sich ihre ganze untere Hälfte in einen geschmolzenen Pool der Begierde verwandelte.

Sein maskulines Lachen rieb wie eine warme Hand über ihre Nervenenden. „Schau dir diese großen Augen an. Ja, wir werden ficken. Aber ich denke, wir müssen zuerst das Flüstern dieses *Pendejo* in deinem Kopf abschalten, *Princesa*."

Woher wusste er, dass sie Nashs Stimme in ihrem Kopf hören konnte?

„Also. Du wirst mir vertrauen." Sein Lächeln nahm eine sinnliche Qualität an. „Ich werde dir das Augenlicht nehmen und dann ..." Er zog ihr das Thermo-Oberteil über den Kopf und lachte, als sie ein überraschtes Quietschen entließ.

Sein Blick fegte über sie und erhitzte sich. „Ich liebe es, wie oft du ohne BH herumrennst."

„Du ... Was? Du weißt, wenn ich keinen BH trage?"

„Ich bin ein Mann. Natürlich weiß ich das." Seine Handflächen fanden ihre kleinen Brüste, seine Daumen ihre Nippel. Federleicht berührte und neckte er ihre Knospen, bevor er sie erneut küsste, ohne die Hände von ihren Brüsten zu nehmen. Die Kombination schickte elektrisierende Hitze durch sie.

„Der heutige Abend ist einfach nur zum Spaß. Ich werde mich

an dir erfreuen, bis ich nicht mehr warten kann und in dir sein muss. Wenn du kommst, gut. Wenn nicht ist das auch in Ordnung. Das gilt auch für mich. Heute Abend besteht unsere einzige Aufgabe darin, den Körper des anderen zu genießen, *sí?*" Sie konnte es nicht erklären, aber sein lässiges Achselzucken war sehr hispanisch. Er würde sie nicht unter Druck setzen, zu performen.

Ihre Nervosität zog sich etwas zurück. „Okay. Ja." Sie lehnte sich vor und küsste seine Schulter, seinen Hals. „Möchtest du noch etwas hinzufügen?"

„Ja, das möchte ich", murmelte er und zog sie auf die Füße. „Du wirst mir für diese Session deine Kontrolle anvertrauen, meine unerfahrene Schönheit. Ich sage dir, was ich mag, was ich will und was du tun sollst. Bis ich etwas anderes sage, wirst du vollkommen still liegen und dich nicht bewegen."

„Aber ..."

„Nein. So sind die Regeln. Für dieses Mal." Er machte ihre Jeans auf. Mit einem Ruck zog er alles von ihren Beinen und half ihr aus ihrer Kleidung. „Auf deinen Rücken, Officer, oder ich werde deine Handschellen finden."

Sie runzelte die Stirn. „Das ist nicht lustig."

Seine Augen tanzten amüsiert. „Wenn du deine nicht mit mir teilen willst, hat Gabe ja noch ein Paar."

„Oh, mein Gott. Das ist einfach falsch."

„Irgendwann werden wir es versuchen." Bevor sie ihm antworten konnte, drückte er sie auf das Bett, trat zurück und musterte sie. „Hmm." Er hob ihr Shirt auf, faltete es und legte es über ihre Augen.

„Du wirst es nicht am Hinterkopf verknoten?" Ihr Versuch, sarkastisch zu klingen, ging schief. Stattdessen klang sie atemlos.

„Das ist nicht nötig, da du dich nicht bewegen wirst. Du berührst mich nicht, zappelst nicht herum, windest dich nicht. Du sprichst nicht und ich erwarte, dass du deine Atmung kontrollierst. Ich will kein Stöhnen hören."

„Bitte was?"

„Du hast mich schon gehört, *Mamita*. Jetzt bin ich dran und ich will spielen. Vielleicht bekommst du in der nächsten Runde die Chance, dich auszuleben." Er legte ihre Finger um das ausgefallene schmiedeeiserne Kopfteil. „Nicht loslassen, bis ich es dir sage."

Beweg dich nicht. Sprich nicht. Sie konnte nicht einmal sehen, was er tat.

Jeder Millimeter ihrer Haut erwachte erwartungsvoll zum Leben. Wo würde er sie berühren?

Die Nachttischschublade wurde geöffnet, geschlossen. Die Matratze senkte sich, als er sich neben ihr niederließ. Sein Kuss war warm und sanft, und jeder Atemzug brachte ihr seinen dunklen, würzigen Duft.

Er fuhr mit einem Finger über ihre Wange, über ihren Hals. Die Luft war kühl. Sein Finger strich warm über ihre Brust. Ihre Nippel richteten sich zu schmerzenden Knospen auf, und sie wölbte ihren Rücken, flehte ihn so um mehr an.

„Du wirst dich nicht bewegen, *Mamita*. Keinen einzigen Muskel."

Ihr Mund öffnete sich und er erinnerte sie daran: „Kein Wort. Keine Geräusche. Dies ist meine Zeit, und ich bin ein fordernder Mann."

Als sie versuchte, ihre Muskeln zu entspannen, still auf der Matratze zu liegen, umkreiste sein Finger eine Brust, dann die andere. Er erkundete, packte, knetete. Sein Daumennagel kratzte über ihre Brustwarze und sie schnappte bei dem herrlichen Gefühl nach Luft.

Er spielte so gemächlich mit ihr, während er mit ihr in seinem sinnlichen Akzent sprach: „So hübsche Brüste. Die untere Seite ist weicher als die obere. Und wenn du sehen könnest, wie hart deine kleinen Nippel werden. Ich mag dieses Rosa."

Mit warmen Fingern zupfte er an einem Nippel, rollte ihn und zwickte hinein. „Sie werden länger und härter." Sein Mund schloss sich um eine pochende Knospe, seine Zunge schnellte darüber hinweg. „Mmm, von rosa zu rot. Mal sehen ..." Er saugte sanft, dann härter. „Oh ja, eine hübsche Farbe. Ah, ich sollte der anderen denselben Ton verpassen." Er bewegte sich zu ihrer rechten Brust. „Sommersprossen. Ich liebe die kleinen Sommersprossen hier."

Ihr Kopf drehte sich bei den erstaunlichen Empfindungen. Sollte sie ihm nicht etwas zurückgeben? Bewegen oder stöhnen? Nein, ihr war befohlen worden, still zu halten und kein Wort zu sagen. Das bedeutete jedoch, dass sie nichts hatte, um sich von den Empfindungen abzulenken, die er in ihrem Körper auslöste. Es blieb nur eins für sie zu tun: zu fühlen.

Seine Lippen bewegten sich nach unten – und er machte ein Motorgeräusch auf ihrem Bauch. Das Geräusch und die Vibrationen erschreckten sie, sodass sie zuerst quietschte und dann kicherte.

Er küsste sie und tadelte: „Keine Geräusche, *Cariño*. Du warst böse, also wirst du leiden müssen."

Sie wollte sich das Shirt von den Augen reißen, damit sie sehen konnte, aber nein, sie musste einfach still liegen und ihrem Körper sagen, er solle sich trotz der wachsenden Lust nicht bewegen, trotz der Art und Weise, wie straff und empfindlich sich ihre Haut anfühlte. Der Art und Weise, wie ihre Pussy um Aufmerksamkeit flehte.

Er legte seine Hand auf ihr Geschlecht und glitt mit einem Finger in sie. Oh, sie war feucht. Mit der Zunge umkreiste er ihre rechte Brustwarze. Seine Lippen schlossen sich um die Knospe und saugten. „Nimm deine Strafe schweigend an, *Mamita*", warnte er.

Sie spürte seine Zähne an ihrem empfindlichen Fleisch. Dann folgte der Biss. Das Gefühl verwandelte sich in eine hohe, langsame Welle der Lust, die sie erschütterte, die sie um den Verstand brachte. Ihre Lippen schlossen sich um ein Keuchen. Sie hielt so still, während jede Berührung sie mehr und mehr erregte.

„Sehr gut." Er gluckste. „Es ist gut, dass du es genießt, gebissen zu werden, da es etwas ist, was ich gerne tue."

Oh. Mein. Gott. Ihr Nippel brannte und pochte – und bettelte um mehr.

Er ging zur anderen Brust über und gab ihr dort die gleiche Behandlung, bevor er sich an ihrem Körper nach unten bewegte. Seine Lippen kamen warm an ihrem Bauch an. „So weich. Ich mag es bei einer Frau hier weicher." Es ging weiter nach unten zu ihrem Venushügel. „Um meine Lippen bettelnd."

Seine Stimme verankerte sie, stabilisierte sie in den tiefen Gewässern der Begierde.

„Öffne deine Schenkel weit für mich, *Querida.* Bewege nur deine Beine."

Sie spreizte ihre Schenkel ein paar Zentimeter und bekam einen leichten Klaps auf ihren Oberschenkel, bei dem sie zusammenzuckte. Ein Gefühl, das direkt zu ihrer Pussy schoss.

„Sture Frau. Weiter auseinander."

Sie wollte ihm sagen, dass er herrisch war, wollte ihn mit einem Stirnrunzeln niederstarren, wollte ihn davon abhalten, dass er sie dort unten ansah. Ein weiterer neckischer Klaps entgleiste ihre Gedanken und sie öffnete ihre Beine.

„Das ist doch mal ein netter Anblick." Er ließ sich zwischen ihren Beinen nieder. Seine Hände wanderten über ihre Oberschenkel, um den leichten Schmerz von den Schlägen zu lindern. Die Hände glitten zu ihren Schenkelinnenseiten und er drückte ihre Beine noch weiter auseinander. Er offenbarte einfach alles für seinen Blick.

Bevor sie sich Sorgen machen konnte, erhob er das Wort, und seine dunkel klingenden Worte beruhigten sie, selbst als seine wandernden Finger sie erregten: „So eine hübsche Farbe und so feucht. Ich werde noch härter, wenn ich sehe, wie nass und bereit du für mich bist. *Sí*, mein Schwanz verlangt, in dir zu sein, aber der Rest von mir möchte hier für ein paar Stunden oder so spielen."

Stunden? Mehr als ein paar Minuten würde sie nicht überleben.

Seine Finger legten sich an ihre Schamlippen und spreizten sie, glitten durch ihre Spalte. Es dauerte nicht lange, bis sie seinen warmen Atem über ihr Geschlecht wehen spürte. Über ihre Klitoris. Seine Zunge umkreiste ihr empfindliches Nervenbündel, und das exquisite Gefühl war mit nichts zu vergleichen.

„Mmm, du schmeckst nach Sünde, *Mamita*."

Alle ihre Nervenenden bündelten sich in ihrer Pussy. Alles schmerzte und bettelte nach mehr.

Er gab ihr mehr. Seine Zunge war noch sinnlicher als seine Stimme, seine Finger hielten sie offen, drückten sich dann in sie hinein und krümmten sich in ihrer Hitze, während seine Zunge weiter ihre Klitoris folterte. Er fing die Perle zwischen seinen Lippen ein. Ein verheerendes Gefühl.

Die Empfindungen bündelten sich, dichter und dichter, überwältigender. Er ließ nicht nach, bewegte sich nur leicht nach oben oder unten, glitt seitlich am Nervenbündel vorbei, schließlich auf der anderen Seite.

Alles in ihr spannte sich an, jeder Muskel starr, als er in seinen Bemühungen innehielt, und dann schlossen sich seine Lippen über ihre Klitoris und er saugte, während er seine Zunge auf das Bündel presste.

Wie ein Schiff in einem Tsunami geriet ihre Welt außer Kontrolle, als die riesigen Lustwellen über sie hinwegrollten und sie in Empfindungen ertränkten. *Nicht schreien, nicht schreien.*

Seine Finger in ihr kannten kein Erbarmen und lockten auch die letzte Welle aus ihr heraus, bis sie nur noch beben konnte, ihr Herz wie wild in ihrer Brust schlug und sie mit sich selbst um die Wette keuchte.

Er schob sich über ihren Körper und sie vernahm das Lachen in seiner Stimme. „Du bist unglaublich schön, wenn du kommst."

Er küsste sie langsam und sanft, dann härter und fordernder, stützte sich rechts von ihr ab, während seine freie Hand ihren schweißnassen Körper streichelte.

„Du darfst deine Arme um mich legen ... für eine Minute."

Als sie das Kopfteil losließ, fühlten sich ihre Finger steif an, aber ihre Hände waren glücklich, als sie ihn umarmte und über die steinharten Muskeln seiner Schultern und Oberarme staunte.

„Ich –"

„Nein, du darfst nicht reden."

In einer stillen Bitte berührte sie das Oberteil, das noch über ihren Augen lag.

Sein tiefes Lachen verursachte einen Lustschauer in ihr. „Nein, das bleibt. Bis ich in dir bin. Jedenfalls wenn wir zu diesem Punkt kommen."

Würde das nicht jetzt passieren?

„Noch habe ich nicht genug von dir gekostet. Ich will mehr. Ich *brauche* mehr." Seine Zähne knabberten an ihrem Ohrläppchen und wieder erschauerte sie. „Ich wollte dir nur die Chance geben, wieder zu Atem zu kommen."

Er legte ihre Finger erneut um das Kopfteil, küsste sie sanft auf die Lippen und bewegte sich nach unten.

Das zweite Mal, dass seine schüchterne Frau zum Orgasmus fand, war noch befriedigender als das erste Mal. JJ war wirklich hinreißend, wenn sie ihren Höhepunkt erreichte. Die Art und Weise, wie sich das erregende Rot von ihren Nippeln bis zu ihren Wangen ausbreitete, zog ihn regelrecht in den Bann.

Er wollte ihre Augen sehen. Nur wusste er, dass sie dazu neigte, zu viel nachzudenken. Nur von dem Wenigen, das sie ihm erzählt hatte, war das Arschloch eines Ex-Freundes dafür verantwortlich, dass sie in Bezug auf ihr Aussehen, ihren Geruch und ihren Geschmack verunsichert war. Sie war besorgt darüber, was sie sagen sollte, und was es brauchte, um einem Mann Befriedigung zu verschaffen.

Also hatte Caz ihr die Fähigkeit genommen, überhaupt etwas zu tun. Somit eliminierte er die Möglichkeit des Scheiterns. Und, *Dios*, sie hatte wunderschön reagiert.

Nach ihrem Orgasmus lag sie schlaff und zufrieden unter ihm. Während sie von dem Höhenflug herunterkam, zog er sich seine Jeans aus und rollte sich ein Kondom über. Er fand sich zwischen ihren Schenkeln ein und hob ihre Knie. „Ich möchte, dass du deine Beine um mich legst. Kannst du das für mich tun?"

Sie folgte seiner Bitte. Die Innenseiten ihrer Schenkel waren wie warme Seide, die sich an seine Haut schmiegte. Er erstarrte für einen Moment und kämpfte um die Kontrolle.

„Hände auf meine Schultern." Als sie gehorchte, entfernte er das Thermo-Oberteil von ihren Augen.

Sie blinzelte und richtete ihren Blick dann auf sein Gesicht. Ihre Augenfarbe erinnerte nun an das heißeste Zentrum eines Feuers. So blau und verlockend.

Er hielt ihren Blick gefangen, streichelte ihre Wange und spürte die Verbindung zwischen ihnen. Die Begierde. Es war beunruhigend, wie sehr er sich körperlich und emotional nach ihr sehnte. „Bist du bereit für mich, JJ?"

Ihre Lippen formten das Wort, obwohl kein Ton entkam: „Bitte."

Er packte seinen Schwanz und positionierte ihn an ihrem Eingang. Sie war verdammt feucht – und einfach so wunderschön. Er glitt einen Zentimeter in sie und sah, wie sich ihre Pupillen weiteten, spürte, wie sich ihre Finger in seine Schultern gruben.

„Du bist eng, *Mamita*, und *Dios*, du fühlst dich gut an."

Die winzige Falte zwischen ihren Augenbrauen sagte, dass er langsam machen sollte. Sie war zu eng – diesmal. Aber diese Enge zwang ihn, mit allem, was er hatte, an seiner Kontrolle festzuhalten. Mit sanften Stößen wagte er sich in sie vor und wurde belohnt, als sich ihre Hitze um ihn legte. „Du fühlst dich großartig an."

Das reichte nicht. Sie brauchte Worte, um dem Gift entgegenzuwirken, das Nash ihr verabreicht hatte. „Wie eine heiße Faust fühlst du dich an, feucht und so wundervoll, dass ich darum kämpfen muss, nicht wie ein jungfräulicher Junge in dich zu rammen."

Ein gepresstes Lachen entrang ihr. Ihre Augen leuchteten vor Glück. Sie war eine großzügige Frau.

Langsam, unerträglich langsam, arbeitete er sich in sie. Ihre Nippel bohrten sich in seine Brust, als er sich bis zum Anschlag in ihr verlor und sie zu seiner machte.

Mein. Was für ein anachronistischer Ausdruck, den er bis tief ins Mark fühlte. *Mein.*

„Halt dich an mir fest, *mi princesa.* Die Zeit für gemächlich ist vorbei."

Als sie ihr Becken auf der Suche nach mehr anhob, hätte er am liebsten gelächelt. Könnte sie perfekter sein?

Sein erster harter Stoß schickte Hitze durch seinen Schwanz und seine Eier. Dann hämmerte er in sie hinein und spürte, wie sie unter ihm weicher wurde. Ihre Arme schlagen sich um seinen Hals und sie krallte sich an ihm fest.

Als ihre Wangen rot wurden, rieb er lächelnd sein Kinn über ihre Schläfe. Sie war wieder erregt. Wie sollte er also widerstehen?

Er schob sich über sie, sein Becken über ihrem, sodass er mit jedem Stoß ihre Klitoris betörte. Sie erstarrte, als hätte sie einen elektrischen Schlag von ihm bekommen, und dann spürte er, wie sich die Wände ihres Geschlechts um ihn zusammenzogen.

„Mmm, *Mamacita*, das ist gut."

„Oh, oh ..." Ihre Augen zeigten ihre Lust.

Sie war einfach wunderschön.

Sein Hoden hob sich in Erwartung. Die Hitze war eine fordernde Masse an der Basis seiner Wirbelsäule. Dennoch hielt er sich zurück, stieß weiterhin hart in sie, rotierte seine Hüfte, um mit dem Schambein ihre Klitoris zu necken.

Ihre Finger wurden zu Krallen, die sich in seine Schultern bohrten, ihre Beine spannten sich um ihn an.

„Es wird Zeit, zu kommen, *mi pequeña poli*", hauchte er und biss die süße Kurve zwischen ihrem Nacken und ihrer Schulter. Ihr Kopf neigte sich zurück und sie stieß einen hohen Schrei aus. Er hielt sie fest und spürte, wie sie von der Ekstase mitgerissen wurde.

„So verdammt hinreißend." Ihre Pussy massierte ihn noch immer, als er seinen eigenen Bedürfnissen nachgab und sie mit kurzen, schnellen Stößen nahm. Er war tief, so tief, in ihr, als die Hitze auf die befriedigendste Weise, die er kannte, aus ihm strömte.

Für einen Moment senkte er sich auf ihren weichen Körper, bevor er sie von seinem Gewicht befreite. Als er in ihre strahlenden Augen schaute, prägte sich ihr Duft, ihr Geschmack, ihr ganzes Sein in sein Herz ein.

JJ wachte kurz vor Sonnenaufgang auf. Einen Moment lang wusste sie nicht, wo sie war, fürchtete sogar, sie wäre wieder in Nashs Wohnung. Aber ein Atemzug brachte ihr den Duft von Schnee und Immergrün, da das Fenster einen spaltbreit geöffnet war. Sie bewegte ihren Kopf und zog den Duft von Caz' sauberem, würzigem Limetten-Aftershave in ihre Nase ... zusammen mit dem Geruch von Sex.

So viel Sex. *Gott, steh mir bei.* Ihr Vibrator hatte sie noch nie so oft zum Orgasmus geführt – geschweige denn so hart. Sie hatte schon in der ersten Runde drei Orgasmen gehabt. *Drei.* Wie lautete die Etikette nach so viel Lust? Sollte sie ein Dankesschreiben verfassen?

Nach dem ersten Mal schliefen sie ein wenig, kuschelten miteinander, beide erschöpft.

Er hatte sie gegen zwei Uhr morgens geweckt. Noch etwas schläfrig spürte sie, wie er von ihr wegrutschte, hörte ein Knistern, und schon hatte er sich wieder von hinten an sie gepresst.

Sein rechter Arm unter ihr fand ihre Brust. So nett, hatte sie verschlafen gedacht. Und dann drückte sich sein dicker, harter Schwanz für eine Sekunde an ihren Eingang, bevor er tief in sie glitt. Sie erstarrte.

„Nicht bewegen, *Princesa*", murmelte er ihr ins Ohr. Er legte seine linke Hand auf ihre Pussy und fand ihre Klitoris. Er ließ seine Magie wirken, während sein unbeweglicher Schaft in ihr pochte.

Gott, sie näherte sich dem Gipfel. Und dann wachte ihr Verstand auf. Die Sorgen kamen zurück und sie spannte sich an. Er fing an, sich groß und schwer in ihr zu verlieren, neckte weiterhin ihre Klitoris. Ihr Gehirn hatte keine Chance gegen seine Kontrolle über ihren Körper. Ein paar Minuten später kam sie so hart, dass ihr Herz fast ausgesetzt hätte. Er war ihr in die Erlösung gefolgt, seine Arme um ihren Oberkörper, und sie hatte sich noch nie so gewollt gefühlt.

Dann hatten sie wieder geschlafen. Die ganze Nacht.

Sie atmete sanft und lauschte. Der Wind hatte nachgelassen, und die Welt war ruhig.

Ohne sich zu bewegen, genoss sie das Gefühl seines schweren Arms um ihre Taille; sein warmer Atem wehte durch ihr Haar, seine Brust presste sich an ihren Rücken. In einer rauen Welt war er Sicherheit und Trost, Lachen und Mitgefühl.

Ja, sie mochte ihn. Für mehr als seinen heißen Körper und sein wunderschönes Gesicht – obwohl, na ja, heiß.

Für mehr als die sinnlich dekadente Art, wie er Liebe machte – obwohl, na ja, auch heiß.

Nein, was ihren Plan, ihn auf Distanz zu halten, durcheinanderbrachte, war seine Persönlichkeit. Wie fürsorglich er mit allen war – ihr, Regan, seinen Patienten. Sein subtiler Sinn für Humor. Seine Fähigkeit, über Dinge zu sprechen, die sie vor Verlegenheit stottern ließen. Seine unkomplizierte Ehrlichkeit. Die Art, wie er seine Brüder neckte. Sogar sein lästiger Beschützerinstinkt.

Oh, sie mochte ihn viel zu sehr. Sie mochte ihn mehr, als sie zugeben wollte. Und das war einfach unmöglich.

Obwohl die Präsenz einer Tochter seine Eskapaden mit Frauen gestoppt hatte, würde er zweifellos wieder auf die Jagd gehen, sobald sich sein Leben beruhigt hatte.

Was bedeutete das für sie?

Sie seufzte. Es bedeutete, dass der Mann ihr Herz zerschmettern würde. Denn sie hatte nicht die Willenskraft, ihn aufzugeben, obwohl sie wusste, dass es ein Ende geben würde.

Alles im Leben ging zu Ende. Das hatte sie auf die harte Tour gelernt, immer und immer wieder.

Mit Cazador würde ihre Zeit eher früher als später enden. Vielleicht sogar schon nach dieser Nacht. Sie würden nicht wegen eines Unfalls, einer Krankheit oder einer Katastrophe auseinandergehen. Er würde einfach davon abweichen, sie mit Hitze in den Augen zu betrachten und dazu übergehen, sie als gute Freundin zu sehen.

Das würde so weh tun.

Aber sie konnte damit umgehen.

Das musste sie.

Sie würde sich ihm hingeben, solange er sie wollte – obwohl sie die Sache zwischen ihnen geheim halten mussten. Er hatte seine Tochter zu berücksichtigen. Und als Polizistin dieser Stadt musste sie auch an ihren Ruf denken.

Wenn er die Sache beendete – und sie war sich sicher, dass dieser Tag kommen würde –, würde sie weinen, die Scherben ihres Herzens aufsammeln und mit ihrem Leben fortfahren.

Denn das war es, was eine Frau eben tat.

KAPITEL SIEBZEHN

W er wagt, der gewinnt. Wer schwitzt, der gewinnt. Wer plant, der gewinnt. - Lieutenant Colonel Sir Archibald David Stirling, Gründer der SAS (Special Air Service)

„Das ist der letzte." Am Mittwoch, dem Tag nach dem Schneesturm, reichte Regan Onkel Gabe ihren Geschirrstapel. Er kratzte die Essensreste für die Hühner zusammen. Die Allesfresser würden die knusprigen Taco-Schalen und das Fleisch bestimmt mögen.

„Danke. Gute Arbeit, Regan." Zum Abschluss gab er Audrey die schmutzigen Teller, die sie in die Spülmaschine räumte.

Regan sah sich nach einem anderen Job um. Onkel Bull wischte den Tisch ab. Papá und JJ hatten, was nicht gegessen wurde, in den Kühlschrank gepackt und für alle Getränke geholt.

„*Mija*, kannst du die zum Couchtisch tragen?", fragte Papá.

„Ja!" Sie grinste und nahm zwei Gläser. Warum machte es hier so viel mehr Spaß zu helfen als in den Pflegefamilien? Vielleicht, weil sich alle mochten? Oder weil selbst wenn sie mürrisch waren, niemand gemein war? Niemand schlug sie oder betitelte oder beschimpfte sie.

Am Nachmittag hatte sie sich eigentlich an ihre Hausaufgaben setzen sollen ... aber sie war eingeschlafen. Papá hatte nur gelacht und gesagt, dass das Herumrennen im Schnee die Menschen eben müde machte.

Sie waren heute sehr viel herumgerannt. Sie hatte geholfen, die Schneemobile zu reparieren. Nein, das war nicht richtig. In Alaska nannte man sie Schneemaschinen. Die Menschen in Alaska waren manchmal seltsam.

Als sie die Getränke abstellte, nahm Onkel Bull gerade auf dem Sofa Platz – seinem Lieblingsplatz. Gabe und Audrey setzten sich am anderen Ende hin.

„JJ." Papá saß in der Mitte und tätschelte das Kissen neben sich. „Setz dich hier hin."

Als JJ dies tat, lächelte sie ihn an, ein sanftes Lächeln, fast so, wie Audrey Onkel Gabe anlächelte.

„Du auch, *Mija*." Er nahm Regans Hand und zog sie auf seiner anderen Seite nach unten.

„Werden wir wieder singen?" Regan hüpfte aufgeregt auf und ab. Papá hatte sie das letzte Mal für ein paar Lieder die Trommel spielen lassen.

„Später, *sí*." Papá nickte Onkel Gabe zu. „Übernehme, *Viejo*."

„Regan, als wir aufwuchsen, hatte manchmal einer von uns Jungs ein Problem." Onkel Gabes Mund verzog sich irgendwie komisch. „Wir hatten tatsächlich viele Probleme. Wenn wir eine Situation nicht selbst beheben konnten, versammelte uns der Sarge, sodass wir zusammen darüber reden und einen Plan aushecken konnten."

Onkel Bull hob den Zeigefinger. „Bei der Planung einer Mission besteht der erste Schritt darin, Informationen zu sammeln."

Warum starren sie mich alle an? Sie rutschte näher zu Papá.

Er legte seinen Arm um sie und zog sie an seine Seite. „Ich

habe ihnen erzählt, dass die Bücher in der Schule zerrissen wurden."

Gabe nickte. „Sag uns, was du weißt, Regan."

Werden sie mich jetzt rauswerfen? Ihr Herz fühlte sich an, als hätte es plötzlich Füße und wollte ihr direkt aus der Brust springen. Mit schweren Stiefeln. „Ich ... ich war das nicht."

Audrey entließ ein Schnaufen. „Niemand denkt, dass du es getan hast, Schatz. Du liebst Bücher zu sehr, um sie zu verletzen."

JJ lehnte sich vor, griff an Papá vorbei und nahm Regans Hand in ihre. „Jemand hat diese Bücher beschädigt und gesagt, dass du es warst. Das ist nicht richtig." JJs Augen verengten sich. „Und sie sollten nicht damit davonkommen."

Manchmal vergaß Regan, dass JJ und Onkel Gabe Polizisten waren.

Nachdem JJ ihre Hand gedrückt und sich zurückgelehnt hatte, hob Regan den Blick zu Papá. Hatte er –

Er küsste sie auf die Stirn, und ihr Herz hörte auf zu rennen und wurde stattdessen ganz matschig. Er glaubte ihr.

„Wer hat der Lehrerin gesagt, dass du es warst?", fragte JJ. „Und was genau wurde gesagt?"

Regan sah sich um. Audrey hatte einen Stift und Papier, damit sie sich Notizen machen konnte. Onkel Bull lehnte sich erwartungsvoll vor, genau wie Onkel Gabe. Sie planten eine Mission. Wie cool war das?

„Mrs. Wilner sagte mir nicht, wer es ihr erzählt hat, aber" – Regan hielt inne, um die richtigen Worte zu finden – „sie sagte, sie sahen mich Seiten aus den Büchern reißen. Nur ist das nicht möglich, weil ich es nicht getan habe."

Onkel Gabes Gesicht sah verärgert aus, aber seine Stimme wurde noch sanfter: „Das klingt, als wäre mehr als eine Person involviert gewesen und dass Mrs. Wilner weiß, wer die wahren Lügner sind."

Audrey klopfte mit ihrem Stift auf den Notizblock. „Hast du

die Bücher gesehen, die beschädigt wurden, Regan? Kannst du sie beschreiben?"

„Ja. Es waren die neuen Bücher. Immer noch in der Kiste – sie hatte sie noch nicht einmal in die Regale gestellt. Sie waren alle ganz neu und hübsch und glänzend." Dann hatte die Lehrerin ihr eines der zerstörten Bücher gezeigt, die Seiten waren zerrupft und herausgerissen worden. Der Anblick hatte sich angefühlt, als hätte sie beobachtet, wie ein kleines Kind getreten wurde. Empfanden Bücher Schmerz?

„Glänzend." Audrey tätschelte Onkel Gabes Arm. „Ich würde vermuten, dass es gebundene Ausgaben mit glänzenden Einbänden waren."

„Glänzend?" Onkel Gabe grinste JJ an. „Ich wette, darauf könnten wir Fingerabdrücke finden."

Papá runzelte die Stirn. „Du müsstest die Fingerabdrücke der Täter beschaffen. Es könnte problematisch sein, die Erlaubnis dafür einzuholen, einem Minderjährigen Fingerabdrücke zu nehmen."

Fingerabdrücke. Shelby oder Brayden hatten beim Zerstören der Bücher vielleicht Abdrücke hinterlassen? Denn sie war sich sicher, dass es diese beiden Dummköpfe gewesen waren.

„Ich sage es ungern, aber du hast Recht." JJ blinzelte und lächelte dann. „Warte mal. Was ist, wenn wir – die Polizei – klarstellen, dass wir die Fingerabdrücke nicht behalten? Die passenden Abdrücke zu finden" – sie grinste – „könnte als Übung für die Schüler dienen."

Nicht ganz sicher, was JJ meinte, sah Regan zu Papá. Er grinste sie an. Audrey klatschte begeistert in die Hände. Ihre Onkel lachten.

Okay. Was auch immer sie vorhatten, alle schienen damit einverstanden. Regan lehnte sich wieder an ihren Papá.

Sie alle glaubten ihr.

KAPITEL ACHTZEHN

W enn ich mit 70 Jahren meinem jüngeren Ich einen Rat geben könnte, wäre es, die Worte „Fuck off" viel häufiger zu verwenden. - Helen Mirren

Am Freitag nach dem Schneesturm stand JJ in Regans Klassenzimmer, in dem Dritt-, Viert- und Fünftklässler zusammen unterrichtet wurden. Der Raum war ein visueller Farbtupfer. Cremegelbe Wände zeigten farbenfrohe Kunstwerke. Eine weitere Wand hatte eine türkisfarbene Pinnwand. Die Farben des leuchtenden Regenbogens, der sich über die Computerecke wölbte, spiegelten sich in den Stühlen wider, die darunter zu finden waren. Ein dunkelgrüner Teppich markierte die Leseecke. Um dem abnehmenden Sonnenlicht der kalten Monate entgegenzuwirken, hatte die Lehrerin ein Sommerwunderland geschaffen.

Niko, einer von Regans Freunden, saß an einem Tisch und beschriftete ein Blatt Papier mit dem Namen des letzten Schülers.

Während JJ wartete, streckte sie sich und spürte das Zwicken in ihren niederen Gefilden. Zudem hatte sie einen Muskelkater von den ... ungewohnten Aktivitäten mit Caz. Denn aus diesem

One-Night-Stand war ... mehr geworden. Die letzten drei Nächte seit dem Schneesturm am Dienstag hatte sie in Caz' Bett verbracht. In seinen Armen. Immer und immer wieder hatten sie Liebe gemacht. Nur um dann früh aufzustehen und in ihre Hütte zurückzukehren, bevor Regan aufwachen konnte. Jedoch hatte sie stets eine Eskorte. Weil Caz darauf bestand. *„Es ist dunkel da draußen, mi corazón. Ich werde dich begleiten."*

Sie hätte gedacht, dass es unangenehm sein würde, neben ihm aufzuwachen. Stattdessen war es ... wundervoll. Bei allem, was er tat – vom Sex bis dazu, sie die ganze Nacht in seinen Armen zu halten –, gab er ihr das Gefühl, etwas Besonderes zu sein. Mit jedem Morgen wurde es schwieriger, ihn zu verlassen. Heute Morgen hatte er sie an sich gezogen und sie so lange geküsst, dass sie –

„Officer?"

Sie blinzelte, schaute nach unten und sah, dass Niko das Blatt Papier hochhielt, an dem er gearbeitet hatte. „Tut mir leid. Ich habe geträumt."

Als er grinste, wuschelte sie ihm durch die Haare. „Danke für deine Hilfe, Niko." Er hatte sich freiwillig gemeldet, jeden Zettel mit Fingerabdrücken mit dem Namen des Kindes zu versehen.

„Kein Problem."

JJ klebte den letzten Zettel an die Wand und trat zurück, um die dreizehn vergrößerten Fingerabdrücke zu bewundern. Jeder Abdruck war groß genug, um die einzigartigen Wirbel und Kurven und Linien deutlich zu zeigen.

Niko setzte sich wieder an den Tisch, an dem Gabe demonstrierte, wie man Fingerabdrücke sichtbar machte.

Mrs. Wilner lief zu dem Tisch. Wie abgemacht. „Chief MacNair, kannst du diese Bücher auf Abdrücke untersuchen?"

Sie legte zwei gebundene Ausgaben mit glänzenden Einbänden vor ihm ab. Beide hatten eine sichtbare Lücke, wo Seiten herausgerissen worden waren.

„Natürlich, Mrs. Wilner", sagte Gabe höflich. „Gerne doch."
Regan, die bei ihren Klassenkameraden stand, warf JJ einen hoffnungsvollen Blick zu.

JJ schenkte ihr ein besänftigendes Lächeln, und tat dies mit einem schmerzenden Herzen. *Verdammt, bitte lass den Plan aufgehen.*

Einige Zeit später verkündete Gabe: „Ich habe hier ein paar schöne Fingerabdrücke gefunden." Nachdem die Bilder der Fingerabdrücke von den Bucheinbänden vergrößert und ausgedruckt waren, verteilte er Kopien an die einzelnen Gruppen. „Team Eins und Team Zwei, schaut, ob ihr das passende Gegenstück findet. Wir nennen den Besitzer für den Moment: Täter Nummer Eins."

Mehrere Kinder grinsten.

Zwei weitere Gruppen erhielten einen Abdruck von Täter Nummer Zwei.

Mrs. Wilner gesellte sich zu JJ und fragte in einem Flüsterton: „Ich habe nicht nachgedacht, als ihr diesen Plan vorgeschlagen habt, aber meine Fingerabdrücke und die der Mitarbeiter in der Druckerei sind doch bestimmt auch auf den Umschlägen zu finden."

„Das ist richtig." JJ beobachtete, wie Gabe erklärte, nach was man Ausschau halten sollte. „Gabe nimmt nur die kleinen Fingerabdrücke. Die Hand eines Kindes ist deutlich kleiner als die eines Erwachsenen."

„Oh." Mrs. Wilner untersuchte ihre eigenen Finger und warf einen Blick auf die Kinder. „Daran hatte ich nicht gedacht."

„Wir haben einen!" Das kleine Mädchen aus Team Zwei wedelte aufgeregt mit ihrem Zettel. „Er passt überein!"

„Gut gemacht. Mal sehen, ob wir es genauso sehen." JJ ging zu ihr. Als sich die Schüler versammelten, benutzte sie einen Stab, um zu zeigen, wie die verschiedenen Überkreuzungen, Gabelungen, Grate und Inseln im Täterabdruck und im Abdruck der Gruppe übereinstimmten.

Nachdem sich alle einig waren, dass es ein Treffer war, verteilte sie winzige Abzeichen an die Mitglieder von Team Zwei. Auch Team Vier entdeckte ein Gegenstück und Gabe bestätigte den Fund mit der Klasse, gratulierte dem Team und gab auch ihnen Abzeichen.

Na bitte. Die beiden Kriminellen waren identifiziert worden. JJ hoffte, dass Regan sich schon bald besser fühlen würde.

Regan saß an ihrem Tisch und musste alles geben, um nicht vor Freude zu jubeln. Delaney und Niko saßen zu beiden Seiten von ihr und versuchten nicht einmal, ihr Grinsen zu verbergen.

Regan wollte auch ein Abzeichen, aber ihr Team hatte nicht gewonnen.

Onkel Gabe und JJ waren so entspannt. Wie Supercops oder so, und sie hatten sich die Aufmerksamkeit von Regans Klassenkameraden sicher. Das Gleiche galt für Mrs. Wilner. Rektor Jones war sogar gekommen, um zuzusehen.

„Dies ist eines der Verfahren, wie wir Beweise von einem Tatort sichern", sagte Onkel Gabe. „Da die Arbeit jetzt erledigt ist ... Wärt ihr die Polizei, mit wem würdet ihr jetzt über den Schaden an den Büchern sprechen wollen?"

„Shelby!", rief Team Zwei im Einklang.

„Brayden!", schloss sich Team Vier an.

„Ja, Shelby und Brayden meinten, Regan habe es getan, stattdessen waren sie es, die die Seiten herausgerissen haben. Sie sind dreckige Lügner", schrie Delaney lauter, als Regan sie jemals gehört hatte.

Shelbys Gesicht färbte sich knallrot. Braydens auch, nur dass er alle mit wütenden Blicken betrachtete.

Delaney hatte Recht – sie waren dreckige Lügner. Und Mobber und fiese Fieslinge.

„Ich denke, dass sollten wir besser mal besprechen." Rektor Jones wies Brayden und Shelby an, ihm zu folgen. Als er sie herausführte, jubelten die Kinder, die von den beiden stets gemobbt werden.

„Wir mussten sie nicht mal verprügeln und riskieren, für die Schlägerei suspendiert zu werden." Niko gab Regan ein High-Five.

Grinsend sah sich Regan um. Die anderen Kinder lächelten sie an, als wären sie froh, dass Regan nun nicht mehr in Schwierigkeiten steckte. Auch sie war froh, denn ja, sie wäre sonst sicherlich fürs Kämpfen suspendiert wurden.

Manchmal gab es vielleicht andere Möglichkeiten, Dinge in Ordnung zu bringen als mit dem Einsatz von Fäusten. Ihre Onkel, Papá, JJ und Audrey hatten sich zusammengesetzt und einen Plan entworfen. Gemeinsam.

Das hatte Mako ihnen beigebracht.

Sie war gerade so glücklich. Denn sie war jetzt auch Teil von Makos Familie.

Der Plan war besser gelaufen, als JJ es sich hätte erträumen können. Caz hatte sich gefreut, dass die beiden Gören endlich ihre gerechte Strafe erhalten würden. Zum Teufel, sie und Gabe hatten es gerade so geschafft, Caz davon abzuhalten, zum Resort zu fahren und die Eltern zu konfrontieren. Nun hatten sie dem Doc sagen können, dass Rektor Jones bereits ein Gespräch mit den beiden Kindern und ihren Eltern geplant hatte. Zum Glück hatte Caz ein volles Wartezimmer und war so nicht verleitet gewesen, seinem Temperament zu frönen.

Sie musste zugeben, dass Caz' Wut im Namen seines kleinen Mädchens herzerwärmend war. Selbst als Polizist hätte ihr Vater genauso reagiert.

Doch ein verärgerter, messertragender Vater, der Menschen auf dem Gewissen hatte, war doch nochmal etwas anderes. Sie grinste. Sie und Gabe planten, Caz erstmal nicht in die Nähe der Kinder und ihrer Eltern zu lassen.

Nachdem sie eine Menge Papierkram in der Station erledigt und sich mit noch mehr Kaffee gestärkt hatte, machte JJ Feierabend und winkte auf dem Weg nach draußen der Rezeptionistin zu.

„Zieh dich warm an, Officer", rief Regina.

Lächelnd trat JJ auf den Bürgersteig. Es war toll, sich als Teil von etwas zu fühlen und einen Unterschied zu machen. Sie hatte helfen können. Die Polizeiwache fühlte sich bereits wie ein zweites Zuhause an.

Entlang der Hauptstraße starrte sie auf die hohen Schneehaufen, die vom Schneepflug zur Seite geschoben wurden. Einige Haufen stapelten sich so hoch, dass sie nicht darüber hinwegschauen konnte. Wenn sie ein Kind wäre, würde sie Schneehöhlen bauen. Vielleicht würden Regan und ihre Freunde etwas dieser Art tun und JJ könnte ihre Hilfe anbieten?

Alaska war wirklich so ganz anders als Nevada.

Am Tag nach dem Schneesturm verfügte Gabe, dass die Alaska-Neulinge grundlegende Wartungsarbeiten lernen müssten. Audrey, Regan und JJ hatten geholfen, die sechs Schneemaschinen der Eremitage einsatzbereit zu machen. Während der Lektion im Nebengebäude hatten die drei Männer sie mit humorvollen – und erschreckenden – Geschichten von verschiedenen Fahrten auf den Höllenmaschinen unterhalten: Durch Eis gebrochen, Lawinen, gegen Bäume und Stacheldrahtzäune geprallt, Erfrierungen an Händen und Füßen, Umkippen an einer Steigung, Kontrollverlust auf Eis. Die mentale Liste möglicher Gefahren hatte keine Rolle mehr gespielt, als sie endlich aufgestiegen waren, um eine Runde zu drehen.

Gefährlich oder nicht, sie liebte es, Schneemaschinen zu fahren.

Es schien, dass alle Geschäftsinhaber, die noch hier waren, heute geöffnet hatten. Die Leute, mit denen sie sprach, zuckten bei Gesprächen über den Schneesturm nur mit den Schultern und sagten, er sei lediglich ein Vorgeschmack auf das gewesen, was kommen würde. Mit dem Schnee ging es erst im Dezember richtig los. Sie hatten es erst Anfang November. *Gott, steh mir bei.* Dennoch liebte sie alles an dem Winter in Alaska. Die Schneemaschinen. Die Aufgaben, die mit Schnee einhergingen – Fenster, Wasserleitungen und Dächer überprüfen, Wege räumen und sicherstellen, dass das Wasser der Hühner nicht gefroren war. Die Eremitage-Abende mit einem Raum voller Menschen, Lachen, gutem Essen, einem lustigen Film und natürlich einem kleinen Konzert.

Mako hatte eine seltsame und doch wundervolle Familie geformt.

Kopfschüttelnd trat sie in Dantes Lebensmittelgeschäft.

„Yo, meine Lieblingspolizistin", rief Dante. „Wie läuft es da draußen?"

„Gut läuft es." Sie lehnte sich auf die vordere Theke und lächelte den alten Okie an, der seit Jahrzehnten in Alaska lebte, ohne seinen Akzent aus Oklahoma verloren zu haben. „Es scheint, dass jeder, der ein oder zwei Winter hier überlebt hat, gut klar kommt – mit Ausnahme eines älteren Mannes, der Schmerzen in der Brust bekam, als er versuchte, einen Weg zu seinem Auto zu schaufeln. Na ja, und ein paar Stromleitungen fielen zusammen mit einer halben Tonne Ästen."

Er nickte. „Ich habe Jones geholfen, seinen Schuppen wieder aufzubauen, der unter dem Schnee zusammengebrochen ist. Der Dummkopf gab dem Dach nicht genug Neigung. Wie machen sich die Neulinge?"

„Blechschäden gibt es, weil sie auf den glatten Straßen ins Rutschen kommen. Es gibt einige Neuankömmlinge, die es nicht gewohnt sind, im Schnee zu fahren." Sie schüttelte den Kopf. „Ein Typ fuhr mit Sommerreifen und fragte sich, warum er nicht vorankommt."

Dante zupfte an seinem Bart und warf ihr einen fragenden Blick zu. „Und du? Nevada ist nicht gerade für seine Schnee-stürme bekannt."

Sie grinste. „Caz hat mich gecoacht." Er war mit ihrem SUV zum Roadhouse gefahren, wo Bull den Parkplatz bereits geräumt und den Schnee seitlich aufgetürmt hatte. „Er wies mich an, auf dem Parkplatz Runden zu drehen, absichtlich ins Schleudern zu geraten, sodass ich weiß, wie ich reagieren muss. Mein Auto hat viele Dellen in den Schneehaufen an den Seiten hinterlassen, bevor ich herausgefunden habe, wie sich Schnee unter den Reifen auswirkt und wie ich damit umgehen kann." Auf dem Rückweg war sie auf der Hauptstraße auf und ab gefahren, um ein Gefühl für Schnee auf Asphalt zu bekommen.

Caz war ein erstaunlicher Lehrer. Geduldig ... und sehr gründlich.

„Gut." Dante gluckste. „Ich habe meinen Pick-up in meinem ersten Jahr hier in den Graben gesetzt. Zweimal."

Ein Hoch auf Caz. Den Streifenwagen von Rescue in einen Graben zu setzen, wäre demütigend. „Jetzt muss ich nur noch auf die anderen Fahrer aufpassen."

„Wohl wahr. Aber unsere Neulinge werden lernen, hier Auto zu fahren – und dass sie sich mit Vorräten eindecken müssen." Er wies mit der Hand auf die Regale. „Beachte, wie niedrig mein Vorrat an Konserven und Toilettenpapier mittlerweile ist."

„Hmm?" Gestern Abend, als sie bei Mako gekocht hatten, hatte Caz ihr die immense Speisekammer gezeigt. Der riesige Gefrierschrank war noch beeindruckender gewesen. Die Regale waren mit selbst eingemachten Dosen und Bohnen, Nudeln und gefriergetrockneten Lebensmitteln gefüllt. Und jeder Menge Toilettenpapier.

Sie beäugte Dantes Regale. „Werden dir die Vorräte ausgehen? Sollen wir Rationierung einführen?"

„Nein, es ist alles in Ordnung. Ich warte nur darauf, dass meine Teilzeitjungs kommen. Sie haben noch funktionsfähige Rücken und werden den Bestand aus dem Hinterzimmer holen." Er zwinkerte ihr zu. „Wie alle Alaskaner stelle ich sicher, dass ich langfristig vorbereitet bin. Nur für den Fall."

„Gut. Okay." Sie ging wieder hinaus in die Kälte. Die Temperatur war tief genug gesunken, sodass es ihr den Atem raubte, als sie von einem Geschäft zum nächsten marschierte, um nach dem Rechten zu sehen. Keine Einbrüche, keine Probleme.

Zumindest hatte sie in diesen ruhigen Monaten vor Beginn der Skisaison Zeit, zu lernen, ein effektiver Officer in Alaska zu sein.

Als sie sich zum Gemeindehaus aufmachte, schlenderte ein Elch über die Hauptstraße und in die Richtung des Sees. *Verdammt.* Okay, vielleicht hatte sie mehr zu lernen, als sie gedacht hatte.

In ihrer Tasche klingelte ihr Handy. Sie zog es heraus. Eine Schlägerei im Roadhouse mit einer Bitte um Hilfe. Seltsam, dass Bull dem nicht allein Einhalt geboten hatte. In dem Moment fiel ihr ein, dass Bull und Gabe irgendwo in der Wildnis unterwegs waren. Ein älteres Paar, bei dem während des Sturms der Strom ausgefallen war, hatte Kerzen benutzt, was am Ende zu einem Feuer geführt hatte. Gabe hatte Bull gebeten, ihm bei den Reparaturen der Hütte zu helfen.

Kein Bull im Roadhouse. Keine Verstärkung von Gabe. Sie musste zugeben, dass sie das nervös machte. Dennoch sprang JJ in den Streifenwagen, fuhr die kurze Strecke zum Roadhouse und betrat selbstbewusst das Gebäude.

Drei Männer – offensichtlich angetrunken – waren in eine Schlägerei verwickelt. Ein vierter Mann kniete in der Nähe auf dem Boden und hielt sich den Bauch. Scherben und zerbrochene Stühle lagen verstreut herum. Zwei Kellnerinnen standen abseits. Nicht weit von ihnen lehnte Felix an der Bar, und es war eindeutig, dass er einen Schlag auf den Kiefer einstecken musste. Anscheinend hatte er versucht, die Schlägerei zu beenden. Ohne Erfolg.

Dann lag dies jetzt an ihr.

„Polizei. Hört sofort damit auf." Bei ihrer lauten Anweisung schauten die drei Schläger zu ihr, zögerten kurz und ließen wieder die Fäuste fliegen.

Arschlöcher. Ein Typ landete auf einem Stuhl, zerschmetterte ihn und stürzte sich erneut in den Kampf.

„Scheiße", murmelte sie. Wie sollte sie vorgehen? Der große Bärtige war der aggressivste. Der Kleinste bekam gerade mächtig einen auf den Deckel. Der dritte war ein totaler Schläger.

Also gut.

„Ich wiederhole mich noch einmal: Polizei! Sofort aufhören!" Sie bewegte sich vorwärts, Pfefferspray in der Hand. Sie zog am Kragen des kleinen Kerls, warf ihn durch den Raum und besprühte den größten Angreifer.

Sein Schmerzensschrei hätte sie nicht dermaßen befriedigen sollen, aber das tat er.

Sie wartete eine Sekunde, um zu sehen, ob der dritte Typ klug war und sich ergeben würde. Als er stattdessen mit der Faust ausholte, sprühte sie auch ihm eine Ladung in die Augen und zog sich schnell aus der mit Pfeffer gefüllten Luft zurück.

Tut mir leid, Bull. Das Restaurant müsste gelüftet werden. In Anbetracht des Durcheinanders aus Glas und zerbrochenen Möbeln wäre der Ort ohnehin für eine Weile nicht zu gebrauchen.

„JJ, pass auf!", schrie eine Kellnerin.

Bevor JJ sich umdrehen konnte, rammte jemand von hinten in sie. Sie landete hart auf ihrer Schulter. Der Mann schlug ihr gegen die Stirn. Hart. Der Schmerz folgte auf den Fuß und ihr wurde für eine Sekunde schwindelig.

„Verfluchte Cop-Schlampe!" Es war der Typ, der in der Ecke gesessen hatte. Er schlug sie erneut.

Ihre Wange explodierte vor Schmerz.

Und dann übernahm ihr Training. Sie schlug ihre Faust in die Seite seines Gesichts, sodass er schwankte. JJ nutzte den Moment, drehte sich und schwang ihr Bein nach oben. Ihr

Knöchel erwischte ihn an der Kehle und so schaffte sie es, ihn von ihr herunterzubekommen. Sie sprang auf die Füße, zog ihre Elektroschockpistole heraus und schaltete den Kerl damit aus. Verfluchte testosteronvergiftete Möchtegerne. Mit Handschellen und Kabelbindern fesselte sie alle vier Männer. Handgelenke und Knöchel – weil sie nun wirklich schlecht gelaunt war und jede Stelle an ihrem Körper schmerzte.

Sie ließ sich auf einen Stuhl fallen und begegnete dem Blick einer Kellnerin, die sie mit weit aufgerissenen Augen ansah. „Hey, Ophelia, kannst du Felix und mir bitte einen Eisbeutel bringen?"

„Natürlich! Ich bin gleich zurück", rief die winzige braunhäutige Kellnerin und eilte in die Küche.

„Du bist mein Held, Officer JJ." Felix schenkte ihr ein Lächeln und setzte sich mit einem schweren Seufzer zu ihr an den Tisch.

Ein Geräusch von draußen erregte ihre Aufmerksamkeit. Gabes Pick-up rutschte auf dem verschneiten Parkplatz zum Stehen, gefolgt von Bulls. Die Kavallerie war hier. Sie hatte nicht danach gerufen und doch war sie sich der Verstärkung sicher – und wie erstaunlich war das?

Nützlich war es auch. Es wäre schwierig gewesen, vier gefesselte Täter zur Station zu bringen.

Als sie sich erhob, um ihren Bericht zu geben, stellte sie fest, dass Blut über ihr Gesicht lief und auf ihre Jacke tropfte. Vorsichtig und behutsam berührte sie ihr Gesicht. Verdammt, das tat weh. *Autsch.*

Als Caz JJs blutbeflecktes Gesicht sah, stieg Wut in ihm auf, bis es sich anfühlte, als würde sein Kopf explodieren. „Was ist passiert? Wer ...? Sag es mir. Ich werde jeden töten, der dir das angetan hat."

„Nur eine Kneipenschlägerei, Doc." Sie hielt eine blutgetränkte Kompresse an ihre Wange. „Kein Grund zur Aufregung. Gehört zum Job."

„Zum Teufel mit deinem Job. Da ist überall Blut." Seine Wut wuchs und füllte den Raum. Sie hätte schwer verletzt werden können. Sie hätte sterben können. Wie Carmen. „Du wirst nicht zu diesem Job zurückkehren – einem Job, bei dem du kämpfen musst."

„Entschuldige bitte?" Ihre Lippen pressten sich zu einer dünnen Linie zusammen. „Das ist ja wohl immer noch meine Entscheidung, nicht deine."

Er marschierte auf sie zu, sodass sie sich direkt gegenüberstanden. „Ein Polizist zu sein, ist nicht sicher, und kein Ort für eine –"

„Wenn du den Satz mit dem Wort *Frau* beendest, werde ich dich genauso platt machen, wie ich es mit den Raufbolden getan habe."

Raufbolde? Mehrzahl? Sie hatte sich mehr als einem gestellt? Jeder Gedanke in seinem Kopf zerfiel. Er packte ihre Schultern. „Wo war Gabe? Wo war deine Verstärkung?"

Ihre Faust in seinem Bauch warf ihn einen Schritt zurück.

„Vergiss es. Ich verbinde mich selbst." Sie wirbelte auf dem Absatz herum und marschierte zum Ausgang.

Sie hatte es fast bis zur Tür geschafft, bevor er es schaffte, seine Kontrolle zurückzuerlangen und mit gleichmäßiger Stimme zu sagen: „JJ, warte."

Sie blieb stehen, drehte sich aber nicht um. Offensichtlich wartete sie ab, was er zu sagen hatte.

Dios, er war ein Idiot. „Bitte verzeih mir. Das hätte ich nicht sagen sollen."

Er trat zwischen sie und die Tür und hielt seine Hände kapitulierend hoch. Eine Seite ihres Gesichts war geschwollen und färbte sich bereits blau. An ihrer Stirn fand sich eine blutende Wunde. Der Schnitt an ihrer Wange war noch schlimmer.

Ihr Gegner musste Ringe an den Fingern getragen haben. Sein Temperament flammte so heiß auf, dass er sich einen Moment Zeit nahm, um es wieder an die Leine zu nehmen. „Was ich gesagt habe, war falsch. Na komm, lass mich dich zusammennähen."

Er hatte ihr schon einmal das Gesicht genäht. Wie oft müsste er das noch tun? Wie schlimm würden die Verletzungen in der Zukunft ausfallen? *Kontrolliere dich, Ramirez.*

Sie setzte sich auf den Untersuchungstisch und betrachtete ihn. „Wie schaffst du es, im medizinischen Bereich zu arbeiten, wenn du beim Anblick einer verletzten Frau jedes Mal so wütend wirst?"

Sie hatte keine Ahnung, was sie ihm bedeutete, oder?

„Deshalb vermeidet es ein Mediziner, die eigene Familie zu behandeln. Familie und Freunde zu verarzten, trübt das Urteilsvermögen." Ihr geschockter Ausdruck brach ihm das Herz und er berührte ihre unverletzte Wange mit seinen Fingerspitzen. „Ja, ich sorge mich um dich, *mi* – Officer Jenner."

Sie starrte ihn an und schüttelte dann leicht den Kopf. Sie wies seine Worte zurück.

Während er seine Hände wusch, sich Handschuhe überzog und die sterile Verbandpackung öffnete, ihre Wunden säuberte, klebte und nähte, schwieg sie.

Er legte eine Hand auf ihre unverletzte Wange. „Sprich mit mir, JJ."

„Was gibt es da schon zu sagen? Dieser ausgeprägte Beschützerinstinkt von dir kommt daher, weil du Menschen verloren hast, nicht wahr? Deine Mutter und deine Schwester. Deine Carmen."

Für einen kurzen Moment hatte er die Hoffnung, dass sie ihn verstand. „*Sí.* Und ich kann dich nicht beschützen. Nicht mit deinem Job."

„Weißt du, das hat Nash auch immer gesagt. Dass er nicht will, dass ich verletzt werde. Dass ich nicht gut genug bin, um auf mich selbst aufzupassen. Dass ich meinen Job als Polizistin an den Nagel hängen sollte, damit er sich ... besser fühlt."

„Ich meinte nicht –" Caz erstarrte und erkannte, dass er in eine Falle getreten war.

Sie schob seine Hand weg und hüpfte vom Tisch.

„Danke, dass du mich zusammengeflickt hast, Doc. Was den Rest betrifft: In dem Punkt hast du kein Mitspracherecht. Du wirst mich nicht zu weniger machen, als ich bin." Ihre Augen waren das Blaugrün des Holgate-Gletschers. Keinerlei Wärme war heute in ihren Tiefen zu finden.

Sie wandte sich von ihm ab und verließ den Untersuchungsraum.

Bevor Caz folgen konnte, hörte er Stimmen im Flur.

„Hey, JJ." Audreys Stimme.

„Was macht ihr zwei denn hier? Seid ihr verletzt?"

„Nein, wir waren oben in der Bibliothek. Gabe hat uns gesagt, wir sollen dich abholen. Alles in Ordnung bei dir?"

„Irgend so ein dummer Ochse hat dich geschlagen, oder?" Lillians englischer Akzent wirkte heute besonders harsch. „Meine Lieben, lasst uns zu mir gehen. Ich habe einen netten korsischen Rosé, der unseren Namen ruft."

„Meine Schicht ist noch nicht vorbei", protestierte JJ.

„Jayden Jenner, du wurdest verletzt", sagte Lillian in einem festen Ton.

„Aber ..."

„Gabe sagte, wir sollen dich nachhause bringen. Und dass jeder, der sich vier Männern annimmt, vorzeitig Feierabend machen darf." Audreys Stimme erhob sich. „Vier zu eins – was hast du dir dabei gedacht?"

„Wahrscheinlich dachte sie, dass sie kompetent in ihrem Job ist", sagte Lillian.

Vier zu eins. Sie hatte es mit vier Männern aufgenommen und gewonnen? Caz schloss die Augen. Sein Stolz in ihre Fähigkeiten stand gerade im Wettkampf mit seiner Sorge um sie.

„Okay. Ich hätte nichts gegen einen Drink", sagte JJ. „Danke. Ich weiß das zu schätzen."

„Du musst dich nicht bei uns bedanken, meine Liebe. Während wir unseren Wein trinken, kannst du uns damit unterhalten, was heute passiert ist."

Caz lehnte sich an den Untersuchungstisch, als sich die Tür der Klinik hinter den Frauen schloss. Und sie waren auf dem Weg, sich einen Drink zu gönnen und JJ über ihre heroische Leistung auszuquetschen.

Denn das war es, was Freunde taten.

Sie verloren nicht ihr Temperament oder verlangten, dass sie sich einen sicheren Job suchte. Freunde taten das nicht. Familie tat das nicht. Partner taten das nicht.

Gabe würde seinen Job nicht kündigen, wenn Audrey ihm das sagen würde. Er würde zuhören, sicher. Er wäre danach besonders vorsichtig, aber ... Er würde nicht kündigen.

Auch während einer Epidemie würde Caz den Job nicht aufgeben, selbst wenn seine Frau verlangen würde, dass er sich in Sicherheit begab. Er würde zuhören, er würde Vorkehrungen treffen und doch würde er die Arbeit machen, für die er geboren wurde.

Caz reinigte den Untersuchungsraum und entsorgte die blutgetränkte Gaze.

JJs Blut.

All die Logik in der Welt würde sein Bedürfnis, sie beschützen zu wollen, nicht auslöschen.

KAPITEL NEUNZEHN

J *eder normale Mann ist manchmal versucht, in seine Hände zu*
spucken, die schwarze Fahne zu hissen und Kehlen aufzuschlitzen. -
H.L. Mencken

„*Dios*, ist hier etwas im Wasser?", murmelte Regans Vater, als sie
am Flussufer über den Schnee marschierten.

Regan hob den Kopf, stolperte und wurde sofort von ihrem
Papá abgefangen, sodass sie nicht auf ihr Gesicht fiel. In Schnee-
schuhen zu laufen, war wirklich mal was anderes.

„Benutze deine Stöcke, *Mija*", erinnerte er sie.

„Okay." Sie lief weiter und erinnerte sich bei jedem Schritt
daran, dass Schneeschuhe breiter waren als normale Schuhe. „Was
meintest du mit dem Wasser?"

„Es bedeutet ..." Er runzelte die Stirn und versuchte wahrscheinlich, nicht zu fluchen. Gerade wirkte er extrem
mürrisch.

Sie grinste ihn an. Sein Haar war dunkel und seine Augen
waren dunkel, und seine Haut war braun, obwohl es in den letzten
Tagen keine Sonne gegeben hatte.

Misstrauisch kniff er seine Augen zusammen. „Warum lächelst du?"

„Ich sehe aus wie du." Das klang irgendwie bescheuert, aber … „Ich meine, ich lächle, weil die Sonne scheint und hier draußen alles so hübsch glitzert."

Er schüttelte den Kopf, grinste und zog ihr ruckartig die Strickmütze über ihre Augen.

Kichernd schob Regan sie wieder hoch. „Was ist nun mit dem Wasser?"

„Es ist ein Sprichwort. Und es trifft zu, weil mir zu Ohren gekommen ist, dass du dich in der Schule geprügelt hast."

Sie runzelte die Stirn. „Du hast mit Mrs. Wilner gesprochen." Regan konzentrierte sich auf ihre Füße und arbeitete sich um einen Baumstumpf herum. „Ich verstehe die Sache mit dem Wasser immer noch nicht."

„JJ hat am Freitag in eine Kneipenschlägerei eingegriffen – gegen vier Betrunkene."

Regan blieb so abrupt stehen, dass sie stolperte, und erneut musste er sie vor einem Sturz bewahren. JJ war das ganze Wochenende nicht vorbeigekommen. Auch am Montag nicht, obwohl es Veterans Day gewesen und die Schule ausgefallen war. „Wurde sie verletzt? Ist sie in Ordnung?"

Papás Mundwinkel zuckten, aber bei seinen Augen kam das Lächeln nicht an. „Es geht ihr gut. Sie hat ein paar Schrammen davongetragen."

Er tippte auf ihre Nase. „Die Frage, ob gerade etwas im Wasser ist, ist ein Sprichwort und bedeutet so viel wie: Gibt es eine seltsame Droge, die Menschen in Scharen trinken, weshalb sie sich alle plötzlich seltsam benehmen? In diesem Fall: Was macht all die Frauen hier zu MMA-Kämpfern?"

Regan schnaubte. Er war so lustig. „Nicht MMA. Ich habe Shelby nur einmal geschlagen." Und einmal getreten. Bei Brayden hatte sie mehrmals ausgeteilt.

„Ah ja." Er glaubte ihr nicht.

Sie blickte ihn finster an.

Nachdem er den Schnee von einem gefallenen Baumstamm gewischt hatte, nahm er Platz. Sie versuchte, sich neben ihn zu setzen, aber der Stamm war zu hoch für sie.

Kurzerhand hob er sie hoch und setzte sie auf den Baumstamm. „Als würde ich einen Marshmallow hochheben."

Sie tätschelte ihre rote Pufferjacke. Audrey hatte zu ihr gesagt, sie und JJ hätten sich für diese Jacke entschieden, weil es eine ihrer Lieblingsfarben war – und dass ihr die Farbe besonders gut stand. Es gefiel Regan, dass sie das gesagt hatte.

Als sie das nächste Mal aufblickte, war sein Lächeln verschwunden. „Was ist, Papá?"

„Die Kämpfe, *Mija*. Wir müssen über die Kämpfe reden."

„Die Idioten vom Resort sind ..." Sie starrte auf den See. Er war mit so viel Schnee bedeckt. Wüsste sie nicht, dass es sich um einen See handelte, würde sie daran zweifeln. „Sie sind gemein. Zu mir, Niko, Delaney und einigen der Drittklässler. Warum tyrannisieren sie die kleineren Kinder? Das ist wie betrügen."

„*Sí*, das ist es." Er legte seinen Arm um sie und zog sie an sich. Sie war froh, dass sie ihn immer noch mochte, obwohl wenn er sauer war.

Er drückte sie sanft. „Die Leute ärgern oft andere, weil sie denken, dass sie sich dadurch besser fühlen. Sie glauben, wenn sie sagen, dass jemand hässlich oder ungeschickt ist, dass es sie besser aussehen lässt."

„Das ist dumm."

„Das ist es. Sie haben noch nicht herausgefunden, dass man mit dem, wer man ist, zufrieden sein muss. Wenn sie weniger Zeit damit verbringen würden, andere Leute zu schikanieren und stattdessen an sich selbst arbeiten würden, wären sie netter und zufriedener."

„Ja, das stimmt."

„Lass uns also darüber reden, wie du an dir arbeiten kannst." Als sie aufblickte, sah sie Belustigung in seinen Augen.

„Mit mir ist alles cool. Besser als bei den beiden."

„Ah, aber wir sprechen gerade nicht über die anderen. Reden wir über die Kämpfe, Regan. Funktionieren sie für dich? Abgesehen von dieser einen Sekunde, wenn du jemanden schlägst, wie macht es dein Leben besser, diese Resort-Mobber zu schlagen?"

„Was?" Wie machte es ihr Leben besser?

„Denk nach, *Mija*. Wenn etwas dein Leben nicht verbessert, warum tust du es dann?"

Sie schaute weg und sah einen riesigen Vogel über den Schnee fliegen.

„Das ist ein Weißkopfseeadler. Siehst du den weißen Kopf?" Papá lächelte und zog sanft an einer ihrer Locken. „Erzähl mir von deinen ersten Kämpfen. Ich möchte wissen, wie alt du warst und den Grund, warum du in dem Moment deine Fäuste eingesetzt hast."

Sie wagte einen schnellen Blick zu ihm. Nein, er war immer noch nicht wirklich sauer. „Äh ... ich war klein, erste Klasse, und da war all dieses Weihnachtszeug, und ich kannte niemanden, und –"

„Warte. Wenn es Weihnachten war, warum kanntest du niemanden? Warst du nicht das ganze Semester in der Schule?"

„Nein, ich war erst seit einer Woche dort. Ich war das neue Mädchen." Ihre Schultern sackten zusammen. „Ich bin immer das neue Mädchen."

„Warum?"

„Mom." Das Gewicht dieser Erinnerungen lag schwer auf ihrer Brust, schwerer als ihre Winterjacke, schwerer als ihre gesamte Kleidung. Manchmal hatte sie ihre Mom wirklich gehasst. *Warum vermisse ich sie dann so verzweifelt?* „Sie bekam Ärger und wurde eingebuchtet, also kam ich in eine Pflegefamilie, die mich auf eine neue Schule geschickt hat."

„Ah." Er seufzte. „Wenn du *immer* das neue Mädchen warst, muss das oft passiert sein, *sí?*"

Sie vergaß, dass er nicht wusste, wie Mom war. Wie sie

gewesen war. „Manchmal war sie im Gefängnis. Oder sie würde einen Kerl finden, und wir würden bei ihm einziehen, also ... neue Schule. Oder sie mochte die Stadt nicht, in der wir waren. Oder sie verlor ihren Job. Oder wir gingen nach San Diego, weil sie im Winter an einem wärmeren Ort sein wollte."

Papá sah eine Minute lang wütend aus, dann küsste er sie auf den Kopf, direkt auf ihre Strickmütze. „Ihr seid immer umgezogen, sodass du stets die Neue warst. Die anderen Kinder waren gemein?"

„Manchmal." Sie zupfte an den Fingern ihrer Handschuhe. „Meistens. Ich bin klein. Und braun. Das macht es leichter, mich zu piesacken."

„Ja, ich weiß. Ich hatte dieses Problem auch ... und Jungen kämpfen wahrscheinlich mehr als Mädchen."

Auch Papá war als Kind in Schlägereien geraten. Das hatten die Onkel gesagt. „Ich habe noch nie ein Messer an jemandem benutzt."

Er lachte. „Du gewinnst, *Mija*. Fäuste sind sicherer. Du lässt dich also auf Kämpfe ein, weil du klein und neu bist und denkst, dass du Stärke zeigen musst?"

Sie nickte.

„Okay. Nur ist das hier jetzt dein Zuhause, und wir planen nicht, umzuziehen. Du wirst nicht mehr lange das neue Mädchen sein; diese Kinder werden jedoch für eine ganze Weile deine Klassenkameraden sein. Willst du sie jahrelang bekämpfen?"

Oh. Sie rutschte näher zu ihm und schaute auf den Wald, auf die Hütten auf der anderen Seite des Sees. Jahre. Das war eine lange Zeit. „Was soll ich tun? Werden sie mich nicht weiterhin ärgern?"

Caz' Herz stand kurz davor, zu brechen. „*Mija*, es wird immer Mobber geben. Der Trick besteht darin, sich nicht provozieren zu lassen und stattdessen zu versuchen, Gewalt zu vermeiden." Nicht etwas, in dem er in ihrem Alter gut gewesen war. Trotzdem hatte er es irgendwann verstanden.

Die Erinnerung an das letzte Picknick in Rescue kam ihm in den Sinn, das Vergnügen, einem großmäuligen *Pendejo* ein Messer an die Kehle zu halten. Er zuckte mit den Schultern. In den *meisten* Situationen wusste er es jetzt besser.

„Drücke stets die Schultern durch, Kinn hoch und schaue ihnen direkt in die Augen. Klinge stark und selbstbewusst. Ich denke, das hast du bereits raus, oder?"

Das brachte ihm ein kleines Lächeln ein.

„Danach kommt es darauf an. Wegzugehen und sie zu ignorieren, ist die einfachste Lösung. Stelle sicher, dass deine Lehrerin weiß, dass sie versuchen, dich herumzuschubsen."

Regan verzog das Gesicht.

„Mrs. Wilner davon zu erzählen, bedeutet nicht, dass du eine Petze bist, Regan. Wenn Mobber mit ihrem Verhalten davonkommen, werden sie weitermachen und andere Kinder, zumeist die Kleinen, verletzen. Der Lehrer muss dem ein Ende setzen."

Sie nickte. „Aber nicht immer ist ein Lehrer in der Nähe."

„Sí. Du kannst versuchen, mit ihnen zu reden. Nimm ihnen den Wind aus den Segeln, indem du dich ihnen auf diese Weise stellst. Lass nicht zu, dass sie mit ihrem beschissenen Verhalten durchkommen. Sag Dinge wie: *Ich weiß nicht, warum du das zu mir gesagt hast, aber es ist mir egal.* Oder: *Danke für diese hilfreiche Information.* Dann rollst du deine Augen und lässt sie dort stehen. Wenn du ihnen das Gefühl gibst, dumm zu sein – ohne so weit zu gehen, einen Kampf zu beginnen –, werden sie nicht weitermachen wollen."

„Oh. Ich verstehe. Niemand mag es, sich dumm zu fühlen."

„So ist es. Mobber sind Feiglinge. Wenn mehrere von euch zusammenstehen, werden sie es nicht mit euch aufnehmen wollen. Wenn du siehst, dass jemand geärgert wird, gehe zu ihnen und stehe ihnen bei. Verständige dich mit deinen Freunden, dass ihr gegen die Arsch – ah, die Mobber, zusammenhalten müsst."

Regan senkte den Blick. „Das war der Grund für den letzten Kampf. Shelby und Brayden zogen an Delaneys Haaren. Ich schrie sie an, aufzuhören. Dann habe ich Shelby geschubst und versucht, sie von meiner Freundin wegzuziehen."

Die Welle des Stolzes war nicht aufzuhalten. Er konnte sich eines Grinsens nicht erwehren. *Dios*, er war ein schrecklicher Vater. Er würde dieses Kind wahrscheinlich ruinieren. Irgendwie musste er ihr zeigen, dass es ein Gleichgewicht geben musste. „Wir werden eine Abmachung treffen, du und ich. Kämpfst du ohne guten Grund, wirst du in der Schule und auch zuhause Schwierigkeiten bekommen. Wenn die Mobber nur unhöflich sind, solltest du sie nicht schlagen oder schubsen. Wenn sie dich oder deine Freunde jedoch zuerst schubsen und euch verletzen, wenn sie es körperlich machen, dann – obwohl du in der Schule in Schwierigkeiten geraten könntest – wirst du mit mir keine Probleme bekommen."

Er konnte sie nicht beschützen. Das Gefühl der Hilflosigkeit ließ ihn am ganzen Körper beben. „Vielleicht solltest du nicht zur Schule gehen. Du könntest –"

„Papá, ich möchte zur Schule gehen." Sie tätschelte seinen Arm. Sie *tröstete* ihn. „Delaney ist dort. Und Niko."

Sie gewann Freunde hinzu. Ihre Welt wurde größer. Er konnte sie nicht in einer sicheren Box aufbewahren und erwarten, dass sie wächst. „Aber –"

„Ich komme mit den Blödis aus dem Resort schon klar." Ihre Schultern drückten sich wieder durch, ihr stolzes Kinn in die Höhe gestreckt. Fuck, er war stolz auf sie. Sie lehnte sich an ihn. „Wären sie erwachsen, würde ich dich brauchen."

Eine Konfrontation mit einem Erwachsenen? Der Gedanke war erschreckend. Sie war nur ein kleiner Zwerg, so winzig und dünn und –

Die Erkenntnis traf ihn wie ein Schlag.

Er war noch kleiner gewesen, als der Junkie seine Mutter und Schwester getötet hatte. Und jünger.

In all den Jahren hatte er sich selbst vorgeworfen, den Bastard nicht aufgehalten zu haben. Sah er nun Regan vor sich, wusste er, dass er diesen Kampf auf keinen Fall hätte gewinnen können. Er war ein Kind gewesen. Der Schmerz war beißend, ein Abszess öffnete sich und der ganze Scheiß kam heraus, sodass er endlich ... heilen konnte.

Er schlang beide Arme um sie und umarmte sie hart. „Okay, du bleibst also in der Schule. Ich vertraue darauf, dass du versuchst, den Mittelweg zu finden, ja?"

„Das werde ich, Papá."

„Gut. Dann lass uns zurückgehen. Ich glaube, wir haben Pizza im Gefrierschrank. Salami?"

Ihr aufgeregter Sprung in die Luft war seine Belohnung.

Als sie auf die Eremitage zugingen, sah er das Licht in Makos Hütte. Oben, wo JJ lebte.

Noch jemand, den er in einer schönen, sicheren Box aufbewahren wollte – und der gezeigt hatte, was er von diesem Plan hielt.

Er vermisste sie – mehr als er gedacht hätte. Sie hatte heute bis in den späten Abend gearbeitet, aber morgen ... morgen wäre es Zeit für ein Gespräch.

KAPITEL ZWANZIG

V erhandle – und halte deine Waffe geladen. Ansonsten ist deine
Diplomatie eine Fußmatte für die Füße eines Arschlochs. – First
Sergeant Michael „Mako" Tyne

JJ stöhnte bei dem Licht, das durch die Fenster kam. *Es ist schon
der nächste Morgen?* Sie hatte nicht geschlafen, verdammt. Schon
wieder nicht. Ihr Bett war zu kalt. Zu einsam. Gott, sie vermisste
Caz mehr, als sie jemals für möglich gehalten hätte. Der idiotische, dickköpfige Dummkopf.

Zumindest hatte sie heute – an diesem sonnigen Mittwoch –
frei, da sie am Wochenende Überstunden geleistet hatte. Knur-
rend zog sie sich das Kissen über den Kopf und versuchte, noch
ein wenig Schlaf nachzuholen.

Gegen Mittag gab sie auf und entfachte ein Feuer im Holzofen, frühstückte und setzte sich dann ins Wohnzimmer, wo sie
an ihrem Häkelprojekt – einem dunkelrot-schwarz gestreiften
Schal für Regan – arbeitete.

Egal wie genervt Caz war, er würde Regan den Schal geben.

Obwohl er den passenden, den JJ für ihn gehäkelt hatte, vielleicht nicht akzeptieren würde.

Und jetzt war sie wieder mürrisch. Sie entschied, sich anzuziehen und eine lange Wanderung durch die Schneelandschaft zu machen, in der Hoffnung, dass der Frieden des weiß bedeckten Landes in ihre Seele sickern würde.

Nach ihrer Rückkehr arbeitete sie an ihrer Einkaufsliste und fügte weitere Artikel hinzu, damit sie nicht das Gefühl hatte, die einzige unvorbereitete Person in der Eremitage zu sein. Diese Prepper-Sache schien ansteckend zu sein.

In diesem Sinne ließ sie sich neben dem warmen Holzofen nieder und schaute den Film *Der Marsianer* auf ihrem Laptop. Bester Sci-Fi-Film aller Zeiten.

Als er zu einem Ende kam, fügte sie Kartoffeln zu ihrer Liste hinzu und war nun bereit, für Lebensmittel in die Stadt zu fahren.

Nach einer kurzen Dusche schaute sie in den Spiegel und verzog das Gesicht zu einer Grimasse. Hässliche Nähte an ihrer Stirn und eine rote Linie, wo Caz die Wunde über ihren Wangenknochen geklebt hatte. Zumindest war die Schwellung entlang ihres Kiefers zurückgegangen; die Prellung hatte jedoch eine gelbgrüne Farbe angenommen. Kotz.

Unerwartetes Mitgefühl für den Doc überkam sie. In Anbetracht ihrer heutigen Erscheinung musste sie wirklich unheilvoll ausgesehen haben, als sie seine Klinik betreten hatte.

Sie mied die wunden Stellen, richtete ihr lockiges Haar und schaute wieder in den Spiegel. Blutergüsse, Platzwunden, dunkle Ringe unter den Augen. Ihre Mundwinkel zeigten nach unten. Sie war Caz aus dem Weg gegangen. Sowohl ihm als auch Regan.

Wer hätte gedacht, dass sie die beiden so sehr vermissen würde?

Die kleine Regan hatte ihr das Herz gestohlen. Ihr Kichern, ihr Mut und ihr Enthusiasmus. Sie brannte vor Intelligenz.

Und Caz? Gott, sie vermisste ihn. Er war zu ihrem besten Freund geworden. *Nein, sei ehrlich.* Sie fühlte mehr als Freundschaft. Ein Teil davon konnte nur als körperlich beschrieben werden. Sobald sie in seiner Nähe war, gab es dieses Kribbeln, als ob ihr Körper nur darauf wartete, von ihm berührt zu werden. Der andere Teil war einfach, dass sie einen Mann ... mochte. Dass sie *ihn* mochte. Sie mochte ihn sogar sehr.

Sie mochte es, mit ihm zusammen zu sein, mit ihm zu arbeiten, mit ihm zu sprechen. Er war ehrlich, freundlich, mitfühlend und stark. Er hatte einen Moralkodex und war entschlossen, sich daran zu halten.

Er hatte sich wie ihr Ex verhalten, ja, aber aus völlig anderen Gründen. Nash hatte gewollt, dass sie die Truppe verließ, weil er es nicht tolerieren konnte, dass sie besser war als er, und weil er sie kontrollieren wollte.

Caz wollte einfach, dass sie in Sicherheit war.

Seine Vergangenheit hatte ihn veranlasst, so zu reagieren. Das verstand sie. Wirklich, das tat sie. Und was er durchgemacht hatte, fügte ihr seelische Schmerzen zu. Er hatte so viel verloren.

Dennoch war es ziemlich offensichtlich, dass er nicht akzeptieren würde, wer sie war und was sie beruflich machte.

Seine Vergangenheit und seine Probleme zu kennen, würde ihre Entscheidung darüber, was sie für ihren Lebensunterhalt tat, nicht ändern. Sie würde die Karriere, die sie liebte, nicht aufgeben. Ein derartiges Verhalten konnte sie nicht durchgehen lassen. Von niemandem.

Verdammt, ob sie verletzt wurde oder nicht, sie liebte ihren Job. Polizistin zu sein, war, wer sie war.

Sie war in ihn ... na ja, sie hätte sich in ihn verlieben können. So verzweifelt wollte sie ihn glücklich machen. Aber das konnte sie nicht. Nicht in diesem Fall. Es war nicht fair von ihm, zu erwarten, dass sie ihren Job für ihn aufgab.

Verdammt. Ihr Herz schmerzte, da sie wusste, dass sie sich von ihm fernhalten musste.

Mit einem Seufzer zog sie sich an und warf einen Blick aus

dem Fenster. Kurz nach fünf Uhr abends und bereits stockdunkel. Passend zu ihrer Stimmung.

Dantes Lebensmittelgeschäft war noch eine kleine Weile geöffnet. Sie zog sich ihre Jacke an, schnappte sich ihre Handtasche und die Einkaufsliste.

Im Flur zur Garage hörte sie Geräusche aus dem großen Trainingsraum. Ein kurzer Blick durch die Tür reichte aus und sie erstarrte.

Caz ließ sich an dem Boxsack aus, der an Ketten von einem Deckenbalken hing. Schlag, Schlag, Schlag, nach hinten tänzeln, Roundhouse-Kick auf Kopfhöhe, dann tiefer. Schlag, Schlag, Schlag, Sidekick auf der Höhe des Knies. Jeder Hieb traf den Boxsack mit einem soliden Laut, den sie zu schätzen wusste.

In Leggings und einem T-Shirt stand Regan in einem angemessenen Abstand und sah ihm zu. Mit Faszination in ihren Augen.

Oh ja.

Gott, der Mann sah todbringend aus. Barfuß. Schwarze Jogginghose. Ein schwarzes Tanktop, dunkler am Ausschnitt und dem Rücken, wo er durch das Material geschwitzt hatte. Sein Bizeps, Trizeps und die Deltamuskeln waren aufgepumpt – und sahen härter aus als Granit.

Am liebsten würde sie ihn berühren. Einfach ... berühren.

Er fing an, den Sack so schnell zu schlagen, dass sie seine Fäuste kaum noch sah.

Ihr Mund trocknete aus.

Von den Geschichten, die Gabe erzählt hatte, prügelten er und seine Brüder sich gerne. Und sie gewannen alle mal. Gabe durch Technik und gute Strategie, der Mann namens Hawk durch schiere Wildheit und den Willen, niemals aufzugeben. Bull überwältigte seine Gegner mit Größe und Gewicht.

Und Caz? Anscheinend war Caz so schnell und geschickt, dass seine Schläge stets zielgenau kamen, und er es seinen Gegnern damit schwer machte, einen Gegenschlag auszuführen. Um dem

Ganzen einen aufzusetzen, zog er ein Messer heraus, wenn er seine Grenze erreicht hatte.

JJ entdeckte seine Stiefel und ja, in jedem steckte ein Messer. Nun, als Gesetzeshüterin konnte sie nur sagen, dass sie froh war, dass er auf der Seite des Guten war.

Caz trat vom Boxsack weg und senkte die Hände. „So wird es gemacht, *Mija*. Jetzt du."

Als Regan seinen Platz einnahm, griff Caz nach einem Handtuch und ... entdeckte JJ.

Verdammt. Warum stand sie in der Tür und starrte ihn wie der letzte Idiot an? Sie trat einen Schritt zurück und –

„JJ." Allein bei dem Klang ihres Namens in seiner ach so maskulinen Stimme erschauerte sie.

„Sorry, ich –"

„JJ?" Regan schoss wie eine abgefeuerte Kugel durch den Raum, prallte gegen JJ und schlang ihre Arme um sie. „Wo bist du gewesen? Bist du wütend auf mich? Habe ich etwas falsch gemacht?"

Oh ... Scheiße. Entsetzt schaute JJ zu Caz, der ebenso schockiert zu sein schien.

Verdammt, sie hatte nicht nachgedacht. Ohne etwas zu Regan zu sagen und sich zu erklären, war sie einfach verschwunden. Kinder waren sich immer sicher, dass sie die Ursache für jede Katastrophe waren – von einer Zwangsräumung über Scheidungen bis hin zum Missbrauch durch einen Elternteil. Ein Kind ging automatisch davon aus, dass es seine Schuld war.

JJ bückte sich, um Regan fest in die Arme zu schließen. „Ich bin kein bisschen wütend auf dich, und du hast nichts falsch gemacht."

Die Augen des kleinen Mädchens füllten sich mit Tränen. „Bist du sicher? Ich habe nicht beabsichtigt, dass du in der Kälte nach mir suchen musst und –"

„Du bist zur Rettung eines Kätzchens geeilt." JJ drückte Regan noch einmal. „Ich hätte genau dasselbe getan. Und in der

Kälte in den dunklen Wald zu rennen? Das ist ziemlich mutig, wenn du mich fragst."

Ein Blick zu Caz zeigte, dass Regans Papá die Stirn runzelte. *Hoppla.* „Natürlich solltest du das nächste Mal jemandem Bescheid geben, wenn du derartige Heldentaten planst, okay? Nimm einen Erwachsenen mit."

Regan nickte heftig mit dem Kopf. „Und die Notfalltasche nicht vergessen."

„Gut. Du hast ein kostbares Leben gerettet und gelernt, was du beim nächsten Mal besser machen kannst. Das nenne ich einen Erfolg."

Als sich Regan regelrecht an sie klammerte, konnte JJ die Schuldgefühle nicht länger zurückdrängen. Sie hatte nicht beabsichtigt, das Mädchen zu verletzen.

Caz rieb sich den Nacken und schenkte JJ ein schiefes Lächeln, das zum Ausdruck brachte, dass er genauso fühlte.

„Wie ich sehe, bekommst du Kampfunterricht?", sagte JJ zu Regan. „Hast du schon etwas Nützliches gelernt?"

Mit typischer kindlicher Widerstandsfähigkeit sprang Regan sofort auf das neue Thema an. „Das habe ich! Wie man eine Faust macht, sodass ich mir nicht den Daumen breche. Wie man zuschlägt und wie man wegkommt, wenn man gepackt wird."

„Sehr hilfreich. Nur dachte ich, dass du das Kämpfen sein lassen wolltest." JJ warf Caz einen anklagenden Blick zu.

„Keine voreiligen Schlüsse ziehen, Officer Jenner." Caz' Lippen zuckten amüsiert. *„Mija*, sag JJ, worauf wir uns geeinigt haben."

„Wenn jemand gemein ist, gehe ich weg oder benutze meine Worte und erzähle es einem Erwachsenen. Aber wenn sie ... phy − physi − ähm, körperlich werden, dann wehre ich mich, denn Papá sagt, es gibt Diplomatie und dann gibt es Fußabtreter. Ich bin kein Fußabtreter."

Diplomatie gegen Fußabtreter. Das klang verdächtig nach

einer Lektion des Sarge. JJ hielt ein Lächeln zurück. „Das klingt nach einer gut durchdachten Antwort. Sehr schön."

„Ja, oder?" Regan grinste. „Und wenn ich jemanden schlage, sollte ich es richtig machen."

JJ stellte sich vor, wie sich die Schule in ein Kriegsgebiet verwandelte und ihr Blick schoss zu Caz.

Obwohl er lächelte, wirkte er entschlossen. Er wollte, dass Regan einer Situation den Rücken kehrte. Für den Fall, dass jemand Hand an sein Mädchen legte, würde er sicherstellen, dass sie diese Hand verletzen konnte.

JJ streichelte über Regans weiches, braunes Haar, sah erneut zu ihm und nickte.

Caz hörte, wie eine Tür zuschlug – von der Verandaseite in Makos Haus.

„Regan, Caz, seid ihr hier drin?", rief Audrey.

„Im Trainingsraum!", antwortete Caz.

Audrey erschien auf der Türschwelle, blondes Haar unter einer Strickmütze, Wangen von der Kälte gerötet. „Da seid ihr ja. Regan, willst du immer noch mit mir einen Kuchen backen?"

„Ich …" Regan biss sich auf die Unterlippe, schaute zu dem Boxsack und dann zu ihm. Und zu JJ.

„Geh nur, *Mija*." Er wuschelte durch ihre Haare. „Vielleicht wird JJ heute mit uns zu Abend essen und für einen Film bleiben. Wir können ihr etwas Besonderes kochen."

JJ erstarrte, als ihr klar wurde, was er tat. Er presste die Lippen zusammen, um sein Grinsen zurückzuhalten.

„Ja!" Regan packte JJs Hand. „Bitte, bitte, bitte?"

Nicht eine Person auf dieser Welt könnte diesem Hundeblick widerstehen. JJ versuchte es. „Ich … ähm, ich sollte …" Sie versuchte es und scheiterte kläglich. „Gerne. Ein Filmeabend würde mir gefallen."

Der Blick, den sie ihm anschließend zuwarf, hatte wahrscheinlich gerade seine Eier frittiert.

„Ausgezeichnet. Dann lass uns gehen, Regan. Du kannst ein paar Stücke des Kuchens für den Nachtisch mit nachhause nehmen." Audreys spekulativer Blick zu Caz bedeutete, dass Gabe von diesem spannungsgeladenen Moment hören würde. Sie zeigte mit dem Finger auf JJ. „Thanksgiving ist nächste Woche – ein großes Abendessen. Du wirst kommen, Weib. Tust du das nicht, hetze ich deinen Boss auf dich."

„Ähm." Die Unsicherheit in JJs Augen brach ihm das Herz. Er hatte das verursacht, verdammt nochmal.

Als die beiden den Raum verließen, trat sie einen Schritt auf die Tür zu.

Caz ergriff ihren Arm. „Nein, *Princesa*. Wir müssen reden."

„Nein, das müssen wir nicht." Mit der gleichen Technik, die er Regan beigebracht hatte, riss sie ihr Handgelenk aus seinem Griff. „Es war nicht fair, Regan zu benutzen, um deinen Willen durchzusetzen."

„War es fair von dir, ohne Erklärung aus unserem Leben zu verschwinden?", fragte er sanft.

„Hör doch auf mit dem Scheiß. Du weißt genau, warum ich dir aus dem Weg gehe."

„Weil du ein Feigling bist?"

Ihre Wangen färbten sich so rot, dass ihre Sommersprossen verschwanden. „Ich bin kein Feigling!" Sie schubste ihn von sich weg. „Was ja das Problem ist, richtig, *Doc*? Dass ich nicht bereit bin, am Spielfeldrand des Lebens zu sitzen, damit du ruhig schlafen kannst?"

Das war genau die Schlussfolgerung, zu der er gekommen war. Nicht sie war der Feigling, sondern er.

Obwohl ihm eine Entschuldigung auf der Zunge lag, blieb er still.

Im Moment war sie in der Stimmung für einen Kampf. Es spielte gerade keine Rolle, was er sagte, da sie angespannt und frustriert war. Mit Biologie hatte es auch etwas zu tun. Da sie ihm aus dem Weg gegangen war, hatte sie seit einigen Tagen kein Workout bekommen, und sie trainierte normalerweise jeden Tag. Kämpfer mussten kämpfen – weshalb er und seine Brüder sich ab und zu trafen, nur um sich Mann gegen Mann zu messen. Auch Mako hatte nie eine Schlägerei ausgelassen.

„Damit ich ruhig schlafen kann?" Caz gab ihr das gleiche Grinsen, das er oft benutzt hatte, um Hawk zu einem Kampf anzustacheln. JJ war nicht die Einzige, die einen schmutzigen Kampf nötig hatte. „*Sí*, ich würde ruhiger schlafen, wenn du Buchhalter wärst. Du bist regelmäßig in meiner Klinik, weil du verletzt wurdest. Vielleicht bist du unfallanfällig?"

Ihre Hände ballten sich zu Fäusten. Sie ließ ihre Handtasche fallen und zog sich ihre Jacke aus. Ihre Stiefel und Socken folgten.

Dann schlug sie ihm auch schon in den Bauch.

Als sich der Schmerz in seinem Darm bemerkbar machte, zuckte er instinktiv zurück. „Fuck." Das tat so viel mehr weh, als er erwartet hatte. Die Frau wusste, wie man zuschlagen musste.

Mit den Fäusten vor ihrem Gesicht tanzte sie auf den Zehenspitzen. Bereit für mehr.

„Sehr nett, *Princesa*." Er rieb sich den Bauch. „Dich in einen Kampf zu provozieren, war vielleicht nicht die beste Idee."

„Provozieren?" Ihr schmaler Kiefer spannte sich an, als sie erkannte, dass er sie reingelegt hatte. Anstatt sich jedoch zurückzuziehen, fing sie an, ihn zu umkreisen. Sie wollte diesen Kampf genauso sehr wie er.

Aufmerksam beobachtete er sie. Sie bewegte sich wie ein Boxer. Ausgehend von ihrer Körperhaltung vermutete er jedoch, dass ihre Vorliebe in harten Kicks lag wie in Taekwondo oder Muay Thai. Oder einer Mischung aus den beiden.

Er lächelte. Das sollte ein großer Spaß werden. „Nicht verkrüppeln."

„Geht klar." Ihre Faust raste erneut auf ihn zu, und diesmal bewegte er sich rechtzeitig genug, um einen Treffer zu vermeiden.

Sie blockierte seinen Gegenschlag, wirbelte herum und versuchte, ihm den Boden unter den Füßen wegzuziehen. Er trat aus dem Weg, und sie reagierte mit einem Ansturm aus Schlägen und Tritten. Die meisten davon parierte er, oder er wich aus, wodurch er die Wucht rausnahm.

Sie grinste, ihr Temperament erlöscht.

Sein Gesicht zeigte wahrscheinlich den gleichen Gesichtsausdruck.

Sie war verdammt gut. Sein Training hatte mit Mako begonnen. Später hatte er Krafttraining hinzugefügt, was bedeutete, dass er an sich gewinnen müsste. Nur war sie auch nicht gerade ungeübt. In einem echten Kampf müsste er für einen Sieg einiges leisten.

„Du bist gut, Officer Jenner. Verdammt gut." Er vermied es gerade so, einen Tritt in seinen Schritt zu bekommen. „Tsk, tsk. Nicht verkrüppeln, erinnerst du dich?"

„Dazu zählen nur gebrochene Knochen." Sie ließ ihre Augenbrauen auf- und abhüpfen. „In die Eier treten, ist lediglich ein bisschen Folter. Das wurde mir jedenfalls erzählt."

Sie drehten sich, tauschten Schläge aus und grunzten, wenn einer saß.

„Was ist los, Doc? Hast du Probleme, mit einer Frau Schritt zu halten?" Sie tänzelte nach rechts, dann links. Ihre Fußarbeit war wunderschön.

Er setzte einen besorgten Blick auf. „Vielleicht werde ich in meinem hohen Alter langsam?"

„Ja, ich bin mir ziemlich sicher, dass ich da graue Strähnen in deinen Haaren sehe. Du bist weit über dreißig, oder?"

Sein Roundhouse-Kick — vorsichtig ausgeführt — traf ihre Rippen und er folgte dies mit einem Kinnhaken, dem sie geradeso ausweichen konnte. „Einunddreißig, *sí*. Und du ... meine Kleine?"

Das brachte ihm einen Frontkick gegen seinen Oberschenkel ein, hart genug, dass er froh sein konnte, dass sie nicht auf seine

Eier gezielt hatte. Nicht, dass er diese Art von Tritt vorbeilassen würde.

„Siebenundzwanzig." Sie knurrte bei seinem skeptischen Blick. „Die Sommersprossen lassen mich jünger aussehen, als ich bin."

Das taten sie, ebenso wie ihre lockigen Haare.

„Denk daran, mich nicht zu hart zu schlagen", zischte sie. „Sonst breche ich vielleicht noch."

Rothaarige waren dafür bekannt, hitzige Gemüter zu haben, aber ihres war bereits verblasst. Also mehr Schein als Sein. Vielleicht, weil sie beide schon schwitzten und schwer atmeten.

„Ich werde behutsam mit dir umgehen, mein zartes Blümchen", versprach er und traf sie mit einem härteren Schlag in den Bauch. Um sie auf die offensichtlichste Weise wissen zu lassen, dass er es sarkastisch gemeint hatte.

Ihr Atem platzte aus ihr heraus, und sie schlug zurück, ihre Faust streifte seinen Kiefer.

Sie würden beide einige schmerzhafte blaue Flecken davontragen.

Es war an der Zeit, diese Sache zu beenden.

„Ich mache mir Sorgen, JJ." Er fing ihr hochgezogenes Bein ab, warf sie auf ihren Hintern und grinste, als sie schneller auf die Füße kam, als er erwartet hatte. „Es tut mir leid, dass ich nach der Situation in der Bar überreagiert habe. Gabe sagte, du hättest vier Arschlöcher verdammt schnell ausgeschaltet. Er ist stolz auf dich."

„Ist er?" Als sich ihr Gesichtsausdruck deutlich erhellte, schlug sein Herz nur für sie. Dass jemand, der so beeindruckend war, so viele Selbstzweifel hatte, lag einzig und allein an diesem Arschloch Nash.

Wenn man es genau betrachtete, war Caz' Überfürsorglichkeit genauso beleidigend.

Er war ein Idiot. „Ich entschuldige mich dafür, was ich gesagt habe. Ich würde niemals wollen, dass du einen Job kündigst, der dich erfüllt."

Als sie ihre Hände senkte, zögerte er nicht. Er packte sie um die Taille und ließ sich mit ihr auf die Matte fallen. Bevor sie wusste, was vor sich ging, lag er auf ihr. Er ignorierte ihre Fäuste, nahm ihr Gesicht zwischen beide Hände und dann senkte er seine Lippen auf ihre. Ein Kuss, der verlocken sollte.

Ihre Finger wickelten sich um seine Handgelenke und sie versuchte, ihn von sich zu schieben.

Sie war nicht willig.

Als er jedoch Anstalten machte, von ihr herunter zu gehen, spürte er, wie sie unter ihm nachgab und dann lagen ihre Arme auch schon um seinen Nacken. „Caz."

„Was muss ich tun, um mir deine Vergebung zu verdienen, *Mamita?*" Er küsste ihr stolzes Kinn, die Sommersprossen auf ihren Wangen, ihre weichen Lippen.

„Es ist okay." Ihre Finger fanden seine Haare, packten zu, als sie an seinem Kiefer knabberte. „Ich weiß, dass du ein Problem damit hast, wenn Frauen verletzt werden."

Frauen? In der Klinik hatte er versucht, zu erklären, was er für sie empfand. Offenbar hatte sie ihm nicht geglaubt. „JJ, ich hasse es, wenn jemand verletzt wird, der mir *wichtig* ist."

Ihr Atem stoppte für eine Sekunde. „Nein," hauchte sie.

„Sí. Du bist mir wichtig, *Mamita.*"

Ihre türkisfarbenen Augen glänzten vor Tränen. „Das sieht dir nicht ähnlich. Du gehst durch Frauen wie ein heißes Messer durch Butter."

Er stöhnte. „Das war mal so, ja. Früher lautete meine Regel: Nur eine Nacht und nie jemand aus Rescue." Caz spürte, wie die Barrieren, die sein Herz umgeben hatten, wie Herbstblätter im Wind weggefegt wurden. „Diese Regel scheint für dich nicht zu gelten."

Ihre Atmung stockte erneut.

Er konnte sein Herz nicht beschützen. Nicht mehr. Er wollte

mehr von ihr. Er wollte mehr als nur eine Nacht. Er überlegte kurz. Sie war in der Vergangenheit belogen und verletzt worden. *Sei direkt.* „Ich weiß nicht, was sich zwischen uns entwickeln wird, *mi princesa*, aber ich würde gerne sehen, wohin es führt."

„Was ist mit Regan? Wenn wir ... wenn ..."

Dass sie sich Sorgen um sein kleines Mädchen machte, verwandelte ihn in einen Marshmallow. „Es scheint, dass ihre Mutter ... in ihrer Wahl der Männerbekanntschaften willkürlich vorgegangen war, und Regan hat mehr gesehen, als ein Kind sollte. Nichtsdestotrotz werden wir ehrlich zu ihr sein."

„Nein. Sie ist immer noch dabei, sich einzuleben, und wir wissen nicht, was aus uns wird. Vielleicht können wir vor ihr Freunde sein und" – JJ schmunzelte – „erstmal im Geheimen Sex haben. Dann wird sie nicht verletzt, wenn du ..."

Wenn er mit ihr Schluss machte? Das würde nicht passieren. Er wollte diese Frau in seinem Leben haben. In seinem und in Regans.

Sie fühlte sich auf eine Weise richtig an, wie er es noch nicht erlebt hatte.

„In Ordnung, *mi corazón*." *Mein Herz* – ja, genau das war sie. Wenn JJ ein langsameres Tempo ohne Erwartungen bevorzugte, dann würden sie das tun. Die direkten Worte würden früh genug gesprochen werden. „Freunde mit geheimen Vorzügen. Vorerst."

„Okay." Ihre Mundwinkel zuckten. „Ähm ... da wir beide bereits schwitzen, wollen wir gleich noch mehr Schweiß produzieren?"

Trotz ihrer Unsicherheit nach Nash war sie immer noch mutig genug, um laut auszusprechen, was sie wollte. Es wunderte ihn nicht, dass er auf dem besten Weg war, sich in diese Frau zu verlieben.

„Sieh dich nur an, wie du Sex initiierst. Sehr schön." Er küsste sie. Langsam. Zärtlich.

Als er den Kopf hob, kam ihre Stimme heiser heraus: „Und? Was sagst du?"

„Ich habe schon immer gedacht, dass ein Kampf freundschaftlich enden sollte." Er senkte seinen Mund und hauchte wenige Millimeter vor ihren Lippen: „Sehr freundschaftlich." Diesmal war der Kuss tiefer, sinnlicher, und er war steinhart, bevor sich ihre Lippen trennten. Es gab jedoch praktische Aspekte, die berücksichtigt werden mussten. „Hast du zufällig Kondome in deinem Schlafzimmer, *Mamita*?"

„Nein. Aber ich habe ein paar in meiner Handtasche. Dort drüben." Sie errötete. „Ich wollte wie die Jungs sein."

„Wie die Jungs, hmm? Ich sollte nachsehen, ob ich deine Mädchenteile von Jungenteilen unterscheiden kann." Glucksend streckte er eine Hand aus, schnappte sich ihre Handtasche und reichte sie ihr.

Da sie immer noch auf der Matte lag, stellte sie die Handtasche auf ihre Brust und zog ihren Geldbeutel heraus.

Nachdem er die Tür verriegelt hatte, zog er sich sein Tanktop aus, ignorierte, dass sie nach Luft schnappte, und machte sich daran, sie ihrer Jeans und ihres Slips zu entledigen.

Auf dem Bauch machte er es sich zwischen ihren Schenkeln bequem und hob ihre Beine auf seine Schultern. Die körperliche Anstrengung hatte ihren natürlichen Geruch intensiviert. Sie roch sauber, wie frisch aus der Dusche und doch mit einem Hauch von Schweiß und offensichtlicher Erregung. Und sie schmeckte wie das Meer, berauschend und ursprünglich.

Als er durch ihre Spalte leckte, ließ sie ihre Handtasche fallen.

Das gab ihm als Mann ein unglaubliches Gefühl. „Ich glaube, ich habe die Mädchenteile gefunden." Lächelnd gab er alles, um zu sehen, ob er seine Frau davon abhalten konnte, erneut nach der Handtasche zu greifen.

Als er seine Finger, Zunge und Lippen an ihr benutzte, summte ihr offensichtliches Vergnügen wie ein Lied durch ihn. Ihre bebenden Schenkel zu beiden Seiten seines Kopfes leiteten ihn, ebenso wie die Wände ihrer Pussy, die sich um seine Finger zusammenzogen, und wie sie regelmäßig nach Luft schnappte. So hinreißend.

Er spürte auch, als ihr Gehirn neu startete und wie sich ihr Körper anspannte. Ah, sie war entzückend.

Bevor sie sich Sorgen machen konnte, senkte er ihre Beine. Er kniete sich hin, nahm ihre Hände, zog sie in eine sitzende Position und griff nach dem Kondom in ihrer Hand. Nachdem er es auf die Matte gelegt hatte, zog er ihr den Pullover über ihren Kopf.

Sie starrte ihn an, offensichtlich verunsichert und die Frage in ihren Augen, warum er aufgehört hatte.

„Mmm, kein BH." Er spielte mit ihren bezaubernden kleinen Brüsten. Ihre Nippel waren so empfindlich, dass sie sich unter ihm wand, als er sie zwischen Daumen und Zeigefinger rollte und immer wieder hineinzwickte. Er war versucht, sie einfach auf die Matte zu drücken und sie hier und jetzt zu ficken.

Zu schnell. Sie war eine Grüblerin, machte sich schnell Sorgen und brauchte das Geschenk, von diesen Sorgen befreit zu werden. Etwas, das er sehr gerne für sie tun würde.

Er ging auf die andere Seite des Raumes und kehrte mit dem großen Gymnastikball zurück, den Gabe für Audrey gekauft hatte.

JJ starrte auf den kniehohen, grauen Gummiball. „Was soll das werden, Caz?"

„Komm her. Setz dich." Er zog sie hoch, setzte sie auf den Ball und lächelte. „Lehn dich zurück."

Er richtete ihren Körper nach seinen Wünschen aus, sodass sie mit Rücken und Kopf auf dem Ball lag und ihre Beine dafür sorgten, dass ihr Hintern über dem Boden schwebte. „Soll ich meine Bauchmuskeln trainieren, oder was?"

Sein Grinsen blitzte auf, bevor er den Kopf schüttelte. „Diese Position ist noch nicht ganz richtig."

„Bitte was?"

Er stieß den Ball an, bis das kalte Gummi unter ihrem unteren Rücken zur Ruhe kam und ihr ungestützter Kopf nun runterhing. „Was machst du denn da?" Sie wölbte ihren Rücken, drückte ihre Hände auf die Matte und bildete eine Brücke, um zu verhindern, dass sie vom Ball auf ihren Kopf rutschte.

„Perfekt." Ein tiefes, maskulines Glucksen erklang, als er sich zwischen ihre Beine kniete – und sie erinnerte sich plötzlich, dass sie keine Kleidung trug. „Halte dein Gleichgewicht, JJ, oder du wirst fallen."

„Ich werde nicht fallen." Immerhin stützte sie sich mit den Händen ab. Auf der anderen Seite hielten ihre Füße den Ball davon ab, sich zu bewegen.

Seine Warnung ergab mehr Sinn, als er ihre Beine über seine Schultern hob und eine Hand auf ihren Bauch legte. Für den Moment war sie an Ort und Stelle fixiert. Sein Mund fand ihre Pussy, die Lippen neckten ihre Klitoris, die Zunge schnellte über die Perle, als er langsam einen Finger in sie schob.

Oh Gott! Die Lustwelle, die durch sie fegte, war so intensiv, dass ihre Arme bebten. Der Ball rührte sich und begann unter ihr zu rollen. Sie quietschte.

„Halt still, *Mamita*." Er ließ nicht von ihr ab. Seine Finger stießen in sie, immer und immer wieder, bewegten sich schneller, während er sanft an ihrem Nervenbündel saugte und es mit seiner Zunge betörte. Sein Mund war heiß und nass. Die Finger in ihr verstärkten jede Empfindung, bis sie sich winden wollte – nur konnte sie das nicht. Ihre Muskeln spannten sich an, was sie auf dem Ball hielt, als die Empfindungen in jeder Zelle ihres Körpers überbrodelten.

Er wartete eine Sekunde und blies schließlich Luft über ihre empfindliche Klitoris, bevor er das Nervenbündel erneut in die Hitze seines Mundes tauchte, wobei er seine Zunge auf der einen Seite und dann auf der anderen Seite zum Einsatz brachte. Der Druck in ihr stieg an, ihre Pussy pulsierte um seine Finger.

Höher und höher stieg sie, bis ein überwältigender Sturm aus Empfindungen über sie hinwegrollte. So viel Ekstase. Welle um Welle fegte durch sie hindurch. Ihr Rücken wölbte sich noch mehr, ihre Hüfte zuckte gleichzeitig nach vorn und von ihm zurück. Sie verlor ihr Gleichgewicht und begann seitwärts zu rollen. „Hilfe!"

Lachend packte er sie an den Hüften und hielt den Ball ruhig. Er zog sie in eine sitzende Position und umarmte sie. „Ich liebe es, dich dabei zu beobachten, wie du kommst."

Sie atmete immer noch schwer, ihre Haut gerötet, nackt. Und seine Worte ... sie fühlte sich wundervoll.

Sein Kuss war hart und besitzergreifend. Nach ein paar Sekunden küsste er ihre empfindlichen Brustwarzen, was erneut eine Lustwelle in ihr auslöste.

Er erhob sich. „Steh kurz auf, *mi princesa*."

Nachdem er seine Jogginghose ausgezogen hatte, nahm er das Kondom und hüllte sich ein. Er stieß den Ball in eine Ecke, setzte sich drauf und positionierte sich auf dem Ball, sodass seine schweren Hoden baumelten. Seine dicke Erektion war steinhart und erhob sich aus getrimmtem schwarzem Haar.

Sie starrte ihn an, nicht in der Lage, den Blick abzuwenden.

„Komm her, *Mamita*."

Auf dem Ball? Sie holte tief Luft und ging zu ihm.

„Drehe dich um und setze dich ganz langsam auf mich. Deine Beine außen." Er führte sie, sodass ihm ihr Rücken zugewandt war. Eine Hand legte er auf ihre Hüfte, mit der anderen hielt er seinen Schwanz.

Ihre Pussy pulsierte immer noch, jeder Muskel in ihrem Körper von dem Orgasmus entspannt, und er wusste, dass sie keine Gegenworte mehr für ihn übrig hatte. Er hatte sie zum Orgasmus gebracht. Einfach so.

Seine Eichel küsste ihren Eingang und glitt langsam in sie, als er sie auf sich absenkte. Er fühlte sich riesig und heiß an und füllte sie vollständig aus. „Gott!"

Sein Lachen war rau und dunkel. Er war in ihr, so tief in ihr. Ihre Beine lagen über seinen, und als er seine spreizte, öffnete sie sich automatisch weiter für ihn.

Die Spiegel im Raum zeigten ... alles. Ihr verheddertes Haar, ihre aufgerichteten Nippel, ihren Venushügel und ihre Pussy. „Wir werden ein bisschen spielen, *sí*? Ich möchte deine Hände auf mir spüren." Er lehnte sich vor und nahm ihre Hände, legte sie um seine schweren Hoden und zeigte ihr, wie man sie sanft streichelte und dass es ihm gefiel, wenn sie daran zog. „Mmm, das ist perfekt, *mi princesa*."

Er wurde härter in ihr – und, oh, sie liebte es, zu wissen, was er mochte. Im Umkehrschluss wurde sie noch feuchter.

Als er seine Hand auf ihre Pussy legte, sog sie bei dem berauschenden Gefühl den Atem in ihre Lungen. „Ich sagte, wir würden spielen, richtig?", erinnerte er sie, als sein Finger ihr Nervenbündel umkreiste.

Sie begegnete seinem Blick im Spiegel und er lächelte. Das langsame Gleiten seines Fingers über ihre geschwollene Perle schickte Hitze durch ihre Adern. Und Begierde. Die Intensität erreichte neue Höhen, wenn er tief und hart in ihr steckte.

Für einen wundervollen Zeitraum spielten sie. Sie berührten sich einfach nur. Sie erkundeten sich. Er neckte ihre Brüste, ohne jemals ihre Klitoris zu vernachlässigen. Sie erforschte seine Eier und die empfindliche Stelle, an der sein Schaft in sie eindrang.

Ihr Bedürfnis, zu kommen, baute sich immer weiter auf.

Sie wand sich auf ihm. „Ich muss mich bewegen", flehte sie ihn an und konnte nicht glauben, dass sie die Worte gewimmert hatte. Aber es war okay. Denn das war Cazador. „Bitte, bitte, bitte?"

„Nur das wollte ich hören, *Mamita*." Er knabberte und küsste ihre Schulter, schickte einen Schauer durch sie. „Lass uns das tun, ohne vom Ball zu fallen, ja?" Er rutschte auf dem Gymnastikball weiter nach hinten, bis sein Gewicht in der Mitte besser verlagert war. Ihre Zehen berührten kaum noch den Boden.

„Lehne dich vor, platziere deine Hände auf meinen Ober-
schenkeln und schaukle vor und zurück. Nur kleine Bewegungen."
Er festigte seine Hand an ihrer Brust und sie stöhnte.
Seine Hand war dunkel auf ihrer hellen Haut. Seine andere
Hand lag zwischen ihren Beinen, ein heißer Druck auf ihrer
Klitoris. So wundervoll.

„*Mamita*. Beweg dich."

„Okay." Sie schluckte schwer. „Okay. Bewegen." Wie um alles
in der Welt konnte sie etwas tun, wenn er jeden ihrer Gedanken
mit seinen Berührungen auslöschte? Sie lehnte sich vor und hob
ihr Becken, bis er ein wenig aus ihr herausglitt, bevor sie sich
wieder auf ihn fallen ließ. Beim zweiten Mal wiederholte sie die
Bewegung etwas schneller. Als der Ball zusätzlichen Schwung
hinzufügte und seinen Schaft so berauschend tief in sie drängte,
spannte sie die Zehen an. „Ja!"

„Genauso. Mach weiter." Er unterstrich seinen Befehl, indem
er in ihren Nippel zwickte und so elektrisierende Empfindungen
an ihre Pussy sandte.

Langsam schaukelte sie vor und zurück, hüpfte auf und ab.
Seine unnachgiebigen Hände an ihrer Pussy und ihrer Brust
hielten sie davon ab, zu weit zu gehen, sodass sie ihn nicht verlor,
aber verdammt, es fühlte sich erstaunlich an. Sein Schwanz traf
genau die richtige Stelle in ihr, was dazu führte, dass seine Berührung an ihrer Klitoris weitere Empfindungen in ihr losstieß, die
kaum noch zu kontrollieren waren.

So viel Lust. Sie lehnte sich noch ein Stück nach vorn. Sein
Schaft traf erneut diese Stelle. *Gott!* Oh, da. Genau da. Die
Empfindungen verstärkten sich immer weiter. Sie schaukelte
verzweifelt und dann zogen sich die Wände ihres Geschlechts um
seinen harten Schwanz zusammen.

Mehr, mehr, mehr. Ihre ganze untere Hälfte spannte sich für
einen unendlichen, ultimativen Moment an, und dann explodierte
sie, setzte eine riesige, überwältigende Welle der Ekstase frei.
„Oh, oh, oh!" Sie packte seine harten Oberschenkel, ihr Kopf

neigte sich nach hinten und der Feuerball in der Form eines Orgasmus stürzte über sie hinweg und durch sie hindurch. Bevor sie sich erholen konnte, glitt er aus ihr heraus. Mit ihr in den Armen entfernte er sich von dem Ball, positionierte sie auf der Matte auf ihren Händen und Knien, fand sich hinter ihr ein und drang mit einem Stoß in ihre Hitze. Mit einem wundervollen Stoß. Sie pulsierte um seine Länge, massierte ihn. Mit einem sinnlichen Knurren zog er sich zurück und hämmerte dann hart in sie. Jede Penetration war erregender als die davor. Nach einer Weile packte er mit beiden Händen ihre Hüften, verlor sich ein letztes Mal in ihr und kam begleitet von einem tiefen Stöhnen.

Mit der Stirn auf der Matte schnappte JJ nach Luft. Ihre Arme zitterten, ihr Inneres bebte. Der Mann würde sie noch umbringen. „Ich glaube nicht, dass der Ball dafür entwickelt wurde."

„Wenn das kein Workout war, dann weiß ich auch nicht." Mit einem vergnüglichen Summen rieb er seine Leistengegend gegen sie und löste so Nachbeben in ihr aus.

Mit seinem Arm um ihren Bauch hielt er sie hoch, um an ihrer Schulter zu knabbern, bevor er sich seufzend aus ihr zurückzog.

Als er aufstand, ließ sie sich auf die Matte fallen und blickte zu ihm auf. „Du bist ein verrückter Mann."

„Ah, so verurteilend. Tsk, tsk." Er ging zum Badezimmer, um das Kondom zu entsorgen.

Als er zurückkehrte, schloss er sich ihr auf der Matte an und zog sie auf seine Brust. „Oh ja, hier will ich dich haben."

So fühlte sie sich auch. Nackt, Haut an Haut. Das gefiel ihr. Sie wollte ihn berühren, seinen Geruch in sich aufnehmen, den langsamen Schlag seines Herzens unter ihrem Ohr hören. All das füllte etwas tief in ihr.

Seine Hand streichelte langsam über ihr Haar, über ihren Rücken. „Ich habe dich vermisst, *Mamacita*. Für mehr als nur Sex."

„Ich habe dich auch vermisst", flüsterte sie und rieb ihre Wange an seiner feuchten Haut.

Nach einer Weile neigte sie den Kopf. *Mamacita, mamita* – spanische Wörter schlichen sich immer wieder in seinen Wortschatz. Sie stützte sich auf ihre Unterarme und sah auf ihn herunter.

Dickes schwarzes Haar, Augen in der Farbe der dunkelsten Schokolade, der markante Kiefer, seine Lippen, die so perfekt geformt und so verheerend auf ihrem Körper unterwegs gewesen waren. Lippen eines Mundes, der sich gerade zu einem wissenden Lächeln formte.

„Eine Frage, bitte."

Seine Augen funkelten vor Belustigung. „Frag nur."

„Du hast dein ganzes Leben in den Staaten gelebt. Warum kommt und geht dein Akzent, und warum fluchst du auf Spanisch?"

Sein Ausdruck wurde ernst, als er ihr Gesicht musterte. „Mein Vater hat meine Mutter aus Mexiko hergebracht. Als ich zwei Jahre alt war, starb er – ein Arbeitsunfall – und sie hörte auf, Englisch zu lernen. Wir sprachen zuhause nur Spanisch. Als sie ermordet wurde, hatte ich immer noch Schwierigkeiten mit Englisch. Auf der Straße schloss ich mich mexikanischen Gangs an. Als Mako mich im Alter von acht Jahren zu sich nahm, sprach ich hauptsächlich Spanisch."

Als Siebenjähriger auf der Straße. Ihr Herz brach. Es war ein Wunder, dass er überlebt hatte. „Du hast die Sprache offensichtlich gelernt."

„Das habe ich. Als ich achtzehn wurde, war kein Akzent mehr zu hören. Da ich im Hinterland von Mako unterrichtet wurde, stieß ich nicht auf viele Vorurteile, bis ich mich fürs Militär verpflichtet habe. Dann ... nun, es gab einen rassistischen Sergeant, der den IQ und die Einstellung eines brünstigen Elches hatte, und einen Leutnant, der nicht viel besser war. Da es das war, was sie von mir erwarteten, gab ich ihnen einen Akzent."

Sie starrte auf die sardonische Weise, in der sich seine Lippen verzogen. „Du hast die Idioten absichtlich provoziert. Warum überrascht mich das nicht?"

Ein Achselzucken war ihre Antwort. „Als Spanisch sprechender Special Forces Sanitäter wurde ich oft nach Südamerika geschickt, und jetzt besuche ich Mexiko immer noch ehrenamtlich. Mein Akzent hatte nie eine Chance zu verschwinden." Der Subtext war klar: Er wollte die Verbindung zu seiner Herkunft nicht kappen.

Und er hielt daran fest, indem er sich freiwillig in gefährlichen Ländern engagierte. Das sah ihm so ähnlich. „Ich schätze, du solltest besser anfangen, Regan Spanisch beizubringen, hmm? Und mir."

Seine Arme legten sich enger um sie, sein Blick so warm, dass sie innerlich dahinschmolz.

Gott, sie liebte ihn.

KAPITEL EINUNDZWANZIG

R egel Nr. *1 für Schusswechsel: Bring eine Waffe mit. Vorzugsweise mindestens zwei Pistolen. Lade alle deine Freunde mit Waffen ein.*
~ Unbekannt

Am Donnerstag stand Bull in der Innenstadt in seinem Büro im zweiten Stock und musterte die Karte von Rescue, die so ziemlich die ganze Wand einnahm. Alle Akquisitionen von Mako waren mit roten Stecknadeln markiert. Jede der Immobilien, die Bull verkauft hatte, wies eine grüne Stecknadel auf. Vermietete Geschäfte hielten gelbe Stecknadeln. Es gab immer noch zu viele Orte mit nur roten Stecknadeln, aber sie machten Fortschritte.

Ein Immobilienmakler war daran interessiert, sich im Erdgeschoss niederzulassen. Ein Ehepaar hatte endlich den Umbau der neuen Pizzeria abgeschlossen. Das bereitete Bull wirklich Freude.

Als er zu seinem großen Mahagonischreibtisch zurückging, hörte er, wie sich die Tür im Erdgeschoss öffnete und schloss. Dann hörte er Caz rufen: „Bull, hast du ein paar Minuten Zeit?"

„Sicher. Komm hoch."

Schritte auf der Treppe deuteten auf zwei Personen hin. Leichteres Gewicht. Wahrscheinlich weiblich.

Caz eskortierte JJ ins Büro.

JJ, hmm. Die Polizistin trug ihre Haare geflochten, die Kleidung makellos, die Jacke offen, um ihr Uniformhemd vorzuzeigen. Kein Wunder, dass Gabe mit ihr zufrieden war.

„JJ, schön, dich zu sehen." Bull deutete auf die Sitzecke am Fenster mit Blick auf die Hauptstraße.

Caz zog sie auf die Couch und setzte sich neben sie.

„Euch scheint kalt zu sein. Ich habe gerade eine Kanne Kaffee gemacht." Als Bull einschenkte und Tassen verteilte, vermied er es, die Stirn in Falten zu legen. Die Körper der beiden sprachen von mehr als zwanglosem Sex. Er schätzte, dass Intimität und Fürsorge eine Rolle spielten, und das war besorgniserregend. Er war sich nicht sicher, ob er dieser Frau – irgendeiner Frau – mit seinem Bruder vertraute. Audrey hatte zu genug Problemen geführt, aber zumindest zeigte ihr Ausdruck jede einzelne Emotion, die sie fühlte.

Am Pokertisch hatte JJ unter Beweis gestellt, dass sie ihre Emotionen stets verschlossen hielt.

Bull setzte sich ihnen gegenüber auf einen Sessel. „Was führt euch in mein Büro?"

„Hat Gabe dir erzählt, was mir in Nevada passiert ist?", fragte JJ. Bei Bedarf konnte sie unverblümt sein. Das gefiel ihm an ihr. Wirklich, er mochte sie. Nur vielleicht nicht für Caz.

„Er hat erwähnt, dass du belästigt worden bist."

„Es war ein bisschen ernster als das." JJ erzählte ihm – und Caz – von ihrer Zeit in Weiler. Typische Neckereien in den ersten Jahren, dann wie sich die Dinge mit dem neuen Polizeichef entwickelt hatten. Und wie ihr Leben bergab gegangen war, nachdem sie sich von einem Kollegen getrennt hatte.

Ihr Gesicht war unlesbar – sie hatte ihre Pokermaske übergestreift – und ihre Stimme blieb gleichmäßig. Aber die Hand, mit der sie Caz' umklammerte, zeigte weiße Fingerknöchel. Die letzten Jahre waren für sie brutal gewesen – mehr als sie bereit war, vor ihnen zu offenbaren.

Wut entbrannte in ihm. Er warf einen Blick auf seinen sichtlich verärgerten Bruder. Caz war noch nie so gut darin gewesen, Emotionen zu verbergen, und Missbrauch gegen Frauen war für ihn ein absolutes No-Go.

Dennoch erlaubte Caz, dass JJ dieses Gespräch anführte, also nahm Bull einen Schluck von seinem Kaffee und fragte: „Wirst du sie verklagen? Klingt, als könntest du einen rechtlichen Anspruch geltend machen."

Sie seufzte. „Ich will ihr Geld nicht, und ich will mich nicht mit Anwälten herumschlagen. Ich ... wollte einfach alles in der Vergangenheit lassen, weißt du?"

„Dafür habe ich Verständnis. Aber ...?" Bull wies sie mit einer Geste an, fortzufahren.

„Aber ... was ist mit dem nächsten weiblichen Officer? Da die Verwaltung und die Beamten mit diesem Verhalten mir gegenüber davongekommen sind, könnte das bedeuten, dass es für zukünftige Polizistinnen – und auch für weibliche Zivilisten – noch schlimmer werden könnte. Ich glaube nicht, dass eine rein männliche Polizeistation für die Gemeinschaft gesund ist. Insbesondere eine Station, die zu missbräuchlichem Verhalten gegenüber Frauen neigt."

Ihre Argumentation war richtig. „Ich stimme zu. Was willst du also unternehmen?"

„Ich dachte, du hättest vielleicht ein paar Ideen, 'mano." Caz deutete mit seiner Kaffeetasse auf Bulls Schreibtisch. „Du spielst in der Geschäfts- und Rechtswelt."

„Lass mich kurz nachdenken." Bull überlegte. Ihre Wache war die Stadtpolizei, nicht die Staats- oder die Bundespolizei mit all ihren Kontrollen. Da der Polizeichef in Weiler ein Barlow war, würde es nicht funktionieren, sich bei der nächsten Instanz zu beschweren. Allerdings wurde ein Polizeichef in der Regel von einem Bürgermeister und einem Rat ernannt. Das könnte der verwundbare Punkt sein.

„Es gab andere weibliche Polizisten, die Probleme hatten?", fragte Bull.

„Ja. Zwei kenne ich persönlich, die gegangen sind, weil sie die Belästigung nicht länger ertragen konnten." Bull stand auf und ging zu seinem Schreibtisch. „Gib mir die Namen und die Kontaktinformationen, zusammen mit den Informationen deines Ausbilders. Mal sehen, was wir tun können."

Caz grinste und zog JJ auf die Füße. „Hilf ihr, die Polizeistation in Weiler aufzuräumen, und ich werde daran arbeiten, dass dein Gefrierschrank gut gefüllt bleibt."

„Verdammt, abgemacht." Bull grinste bei JJs verwirrtem Blick. Der Doc war der beste Jäger von ihnen. Sicher, Bull hätte JJ so oder so geholfen. Wenn Caz jedoch den Einsatz versüßen wollte, wäre Bull schön blöd, dass Angebot abzulehnen.

Er führte sie aus seinem Büro. „Ich melde mich bei euch, wenn ich einen Plan habe."

Zwei Stunden später hatte er einen guten Überblick über die Situation.

Er hatte JJs Ausbilder angerufen, der sie nach Alaska zu Gabe geschickt hatte. Es stellte sich heraus, dass Mako vor langer Zeit Genes Drill Sergeant gewesen war, und er war bei Makos Beerdigung gewesen. Als Bull erzählt bekam, wie der pensionierte Officer über die kluge junge Frau sprach, mit der er zusammengearbeitet hatte, wie sie sich in die Station eingebracht hatte, nur um dann von genau den Leuten, die auf ihrer Seite hätten sein sollen, ein Messer in den Rücken zu bekommen ... Nun, das hatte Bull wütend gemacht.

Die Belästigung, die Diskriminierung, das Ignorieren von Regeln und Vorschriften, einfach weil sie weiblich war. Hinzu kamen die Verleumdungen. Das kotzte ihn an.

Es hatte ihn tief berührt, zu hören, wie emotional Gene geworden war, als er erzählte, dass sie ihn aus Alaska angerufen hatte, um ihm für seine Ausbildung und seine Freundschaft zu danken – und dafür, dass er sie nach Rescue geschickt hatte.

Nun, die Leute in Rescue wussten, wie man jemandem zeigte, dass man ihn schätzte. Bull war froh darüber, dass er nach dem Gespräch mit Gene ein besseres Verständnis von JJ erworben hatte.

Bull schüttelte den Kopf. Sie waren alle Single gewesen, als Mako starb. Dann hatte Gabe Audrey gefunden. Caz hatte eine Tochter hinzugewonnen und jetzt JJ.

Hawk war immer noch Single. Und obwohl sein Bruder einen bodenlosen Brunnen gefüllt mit Liebe anbieten konnte, war dieser Brunnen vor einiger Zeit mit bruchfestem Zement versiegelt worden. Es gäbe keine Familie für Hawk.

Wahrscheinlich auch nicht für Bull. Er hatte es versucht, verdammt nochmal. Leider hatte Gabe Recht, als er gesagt hatte, dass manche Frauen manipulativ seien. Bull war zu ehrlich, ging zu offen mit seinen Gefühlen um, sodass es jedes Mal damit endete, dass er ausgebeutet wurde. Zweimal verheiratet, zweimal die Finger verbrannt.

Bull presste die Lippen zusammen.

Er holte tief Luft und schob seine Verbitterung von sich. Er hatte eine Familie. Vier Brüder. Zwei potenzielle Schwägerinnen. Und eine fantastische Nichte. Gut genug für jeden Mann.

Für den Moment würde er sich darauf konzentrieren, für Caz' Auserwählte Rache zu üben.

Leider konnte er nicht mehr tun, als den Plan in Gang zu bringen. Er wusste jedoch, dass er genug hatte, um es an Anwälte weiterzureichen. Mehr als genug.

Ja, Nash und die anderen Barlows, die die Polizeistation in Weiler befallen hatten, würden bald nicht mehr wissen, wo oben und unten war.

KAPITEL ZWEIUNDZWANZIG

H *eimat ist das schönste Wort, das es gibt.* - Laura Ingalls Wilder

Dienstagabend sammelte Caz mit der Katze zu seinen Füßen die Reste des Abendessens ein, um sie auf der Veranda in die verschlossenen Kanister für die Hühner zu werfen. Das fröhliche Lachen von Regan und JJ aus dem Wohnzimmer brachte ihn zum Lächeln. Es war fast eine Woche her, seit er und JJ Versöhnungssex in Makos Trainingsraum genossen hatten.

JJ hatte Regan so sehr vermisst, wie Regan JJ vermisst hatte. War JJ bewusst, wie wichtig sie ihm und Regan war?

Vor ein paar Stunden hatte sie ihm eine Nachricht hinterlassen, dass sie heute Abend nicht vorbeikommen würde – dass er und Regan einen Vater-Tochter-Abend haben sollten. Hatte sie Angst, Teil der Familie zu werden?

Regan hatte jedoch nicht vorgehabt, sie so einfach vom Haken zu lassen. Nachdem sie also das Spaghetti-Gericht gekocht hatten, das Bull ihr beigebracht hatte, war Regan zu JJs Hütte marschiert, um sie zu bitten, mit ihnen zu essen – um ihr zu sagen, dass das Essen bereits fertig war und JJ, falls sie müde war, nichts mehr tun musste. Caz grinste. Wer konnte schon einem kleinen Mädchen widerstehen, das seine neuen Fähigkeiten vorzeigen wollte? Niemand mit einem funktionsfähigen Herzen. Schon gar nicht JJ.

Als er die Reste in den Kanister für die Hühner warf, fiel sein Blick auf die beeindruckende Lichtshow am Nachthimmel. Die beiden Cheechakos – Neulinge in Alaska – sollten diese Show auf keinen Fall verpassen.

Er öffnete die Tür und rief: „Pausiert den Film, schnappt euch eure Jacken und Schuhe und kommt nach draußen."

Eine Minute später kamen JJ und Regan um die Ecke, noch immer im Begriff, in ihre Jacken zu schlüpfen.

„Stimmt etwas nicht?", fragte JJ. „Brauche ich eine Waffe?"

„Nein, Officer Jenner. Schau." Er zeigte in den Himmel und beobachtete, wie sich ihre Augen weiteten.

„Ist das Krieg?", fragte Regan in einem Flüsterton. „Es ist kein Feuerwerk."

Dass sein kleines Mädchen zuerst an Krieg dachte, war eine schreckliche Reflexion über den Zustand der Welt. Caz schüttelte den Kopf und zog dann sanft an ihren Haaren. „Nein, *Mija*, das nennt man Aurora Borealis. Nordlichter."

JJ stieß ein ehrfürchtiges Geräusch aus und er legte seinen Arm um sie. Ja, genau hier gehörte sie hin.

Sirius war ihnen aus dem Haus gefolgt und miaute ungeduldig.

Caz schnaubte. „Er denkt wahrscheinlich gerade: *Dumme Menschen, starren wie die letzten Idioten zum Himmel auf.*"

Kichernd hob Regan die Katze in ihre Arme und richtete den Blick dann wieder zu den strahlenden grün-weißen Vorhängen. „Wieso haben sie diese Farbe?"

So ein neugieriger und kluger Verstand. Vor Jahren hatte er Mako die gleiche Frage gestellt. „Ein Wind von der Sonne wirft Partikel auf die Erde. Was du siehst, ist, was passiert, wenn diese Partikel ganz weit oben von Sauerstoff und Stickstoff abprallen."

„Wow."

Er grinste. „Einige Leute denken auch, es sind die tanzenden Geister der Toten."

„Ich bevorzuge die Erklärung", murmelte JJ.

Er grinste. Als eine Brise aus der Richtung des schneebedeckten Sees zu ihnen wehte, flogen Regan die eigenen Haare in die Augen. Sie versuchte, die Locken mit ihrer freien Hand zurückzuschieben, erfolglos, weshalb sie einen genervten Laut entließ. Ihr Blick fiel auf JJs französischen Zopf.

Caz half seiner Tochter, ihre Haare zurückzuziehen, und runzelte die Stirn. Er kannte sich vielleicht mit dem Körper einer Frau aus, aber mit ihren Haaren? Das war keine Fertigkeit in seinem Werkzeugkasten. Er müsste es lernen.

JJ bemerkte die Richtung von Regans Blick und die Haare in Caz' Hand. „Langes Haar kann lästig sein, hmm? Möchtest du, dass ich deine Haare wie meine flechte? Vielleicht morgen vor der Schule?"

Regans Kinnlade klappte herunter. „Das würdest du tun?"

„Natürlich. Komm nach dem Frühstück zu mir, ja?"

Die Freude auf Regans Gesicht war wie die Sonne, die sich an dunklen Wolken vorbeistahl.

Als sie sich umdrehten, um wieder hineinzugehen, war ein Summen zu hören, das eine tieffliegende Cessna 185 ankündigte.

Das Buschflugzeug kreiste über der Eremitage. Es bereitete sich offensichtlich auf die Landung vor.

Caz eilte ins Haus, in die Garage und benutzte dort den Master-Controller, um die Flutlichtleuchten der Eremitage einzuschalten, die ihre Privatlandebahn markierten. Regan und JJ drängten sich neben ihn, als er wieder rauskam, um die Landung zu beobachten.

Der Pilot flog erneut an ihnen vorbei, überprüfte wahrscheinlich den Windsack und den Schneemesser, bevor er das Flugzeug runterbrachte und in einer geraden Linie zwischen den Solarlichtern landete.

„Es ist auf dem Schnee gelandet." Regans Stimme war voller Staunen.

„Am Flugzeug sind Skier angebracht", sagte Caz zu ihr.

Eine Tür schlug zu und Gabe trat in Stiefeln und einer Jacke aus seiner Hütte. Bull war immer noch im Roadhouse, sonst wäre er auch hier draußen.

Hawk war wieder in der Heimat.

JJ musterte das Flugzeug und dann Caz' breites Lächeln. „Ist das euer Pilotbruder?"

„Ja, das ist Hawks Flugzeug." Caz nahm Regans behandschuhte Hand in seine. „Er ist für Thanksgiving nachhause gekommen. Wurde auch Zeit. Na los, gehen wir ihn begrüßen."

JJ bewegte sich nicht. „Geht nur. Ich –"

„Komm schon, *Princesa*." Caz legte eine Hand auf ihren Rücken und führte sie nach vorne. Sie gingen über die geräumte Straße fast bis zu Gabes Haus hinunter und wateten dann durch den tieferen Schnee zur Cessna, die in der kalten Nachtluft noch immer summte.

Die Tür öffnete sich und ein Mann erschien, der sich gerade eine Jacke anzog. Er benutzte die Tür, um das Gleichgewicht nicht zu verlieren, trat auf die schmale Metallstufe und landete mit einem Grunzen auf dem Boden.

„Was zum Teufel?", murmelte Caz. Er legte Regans Hand in die von JJ und eilte nach vorn. „Hawk, wie schwer bist du verletzt?"

„Zur Hölle nochmal, scheiß dir nicht ins Hemd. Es geht mir gut." Die Stimme des Mannes war rauer als eine Lastwagenladung Kies.

„Verarsch mich nicht, *'mano*." Der Doc stellte sich Hawk in den Weg. „Wo?"

„Wunde am Bein, paar gebrochene Rippen – alles auf der linken Seite."

„Schon scheiße, wenn man du ist." Gabe schloss sich den Männern an. „Es wird wehtun, aber schaffst du es, deine Arme um unsere Schultern zu legen?"

Hawk antwortete nicht, sondern folgte einfach der Anweisung. Das grelle Flutlicht zeigte sein von Schmerz verzogenes Gesicht.

Caz warf JJ und Regan einen Blick zu. „Könnt ihr zwei in Makos Hütte Kaffee machen und eine Suppe auf den Herd stellen?"

Hawk schüttelte den Kopf. „Meine Hütte –"

„Deine Hütte wird einige Zeit brauchen, bis sie warm wird. Du wirst heute Nacht in Makos Hütte im Erdgeschoss schlafen", sagte Gabe.

Hawk funkelte ihn genervt an, nickte aber.

JJ hätte fast gelächelt. Caz hatte erwähnt, dass Gabe schon damals der Boss der Jungs gewesen war – und daran hatte sich bis heute nichts geändert.

„Komm, Regan", sagte JJ. „Wir haben eine Aufgabe."

Als sie Regan durch den Schnee führte, hörte sie Hawks leises Knurren: „Eine Frau und ein Kind? Hier? Was zum Teufel?"

JJ spannte den Kiefer an. Er musste sie nicht mögen, aber er sollte besser nett zu Regan sein.

Bis sie hörte, wie die Männer die Garage betraten, köchelte bereits eine Dose Rinder-Graupensuppe auf dem Herd und der Kaffee war eingeschenkt. Regan hatte sie eine Tasse Kakao gemacht.

Gemurmel und leises Fluchen wehte vom Flur zu ihnen. Wie es schien, mussten sie Hawk mit den Winterstiefeln helfen. Besonders dankbar klang er dabei nicht. Kein bisschen.

Ein Anflug von Mitgefühl überkam sie. Sie fühlte genauso, wenn sie Hilfe annehmen musste, besonders wenn sie müde und verletzt war.

Wenn man eh schon Schmerzen hatte, wollte man nicht noch Fremde um sich haben. Also würde sie ihnen Kaffee servieren und dann hoch in ihren Bereich gehen oder Regan zu Caz' Hütte bringen.

Sie drehte den Kopf und sah, wie die Männer Hawk in den Wohnbereich halfen.

„Regan, kannst du das reintragen und auf den Couchtisch legen?" Sie reichte dem Mädchen ein Tablett mit Geschirr, Besteck und Kaffeezubehör.

JJ folgte mit der Suppe und der Kaffeekanne. „Bitte sehr, Männer."

Mit dem Gesicht totenbleich lehnte sich Hawk auf der Couch zurück und streckte die Beine aus. Im Gegensatz zu Caz' dunkler Färbung und der gemeißelten, glattrasierten Schönheit hatte dieser Mann sandfarbenes Haar, stahlblaue Augen und einen kurzen Bart. Seine gebräunte Haut wurde von einer weißen Narbe auf seiner Stirn und einer auffälligeren auf seiner linken Wange getrübt. Anstelle von Caz' definierter pantherartiger Muskulatur war Hawk von Muskeln durchzogen. Ein wahrer Muskelberg.

Er war auch nicht so nett wie Caz. Als sich sein Blick auf JJ und Regan richtete, war die Feindseligkeit nicht zu leugnen.

Okay.

Regan sollte nicht der Laune dieses Arschlochs ausgesetzt werden. „Caz, ich werde Regan zurück in deine Hütte bringen. Morgen ist Schule."

Nachdem er zwischen seinem Bruder und seiner Tochter hin und her geblickt hatte, spannte sich sein Gesicht an. „Das wäre hilfreich, *mi princesa*. Danke dir."

Er legte seinen Arm um Regan. „*Mija*, kannst du mit JJ gehen und dich mit ihrer Hilfe fürs Bett fertig machen?"

Regan biss sich auf die Unterlippe, sah zu Hawk und hob sich auf die Zehenspitzen, um Caz ins Ohr zu flüstern: „Ist er *wirklich* mein Onkel?"

KAPITEL DREIUNDZWANZIG

Eine Voraussetzung für Empathie ist, einfach einer Person Aufmerksamkeit zu schenken, wenn sie leidet. - Daniel Goleman

Es war der Tag vor Thanksgiving. Ab morgen hätte Regan vier Tage schulfrei. Keine Schule. Wie cool war das!

Sie stopfte sich den letzten Bissen des Frühstücks in den Mund, packte die hübschen Haargummis, die Miss Lillian ihr gegeben hatte, und rannte nach draußen. JJs Hütte war nebenan; dafür brauchte sie keine Jacke.

Obwohl ... friggers, friggers, es war arschkalt. Sie grinste, als sie über Makos Veranda rannte. *Friggers* war ihr neues Lieblingswort, da Mrs. Wilner und Papá es nicht mochten, wenn sie *Fuck* sagte.

Sie betrat das Haus, durchquerte den gigantischen Raum, ging zur Treppe und erstarrte. Ein Typ schlief auf der riesigen Couch. Unter mehreren Decken.

Es war der neue Onkel. Hawk. Cooler Name, aber ... Sie starrte ihn an. Papá und ihre beiden anderen Onkel waren ziemlich gutaussehend. Frauen flirteten ständig mit ihnen, besonders mit Onkel Bull. Sie berührten ihn auch immer. Eine kleine Berührung hier, eine kleine Berührung da.

Frauen fühlten sich von diesem Kerl wahrscheinlich nicht sonderlich angezogen. Sein Gesicht war vernarbt – seine Stirn und eine Seite seines Gesichts. Und er hatte einen Bart, nur war er nicht ordentlich und perfekt wie der von Onkel Bull. Er war struppig. Der Mann sah gemein aus und hatte eine Menge Tattoos auf seinen Armen.

Seine Augen öffneten sich.

Wie festgewurzelt schluckte sie schwer, als er sich langsam aufrichtete, ohne zu blinzeln, ohne den Blick von ihr zu nehmen.

„Fertig mit dem Starren?" Das gruselige Knurren, das er von sich gab, klang wie das Geräusch, das Sirius gemacht hatte, als Papá ihn aus den Fischeingeweiden gezogen hatte.

Sie nickte.

„Dann verschwinde, verdammt nochmal."

„Sie wollte zu mir." JJ stand plötzlich neben ihr, und ihr Arm um Regan war das wunderbarste Gefühl auf der Welt. „Und ich wohne oben."

JJ brachte Regan zur Treppe und flüsterte: „Geh schon mal hoch, Süße. Ich komme gleich nach."

Mit wild klopfendem Herzen rannte Regan die Treppe hoch, hörte jedoch JJs unterkühlte Polizistenstimme. „Ich weiß nicht, was dein Problem ist, aber hör auf, dich wie ein Arschloch zu benehmen. Sie ist erst neun Jahre alt. Bist du der einzige von Makos Söhnen, der nicht gelernt hat, dass du Kinder beschützen sollst?"

Regan vernahm ein Rauschen in ihren Ohren, die Art, die sagte, dass sie weglaufen und sich verstecken sollte, bevor ein Erwachsener gemein wurde.

Was sollte sie aber machen, wenn er JJ verletzte? Er war wirklich groß. Was, wenn JJ Hilfe benötigte? Regan stand wie erstarrt in der Mitte von JJs Wohnzimmer, nicht sicher, was sie machen sollte, unfähig, sich zu bewegen.

Als JJ schließlich den Bereich betrat, stieß Regan ein Quietschen aus und rannte in ihre Arme.

„Hey, hey, hey, es ist alles okay, meine Kleine." JJ umarmte sie.

Wie ein Baby begann Regan zu weinen. „Ich hatte Angst, dass er dich vielleicht schlägt."

„Ich hatte Angst, dass er dich vielleicht schlägt." Die junge, hohe Stimme von oben war viel zu deutlich zu hören. Genauso wie die Tatsache, dass sie weinte.

Hawk lehnte sich vor und ließ den Kopf in die Hände fallen. *Fuck. Wirklich toll gemacht, Dummkopf.* Er hatte Caz' Kind zum Weinen gebracht. *Toller Start, Kumpel.*

Herrgott, ihm tat alles weh. Sein Bein fühlte sich an, als ob ein Wolf daran nagte. Mit jeder Bewegung, die er machte, meldeten sich seine Rippen.

Er hatte gute Gründe, in einer beschissenen Stimmung zu sein, verdammt, und dass das Kind ihn angestarrt hatte, als wäre er ein Monster aus einem Horrorfilm, hatte nicht geholfen.

Bei den Schuldgefühlen ließ er die Schultern hängen. Wie viele Ausreden würde er für sein miserables Verhalten noch vorbringen? Die Frau hatte Recht. Zum Teufel, er hatte ein kleines Kind erschreckt. Ja, wie ein Freak angesehen zu werden, tat weh. Das hatte es schon immer, aber das gab ihm nicht das Recht, sich wie ein Arschloch zu verhalten.

Der Sarge hätte ihn dafür in den Schnee geworfen.

Mit einem schmerzerfüllten Grunzen schaffte es Hawk auf die Beine. Gabe hatte ihm gesagt, er solle heute Morgen auf Hilfe warten, aber scheiß drauf. Er würde es in seine Hütte schaffen und wenn es das Letzte war, was er tat.

Es wäre für alle Anwesenden besser, wenn er sich für eine Weile verschanzte, denn so musste niemand seine beschissene Laune ertragen.

Am frühen Mittwochabend nahm Caz in seinem Wohnzimmer einen Schluck von seinem Bier und ließ es eine Weile im Mund, um den Geschmack voll auszukosten. Er schaute zu Bull, der auf dem übergroßen Sessel saß. „Für den Frühling?"

„Ja." Bull hatte Flaschen aus seiner Brauerei in Anchorage mitgebracht. Es war eine Tradition für ihn, seine Brüder als Geschmackstester zu verwenden. „Die Menge an Hopfen schien angemessen. Ich hebe die Malzlastigen für Herbst oder Winter auf."

„Ich mag's." Caz trank erneut von der Flasche und bewegte seine mit Socken bekleideten Füße in Richtung des warmen Holzofens. Das Brennholz, das er gerade hinzugefügt hatte, knisterte laut. „Es ist besser als das, was du letztes Jahr gebraut hast. Das schmeckte wie Katzenpisse."

Bull entließ ein kräftiges Lachen. „Danke, Bruder. Leider stimmen dir meine Kunden zu. Das Bier ist Geschichte."

Caz musterte seinen Bruder. „Als ich bei Hawk vorbeiging und klopfte, öffnete er nicht einmal die verdammte Tür. Er sagte nur, Gabe hätte ihn gefüttert, du hättest seine Verbände gewechselt, und dass er sonst nichts braucht."

Bull fuhr mit der Hand über seinen rasierten Kopf – eine Geste, die darauf hinwies, dass er besorgt war. „Ja, er ist im Arschloch-Modus. Er hat mich lange genug reingelassen, um mit den Verbänden zu helfen, und mich anschließend wieder vor die Tür gesetzt."

Caz zog die Augenbrauen zusammen. „Ist alles in Ordnung mit ihm?"

„Kein Anzeichen auf eine Infektion. Ich sagte ihm, dass du morgen wieder vorbeikommen wirst, um nach ihm zu sehen, ob es ihm nun gefiele oder nicht." Bull schnaubte. „Wenn er verwundet nachhause kommt, benimmt er sich schlimmer als ein Bär, der aus dem Winterschlaf gerissen wird."

„Papá." Gefolgt von Sirius kam Regan mit mehreren Blättern aus ihrem Schlafzimmer. Die Lehrerin hatte ihnen die Hausaufgabe gegeben, über den Schneesturm zu schreiben. „Ich bin fertig."

„Hausaufgaben, hmm?" Bull streckte die Hand aus. „Darf ich mal sehen?"

Ohne zu zögern, gab Regan ihm ihre Arbeit und lehnte sich an sein Knie, während er las.

Caz lächelte. Bull konnte jeden und alles für sich gewinnen. Es war beeindruckend. Sogar ein vorsichtiges kleines Mädchen, das zu viel Zeit in Pflegefamilien verbracht hatte.

Es war schön, zu sehen, wie sie sich eingelebt und ihren Platz in der Familie gefunden hatte.

„Interessant. Ich mag die Art und Weise, wie du aufgeschlüsselt hast, was du richtig gemacht hast und was du beim nächsten Mal besser machen würdest. Erinnert mich an die Nachbesprechungen des Sarge nach unseren Missionen." Bull wuschelte durch ihre Haare. „Du bist so schlau wie dein Vater."

Regan strahlte. „Wirst du mit uns zu Abend essen, Onkel Bull? Ich kann beim Kochen helfen."

„Sicher, Zwerg. Das würde mir gefallen. Ich werde dir beibringen, Parmesan-Hähnchen zu machen." Er sah zu Caz. „Kommt noch jemand? Hawk oder JJ?"

„Nur du." Caz schmunzelte. „Ich schätze, wir sind einfach nicht beliebt." Regans gebeutelter Gesichtsausdruck löschte sein Schmunzeln aus. „Mija?"

„Es tut mir leid, es tut mir leid, es tut mir leid! Es ist meine Schuld!" Ihre Augen füllten sich mit Tränen. „Hawk mag mich nicht und JJ vielleicht auch nicht mehr, weil ich es vermasselt habe, und sie war sauer auf ihn, und er hat ihr vielleicht wehgetan."

Was zum Teufel? Caz zog Regan zu sich und fuhr mit seinen Händen über ihre Arme. „Wer hat ihr vielleicht wehgetan?"

„Mr. Hawk. Weil ich ihn angestarrt habe. Das hat er gesehen

und mir gesagt, ich solle verdammt nochmal verschwinden. In dem Moment kam JJ die Treppe herunter, um mich zu holen, und sie hat Arschloch zu ihm gesagt."

Hawk hatte *was* zu Regan gesagt? Wut flammte wie ein windgepeitschtes Lagerfeuer in ihm auf und Caz musste sich auf die Lippe beißen, um nicht etwas zu sagen, was nicht für die Ohren seiner Tochter bestimmt war.

„Regan, ich –" Bull stoppte und warf einen Blick zu Caz, um sich die Erlaubnis einzuholen, fortzufahren.

Warum nicht ... Caz nickte ihm kurz zu, erleichtert, dass er nun Zeit hatte, sein Temperament in den Griff zu bekommen. Er schlang seine Arme um Regan und setzte sie auf seinen Schoß.

Bull lehnte sich vor. „Zwerg, ich bin mir absolut sicher, dass JJ nicht sauer auf dich ist. Sie ist ein Cop, und darauf zu achten, dass niemand aus der Reihe tanzt, ist ihr Job, ja?"

„Oh." Regan biss sich auf die Unterlippe. „Daran habe ich nicht gedacht."

„Was Hawk betrifft: Ich weiß, warum du ihn angestarrt hast – all diese Narben und Tattoos." Bull schüttelte den Kopf. „Alle starren sie ihn an, aber ... Hawk stört es."

Regan senkte den Blick auf ihren Schoß. „Ich hätte nicht starren sollen."

Und Hawk hätte nicht ausfällig werden dürfen. Es könnte jedoch helfen, wenn sie ihn ein wenig besser verstand. Caz legte die Arme enger um sie. „Du kennst das Gefühl, immer das neue Mädchen zu sein?"

Ihr Mund verzog sich unglücklich. „Ja."

„Kinder starren dich an, als wärst du anders und nicht einer von ihnen." Caz kannte das hässliche Gefühl. Es störte Regan wahrscheinlich mehr, als es ihn gestört hatte. „Und du hasst es, *sí?*"

„Ja", flüsterte sie.

„Weil du es hasst, sagst du Dinge zu den Kindern, die du vielleicht nicht so meinst? Unhöfliche Dinge?"

Ihr Nicken kam zögerlich. „Mr. Hawk ist durch meine Reaktion mürrisch geworden. So wie ich das oft werde."

Seine Tochter hatte den Mut, sich der Wahrheit zu stellen; sie machte ihn so stolz.

„Sí."

„Zudem ist er verletzt, Regan." Bull stützte seine Unterarme auf seine Oberschenkel ab.

„Was?"

„Sein Hubschrauber stürzte an einem schlimmen Ort ab. Sein linkes Bein wurde schwer verletzt, von hier bis hier" – Bull fuhr mit dem Finger von seiner Wade bis über sein Knie – „und seine Rippen sind gebrochen. Immer wenn er sich bewegt, fühlt es sich wahrscheinlich so an, als würde ihn jemand in die Seite schlagen."

Tatsächlich war der Schmerz, wie Caz aus eigener Erfahrung wusste, eher so, als würde jemand ein Messer zwischen die Knochen schieben. Bull war jedoch nah dran.

Regan riss die Augen weit auf. „Wird er wieder gesund?"

„Er wird heilen. Aber Schmerz macht die Menschen launisch, und wir alle haben Dinge, die uns an unsere Grenzen führen, wenn wir launisch sind." Bull schüttelte den Kopf. „Sogar wenn wir das nicht sind."

Caz verzog das Gesicht. Manchmal musste nur der richtige – oder sollte er sagen der falsche – Knopf gedrückt werden. Wie im letzten Sommer, als einige der Patriotischen Zeloten ihn mit rassistischen Ausdrücken betitelt und dann eine Frau geschubst hatten. Sicher, sie hatten ihn wütend gemacht, aber nach dem Kampf war er für eine Weile in einer furchtbaren Stimmung gewesen.

Keine Geschichte, die er mit seiner kleinen Kriegerin teilen würde.

„Ich schätze, es gibt auch Dinge bei mir, die mich wütend machen." Regan spielte mit ihren Haaren und beobachtete Bull aufmerksam. „Was sind deine Dinge?" Ihr vorsichtiger Gesichtsausdruck deutete darauf hin, dass sie Bull nicht so verärgern wollte, wie sie es mit Hawk getan hatte.

Regan hatte eine weise Seele.

Bull wirkte wie eine freundliche, zuvorkommende Person, aber diese oberflächliche Freundlichkeit versteckte ein gut gesichertes Interieur. Niemand entkam dem Gefängnis, eine Waise zu sein, auf der Straße gelebt oder dem Militär angehört zu haben, ohne emotionalen Schaden davonzutragen.

Sie hatten alle gelitten. Bull verbarg seine Wunden nur besser als seine Brüder.

„Das ist eine gute Frage, *Mija*." Caz sah zu Bull.

Verdammte Scheiße. Bull schaffte es gerade so, nicht finster dreinzublicken, denn Caz hatte offensichtlich nicht vor, ihn aus dieser Situation zu retten.

Zwei braune Augenpaare konzentrierten sich auf Bull.

Er biss eine schnelle, einfache Antwort zurück und dachte wirklich darüber nach, was er sagen sollte. Seine besorgte kleine Nichte wollte die Wahrheit – und Mako hatte seine Jungs nicht dazu erzogen, den einfachen Weg zu wählen.

Er rollte die kalte Bierflasche zwischen seinen Handflächen. Er wusste genau, welche Dinge ihn verärgerten. Die gute Nachricht war, dass Regan niemals die Ursache sein würde. Die schlechte Nachricht war, dass sie ihn zweifellos irgendwann an einem schlechten Tag erleben würde. Zumindest würde sie wissen, warum, wenn er ihre Frage heute ehrlich beantwortete.

„Ich bin ziemlich ausgeglichen." Er fuhr mit der Hand über seinen Spitzbart und schenkte ihr ein bedauernswertes Lächeln. „Aber ich werde manchmal wütend. Bestimmt hat dir auch schon mal jemand gesagt, dass dein Körper dein eigener ist und Fremde dich nicht berühren sollten?"

Regan nickte.

Es war hervorragend, dass Kinder das heutzutage lernten.

„Nun ja, manchmal sind auch Erwachsene im Umgang mit anderen Erwachsenen zu freundlich und tun so, als würden sie dich schon ewig kennen. Ich ... mag es nicht, berührt zu werden, wenn ich der Person zuvor nicht die Erlaubnis gegeben habe." Das Kind sah nur für eine Sekunde verwirrt aus. „Du meinst die Frauen, die dich immer packen?"

„Genau." Er hatte es verdammt satt. Warum eine Frau dachte, sie könnte ihn einfach anfassen, während sie einem Kerl eine Ohrfeige für dieselbe Tat geben würde, wollte nicht in seinen Kopf.

Als er ein junger, notgeiler SEAL gewesen war, hatte er das Interesse zumeist genossen. Für die ersten ein oder zwei Jahre. Dann nicht mehr. Später überhaupt nicht. Vor allem, nachdem er gehört hatte, wie eine Frau zu ihren Freunden sagte: *„Es ist mir egal, ob er schlau oder dumm ist. Sieh ihn dir an. Wenn sein Schwanz mit dem Rest von ihm mithalten kann, brauche ich nicht mehr."*

Im Laufe der Jahre hatte er Variationen davon gehört. Mit jeder Variation hatte es ihn mehr angewidert.

Die Freundin seines Vaters hatte so einen Scheiß über seinen Vater gesagt. Sie hatte sich an ihn drangehängt, bis er nachgegeben hatte. Sie war der Grund dafür gewesen, dass das Auto ...

Mit angespanntem Kiefer schüttelte sich Bull, um dem Albtraum zu entkommen.

Regan beobachtete ihn mit einem unglücklichen Ausdruck. „Okay, Onkel Bull. Ich werde dich nicht berühren, es sei denn, du erlaubst es."

Verdammt. Er hatte die Kleine nicht erschrecken wollen. Bull schnaubte. „Kleine, du gehörst zur Familie. Du hast meine Erlaubnis jederzeit und überall." Er breitete seine Arme aus.

Das Lächeln und die Umarmung, die er bekam, wärmten ihm das Herz.

Bevor er in einen Sumpf der Gefühle fallen konnte, richtete er sich auf und holte tief Luft. „Weißt du, wenn du uns zwei Eier holst, könnten wir zum Nachtisch einen Kuchen backen. Schokolade, ja?"

Sie entließ ein aufgeregtes Quietschen. „Schokoladenkuchen?"

„Warum nicht?" Bull wandte die Augen von dem verärgerten Blick seines Bruders ab. Bei Angehörigen der Gesundheitsberufe drehte sich alles um Salate und fettarme Lebensmittel. Arme Bastarde.

„Zwei Eier sind auf dem Weg." Regan schnappte sich ihre Jacke und rannte aus der Tür.

Caz lehnte sich zurück und gluckste. „Dir ist klar, dass der Geruch von Schokoladenkuchen wahrscheinlich zu Hawks Veranda wehen wird."

„Jep." Zufällig war Schokoladenkuchen Hawks Lieblingsdessert. Und selbst mitten im Winter saß Hawk gern draußen und beobachtete die Sterne oder die Nordlichter. „Alles, was ich zu Regan gesagt habe, war wahr. Das bedeutet jedoch nicht, dass wir vergessen können, was für ein Arschloch er zu dem kleinen Mädchen gewesen ist."

„Nein. Ich beabsichtige, ihn später am Abend zu besuchen. Wir werden reden." Caz' Mund war angespannt und Bull hatte ein wenig Mitleid mit Hawk. Im Gegensatz zu Gabe belehrte Caz seine Brüder selten. Wenn er das jedoch tat, schaffte er es immer, seinen Punkt rüberzubringen.

Als Regan von der Veranda reinrannte, erschien der flauschige Kater und stürzte sich auf Regans Stiefel, bevor er auch schon wieder weg war.

Bei dem ansteckenden Kichern des kleinen Mädchens grinste Bull und warf Caz dann einen mitleidigen Blick zu. „Sie ist klug, charmant und süß. Dazu diese Augen und dieses Gesicht und die Jungs werden schon bald Schlange stehen. Bruder, du bist so am Arsch."

„*Dios*, ich weiß."

Bull rollte sein Bier zwischen den Handflächen und langsam formte sich ein Lächeln auf seinen Lippen. „Dir ist klar, dass jeder

junge Mann, der sich für sie interessiert, durch einen Spießruten-
lauf aus Onkeln laufen wird? Verdammt, sogar Hawk wird für
diese Art von Spaß zu haben sein." Und wenn irgendein Kerl es wagte, sich mit der kleinen Regan
anzulegen, würde Bull das Arschloch wie eine Puppe auseinan-
dernehmen.

Später an diesem Abend, nachdem Regan zu Bett gegangen war,
verließ Caz das Haus und ging zu Hawks Hütte. Durch die Verandatür konnte er seinen Bruder auf einem dunklen Ledersessel vor
seinem Holzofen mit Glasfront sitzen sehen. Kein Bier, kein
Buch. Er starrte einfach in die Flammen.

Mitleid erhob sich in Caz und seine Wut verblasste. Er klopfte
gegen das Glas der Tür, wartete eine Sekunde und trat ohne
Aufforderung ein. Es machte keinen Sinn, auf eine Einladung zu
warten, die wahrscheinlich nie kommen würde.

Hawk sah zu ihm, sagte aber nichts.

Caz ging zum Kühlschrank, holte zwei Bierflaschen raus,
öffnete sie und setzte sich auf den übergroßen Sessel neben
Hawk. Es gab nur zwei Sitzmöglichkeiten in Hawks Wohnbereich
– das sagte schon alles, oder?

Selbst mit Hawks minimalistischen Vorlieben fühlte sich der
Raum unvollendet an. Im Gegensatz zu Caz' Hütte mit seinen
glänzenden Kirschholzmöbeln, orientalischen Teppichen und
hellen Polstern hatte dieses Zimmer im rustikalen Stil dunkle
Balken und einen Tisch aus wiedergewonnenem Holz. Dunkel
und finster. Keine Kissen, keine Teppiche. Hawk hatte sich noch
nie etwas gegönnt.

Er konnte einem Bruder wirklich das Herz brechen.

Caz hielt ihm ein Bier hin.

Ausdruckslos nahm Hawk die Flasche entgegen, gönnte sich
einen Schluck und stellte sie ab.

Für ein paar Minuten saßen sie schweigend beisammen und beobachteten das Feuer.

„Sie ist deine, was?" Hawks stählerne Augen waren hart, sein Ton regelrecht angriffslustig.

Caz lächelte. „Sie sieht aus wie ich, meinst du nicht?" Nach einer langen Pause seufzte Hawk. „Ja. Das tut sie. Fuck. Ich habe nie daran gedacht, dass es hier mal Kinder geben könnte."

Caz verstand, was sein Bruder meinte. Hawk hatte für keinen von ihnen Kinder vorausgesehen. Der Pilot und Scharfschütze, der kein Problem damit hatte, ein Flugzeug durch turbulente Winde zu steuern oder fremde Länder zu erkunden, lehnte einfach jede Art von Veränderung in seinem persönlichen Leben ab. Er hatte immer gewollt, dass sein Zuhause und seine Familie gleich bleiben.

„Zu hören, dass ich eine Tochter habe, war auch für mich ein Schock."

„Behältst du sie?" Die Härte in Hawks Stimme sagte, was er davon hielt.

„*Sí.*" Caz fuhr mit einem Finger durch die Tropfen auf seiner Flasche. „Ihre Mutter ist tot, und es gibt niemanden sonst. Ich habe sie aus einer Pflegefamilie geholt. Hätte ich sie dort lassen sollen?"

Hawks Erfahrung mit Pflegefamilien war – um es gelinde zu sagen – unschön gewesen. Sein Kiefer spannte sich an. „Nein."

„Regan ist erst neun, *'mano*, und ihre Mutter war nicht die beste." Caz nahm die Härte aus seiner Stimme. „Regan hatte keine Stabilität. Sie hatte niemanden, der sie wirklich liebte. Das kann ich ihr geben."

„Ein Kind wird dir die Chance versauen, jede Frau in diesem Staat zu ficken."

Caz gluckste. „Das stimmt. Mit JJ habe ich jedoch mein Interesse an anderen Frauen verloren."

Hawks Hand festigte sich um die Flasche.

„Auch sie plane ich, zu behalten."

Der Blick von Hawk hielt Wut bereit. „Vielleicht sollten wir einfach die verdammten Türen öffnen und alle hereinlassen."

Caz hockte sich vor den Holzofen und legte Brennholz nach. Das Holz saß eine Sekunde auf den glühenden Kohlen, bevor es in Flammen aufging. „Der Sarge mochte die Leute nicht. Er wollte so viel Abstand wie möglich zu ihnen haben."

„Kluger Mann."

„Und doch endete er mit vier Kindern ab. Er hat unser Leben verändert." Caz erhob sich.

Stille.

„Und wir haben seines geändert. Lies dir erneut seinen Brief an uns durch, Hawk." Caz wartete eine Sekunde und legte dann eine Hand auf Hawks Schulter. Eine Erinnerung daran, dass er geliebt wurde. „Unsere Familie ist um ein kleines Mädchen reicher geworden. Schon bald wird ein knallharter Cop mit einem großen Herzen dazukommen. Darf ich dich bitten, nett zu ihnen zu sein, *'mano*?"

Die Muskeln unter Caz' Hand spannten sich an, bevor Hawk schwer ausatmete. „Ja. Natürlich. Tut mir leid. Ich war ... ich war unmöglich zu deinem Kind."

Da war es. Die Entschuldigung und das Versprechen, an denen Caz nicht eine Sekunde gezweifelt hatte, sie von Hawk zu hören. Caz drückte seine Schulter. „*Unser* Kind ... Onkel Hawk."

KAPITEL VIERUNDZWANZIG

D er *Ruf ist nichtig und höchst trügerisch, der kommt von außen her. Oft ganz ohne Verdienst gewonnen und ebenso unverdient verloren.* - *Akt II, Szene III, Othello, Shakespeare*

An Thanksgiving in Makos Hütte hatte Bull, nachdem er die letzten Stunden an Lachspastete und Crackern geknabbert hatte, den Truthahn für fertig erklärt, und alle hatten geholfen, Teller und Geschirr zum großen Esstisch zu tragen.

Caz schüttelte erstaunt den Kopf. Die Menge an Nahrung würde bei jedem, der sich Sorgen um Kalorienzufuhr machte, Panik auslösen. Bull hatte den traditionellen Truthahn, Kartoffelpüree, geräucherte Rentierfüllung und Bratensoße gemacht. Hinzu kamen ihre liebsten Alaskagerichte: Gefüllte Elchherzen und Highbush-Cranberry-Sauce aus in diesem Herbst selbst gepflückten Früchten. Die Gans aus dem Gefrierschrank war nun in einer Nigliq-Suppe, eine seiner Lieblingssuppen.

Lillian war eingeladen worden, aber die mütterliche Britin veranstaltete ihr eigenes Abendessen für eine Gruppe Männer wie

Tucker und Guzman, die sonst niemanden hatten. Sie und Dante würden später für Drinks und Desserts vorbeikommen. In Erwartung ihres Besuchs säumten Kuchen und andere Köstlichkeiten die Arbeitsfläche in der Küche.

Caz lächelte, als sich alle am großen Tisch niederließen. Alle sieben. Seine Familie.

Als ältester Sohn hatte Gabe dem Druck nachgegeben und sich an den Kopf des Tisches gesetzt. Sie alle spürten den Verlust des Sarge, aber ... es fühlte sich richtig an. Der Tod war unumgänglich. Veränderung war unumgänglich.

Warum war Caz arrogant genug gewesen, zu glauben, dass er diese Dinge verhindern könnte? Dass er Menschen vor Krankheiten, Unfällen, Einbrüchen oder Explosionen beschützen könnte? Als Regan sich zu JJ lehnte und ihr etwas ins Ohr flüsterte, lächelte Caz. Zum Teufel, er konnte nicht einmal seine Lieben vor Schneestürmen bewahren.

Anstatt das Unvermeidliche zu bekämpfen, würde er seine Lieben einfach so lange wie möglich schätzen und lieben.

Er lehnte sich zu Regan und küsste sie auf den Kopf.

Sie sah zu ihm auf, rümpfte die Nase und betrachtete ihn mit einem fragenden Ausdruck. „Wofür war der?"

„Einfach weil ich mich daran erinnert habe, wie lieb ich dich hab."

„Oh. Okay." Sie lehnte sich an ihn und flüsterte: „Ich hab dich auch lieb."

JJ beobachtete den Austausch mit einem sanften Ausdruck.

Caz berührte ihre Wange, um ihr die Liebesbekundung mit dieser Geste zu vermitteln, da es noch keiner von ihnen geschafft hatte, die Worte auszusprechen. Vielleicht würde ihr Herz ihn hören.

Gabe räusperte sich und hob sein Glas Wein. „Auf Mako. Wir vermissen dich, Sarge."

Alle stießen mit ihren Gläsern an und tranken dann einen

Schluck. Regan strahlte, denn auch sie hatte ein Weinglas in der Hand, obwohl es nur mit Apfelsaft gefüllt war.

Gabe griff nach der Truthahnplatte und hielt sie vor Audrey. Sie nahm sich ein Stück, genau wie er, und ließ sie dann herumgehen. Das war das Signal für alle, dasselbe zu tun. Caz wechselte sich mit JJ ab, um Regan dabei zu helfen, an die Gerichte zu kommen, die sie probieren wollte.

Sie behielten Makos Protokoll für Mahlzeiten bei, indem sie einer nach dem anderen von ihren Höhen und Tiefen erzählten, die sich seit dem letzten Zusammenkommen ereignet hatten. Bull hatte Schwierigkeiten, seine Köche zu behalten. Rescue hatte nicht genug Freizeitangebote, um die Junggesellen aus der Stadt zu unterhalten.

Gabe und JJ hatten sich mit ein paar der Zeloten angelegt, nachdem sie herausgefunden hatten, dass die Männer in Anchorage ausstehende Haftbefehle hatten. Also wurden sie weggeschickt und sie konnten den Winter nun in einem schönen warmen Gefängnis verbringen. Die beiden Cops waren so zufrieden mit sich selbst, dass alle am Tisch lachen mussten.

Audrey, die eine Balance zwischen ihrer Arbeit in der Bibliothek und ihrem Recherchejob gefunden hatte, war in der letzten Zeit damit beschäftigt gewesen, Informationen über Angriffe von Grizzlybären für einen Thriller-Autoren auszugraben. Sie rollte mit den Augen und sagte: „Nicht das beste Thema während einer Mahlzeit."

Als Caz Regans große Augen sah, bot er ein neues Gesprächsthema an. „Ich mache gerade eine Liste mit Menschen, die eine medizinische und Erste-Hilfe-Ausbildung haben. Auf der Kenai-Halbinsel gab es in diesem Jahr nicht viele Brände, aber es wird trockener. Wir sollten vorbereitet sein."

Während seine Brüder nickten, sah er, dass JJ und Audrey sich angrinsten. Audrey öffnete den Mund und sagte: „Pfadfinder lernen, vorbereitet zu sein, aber Makos Söhne gehen immer einen Schritt weiter. Oder ein Dutzend."

„Das stimmt." Caz schaute über den Tisch. „Hawk, an was arbeitest du gerade?"

Hawk warf ihm einen genervten Blick zu. Er hatte zweifellos gehofft, dass sie ihn übersehen würden. *Als ob.*

Alle warteten.

Mit einem gereizten Grunzen sagte Hawk: „Mein letzter Auftrag war für die Regierung – ein Job, bei dem ich verletzt wurde. Aber der Vertrag wurde erfüllt. Damit bin ich also fertig."

Gabe beäugte ihn und interpretierte: „Du wirst bleiben."

„Scheint so."

Grinsend entließen Gabe und Bull ein lautes Hooyah – der Schlachtruf der SEALs. Caz begegnete Hawks Blick und hob sein Glas.

Obwohl sich Hawks Gesichtsausdruck nicht änderte, wurde sein Blick sanfter.

Zeit, ihn vom Haken zu lassen. Caz lächelte seine Tochter an. „Was ist mit dir, *Mija*? Würdest du gerne etwas sagen?"

„Ja." Sie legte ihre Gabel ab und atmete tief ein. „Onkel Bull?"

„Ja, Zwerg?" Bull senkte seine Gabel und schenkte ihr seine volle Aufmerksamkeit.

„Wirst du mir beibringen, Truthahn, Bratensoße und Kartoffeln zu machen?"

„Darauf kannst du wetten. Du wirst mein offizieller Junior-Souschef sein."

Regans Grinsen wurde bei den Glückwünschen am Tisch noch breiter. Bull schien auch zufrieden zu sein, wahrscheinlich weil er wusste, dass Regan stets aus vollem Herzen dabei war. Sie wäre eine Bereicherung in der Küche.

Hawk sagte nichts, aber Caz freute sich, als er das schiefe Lächeln auf seinen Lippen sah. Es bräuchte ein hartes Herz, nicht zu lächeln, wenn es um Regan ging, und Caz wusste, dass Hawks Herz nicht hart war. Ganz im Gegenteil. In ihrer Kindheit hatte sich Caz einmal über das Verhalten seines Bruders beschwert und da wies Mako ihn darauf hin, dass verletzte Tiere oft aggressiv waren, um ihre Verletzlichkeit zu verbergen. Hawks schlechte Laune sollte von seelentiefen Wunden ablenken. Eines Tages würde sein Bruder vielleicht heilen.

Nur mochte Hawk keine Veränderungen, besonders nicht in Bezug auf sein Zuhause und seine Familie. Mit der Zeit jedoch konnte man ihn für sich gewinnen. Manchmal.

Audrey hatte dies geschafft, wahrscheinlich weil sie Gabes Leben gerettet hatte. Dann war die clevere Bibliothekarin hinter Hawks Lieblingsautoren gekommen und hatte begonnen, ihm Bücher zu beschaffen.

JJ jedoch? Sie und Hawk dazu zu bringen, sich gegenseitig zu akzeptieren? *Gott, steh mir bei.*

Regan war vom Essen immer noch voll. Nachdem Miss Lillian und Mr. Dante gekommen waren, hatten sie es sich alle bequem gemacht, sich unterhalten und gemeinsam Nachtisch gegessen. Der Kürbiskuchen war ziemlich gut, aber Kirschkuchen war nicht zu überbieten.

Jetzt saß sie auf der Couch neben Miss Lillian – nein, neben Grammy. Da Miss Lillian keine Kinder hatte, hatte sie Makos Söhne für sich beansprucht, und das machte sie zu Regans Großmutter.

Eine Großmutter. Wie cool war das? Als Regan ein Baby war, hatten sie bei Mamas Mutter gelebt. Aber diese Großmutter war gestorben und Regan erinnerte sich kaum an sie.

Stattdessen Miss Lillian zu haben, war ... wirklich nett. Grammy war in England Schauspielerin gewesen, und sobald sie wütend war, sagte sie Shakespeare-Zeug wie *niederträchtiger Halunke*. So viel besser, als jemanden *dummes Arschgesicht* zu nennen.

Am Nachmittag hatte sie sich Regans Rede für das morgige Winterfest angehört und gesagt, dass sie großartige Arbeit geleistet hatte. Eine *echte* Schauspielerin mochte ihre Rede! Regan hatte so breit gegrinst, dass es wehgetan hatte.

Die Verandatür öffnete sich und es traten Onkel Gabe und Onkel Bull ein, beide passend für das kalte Wetter gekleidet. „Warum tragt ihr Knicklichter?" Regan zeigte auf die leuchtenden roten Armbänder um ihre Jackenärmel.

„Die Nacht ist hereingebrochen." Onkel Bull deutete auf das Fenster und die Dunkelheit. Seine Stimme wurde noch tiefer. „Wir tragen das rote Licht, damit ihr wisst, dass euer Untergang bevorsteht."

Ein Schauer lief ihr über den Rücken, und Regan rutschte näher zu ihrem Papá.

Er legte seinen Arm um sie. „Was für ein Untergang?"

„Dumme Bewohner der Eremitage." Onkel Gabe verschränkte die Arme vor der Brust. Sein Gesicht sah gemein aus. „Killer Bull und ich brauchen einen Unterschlupf für den Winter. Wir werden uns die Eremitage zu eigen machen."

Papás Lippen zuckten auf diese Weise, die zeigte, dass er versuchte, ein Lachen zu ersticken. Er drückte sie, bevor er aufstand und seine Arme über seiner eigenen Brust verschränkte. Auch sein Gesicht nahm einen gemeinen Ausdruck an. „Ihr könnt die Eremitage nicht haben. *Wir* wohnen hier."

Bulls Lachen war beängstigend. „Nicht für lange. Wir beschlagnahmen Makos Hütte – und werden alle töten, die uns im Weg stehen."

Regan erschauderte, aber wirklich Angst hatte sie eigentlich nicht. Schließlich drehte sich Papá zu ihr um und zwinkerte ihr zu. JJ hatte ihre Hand über ihrem Mund und neben ihren Augen vertieften sich die Lachfältchen. Audrey biss sich auf die Unterlippe.

Grammy lehnte sich zu ihr und flüsterte: „Das ist alles nur Spaß, meine Liebe. Makos Söhne sind damit aufgewachsen, sich verrückte Spiele auszudenken, und heute lassen sie uns daran teilhaben."

Wenn das so ist. Regan sprang auf und verschränkte die Arme vor der Brust. „Ihr könnt unser Zuhause nicht haben!"

Na bitte. Sie würde mitspielen.

Papá grinste sie an, bevor er zu Onkel Gabe sagte: „Die tapferen Leute hier werden die Eremitage bis auf den Tod verteidigen, nur wird es euer Tod sein. Das bedeutet Krieg."

Bull nickte. „Krieg."

Onkel Gabe zeigte auf Hawk. „Als Nichtkombattant bist du der Punktrichter. Schrei, wenn jemand außer Gefecht gesetzt wird."

Hawk sah aus, als würde er lieber kämpfen, doch er nickte.

Gabe richtete den Blick wieder auf Papá, sah ihn finster an und nickte. „Krieg."

Im Freien hatte Papá alle an verschiedene Orte geschickt – wo ein „Eindringen" am wahrscheinlichsten war – und gesagt, sie sollen Granaten horten. Ihr flüsterte er zu: „Das bedeutet, Schneebälle zu formen, die du aus deinem Versteck werfen kannst."

Die Pflegefamilie hatte ihr viel über das Verstecken beigebracht, und sie fand einen dunklen Ort auf Mr. Hawks Veranda.

Wo waren die anderen?

JJ hatte einen schwarzen Schal um ihren Kopf gewickelt, sodass es schwer war, sie auszumachen. Sie hatte sich hinter dem Hühnerstall positioniert.

Audreys helles Haar war hinter Papás Hütte nicht zu übersehen.

Miss Lillian hatte ihre Kapuze hochgezogen, um ihr weißes Haar zu verstecken. Sie stand mit Mr. Dante seitlich von Makos Haus.

Mr. Hawk, der nicht mitspielte, saß auf Makos Veranda. Papá hatte erklärt, dass, wenn Gabe und Bull es auf die Veranda schafften, sie das Spiel gewinnen würden.

Das würde nicht passieren. Regan schüttelte den Kopf. Ihr Team waren die Guten. Sie würden nicht verlieren. Dafür würde sie sorgen.

Als sie Schneebälle – Granaten – formte, sah sie ein Schimmern in der Dunkelheit. Es verschwand. Sie schielte aus ihrem Versteck und erhob sich etwas. *Da.* Onkel Gabe hatte sich im tiefen Schnee eingefunden, sodass sein Knicklicht nur schwer auszumachen war. In der Ferne bewegte sich ein weiterer Leuchtstab. Onkel Bull.

Ein Schneeball segelte über das Gelände in Richtung Onkel Bull, erreichte ihn jedoch nicht. Zwei weitere folgten. Immer noch zu kurz. Es war ein wirklich langer Weg. Zu weit.

Onkel Bull warf – beeindruckend hart – und ein Schrei ertönte.

„Rechter Arm außer Gefecht, Audrey", verkündete Hawk.

„Was?", schrie Audrey zurück.

„Du kannst von jetzt an nur deinen linken Arm benutzen", erklärte Bull mit lauter Stimme. „Tut mir echt leid für dich, Champ."

„Verdammt." Audreys blondes Haar verschwand wieder hinter der Veranda.

Mit den Händen auf dem Mund, um zu verhindern, dass ein Kichern entwich, duckte sich Regan und machte sich klein wie eine Maus. Bull hatte den Schneeball wirklich sehr weit geworfen. Sie jedoch musste warten, bis die bösen Jungs näherkamen.

Und das taten sie. Abwechselnd rannten sie nach vorn und verschwanden immer wieder hinter Schneebänken und verschiedenen Hindernissen.

Papá trat hinter dem Pavillon hervor – wann war er dort hingerannt? – und warf von hinten eine Granate auf Onkel Gabe.

Nur musste Onkel Gabe ihn gehört haben, denn er drehte sich um und schlug den Schneeball mit dem Arm weg.

„Gabes linker Arm ist außer Gefecht", brüllte Hawk. Onkel Gabe sprang hinter den Grill, sodass sie ihn nicht länger sehen konnte.

Onkel Bull stürmte auf Makos Hütte zu. Er war schnell. Audreys Schneebälle trafen nicht ein Ziel. Im Stehen warf Regan und verfehlte und verfehlte und traf dann sein Bein. Als er fiel, sprang JJ hinter dem Hühnerstall hervor und ihr Schneeball traf Bull an der rechten Schulter.

Regan kicherte, denn seine schauspielerische Leistung war beeindruckend. Als wäre er wirklich verletzt. Er stöhnte sogar.

Hawk rief: „Bull, Verlust des linken Beins und des rechten Arms. Ein dritter Treffer wird dich allein durch Blutverlust töten."

„Scheiße, Bruder, ernsthaft?", kam Bulls Stimme von der Schneebank. Und Regan kicherte härter.

Sie hob ihre nächste Granate auf, trat heraus – und ein Schneeball krachte in ihre linke Schulter. Kalter Schnee flog ihr ins Gesicht und sie quietschte.

„Regan, linke Schulter ausgeschaltet", brüllte Hawk.

Sie benutzte ihren linken Arm nicht – weil das Teil des Spiels war – und bewegte sich rückwärts. Mit einem finsteren Ausdruck im Gesicht, da die bösen Jungs jetzt wussten, wo sie war.

Papá hatte mal zu ihr gesagt, wie wichtig es war, in einem Kampf Positionen zu wechseln. Sie brauchte ein neues Versteck.

Die Veranda hatte einen Überhang vor dem Gitter, das Tiere vom Haus weghielt. Davor hatte sich eine dünne Schicht Schnee aufgetürmt. Sie schob ihre Granaten vor sich her und kroch über den Boden, um sich hinter der hohen Schneewand zu verstecken.

Das Krabbeln auf einem Arm war schwer.

Am Ziel angekommen, sorgte sie in der Schneewand für ein Guckloch.

Onkel Bull bewegte sich und kroch nur mit einem Arm und einem Bein. Es war schrecklich hinterhältig von ihm, wie er seinen anderen Arm durch den Schnee zog, sodass der Leuchtstab bedeckt war.

Regan stand auf, warf und traf ihn direkt in den Rücken.

„Bull, du bist tot", rief Mr. Hawk. Und dann landete sein Blick auf ihr und er richtete einen anerkennenden Salut an sie.

Grinsend duckte sie sich wieder. Gerade noch rechtzeitig, bevor ein Schneeball direkt über ihrem Kopf einschlug.

Onkel Gabe war *gut*.

Die Guten hatten gewonnen und alle waren wieder im Haus, um „eine Nachbesprechung abzuhalten". Mit anderen Worten: um die Höhepunkte der Schlacht zu besprechen. JJ grinste. Sie hatte schon ewig nicht mehr so viel Spaß gehabt. Der spielerische Wettkampf hatte sie an die Paintball-Turniere mit ihrem Dad erinnert. So lange her.

Sie versuchte, es sich auf dem Sofa etwas bequemer zu machen, sodass ihre angeschlagene Schulter, mit der sie gegen den Hühnerstall geknallt war, ein wenig Erleichterung fand. Caz legte seinen Arm um sie und ... okay, es fühlte sich gut an, auf diese Weise beansprucht zu werden.

„Ihr seid mit solchen Dingen aufgewachsen?", fragte sie. Makos Söhne waren wirklich geschickt. Und listig. Bull war verdammt gut. Gabe – nun, sie hatte Gabe nur ein paar Mal in Aktion gesehen.

Caz hingegen hatte sie nicht einmal erspäht.

„Mindestens einmal pro Woche in den verschiedensten Variationen." Caz gluckste. „Waldkämpfe, ein Teamangriff auf ein festes Ziel oder auf eine Bedrohung in Bewegung. Unterschiedliche Waffen, unterschiedliche Hindernisse."

„Wann immer er es mit energiegeladenen Jungs zu tun hatte, kehrte Mako in den Sergeant-Modus zurück und schickte uns in ein Szenario, das uns auspowern sollte." Bull nickte Lillian und Dante zu. „Ausgezeichneter Takedown dort am Ende."

JJ hob zustimmend ihr Glas. Das ältere Paar war erstaunlich gewesen. Gabe hatte fast die Veranda erreicht, aber der Schnee war an der Stelle festgedrückt, sodass er seine Deckung verloren hatte. Also war er losgestürmt.

Caz war von hinten auf ihn zugestürzt, hatte den Chief niedergestreckt und war dann aus dem Weg gerollt. Lillian und Dante – und JJ – schlachteten Gabe mit einer Flut aus Schneebällen ab. Die beiden waren vielleicht älter, aber sie waren gute Schützen.

Lillian war generell ein Spaßvogel. Die Britin hatte sich mit königlicher Lässigkeit den Schnee von den Klamotten geklopft und war dann zu einem stöhnenden, sterbenden Gabe gegangen. *„Weh, Jammer, Verwüstung, Fall, Untergang; das schlimmste ist der Tod, und der Tod hat seinen unvermeidlichen Tag."*

Sie hatte ihn mit einem Stiefel angestupst, gelächelt und gerufen: „Mein Team! Lasst uns unseren Sieg mit Tee und Plätzchen feiern."

Nur war heiße Schokolade und eine zweite Runde Desserts nicht dazu in der Lage gewesen, die Leute zu beruhigen. Vor allem Regan nicht. Das Mädchen vibrierte immer noch vor Adrenalin. Sie hatte sich wirklich gut gemacht – definitiv die Tochter ihres Vaters.

„Es war ein guter Kampf." JJ sah auf Regan hinunter, die sich an sie gepresst hatte. „Dich, mein Mädchen, lasse ich jederzeit wieder in mein Team."

Die Art und Weise, wie ihr Gesicht bei den Worten erstrahlte, könnte selbst das kälteste Herz zum Schmelzen bringen.

„Zeit für etwas anderes als Kämpfen. Jemand muss etwas runterkommen." Bull grinste Regan an, erhob sich und nahm zwei Instrumente von den Gestellen entlang der Wand. Seine Gitarre und ... Er reichte Hawk, der mit etwas Abstand neben Regan auf dem Sofa saß, eine Geige.

„Klingt nach einem Plan." Nachdem Gabe sich seine Gitarre geschnappt hatte, gab er Caz die Trommel.

Hawk positionierte die Geige unter seinem Kinn und zog den Bogen über die Saiten. Die Jungs stimmten die Instrumente für eine Weile und spielten dann John Denvers *Country Roads*.

Als der Gesang begann, schloss sich JJ an.

Regan allerdings blieb still. JJ runzelte die Stirn. Das Mädchen hatte immer mit den Männern gesungen. Warum war sie jetzt still?

Weil sie damit beschäftigt war, Hawk anzustarren.

„Regan", murmelte JJ die Warnung, während Hawk bereits die Stirn runzelte.

Regan bemerkte seinen finsteren Blick nicht und überwand einfach den Abstand zu ihm, bis sie direkt neben ihm saß. „Das klingt wie jemand, der singt, nur besser." Ihre Augen waren weit. Sie starrte nicht Hawk an, sondern die Geige. „Das ist so cool."

Als der Gesang ins Stocken geriet und schließlich gänzlich stoppte, verblasste Hawks finsterer Ausdruck von seinem Gesicht. „Magst du die Geige?"

„So was habe ich noch nie gehört." Das Flehen in den großen, braunen Augen war herzzerreißend. „Kann ich das auch lernen?"

„Gott", murmelte er. Sein Blick lag für einen Moment auf Regan, bevor er ihr antwortete: „Äh ... ja. Natürlich."

Eine Sekunde später zeigte der große böse Hawk, dass auch er gegen Regans inneres Strahlen nicht immun war. Denn der Mann hätte fast gelächelt.

JJ brauchte eine kleine Pause und entschied, die Treppe in ihren Bereich zu nehmen. Oben schlüpfte sie in ihre Hausschuhe und trat auf ihren winzigen Balkon in die Dunkelheit. Die Luft war so kalt und roch so sauber, dass sie mehrmals tief einatmete.

Als sich ihre Augen anpassten, sah sie, wie das Licht aus den Fenstern den fallenden Schnee bestrahlte. Erneut fiel der Schnee. Nevada hatte hin und wieder etwas Puderzucker bekommen, aber nichts davon war mit hier zu vergleichen. Alaska war eine ganze Welt aus Schnee – und das änderte einfach alles. Autos mussten nachts untergestellt werden. Nach draußen zu gehen, beinhaltete ein Ritual aus Jacke, Stiefel, Handschuhe, Schal und Mütze. Und manchmal einer Sonnenbrille, denn traf die Sonne auf Schnee, blendete es.

Aber die Nächte ... oh, sie waren herrlich. Wenn der Himmel klar war, funkelten die Sterne am schwarzen Firmament. Zeigte sich der Mond, sah die Welt aus, als hätten die Götter Glitter auf der Erde verstreut. Und war es bewölkt, bekam sie nicht genug von der Dunkelheit. Einfach erstaunlich.

Nicht zu vergessen: die Nordlichter.

Sie holte noch einmal tief Luft. Der Gesang driftete nach oben zu ihr und hinaus in die Nacht. In die kalte Stille. Auf der anderen Seite des Sees war der Ruf einer Eule zu vernehmen.

Ein einsames Geräusch.

Sie war jedoch nicht einsam. Nicht mehr.

An den Abenden, an denen sie nicht arbeitete, schloss sie sich Caz und Regan zum Abendessen an. Danach halfen sie Regan mit Hausaufgaben, lasen oder schauten einen Film. Manchmal kam die gesamte Gang in Makos Hütte zusammen. Jede Nacht verbrachte sie mit Caz, nur um herauszuschleichen, bevor Regan aufstand. Obwohl er die Geheimhaltung missbilligte, ließ er JJ ihren Willen. Vorerst. Solange sie jede Nacht in seinem Bett verbrachte.

Sie schüttelte den Kopf. Allein der Gedanke an ihn wärmte sie. Die Erinnerung daran, wie sich seine Hände auf ihrem Körper anfühlten. An seine Küsse. An das Gefühl, ihn in ihr zu haben, so dick und hart. Die Art und Weise, wie er sie fester packte, kurz bevor er kam. Sein dreckiger Sinn für Humor, wenn er sie zum Orgasmus führte, nur um sie daran zu erinnern, leise zu sein, damit sie Regan nicht weckte.

Der Versuch, ihre Schreie zu unterdrücken, schaffte es stets, ihren Orgasmus zu intensivieren.

Das wusste er, der Idiot.

Mit ihm Liebe zu machen, war immer anders. Manchmal intensiv. Manchmal fühlte sie sich so außer Kontrolle, dass es fast erschreckend war. Manchmal machte Sex einfach Spaß. Er war für alles offen – was er mochte; wie er wollte, dass sie ihn berührte; was er an ihrem Körper genoss; was er mit ihr machte. Mit ihm zu teilen, was sie im Bett mochte, setzte sie frei … obwohl er es zumeist schon wusste, was ihr gefiel.

Er konnte sie so leicht lesen.

Konnte er ihr auch ansehen, wie sehr sie ihn liebte? Lächelnd ging JJ wieder rein und schüttelte den Schnee aus ihren Haaren. Er mochte sie. Er hatte es gesagt, und sie begann es zu glauben. Aber es gab keinen Grund, irgendetwas zu überstürzen. Sie hatten Zeit.

Im Erdgeschoss wandte sie sich der Küche zu, um die Reste vom Nachtisch wegzupacken und für heute Abend das letzte Mal aufzuräumen. Noch saßen sie alle im Wohnbereich, und sie lächelte, als ein Lied endete und anschließend Vorschläge für das nächste gemacht wurden. Sogar Regan.

Lillian kam mit Kaffeetassen um die Insel.

Regan folgte mit ein paar Tellern, und JJ trat zurück, sodass sie die Ladung in die Spülmaschine stellen konnten. Keiner der Jungs hatte Geschirrspüler in den Hütten, aber da ihre gemeinsamen Mahlzeiten in dieser Hütte so viel Abwasch hervorbrachten, hatten sie den technikfeindlichen Sergeant überstimmt und einen installiert.

Regan stellte den letzten Teller rein. „Fertig."

„Sehr gut, Liebes." Lillian fügte ihre Tassen dem oberen Gestell bei. „Mir gefallen deine Haare. Ist JJ dafür verantwortlich?"

„Ja." Regan tätschelte ihre französischen Zöpfe, die trotz der Schneeballschlacht auf wundersame Weise noch intakt waren.

„Man sieht, dass JJ ein Experte ist", sagte Lillian.

„Sieht man?" Regan schnappte sich ein Plätzchen, bevor JJ den Deckel auf den Behälter setzen konnte. Sie grinsten sich an.

„Langes Haar lässt sich leicht flechten. Kurze Haare, nun, das ist schon kniffliger." Lillian fuhr mit der Hand durch ihr kinnlanges, silberweißes Haar. „Ich habe die Kunst nie beherrscht."

JJ kicherte. „Ich hatte einen Anreiz. Ich habe schnell gelernt, dass man Kämpfe verliert, wenn einem Haare in die Augen wehen. Ich hatte also nur die Wahl, meine Haare abzuschneiden oder sie stets zu flechten."

Regan sah sie aus großen Augen an. „Die Polizei gerät sicher in viele Kämpfe."

JJ lachte. „Es ist in einem Boxkurs passiert. Obwohl es in Rescue wirklich eine Menge Schlägereien zu geben scheint."

„Wohl wahr. Zu viel Alkohol. Zu viele widerspenstige Zeloten." Lillians Blick traf auf JJs. „Kleinstädte sind anfällig für Streitereien – und für *Gerüchte*." Die Betonung hatte die gleiche Wirkung wie ein Schrei.

„Die Leute schwatzen in jeder Stadt", sagte JJ vorsichtig.

„Das stimmt." Lillian lächelte Regan an. „Kind, würdest du Dante bitte wissen lassen, dass wir uns auf den Weg machen sollten?"

„Mach ich." Erfreut, um Hilfe gebeten zu werden, rannte Regan um die Insel und ging in den Wohnbereich.

„Gerüchte, Lillian?" JJs Magen drehte sich.

„Ich halte nichts von Klatschmäulern, aber ich dachte, du solltest dir dessen bewusst sein, was erzählt wird." Lillian hielt ihre Stimme gesenkt.

„Was ist es? Was wird gesagt?"

„Das Schlimmste ist die Spekulation, dass du mit all den Männern in der Eremitage schläfst. Eine Geschichte besagt, dass du Sex mit Gabriel hattest, um den Job als Officer zu bekommen."

JJ war so schockiert, dass sie kein Wort herausbrachte.

„Zudem gibt es Gerüchte, dass du dasselbe in Nevada getan hast."

Nein, nein, nein. Die Luft um sie herum war eisig geworden. Mit tauben Fingern schnappte JJ den Behälter mit den Plätzchen zu und stellte ihn zur Seite.

Nashs Hetzkampagne hatte sie aus Weiler vertrieben. Jetzt war sie ihr hierher gefolgt? Sie wollte doch nur eine gute Streifenpolizistin und Teil einer Gemeinschaft sein. So wie es ihr Vater gewesen war. Als er starb, hatte sie das Gefühl verloren, Teil von etwas Bedeutendem zu sein.

Sie wollte nur helfen. Sie wollte dazugehören. Warum war das so schwer? Selbst wenn sie gegen den Klatsch anging, würde ihr niemand glauben. Die meisten Menschen gingen stets vom Schlimmsten aus, besonders von einer Frau in einem nicht traditionellen Beruf.

„Ich verstehe." JJ schluckte schwer. „Danke, dass du es mir gesagt hast. Es wäre schrecklich, nicht zu wissen, warum die Leute flüstern."

„Das war auch mein Gedanke." Lillians Gesicht verzog sich vor Sorge, was sie älter aussehen ließ. „Klatsch und Tratsch zu bekämpfen, ist ... schwierig, aber denk daran, dass Gerüchte verblassen."

„Ja, ich bin mir sicher, der Klatsch wird abklingen." In dem Punkt war sie sich überhaupt nicht sicher. In Weiler war ihr Ruf völlig zerstört worden. Was, wenn das auch hier passieren würde?

„Okay, für Dante und mich wird es Zeit, zu gehen." Lillian nahm ihre Hand. „Besuche mich diese Woche, ja?"

„Mach ich." JJ bemühte sich um ein Lächeln. „Danke, Lillian."

Als sie der älteren Frau in den Wohnbereich folgen wollte, stand sich JJ plötzlich Hawk gegenüber. Er lehnte gegen die Insel, Bier in der Hand ... und hatte zweifellos gehört, was Lillian gesagt hatte.

Prima. Er mochte sie ohnehin schon nicht und jetzt dachte er wahrscheinlich, sie sei die Schlampe der Woche.

Sie ignorierte seinen Blick und lief an ihm vorbei.

Als sie sich den anderen anschloss, legte Caz seinen Arm um sie.

Nach dem Gespräch mit Lillian fühlte sie sich krank, und da sie das Gefühl hatte, in Treibsand gefallen zu sein, suchte sie Halt an Caz und lehnte sich an ihn. Was sollte sie jetzt tun?

Caz' Augenbrauen zogen sich zusammen. „Was ist los, *mi princesa?*"

„Nichts." *Alles.* „Ich glaube, ich brauche nur etwas Zeit für mich allein."

Er runzelte die Stirn. Zweifellos sah er ihr an, dass sie ihm nicht alles sagte. Anstatt nachzuhaken, gab er ihr eine lange, wundervolle Umarmung und küsste sie auf die Stirn. „Dann ruhe dich aus. Wir werden morgen reden, *mi corazón.*"

KAPITEL FÜNFUNDZWANZIG

D*er Feind greift ausnahmslos bei zwei Gelegenheiten an: Wenn er bereit ist oder wenn du es nicht bist.* - Murphys Gesetze des bewaffneten Kampfes

Am Freitag nach Thanksgiving fand JJ Dante in seinem Lebensmittelgeschäft hinter der Kasse. „Hey, Dante."

„Guten Tag, Mädchen. Wie läuft's, Cop?"

Sie lächelte. „Der Schnee schafft viele Probleme ab – und fügt andere hinzu." War das der Grund, warum sich der Klatsch ausbreitete? Weil die Leute nichts Besseres zu tun hatten? „Ich habe eine Frage an dich."

„Schieß los."

„Als ich hier ankam, hatten wir darüber gesprochen, dass ich eine Hütte von dir miete. Ist eine verfügbar?"

„Verdammt, ich dachte, du hättest es dir in der Eremitage bequem gemacht. Das hat Gabe jedenfalls zu mir gesagt." Seine Augenbrauen zogen sich besorgt zusammen. „Gibt es ein Problem mit den Männern?"

Offensichtlich hatte Lillian ihr Wissen nicht mit ihm geteilt.

JJs Schultern entspannten sich leicht. „Nein. Nicht im Geringsten. Aber es fühlt sich nicht richtig an, weiterhin in Makos Haus zu leben. Ich bin kein Familienmitglied oder so. Es wäre angemessener für mich, woanders etwas zu mieten."

„Das Problem ist, dass ich in dieser Saison einige Beschwerden von Kunden über diese alten Hütten erhalten habe. Ofen zu rauchig, Geräte zu alt, Käfer. Etliche kaputte Schindeln mit Trockenfäule." Als er mit der Hand über seinen großen weißen Bart fuhr, fragte sie sich, ob er für die einheimischen Kinder den Weihnachtsmann spielte. „Jedenfalls dachte ich, dass jetzt ein guter Zeitpunkt wäre, die Probleme anzugehen. Ich habe bereits Chevy und Knox angeheuert, um die Hütten auf den neusten Stand zu bringen."

Sie starrte ihn an. „Willst du damit sagen, du hast nichts, was ich mieten kann?"

„Nicht eine Hütte." Er überlegte. „Möglich, dass sie in ein paar Wochen eine betriebsbereit gemacht haben. Vielleicht."

Ihr Stresslevel stieg. „Ich verstehe. Gibt es sonst Mietmöglichkeiten, die du mir empfehlen kannst?"

„Mir fällt nichts ein. Die B&Bs sind geschlossen. Wenn es keine Kunden gibt, machen sie zu und fahren in den Urlaub. Der eine Besitzer fährt bis Februar nach Phoenix, der andere kehrt im Januar zur Skisaison zurück."

„Okay, aber ... Okay. Verstehe." Gott, was sollte sie tun? „Kannst du mir eine der Hütten reservieren?"

„Ja, das kann ich machen."

„Danke, Dante."

Frustriert und gestresst verließ sie den Laden. War Rescue genau wie Weiler – ein Ort, an dem sie sich eingelebt hatte, nur um vertrieben zu werden?

Sie hob den Blick zum Himmel und bemerkte, dass es bereits dunkel wurde.

Der Winter rückte näher.

An diesem Abend veranstaltete Rescue im Roadhouse sein Black Friday-Festival.

Nach dem beliebten Erntefest im Lynx Lake Park im vergangenen August hatten sich die Bewohner der Stadt etwas für den Winter gewünscht. In Rescue. Nachdem die Touristen weg waren.

Mit einem Arm um Regan lief Caz durch das überfüllte Roadhouse. Vielleicht war es an der Zeit, über ein Gemeindezentrum nachzudenken. „Gut sieht es hier aus. Deine Dekorationscrew hat einen wunderbaren Job gemacht."

Regan strahlte ihn an. Die Schulkinder – Teil des Partykomitees – hatten den halben Tag hier verbracht, um zu dekorieren.

Die Trennwände zwischen Restaurant- und Barbereich waren entfernt worden, sodass ein großer Raum geschaffen wurde. Silbernes Lametta glitzerte von den Kronleuchtern. Rote Lichterketten und Girlanden funkelten entlang der Bar, des Kamins und um die Fenster. Ein riesiger Tannenbaum mit goldenen Ornamenten und Lichtern stand in einer Ecke. Eine Fülle von Gerichten, die von Einwohnern zubereitet worden waren, wartete auf der Bartheke für hungrige Gäste. „Riecht gut, findest du nicht?"

Regan schnüffelte und lächelte. „Ich habe Hunger."

„Wir werden essen, sobald das Programm vorbei ist." Die Unterhaltung kam von Schulkindern, lokalen Sängern und Bands. Regans Klasse war für den Auftritt in Rot gekleidet.

Letzte Woche waren Audrey, JJ und Lillian mit Regan für eine kleine Shoppingtour nach Soldotna gefahren. Als er angeboten hatte, sich den Tag frei zu nehmen, hatte Regan ihm stolz gesagt, dass es sich um einen reinen Frauenausflug handelte. Nach dem, was sie berichtet hatte, hatten alle drei Generationen eine wunderbare Zeit genossen.

„Hey, Regan! Hier drüben!" Delaney winkte.

„Papá, kann ich gehen?"

Als seine Tochter in ihrer Aufmachung zu ihm aufblickte,

musste Caz grinsen. „Unser Tisch ist vorne. Setz dich nach deinem Auftritt zu uns."

„Danke, Papá." Sie durchbrach die Menge – ein kleiner roter Meteorit auf der Suche nach ihrer Kumpeline.

Während sich das Roadhouse füllte, wanderte Caz durch die Menge und unterhielt sich mit Freunden. Er hätte JJ gerne bei sich gehabt, aber gestern Abend hatte sie ihm gesagt, dass sie heute arbeiten müsste und sich ihnen daher nicht anschließen würde.

Er verstand die Anforderungen eines Jobs; er hatte jedoch das Gefühl, dass etwas nicht stimmte. Ihr Gesichtsausdruck gestern Abend war distanziert gewesen. Ihre typische katzenähnliche Anmut hatte gefehlt. Ihre Schultern hatten gehangen. Er machte sich Sorgen.

Möglicherweise war sie nur müde gewesen. Sie war schließlich nicht an eine ganztägige Familienfeier gewöhnt. Sie schien jedoch Spaß gehabt zu haben. Jedenfalls bis zu dem Moment, in dem sie plötzlich Zeit für sich allein gebraucht hatte. Vielleicht vermisste sie ihre Mutter?

Nun, er würde sich später mit ihr unterhalten. Dann könnte er sie fragen, ob ihr etwas Sorgen bereitete. Er hoffte darauf, früh nachhause zu kommen, ihr eine Massage zu geben und sie ins Bett zu stecken.

Vorzugsweise in sein Bett.

„Caz, wie geht es dir?" Sarah aus dem Café unterbrach sein Grübeln. Rechts von ihr saß ihr Ehemann Uriah, der das Backen im Cafe übernahm, links die gemeinsame Tochter Rachel im Kindergartenalter.

„Gut. Es war ein interessanter Monat." Er lächelte sie an. „Wie fühlst du dich?"

Sie tätschelte ihren riesigen Bauch. „Nur noch eine Woche oder so. Beverly meinte, dass alles gut aussieht."

Uriah runzelte die Stirn. „Können wir anrufen, wenn ...?"

„Ich bin mir ziemlich sicher, dass Beverly mehr Babys zur

Welt gebracht hat als ich. Sie ist schon lange dabei." Beverly war Anfang Sechzig und eine ausgezeichnete Hebamme. „Braucht sie aber Verstärkung, ruft mich gerne an. Ihr habt beide meine Handynummer."

„Danke, Caz." Die Sorgenfalten auf Uriahs Gesicht glätteten sich.

Sarah rollte mit den Augen. „Er macht sich immer Sorgen." Caz warf Uriah einen verständnisvollen Blick zu. Nichts machte einen Mann hilfloser, als einer Frau dabei zuzusehen, wie sie ein Baby bekam.

Als er weiterging, entdeckte er Dante und Lillian, die sich im vorderen Bereich einen Tisch mit Tucker und Guzman teilten.

Eine hintere Ecke des Raumes war voller Zeloten, die ihre Frauen und Kinder mitgebracht hatten, als ob sie die Stadt daran erinnern wollten, dass sie Familien hatten. Es war leicht, zu vergessen, da ihre Kinder nicht zur Schule gingen und ihre Frauen selten in die Stadt kamen – und wenn sie das taten, waren stets ihre Männer bei ihnen. Wie gewohnt trugen die Frauen die typische PZ-Aufmachung aus langen Röcken, langärmeligen Blusen und den Haaren in einem Dutt. Kein Make-up, kein Schmuck. Jede Frau mit ihren Kindern saß neben einem Mann. Die Männer redeten. Die Kinder und Frauen schwiegen. Unterworfen.

Caz knurrte. Immer wenn eine ihrer Frauen seine Klinik besuchte, versuchte er, mit ihr über ihr Leben zu sprechen. Erfolglos. Selbst wenn er allein mit ihnen war – eine Richtlinie, auf die er bestand –, sagten sie ihm stets, dass es ihnen gut ging und sie trotz alter Prellungen, Narben und der Anzeichen von Missbrauch auf dem PZ-Gelände glücklich waren. Selten hatte ihn etwas dermaßen frustriert.

Leider konnte er sie nur wissen lassen, dass er helfen würde – und dass Gabe helfen würde. Jederzeit.

Es war bei Weitem nicht genug. Doch ohne Anzeigen, Zeugen oder Beschwerden waren ihm die Hände gebunden.

. . .

In ihrer vollen Polizeimontur ging JJ durch das Roadhouse und betrachtete jede Person auf Hinweise zu Drogen, zu viel Alkohol und Gewaltbereitschaft. So weit, so gut.

Gabe hatte eigentlich heute Abend als Polizeipräsenz dienen wollen, aber sie hatte ihm gesagt, dass sie es tun würde. Wenn sie es vermied, mit Caz und dem Chief an einem Tisch zu sitzen, würde sie es vielleicht auch vermeiden, den Klatsch zu füttern.

Sie hatte wirklich gehofft, dass Lillian sich irrte – dass es nur ein paar wenige waren, die schlecht über sie sprachen und dass dieses Drama wie ein Regenschauer schnell vorbeiziehen würde. Diese kurze optimistische Phase hatte rasch Risse bekommen. Seit sie das Roadhouse betreten hatte, fühlte sie sich beobachtet. Überall, wo sie hinging, flüsterten die Leute. Einige machten sich nicht einmal die Mühe, ihre Stimmen zu senken.

„Das ist sie, die Polizistin", sagte eine hinreißende Brünette, die nach der Kleidung zu urteilen aus der Stadt kam, zu zwei anderen Frauen. „Das ist die, die mit all diesen Männern zusammenlebt. Sie sind sicher begeistert, ihre eigene Schlampe bei sich wohnen zu haben."

JJ wurde schlecht und musste von dieser Gruppe wegkommen, also heuchelte sie Interesse an dem Fruchtpunsch vor. Als sie jedoch an die Bar kam, wo mehrere ältere Frauen die kirschfarbene Flüssigkeit servierten, gab eine vor, sie nicht zu sehen. Die andere warf ihr einen verächtlichen Blick zu.

„Könnte ich bitte etwas von dem Punsch haben?", fragte JJ höflich.

Die Lippen missbilligend zusammengepresst, überreichte die Frau einen Becher.

Ich habe nichts gemacht! „Danke." Mit angespannten Schultern hielt JJ den Blick der Frau, bis diese wegschaute.

Lillian behielt Recht. Wieder einmal wurde sie gemieden oder wie Dreck behandelt.

Mit dem Glas in der Hand ging JJ in den hinteren Bereich der Bar. Ihre Kehle fühlte sich eng an und ihr Herz war schwer wie Blei. Die Wochen, in denen sie sich als Teil dieser Gemeinschaft gefühlt hatte, machten den Verlust so viel schlimmer. Sie hatte sich so sehr gewünscht, zu einem bedeutenden Bestandteil der Stadt zu werden.

Sie war eine Närrin.

Als Bürgermeisterin Lillian auf der winzigen Bühne ins Mikro sprach und die Leute begrüßte, betraten auch die letzten Nachzügler das Roadhouse.

Zu JJs Überraschung hinkte Hawk herein und er benutzte sogar den Gehstock, den Caz ihm gegeben hatte. Mit blassem und angespanntem Gesicht trat er gleich am Eingang zur Seite und positionierte sich neben der Tür.

Obwohl JJ immer noch genervt davon war, wie er mit Regan gesprochen hatte, nahm sie sich einen leeren Stuhl von einem Tisch voller lauter Männer. Sie stellte ihn neben eine Reihe besetzter Stühle an die Wand und wartete darauf, dass er es bemerkte. Er musste sich hinsetzen, bis er den Schmerz überwunden hatte und sich seiner Familie anschließen konnte.

Zumindest hatte er eine Familie.

Er hob den Kopf und sein Blick landete auf ihr. Sie deutete auf den Stuhl, auf den sie ihren Stiefel gestellt hatte, sodass ihn sich niemand aneignete, und zeigte dann auf ihn. *Ja, der ist für dich, Dummkopf...* wie Regan sagen würde.

Er verzog das Gesicht zu einer Grimasse. Und nickte.

Als er sich ihr näherte, eilten eine Frau und ein kleiner Junge ins Roadhouse. Der Junge rannte direkt in sein verwundetes Bein.

Hawk entließ ein qualvolles Knurren.

Das Kind blickte zu dem Mann auf, schnappte nach Luft und versteckte sich hinter seiner Mutter. Die Frau sah Hawk und zog sich so schnell zurück, dass sie fast über ihren Jungen gestolpert wäre.

JJ runzelte die Stirn. Das schien übertrieben. Zugegeben, Hawks Gesicht sah aus wie eine zerklüftete Straße, aber es bestand keine Notwendigkeit, so zu tun, als hätten sie Leatherface mit einer Kettensäge vor sich.

Mit jedem Muskel in seinem Körper angespannt, beobachtete er, wie sie in die PZ-Ecke flohen, schüttelte den Kopf und überwand schließlich die Distanz zu JJ. Seine Augen in der Farbe von Stahl richteten ihren kalten Blick auf sie. „Danke für den Stuhl", sagte er in einem rauen Ton, als er sich behutsam auf diesen niederließ.

Ja, er hatte Schmerzen. „Du bist nicht hergefahren, oder?"

Er funkelte sie wütend an. „Ich brauche mein linkes Bein nicht, um zu fahren."

Kein Wunder, dass er halbtot aussah. „Aber ... warum?"

„Wie es scheint, habe ich eine Nichte. Und besitze Teile der Stadt."

Stimmt wohl.

Caz hatte ihr erzählt, wie Mako in einer sterbenden Stadt mehrere scheiternde Unternehmen erworben hatte. Mit dem neu eröffneten Resort erlebte Rescue ein Comeback. Makos Söhne konnten nun entscheiden, wer Geschäftsräume kaufen oder mieten durfte. Die Jungs schienen sehr daran interessiert, gute Leute an diesen Ort zu bringen.

Nach Hawks gereiztem Gesichtsausdruck zu urteilen, hätte er lieber eine Wurzelkanalbehandlung, als Teil einer Gemeinschaft sein zu müssen. Und doch war er hier.

Er lehnte sich zurück, als Mrs. Wilner ihre Dritt-, Viert- und Fünftklässler auf die Bühne trieb. Sie führten das Singen historischer Lieder an – Goldminenmelodien, Lieder der Ureinwohner Alaskas und alte russische Lieder. Mit ein wenig seiner Geschichte stellten die Kinder jedes einzelne Lied vor.

Hawks Gesichtsausdruck verlor an Härte, als Regan nach vorne trat, um von den Todesfällen des Winters während des Klondike-Goldrauschs zu erzählen.

JJ lächelte. Letzte Woche hatte sie Regan geholfen, ihre Performance dramatischer zu gestalten. Viele der anderen Kinder sprachen monoton und murmelten vor sich hin. Regan lieferte ihren Teil sauber, klar und voller Emotionen ab.

„Verdammt, das war erstaunlich", sagte Hawk.

Als Regan fertig war, schaute sie auf das breite Lächeln ihres Vaters – und sie strahlte. Gleich darauf fiel ihr Blick auf den hinteren Teil des Raumes, auf JJ, die ihre Faust siegreich in die Luft hob und so mit einem Grinsen beschenkt wurde.

Hawk gab Regan ein Daumenhoch, und das Lächeln des Mädchens hätte nicht breiter ausfallen können.

„Gut gemacht", sagte JJ zu ihm.

Sein Gesicht war wieder hart und unleserlich geworden. „Was?"

„Ihren ganzen Abend hast du ihr damit gerettet."

„Ist klar." Trotz seiner Worte entging ihr nicht, wie in seinem erbarmungslosen und ruhelosen Ausdruck eine gewisse Verwundbarkeit aufblitzte.

Sie überdachte ihren Eindruck von ihm und nickte ihm zu.

Hinter ihr betraten zwei Männer den Raum und erregten ihre Aufmerksamkeit, als einer etwas über das Gesetz sagte. Sie blickte über ihre Schulter.

An der Wand hielt ein spindeldürrer Mann mit schwarzem Bart inne und sprach weiter mit seinem Freund: „Ja, ich verstehe, warum du nicht für Aufregung sorgen willst, aber die Bewegung wird ins Stocken geraten, wenn nicht drastische Maßnahmen ergriffen werden. Wir brauchen etwas, dass die Aufmerksamkeit der Nation auf sich zieht."

Der braunhaarige Mann schüttelte den Kopf. „Nein. Das ist der falsche Weg."

Nach einer Sekunde wusste JJ, zu wem die Männer gehörten. Der Glattrasierte war der Anführer der Zeloten, der von allen Reverend Parrish genannt wurde. Der Mann mit dem schwarzen Bart war Captain Nabera.

Parrish sah zu ihr, runzelte die Stirn und seine Stimme senkte sich. Nabera warf ihr einen kalten Blick zu, bevor beide Männer ihre Aufmerksamkeit auf die Bühne richteten.

Als sich JJ an die Wand lehnte, beendete Rektor Jones das Schulprogramm mit den Worten: „... und ich möchte euch daran erinnern, dass es Musik geben wird, die beim Essen genossen werden kann." Er wies auf ein Trio aus älteren Herren mit Gitarren und einem Banjo.

Ohne etwas zu JJ zu sagen, stand Hawk auf und hinkte zu dem Tisch, an dem seine Brüder und Audrey saßen. Auf dem Weg kam er an einem grinsenden Gabe vorbei.

Er schloss sich JJ an der Wand an, lauschte dem Trio für eine Weile und nickte zustimmend. „Sie haben geübt."

„Sie sind gut. Ich bin überrascht, dass sie dich und deine Brüder nicht gefragt haben."

„Das haben sie, und wir sind in etwa einer Stunde dran. Du solltest dich uns anschließen."

„Nein." Sie ging einen Schritt von ihm auf Abstand. Im Haus zu singen, war eine Sache. Vor all diesen Menschen? Gott, nein, besonders nicht, solange diese Gerüchte herumgingen.

„Das hat Audrey auch gesagt ... zuerst. Sie wird mit uns auftreten."

„Chief, genau der Mann, den ich gesucht habe." Mrs. Wilner, Regans Lehrerin, hastete zu ihm. Durch ihr lockiges Haar, ihr schmales Gesicht und ihre spitze Nase erinnerte sie JJ an einen Dackel – und die Frau war sogar genauso lebhaft.

JJ lächelte sie an und wollte sich rar machen, sodass die beiden reden konnten.

„Nein, geh nicht, Officer. Nach dir habe ich auch gesucht."

„Was ist los?", fragte Gabe.

„Eines meiner Programme in den Wintermonaten besteht darin, verschiedene Karrieremöglichkeiten zu besprechen. Eure Fingerabdruck-Präsentation hat die Fantasie der Kinder beflügelt. Ich möchte, dass ihr erneut zu uns kommt und im Klassenzimmer erklärt, was genau ihr tut und wie man Polizist werden kann."

Oh, verdammt. JJ wollte im Moment eigentlich Zurückhaltung üben, aber die Idee war gut. „Kinder – Mädchen – haben jetzt so viel mehr Auswahl."

„Genau. Wie können wir die Kinder zum Träumen anregen, wenn sie das Endergebnis nicht sehen?" Mrs. Wilner strahlte. „Kann ich also mit euch rech –"

„Nein. Das ist eine schlechte Idee." Eine attraktive Blondine mit toupierten Haaren wandte sich von einer Gruppe in der Nähe ab. Mit den Armen unter ihren üppigen Brüsten verschränkt, runzelte sie die Stirn. „Halte diese Frau von unseren leicht beeindruckbaren Kindern fern."

JJ hätte fast gezuckt.

Mrs. Wilner sah verwirrt aus. „Entschuldige bitte? Von wem in aller Welt sprichst du, Giselle?"

Die Blondine reckte die Nase in die Luft. „Was auch immer diese Polizistin mit den Männern auf dem Gelände da draußen treibt, ist ihre Sache, das heißt aber nicht, dass sie in der Schule herumstolzieren muss."

Gabe knurrte. „Nichts treiben wir. Was zum Teufel hast du –"

„Nichts. Ist klar. Wir haben sie gesehen. Wir haben gesehen, wie sie auf der Straße mit dem Doc rumgemacht hat. Wie eine –"

JJ fand ihre Worte und sagte in einem beständigen Ton: „Nach dem letzten Stand dürfen sogar Polizisten ein Pr –"

Giselle hob die Hand, die Handfläche zu ihr. Ein unausgesprochenes *Erzähl's der Hand.* „Sprich nicht mit mir. Oder meiner Tochter." Sie drehte sich um, ergriff die Hand von Regans Freundin Delaney und ging auf die andere Seite des Raumes.

„Diese Frau macht mich fertig." Mrs. Wilner seufzte und sah dann zu JJ und Gabe. „Lasst uns in den nächsten Tagen nochmal reden."

JJ legte ihre Hand auf ihren Bauch und hatte das Gefühl, sich gleich übergeben zu müssen. Das wäre wirklich der krönende Abschluss für diesen furchtbaren Abend.

Mit einem harten Ausdruck blickte Gabe zu dem Eremitage-Tisch, an dem Bull, Hawk, Audrey und Caz saßen. Die Erwachsenen – sogar Hawk – bestellten von Regan Getränke und das kleine Mädchen hatte ihren Spaß.

„Gabe? Ich ..." Als er sich ihr zuwandte, wusste sie nicht, was sie sagen sollte. Sie war keine Schlampe, aber sie konnte nicht verleugnen, dass sie Sex mit Caz hatte. Es existierte keine Regel, die besagte, dass eine Polizistin keinen Sex haben konnte. Oder eine Beziehung. Angesichts ihrer Vergangenheit war es wohl unklug gewesen, sich auf Caz einzulassen.

Sie biss sich auf die Unterlippe und hatte gerade das starke Bedürfnis, zu weinen. Bedeutete das, dass sie ohne Liebe durchs Leben gehen musste?

„Du hast nichts Falsches gemacht. Dennoch müssen wir die Situation besprechen." Gabes Lippen krümmten sich, aber das Lächeln erreichte nicht seine Augen. „Lass uns morgen über die Sache reden."

„Ah ... da ich das Wochenende frei habe, wollte ich noch heute Abend nach Anchorage fahren und die zwei Tage in der Stadt verbringen." Ja, sie wollte fliehen, aber sie brauchte Zeit zum Nachdenken. Und zwar ohne Ablenkungen.

In Weiler hatte sich die Situation nur auf sie ausgewirkt. Hier? Was würde das mit dem Ruf des Polizeidepartments tun? Mit Caz und seiner Klinik? Und ... das verletzlichste Glied von allen? Regan.

Gabe musterte sie. „Okay. Wir reden am Montag. Wir werden eine Lösung finden, JJ."

„Natürlich."

Das Festival war fantastisch gewesen.

Nun lag Regan in ihrem Bett und schaffte es nicht, ruhig liegen zu bleiben. Sirius entließ ein verärgertes Miauen, bevor er es sich auf ihrem Bauch bequem machte. Schon wieder. Okay, ja, sie war zappelig.

Sie hatte sich in ihrem Teil des Programms gut gemacht. Das haben alle gesagt. Mr. Hawk – Onkel Hawk – hatte ihr sogar ein Daumenhoch gegeben.

JJ hatte gearbeitet, also hatte sie nicht bei den Onkeln, Audrey und Papá gesessen, sie war jedoch dort gewesen. Regan grinste in Sirius' Fell und erinnerte sich, wie die Polizistin siegreich die Faust in die Luft gehoben hatte. JJ war so cool. Und sie gab tolle Umarmungen.

Es hatte so viel Essen gegeben. Ein paar der Aufläufe waren eklig gewesen, aber es gab Kirschkuchen und Cookies und einen riesigen Kuchen mit Streuseln. Sie war für den Abend als Kellnerin eingeteilt worden und hatte den Erwachsenen Getränke gebracht. Onkel Bull hatte sogar gesagt, er würde sie einstellen, wäre sie älter.

Niko war mit seiner Familie dort gewesen, und sein Vater hatte sie eingeladen, damit sie endlich deren Hund kennenlernen konnte.

Regans Lächeln verblasste. Delaneys Mutter hatte sie nicht bei Regan sitzen lassen, und Delaney hatte komisch dreingeblickt, bevor sie nachhause gegangen waren. Sie hatte ausgesehen, als hätte sie am liebsten geweint.

Regan würde morgen mit ihr sprechen und –

„Was zum Teufel hast du dir dabei gedacht?!" Die wütende Stimme kam von draußen. Onkel Gabe. Ein Krachen ... und Regan zuckte bei einem lauten Grunzen zusammen. Dann ... ein Stöhnen.

Regan setzte sich auf. War er verletzt?

„*Dios*, Gabe. Sag mir wenigstens, was ich getan habe, bevor du mir eine reinhaust."

Das war Papá. Onkel Gabe hatte ihn geschlagen?

„Was denkst du denn, was du getan hast? Hast du nicht gehört, was sie über JJ sagen?"

„JJ? Was ist mit JJ?"

Regan kroch aus dem Bett und ging zum Fenster. Nichts zu sehen – nur die Seite von Makos Hütte. Aber sie konnte alles hören. Sehr gut sogar.

„Du und JJ? Klingelt's bei dir?" Gabe knurrte wie ein gemeiner Hund. „Ich habe dich gewarnt, habe dir gesagt, dass dein Ruf sie verletzen könnte. Um Himmels willen, sie sagen, dass sie uns hier draußen alle vögelt."

„Ich bitte dich. Niemand würde das glauben."

„Nur, dass ihr zwei gesehen wurdet. Mein Gott, Caz, ich dachte, wir hätten eine Vereinbarung. Hände weg von meinem Officer."

Papá schwieg für eine lange Zeit. „Das war der Plan. Ich kann mich nicht – und werde mich nicht – daran halten."

Onkel Gabe machte ein höhnisches Geräusch. „Bruder, keine Frau ist länger als eine Nacht in deinem Bett. JJ braucht deinen Mist nicht."

„Da ist etwas zwischen uns."

„Willst du mich verarschen? Die Sache ist ernst?"

„*Sí.*"

„Das erklärt natürlich, warum sie das Wochenende nach Anchorage geflüchtet ist." Onkel Gabes Stimme wurde immer lauter.

„Sie ist was?"

„Ja, gleich hast du es. Ich kann es dir ansehen."

„*Pinche cabrón.*" Dann kam wieder dieses Geräusch – und Regans Magen drehte sich, weil ... sie kämpften.

Ein Stöhnen.

„Das nächste Mal, wenn du reden willst, '*mano*, benutze zuerst deine Worte, nicht deine Fäuste." Papás Stiefel ertönten auf der Veranda. Die Tür zum Haus öffnete und schloss sich.

Onkel Gabe war immer noch draußen. Sie hörte seine Worte und sie glaubte nicht, dass er so etwas laut sagen sollte.

Ihr Magen drehte sich, also kletterte sie ins Bett und vergrub ihr Gesicht in Sirius' weichem Fell. Was ging hier vor sich? Onkel Gabe hatte Papá geschlagen, und Papá hatte zurückgeschlagen. Aber ... warum? Etwas, das mit JJ zu tun hatte. Wollte Papá sie als seine feste Freundin? Regan ballte die Hände zu Fäusten. Mama war immer hinter Jungs her gewesen und sobald sie einen neuen Freund hatte, vergaß sie, dass sie auch ein Kind hatte. Sie würde ihre ganze Zeit mit dem neuen Kerl verbringen und nicht nachhause kommen, bis sie Kleidung brauchte.

Apartments waren nachts beängstigend.

Wenn Papá eine Freundin hätte, würde er dann auch vergessen, dass er eine Tochter hatte?

„Aber JJ mag mich", flüsterte Regan Sirius zu. „Oder nicht?"

KAPITEL SECHSUNDZWANZIG

D*as Einzige, was genauer ist als das hereinkommende feindliche Feuer, ist das hereinkommende freundschaftliche Feuer.* - Murphys Gesetze des bewaffneten Kampfes

Papá war samstags und sonntags in einer miesen Stimmung. Er hatte viel auf sein Handy geschaut, und sein Gesicht hatte sich jedes Mal angespannt. Er war immer noch nett zu ihr, aber er war überhaupt nicht glücklich.

JJ war nicht zuhause. Am Sonntag hatte Regan auf Makos großer Couch gesessen und ... geweint, als Onkel Bull hereingekommen war. Daraufhin hatte er sie mit zum Roadhouse genommen und ihr gezeigt, wie man Kirschkuchen machte. Er hatte gescherzt, dass sie ihn noch für Kinderarbeit ins Gefängnis sperren würden. Er war irgendwie verrückt.

Gestern Abend hatte Papá den ersten *Harry Potter*-Film herausgeholt und beim Schauen aßen sie Popcorn. Das Problem war nur, dass sie JJ immer wieder vermisste. Und nicht vermisste.

Bei den widersprüchlichen Gefühlen und dem komischen Gefühl in ihrem Magen war sie nicht in der Lage gewesen, am

Montag vor der Schule zu frühstücken. Sirius aß ihr Rührei, als Papá sich für den Tag fertig machte.

Die Schule war hart gewesen. Den ganzen Tag warf Delaney ihr immer wieder merkwürdige Blicke zu, wollte aber beim Mittagessen nicht darüber reden. Als Erklärung hatte sie nur gemeint, dass ihre Mutter böse Sachen sagte.

Endlich läutete die Glocke und die Schule war vorbei. Regan verließ mit Delaney das Klassenzimmer. „Was ist nur los? Erzähl es mir endlich."

„Mama sagt, dass JJ Sex mit all deinen Onkeln und deinem Vater hat. Mit *allen*." Delaneys Gesicht war kreidebleich.

Regan starrte sie an. „Nein, das hat sie nicht. Auf jeden Fall nicht mit Papá. Ich hätte es gesehen." Obwohl JJ sehr oft zu ihnen gekommen war. Zum Abendessen. Und um Filme zu schauen.

„Das würdest du nicht, wenn sie es tun, nachdem du ins Bett gegangen bist", gab Delaney zu bedenken, als sie über den ungepflasterten Bürgersteig in Richtung Stadt gingen. „Mom hat gesehen, wie dein Vater Officer Jenner geküsst hat. In der Öffentlichkeit und so." Ihre Stimme senkte sich: „Mit offenem Mund und Zunge."

„Eklig." Auch Onkel Gabe hatte das gesagt, oder? All das. „Ich denke, dass sie seine feste Freundin ist. Das wäre okay. Sie ist nett."

„Das habe ich Mom auch gesagt. Dass sie wirklich nett ist und sie deine Haare flechtet und so." Delaney nickte heftig. „Aber Mom sagt, dass sie nur nett zu dir ist, um an den Doc ranzukommen. Und dass sie dich wegschicken wird, sobald sie ihn für sich gewonnen hat."

Jedes Wort traf sie mit einer erschreckenden Präzision direkt in die Magengegend. Mom hatte das immer gemacht. Zumeist hatte sie das, wenn sie mit einem Mann flirten wollte. So waren die Erwachsenen. Ein neuer Partner bedeutete, dass ein Kind vergessen wurde.

Und dass man es loswerden musste? Die Kälte, die Regan erfüllte, war so eisig wie der schlammige Schnee unter ihren Stiefeln.

Vielleicht mochte JJ sie nicht einmal, war nur nett, damit sie mit Papá rumhängen konnte.

„Oh, schau, die kleinen, dummen Mädchen. Die Neue und die Fette." Brayden kam mit Shelby angerannt. Er stieß Delaney vom Bürgersteig und wollte das gleiche mit Regan tun.

Sie sah Rot und schlug ihn mit voller Kraft. Genau wie Papá und JJ es ihr beigebracht hatten.

Er landete auf seinem Hintern und aus seiner Nase spritzte Blut. „Bohnenfresserschlampe!"

Shelby schlug Regan ins Gesicht. „Lass ihn in Ruhe!"

Regan trat ihr ins Knie und landete einen Schlag in ihren Bauch. „Du dumme Kuh."

Brayden stand wieder. Eine harte Faust traf Regans Mund und ihre Wange. Mit einem Kampfschrei senkte sie das Kinn auf die Brust und raste auf ihn zu. Bei Impakt stolperte und fiel er, sodass sie auf ihm landete. Rittlings saß sie auf ihm und schlug auf ihn ein.

„Ihr kämpft schon wieder? Was bringen sie euch hier bei?" JJ riss Regan von Brayden runter und setzte sie in den Schnee. Dann packte sie Delaney und Shelby und trennte auch die beiden.

Regan starrte Delaney verdutzt an. Delaney war in den Kampf gesprungen? Die Haare ihrer Freundin waren zerwühlt und sie hatte Kratzer im Gesicht. Shelby kämpfte wirklich wie ein Mädchen.

„Mr. Jones", rief JJ dem Rektor zu, der gerade aus dem Gebäude kam. „Kannst du dich um die beiden älteren Kinder kümmern? Ich werde Regan und Delaney in die Stadt zum Doc bri –"

„Nein!", schrie Regan. „Nein, das wirst du nicht!"

JJ drehte sich zu ihr. „Was?"

„Du willst nur meinen Papá als deinen Freund! Du bist nicht

meine Freundin! Du warst nie meine Freundin! Ich hasse dich!"
Tränen brannten in ihren Augen und alles tat weh.
Dann rannte Regan in Richtung der Stadt.

Fassungslos starrte JJ Regan nach und fühlte sich, als wäre sie diejenige, die den Kampf verloren hatte.

Oh Gott, das hatte sie. Sie hatte ... alles verloren. Teil von Rescue zu sein und der Gemeinschaft dienen zu können. Sie hatte Dinge verloren, die sie erst kürzlich zu etwas gemacht hatte, das sie wollte. Einen Mann. Eine Familie. Dieses kleine Mädchen, das vor JJ geflohen war, als wäre sie ein Monster.

Als die Verzweiflung durch sie fegte, biss sich JJ in die Innenseite ihrer Wange, um zu verhindern, dass sie losheulte. Das Wochenende über hatte sie in Anchorage ihren ganzen Mut zusammengenommen. Sie hatte beschlossen, zu bleiben und die Gerüchte zu überdauern.

Für Caz. Für eine Familie, zu der sie gehören wollte. Caz und Regan waren es wert, für sie zu kämpfen.

Aber jetzt ... Sie schaute die Straße hinunter. Regan rannte immer noch.

JJ drehte sich um, ließ den Blick über Delaney schweifen und ... erinnerte sich, wie gemein Giselle, die Mutter des Kindes, gewesen war. Allerdings war das nicht die Schuld des Kindes. „Wo holt dich deine Mutter ab?"

„Nicht meine Mutter, meine Grams." Delaney sah aus, als wäre sie lieber überall außer hier mit JJ.

„Bist du irgendwo verletzt?"

„Nein. Shelby hat mich nur gekratzt." Delaney lief rückwärts über den Bürgersteig.

Wer war JJ schon, sie aufzuhalten? „Okay. Stelle sicher, dass deine Großmutter die Kratzer reinigt und eine antibiotische Salbe aufträgt." JJ entließ das Kind mit einer Handbewegung und beobachtete, wie das Kind in die Stadt rannte.

Auch sie flüchtete.

JJs Schultern sackten zusammen. Wie es schien, sollte sie sich an ihr ein Beispiel nehmen und das auch bald tun.

Sie und Caz waren nicht wirklich in einer Beziehung, aber sie waren in ... etwas. Zweifellos hatte er die Gerüchte über sie gehört. Da sie Caz jedoch kannte, bezweifelte sie, dass es ihn interessieren würde, was die Leute sagten. Was ihn jedoch interessierte, war, wie sich die Gerüchte auf sie auswirkten.

Jeder Herzschlag schickte den Schmerz tiefer in sie. Für ihn wäre sie geblieben und hätte sich dem Sturm gestellt. Für ihn hätte sie die Beschimpfungen und die gemeinen Blicke ignoriert, aber dieser Mist wirkte sich auf mehr als nur sie beide aus.

JJ wollte nicht, dass Regan litt. Selbst wenn JJ versuchte, zu erklären, was vor sich ging, war das Kind zu jung, um zu verstehen, was es mit dem Klatsch und den Lügen auf sich hatte.

„Ich hasse dich!" Das schmerzte. JJ holte tief Luft, als sie in den Streifenwagen stieg. Sie hatte gehört, wie Mütter über den Schmerz sprachen, die Worte *Ich hasse dich* aus den Mündern ihrer Kinder zu hören. Jedoch hatten sie zumindest ein solides Fundament der Liebe aufbauen können. JJ und Regan hatten nur eine aufkeimende Freundschaft. Eine Freundschaft, die unwiderruflich zerbrochen war.

Wenn JJ es ihm sagte, würde Caz zweifellos mit seiner Tochter sprechen, aber JJ hatte den Ausdruck auf ihrem Gesicht gesehen. Es war mehr als eine oberflächliche Wut. Wenn Caz mit JJ eine Beziehung wollte und Regan hartnäckig dagegen war, was würde dann passieren?

JJ lehnte ihre Stirn auf ihr Lenkrad und kämpfte darum, die Kontrolle nicht zu verlieren.

Regan hatte genug gelitten. Sie hatte eine Mutter verloren. Selbst jetzt war sie sich nicht sicher, wie sie in das Leben ihres Vaters passen sollte. Auch seiner Liebe war sie sich nicht sicher. Nichts sollte ihre Welt durcheinanderbringen dürfen. Caz in die Mitte zu drängen und ihn zu zwingen, sich zwischen einer Frau und seiner Tochter zu entscheiden, wäre falsch. Tatsächlich wäre es für ihn weniger schmerzhaft, wenn er nie erfuhr, wie Regan wirklich fühlte.

JJ würde einfach gehen.

Sie würde ihre Freundinnen – Audrey, Lillian, Regina, Sarah – verlassen. Ihre Augen begannen zu brennen.

Sie würde einen Chef verlieren, den sie wahrlich mochte und respektierte. Jemand, der sie für eine gute Polizistin hielt.

Cazador verlassen? Eine Träne lief über ihre Wange. Er würde es nicht verstehen – und sie konnte es nicht erklären. Wenn er sie hasste, weil sie weggelaufen war, dann ... würde er zumindest nicht um ihren Verlust trauern. Das wäre das Beste für ihn und für Regan.

Unfähig, sich zu bewegen oder zu fahren, vergrub sie ihr Gesicht in ihren Händen und weinte.

Caz wusste nicht, was er tun sollte. Regan war von dem Moment an, als sie sich ihm in der Klinik anschloss bis zu ihrer Schlafenszeit mürrisch und frech gewesen. Zweifellos hatte die Schlägerei in der Schule etwas damit zu tun, aber ... es schien mehr dahinterzustecken.

Verdammt, wenn er nur wüsste, was es war.

Er fühlte sich, als würde er JJ und Regan enttäuschen. Nachdem er mit Lillian, Sarah und Regina gesprochen hatte, wusste er zumindest, was genau in der Stadt für Gerüchte verbreitet wurden.

Gabe behielt Recht – es war hässlich. Er musste mit JJ sprechen.

Das ganze Wochenende hatte er mit ihr reden wollen, aber sie hatte sich rar gemacht. Sie war nach Anchorage gefahren und hatte ihn gemieden. Mit jedem Anruf und jeder Nachricht, die sie ignoriert hatte, war seine Wut gewachsen.

Jetzt war sie zurück. Er wäre früher zu ihr gegangen, aber er hatte Regan nicht allein lassen wollen, nicht einmal, wenn er nur nach nebenan gehen wollte.

Also hatte er gewartet. Nachdem er sichergestellt hatte, dass sie schlief, ging er zu Makos Hütte und nach oben zu JJs Bereich im ersten Obergeschoss. Er klopfte.

„Wer ist da?"

„Caz."

„Bitte nicht heute Abend. Was auch immer es ist, wir sehen uns morgen."

Sein Temperament flammte auf. „Heute."

Als sie die Tür dennoch nicht öffnete, spannte er den Kiefer an. Das Warten auf seine Beute war für ihn nie ein Problem gewesen. Nach einer Minute klopfte er erneut.

Und nochmal.

Und nochmal.

„Verdammte Scheiße." Das Stampfen durch den Raum sagte ihm, dass sich seine Beute bewegte. Die Tür wurde aufgerissen. Ihr Haar war ein Wirrwarr aus Locken, ihre Augen rot und die Lider geschwollen. Ihr gerötetes Gesicht zeigte, dass sie genervt war.

Natürlich. Diese verfluchten Gerüchte. Seine eigene Wut ließ etwas nach. „JJ, ich weiß, dass der Klatsch dich verärgert."

Ihre Schultern sackten zusammen. „Es tut mir leid. Ich hätte zur Tür kommen sollen. Ich wollte mich heute Abend einfach nicht mit diesem Chaos befassen. Ich hatte vor, morgen mit dir zu sprechen."

Der bleierne Ton sah ihr nicht ähnlich. Er griff nach ihrer Hand.

Sie trat außer Reichweite. „Caz, jetzt passt es mir nicht."

Natürlich nicht. Sie war nicht gerade jemand, der teilte, was ihr auf dem Herzen lag. Und ihre Reaktion war nicht so extrem wie die von Gabe. Caz berührte die wunde Stelle an seinem Kiefer. Sein Bruder hatte immer noch einen beeindruckenden rechten Haken. „Die Gerüchte werden verstummen, JJ. Was sie sagen, ist unfair, aber schon bald wird es neuen Klatsch geben, der diesen ersetzen wird."

„Das bezweifle ich." Sie schüttelte den Kopf. „In Weiler ist mir genau das gleiche passiert, und es ist nicht abgeklungen. Nash fütterte die Gerüchteküche weiter – und dann nährte sie sich von selbst. Wenn ich auch nur mit einem Officer ein zwangloses Gespräch geführt habe, wurde die Freundin oder Frau sofort informiert und sie waren sich stets sicher, dass ich ihn anmache."

„*Dios*", murmelte Caz. „Kein Wunder, dass du gegangen bist."

„Das musste ich." Sie sog scharf die Luft ein. „Und ich werde auch von hier weggehen."

Er hörte die Worte, aber es brauchte einen Moment, bis sie bei ihm ankamen. Dann fühlte es sich an, als hätte eine Granate sein Herz in eine Million Stücke zerrissen. „Sag das nochmal."

„Es tut mir leid, aber wir sind fertig miteinander. Nicht, dass wir mehr als nur Freunde sind, die gelegentlich Sex haben, aber –"

Die Wut kehrte zurück. „Wir waren mehr als das. Wir *sind* mehr als das. Ich habe Gefühle für dich, und das weißt du. Wir können den Klatsch überwinden. Und wenn wir allen zu verstehen geben, dass wir zusammen sind, dann werden die Gerüchte –"

Sie schüttelte den Kopf und Trauer erfüllte ihren Blick. „Ich ... kann nicht. Du verstehst nicht und ... ich werde die Stadt verlassen und das ist alles, was es dazu zu sagen gibt."

„Einfach so? Kein Gespräch, kein Versuch, eine andere Lösung zu finden? Du wirst einfach gehen?" Caz kniff die Augen zusammen.

„Ja."

Ihr Ton ließ kein Gegenargument zu – nicht mal Trost, den er gerne geben würde. „Wegen Gerüchten und bösen Zungen wirst du aufgeben, was wir hier haben könnten?"

Die Trauer verschwand unter einer kühlen, gleichgültigen Maske. „So ist es."

Enttäuschung und Verlust setzten sich auf seiner Zunge ab. Er hielt ihren Blick gefangen. „Du hast mir gesagt, dass du kein Feigling bist. Was ist passiert?"

Er drehte sich von ihr weg und ging auf die Treppe zu, in der Hoffnung, dass sie ihn aufhalten würde. Vor der ersten Stufe sah er über seine Schulter, nur um zu beobachten, wie sich die Tür schloss. Er hörte, wie sie das Schloss drehte.

Sie hatte ihn komplett ausgeschlossen, körperlich, mental, emotional.

Ein gequälter Schmerz erfüllte seine Brust. Seufzend ließ er den Kopf hängen. Verdammt, JJ. Er holte tief Luft, nahm die Treppe ins Erdgeschoss und verschwand in die dunkle Nacht.

KAPITEL SIEBENUNDZWANZIG

E*rfolg im Leben ist die Fähigkeit, von einem Fehler zum nächsten zu springen, ohne die Begeisterung zu verlieren.* - Winston Churchill

Am Dienstagabend saß Bull zuhause auf seinem Sofa, machte sich Notizen zu seinem Rezept, das er ändern wollte, und behielt Regan bei ihrem Projekt im Blick. Caz musste in der Klinik bleiben, bis ein Krankenwagen kam, der ihm einen Patienten abnahm. Bull hatte sich freiwillig zum Babysitten gemeldet.

Regan saß auf dem Boden und benutzte den Couchtisch als Schreibtisch. Sie war so konzentriert darauf, ein Paracord-Armband zu flechten, dass er überrascht war, dass kein Dampf aus ihren Ohren kam. Sie hatte sich so schnell auf die Bastelarbeit eingelassen, dass er wusste, dass sie etwas beschäftigte. Sie grübelte über etwas nach. Vielleicht wegen der Schlägerei in der Schule, die sich auf ihrem Gesicht zeigte?

Sie beendete einen weiteren Knoten und schaute auf.

„Gut", sagte Bull zu ihr. „Ziehe jetzt das Seil so fest wie möglich und schiebe es nach oben."

Mit der Unterlippe zwischen den Zähnen – sie war wirklich verdammt süß – folgte sie der Anweisung. Das Mädchen verfügte über die Art von Entschlossenheit, nach der sie bei den SEALs suchten. Dieser kleine Zwerg würde sich von niemandem auf den Rücken drehen lassen und ihren verletzlichen Bauch vorzeigen. Dafür war sie nicht der Typ. Sie gab nicht auf.

Als ob sie spürte, dass er sie beobachtete, schaute sie auf. „Papá hat mir erzählt, dass ihr damals viel gekämpft habt. Als ihr in meinem Alter wart."

Bull grinste. „Ja, das haben wir. Oft."

„Du bist so viel größer als Papá. Hast du ihn verletzt?"

Hm, er hatte das Gefühl, dass sie einen Groll hegen würde, wenn er jetzt *Ja* sagte. „Nein. Nun, wir haben alle ein paar Schläge einstecken müssen. Wenn es darum geht, wer am meisten gewonnen hat ... Ich denke, es war ziemlich ausgeglichen."

Sie rümpfte ihre kleine Nase und es war deutlich, dass sie ihm nicht glaubte. Er lachte. Fuck, sie war süß.

„Ich meine es ernst. Ich bin größer und so konnte ich gewinnen. Gabe war eigentlich ein besserer Kämpfer – er kann denken, wenn er kämpft –, also hat er oft gewonnen. Caz – dein Daddy – ist so verdammt schnell, dass niemand einen Schlag landen konnte. Und Hawk, nun, wenn er erstmal auf Touren kam, weiß ich nicht, ob er unsere Schläge überhaupt noch gespürt hat."

Ja, Hawk war beängstigend. „Oftmals, während ich auf einen eingeschlagen habe, schnappte sich Gabe den anderen Bruder und plante einen Hinterhalt." Bull schüttelte den Kopf. Trotz dieser Lektion zu Kindertagen schaffte er es immer noch nicht, seine Gegner im Rücken im Blick zu halten. Es lag einfach nicht in seiner Natur, Angriffe von hinten zu antizipieren – weder bei einer Schlägerei noch wenn es ums Geschäftliche ging.

Ein sanftes Klopfen war an der Seitentür zu vernehmen, die auf die Veranda führte. Eine Sekunde später trat Hawk ein. Schweigend. Als er Regan sah, hielt er kurz inne und presste die Lippen zusammen.

Bull wies mit dem Kinn zur Küche. „Ich habe ein Pale Ale, das du bestimmt mögen wirst. Bring mir auch eins."

Mit zusammengezogenen Augenbrauen beobachtete Regan, wie Hawk in die Küche ging. „Ich kann gehen. Ich bin groß genug, um alleine zu sein."

Bull schüttelte den Kopf. „Nein. Du bleibst und beendest dein Projekt. Anschließend schauen wir, was wir zum Abendessen kochen wollen. Es ist Zeit, dass du eine neue Mahlzeit lernst, findest du nicht?"

Sie nickte enthusiastisch.

Allein gelassen zu werden, störte sie nicht – ihre Unabhängigkeit war es, die ihm versicherte, dass sie sich zu lange allein durchschlagen musste. Dennoch waren ihr die Grundlagen des Kochens nicht beigebracht worden. Sie konnte ein Dosengericht in der Mikrowelle zubereiten, wusste aber nicht, wie man etwas Schwierigeres als ein Spiegelei machte. Für ihn war es eine Ehre und eine wahre Freude, ihr die Kunst des Kochens beizubringen.

Hawk reichte ihm ein Bier, setzte sich so weit wie möglich von Regan weg, wie er konnte und klopfte dann auf das Sofa. „Neu?"

„Ja. Die Sessel und die Couch, die ich vorher hatte, waren für meinen Körper nicht groß genug. Ich wollte mehr Platz zum Ausstrecken." Die U-förmige Garnitur war lang genug, um sowohl den Bereich mit dem Fernseher als auch den Holzofen in der Ecke einzufassen – sodass ein großer Mann an einem Sonntagmorgen faulenzen konnte. Er hatte sich für eine Kombination aus nietenbesetztem braunem Leder und weichen beigen Kissen entschieden. Es passte gut zu dem braunen und cremeweißen Farbschema des Zimmers. „Ich wollte nichts Besonderes."

„Ich mag es." Regan verlagerte ihr Gewicht auf dem Hartholzboden. „Obwohl du dir wirklich einen Teppich anschaffen solltest."

„Du bist verwöhnt, Mädchen", sagte Bull. Caz hatte hier und da orientalische Teppiche. In Dunkelrot und mit Blumenmuster.

Ja, es war offensichtlich, dass nur ein Mann in Bulls Hütte lebte. Eigentlich war Audrey die einzige Frau, die seine Hütte von innen gesehen hatte. Und wenn Bull ehrlich war, dann war er auch nicht besonders interessiert, das zu ändern. Wenn er sein Restaurant und seine Brauerei in Anchorage besuchte, verbrachte er die Nacht mit einer Frau. Wie er hatte sie kein Interesse an etwas Romantischem.

Er lehnte sich mit seinem Bier zurück und musterte seinen Bruder. „Was ist los?"

Hawk war sauber – zur Hölle, er hatte seine Duschen schon immer geliebt –, aber seine Haare und sein Bart waren lange nicht getrimmt worden. Seine Augen sahen müde aus. Gequält.

Bull schüttelte den Kopf. Wie bei so vielen Veteranen hatte er eine schwere Zeit, wenn die vergangene Gewalt gegenwärtiger war als ... die Gegenwart. Es gab Augenblicke, in denen Albträume jede Chance auf Schlaf verzögerten. Es war eine Weile her, seit Bull mit Blut und Eingeweiden bedeckt war. Bei seinem Bruder waren die Erinnerungen noch frisch.

Hawk zuckte mit den Schultern. „Die Wände rücken näher."

„Ja, das verstehe ich. Willkommen im Winter." Er lächelte Regan an, die bei ihrem Projekt vor sich hinsang. Als er summend in ihre Melodie einstimmte, hob sie den Kopf und strahlte ihn an.

Hawks Ausdruck wurde für einen Moment sanfter, bevor er bemerkte, dass sich sein Gesicht verselbstständigte.

Bull sah aus dem Fenster zu Gabes Hütte. Die Lichter waren an. „Vielleicht sollten wir uns alle bei Mako versammeln. Das Kind könnte genauso gut lernen, für ein halbes Dutzend Leute zu kochen anstatt für zwei."

„Nicht heute Abend." Bei Bulls hochgezogenen Augenbrauen entschied sich Hawk für eine ausführliche Erklärung. Ausführlich für ihn. „Gabe kribbelt es in den Fingern, jemandem den Arsch aufzureißen."

Das klang nicht nach Gabe. „Lass mich raten: die Patriotischen Zeloten?"

„Nein. Caz ist schuld." Hawk nahm noch einen Schluck von seinem Bier. „JJ hat gekündigt."

„Was zum Teufel?" Aber Bull kannte den Grund. Klatsch und Bars gehörten zusammen wie Salz und Pfeffer. Im Roadhouse war ihm zu Ohren gekommen, was die Leute über Officer Jenner sagten. Was bewies, dass Arschlöcher sowohl in Klein- als auch in Großstädten florierten. Aber, verdammt, er hatte nicht gedacht, dass sie sich davon vertreiben lassen würde.

Es sei denn, sie und Caz hatten einen Streit?

„Was heißt das?" Die hohe Stimme erinnerte ihn daran, dass ein Kind im Raum war. „Kündigen. Was bedeutet das?"

Hawk wandte den Blick ab. Er war anscheinend der Meinung, dass er seine Wortmenge für den Tag erreicht hatte.

Vielen Dank auch, Bruder. „Es bedeutet, JJ hat Gabe gesagt, dass sie nicht mehr für ihn arbeiten wird."

Nach einem befriedigten Funken in den Augen wurde Regan plötzlich blass. „Aber ... was wird sie dann tun?"

„Sie wird sich einen neuen Job suchen müssen. Irgendwo anders." *Verdammt.* Er war nicht blind. Caz liebte die Frau. Und Gabe brauchte sie als seinen Officer. Er sah zu Hawk. „Wann ist ihr letzter Tag?"

„Das übliche. Zwei Wochen."

Bull wandte sich an Regan. „Es gilt als höflich, noch zwei Wochen zu arbeiten, nachdem man dem Arbeitgeber die Kündigung gegeben hat. Es gibt ihnen Zeit, jemand anderen einzustellen."

Zwischen ihren braunen Augenbrauen bildete sich eine Falte. „Sie wird noch zwei Wochen für Onkel Gabe arbeiten und dann ... wird sie einfach *gehen*?" Das letzte Wort sprach sie regelrecht verzweifelt aus.

„Ich fürchte ja. Sie ist Polizistin. Wenn sie nicht bei der Polizei in Rescue arbeitet, dann bleibt ihr keine andere Möglichkeit."

Regans Augen füllten sich mit Tränen. „Ich wollte nicht, dass sie geht! Das habe ich nicht so gemeint!" Sie ließ das Paracord fallen und floh ins Badezimmer. Die Tür schlug hinter ihr zu.

„Fuck", murmelte Hawk.

„Oh ja." Bull nahm einen langen Schluck von seinem Bier. „Da haben wir es eindeutig mit einem schlechten Gewissen zu tun, was?"

Hawks Blick lag auf dem Flur, wo sich das Badezimmer befand. „Ich wette, sie hat den Klatsch gehört."

„Schulen. Natürlich hat sie das." Bull verzog das Gesicht und überlegte. „Die beiden Mobber, die sie und ihre beste Freundin ärgern, haben ihr die Geschichten wahrscheinlich unter die Nase gerieben ... und sie hat überreagiert."

„Denkst du? Sie scheint ziemlich süß zu sein."

„Das ist sie. Allerdings hat sie auch Caz' Temperament."

Hawks graublaue Augen leuchteten amüsiert auf. Nach einer Sekunde runzelte er die Stirn. „Mobber?"

„Ja." Bulls Lippen zuckten. „Ich bin mir sicher, du hast die Prellungen auf ihrem Gesicht bemerkt?"

„Kaum zu übersehen."

„Anscheinend hat ein größerer Junge ihre Freundin geschubst. Regan hat das Arschlochkind fertig gemacht."

Hawks rechter Mundwinkel zuckte. „Gut."

„Bleib zum Abendessen, Bruder. Das Kind wird emotional sein; besonders wenn sie etwas damit zu tun hat, dass JJ gehen will."

Hawks Blick auf die Badezimmertür hielt Mitgefühl. Bull wusste, dass Hawk von allen die härteste Zeit mit Wutbewältigung hatte. Wenn er als Kind die Beherrschung verloren hatte, wurde er zum Berserker – und richtete einiges an Schaden an. Nachdem er Gabes Nase gebrochen hatte, war er weggerannt. Er hatte geplant, draußen in der Wildnis zu bleiben und zu sterben.

Sie hatten seine Spur verfolgt, ihn gefunden und dann hatte Mako seinen Kumpel, einen Kinderpsychologen, angerufen. Dr. Grayson war eine Woche in der Hütte geblieben. Gabe hatte keinen Groll gehegt – keiner von ihnen hatte das. Sie hatten alle eine beschissene Kindheit gehabt, hatten alle Zeit auf der Straße verbracht. Hawks Vergangenheit war jedoch der Stoff für Albträume. Weil die Monster seine eigenen Eltern gewesen waren.

Hawks Blick lag noch immer auf dem Flur.

Schließlich kam Regan mit roten Augen heraus.

Bull sah zu Hawk, nickte und fragte Regan: „Was kochst du zum Abendessen?"

Onkel Hawk war immer noch schrecklich beängstigend, aber er war auch irgendwie nett. Regan hatte Onkel Bull geholfen, Pulled-Pork-Sandwiches zu machen.

Hawk hatte sogar geholfen, und hatte Salat, Radieschen und andere Dinge aus dem Gewächshaus geholt. Als er alles klein schnippelte, sprach er kaum, und wenn er das tat, klang seine Stimme irgendwie gefährlich – als würde er ein Messer über einen Felsen kratzen.

Zumindest sagte keiner der Onkel etwas darüber, dass Regan sich im Badezimmer die Augen aus dem Kopf geheult hatte. JJ hätte das als ein Plus verkauft. Beim Gedanken an JJ bebten wieder Regans Lippen.

„Also, Zwerg, ist heute in der Schule etwas Interessantes passiert?" Bull reichte ihr einen Brownie mit einer dicken Schicht Schokoladenglasur.

„Äh." Zögernd leckte sie sich die Glasur von den Fingern. Der gruselige Onkel würde nichts von einem Kindertag hören wollen.

Hawk lehnte sich in seinem Stuhl zurück und hob fragend die Augenbrauen.

„Ähm. Irgendwie? Nach der Schule kam ein Elch den Hügel herunter, stolzierte zwischen den Kindern, die nachhause gingen, und der Schule. Einige der Resort-Dummköpfe hatten Angst und versuchten, an dem Tier vorbeizukommen, um wieder in die

Schule zu rennen. Das hat dem Elch nicht gefallen." Sie schmunzelte und gab zu: „Ich hatte auch Angst, aber ich war nicht dumm.
Der Lehrer – Mr. Hayes – sagte den Kindern, das zu lassen, nur
hörte ihm niemand zu."

„Ein Wunder, dass der Elch keinen von ihnen zertrampelt
hat", murmelte Bull zu Hawk, bevor er zu Regan sagte: „Durch
den Schnee zu stapfen, macht Elche reizbar. Du erinnerst dich,
was zu tun ist, wenn du einen siehst?"

Sie nickte. Alle außer Hawk hatten ihr einen Elchvortrag
gehalten. Sogar Audrey, denn sie war ausgelacht worden, weil sie
ihre erste Begegnung vermasselt hatte. Es war schlimm, ausgelacht zu werden. „Geh auf Rückzug und gib ihm Raum. Verstecke
dich hinter einem Baum, wenn er auf dich zurennt. Ich habe
versucht, das den anderen Kindern zu sagen, aber niemand hörte
mir zu."

„Benutze deine Befehlsstimme", sagte Hawk.

„Meine was?"

Er setzte sich aufrecht hin, sein blauer Blick auf sie gerichtet.
„Manchmal bringe ich verletzte Menschen ins Krankenhaus. In
meinem Flugzeug."

Sie musste dumm dreingeblickt haben, denn Bull sagte:
„Wenn Straßen gesperrt werden, fliegen Buschpiloten kranke
Menschen in die städtischen Krankenhäuser. Hawk hilft ab und
zu aus."

„Oh. Das ist cool."

Hawk nahm einen Schluck von seinem Getränk. „Als ich noch
jünger war, habe ich das oft gemacht. Aber die Leute hören nicht
zu, wenn sie verletzt oder verängstigt sind."

Sie brauchte eine Sekunde, um aufzuholen. Er war jung gewesen, und die Leute hatten nicht auf ihn gehört. „Was hast du
gemacht?"

„Mako hat mir die Befehlsstimme beigebracht. Niemand ignoriert einen Drill Sergeant." Er wies sie an, aufzustehen.

Sie rutschte von ihrem Stuhl.

„Stell dich gerade hin. Sauge Luft in deinen Bauch. Drücke deinen Bauch nach unten und hol dir mehr Luft. Schreie – und ziehe jedes Wort aus deinem Bauch. Tiefe Stimme, Ein-Wort-Befehle."

Sie runzelte die Stirn. „Was heißt das? Ein-Wort-Befehl."

„Nicht *Maul halten*, sondern: *Maul. Halten.*" Er zeigte auf sie. „Tu es."

Ihr Gesicht erhitzte sich. Vor ihnen schreien? Nur wusste sie, dass die Lektion von Mako kam – und Mako war etwas Besonderes. Sie sog Luft in ihre Lungen.

„Sammle die Luft in deinem Bauch", erinnerte Hawk. „Funktioniert am besten, wenn du vor ihnen stehst. Angesicht zu Angesicht."

Ja, jemandem in den Rücken zu schreien, war wohl nicht besonders effektiv. Sie versuchte es erneut, füllte ihren Bauch und sagte: „Maul. Halten." Ihre Augen weiteten sich. „Friggers, ich klinge so anders."

Bull grinste. „Gut gemacht."

„Übe es." Hawks Augen waren ernst. „Übe, bis du Befehle herausbellen kannst, auch wenn du in der Situation so viel Angst hast, dass du kurz davor stehst, dir in die Hose zu pissen. Denn dann wirst du es brauchen."

„Hooyah." Bull zeigte auf die Verandatür. „Geh und schreie ein paar Minuten den Terrassengrill an. Ich möchte dich hier im Haus hören können."

Aufgeregt hüpfte sie auf und ab, rannte zur Tür und drehte sich dort noch einmal zu ihnen um. „Danke, Onkel Hawk."

Einer seiner Mundwinkel hob sich, und er salutierte halbherzig.

KAPITEL ACHTUNDZWANZIG

E *s gibt nur sehr wenige persönliche Probleme, die nicht durch eine geeignete Anwendung von Sprengstoff gelöst werden können.* - Scott Adams

Von seinem Lieblingssessel starrte Caz in die Flammen, die hinter der Glastür seines gusseisernen roten Ofens tanzten. Der Winter rückte näher, und die Hitze, die vom Ofen kam, hatte eine besänftigende Wirkung.

Nicht so besänftigend, wie JJ an seiner Seite zu haben. Leider mied ihn die Frau, die er für Seine gehalten hatte, seit der Auseinandersetzung am Montag.

Heute war Freitag und der letzte Tag im November. Sie würde in etwas mehr als zehn Tagen Rescue verlassen.

Nachdem er die Beherrschung verloren und sie als Feigling bezeichnet hatte, war er auf Abstand gegangen. Er war nicht der Typ Mann, der einer Frau seinen Willen aufzwang und ihre Sorgen und Wünsche ignorierte.

Zudem hatte er wirklich gedacht, dass sie nach einer Weile ihren Fluchtinstinkt überwinden und zu ihm kommen würde.

Stattdessen hatte sie bei Gabe die Kündigung eingereicht. Gabe war wütend auf sie beide. Aber Gabe ... war nicht das Problem.

Verdammt. Caz fuhr mit der Hand durch seine Haare. Er und JJ mussten reden und die Sache endlich klären. Irgendwie. Leider war er sich nicht sicher, was er tun sollte. Hätte er keine Verpflichtungen, würde er ihr folgen und Arbeit finden, wo auch immer sie das glücklich machte. Kein Problem.

Aber er hatte Makos Mission. Die Mission, Rescue wieder zum Leben zu erwecken. Makos letzter Wunsch vom Sterbebett, der archaisch genug war, sodass er nicht ignoriert werden konnte. Die Aufgabe erforderte, dass alle vier Söhne zusammenarbeiteten.

Er hatte seine Brüder, die ihn nicht nur für die Mission brauchten, sondern auch als Teil der Familie. Gabe machte sich gut. Bull nicht so. Obwohl er nie jemanden denken ließ, dass er Probleme hatte, gab es Tage, an denen sein gezeichnetes Gesicht und der dunkle Blick in seinen Augen zeigten, dass er immer noch an PTBS litt. Abgesehen davon, dass der SEAL einmal in Gefangenschaft gewesen war, hatte er in seinem Leben einige hässliche Dinge gesehen und war zudem in ihnen verwickelt gewesen.

Und Hawk. Nun ja. Obwohl er jetzt zuhause war, reichte ein Blick aus, um zu sagen, dass es bei ihm nur bedingt gut lief. Im Gegensatz zu den anderen hatte er aus seiner Kindheit nichts Solides, auf das er aufbauen konnte. Er brauchte sie alle, um sein Gleichgewicht nicht vollkommen zu verlieren.

Schließlich, und das war das Wichtigste, Regan hatte Stabilität bitternötig. Sie baute sich hier etwas auf, fand ihren Platz in der Familie mit ihren Onkeln, in Rescue mit Lillian, die darauf bestand, von Regan Grammy genannt zu werden, und mit Audrey, die ihre Liebe zu Büchern teilte. Nicht zu vergessen: mit ihren Freunden Niko und Delaney.

Und mit JJ. Caz griff nach seiner Wasserflasche und nahm einen Schluck. Sie war nicht einmal vorbeigekommen, um Regan zu sehen. Das ärgerte ihn. Es war schwierig, ihr zu verzeihen, dass sie Regan so schnell beiseitegeschoben hatte, wie sie es bei ihm getan hatte.

Andererseits hatte Regan nicht mal nach ihr gefragt. Caz runzelte die Stirn. Tatsächlich war sein Mädchen, das noch vor ein paar Tagen jeden zweiten Satz mit „JJ hat gesagt, dass ..." dazu übergegangen, sie nie zu erwähnen.

Das war seltsam.

Noch seltsamer war, dass die weichherzige JJ ihn nicht gebeten hatte, Regan zu erklären, warum sie gehen musste. Auch hatte sie nicht gefragt, wann sie sich von Regan verabschieden konnte.

Misstrauisch kniff er seine Augen zusammen. In dem Gespräch am Montag hatte JJ Regan nicht einmal erwähnt.

Er hob den Kopf und richtete seinen Blick auf Regans Schlafzimmer. Sie war in den letzten Tagen sehr, sehr still gewesen. Nicht mürrisch, aber verdammt unglücklich. Und sie hatte nicht mit ihm darüber reden wollen.

Zwei schweigsame Frauen. Keine der beiden erwähnte den jeweils anderen. Wie hoch waren die Chancen dafür?

Wenn JJ seine Tochter in der Vergangenheit gescholten hatte, verhielt sich Regan wie ein typisches Kind. Sie schmollte für eine Weile, aber schon bald war alles vergessen. In dieser Hinsicht war sie ihm sehr ähnlich. War Regan frech zu JJ, korrigierte die Polizistin die Respektlosigkeit in einem ruhigen Ton. Und war in der Regel mehr amüsiert als alles andere.

Aber ... was, wenn Regan den Klatsch mitbekommen hatte? *Dios*, er war ein Idiot. Natürlich hatte sie das. In kleinen Schulen schmorte die Gerüchteküche. Wenn Gabe davon gehört hatte, dass Caz und JJ in der Öffentlichkeit rumgemacht hatten, hatte das auch Regan.

Wie würde sein kleines Mädchen darauf reagieren?

Sie verehrte JJ und wollte sie die ganze Zeit um sich haben. Würde sie sich mit dem Klatsch stattdessen bedroht fühlen?

Sein temperamentvolles Mädchen könnte JJ konfrontiert

haben. Wenn Regan verärgert gewesen war, hätte sich JJ nicht gewehrt. Stattdessen wäre ihre erste Reaktion, die Stadt zu verlassen. Sie würde vor Rescue und Caz die Flucht ergreifen, und würde auf keinen Fall einem Kind die Schuld dafür geben.

Ja, jetzt ergab alles Sinn.

Caz verzog das Gesicht. Er hatte JJ einen Feigling genannt. Okay, morgen würde er sich erst seine Frau und dann sein Mädchen schnappen. Keine von beiden würde einem Gespräch mit ihm entgehen, denn er war entschlossen, dem Problem auf den Grund zu gehen.

Er stand auf und ging durch den Flur. Er musste noch einmal nach seinem kleinen Mädchen sehen. Als er die Tür öffnete, schlug er plötzlich mit seiner Schulter gegen den Türrahmen. Für einen Moment fühlte er sich, als wäre er betrunken.

Nein, die Erde bewegte sich. In der Küche klirrte das Geschirr. Die Kaminwerkzeuge klapperten.

Erdbeben.

Er senkte sich auf ein Knie und schaute zum Bett.

Mit einem panischen Quietschen umklammerte Regan ihr Kissen.

„Bleib, wo du bist, Regan. Es ist ein Erdbeben."

In der Sekunde, in der das Beben stoppte, rannte er durch den Raum zu ihrem Bett. Es war ein leichtes Beben gewesen. Der Strom war noch nicht einmal ausgefallen.

„*Mija*? Alles in Ordnung bei dir?"

Kreidebleich setzte sie sich im Bett auf. „Sirius ist weggerannt."

Caz schaute sich um und checkte schließlich unter dem Bett. Der verängstigte Kater starrte ihn aus großen Augen an. „Es geht ihm gut – er hat nur Angst. Er wird eine Weile brauchen, um sich zu beruhigen."

Dios, so wie ich auch. Er setzte sich neben Regan und zog sie an sich.

Sie legte ihren Kopf auf seine Brust. „Wir hatten Beben in

Sacramento, aber kleine. Bei dem hat mein ganzer Körper gewackelt."

„Ja, ich weiß." Ein paar Bücher waren zu Boden gefallen. Die Bilder hingen schief. Nichts schien zerbrochen zu sein.

„Wieso kommt es zu Beben?"

„Ah. Weil der Boden tief unten aus zwei großen Gesteinsbrocken besteht." Er legte seine linke Handfläche teilweise über seine rechte Hand. „Wenn diese Platten aneinanderstoßen, wackelt alles, bis sie wieder ins Gleichgewicht kommen."

„Oh."

„Weißt du, was im Falle eines Erdbebens zu tun ist?"

„Ähm. Auf den Boden legen?"

„Gut. Auf den Boden ist gut. Und dann kriechst du von allem weg, was auf dich fallen könnte, oder von Fenstern, die leicht zerbrechen. Am besten versteckst du dich unter einem Tisch und hältst dich daran fest, oder rollst dich zusammen und legst die Arme über den Kopf. Versuche nicht, irgendwohin zu rennen." Er runzelte die Stirn. „Wir bekommen viele Erdbeben in Alaska. Ähnlich wie mit den Tieren ist es nur eine andere Art, sich seiner Situation bewusst zu sein. Bewerte Räume und bewerte, wo du im Falle eines Erdbebens sicher wärst. Wo wärst du hier sicher?"

Er spürte, wie sie sich entspannte, als sie ihre Aufmerksamkeit von dem beängstigenden Erdbeben auf die Aufgabe lenkte, was sie beim nächsten Mal tun konnte. Sie war wirklich erstaunlich.

„Ähm. Unter dem Schreibtisch?"

„Sehr gut. Wenn du im Bett liegst, bleib liegen, lege ein Kissen über deinen Kopf und halte dich am Kopfteil fest. Da Tiere, wenn sie Angst haben, kratzen und beißen, solltest du sie in Ruhe lassen. Sie werden sich selbst ein Versteck suchen, *sí*?"

„Oh, okay." Sie nickte verständnisvoll. „Sirius hatte viel mehr Angst vor dem Erdbeben als vor dem Schneesturm."

Kluger Kater.

„Okay, *Mija*. Ich muss sicherstellen, dass es allen anderen gut geht."

Sie protestierte nicht, aber er sah ihr an, dass sie noch nervös war. Der Schlaf würde heute sicher länger auf sich warten.

„Ich lasse das Licht an und du kannst lesen, bis ich zurückkomme. Dann können wir uns einen Kakao machen."

Sie nickte. „Okay."

„Tapferes Mädchen." Er küsste sie auf die Wange, verließ dann ihr Zimmer und zog sich Stiefel und eine Jacke an. Die Lichter auf dem Gelände waren an.

Gabe war auf Bulls Veranda und sah bereits nach, ob es allen gut ging. Typisch Cop. Er entdeckte Caz. „Alles gut, Bruder?"

„Ja", rief Caz. „Ich werde zu Makos Hütte gehen."

„Dann übernehme ich Hawk und Bull."

Als Caz Makos Veranda erreichte, kam JJ gerade aus der Hütte. Sie hatte Stiefel und eine Jacke an. „Oh. Ich war gerade auf dem Weg zu euch, um zu sehen, ob es dir und Regan gut geht."

Gabe war nicht der einzige Cop in der Eremitage. Innerlich grinste er. „Uns geht's gut. Alles in Ordnung hier drüben?"

„Nur ein paar Dinge wurden umgeworfen. Das war eine beeindruckende Erschütterung." Sie sah, wie Gabe von Bulls Haus zu Hawks zog. „Wie es aussieht, habt ihr alles unter Kontrolle. Ich gehe wieder rein."

„Warte." Durch die hellen Scheinwerfer konnte er ihre geschwollenen, geröteten Augen sehen. Und die dunklen Augenringe. Sie litt genauso sehr wie er. So wie Regan. „Wir müssen reden."

Sie schüttelte den Kopf. „Nein, müssen wir nicht." Da war ein hörbares Zittern in ihrer Stimme.

Er hatte genug von dem Scheiß. „Ich weiß, was los ist, und wir werden reden. Jetzt sofort." Er packte ihr Handgelenk.

„Cazador." Sie stemmte die Füße in den Boden, als er an ihr zog. „Verdammt, hör auf, sonst werde ich dir wehtun."

Neugierig blickte er über die Schulter. „Glaubst du, du würdest gewinnen?"

„Vielleicht nicht", sie starrte ihn nieder, „aber du wärst nicht länger in der Verfassung, mit mir reden zu wollen."

„Caz, brauchst du −" Gabe hielt mitten im Satz inne und beäugte Caz. Dann zog er die Augenbrauen zusammen und wandte sich an JJ. „Brauchst du Hilfe, JJ?"

Wie es schien, war Gabe immer noch wütend, seinen Officer zu verlieren. „Du solltest ihm antworten, *Princesa*."

„Wenn ich ihn um Hilfe bitte, was passiert dann?" Ihr Blick war misstrauisch.

Strafverfolgungsbeamte mit weichem Herzen besaßen eine Verwundbarkeit, die er auszunutzen gedachte. „Dann wirst du dir eine Schlägerei ansehen können, *bevor* wir reden."

„Verflucht seist du", murmelte sie, und ihr Blick hielt genug Hitze, um den Schnee auf dem Lynx Lake zu schmelzen. „Nein, Gabe. Ich komme klar."

„Also gut." Bevor er sich abwandte, warf Gabe Caz einen warnenden Blick zu ... gefolgt von einem kaum merklichen Nicken. Der Chief war sauer, seinen Officer zu verlieren. Der Bruder in ihm hoffte jedoch, dass Caz die Dinge mit seiner Liebsten richten würde.

JJ erlaubte, dass er sie zu seiner Hütte führte. Im Inneren konnte er sehen, wie angespannt sie war. Direkt vor seinen Augen verschloss sie sich vor ihm − um zu verhindern, dass Regan verletzt wurde.

Nachdem er ihr mit der Jacke geholfen hatte, packte er ihre Oberarme. Sie zu drängen, war der falsche Weg, um ein Gespräch zu beginnen. Er brauchte einen besseren Ansatz. „Ich weiß, dass du versuchst, die geringste Menge an Schmerz zu verursachen − das sehe ich, *Princesa*."

Ihre Augen wurden rot, bevor sie den Blick abwandte. „Reden wird nichts reparieren, Caz."

„Das kann sein, *sí*. Zuerst einmal möchte ich sagen, wie leid es mir tut, dass ich dich als Feigling bezeichnet habe. Das bist du nicht." Er legte seine Hand auf ihre Wange, obwohl er nichts weiter wollte, als sie in seine Arme zu ziehen. Stattdessen wartete er, bis sie ihn ansah. „Aber, JJ, das Leben existiert nicht ohne Schmerz. Sich zu trennen, tut weh. Jemanden zu verlieren, tut weh. Wütend auf jemanden zu sein, tut weh."

Sie nickte. Ihr Gesichtsausdruck war unleserlich. Ihr Pokerface.

„Wenn Probleme unausgesprochen bleiben, wenn mit Wut nicht angemessen umgegangen wird, kann es zu bleibendem Schmerz kommen. Es kann zu offenen Wunden in der Seele führen. Ich möchte dich bitten, dass wir über alles sprechen und die Emotionen herauslassen – egal wie unangenehm –, sodass wir heilen und mit unserem Tag fortfahren können."

Sie starrte ihn an, und er sah den Moment, als sie es verstand.

„Für Regan." Ihre Augen schlossen sich für eine Sekunde. Sie atmete langsam ein und ... nickte.

Er nahm ihre Hand, führte sie in den Wohnbereich und setzte sie auf einen Sessel. Da er nicht anders konnte, küsste er sie auf den Kopf, bevor er zum Flur marschierte.

Er klopfte an Regans Tür. „Komm bitte ins Wohnzimmer."

„Okay, Papá."

Bis er wieder im Wohnzimmer war, hatte Regan sich ihm angeschlossen. Als sie durch den Raum gingen, erblickte sie JJ und blieb abrupt stehen. Ihr Gesicht war vollkommen ausdruckslos.

Das würde nicht einfach werden, oder? Er nahm ihre kleine Hand und führte sie zur Couch, wo er sie anwies, sich gegenüber vom Holzofen hinzusetzen. „Nimm Platz, *Mija*."

„Caz, ich bin mir nicht si –" JJ schüttelte den Kopf.

„Oh, ich schon. Und ich werde anfangen." Nur wie? Er war nicht besonders diplomatisch, wenn seine Emotionen involviert waren. Mako hatte ihnen beigebracht, offen und ehrlich zu sprechen. Vor dem Ofen lief er auf und ab. „Ich bin sehr glücklich, eine Tochter zu haben. Ich liebe dich sehr, Regan."

Sie sah für eine Sekunde in seine Richtung und senkte ihren Blick wieder auf ihre Hände.

„Ich hatte gehofft, auch eine Frau zu haben, die ich lieben könnte. Für eine Weile sah es gut aus. Ich muss wissen, was passiert ist."

JJ schüttelte den Kopf und sie sah zu Regan, die allerdings keine Anstalten machte, den Kopf zu heben – oder überhaupt sich zu bewegen. „Caz, ich glaube nicht –"

Er hob die Hand. „Eine Regel von Mako ist, dass eine Person reden darf, ohne unterbrochen zu werden." Er schmunzelte. „Wird das nicht beachtet, fliegen die Fäuste."

Sie runzelte die Stirn, lehnte sich aber zurück. „Ich bin mir nicht sicher, was zwischen euch vorgefallen ist. Hat es etwas mit dem Klatsch über JJ zu tun, Regan?"

Regan biss sich auf die Unterlippe ... und nickte.

JJs Herz blutete. Caz irrte sich. Dieses klärende Gespräch war zu viel verlangt von einem Kind, besonders von einem, das noch nicht lange bei ihm lebte. Sie entschied, aufzustehen.

Caz warf ihr einen Blick zu, bei dem ihr keine andere Wahl blieb, als sitzen zu bleiben. Regan war *seine* Tochter. Er traf die Entscheidungen. Das musste JJ respektieren.

„Sag mir, was du gehört hast, Regan."

Das Mädchen schüttelte den Kopf.

Caz seufzte. „Das ist ein Problem für uns alle drei, also werden wir sehr ehrlich miteinander sein. Auch wenn Gefühle verletzt werden. Auch wenn die Dinge schwer zu sagen sind."

Er wartete.

JJ wollte das kleine Mädchen so verzweifelt in die Arme nehmen. *Verflucht seist du, Cazador.*

„Ich habe gehört ..." Regans große braune Augen sahen zu JJ und wieder weg. „Dass JJ ... Sex mit meinen Onkeln und dir hat, Papá."

„Ah. Das ist ein guter Anfang." Seine sanfte, geschmeidige Stimme war es, in die sie sich bei ihrem ersten Kennenlernen verliebt hatte. „JJ, kannst du ihr die Wahrheit sagen?"

Was? JJ starrte ihn an. Er wollte, dass sie seiner Tochter die ganze Wahrheit sagte?

Er nickte.

Okay, na gut. Nicht gut. JJ bebte innerlich und doch ... holte sie tief Luft. „Ich habe nichts mit deinen Onkeln gemacht." *Oh Gott.* „Aber ich habe – hatte – Sex mit deinem Vater."

Regan blinzelte und sah zu Caz.

„Ja. JJ verbrachte die Nächte bei uns, nachdem du ins Bett gegangen warst." Caz rieb sich den Nacken. „Wir hätten es dir sagen sollen. Das war unser Fehler, und es tut mir leid, *Mija* – dass du es von anderen und nicht von uns hören musstest."

JJ erwartete, dass Regan schreien würde, nur um etwas anderes zu tun, als zu nicken.

„Was hast du noch gehört?", fragte Caz sanft.

„Delaneys Mutter sagte, dass" – Regans Lippen bebten – „JJ nur nett zu mir ist, weil sie dich als ihren festen Freund will, und wenn sie das geschafft hat, wird sie dich dazu bringen, mich loszuwerden."

Die Worte waren so leise, dass JJ sie kaum hören konnte. „Was?" Die Bedeutung kam bei ihr an und die Wut kochte über. Sie sprang auf ihre Füße. *„Was?"*

„Es tut mir leid, ich wollte nicht –"

„Nein. Das ist einfach ... einfach, nein." JJ erkannte, dass sie wie eine Verrückte über dem Kind ragte, und entschied, sich neben ihr auf das Sofa fallen zu lassen. Dann umarmte sie das kleine Mädchen. „Nein, nein, ich würde nie ... niemals! Ja, ich mag deinen Vater, aber oh Gott, Regan, du bist ein Teil von ihm. Du bedeutest mir so viel. Ich würde nie wollen, dass du gehst."

Regan sackte spürbar zusammen und dann brach das Kind in Tränen aus, sodass die nächsten Worte stockend herauskamen.

„Es tut mir leid, JJ. Es t-tut mir leid, dass ich gemein zu d-dir war. Sei nicht böse auf mich. Geh nicht, bitte geh nicht."

„Süße ..."

Regan hob den Kopf. Ihre dunkelbraunen Augen waren Caz' Tiefen so ähnlich. Tränen flossen über ihre Wangen. „Bitte?" JJ seufzte und zog sie noch enger an ihre Brust. „Ich bin nicht sauer, Maus. Das war ich nie. Aber die Leute werden reden und –"

„Sie werden reden." Caz lächelte, sein Kiefer war jedoch angespannt. „Wenn du aber darüber nachdenkst, ist Verleumdung eine Form von Mobbing, nicht wahr? Willst du Regan wirklich beibringen, dass sie vor Mobbern weglaufen soll?"

Die Worte waren wie ein Schlag ins Gesicht, in ihren Stolz, in alles, was sie ausmachte.

JJs Wirbelsäule war mit einem Mal kerzengerade. Seufzend legte sie ihre Wange auf Regans Kopf. Auf den Kopf des Mädchens, das mutig genug war, sich gegen die Mobber auf dem Schulhof zu wehren. Wie konnte JJ also einfach weglaufen? *Nein. Ich werde ihr nicht beibringen, vor den Bastarden der Welt zu fliehen. Nein.* „Du hast Recht. Lass sie reden. Ich bleibe."

Caz' Augen wurden sanfter. „Das dachte ich mir."

Er setzte sich auf die Couch und legte seine Arme um sie beide.

JJ spürte den Hoffnungsschimmer und versuchte, ihn einzudämmen. Was, wenn Regan ihre Meinung änderte? Sie sollte die Chance haben, darüber nachzudenken. „Maus, bist du sicher, dass du damit einverstanden bist, wenn dein Vater und ich zusammen sind? Ich –"

Caz runzelte die Stirn.

Regan löste sich ruckartig aus ihren Armen und rannte den Flur hinunter zu ihrem Zimmer.

JJs Herz sank. „Ich wusste es doch."

Zu ihrer Überraschung kam Regan genauso schnell zurückgerannt. Sie kletterte auf den Platz zwischen JJ und Caz, als hätte sie ihn nie verlassen, und schob dann ein gefaltetes Stück Papier in JJs Hand. „Das habe ich für dich gemacht."

Obwohl ihre Arme das kleine Mädchen nicht loslassen wollten, nahm sie das Blatt Papier entgegen und öffnete es. Und starrte.

Caz lehnte sich vor, um zu sehen, was sie sah.

Die Buntstiftzeichnung bestand aus drei Figuren: einem Mann mit dunkelbraunen Haaren, einem Kind mit längeren braunen Haaren. Und einer Frau – immer noch keine Kurven, bemerkte JJ trocken – mit kurzen roten Haaren. Das Kind in der Mitte. Alle drei hielten sich an den Händen.

Darunter stand feinsäuberlich geschrieben: *„Papá und ich lieben dich, JJ. Du solltest bei uns im Haus wohnen. Bitte geh nicht."*

Ein brauner Fleck erschien auf dem Papier und JJ erkannte, dass Tränen über ihr Gesicht liefen.

„Nein!", quietschte Regan. „Nicht weinen." Sie warf ihre dünnen Arme um JJ.

Die aufkeimende Liebe in ihrem Herzen ließ ihre nächsten Worte erstickt herauskommen: „Ich liebe dich auch, Regan. Ich hab dich so lieb."

Nachdem Caz seine Tochter ins Bett gesteckt hatte, las JJ ihr eine Geschichte vor. Caz war sich ziemlich sicher, dass aus einer Geschichte zwei geworden waren. Kein schlechter Plan, da seine beiden Mädchen Zeit miteinander verbringen mussten. Er würde gerne behaupten, dass nur Frauen übermäßig emotional waren, aber ... er rieb sich über die Brust. Sein Herz fühlte sich an, als hätte es Prügel eingesteckt.

Dios, er war stolz auf sie. Regan, die Eifersucht und Unsicherheit hinter sich gelassen hatte und nun auf Ehrlichkeit schwor. JJ, die die Stadt verlassen hätte, um Regan mehr Sicherheit zu geben, und sich jetzt der Stadt stellen würde, um mit gutem Beispiel voranzugehen. Sie waren beide erstaunlich.

Er konnte sich glücklich schätzen, Regan und JJ in seinem Leben zu haben.

JJ kam mit einem sanften Lachen ins Wohnzimmer und ließ sich neben ihm auf die Couch fallen.

„Was ist so lustig?" Er reichte ihr das Glas Cabernet, das er ihr eingeschenkt hatte, und nahm einen Schluck von seinem eigenen. Sie tat es ihm gleich und entließ ein zufriedenes Geräusch, als sie sich an ihn lehnte. „Deine Tochter – die noch nicht einmal ein Teenager ist – hat mir gesagt, ich solle die Nacht mit Papá verbringen. In seinem Schlafzimmer. Deine Tochter, Doc Ramirez, spielt Kupplerin."

„Kein Doktor", erinnerte er sie, bevor er aufstand und sie mit sich nahm. „Wir sollten tun, was unsere ansässige Partnervermittlerin sagt. Auf keinen Fall möchte ich sie wütend machen. Ich habe gehört, dass sie ein hitziges Temperament hat."

„So wie ihr Vater vor ihr." JJ lachte, als er ihre Hand nahm und sie die Treppe hinaufzog. Zu seinem Zimmer.

Zu seinem Bett. Wo sie hingehörte.

Er und Regan würden dafür sorgen, dass sie sich nicht erneut verirrte.

Zu diesem Zweck zog er JJ die Klamotten aus und benutzte seine Lippen und Hände, um sie für heute Abend zu ihrem ersten Höhepunkt zu bringen.

Und wenn er schon dabei war, würde er ihr gleich einen zweiten geben.

JJ kam schwer atmend von dem überwältigenden Orgasmus herunter. Ihr Herz schlug so schnell, als würde sie bei einer Verfolgungsjagd auf dem Beifahrerplatz sitzen. „Du versuchst eindeutig, mich umzubringen."

Als Caz sich über ihren Körper nach oben bewegte, sah sie die Belustigung in seinen dunklen Augen – und die Hitze. „Nein, *Mamita.* Als Mediziner versichere ich dir, dass das, was ich getan habe – und gleich tun werde –, für dich nicht schädlich ist."

Ihre Augen weiteten sich. *Gleich?*

Caz zog sich aus, rollte sich ein Kondom über und holte sich dann die Kissen vom Zweisitzer in der Ecke. Nachdem er sie seitlich auf dem Bett gestapelt hatte, fügte er ein Kissen vom Bett hinzu. Zu ihrer Überraschung legte er sich neben sie und zog sie auf sich. Rittlings setzte sie sich auf ihn und sie fühlte seinen Schwanz direkt unter ihrer Pussy.

„Warum hast du die Kissen dort gestapelt?" Sie schaute auf den Haufen neben ihr. „Und warum sitze ich auf dir?"

„Ich nehme eine wohlverdiente Pause."

Sie schüttelte den Kopf. „Dieser unschuldige Blick funktioniert bei mir nicht."

„Nicht mit einer erfahrenen Polizistin, nein." Er gluckste und seine Hände bewegten sich über ihre Brüste, neckten ihre Nippel, zupften und kniffen, bis sie sich auf dem harten Schwanz unter ihrer Pussy wand. Der Schwanz, den sie so dringend in sich brauchte.

„Du willst" – ihre Stimme kam heiser heraus – „dass ich die Arbeit mache?"

„So ist es." Er schob eine Hand unter ihren Arsch und hob sie leicht an, wobei er mit seiner anderen Hand seinen Schwanz an ihrem Eingang positionierte.

Langsam senkte sie sich auf ihn. Tiefer und tiefer. Er schien in dieser Position so viel größer. Riesig. Die Flut der Begierde war unglaublich.

Ihre Augen brannten leicht, weil sie befürchtet hatte, dass sie dies nie wieder erleben würde.

Sein Blick wurde weicher und er berührte sanft ihre Wange. „Ich habe dich auch vermisst."

Er zog sie für einen langen Kuss zu sich – einen Kuss, der ihr Herz zum Schmelzen brachte.

Und dann nahm sie ihn bis zum Anschlag in sich auf.

„Du fühlst dich so gut an. Feucht und heiß." Mit einem festen Griff an ihren Hüften lächelte er sie sündhaft an. „Beweg dich für mich, *Mamacita*."

Genau das, was sie tun wollte. Sie benutzte die Muskeln in ihren Oberschenkeln, um hochzukommen, und sah, wie sich seine Pupillen weiteten.

Sein Blick auf ihr war heiß. Er nahm ihre Hände, führte ihre Handflächen über ihre Brüste, hoch und runter, sodass sie sich selbst neckte, bis ihre Nippel hart und geschwollen waren.

„Sehr nett. Mal sehen, wie fleißig du bei der Arbeit bist." Er zog sie nach vorne und legte ihre Hände auf seine Schultern, sodass sie sich abstützen konnte. Dann packte er sie an den Hüften, zog sie langsam von seinem Schwanz und riss sie wieder auf seine Länge.

„Oh Gott!" Sie war schon zweimal gekommen und doch stieg das Gefühl erneut in ihr auf, mit seinen harten Händen auf ihr, seinem dicken Schwanz in ihr, der erregenden Penetration.

„Wiederhole diese Bewegung", sagte er in einem milden Ton, obwohl seine Hände nie ihren Griff lockerten.

„Okay", keuchte sie. „Okay." Sie lehnte sich vor, hob den Arsch gemächlich und senkte sich dann wieder auf seinen Schwanz. So gut. Vor und zurück. Auf und ab. Sie versuchte, langsam zu machen, aber der Druck in ihr stieg und ihre Klitoris pochte. Schneller und schneller wurde sie, um ihnen beiden Befriedigung zu verschaffen.

Als er nach unten griff und jedes Mal ihre Klitoris rieb, wenn sie über seinen Schwanz nach oben glitt, kam sie der Klippe näher. Die Wände ihres Geschlechts pulsierten um seine dicke Länge.

„Oh ... oh, ich ..."

„Lass los, *Mamita*", murmelte er. Seine andere Hand bedeckte ihre Brust und zwickte in ihre Brustwarze. Eine Empfindung, die an Schmerz grenzte und sich nicht herrlicher anfühlen könnte – und alles in ihr zündete. Wie das große Finale eines Feuerwerks bombardierte die Ekstase sie mit bewusstseinserweiternden Explosionen.

Ihre Versuche, sich auf und ab zu bewegen, verwandelten sich in ein völlig unkoordiniertes Winden, als sie kam und kam und in den Empfindungen ertrank.

Lachend übernahm er die Kontrolle und legte sie mit dem Gesicht nach unten auf den Kissenstapel. Mit den Händen auf ihren Hüften riss er ihren Hintern hoch.

Bevor sie etwas sagen konnte, fand er sich zwischen ihren Schenkeln ein und drang mit einem schockierend harten Stoß in sie.

„Caz!"

„Ich hatte eine schöne Pause, danke." Er knetete ihre Pobacken. „Jetzt werde ich meine Frau in meinem Bett genießen."

Und genau das tat er. *Endlich.* Seit er seine Frau an diesem Abend das erste Mal gekostet hatte, kämpfte Caz um seine Kontrolle. Jetzt hämmerte er hart und schnell in sie hinein. Um seinen Schwanz spürte er nach ihrem Orgasmus die Nachbeben ihrer Pussy.

Typisch für JJ versuchte sie, ihm entgegenzukommen, um sein Vergnügen zu steigern. Er hatte noch nie jemanden kennengelernt, der so großzügig war.

Langsam stieg die Hitze an der Basis seiner Wirbelsäule auf und fand ihren Weg in seine Leistengegend. Seine Eier zogen sich zusammen, die Empfindung überwältigend. Immer und immer wieder vergrub er seine Länge so tief, wie er nur konnte. Das Bedürfnis auf Erlösung wurde unerträglich, bis er sich schließlich in ihr ergoss. Er gab sich ihr vollkommen hin.

Anschließend fuhr er mit den Händen über ihren Rücken und

blieb auf den Knien, gefangen in der Schönheit des Augenblicks, der Weichheit ihrer Haut, der Röte in ihrem Gesicht, dem sanften Lächeln auf ihrem Gesicht.

Als sich sein Herzschlag beruhigte, schlang er seine Arme um sie, zog sie von den Kissen und legte sie auf die Matratze. „Bleib für einen Moment liegen." Er streichelte ihre Haare und ging dann ins Badezimmer, um sich mit Details zu befassen. In Zukunft könnten sie dieses bestimmte Detail vielleicht weglassen.

Als er zurückkehrte, legte er sich neben sie, zog sie in seine Arme und genoss das Gefühl ihres warmen Körpers an seinem. Verdammt, aber er wollte schon jetzt wieder in ihr sein.

„Caz." Sie kuschelte sich näher an ihn und rieb ihre Wange an seiner Brust. „Um nochmal auf Regan zurückzukommen. Es tut mir leid. Ich hätte dir sagen sollen, dass sie verärgert war."

„Du hast getan, was du für richtig gehalten hast, *mi corazón*." Er streichelte über ihren Rücken und freute sich, als er spürte, wie sich ihre angespannten Muskeln lösten. Seine Frau machte sich zu viele Gedanken.

„Ich schätze, ich mache mir immer noch Sorgen um Regan", sagte sie, als wollte sie seine Vermutung bestätigen.

„Erzähl mir, was dir durch den Kopf geht."

„Sie hat genug Ärger in der Schule, ohne mich in ihrem Leben zu haben. In deinem Leben."

JJ lag nicht falsch. Es würde zweifellos Probleme geben. „Ich verstehe. Es ist wahr, dass sie jemandem, der etwas Gemeines über dich sagt, wahrscheinlich ihre Faust ins Gesicht schlagen wird." Er gluckste. „Ich habe meine Gene eindeutig weitergegeben."

„Das ist nicht lustig. Sie –"

„JJ, sie wird in Zukunft eine Reihe von Schwierigkeiten haben. So ist das Leben. Etwas Ärger wird zweifellos von dem Klatsch kommen."

Sie entließ einen unglücklichen Seufzer.

„Lass uns das abwägen. Auf der einen Seite hat sie eine Frau, die sie liebt und verehrt. Ein Vorbild. Jemand, der ihr beibringt, wie stark eine Frau sein kann, und die mit ihr shoppen geht und ihre Haare flechtet. Sie hatte noch nie diese Art von Aufmerksamkeit, kannte das Gefühl nicht, geschätzt zu werden."

„Wie könnte jemand Regan nicht lieben? Das ist einfach nicht richtig."

„Ich weiß." Caz umarmte sie. So süß. „Aber sie ist eine Überlebenskünstlerin. Vor Jahren erklärte Mako, wie ein Workout die Muskeln reißt und die winzigen Risse die Muskeln zum Wachsen zwingen. Das gilt auch für das Leben. Schmerz zwingt uns, zu wachsen."

„Ich will nicht, dass sie Schmerzen erleidet, verdammt." JJ machte Anstalten, sich aufzusetzen.

Er packte ihre Arme und hielt sie fest, sodass ihr keine andere Wahl blieb, als ihn anzusehen. „Sie wird nicht allein sein. Wenn es Probleme gibt, wird Regan lernen, dass eine Familie zusammenhält und jedes Mitglied beschützt wird. Und es wird sie stärker machen, denn das ist es, was eine Familie ausmacht."

JJ starrte auf ihn hinunter, auf diesen fürsorglichen Mann, der ebenso mitfühlend wie stark und verantwortungsbewusst war. Er hatte seine Mutter und Schwester verloren, schreckliche Pflegefamilien überlebt und … war Teil einer unglaublichen Familie geworden.

Ich will eine Familie.

Sie hatte nicht bemerkt, dass sie die Worte laut ausgesprochen hatte, bis sie sah, wie sich die Falten neben seinen Augen vertieften. *„Mamita,* du hast eine Familie, wenn du deine Aufmerksamkeit darauf richten würdest, was direkt vor dir liegt. Akzeptiere uns."

Sie blinzelte.

Er streichelte ihre Wange. *„Te amo, mamita.* Ich liebe dich."

Die Worte, auf die sie ein Leben lang gewartet hatte. „Du ... Ich liebe dich auch." Als unbändige Freude ihr Herz flutete, bemerkte sie, dass ihre Sicht verschwamm. Sie erstickte an einem Lachen. „Aber das wusstest du bereits, oder?"

Sein Lächeln war Antwort genug.

KAPITEL NEUNUNDZWANZIG

J*e schneller du den Kampf beendest, umso weniger Schüsse bekommst du ab.* - Unbekannt

JJ rückte am nächsten Nachmittag etwas näher an den Holzofen heran. Die Temperatur war gesunken, und verdammt, es war kalt. Die Tasse Tomatensuppe, von der sie trank, wärmte ihre Hände. Und auch ihr Herz. Als Caz bemerkte, dass sie fror, hatte er ihr die Suppe zubereitet – und Regan hatte darauf bestanden, sie zu ihr zu bringen.

Sie schluckte schwer, wurde emotional, denn sie hatte die beiden die letzte Woche so sehr vermisst.

JJ beobachtete Caz und seine Tochter durch das Fenster. Sie trugen beide ihre neuen rot-schwarzen Schals. Als sie mit den Geschenken vorbeigekommen war, hatte Regan den Schal angestarrt, als hätte sie noch nie zuvor ein Geschenk erhalten. Dann hatte sie sich ihn um den Hals gewickelt und ihn den ganzen Tag im Haus getragen.

Caz' dunkle Augen waren so sanft geworden, und als sie ihm seinen eigenen aushändigte, hatte er sie geküsst.

JJ seufzte. Sie könnte allein von seinen Küssen überleben.

Die beiden brachten den Hühnern Essensreste und sammelten Eier ein. JJ grinste, als Regan ihren Vater mit einem Schneeball bewarf.

Caz stellte den Kanister mit den Abfällen ab, wickelte einen Arm um Regan und warf sie in einen Schneehaufen.

Das kleine Mädchen zappelte und quietschte – und kicherte so ausgelassen, dass es fast nicht mehr aus dem Schnee herauskam. Mit den Händen auf die Hüften gestemmt, lachte Caz aus vollem Herzen.

Gott, JJ liebte sie beide.

Zum Glück klingelte ihr Handy, bevor sie zu rührselig werden konnte. Sie zog es aus der Tasche. Es war Gene aus Weiler. Lächelnd nahm sie den Anruf an. „Hey, Ausbilder. Wie geht es dir?"

„Gut. Verdammt gut." Seine raue Stimme war laut und fröhlich. „Und dir auch nehme ich an. Hast du die Nachrichten gesehen? Diese Anwälte, die du und die anderen weiblichen Polizisten geschickt habt, waren verdammt effektiv."

JJ richtete sich auf. Bull hatte erwähnt, dass die Anwälte einen Fall vorbereitet hatten. „Wirklich? Was ist passiert?"

Gene lachte. „Es scheint, als ob der Bürgermeister und der Stadtrat nicht wirklich glücklich über eine mögliche Klage sind und so haben sie die Dinge selbst angepackt. Um Korruptionsvorwürfe zu vermeiden, trat der Polizeichef am Freitag zurück – und Captain Barlow und Leutnant Nash Barlow folgten ihm aus der Tür."

„Oh Gott, im Ernst?"

„Jep. Der neue Chief plant, sich genau anzusehen, was hier schiefgelaufen ist. Er will Vielfalt in die Wache bringen und bei Belästigung und Mobbing härter durchgreifen. Der Mann hat sich in San Francisco hochgearbeitet, und zufällig hat er zwei Schwestern, die beide Polizisten sind."

Als Gene über das, was er gehört hatte, plauderte, kroch

Wärme durch ihre Adern. Sie hatte gebetet, dass der Bluff einer Klage funktionieren würde.

Wäre das nicht der Fall gewesen, hätte sie die Bastarde vor Gericht gezogen, und Caz und seine Brüder hätten sie bei dem Vorhaben unterstützt. Sie wäre nicht allein gewesen. Und fühlte sich das nicht großartig an?

„Also, wie lebt es sich in Alaska?", fragte Gene. „Ich habe gesehen, dass ihr Schnee habt."

„Oh Gott, und wie wir Schnee haben!" Lachend begann sie ihm von all den Unterschieden zwischen Alaska und Nevada zu erzählen.

KAPITEL DREISSIG

Wenn alles andere fehlschlägt, erreiche Feuerüberlegenheit, bewege dich auf den Pfad des feindlichen Beschusses zu und zerstöre alles auf deinem Weg. ~ Unbekannt

Am Montagmorgen parkte JJ ihr Auto und ging zum Café. Obwohl es bewölkt und kalt war, konnte sie nicht aufhören zu lächeln. Es fühlte sich so, so schön an, die Abende erneut mit Caz ausklingen zu lassen. In den letzten drei Nächten hatte er Liebe mit ihr gemacht, als hätten sie sich seit Monaten nicht gesehen. Vielleicht hatten sie mit dem vielen Sex auch nur zelebriert, dass sie das Erdbeben überlebt hatten.

Zugegeben, das Beben war keine so große Sache gewesen, nicht einmal in der Stadt. Kurze Tage und kalte Nächte bedeuteten, dass der größte Teil der Bevölkerung drinnen gewesen war, viele bereits im Bett. Ja, ein paar Leute waren hingefallen, aber es hatte nicht mal Stromausfälle gegeben.

Sie sollte sich besser an Beben gewöhnen, da dies jetzt ihr Zuhause war.

Ihr Zuhause. Wie cool war das bitte?

Ihre Stimmung stieg noch höher, denn ... Caz liebte sie. Und Regan auch.

Beschwingt lief sie über den Bürgersteig.

Im Café, das mit Menschen überfüllt war, die vor der Arbeit Koffein brauchten, reihte sich JJ in die Schlange ein und freute sich, in ihre Routine zurückzufallen.

Das Wochenende war ein heilendes gewesen. Sie, Caz und Regan hatten viel Zeit miteinander verbracht und zahlreiche simple Dinge getan, die irgendwie die stärksten Bindungen schufen.

Später war sie zu Gabes Hütte gegangen.

Nachdem JJ von Audrey umarmt worden war, entschuldigte sie sich bei Gabe und bat ihn, die Kündigung zu ignorieren. Der Gesichtsausdruck des Chiefs war einige erschreckende Sekunden lang hart geblieben, bevor er lachte und sagte, er könnte nicht glücklicher sein. Er hatte Angst gehabt, Caz eine Tracht Prügel verpassen zu müssen – und Caz' Vorliebe für Messer war ein echtes Problem.

Da sie Audrey bei seinen Worten in der Küche kichern hörte, war es JJ möglich, sich zu entspannen.

Den Samstag hatte sie überlegt, ob sie sich gegen die schädigenden Gerüchte wehren sollte, und dann erkannt, dass die Antwort in einer Frage lag: Was wollte sie Regan vorleben? Also hatte sie am Sonntag mit mehreren Rescue-Bewohnern gesprochen. Mit Bewohnern, die stets auf dem Laufenden waren.

Sie gluckste. In Weiler hatten Informanten sie über Probleme in ihrem Revier aufgeklärt. In Rescue? Nun, Kleinstadtklatsch war einfach eine andere Art der Informationsbeschaffung.

Als sich die Schlange vorwärts bewegte, wurde sie von Sarah entdeckt, die ein warmes Lächeln für sie parat hatte.

Die Tür öffnete sich begleitet von einem kalten Luftstoß. Chevy trat mit seinem Kumpel Knox ein.

Knox nickte ihr mit einem respektvollen Lächeln zu. „Officer."

Akzeptanz war ein schönes Gefühl.

Die Schlange bewegte sich nur langsam, aber das machte JJ nichts aus. Das Zischen, Mahlen und Rumpeln der Kaffeezubereitung war tröstlich, und sie war vollkommen glücklich, Chevy und Knox zuzuhören, wie sie über die Vorzüge von Zimtschnecken zu Donuts debattierten.

Bis sie ein höhnisches Flüstern hörte.

Sie drehte sich um.

Giselle und eine andere Frau saßen an einem Fensterplatz. Gesprächsschnipsel waren zu hören. „... Eremitage ... Officer ... Schlampe."

Oh Gott. JJs Schultern sackten zusammen, bevor sie es schaffte, sie durchzudrücken. Sie hatte nicht geplant, an einem so überfüllten Ort gegen den Klatsch anzugehen, aber wie es schien, blieb ihr keine andere Wahl.

Ich schätze, es ist an der Zeit, ein gutes Vorbild für ein kleines Mädchen zu sein.

Sie trat aus der Schlange und ging nah genug zu Giselle, um zu bestätigen, dass sie über JJ Lügen erzählte. Schon wieder.

JJ seufzte. Die Leute, mit denen sie am Sonntag gesprochen hatte, hatten ihre Meinungen zu Giselles Motivation geäußert. Anscheinend war die Frau schon seit einiger Zeit hinter Caz her – seit sie in die Stadt gezogen war – und Caz war nicht interessiert.

„Giselle?" JJ sprach laut genug, um von jedem gehört zu werden, der Interesse hatte. Auf Flüstern hatte sie keinen Bock mehr. „Du rennst herum und erzählst allen, dass ich Sex mit all den Männern in der Eremitage habe, und dass ich meinen Job nur an Land ziehen konnte, weil ich den Polizeichef verführt habe. Nichts davon entspricht der Wahrheit. Sag mir also: Warum lügst du?"

Jedes Gespräch im Raum verstummte.

Mit einem feuerroten Gesicht drehte sich Giselle zu ihr – und erkannte, dass JJ jede Chance auf eine Flucht unterband. Natürlich versuchte sie, sich herauszureden. „Ich weiß nicht, wovon du redest. Ich kenne dich nicht mal."

„In dem Punkt gebe ich dir Recht. Wir kennen uns nicht, also verstehe ich nicht, warum du diesen Schwachsinn über mich verbreitest. Und ja, du warst es. Ich habe herumgefragt, wer mit diesem Klatsch angefangen hat, und alle haben auf dich gezeigt." JJ hielt inne. „Was habe ich dir getan, dass du der Meinung bist, hässliche Lügen über mich verbreiten zu müssen?"

Giselle sah sich wie ein in die Enge getriebenes Tier im Raum um. „Es ist nicht –"

„Der Polizeichef liebt Audrey und sie leben zusammen. Hast du versucht, sie auseinanderzubringen, indem du Lügen über mich erzählst?"

Die Kunden schnappten nach Luft. Und ... oh Scheiße ... Gabe stand von einem Stuhl im hinteren Bereich des Cafés auf. Mit einem erbarmungslosen Ausdruck verschränkte er die Arme vor der Brust.

Aber er hatte das Recht, wütend zu sein. Wenn der Chief und Audrey nicht in einer soliden Beziehung wären, hätte diese Art von bösartigem Klatsch ernsthaften Schaden anrichten können.

Jedermann liebte Audrey und Gabe. Was bedeutete, dass Giselle in Schwierigkeiten war, und sie wusste es. Ihre Kinnlade klappte herunter. „Nein! Das würde ich nie tun. Audrey ist ein toller Mensch. Und der Chief –" Giselle hob kapitulierend die Hände.

„Zufällig bin ich in einer Beziehung mit Cazador, und du erzählst überall herum, dass ich seine Brüder vögle. Mal ehrlich, Giselle?" JJ lehnte sich vor. Einschüchterung für Anfänger. „Versuchst du, Probleme zwischen den Brüdern zu verursachen?"

Aus dem Augenwinkel sah sie, dass Caz aufstand. Er und Gabe hatten offensichtlich zusammen ihren Morgenkaffee getrunken. Caz sah zu Giselle, ohne seine Gefühle preiszugeben.

Giselles Gesicht wurde weiß. „Oh, fuck! Es tut mir leid." Sie wandte sich an JJ. „Es tut mir leid, okay? Ich ... ich werde den Leuten sagen, dass ich mich geirrt habe. Super geirrt."

JJ hätte ihr am liebsten eine Ohrfeige verpasst.

Nein. Polizistin, erinnerst du dich? Mit Mühe nickte sie. „Okay. Bringe die Sache in Ordnung und alles ist gut."

Als JJ zurücktrat, rutschte Giselle vom Stuhl, marschierte an der Warteschlange vorbei und floh aus dem Gebäude.

JJ schloss die Augen. Das war nervenaufreibend gewesen. Verdammt, sie wäre lieber in einen Faustkampf geraten, als sich mit solchen Dingen zu auseinanderzusetzen.

Caz gluckste, als er sich ihr anschloss. „Wenn du erstmal loslegst, bist du wirklich nicht aufzuhalten, Officer Jenner." Sein Gesichtsausdruck hielt sowohl Stolz als auch Belustigung parat, und dann ließ er den Blick über die herumstehenden Menschen schweifen und flüsterte ihr zu: „Hör mal."

Was? Angespannt lauschte sie.

„... was für einen Officer wir hier dazugewonnen haben", sagte Knox zu Sarah. „Sie ist wie ein Messer, weißt du, so wie sie diese Frau auf Maß geschnitten hat."

„Ein Messer?" Chevy stieß ein lautes Lachen aus. „Wie passend! Der Doc liebt scharfe Klingen – kein Wunder, dass er sich in sie verliebt hat."

JJ schnaubte. „Ihr seid doch alle wahnsinnig."

„Und sie irren sich." Mit einem sündhaften Funkeln in seinen Augen lehnte sich Caz vor und flüsterte ihr ins Ohr: „Da ich der Mann bin, sollte ich die Klinge sein. Du bist die Scheide."

Sie war sprachlos, schaffte es jedoch, ihm auf die Schulter zu schlagen. Hart.

„Gabe, meine Klinge hat mich geschlagen", jammerte er laut.

Als das ganze Café in Gelächter ausbrach, bot Caz ihr seinen Arm an und gemeinsam verließen sie den Laden. Gabe folgte ihnen grinsend.

Auf dem Bürgersteig lehnte sich JJ an Caz. Sie war in Schießereien gewesen, die sie weniger gestresst hatten. „Ich nehme an, ihr habt alles gehört?"

Seine warme Hand legte sich auf ihren Nacken und massierte die angespannten Muskeln. *Sí.* Das hast du gut gemacht. Du hast dich dem Feind gestellt, ihn entwaffnet und seine Kapitulation mit Anmut akzeptiert."

„So ist es", sagte Gabe. „Wir sehen uns in der Wache."

Sie starrte ihm hinterher, als er die Straße überquerte. Ein Mann und eine Frau kamen aus dem Café. Die Frau lächelte. „Officer."

„Ma'am." Der Mann nickte höflich.

JJ atmete langsam aus. *Okay.*

„Lass uns gehen." Caz wies mit dem Kinn zum Gemeindehaus. „Es gibt Arbeit zu erledigen. Für unsere Stadt."

Ja. Unsere Stadt.

Ein paar Minuten später, nachdem sie Caz in der Klinik für eine lange, lange Zeit geküsst hatte, schloss sie sich Gabe in der Polizeistation an.

„Officer. Schau." Mit einem breiten Lächeln zerriss er ihr Kündigungsschreiben in winzige Stücke. „Mach das nicht nochmal."

„Nein, Sir. Auf keinen Fall, Sir." Kopfschüttelnd setzte sie sich an ihren Schreibtisch. Caz und Gabe waren beide ein bisschen verrückt.

Als sie mit ihrem Papierkram begann, hörte sie, wie der Chief einen Anruf machte. „Hey, Bull, JJ bleibt. Ja, es ist offiziell. Sorry, Bruder. Ich gewinne die Wette."

Wette? Als sie verstand, was vor sich ging, stampfte sie in das Büro des Chiefs und blickte ihn finster an. „Ihr habt Wetten abgeschlossen?"

„Das hast du gehört, was?" Er lachte. „Wir haben alle darauf gewettet, dass du schon bald Einsicht walten lassen würdest."

Einsicht? Ah ja. „Ihr habt wohl eher darauf gewettet, wie ... überzeugend euer Bruder sein würde."

„Ah, nun, wir alle wissen, dass er effektiv ist. Die Wette war, wie schnell seine Magie zum Tragen kommen würde."

JJ beäugte Berichte und Papiere, die sich auf dem Schreibtisch stapelten ... und fragte sich, wie die Papiere auf dem Boden verstreut aussehen würden.

„Hey, hey." Er hob die Hände und sagte hastig: „Willkommen in der Familie, JJ. Wir sind alle sehr zufrieden mit der Wahl unseres Bruders."

Anstatt also wütend zu sein, verließ sie sein Büro in einem Dunst der Glückseligkeit. Denn die Wahrheit war deutlich in seiner Stimme zu hören gewesen.

Makos Söhne freuten sich, dass sie und Caz sich gefunden hatten.

Zwei Stunden später parkte sie den Streifenwagen vor der Station und entschied sich, zu Fuß entlang der Hauptstraße zu patrouillieren.

Als sie am Café vorbeiging, wurde sie von Sarah gesichtet. Mit einer Hand auf ihrem Schwangerschaftsbauch wedelte Sarah mit einer Kaffeetasse. Eine Einladung.

Jemand wollte mit ihr über die Szene mit Giselle reden.

Und bei Gott, sie brauchte unbedingt Kaffee. Lachend nickte JJ und wandte sich zur Tür.

Bam.

Als die ganze Straße ins Beben geriet, taumelte JJ und fiel auf die Knie. Es fühlte sich an, als wäre sie auf einer Achterbahn – und die ganze Welt mit ihr. Mit einem Schrei packte sie die Straßenlaterne und klammerte sich mit aller Kraft daran fest.

Das Beben hörte nicht auf.

Übertönt wurde das Grollen durch Schreie, Brüllen, brechende Scheiben und fallende Dinge. Ein Autoalarm ging los.

Und es dauerte an ... und dauerte an ... und dauerte an.

„Nein!" Regan kauerte unter ihrem Schulschreibtisch, als die Welt bebte. Ein Grollen füllte den Raum wie bei einem vorbeirauschenden Zug. Das Gebäude – der Container – stöhnte und quietschte. Alle schrien. Das Licht ging aus.

Als der Boden unter ihr wegfiel und sich wieder hob und der Schreibtisch gegen ihre Schulter krachte, schrie auch sie.

In den Fenstern schwangen die Jalousien wie verrückt. Als ihr Schreibtisch durch den Raum glitt, klammerte sie sich daran fest und wurde mitgezogen, kollidierte mit anderen Schreibtischen und Stühlen. Bücher, Rucksäcke und Buntstifte wurden auf den Boden geschleudert. Mit einem metallischen Geräusch bogen sich die Fensterrahmen und Glasscherben flogen ins Zimmer.

Dann stoppte das Beben.

Regan schluchzte, ihre Kehle schmerzte und ihre Wangen waren nass. *Papá, ich will Papá. Papá und JJ.*

Warum sagte ihnen Mrs. Wilner nicht, was sie tun sollten?

Weil die Lehrerin nicht einmal hier war. Sie war zum Verwaltungsgebäude gegangen, um mehr Papierkarton für das Kunstprojekt zu holen. Sie wäre gleich wieder da. Gleich.

Sonnenlicht kam durch das Fenster, Staubpartikel funkelten in der Luft. Die meisten Kinder weinten.

Regan nahm einen tiefen Atemzug und versuchte, aufzustehen.

Was war das für ein Geräusch?

Ein tiefes, mahlendes Rauschen kam von draußen und wurde immer lauter. Kratzen und Knarren ... Etwas schlug von der Seite gegen ihr Ein-Zimmer-Gebäude – und Regan flog. Sie schlug hart auf den Boden und der Schmerz ließ nicht lange auf sich warten. *Es tut so weh.*

Als sie sich zu einer Kugel zusammenrollte, stöhnten die Wände und die Decke und alles bewegte sich. Eine Ecke des Containers knickte in sich zusammen. Steine, Schmutz, Schnee und Zweige fielen durch die zerbrochenen Fenster. Und alles, sogar das Gebäude, bewegte sich.

Regan klammerte sich an einen Schreibtisch und spürte, wie der gesamte Raum über den Boden schleifte, sich neigte und nach unten zu rollen schien. Als sich die Decke nach innen bog, wurde das Gebäude von Geröll und Schnee begraben und die Fenster verschwanden. Alles wurde schwarz.

Die Schreie der Kinder ließen nicht nach.

Erdbeben. Ein weiteres Erdbeben. Guter Gott.

JJs Knie pochten von der Landung auf dem Zement, und sie musste die Straßenbeleuchtung benutzen, um wieder auf die Beine zu kommen. Das Beben war vorbei. Hoffentlich.

JJ drehte sich zum Café.

Sarah. Schwanger.

Durch das zerbrochene Fenster sah sie, wie Uriah zu seiner Frau lief und ihr auf die Füße half. Überall war Glas. Sarah blutete, aber sonst schien es ihr gut zu gehen. Am Leben.

„Bring sie in die Klinik, Uriah", rief JJ.

Sie drehte sich im Kreis. Totale Verwüstung. Zerbrochene Fenster, umgestürzte Bäume, Schilder und Strommasten. Zuvor geparkte Autos standen kreuz und quer, aber zumindest hatten die Schneebänke die Fahrzeuge davon abgehalten, in die Läden zu rammen. Es gab Risse in der Straße und den Bürgersteigen.

Wo sollte sie anfangen? Caz, Gabe, die Stadt.

Regan.

Ihre Prioritäten. Und ihr Herz stimmte zu. Sie rief Uriah zu: „Sag Caz, dass ich zur Schule fahre."

„Okay!", rief Uriah zurück. Sein Mädchen war im Kindergarten und so fügte er panisch hinzu: „Bitte. Geh!"

JJ rannte zum Streifenwagen.

Die kurze Fahrt war ein Albtraum. Sie fuhr um einen umgestürzten Baum, ruckelte über die rissige Straße, rutschte vor dem Gelände der Schule zum Stillstand und ... starrte auf die erschreckende Szene.

Was zuvor ein Kreis aus Containern gewesen war, zeigte nun eine Mondlandschaft. Eine sintflutartige Masse aus Erde, Schnee, Felsen und Bäumen hatte sich vom Hang gelöst und war bergab gerollt.

Die Gebäude waren weg.

„Nein." Panik erfüllte sie. Sie sprang aus dem Auto. „Nein!"

Augenblick mal. Links am Hang entdeckte sie ramponierte Gebäude – drei Klassenzimmer und das größere Verwaltungsgebäude. Sie waren von der fächerförmigen Masse weggeschoben worden. Vier Gebäude. Wo war das fünfte?

Aus den Zimmern strömten Kinder, stolperten und fielen auf dem unebenen Boden. Kleine Kinder. Ältere Kinder. Keines von ihnen war in Regans Alter. *Nein, nein, nein.*

Durch die Laute des Erdrutsches trat kaum hörbar etwas an ihre Ohren. Schreie. So leise. Unter dem Schlamm, Schnee und Gesteinsmaterial?

Sie riss ihr Handy aus der Tasche. Es gab keinen Empfang. Sie versuchte ihr Funkgerät – keine Antwort von der Zentrale. Von Regina. Es würde einige Zeit dauern, die Dinge ins Rollen zu bringen.

Nur blieb ihr keine Zeit.

Der Schulleiter hinkte heraus, sein baumelnder linker Arm war offensichtlich gebrochen. Mit dem anderen Arm stützte er eine junge Lehrerin. Blut bedeckte ihre Schulter. Zwei ältere Kinder halfen Mr. Hayes. Wie Küken um eine Henne umgaben die kleinsten Kinder eine stämmige, ältere Dame, die eine erschöpfte jüngere Frau von dem Erdrutsch wegführte. Die letzte Lehrerin tauchte auf, Blut strömte von ihrem Kopf. Sie taumelte, als sie versuchte, die Kinder um sich herum zu zählen.

Keine Hilfe. Keiner von ihnen konnte ihr helfen. Verdammt.

JJ rief dem Schulleiter zu: „Jones, bring die Kinder von hier weg. Behalte sie bei dir – und besorg mir Hilfe. Ein Klassenzimmer wurde begraben, aber ich kann sie hören. Ich brauche Hilfe!"

„Begraben." Er schwankte, als er die Verwüstung sah und schüttelte ungläubig den Kopf. Es dauerte nicht lange, bis er die Schultern durchdrückte und mit Befehlen um sich warf. Zwei der älteren Kinder wurden zusammen in die Stadt geschickt, während er den Rest zu sich holte und durchzählte. Nach ein paar Fragen kehrte er mit zwei Mittelschülern in das Verwaltungsgebäude zurück. Wahrscheinlich auf der Suche nach weiteren Angestellten. JJ zögerte und schüttelte den Kopf. Darum mussten sie sich allein kümmern. Sie hatte ihren eigenen Job zu erledigen.

Mit trockenem Mund näherte sie sich dem neu geformten Abhang und suchte nach dem fehlenden Container. Die Felsen und Bäume stöhnten unter der Last.

Da die lauten Kinder und die Erwachsenen in Richtung Innenstadt aufbrachen, war es ihr nun möglich, die schwachen Hilferufe leichter auszumachen. Aus dem Abhang. Die Kinder waren nicht tot. Gott sei Dank, sie waren nicht tot. *Regan, halte durch.*

JJ kämpfte gegen die Panik an und bewegte sich in Richtung des Bereichs, wo der Hügel zuvor ins Tal übergegangen war. Der Hang war nun mit Schlamm und Gesteinsmaterial aufgefüllt worden.

Wo war das Schreien am lautesten?

Sie hockte sich hin, zog ihre Taschenlampe aus ihrem Dienstgürtel und richtete sie auf die hüfthohe Masse. *Da.* Unter einem Gewirr aus Bäumen, Schnee und Felsen traf das Licht der Taschenlampe auf Metall und Glas. Der Container musste wie eine Dose zusammengeklappt sein. Aber die Kinder waren zu hören.

Wie war es möglich, dass sie noch lebten? Sie bewegte die Taschenlampe hin und her und entdeckte eine massive Hemlocktanne. Der Stamm stützte die Last über dem Klassenzimmer.

Ein Grummeln ertönte. Ein Nachbeben. Die Masse kam wieder in Bewegung und die Schreie gewannen an Lautstärke. Panische Angst breitete sich in JJ aus. Wenn die Bewegung nicht stoppte, würde sich der Baum lösen, der die darüber liegende Masse stützte – was den Container plattmachen würde wie einen Pancake. Sie konnte nicht warten. Angesichts der Verwüstung in der Stadt war es gut möglich, dass die Hilfe nicht rechtzeitig eintraf.

Sie konnte einen Teil des Klassenzimmers sehen. Könnte sie zu ihnen gelangen? Das Durcheinander aus Erde, Bäumen, Schnee und Felsen hatte ein dunkles Loch geschaffen, eine Art Tunnel. Nur gab es keine Garantie, dass sie so das Gebäude erreichen würde.

Keine andere Wahl.

Sie bewegte den Streifenwagen, fuhr so nah wie möglich an den Tunnel heran und suchte ihre Ausrüstung zusammen.

Sie müsste unter der Masse durchkriechen und vielleicht sogar Hindernisse überwinden. Was, wenn die Türen oder Fenster blockiert waren? Wie sollte sie in dem Fall in den Container gelangen? *Kettensäge.*

Die Kinder könnten verletzt sein. *Erste-Hilfe-Kasten.*

Möglich, dass sie jemanden herausziehen musste. *Decke.*

Sie könnte sich in der Dunkelheit verlieren. *Führungsseil.* Mit vor Angst und Adrenalin zitternden Händen band sie das Seil an die Anhängerkupplung des Autos und ging dann zu dem Ort, den sie betreten würde.

Kniend richtete sie das Licht in die dunkle Öffnung und erschauderte bei dem gruseligen Tunnel, der hoffentlich zu dem Container führte. Äste und Zweige ragten entlang der Seiten und von oben heraus. Zackige Kanten stießen aus dem Boden. Nicht so viel anders als durch einen Brombeerbusch zu kriechen.

Möglicherweise war der Raum nicht groß genug, um sich durchzuquetschen. Sie konnte eine entsetzlich enge Stelle erreichen, bei der sie sich wie eine Schlange bewegen musste. Bliebe sie stecken ... Die Jacke und der Dienstgürtel mussten weg. Sie zog die beiden Sachen aus, packte alles in den Streifenwagen und schloss ab.

Das andere Ende des Seils wickelte sie um ihr Handgelenk. Oh Gott, sie war schon immer leicht klaustrophobisch gewesen. *Atmen nicht vergessen. Keine andere Wahl.* Sie kroch in das gruselige Loch. Über ihrem Kopf tropfte Schnee und Schmutz herab. Der Boden war uneben. *Denk nicht daran, dass alles über dir einstürzen könnte.* Sie bewegte ein Bein nach vorn. Das andere. Sie zog das Seil mit sich. Es würde auch als Leitfaden für die Kinder dienen.

Oder als Hilfsmittel, um sie und die Kinder zu bergen.

Jedes Mal, wenn die Masse über ihrem Kopf, unter ihr oder um sie herum leise stöhnte, erstarrte sie. Die kleine Stimme in ihrem Kopf schrie: *Geh zurück, geh zurück! Warte auf Hilf! Sei nicht dumm!*

Doch sie kroch weiter.

Der Bereich wurde enger. Zweige verhedderten sich in ihrer Kleidung, zogen an ihren Haaren. Ihr Herz schlug wie wild, Angstschweiß tränkte ihr Uniformhemd.

KAPITEL EINUNDDREISSIG

Scheitern bedeutet nicht, hinzufallen, sondern sich zu weigern, aufzustehen. - Chinesische Weisheit

Regan öffnete die Augen zu Schreien und ... Dunkelheit. Eine albtraumhafte Dunkelheit. Warum war der Boden schief? Kinder schrien, weinten, wimmerten. *Kinder. Schule. Erdbeben.* Das Gebäude hatte sich bewegt.

Panik erfüllte sie so plötzlich, dass ihr die Luft wegblieb. Sie musste hier raus. Sie erhob sich und stürzte in einen Stuhl, dann einen Schreibtisch. Scharfe Kanten bohrten sich in ihre Hände und Knie. Sie konnte nichts sehen.

Schluchzer und sanfte Schmerzensschreie entkamen ihr. *Nein.* Sie war kein Baby. Aber es gab nicht genug Sauerstoff, und sie konnte nicht sehen. Sie keuchte schwer, bevor sie sich schließlich fing.

In ihrem Kopf konnte sie Papá hören. Er hatte davon gesprochen, sich zu verirren. *„Angst macht dich dumm. Mija, bevor du handelst, halte inne und denke nach."*

Ich habe mich verirrt, Papá. Ich brauche dich. Sie hielt ganz still und atmete ein. Dann holte sie so tief Luft, wie sie konnte.

Und sie sah ... Licht. Nicht viel, vielleicht von einem Fenster. Es war möglich, dass ihre Jacke immer noch an der Tür hing. Denn sie benutzte stets die Schlaufe am Nacken.

Der Boden neigte sich wie bei einem Berg. Sie kroch die Schräge hinauf, stieß gegen Schreibtische und krachte gegen einen weiteren. Zerbrochenes Glas schnitt in ihre Handflächen, ihre Knie und es brannte. *Aua!*

Tränen flossen über ihre Wangen, aber sie kam voran.

„SEALs geben nicht auf", hatte Bull gesagt, als er von sich und Gabe in der Ausbildung gesprochen hatte. Er hatte ihr erzählt, dass viele es einfach nicht gepackt hatten. Diejenigen, die nicht aufgegeben hatten, wurden zu SEALs.

„Sanitäter geben nicht auf", sagte Papá, als sie ihn auf eine Narbe auf seinem Arm angesprochen hatte. Er wurde angeschossen, da er einen Soldaten vom Schlachtfeld getragen hatte.

„Männer haben vielleicht mehr Muskeln, Frauen jedoch zeigen auf andere Weise Stärke", hatte JJ zu ihr gesagt. *„Wir tun, was getan werden muss – und wir geben nicht auf."*

Regan weinte vor Schmerz und Angst, kroch aber weiter.

Sie fand die Wand, indem sie direkt dagegen rannte, und ihre Stirn nahm es ihr übel. „Fuck!"

Alles tat weh. Als sie sich an der Wand entlang tastete, brannten ihre verletzten Hände. Das war die Tür. Vorsichtig stand sie auf. Überall auf dem Boden lagen Jacken verstreut, einige hingen noch an Haken. Sie traute sich kaum zu atmen, als sie jede einzelne berührte, bis sie ihre Pufferjacke mit dem Pelzkragen entdeckte. Und da in der Tasche war ihre Taschenlampe von der Halloween-Parade.

Nach dem Schneesturm hatte Papá neue Batterien reingemacht. Würde sie funktionieren? Sie hielt den Atem an und schaltete die Taschenlampe ein.

Alle verstummten – und so konnte jeder das Stöhnen und

Knarren des Raumes hören. Ihre Hand zitterte so stark, dass das Licht durch den Raum zuckte.

Ihr Atem stockte. Auf der anderen Seite hing die Decke durch und die Wände bogen sich nach innen. Die zerbrochenen Fenster zeigten dort nur Dunkelheit. Schlamm und Schnee tröpfelten herein.

Sie drehte sich um. Hinter ihr war das winzige Fenster in der Tür zerbrochen, und sie konnte draußen nur eine dunkle Masse sehen. Aber sie hatte doch Licht gesehen, oder? Wo? Das Fenster neben der Tür wurde von einem riesigen Baumstamm vollständig blockiert.

Mit klopfendem Herzen steckte sie die Taschenlampe in den Mund und kroch zum letzten Fenster. Äste füllten die Öffnung. Aber ... hörte sie etwas? Einen Ruf von draußen?

Eines der Kinder fing an zu weinen, ein anderes schrie.

Zu viel Lärm. „Seid still, ich muss –"

Sie schrien weiter, wimmerten, weinten.

Regan wollte sich auch hinsetzen und weinen, aber sie war Teil von Makos Familie, und Mako gab nicht auf. Seine Familie würde das auch nicht. Papá würde kommen. Er hatte gesagt, er würde immer zu ihr kommen.

Sie kämpfte darum, die Fassung nicht zu verlieren. *Nicht weinen.* Sie lehnte den Kopf an den Fensterrahmen und lauschte. Irgendetwas war zu hören. Eine Stimme? Die Laute im Container übertönten einfach alles.

Onkel Hawks Stimme klang in ihrem Kopf nach und sagte ihr, was sie tun sollte. Sie sog Luft in ihre Lungen, so wie er es gesagt hatte, in ihre Brust, in ihren Bauch, und ihr Brüllen kam laut über ihre Lippen: „Haltet. Die. Schnauze."

Und das taten sie.

„Da draußen könnte jemand sein. Seid also still. Ihr alle." Sie versuchte, ihren Kopf aus dem Fenster zu strecken. Erfolglos. Zu viele Äste. Also schrie sie: „Hilfe!"

Jemand antwortete: „Ich komme. Bleib, wo du bist." Diese Stimme – das war JJ!

Tränen strömten über Regans Gesicht. „Wir sind hier!" Ein Licht erschien und kam näher. JJ hatte eine Taschenlampe.

„JJ! Ich bin hier, JJ! Ich bin hier!" Ihr Atem klang komisch. Gepresst – als wäre sie auf ihrem Bauch gelandet oder so. „Gutes Mädchen." JJ klang normal. So wie sie es beim Frühstück getan hatte. Oder beim Kartenspielen. „Die Fenster sind blockiert. Ich werde die Kettensäge anmachen und ein Loch schneiden. Ihr müsst also auf Abstand gehen. Könnt ihr das machen?"

„Okay. Ja. Okay." Alles in Regan sehnte sich danach, JJ bei sich zu haben. Nicht später. *Jetzt, jetzt, jetzt.* Ihre Hände zitterten noch stärker.

JJ hatte ihnen gesagt, was sie tun sollten, aber die Kinder drängten sich um das Fenster – genau dort, wo sie nicht sein sollten. „Geht aus dem Weg."

Niemand rührte sich. Ganz im Gegenteil, sie rückten noch näher an das Fenster.

Sie musste Onkel Hawk sein. Sie richtete die Taschenlampe auf die andere Seite des Raumes, dann sog sie Luft in ihre Lungen, ihren Bauch. Kurze Wörter. „Bewegt. Euch. Dort. Hin." Doch niemand rührte sich. Sie schob mehr Luft in ihren Bauch und nahm Bulls tiefe Stimme an. „Sofort."

Die Kinder reagierten, taumelten, fielen, befanden sich aber auf dem Weg zur anderen Seite.

„Komm mit." Delaney nahm Regans Hand.

Regan ignorierte den Schmerz und hielt sich an ihrer Freundin fest, und dann rutschten sie hinter den anderen her.

„JJ, wir sind weg!", schrie Regan.

„Gutes Mädchen." Eine Sekunde später war ein Klopfen zu hören, bevor die Kettensäge anging. Ungefähr hüfthoch erschien eine Klinge und schnitt eine lange Linie zum Boden. JJ klopfte wieder an die Wand und schnitt woanders durch den Container. Mit dem nächsten Schnitt verband sie die beiden vertikalen. Oben, unten. Die Kettensäge stoppte. JJ trat dagegen und dann hatten sie eine Öffnung.

Nachdem JJ die Kettensäge durch das Loch geschoben hatte, kroch sie vorsichtig mit einer Taschenlampe in einer Hand in den Container.

Als sie aufstand, rannten alle weinend zu ihr hoch und versuchten, sie zu berühren, sich an ihr festzuhalten. Auch Regan.

„Ist ja gut." JJ tätschelte Schultern und streichelte Rücken.

„Okay, also." Ihre Stimme veränderte sich. Sie hatte Onkel Hawks Befehlsstimme wirklich drauf. „Zuhören."

Stille.

„Setzt euch hin, wo ihr gerade steht." Sie wartete, bis sie es taten. „Wie viele Kinder waren heute in diesem Raum?"

„Nur sieben." Delaney behielt solche Dinge im Blick. Es waren nicht die üblichen dreizehn, da einige für den Winter zu Verwandten gegangen waren. Ein anderes Kind war krank und heute zuhause geblieben.

Regan wünschte, sie wäre das auch.

JJs Taschenlampe flackerte über die Kinder. „Sieben. Gut. Wo ist euer Lehrer?"

Regans Hand schmerzte so sehr, dass sie ihren Arm bei Delaneys einhakte. „Mrs. Wilner ist nicht hier. Sie ging kurz vor dem Beben zum Verwaltungsgebäude."

„Okay." JJ band ein Seil um den großen Schreibtisch des Lehrers und richtete sich auf. Sie holte tief Luft.

Regans Augen weiteten sich. JJ hatte auch Angst.

„Ich weiß, dass das hier alles beängstigend ist", sagte JJ. „Aber egal, was passiert, wir geben nicht auf. Regan, du hast die andere Taschenlampe. Ich möchte, dass du die Gruppe anführst. Denk daran, auf mich zu hören."

Sie sollte zuerst gehen? Regan schüttelte den Kopf.

„Du kannst das. Ich weiß, dass du das kannst. Schnapp dir

einfach das Seil und folge ihm nach draußen." Mit einem Lächeln tätschelte JJ ihre Schulter. „Ich werde das Schlusslicht bilden. Somit wird meine Taschenlampe den Kindern in der Mitte den Weg leuchten."

JJ zeigte auf das Loch in der Wand. „Bring uns hier raus, Regan. Los geht's."

Caz hatte gerade einer Frau Anweisungen gegeben, wie sie sich um die Schiene an ihrem gebrochenen Arm kümmern sollte, als er Schreie aus der Lobby hörte.

„Erdrutsch auf dem Schulgelände. Ein Container wurde begraben!"

„Die Polizistin braucht Hilfe."

Schulgelände? Polizistin? Caz rannte aus der Klinik und in die Lobby, die von der generatorbetriebenen Notbeleuchtung etwas Licht hatte.

Zwei Mittelschüler, ein Junge und ein Mädchen, standen schwer atmend vor Reginas Rezeption.

Angst schoss durch Caz. Sarah hatte gesagt, dass JJ zur Schule gegangen war. Er hätte auch dorthin gehen sollen. „Was ist passiert?"

„Die Klippe – sie ist weg. Ein Erdrutsch oder eine Lawine – wie auch immer man es nennen will – kam runter und hat unsere Gebäude getroffen. Unser Klassenzimmer wurde weggeschoben, aber" – das Mädchen hielt inne, um tief einzuatmen – „ein Gebäude wurde begraben. Der Container mit den Dritt- bis Fünftklässlern."

Dritt- bis Fünftklässler. Regans Zimmer. Eine erbarmungslose Faust schien sich um Caz' Herz zu legen.

Der Junge fügte hinzu: „Officer JJ meinte, sie könne sie hören. Schnell. Bitte, bitte macht was!"

Caz wollte sich gerade auf den Weg machen, als sich eine Hand um seine Schulter legte. Gabe.

„*'mano*, ich muss gehen."

„Das wirst du", sagte Gabe. „JJ hat den Streifenwagen. Lass uns zusammensuchen, was sie sonst noch brauchen könnte."

„Man kann das Klassenzimmer nicht mal sehen", gab das Mädchen zu bedenken.

Gabe zeigte auf Regina. „Hol Seile und die Ausrüstung aus der Station. Caz –"

Sein Gehirn schaltete sich ein, bevor sein Bruder etwas sagen konnte. „Bin dabei." Die Tür neben der Klinik führte in einen Schrank, den er mit Erste-Hilfe-Ausrüstung bestückt hatte, falls Gabe oder jemand anderes schnell etwas benötigte. Er zog seine Jacke an, warf sich zwei der Notfalltaschen über seine Schulter und griff nach einem Stapel Decken.

In der Lobby fand er Gabe, Audrey und Zappa, den grauhaarigen Hippie-Tankstellenbesitzer. „Regina, übernimm du die Triage. Bringe jeden, der Erste Hilfe kennt, in die Klinik und schicke Freiwillige dorthin, wo sie gebraucht werden."

„Zappa, du gehst mit Caz." Gabe drehte sich um. „Audrey, du bleibst bei mir."

Endlich. Mit Zappa hinter sich rannte Caz zu seinem SUV, der auf dem Parkplatz hinter dem Gebäude stand.

An der Schule entdeckte er den Streifenwagen, der direkt neben dem Hang geparkt war. JJ war nicht zu sehen.

„Scheiße", murmelte Zappa, der den steilen Hügel hinaufschaute, wo zuvor die Schulgebäude gestanden hatten. „Sieht so aus, als hätte das Beben einen Felsvorsprung gelockert. Hat den ganzen Scheiß in einen Erdrutsch verwandelt."

Als Gabes schwarzer Jeep neben ihm parkte, entschied Caz, sich der Masse zu nähern. Angst durchdrang ihn. Hatte JJ versucht, zu helfen, und wurde begraben? „JJ!"

In dem Moment entdeckte er ein Seil, das an der Anhängerkupplung des Streifenwagens befestigt war. Er folgte ihm bis zu dem Punkt, an dem es unter den Trümmern verschwand. Hockend konnte er eine traurige Entschuldigung für einen Tunnel sehen, direkt unter dem Gewirr aus Erde, Ästen, Schnee und Gesteinsmaterial.

Gabe öffnete den Streifenwagen. „Ihre Jacke und ihr Dienstgürtel sind hier." Nachdem er das Auto wieder verschlossen hatte, hockte sich Gabe neben ihn. „Denkst du –"

Caz hob die Hand, sodass Gabe schwieg. „Ohren aufsperren."

Hohe, verängstigte Stimmen waren unter dem Geröll zu hören. Zusammen mit einer ruhigen, festen Frauenstimme.

Am Leben. Sie lebte.

Die Erleichterung setzte sein Gehirn für eine Sekunde aus.

Was war mit Regan?

Nachdem er sich etwas beruhigt hatte, rief Caz: „JJ. Wir sind hier! Wie können wir helfen?"

„Bleibt draußen. Hier ist kein Platz. Sieben Kinder kommen raus." Es folgte eine kurze Pause. „Ruft nach Regan. Sie führt die Gruppe an."

Regan und JJ lebten. Unter all dem. Sein ganzer Körper bebte vor Angst um sie. Mit dem Drang, etwas zu tun, einzugreifen und sie zu retten. Der Hang stöhnte immer noch und könnte jeden Moment nachgeben.

Er räusperte sich. Ruhig und gelassen. Das war es, was sie jetzt von ihm brauchten. „Regan, komm zu mir, *Mija*."

„Papá." Bei dem Zittern in ihrer Stimme spürte er wieder die Faust um sein Herz.

„Ich höre dich, *mi tesoro*. Du hast es fast geschafft." Hatte sie nicht. Sie war noch nicht nah genug.

Und er konnte nichts tun. Mit geballten Fäusten wartete er am Eingang. Hinter ihm öffnete Gabe die Verbandskästen und wies Zappa und Audrey Aufgaben zu.

Aus dem Tunnel waren andere Kinder zu hören. Weinend, wimmernd, protestierend.

„Das machst du sehr gut, Regan." JJs Stimme wehte zu ihm. „Perfekt. Guter Job, Delaney."

Eine Sekunde später. „Geh weiter, Niko, du bist an der schlimmsten Stelle vorbei. Fast geschafft, Kinder. Der Doc wartet auf euch."

Caz sah ein Licht, eine Taschenlampe wippte. „Es ist nur noch ein Stück. Das schaffst du."

Es war Regan an der Spitze. Sein Herz machte einen Sprung. Dann war sein kleines Mädchen wieder bei ihm und kroch bedeckt von Schlamm und Blut aus dem Tunnel. Er zog sie in seine Arme. Verschwitzt, zitternd, weinend und *lebend*. Er schaffte es geradeso, sie nicht mit den Armen zu zerquetschen. „Bist du verletzt? Lass mich nachsehen."

„Du bist gekommen. Für mich. Du hast gesagt, dass du es tun würdest, dass du immer kommen würdest, und du bist hier." Sie weinte so heftig, dass ihre Worte begleitet von Schluchzern herauskamen.

Er tastete sie ab. Ihm entging nicht, wenn sie zusammenzuckte. Blut bedeckte ihre Handflächen, ihre Ellbogen, Arme und Knie. Ihr Gesicht war zerkratzt. Eine Wunde am Kinn blutete.

„Es geht mir gut." Sie wischte sich die Tränen weg. „Hilf JJ."

Gabe zog bereits das nächste Kind heraus. Und Zappa ein anderes.

„Fuck, ich bin so verdammt stolz auf dich", murmelte Caz und drückte seine Wange an ihren Kopf. Nur widerwillig reichte er sie an Audrey weiter und beugte sich vor, um einem anderen Kind zu helfen.

Fünf. Soweit. Es kam niemand mehr.

Er hörte Flüstern, ein weinendes Kind, ein anderes.

„JJ", rief Caz. „Rede mit mir."

„Wir sind an einer engen Stelle, wo wir über ein Loch müssen. Brayden ist – ich schaffe es nicht, ihn dazu zu bringen, weiterzugehen." Der sorgfältig kontrollierte Ton zeigte, dass JJ verängstigt war.

Scheiße, er war das auch.

Gabe kniete sich hin, um in den Tunnel zu kriechen, doch Caz hielt ihn auf und nahm ihm die Taschenlampe aus der Hand. „Du wirst nicht reinpassen, *'mano*. Darum kümmere ich mich."

„Verdammt." Gabe blickte finster drein. Und nickte.

„Vielleicht sollte ich reinkriechen?", fragte Audrey.

Caz schüttelte den Kopf. „Sie brauchen vielleicht jemanden, der mehr Kraft hat als du, *Chica*. Wenn es zu eng ist, komme ich zurück."

Nachdem er die winzige Öffnung für eine Weile betrachtet hatte, zog sich Caz kurzerhand die Jacke aus. Weniger Stoff an seinem Körper war besser. Er fiel auf die Knie und kroch in die beengte Öffnung. Er konnte das Gewicht aus Erde und Steinen regelrecht über seinem Kopf spüren. „Ich komme, JJ. Halte durch."

„Okay." Ihre Stimme bebte. Angst oder Unterkühlung? Ihre Jacke lag schließlich im Auto.

Die Masse um ihn herum stöhnte, aufgehalten nur von Baumstämmen, Ästen und Zweigen. Unter seinen Knien bewegten sich die Baumstämme einen Zentimeter. Sein Magen drehte sich. Er kroch weiter und erwartete, jeden Moment zerquetscht zu werden.

Der Weg wurde enger und krümmte sich leicht um einen riesigen Baumstamm. Zu eng für seine Schultern.

Gleich hinter der Kurve sah er den Jungen. Das Kind war auf Händen und Knien und starrte auf eine klaffende schwarze Stelle. Unbeweglich.

„Ganz ruhig, Brayden." Caz strahlte das Licht an dem Jungen vorbei und sah Delaney direkt vor JJ. Der Raum zwischen den Baumstämmen und Felsen war so eng, dass JJ nicht an dem Mädchen vorbeikommen würde, um den versteinerten Jungen zu erreichen.

Caz würde nicht durch die enge Stelle passen, kam also nicht nah genug an ihn heran. Aber vielleicht …

Er schob seine Schulter gegen den Baumstamm und streckte einen Arm aus.

Das Kind starrte weiter in das dunkle Loch und reagierte nicht.

Okay, okay. Eine plötzliche Bewegung und das Kind würde sich außer Reichweite zurückziehen. Caz streckte sich, kam jedoch nicht in Kontakt mit dem Jungen, bis …

… seine Finger sich schließlich um Braydens Handgelenk schlossen. Das Kind zuckte zusammen, aber Caz hatte einen guten Griff an ihm.

Tu es schnell. Wenn Brayden in dieses verdammte Loch fiel, gäbe es keine Möglichkeit, ihn herauszuziehen. Caz riss ihn nach vorne, krabbelte gleichzeitig rückwärts und machte so Platz. Der Junge krachte mit einem dumpfen Schrei gegen den Baum an der Ecke, aber er war an dem Loch vorbei.

Caz zog das hysterische, weinende Kind näher und berührte sanft, was er erreichen konnte. „Es ist alles in Ordnung, Brayden. Wir werden jetzt von hier verschwinden." Zumindest wenn er es schaffte, rückwärts zu kriechen und den Jungen gleichzeitig mit sich zu ziehen. „JJ, kannst du uns folgen?"

Keine Antwort.

„Officer JJ?", flüsterte Delaney. Ihre Stimme wurde höher. „JJ?"

Stille.

„JJ?" Unterkühlung? Blutete sie? Er schärfte seine Stimme: „Officer Jenner. Bleib bei mir."

„Caz. Gott." Sie atmete zittrig ein. „Tut mir leid."

Gott sei Dank. „Wenn du eine Kaffeepause willst, *Princesa*, musst du warten, bis wir draußen sind. Tut mir leid, dir das sagen zu müssen."

Sie schnaufte ein Lachen heraus. Die stärkste Frau, der er je begegnet war. „Also gut. Bringen wir es hinter uns." JJs Stimme war wieder normal. „Delaney, geh weiter. Der Doc ist direkt vor dir."

Das Stöhnen in der Masse nahm zu. Diese ganze Scheiße über ihnen würde schon bald einstürzen. „Beeilt euch, ihr zwei."

Caz ignorierte die Zweige, die sein Hemd und seine Haut zerrissen, und kroch rückwärts, während er den Jungen mit sich zog. Mit der Taschenlampe leuchtete er durch seine Beine. Kriechen, ziehen. Kriechen, ziehen.

Der verängstigte Junge tat nichts, um zu helfen.

„Schneller, Bruder. Es bewegt sich." Die tiefe Warnung kam von Bull.

Dios, der Tunnel war nun schmaler als vorhin. Er schloss sich.

Dann entdeckte er das Licht am Ende des Tunnels. Hände zogen ihn heraus. Caz rollte sich nach hinten und riss Brayden so aus dem Loch. Der arme Junge würde von Caz sicher blaue Flecken am Handgelenk davontragen.

Delaney hatte es auch fast geschafft. Audrey half ihr heraus, und Regan stieß einen Freudenschrei aus.

Begleitet von einem Rauschen und Grollen kam die gesamte Masse in Bewegung.

„JJ!" Caz tauchte zurück in das Loch und packte JJs Handgelenke, als Steine, Schlamm und Schnee begannen, sie zu verschlingen.

Mit einem wütenden Brüllen griff Bull nach einem dicken Ast in dem Loch, hielt ihn aufrecht, sodass die Öffnung bestehen blieb.

Hände legten sich um Caz' Beine und zogen ihn und JJ heraus.

Und dann waren sie unter freiem Himmel.

Caz schlang einen Arm um ihre Taille, als Gabe und Bull sie von der sich bewegenden, rumpelnden Masse wegzerrten. Er drehte sich, um zuzusehen. Der große Baum, der das Gewicht vom Schulzimmer getragen hatte, war losgeschüttelt worden. Eisig kalt lief es ihm über den Rücken, als die letzte Spur des Gebäudes verschwand. Vollständig zerquetscht.

JJ bebte bei dem Anblick in seinen Armen und vergrub ihr

Gesicht an Caz' Hals. Heiße Tränen tropften auf seine Haut. „Ich hatte solche Angst", flüsterte sie. Seine Arme festigten sich um sie, als er seine Lippen an ihr Ohr legte. „Ich auch."

Dann krachte jemand gegen ihn. Regan. Sie packte ihn, krallte sich an ihnen beiden fest. Sie weinte hysterisch, als er und JJ das Mädchen zwischen sie zogen.

Die Faust um Caz' Herz löste sich und erlaubte ihm, wieder zu atmen. Sie waren beide in Sicherheit.

Hinter ihm wies Gabe den angekommenen Autos Kinder zu und schickte sie zur Station und zur Klinik.

Ein dumpfer Laut ließ ihn aufblicken. Hawks Flugzeug landete auf dem schneebedeckten See hinter dem Roadhouse. Und Caz spürte eine Welle der Dankbarkeit und Erleichterung. Die Patienten, die er nicht behandeln konnte, konnten ins Krankenhaus geflogen werden.

So wie er Hawk kannte, hatte er in der Stadt jemanden, der ihm einen Hubschrauber leihen konnte.

„Gabe, stelle sicher, dass der Bereich hinter der Klinik für eine Hubschrauberlandung geräumt wird", rief Caz.

Gabe hob die Hand, um ihm zu zeigen, dass er verstanden hatte, und führte die Kinder zu den Autos.

„Kommt, wir bringen euch beide zurück in die Stadt." Mit einem Arm um sein Mädchen und dem anderen um seine Frau brachte Caz sie zu den Autos. „Es gibt viel zu tun."

KAPITEL ZWEIUNDDREISSIG

W*enn der Patient schreit, atmet der Patient.* – Murphys Gesetze für Mediziner in Kampfgebieten

Nachdem sie eine Zeit in eine warme Decke gehüllt gewesen war und heiße Getränke zu sich genommen hatte, fühlte sich JJ in der Verfassung, im schwach beleuchteten Badezimmer der Station ihre Wunden zu säubern und Verbände anzulegen. Der Doc hatte sich um sie kümmern wollen, aber es gab weitaus schlimmer verwundete Menschen als sie, und diese Leute brauchten ihn.

Sie wechselte in die Ersatzkleidung aus ihrem Spind und schaffte es, ihre Stiefel anzuziehen. Als sie sich aufrichtete, protestierte jede Prellung, jeder wunde Muskel und jeder Kratzer. Gott, alles schmerzte. Doch der Schmerz konnte ignoriert werden.

Leider war es nicht so einfach, von der Befürchtung, lebendig begraben zu werden, und der Angst, die Kinder zu verlieren, loszulassen. Tief im Inneren zitterte sie immer noch.

Ein Hoch auf Caz. Sie war im Tunnel kurzzeitig erstarrt. Er sagte ihr, sie sei unterkühlt gewesen. Sie konnte sich jedoch nur daran erinnern, dass alles neblig geworden und die Dunkelheit immer näher gerückt war. Seine Stimme – seine Liebe und Stärke – hatte sie aus diesem Ort herausgeholt und sie dazu gebracht, weiter zu krabbeln.

Als er sie danach in den Armen hielt, hatte sie das Beben in seinen Muskeln gespürt, die Panik in seiner Stimme gehört. Er hatte Angst um sie gehabt, um sie alle, doch seine Stimme hatte nie gewankt, als er ihr gut zugesprochen hatte, als er sie aus dem Tunnel ins Licht gezogen hatte.

Wie könnte sie ihn noch mehr lieben?

Sie stützte sich auf das Waschbecken und bewertete ihren Zustand. *Nicht schlecht.* Unsicher auf den Beinen oder nicht, es war Zeit, wieder an die Arbeit zu gehen. Ihre Familie – sie lächelte bei dem Gedanken – ihre *Familie* tat dasselbe.

Mit dem Streifenwagen reagierte Gabe auf Notrufe.

Audrey besetzte das Telefon mit Regina.

Die Besprechungsräume im Obergeschoss waren für Menschen geöffnet, die eine Notunterkunft benötigten, und Bull sammelte Vorräte und Nahrung zusammen. Das war Bull – immer damit beschäftigt, Menschen zu ernähren.

Mit seinen Mitarbeitern und Freiwilligen kümmerte sich Caz um die Verletzten.

In seiner Cessna transportierte Hawk Menschen in die Krankenhäuser von Soldotna und Anchorage und gab die Hubschrauber für die Schwerverletzten frei.

Also los. JJ legte den Dienstgürtel an, befestigte die Halter an der Innenseite und überprüfte ihre Waffen. Nachdem sie sich ihre Jacke geschnappt hatte, verließ sie die Wache und ging in den Empfangsbereich des Gemeindehauses.

Das Geplapper einer Menschenmenge traf zuerst auf ihre Ohren.

Diejenigen, die medizinische Versorgung benötigten, wurden in der Nähe der Kliniktür versammelt. Ein paar lagen auf Decken, andere saßen auf Stühlen oder auf dem Boden mit Verwandten und Freunden, die ihnen beistanden.

Nicht weit von der Tür zu der Polizeistation warteten Freiwillige auf ihre Einsätze.

JJ ging zur Rezeption, wo Regina Anrufe an die Station und die Klinik entgegennahm. Der Mobilfunk war ausgefallen, aber das Festnetz und die Funkgeräte funktionierten. Neben Regina kümmerte sich Audrey um die 911-Anrufe.

JJ wartete auf eine Pause und fragte: „Wohin soll ich gehen?"

Audrey runzelte die Stirn. „Gabe meinte, du solltest nachhause gehen. Du hast schon −"

Als JJ den Kopf schüttelte, grinste Regina. „Ja, ich hätte auch nicht erwartet, dass du damit einverstanden bist. Er sagte, er müsse es wenigstens versuchen."

Das Telefon klingelte. Regina hielt einen Finger hoch und antwortete.

„Geht's dir gut?", fragte Audrey leise.

„Es geht mir gut." JJ zuckte mit den Schultern, verzog das Gesicht zu einer Grimasse und grinste kleinlaut. „Im Großen und Ganzen. Ich werde es morgen sicher merken." Sie könnte sich glücklich schätzen, wenn sie morgen aus dem Bett käme.

Die Tür zur Klinik öffnete sich und Caz half einer Frau zu ihren Verwandten. Er murmelte ein paar Anweisungen zu den Verletzungen und lächelte die wartende Menge an. Als er jedoch JJ entdeckte, zog er die Augenbrauen zusammen und machte sich sofort auf den Weg zu ihr.

Sie spannte sich an, als sie darauf wartete, von ihm nachhause geschickt zu werden − dass er sagte, sie wäre nicht stark genug, nicht gut genug.

Er lächelte reumütig. „Ich hasse es, dass du arbeitest, wenn du erschöpft und verletzt bist, aber in dem Punkt bist du wie Gabe. Ihr ruht nicht, bis alles erledigt ist."

Als sie ihn überrascht anstarrte, lehnte er sich vor, rieb seine

Wange an ihrer und küsste sie sanft. „Tu meinem überfürsorglichen Herzen einen Gefallen und sei vorsichtig, ja?"

„Gott, ich liebe dich", flüsterte sie und bemerkte nur, dass sie laut gesprochen hatte, als sich seine Augen verdunkelten. Seine Hand legte sich auf ihre Wange. „Ich liebe dich auch." Niemals würde sie genug davon bekommen, das zu hören.

Nachdem er ihr sanft über die Haare gestreichelt hatte, lehnte er sich zurück. „Nimm meinen Subaru. Er ist mit zusätzlichen Rettungs- und Erste-Hilfe-Vorräten ausgestattet."

Sie schnaubte. „Natürlich ist er das." Mako war ein Survivalist gewesen; seine Söhne waren nicht weit vom Stamm gefallen.

Er reichte ihr die Schlüssel, schob eine Hand in seine Kitteltasche und zog einen Müsliriegel heraus. Er schloss ihre Finger um den Riegel, küsste ihre Fingerknöchel und warf ihr einen strengen Blick zu. „Iss ihn. Im Auto befinden sich Wasserflaschen. Trink eine."

„Jawohl, Doc." Sie lächelte ihn an. „Danke."

Er berührte zärtlich ihre Wange, drehte sich dann um und ging zu der wartenden Menge vor der Klinik. „Wer ist der nächste, Irene?"

Die brüske Postdirektorin war für die Triage verantwortlich. Sie zeigte auf einen Mann, der auf Decken lag. „Schnittwunden und wahrscheinlich eine Gehirnerschütterung. Er klagt auch über Bauchschmerzen."

„Bringen wir ihn auf einen Untersuchungstisch." Caz zeigte auf mehrere Personen. „Ihr vier seid jetzt Tragen-Träger."

Regan erschien vor der Tür der Klinik und hielt sie für die Träger offen. Sie winkte JJ zu, bevor sie der Gruppe in die Klinik folgte.

Regan half in der Klinik aus?

JJ wehrte sich gegen den Drang, das Kind zu packen und ins Bett zu stecken. Verdammt, so fühlte Caz wahrscheinlich in Bezug auf JJ.

Kopfschüttelnd drehte sich JJ zum Schreibtisch zurück und

hörte, wie Regina zu Audrey sagte: „Ich wusste doch, dass etwas zwischen ihr und dem Doc läuft."

JJ erstarrte. „Ich –"

„Katastrophen sind das beste Aphrodisiakum. Es brauchte einen Schneesturm, um meinen Mann dazu zu bringen, mir zu sagen, dass er mich liebt." Reginas Lächeln könnte nicht breiter sein. „Einfach großartig; du bist perfekt für ihn. Er braucht eine Frau mit Mumm, eine mit mehr Tiefe als eine Pfütze."

„Ich stimme vollkommen zu", sagte Audrey.

Die beiden waren so offen erfreut, dass JJ nur lachen konnte. Augenblicklich entspannte sie sich.

„Okay, an die Arbeit." Regina überreichte zwei Zettel. „Hier sind zwei Notrufe, die von der Dall Road reinkamen. Während du dort bist, kannst du bei der PZ-Farm vorbeischauen und fragen, ob sie klarkommen?"

Die Patriotischen Zeloten. Oh, welch Freude. Aber seltsame Überzeugungen oder nicht, sie waren Teil von Rescue. Das war es, wofür sie trainiert hatte und was sie am besten konnte. Dienen. Beschützen. „Natürlich."

„Nimm Knox als Verstärkung mit." Regina wandte sich den Freiwilligen zu. „Hey, Knox, du bist dran." Sie winkte dem schlaksigen Mann mit buschigen roten Haaren zu sich und zeigte dann auf JJ.

JJ nickte dem Handwerker zu. Es wäre wunderbar, heute eine andere Person dabei zu haben.

„Seid vorsichtig da draußen." Audreys besorgter Ausdruck bewies, dass sie eine Freundin vor sich hatte.

JJ tätschelte ihren Arm. „Das werden wir. Danke."

Lächelnd durchquerte sie die Lobby zu Knox. „Wenn du eine Werkzeugkiste hast, schnapp sie dir und los geht's."

Ohne zu zögern, erwiderte er ihr Lächeln und kam einen Schritt auf sie zu. „Jawohl, Ma'am."

Als sie auf halbem Weg zur Tür waren, rief Regina: „Hey,

Knox. Die Frau an deiner Seite war heute schon einmal eine Heldin. Fahr du, ja?"

„Mach ich. Ich war auf dem Schulgelände und hab alles gesehen", rief Knox zurück. Er schaute auf JJ hinunter. „Ich fahre und schaffe schwere Dinge aus dem Weg. Du konzentrierst dich auf deinen Job als Cop. Gerechte Arbeitsverteilung."

„Klingt gut." Und das tat es. Sie würde wahrscheinlich einschlafen, wenn sie in ein warmes Auto stieg und versuchte, zu fahren. JJ nahm einen Bissen von Caz' Müsliriegel. Hafer und Honig. Langweilig – und das Beste, was sie in langer Zeit gegessen hatte.

Regan hielt Sissy auf dem Schoß und lächelte ihren Vater an, als er den langen Schnitt am Bein der Dreijährigen verband. Die Mutter des Kindes lag auf einem Bett im Nebenzimmer, weil sie sich den Kopf so hart gestoßen hatte, dass sie sich jedes Mal übergab, wenn sie sich bewegte.

„Das hätten wir geschafft, *Chica*." Papás Stimme war sanft und geschmeidig, was Regan an das Gefühl erinnerte, wenn Sirius schnurrte.

Das kleine Kind hatte sich beruhigt, als Papá in einem ruhigen Ton mit ihr gesprochen hatte. Ihr Gesicht war immer noch nass vom Weinen, aber es kamen keine neuen Tränen nach. Stattdessen saugte sie an ihrem Daumen. Die Wunde an ihrem Bein war gesäubert und geklebt worden, und Papá wickelte weißen Stoff darum.

Regan wusste jetzt von all den verschiedenen Verbänden. Nachdem Papá das Glas aus ihren Händen, den Ellbogen und Knien entfernt hatte, war es Grammy Lillian gewesen, die sie und die anderen Kinder verarztet hatte. Da war das Verbandsmaterial, von dem Papá sagte, dass es nicht an den Krusten kleben blieb, die schlichten Kompressen, und dann das Zeug, das an sich selbst haftete.

Überall an ihr war Blut gewesen. Wenn sie Papá half, dachte sie nicht die ganze Zeit an ihre schmerzenden Stellen. Obwohl Grammy und eine andere Dame in der Klinik arbeiteten und Miss Irene und ein Typ in der Lobby Tri-irgendwas machten, gab es zu viel zu tun.

Papá sagte, er sei froh, dass Regan hier war, um zu helfen.

„Hey, Doc, wir brauchen dich. Schlimmerer Fall", rief Irene von vorne.

„*Dios*", murmelte Papá. „*Mija*, kannst du bei Sissy bleiben, bis ihre Mutter sie wieder an sich nehmen kann? Vielleicht kannst du sie dazu bringen, ein Nickerchen zu machen?"

„Okay. Verlass dich auf mich."

Bei seinem Lächeln fühlte sie sich großartig. „Du bist die beste Tochter, die sich ein Mann wünschen kann." Er küsste sie auf die Stirn und ging, um sich um die verletzte Person zu kümmern.

Denn das war sein Job, und er mochte seinen Job. Selbst wenn es so verrückt zuging wie heute.

Regan gefiel sein Job auch. Helfen gefiel ihr. Ein Teil davon zu sein, schlimme Dinge besser zu machen, gefiel ihr. Obwohl es wehtat, lächelte sie, weil sie nun wusste, was sie später mal werden wollte.

Auf dem Weg aus der Stadt hatten JJ und Knox einen Hausbrand gemeldet. Propantanks und Erdbeben waren keine gute Mischung.

Ein weiterer Anruf ging für eine heruntergefallene Stromleitung ein.

Knox erwies sich als ein großartiger Fahrer, der auf der Schotterstraße an aufgewühlten Bereichen vorbeifuhr und Felsbrocken oder umgestürzten Bäumen auswich.

Am Ende der Dall Road war *McNally's* zu sehen, hoch oben auf dem Berg. „Zumindest ist das Resort nicht abgerutscht."

Knox folgte ihrem Blick. „Ich wette, auch sie haben da oben Chaos. Viele Fenster. Und Touristen geraten leicht in Panik."

„Vielleicht sollten wir –"

„Nein. Sieh dir die Brücke da oben an." Er wies auf den Punkt, wo die Straße über eine Brücke führte, bevor es kurvenreich den Berg hochging.

JJs Augen weiteten sich. „Die andere Seite der Brücke ist nicht befahrbar."

„Korrekt. Ich schätze, die Brücke ist in Ordnung, aber die Straße um sie herum wurde zerstört." Er zuckte mit den Schultern. „Die Reparatur wird eine Weile dauern, da sich die Arbeiter erst um die Highways kümmern werden. Auf dem Seward und Sterling Highway liegen gerade überall Felsen und anderer Scheiß."

Sie schüttelte den Kopf. „Es ist erstaunlich, wie abhängig alle Städte der Halbinsel von diesen Straßen sind." Es gab nur eine Straße, die nach Rescue rein- und rausführte.

„Ha, wir haben Städte, die man nur mit dem Boot oder dem Flugzeug erreicht. Deshalb haben wir so viele Buschpiloten in Alaska. Rescue kommt schon klar."

„Das tun wir." Oben auf dem Berg hob ein Hubschrauber ab, der wahrscheinlich zum Resort gehörte. Genau wie Hawk und ein anderer Pilot brachte dort jemand Verletzte ins Krankenhaus.

Nach einem Blick auf den Notizzettel, den JJ von Regina bekommen hatte, zeigte sie auf eine unbefestigte Straße. „Hier abbiegen. Es scheint, dass dieser Mann einen Amateurfunk hat, und doch nimmt er keine Anrufe entgegen. Sein Freund ist besorgt."

„Okay." Knox parkte vor einem alten Blockhaus und sprang heraus.

JJ folgte in einem langsameren Tempo und versuchte, nicht zu stöhnen. Sie atmete durch den Schmerz und konzentrierte sich auf die Gebäude um sie herum. Auf dem Holzschindeldach lag lückenhaft Schnee und totes braunes Moos. Aus dem Ofenrohr stieg kein Rauch auf. Ihre Augen verengten sich, als sie sah, dass ein Anbau eingefallen war.

Als sie die Tür erreichte, klopfte sie entschlossen. „Mr. Rasmussen. Hier spricht Officer Jenner von der Polizei in Rescue. Harvey wollte, dass wir nach Ihnen sehen."

Ein leises Stöhnen erklang, gefolgt von einem schwachen: „Hilfe!"

Mit Knox hinter sich öffnete JJ die unverschlossene Tür und bewegte sich behutsam durch das Durcheinander. Nach dem Beben lagen überall Haushaltsgegenstände verstreut: Eine Schrotflinte, die eigentlich auf das Gestell über der Tür gehörte, Kerzen, kaputte Laternen, Bilderrahmen. „Wo sind Sie, Sir?"

„Anbau."

Sie folgte dem Keuchen und öffnete eine Tür zum angebauten Zimmer. Ein kalter Wind wehte vorbei.

Der Mann lag auf dem Rücken, unter einem Stapel Baumstämme begraben.

„Da hast du dich wirklich in eine missliche Lage gebracht, alter Mann", kommentierte Knox.

„Sag." Keuchen. „Bloß."

„Wir holen Sie da raus." JJ warf Knox einen Blick zu und zeigte auf die rechte Wand. „Lass uns alles da drüben stapeln."

Ein Baumstamm nach dem anderen, bis Knox den Letzten aufhob, sodass JJ den Mann wegziehen konnte.

Der Mann hielt seine Brust und stöhnte. „Ich dachte schon, dass ich nie wieder einen tiefen Atemzug nehmen würde."

JJ legte ihre Hand auf seine Schulter. „Geben Sie mir einen Moment, damit ich Sie untersuchen kann." Sie suchte nach Knochenbrüchen, Kopf- und Wirbelsäulenverletzungen, und bevor sie mehr tun konnte, rollte er zur Seite und stand auf.

„Mir geht es gut, Ma'am." Er zog seine schwere Jacke aus und zeigte die beiden dicken Pullover darunter, bevor er vorsichtig auf seinen Brustkorb drückte. „Es fühlt sich nicht so an, als wäre etwas kaputt, aber verdammt, es wird eine Weile wehtun." Knox schnaubte. „Du kannst von Glück reden, noch am Leben zu sein."

„Das stimmt wohl." Rasmussen deutete auf die eingestürzte Seite des Raumes. „Das Arschloch, das für den Anbau verantwortlich war, hat einen scheiß Job gemacht. Ich war gerade dabei, den Raum zu demontieren, um Stabilität hineinzubringen und na ja, das Beben beschloss, den Prozess zu beschleunigen."

„Schlechtes Timing", stimmte JJ zu.

„Jep. Danke, dass ihr gekommen seid. Nicht mehr lange und ich wäre erfroren."

„Wir sollten Sie zurück in die Stadt bringen, damit der Doc Sie untersuchen kann." JJ führte den Weg in den Hauptraum.

Rasmussen schüttelte den Kopf. „Ein Schluck von einem guten Whiskey, während ich vor dem warmen Ofen sitze, und schon sollte es mir wieder besser gehen."

„Nun." Der Mann bewegte sich gut genug – und sie mussten noch zu einem anderen Bewohner. „Also gut."

Als sich Rasmussen auf einen Stuhl setzte, schürte sie das Feuer im Holzofen, während Knox mehr Brennholz hereinbrachte.

Ein paar Minuten später stieg JJ in den Subaru.

Auf dem Fahrersitz las Knox einen von Reginas Notizzetteln und er bewegte sichtlich die Lippen. „Was ist das für ein Wort? Lä –" Er zeigte darauf.

„Lästig. *Läs-tig.*" JJ schnaubte. „Es kann nervig bedeuten. Mr. Rasmussens Freund rief anscheinend mehr als einmal an und nervte so lange, dass es Regina auf den Geist ging."

Knox nickte. „Lästig. Mag ich." Er überreichte JJ die Notiz, startete den Motor und machte sich auf den Weg.

Wieder auf der Dall Road lehnte sich JJ in ihrem Sitz zurück.

Der Schmerz in ihren Muskeln und den Wunden verschwand bei dem wohlig warmen Gefühl, gebraucht zu werden. Dies war der Grund, warum sie Polizistin geworden war. Mr. Rasmussen hatte Hilfe gebraucht, und sie war dort gewesen, um sie ihm zu geben. Ihre Hilfe hatte in seinem Leben einen Unterschied gemacht.

Lächelnd sah JJ zu Knox. „Kennst du den Weg zum PZ-Gelände?"

„Sicher. Wieso fragst du?"

„Es steht als Nächstes auf der Liste."

Knox machte ein düsteres Geräusch. „Oh. Freude."

Umgeben von Wald befand sich das Gelände der Zeloten. Abseits der Dall Road, eine unbefestigte Straße hinunter, die zu einem Metalltor mit einer kleinen Wachhütte führte. Ein zwei Meter hoher Zaun mit Stacheldraht an der Spitze umschloss das gesamte Gelände. Innerhalb des gerodeten Landes schützten Rehzäune die Gemüsegärten.

Nach einem Blick auf die leere Wachhütte ging JJ zum Tor. Eine Schotterstraße führte vom geschlossenen Tor zu einer Mischung aus Containern und Blockhütten. In der Mitte der Gebäude stand ein zweistöckiger Turm. Obwohl sich dieser zur Seite neigte, schien alles andere intakt. Überall waren Menschen zu sehen.

Da sie wahrscheinlich Kugeln einfangen würde, wenn sie das Gelände unerlaubt betrat, legte sie ihre Hände an ihren Mund und rief: „Hey, geht es allen gut? Braucht ihr Hilfe?"

Zwei Männer lösten sich von der Menge und joggten den Feldweg hinunter auf sie zu.

Als sie sich näherten, sah sie, dass der dünne Kerl mit den schwarzen Haaren und einem Bart sie anfunkelte. „Was zum Teufel willst du, Bulle?"

Ah, das war der Mann, den Caz Captain Nabera genannt hatte.

Der andere Mann, der sogenannte Reverend Parrish, beruhigte seinen Nebenmann mit einer Handbewegung und kam langsam auf sie zu. „Officer Jenner, wenn ich mich nicht irre, richtig?"

Sie hielt ihre Stimme ruhig und gleichmäßig. „Richtig. Ich sehe nach den Menschen, die weiter draußen leben und habe angehalten, um sicherzustellen, dass es euch allen gut geht."

„Bei uns ist alles in Ordnung, danke." Parrish hatte eine hypnotisierende Stimme. „Obwohl wir einige Verletzte haben."

„Die Klinik in Rescue ist geöffnet. Wenn sie schwer verletzt sind, könnt ihr die Station direkt oder 911 für einen Lufttransport ins Krankenhaus von Soldotna anrufen. Ich habe eine Erste-Hilfe-Ausbildung, wenn ihr sofort Hilfe braucht."

Nabera spottete: „Im Gegensatz zu manch anderen sind wir auf Katastrophen vorbereitet. Wir brauchen keine verdammte Hilfe."

Parrish warf Nabera erneut einen beschwichtigenden Blick zu. „Danke, Officer. Sollte ich davon ausgehen, dass die Highways Sterling und Seward unpassierbar sind?"

„Ich fürchte ja. Das Beben hat einiges angerichtet."

„Dann bringen wir die Verletzten, die mehr als eine Erstversorgung benötigen, in die Klinik." Parrish gab ihr ein dünnes Lächeln. „Wir machen das schon."

„Also gut." Sie nickte höflich und kehrte zum Auto zurück. Nach dem, was sie über Milizgruppen gelesen hatte, insbesondere die in Alaska, hatte Captain Nabera nicht gelogen. Die Zeloten waren wohl gut auf Katastrophen vorbereitet.

Ähnlich wie die Eremitage.

Der Unterschied war, dass die Jungs in der Eremitage ihr Bestes gaben, um allen zu helfen – sogar den PZ-Arschlöchern.

Knox ließ sie eine Minute lang schmoren, als er den Wagen zurück auf die Dall Road lenkte. „Zumindest haben sie mit dir gesprochen und waren ziemlich höflich."

Sie zuckte mit den Schultern. „Wenn man bedenkt, dass ich eine Frau in einer Polizeiuniform bin, stimmt das wohl. Ich bin halb davon ausgegangen, dass sie mich sofort erschießen würden."

„Nein, nein, so schlimm ist Parrish nun auch nicht, obwohl ich diesen konservativen religiösen Mist nicht mag. Sie sind zu verdammt streng zu ihren Frauen. Zum Teufel, wenn ich meiner Schwester sagen würde, dass sie in die Küche gehört, würde sie mich köpfen." Er grinste JJ an. „Sie ist Schweißerin in Juneau." Kein Wunder, dass er gegenüber einem weiblichen Officer so tolerant war. „Gut zu wissen."

„Was steht als Nächstes auf dem Plan?"

JJ holte den nächsten Zettel heraus und las die Adresse. „Wir suchen Mrs. Hudson, die eines der Schulkinder hätte abholen sollen, aber nicht erschienen ist. Das Mädchen sagt, dass Mr. Hudson heute Morgen nach Soldotna wollte, und ihre Großmutter allein ist."

JJ schnaubte, als sie weiterlas. „Das Kind sagt zudem, dass sich Mr. Hudson nach dem letzten Beben eindecken wollte – für den Fall eines größeren Bebens. Als Reaktion hat Regina ein Gesicht mit rollenden Augen gezeichnet."

Knox lachte. „Typisch Regina."

Als sie vor der Tür eines Modulhauses anhielten, sah JJ ein Auto, das unter dem Carport geparkt war. Also war die Frau wahrscheinlich zuhause.

Das Anwesen wurde instandgehalten. Keine alten Fahrzeuge oder rostenden Fässer im Hof. Blattlose Büsche säumten die Vorderseite in einer fein säuberlichen Reihe. Hinter dem Haus befand sich ein mit Planen überzogenes Gewächshaus.

Auf der Veranda befolgte sie die übliche Vorgehensweise. Keine Antwort auf ihr Klopfen und Rufen.

Wieder einmal war die Tür nicht verschlossen. Menschen auf dem Land schienen nicht viel davon zu halten, abzuschließen. Vorsichtig öffnete sie die Tür und rief: „Polizei! Ich möchte nur sehen, ob es Ihnen gut geht."

„Hier." Die Antwort war nur ein Flüstern.

JJ ging in die Küche. Eine ältere Frau lag auf dem Boden, Gesicht schmerzverzerrt.

„Ma'am." JJ kniete sich neben sie. „Wo sind Sie verletzt?"

„Hüfte." Ihr Kopf drehte sich langsam zu JJ.

JJ ließ den Blick über sie schweifen – und zuckte zusammen. Das rechte Bein der Frau sah unnatürlich kurz aus.

„Gebrochen?", fragte Knox.

„Ja. Sie braucht einen Lufttransport. Während ich bei ihr bleibe, kannst du in der Zentrale anrufen und dann einen Landeplatz für den Hubschrauber markieren?" Sie gab ihm ihr Funkgerät.

„Geht klar." Knox trat nach draußen.

JJ bewertete, ob es andere Probleme gab. Es schien nur die Hüfte zu sein. Als sie fertig war, öffnete die Frau wieder die Augen. „Meine Enkelin. Ich sollte sie abholen."

„Alle Kinder befinden sich in der Polizeistation. Dort sind sie erstmal sicher." JJ schnappte sich eine Decke aus dem Wohnzimmer, drapierte sie über der Frau und setzte sich neben sie. Um ihr Gesellschaft zu leisten.

Die Frau sah sie etwas verwirrt an, bevor sie JJs Polizeimarke bemerkte und die Stirn runzelte. „Polizistin. Meine Tochter hat mir von *dir* erzählt."

Was hatte sie ... erzählt? Oh. Natürlich. Den Klatsch.

Als sich Mrs. Hudsons Augen wieder schlossen, erhob sich JJ. Gerade fühlte sie sich einfach ... schmutzig und unerwünscht.

„Der Hubschrauber ist hier." Knox stand in der Tür, und wie es schien, hatte er alles gehört. Seine Augenbrauen zogen sich zusammen, als er mit gerunzelter Stirn von JJ zu der älteren Frau sah. „Klatsch und Tratsch in Kleinstädten. Verdammt, ich frage mich echt, wie diese Gerüchte über dich angefangen haben. Es ist nicht so, dass du jeden Abend in der Bar rumhängst."

JJ holte tief Luft und die Emotionen rollten durch sie. Schmerz und Wut ... und Scham. Warum schämte sie sich, wenn sie nichts getan hatte? *Okay, gib dem Mann einfach eine höfliche Erklärung.* „Da bei meiner Ankunft keine Mietunterkunft zur Verfügung stand, erlaubte mir der Chief, in der alten Hütte seines

Vaters zu wohnen. Seine Brüder leben in den angrenzenden Hütten."

„Ah. Also wird daraus geschlussfolgert, dass du all die Männer dort vögelst?" Knox schnaubte.

Sie konnte nicht sagen, was er glaubte. Immerhin hatte er gesehen, wie Caz sie in der Station geküsst hatte. Verdammt, sie war zu müde, um taktvoll zu sein. „Hör zu. Wenn es dich stört, setze ich dich an der Station ab. Ich bin nicht –"

„Ach, Frau, das ist doch Schwachsinn." Knox errötete. „Es ist mir egal, ob du das gesamte Ice Dogs-Team fickst. Du machst den Job auf jeden Fall besser als der letzte Schwachmat. Dieser Lügenbastard hätte sein Leben für niemanden aufs Spiel gesetzt."

Ihre Kinnlade klappte herunter.

„Ich werde nirgendwo hingehen." Er kreuzte seine Arme vor der Brust. „Zufälligerweise hat Regina angerufen und zwei weitere Adressen durchgegeben, die wir checken sollen. Wir haben Arbeit zu erledigen."

Ihre Augen brannten für eine Sekunde. Gott, sie war müde. Emotional. Am Ende. Also nickte sie einfach. „Verstanden. Danke, Knox."

Hawk erschien in der offenen Tür und hinkte hinein. „Knox, kannst du mit dem Sanitäter die Trage holen?"

„Jep."

Als Knox ging, sah Hawk zu JJ. „Wenn ich gewusst hätte, dass du mit allen in der Eremitage schläfst, wäre ich früher nachhause gekommen."

Sie starrte ihn an. Blinzelte.

Belustigung funkelte in seinen stahlblauen Augen, und sie könnte schwören, dass sein rechter Mundwinkel zuckte.

Sie schnaubte ein Lachen heraus und drehte sich zu der Frau, um sie für die Reise vorzubereiten.

Weit nach Mitternacht begann Caz sich zu fragen, ob er jede Person in Rescue behandelt hatte. Als er seinem letzten Patienten jedoch in den Wartebereich folgte, wartete niemand darauf, ihn zu sehen. Erleichterung überflutete ihn.

Ein paar Stunden zuvor hatte er seine Helfer nachhause geschickt. Sie hatten vor Erschöpfung getaumelt.

Nach dem Aufräumen zog Caz frische Kleidung an und schloss die Klinik ab. JJ hatte seinen Subaru auf dem Parkplatz gelassen. Sie hatte sogar den Tank gefüllt, wahrscheinlich aus einer der Notfallkanister, die Gabe zu jeder Zeit in der Station hatte. Auf dem Beifahrersitz fand er eine Liste der Vorräte, die sie verwendet hatte, damit er sie auffüllen konnte.

Organisiert und umsichtig. *Dios*, er verehrte sie.

Als Caz nachhause fuhr, kam er an heruntergefallenen Stromleitungen und umgestürzten Bäumen vorbei, die mit Kettensägen zerkleinert und von der Straße geräumt worden waren. In der Eremitage saß das Flugzeug auf der Landebahn. Hawk war zuhause – wahrscheinlich erschöpft und wund von einem verdammt langen Tag. Er würde jeden erschießen, der ihn jetzt weckte, also entschied Caz, morgen nach ihm zu sehen.

Nach dem manuellen Öffnen des Garagentors parkte Caz das Auto im Inneren. Und nahm seinen ersten wahren Atemzug seit dem Erdbeben.

Zuhause.

Leise lief er durch den Flur und öffnete die Tür zu Regans Schlafzimmer. Wahrscheinlich schlief sie. Sie hatte sich in der Klinik den Arsch abgearbeitet, bis Bull gegen neun Uhr vorbeigekommen war und sie abgeholt hatte.

Caz starrte auf das Bett. Das leere Bett. Hatte Bull Regan mit zu sich genommen? Aber die Hütte war warm – offensichtlich hatte jemand den Holzofen geheizt.

Nun, egal wie spät es auch war, er würde rüber gehen, um nach ihr zu sehen.

Und dann würde er sehen, ob er seine Polizistin dazu überreden könnte, ihn in ihrem Bett schlafen zu lassen.

Im Hauptraum seiner Hütte blieb er jedoch abrupt stehen
und lächelte.

Auf dem Teppich vor dem Holzofen waren zwei kleine Körper
unter einem Deckenhaufen zusammengerollt. Regans dunkle
Haare fächerten über ihr Kissen. Das andere Mädchen ... War das
Delaney? Sie schliefen tief und fest, und Sirius lag zwischen ihnen.
Ein friedvolles Gefühl fegte durch ihn. Sein Mädchen war in
Sicherheit.

Seine erstaunliche Tochter.

Nach dem albtraumhaften Beben, wo sie die anderen Kinder
aus dem dunklen Tunnel geführt hatte, hatte sie seine Klinikpati-
enten mit ihrem Humor und ihrem Mitgefühl völlig verzaubert.
Sie hatte sogar seinen beruhigenden Ton imitiert, und *Dios*, er war
noch nie so stolz gewesen. Sie war ein Wunder.

In Socken durchquerte er den Raum. Nachdem er die Decken
bis unter die Kinne der Mädchen gezogen hatte, streichelte er
Sirius' weiches Fell und seufzte. Jeder Knochen in seinem Körper
fühlte sich wie Blei an, als er sich nach seinem Bruder umsah. Bull
hätte die Kinder hier nicht allein gelassen.

„Caz." Das Flüstern lenkte seine Aufmerksamkeit zur Couch.

JJ setzte sich langsam auf und schob sich die Haare aus dem
Gesicht.

Jetzt – *jetzt* war seine Welt komplett.

„Hey", flüsterte sie.

„Hey", flüsterte er zurück. Er nahm ihre Hand und zog sie
sanft auf ihre Füße. „Lass uns zu Bett gehen."

Sie sah zu den Kindern. „Ich sollte nicht bleiben. Ich kann
nachhause gehen."

„*Mamita*, du gehörst in dieses Haus." Er ließ ihre Hand nicht
los, als er sie nach oben ins Schlafzimmer brachte. Anstatt das
Licht einzuschalten und die Solarbatterien aufzubrauchen,

zündete er ein paar Kerzen an. Seltsamerweise gab es nirgendwo Unordnung. „Du hast hier aufgeräumt?"

„Die Mädchen und ich haben das. Es gab nicht viel Chaos, nicht im Vergleich zu den Orten, die ich heute besucht habe. Deine Schränke sind nicht aufgeflogen, es gab keine umgestürzten Bücherregale. Der Kühlschrank hat sich keinen Millimeter bewegt. Hast du den Ort erdbebensicher gemacht?"

„Selbstverständlich." Er gluckste. „Der Sarge war ein Survivalist, erinnerst du dich? Die Eremitage ist auf alles vorbereitet, auch auf Erdbeben. Möbel, die umkippen könnten, werden angeschnallt. Alles Schwere wird unten aufbewahrt, sodass nichts auf Köpfe fallen kann. Alle unsere Fenster sind mit bruchsicherer Folie versehen. Ich sage dir, das hat uns ein Vermögen gekostet."

„Es hat jedoch funktioniert. Eines von Bulls Fenstern zerbrach, und es war erstaunlich, wie das Glas sichtlich gebrochen war, aber keine Scherbe auf dem Boden landete. Wie bei Windschutzscheiben."

„Ausgezeichnet. Ich habe heute mehr als genug Glas aus Fleisch gezogen." Einschließlich der Arme und Beine seines Mädchens. „Wie geht es dir?"

„Gut. Nur müde."

In Anbetracht all der Kratzer und Wunden und Prellungen, die er an ihr gesehen hatte, vermutete er, dass sie ein bisschen mehr fühlte als Müdigkeit. Aber sie war hier und wachte über Regan und Delaney. „Hat Bull dich gebeten, zu babysitten?"

„Nein." Sie ging zum Fenster, um nach draußen zu schauen. „Regan hörte mein Auto und rannte zu mir, um mich zu bitten, bei ihnen zu bleiben, bis du nachhause kommst."

Zufriedenheit wärmte sein Herz, als er seine Arme um seine Frau legte. „Ich weiß, wie sie sich fühlt. Ich bin auch glücklicher, wenn du hier bist."

Sie drehte sich in seinen Armen um, umarmte ihn und flüsterte die Worte, die er hören musste. „Ich liebe dich."

Eine Weile später entließ JJ einen zufriedenen Seufzer. Sie lag auf Caz, der Schweiß auf ihren Körpern schmolz sie zusammen. Sie rieb ihre Wange an seiner Brust und lauschte dem besänftigenden Schlag seines Herzens.

„Wie geht es *dir*?" Obwohl sie erschöpft war, konnte sie nicht aufhören, seine Schultern und seinen Bizeps zu streicheln. Die Art und Weise, wie sich seine samtweiche Haut über steinharte Muskeln spannte, war endlos faszinierend. „Wann immer ich zur Station zurückkehrte, warteten mehr Leute darauf, dich zu sehen."

„Es war Chaos. Niemand starb unter meiner Aufsicht, aber Hawk und der andere Pilot waren damit beschäftigt, Menschen zu den Krankenhäusern zu bringen. Ich weiß nicht, was aus ihnen geworden ist. Zwei waren so instabil, dass ich sie bei mir behielt, bis ein Hubschrauber mit ausgebildeten Sanitätern kommen konnte."

Rescue konnte sich wirklich glücklich schätzen, Caz zu haben. Aber nach dem, was sie gesehen hatte, wussten das die Leute.

„Ich weiß nicht, ob du es gehört hast" – er fuhr mit den Fingern durch ihre Haare – „Sarah bekam ein paar Stunden nach dem Beben Wehen. Es ist ein Junge."

„Oh, wow." JJ hob den Kopf. „Geht es ihr gut?"

„Beiden geht es prima. Die Hebamme kam danach vorbei, um ihre Vorräte aufzufüllen. Mmm, wahrscheinlich gegen elf."

„Jeder hatte einen langen Tag, schätze ich." Ein neues Baby. Das Wunder der Natur. Sie senkte ihren Kopf wieder auf seine Brust und liebte es, wie sich sein Arm um sie legte. „Ich frage mich, wie lange es dauern wird, bis sich die Dinge normalisieren. Dantes Laden sieht schlimm aus. Viele Sachen in den Regalen sind heruntergefallen."

„Er wird einen Erdbebenverkauf haben und so alles loswerden, was verbeult ist." Caz grummelte. „Bull wird Hilfe brauchen, um die ganzen Glasscherben im Roadhouse zu beseitigen."

„Ich bin dort vorbeigegangen. Ohne Hilfe wird es nicht gehen." Sie lachte.

„Was ist?"

„All die billigen Drinks, die neben der Bar aufbewahrt wurden, sind zerbrochen. Die teuren Flaschen hat er an die Wand gebunden."

Caz gluckste. „Er ist ein vorsichtiger Kerl."

Das waren sie alle. Und erstaunlich großzügig. „Wusstest du, dass er Essen für die Menschen gebracht hat, die im Gemeindehaus untergebracht sind?"

„*Sí*. Er kam mit Sandwiches und Limonade bei der Klinik vorbei. Und zusätzlichen Cookies, weil er gehört hatte, dass Regan bei mir aushalf." Caz streichelte JJs Rücken und schaffte es, die Schnitte und Verbände zu meiden. „Rescue wird klarkommen, obwohl es einige Zeit dauern wird, bis der Strom überall wieder geht und die Probleme mit den Propantanks gelöst wurden. Und viele Fenster müssen repariert werden."

„Ich hatte keine Ahnung, dass Erdbeben hier ein Problem darstellen."

„Um fair zu bleiben, das war in dieser Gegend das größte Erdbeben seit etwa einem Jahrhundert. Die Halbinsel liegt nicht an den großen Bruchlinien, wie die im Golf oder nördlich von Anchorage. Andererseits ist es nirgendwo in Alaska wirklich sicher."

Sie seufzte. „Eigentlich ist es nirgendwo auf der Welt wirklich sicher."

„Stimmt wohl. Deshalb sollte eine Person das Leben leben und die Liebe feiern." Er überlegte kurz. „Ich möchte, dass du hier einziehst."

„Was? Oh, mein Gott, denk an den Klatsch."

„Denk an all die Menschen, die die Sünde begangen haben, über uns Lügen zu verbreiten." Er zog sanft an ihren Haaren und seine Lippen formten sich zu einem schiefen Lächeln. „Wir sollten die Gerüchte Wirklichkeit werden lassen und ihre Seelen retten. Wenn du es genau betrachtest, ist es unsere Bürgerpflicht."

Selbst als sie über seinen halb ernsten Ton lachte, schmiegte sie sich enger an ihn.

Einziehen. Er hatte Recht. Das Leben war zu kurz – und sie beide wollten mehr Zeit miteinander verbringen. „Ja, also, wenn du dir sicher bist, dann" – Tränen brannten in ihren Augen – „würde ich gerne mit dir und Regan zusammenleben."

„Ich bin mir absolut sicher", murmelte er.

„Warte ..." Als sie sich an das erinnerte, was Hawk zuvor gesagt hatte, neigte sie den Kopf. „Wenn wir die Gerüchte wahr machen wollen, bedeutet das nicht, dass ich Sex mit deinen Brüdern haben muss?"

Mit jeweils einer schwieligen Hand auf ihren Wangen und den dunklen Augen unerbittlich auf sie gerichtet, sagte er: „Auf keinen Fall."

„Oh, na ja, verdammt." Sie kicherte – und der zwiebelnde Klaps auf ihrem Hintern sorgte nur dafür, dass sie noch härter lachte.

KAPITEL DREIUNDDREISSIG

W*ir kommen mit dem Kopf voraus in diese Welt und gehen mit
den Füßen voran; alles ist eine Frage des Gleichgewichts.* - Paul
Boese

„Popcorn-Horter", murmelte Regan und schob Nikos Hand breit
grinsend aus der Schüssel. Auf ihrer anderen Seite kicherte
Delaney.

„Ruhig, das ist der beste Teil", flüsterte Niko, während er
Sirius streichelte, der halb über seinen und halb über Regans
Schoß ausgestreckt lag. „Ich liebe diesen Film, und du hast den
besten Fernseher dafür."

JJ und Audrey saßen weiter unten auf dem Sofa und grinsten.

Da Mom keine Science-Fiction- oder Fantasy-Sachen gemocht
hatte, kannte Regan die *Star Wars*-Filme nicht. Als JJ das herausfand, sagte sie zu Papá, dass es Zeit für einen Marathon wäre. Nur
würde in ihrem Fall der Marathon mehrere Tage andauern, da
Papá nicht erlaubte, dass Regan mehr als eine Show oder einen
Film pro Tag sah.

Noch besser: Papá und die Onkel hatten Regan erlaubt, ihre

besten Freunde einzuladen. Papá musste sie abholen und wieder nachhause fahren, da die Jungs – vor allem Onkel Hawk – seltsam waren, wenn es darum ging, dass jemand zur Eremitage fuhr. Aber sie hatte ihre Freunde hier – das Resultat zählte.

Auf dem Fernsehbildschirm feuerte Han Solo seinen Blaster ab, und der Kopf des Kopfgeldjägers schlug auf den Tisch.

Regan schnappte nach Luft. „Friggers, er hat ihn krass erwischt."

„Siehst du?", sagte JJ triumphierend und stieß ihre Schulter gegen Audreys. „Han hat zuerst geschossen."

Audrey runzelte die Stirn. „Hat er nicht. Han ist ein guter Kerl."

Regan hörte Papá glucksen. Er und die Onkel saßen an der Kücheninsel und kümmerten sich um irgendwelchen Papierkram. Jedenfalls war das der Plan gewesen. Sie drehte sich um.

Papá zwinkerte ihr zu. „Han hat zuerst geschossen."

„Ja, total." Grinsend schnappte sich Regan eine weitere Handvoll Popcorn.

„Oh, verdammt", sagte Audrey ein paar Minuten später. „Ich muss den Brotteig abschlagen und ihn erneut aufgehen lassen."

„Kein Problem." JJ nahm die Fernbedienung und stoppte den Film. „Pause."

„Nein!", stöhnte Niko.

Regan stieß einen lauten Seufzer aus, der die Delaney zum Kichern brachte.

JJ lachte nur. „Wir schauen weiter, wenn Audrey zurückkommt."

„Is' okay." Niko grinste. „Ich arbeite so lange an dem Popcorn."

Deshalb mochte sie Niko. Nicht viel störte ihn. In dem Punkt war er Onkel Bull sehr ähnlich.

Als JJ aufstand, hob Delaney ihre Hand, als wäre sie noch in der Schule. „Miss – ich meine Officer JJ?"

JJ blieb stehen.

„Ähm, Grams ist gestern nachhause gekommen. Ich schätze, die Leute haben mit ihr über ... ähm, Dinge gesprochen, und sie ist wirklich sauer auf Mom und wollte, dass ich dir etwas ausrichte." Delaneys Wangen färbten sich rosa. „Und Mom hat mir eine Notiz für dich mitgegeben." JJ setzte ihr Cop-Gesicht auf – kalt und hart – und Delaney rutschte augenblicklich näher zu Regan. Delaneys Mutter war Giselle, die Frau, die böse Sachen über JJ rumerzählt hatte. Würde JJ jetzt etwas Gemeines zu Delaney sagen?

Regan legte ihren Arm um Delaney. Sollte sie etwas sagen?

Aber dann lächelte JJ und setzte sich auf den Couchtisch, sodass sie nicht länger groß und einschüchternd wirkte. „Tut mir leid, du hast mich überrascht."

Sie nahm den Zettel, den Delaney hielt, las ihn, und ihr Gesicht verlor auch die restliche Härte. „Ich glaube, deine Mutter wusste bis vor kurzem nicht, wie sehr sie dich liebt. Jetzt tut sie das – und sie möchte, dass ich ihr beibringe, wie man dein Haar wie das von Regan flechtet."

Delaney hatte Regan erzählt, ihre Mutter sei jetzt ganz lieb. Regan grinste. „Vielleicht kann JJ uns die gleichen Zöpfe flechten?"

Aufgeregt hüpfte Delaney auf der Couch auf und ab. „Ja!"

JJ lachte ein wenig, dann stoppte sie und sagte in einem ernsten Ton: „Was wollte deine Großmutter mir sagen?"

„Sie hat mich die Worte ein paar Mal sagen lassen, damit ich die Nachricht nicht vermassle." Delaney setzte sich aufrecht hin. „Grams sagte: Bitte sag der Polizistin, dass ich mich für meine gedankenlosen Worte entschuldige. Ich denke, wir alle in Rescue können uns sehr glücklich schätzen, sie zu haben."

JJ wandte den Blick ab und blinzelte mehrmals nacheinander. Dann sagte sie sanft: „Ich bin mir nicht sicher, ob ich mich an deine Großmutter erinnere."

„Sie ist Mrs. Hudson", bot Regan an.

„Ah, die Frau mit der gebrochenen Hüfte. Geht es ihr gut, Delaney?"

Delaney nickte. „Ja. Sie war im Krankenhaus und dann in der Reha, um wieder laufen zu lernen. Sie muss für eine Weile eine Gehilfe benutzen."

„Ich bin froh, dass es ihr besser geht. Bitte sag ihr Danke, und dass alles vergeben und vergessen ist." JJ grinste und rümpfte die Nase. „Muss ich dich die Worte mehrere Male sagen lassen?"

Delaneys Kichern sorgte dafür, dass alle lachen mussten.

„Also, Niko, wie ist die Schule an dem neuen Standort?", fragte JJ.

Nach fast zwei Wochen schulfrei waren sie gestern das erste Mal wieder in der Schule, bestehend aus zwei Gebäuden, die vor langer Zeit Bed & Breakfasts gewesen waren. Onkel Bull hatte den Verantwortlichen gesagt, dass sie die Häuser nutzen konnten, bis sie die Container repariert oder etwas Besseres gefunden hatten. Das alte Gelände jedoch war nicht mehr zu gebrauchen.

Viele der Kinder trauten sich nicht mal, die Straße zu dem Gebiet zu betreten.

„Es ist irgendwie seltsam. Alle Mittelschüler sind in einem Haus und wir im anderen. Aber ich mag es", sagte Niko. „Mrs. Wilner meint, dass es ähnlich zu dem ist, Kleidung anzuprobieren. Wir testen es, sodass sie wissen, was sie über die Winterferien ändern oder reparieren müssen."

„Ja, das ist klug." JJ neigte den Kopf. „Gab es weitere Probleme mit den Mobbern?"

Regan schüttelte den Kopf. „Brayden war nicht in der Schule."

„Er kommt nicht zurück." Delaneys Mundwinkel neigten sich nach oben. „Das Erdbeben hat seine Mutter sehr verängstigt. Und Brayden wollte nicht wieder in die Schule kommen, weil ..."

Weil er bewiesen hatte, was für ein Weichei er war. Genau was Papá über Mobber vorhergesagt hatte. Regan sagte laut: „Weil ihm das Erdbeben auch Angst gemacht hat."

Delaney lächelte. „Sie ziehen zurück nach Indiana."

Regan grinste. „Gut."

„Was ist mit Shelby?", fragte JJ.

„Ich denke, mit ihr kommen wir klar." Niko rieb Sirius' Ohren und das Schnurren wurde lauter. „Sie war immer gemeiner, wenn Brayden in der Nähe war."

„Okay, gut." JJ tätschelte Regans Knie und stand auf. „Was haltet ihr von Nachos zum Mittagessen?"

Regan lachte, als ihre Freunde jubelten.

Als JJ in die Küche ging, fühlte sich Regan, als hätte sie kleine glückliche Blasen in ihrer Brust. Denn JJ war eingezogen, und Niko sagte, das bedeute, dass sie und Papá heiraten würden.

Und das bedeutete, dass JJ eine Mamá sein würde. *Meine Mamá.*

Caz saß in der Küche und er schaute auf, als die Kinder über die Wahl der Mahlzeit jubelten. Das klang wirklich nett.

Auf der anderen Seite der Insel grinste Gabe. „Schön, Kinder hier zu haben."

„Ja, das ist es." Bull stellte vor Caz und Gabe Bierflaschen ab.

Caz las durch die Gewinn- und Verlustrechnung, die Bull mitgebracht hatte. Das Unternehmen hatte jetzt einen Namen – Sarge's Investment Group. Hawk verkürzte den Namen zu SIG ... was auch als Spitzname für Sig Sauer Firearms diente. Dem Unternehmen ging es ganz gut. Da Mako Immobilien für sehr wenig Geld erstanden hatte, war SIG in der Lage, neuen Rescue-Unternehmen Anreize zu bieten und trotzdem einen Gewinn zu erzielen. „Sieht gut aus, 'mano."

Gabe tippte mit einem Finger auf das Dokument. „Was ist der nächste Schritt für die Stadt? Werden wir weiterhin auf Wachstum drängen? Ich bin dafür, obwohl die Patriotischen Zeloten etwas dagegen haben könnten."

„Geben wir einen Scheiß darauf, was sie denken?", knurrte Hawk.

„Die Zeloten sind ein Problem, und mit mehr als ihrer Abneigung gegen das Wachstum der Stadt." Caz runzelte die Stirn. „Die Frauen und Kinder, die in die Klinik kommen, hatten alle eine abnormale Anzahl von Prellungen in verschiedenen Stadien der Heilung."

Gabes Blick traf auf seinen. „Wie ich dich kenne, hast du sie sicherlich darauf angesprochen."

„*Sí.* Selbst wenn sie allein sind, keiner der Patienten" – Opfer – „spricht mit mir." Das frustrierte ihn über alle Maßen.

„Wir müssen etwas gegen sie tun, Gabe", sagte Bull.

„Das werden wir. Und zwar bald." Gabe presste die Lippen zusammen. „Ich habe den Eindruck, dass Parrishs Stern schwindet und Nabera auf dem Vormarsch ist. Das Problem ist, dass Nabera die Grenze zu Fanatiker schon lange übertreten hat und geradewegs auf den Wahnsinn zusteuert."

„Großartig. Und hier dachte ich, ich würde mich langweilen." Hawks Augen funkelten vor zynischer Belustigung.

Bull drehte sich zu ihm. „Heißt das, du planst, bei uns zu bleiben, Bruder?"

„Ich schätze. Wer weiß, vielleicht braucht ihr einen Scharfschützen."

„Was ist ein Scharfschütze?" Regan stellte ihr Glas auf die Kücheninsel und ihre unschuldigen braunen Augen brachten sie alle zum Schweigen.

Hawk sah tatsächlich besorgt aus.

„Äh ... Ein Scharfschütze ist jemand, der mit einem Gewehr fast so gut schießt, wie ich ein Messer werfe." Caz grinste, als Hawks Ausdruck von erleichtert zu beleidigt wechselte. „Was ist aus *Star Wars* geworden?"

„Audrey musste etwas mit Brot machen, also gibt es gerade eine Pause, bis sie zurückkommt." Regan kletterte neben Gabe auf einen Hocker. „Wann wirst du mir beibringen, Messer zu werfen, Papá?"

Messer werfen? Sein *Baby*? „Du bist zu jung."

Gleich neben ihm vernahm er ein heiseres Lachen, und JJ lehnte sich an ihn. „Wann genau hast du angefangen, mit Messern zu spielen, Cazador?"

Seine Brüder glucksten – *pinche pendejos* –, denn er hatte jemanden erstochen, als er das erste Mal auf der Straße gelebt hatte. Mit sieben.

„Es scheint, als hättest du dich an dem Tag in das Werfen von Messern verliebt, an dem Grayson dir deine aus der Hand genommen und sie in die Rinde eines Baumes geworfen hat", sagte Bull. „Das war das erste Mal, dass wir ihn getroffen haben, oder?"

Gabes Lippen formten sich zu einem Lächeln. „Er hat unsere Schlägerei unterbrochen und dich schneller entwaffnet, als ich es für möglich gehalten hätte."

„*Sí*. Das war das erste Mal, dass ich sah, wie jemand ein Messer wirft. Es war ..." Es hatte etwas hypnotisierend Schönes an sich, wie die Klinge durch die Luft flog und sich immer wieder drehte. Er hatte den dumpfen Schlag gehört, als sich die Spitze in den Baum bohrte und dort für eine Weile bebte. So tödlich. „Es war prächtig."

„Wer ist Grayson?" Regan legte ihre Unterarme auf die Insel. Sein neugieriges Kind. Nicht länger schwieg sie oder hatte Angst, Fragen zu stellen.

„Zachary Grayson, ein Freund von Mako. Als wir Kinder waren, besuchte er uns, um nach uns zu sehen", antwortete Bull.

Der Psychologe hatte regelmäßige Reisen von Florida aus unternommen und sie besucht. Um ihnen die Behandlung zu geben, die sie zu der Zeit bitternötig hatten. Er hatte ihnen später erzählt, dass er sich Sorgen gemacht hatte, dass ein paranoider Survivalist vier Straßenkinder großzog.

Caz grinste. „Am nächsten Tag sah Grayson, wie ich versuchte, so zu werfen, wie er es getan hatte, aber meine Messer prallten einfach von den Bäumen ab. Er hob eins auf und zeigte mir, dass ein Wurfmesser ausbalanciert werden musste und ... sprach dann darüber, wie auch das Leben eines Mannes im Gleichgewicht sein muss. Das ist das A und O, wenn ich erreichen will, was ich mir vornehme."

Regan runzelte die Stirn. „Gleichgewicht?"

„Ja, *Mija*." Caz zog JJ näher. „Als Junge musste ich lernen, dass sich Wut und Besonnenheit die Waage hielten." Er zwinkerte seiner Tochter zu. „Du weißt, was ich meine, *sí?*"

Sie grinste.

„Später sprach er mit mir darüber, Leben zu nehmen und Leben zu retten, ins Gleichgewicht zu bringen."

„Später?" Gabes Augen verengten sich. „Ein Jahrzehnt später meinst du? Es war Grayson, der dich dazu überredet hat, wieder zu deiner Berufung als Mediziner zurückzukehren?"

Und das Leben als Auftragsmörder hinter mir zu lassen. „Jep. Mako hat ihn auf mich gehetzt."

Bull schnaubte ein Lachen heraus. „Klingt nach dem Sarge."

Der Plan des Sarge ging auf ... wie so oft.

Caz lächelte seine Tochter an. Wie der Sarge würde auch er sich geehrt fühlen, die Fähigkeiten, die er gelernt hatte, an sein Kind weiterzugeben. „Wenn du verstehst, wann du kämpfen und wann du nicht kämpfen solltest, werde ich dir etwas über Messer beibringen."

Regan nickte ihm mit strahlenden Augen zu.

Er sah zu JJ. „Willst du es auch lernen, *mi corazón?*"

„Messer? Wirklich? Auf keinen Fall." Sie zog die Augenbrauen hoch. „Ich stimme Han zu. *‚Antiquierte Waffen und Religionen können es nicht mit einem Blaster aufnehmen.'* Danke, aber ich bleibe bei meiner Pistole."

„Meine Rede." Hawk entließ ein rostig klingendes Lachen, als er JJ zustimmte. „Die solltest du länger behalten als nur eine Nacht, Bruder."

„Das ist der Plan, *'mano*. Ich werde sie für alle Nächte behalten." Caz lächelte, als JJs lachende Augen auf seine trafen.

Er zog seine Liebste näher an sich, küsste sie einmal, ein zweites Mal, und flüsterte: „Für immer."

LESEPROBE

Söhne des Survivalist, Buch 3

Bevor Frankie mit dem Mittagessen beginnen konnte, kamen zwei Models zu ihr, die Ratschläge im Umgang mit einem grapschenden Agenten brauchten. Dann wurde ein männliches Model in ihr Büro geschickt, mit dem sie über sein Temperament sprechen sollte, was Probleme mit ... oh, fast jedem verursachte. Nach dem Gespräch gab sie ihm eine Karte für einen Therapeuten, der verstand, wie stressig der Beruf eines Models sein konnte.

Er verzog das Gesicht zu einer Grimasse. „Das wird meinen Ruf ruinieren."

„Hey, wir sind in New York." Frankie deutete auf die Wolkenkratzer vor dem Fenster – immer noch ein großartiger Anblick für jemanden aus Nebraska. „Hier ist jeder in Therapie."

Seine Lippen krümmten sich und er grinste widerwillig. „Na gut, okay. Danke, Francesca."

„Sicher doch."

Bevor sie einen Bissen nehmen konnte, kam ein neues Model herein, eine Achtzehnjährige, die Probleme hatte, sich einzuleben. So jung.

Frankie gab ihre üblichen Ratschläge – Freunde außerhalb der

Branche zu finden und Hobbys zu pflegen. Wenn die einzige Form der Bestätigung einer Person aus ihrer Karriere stammte, dann konnte jede Komplikation in der Arbeitswelt verheerend sein. Jemand mit einer Vielzahl von Interessen konnte einen gemeinen Kommentar über sein Aussehen abschütteln, indem er sich sagte: *Ja, vielleicht habe ich das vermasselt, aber ich bin ein guter Koch und großartig mit Menschen und kann jeden bei Monopoly schlagen.*

Nachdem das Mädchen sich eingelebt und wieder klar denken konnte, würde Frankie die Pläne umschreiben und ein älteres Model bitten, als Mentor aufzutreten.

Das Büro war erneut leer und sie warf einen Blick auf ihren Burger. Kalt. *Eklig.*

Na gut. Ruiniertes Mittagessen oder nicht, sie genoss es, die Leute glücklich zu machen und dafür zu sorgen, dass alles reibungslos lief. Darin war sie gut.

Das brauchte ihre Familie von ihr.

„Baby, du bist das Süßeste, was ich heute gesehen habe." Die geschmeidige Stimme aus dem Flur war ihr nur allzu bekannt – ebenso wie der Spruch. Ihr Ex-Mann versuchte, eine andere Frau hinters Licht zu führen, um an die Spitze zu gelangen.

Kichern, Gemurmel.

Ihr war nach kotzen zumute, und sie überlegte, ihre Tür zuzumachen. Der Versuch, Jaxsons neuestes Ziel zu warnen, würde nicht funktionieren – Frankie würde einfach als rachsüchtige Ex abgestempelt werden. Wenn er keinen wasserdichten Vertrag mit Bocelli hätte, würde sie Mama bitten, ihm die Tür zu zeigen. Also, ja, vielleicht war sie ein bisschen rachsüchtig.

Jaxson blieb in der Tür stehen und warf ihr ein herablassendes Lächeln zu. Er wusste, dass er umwerfend gut aussah und jede Frau auf der Welt haben konnte.

Außer sie. Jedenfalls nicht mehr.

Heutzutage sorgten diese ach so perfekten Männer nur noch dafür, dass sich ihre Gefühle auf Eis legten.

„Brauchst du etwas, Jaxson?"

„Liebe, Francesca, ich brauche Liebe." Seine Stimme war laut genug, sodass auch seine neuste Eroberung ihn hören konnte.

Frankie schnaubte. „Ich denke, du verwechselst Anhimmelei mit Liebe. Kaufe ein Wörterbuch."

Er runzelte die Stirn und entdeckte dann ihr Mittagessen.

„Erbärmlich. Weißt du, wenn du auf Diät gehen und dich ein wenig rausputzen würdest, bekommst vielleicht auch du ein bisschen Liebe ab – oder sogar Anhimmelei. Versuch's doch mal."

„Oh?", gurrte sie mit atemloser Stimme. „Denkst du wirklich?"

Bevor er antworten konnte, warf sie ihm ein dünnes Lächeln zu und lenkte ihre Aufmerksamkeit auf den Behälter mit der Post. „Ich werde deinen Rat in Betracht ziehen."

Mit einem Murren, das nach einer Beleidigung geklungen hatte, verschwand er.

Sie schüttelte den Kopf. *Nicht dein bester Moment, Frankie.* Normalerweise ließ sie sich von seinen Verunglimpfungen oder der Besessenheit ihrer Familie, wenn es ums Aussehen ging, nicht unterkriegen.

Nein, sie entsprach nicht den Modelstandards, aber sie wollte auch kein Model sein. *Ich bin gesund, hübsch, habe einen kurvenreichen Körper, wunderschöne Haare und Augen und noch besser, eine wunderbare Persönlichkeit.*

Genauso ist es. Und jetzt denk nicht mehr darüber nach.

Verärgert über sich selbst warf sie den kalten Burger und die Pommes in den Müll und wandte sich wieder an ihre Post.

Bekanntmachungen. Büromaterial. Zeitplanänderungen. Normalerweise gingen Bewerbungen und Lebensläufe an Mama, aber derzeit erhielt Frankie einfach alles. Wenn sie jemals Urlaub machen wollte, brauchte sie einen Assistenten, der ihren Platz einnehmen konnte. Jemanden nur für sie, den sie mit niemandem teilen musste. Erwähnte sie momentan freie Tage, bestand jeder in ihrer Familie darauf, dass sie nicht verschont werden konnte, dass sie gebraucht wurde, um die Dinge am Laufen zu halten und die Probleme der Divas zu handhaben.

Stirnrunzelnd nahm sie den letzten Brief aus dem Stapel in die Hand. Adressiert an The Bocelli Agency, zu Händen von Francesca Bocelli.

Frankie,

   ich brauche deine Hilfe.

    Ich sitze in der Falle. Obadiah schloss sich einer Miliz an – den Patriotischen Zeloten – und brachte uns auf ihr Gelände. Er lässt mich nicht gehen. Stattdessen sind wir an einen noch isolierteren Ort gezogen – Rescue, Alaska.

    Du hattest Recht, Frankie; er war ein Fehler. Er wird jeden Tag gemeiner und lässt die Anführer –

Der Rest des Satzes wurde ausradiert.

Wenn ich es nicht rausschaffe, kannst du bitte versuchen, Aric von hier wegzubringen? Anbei findest du Dokumente, die du vielleicht brauchen könntest.

    Ich weiß, dass dein erster Instinkt sein wird, die Polizei anzurufen, aber das darfst du nicht. Einer der Polizisten hier ist Mitglied der Patriotischen Zeloten. Rufe nicht das FBI oder jemanden dieser Art an. Tu es einfach nicht.

    Ich flehe dich an, Frankie. Hol Aric hier raus.

   Kit

Frankie erkannte, dass ihre Handflächen vor ihrer Brust zusammengepresst waren. Als ob ein Gebet alles in Ordnung bringen würde. *Kit, wo bist du da reingeraten?* Sie sah sich die erwähnten Dokumente an. Es gab ein beglaubigtes Formular, das ihr die Vormundschaft über Aric, Frankies Patensohn, gab.

Das ergab Sinn. Aric war nicht Obadiahs leiblicher Sohn; der Junge war drei, als Kit dem Wichser zum Opfer fiel.

Es gab auch eine handschriftliche Liste der Gründe, warum Frankie als Vormund ernannt worden war und warum niemand sonst, insbesondere Obadiah, die Aufsicht über das Kind erlangen sollte.

Bilder von Kit und Aric waren beigefügt. Frankie sah sich eins genauer an.

Der blonde, blauäugige Aric ähnelte seinem leiblichen Vater – einem Mann, der weniger als eine Woche in Kits Leben war. Sie kannte nicht einmal seinen Nachnamen.

Da das Bild von Aric ihn als etwa Zweijährigen zeigte, hatte Kits erster Ehemann wahrscheinlich die Fotos geschossen. Obwohl Aric nicht sein Kind und er drogenabhängig gewesen war, war er gut zu dem Jungen gewesen. Er war an einer Überdosis gestorben, bevor die Ehe sein zweites Jahr erreichen konnte.

Die arme Kit hatte kein Glück mit Männern. Noch während sie den Tod ihres Mannes betrauert hatte, kam Obadiah in ihr Leben und heiratete sie.

Frankie ging durch die Fotos und fand keine aus diesem Jahr. Der religiöse Fanatiker eines Ehepartners glaubte wahrscheinlich nicht an Kameras.

Aric würde in diesem Sommer vier Jahre alt werden. *Hol Aric hier raus.* Der kleine Junge war in Gefahr.

Oh, Kit.

Als die Worte auf den Papieren verschwammen, erkannte Frankie, dass ihre Hände zitterten. *Cazzo.* Fuck! Sie wusste nicht, was sie tun sollte, aber sie musste *etwas* tun.

In der Uni waren sie fast die ganze Zeit Mitbewohner gewesen, und auch Jahre später sah sie Kit eher als eine Schwester.

Frankie war Kits Geburtspartnerin gewesen und hatte geholfen, den kleinen Aric aufzuziehen, bis Kit das erste Mal geheiratet hatte. Als das Brautpaar nach Texas gezogen war, hatte Frankie sich die Augen ausgeheult.

Sicher, sie hatte zahlreiche Freunde, aber niemand war Kit. Egal wie viel Zeit verging, egal wie groß die Entfernung zwischen ihnen auch war – und Texas war wirklich weit weg –, sie machten immer dort weiter, wo sie aufgehört hatten.

„Amica mia, du hättest nach dem Tod deines Mannes nach New York zurückkehren sollen." Stattdessen hatte es Obadiah geschafft, Kit in die Rolle „seiner kleinen Frau" zu drängen. Die perfekte Ehefrau.

Frankie hatte den *Bastardo* bei der Hochzeit nur einmal für ein paar Sekunden getroffen. Zu dem Zeitpunkt hatte der konservative Spinner bereits entschieden, dass sie einen schlechten Einfluss auf Kit hatte. Er hatte Kit unter Druck gesetzt, bis sie aufgehört hatte, sie anzurufen, ihr zu schreiben oder sie zu besuchen.

Frankie wollte keine Probleme verursachen und hatte Kits Rückzug geehrt. Offensichtlich war das ein Fehler gewesen.

Vor Obadiah waren sie immer füreinander da gewesen. Durch verpasste Jobchancen und Feiern und Beziehungskatastrophen. Nachdem Kit umgezogen war, hatten sie Stunden am Telefon verbracht. Als Kits Ehemann starb, war Frankie nach Texas geflogen, hatte sich um Aric gekümmert und die Dinge am Laufen gehalten, sodass Kit trauern konnte.

Als Frankies Ehe zerbrach, war Kit nach New York gekommen. Nach vielem Händchenhalten, Jammern und einigen Heulsessions – denn Frankie war keine stille Leidende –, hatte Kit sie aus dem Haus und zurück ins Leben gedrängt.

Wenn auch nicht zurück in die Datingwelt.

Kit war in dem Bereich schon immer eher ein Optimist gewesen, was seltsam erschien, da sie einen lausigen Geschmack bei Männern hatte. Die dominanten Typen, in die sie sich verliebte, erwiesen sich unweigerlich als Wichser oder Kontrollfreaks oder Arschlöcher. Kits elende Kindheit hatte in ihrem Radar einen Kurzschluss hinterlassen.

Aber Obadiah? „Diesmal hast du wirklich einen richtig Schlimmen erwischt."

Frankie las den Brief noch einmal.

Alaska – ernsthaft?

Nur wusste sie, dass sie ihre beste Freundin und ihren Patensohn nicht bei einem gewalttätigen Arschloch lassen konnte. Mit etwas Glück brauchte Kit nur jemanden, der hinter den Kulissen die Fäden zog, um sie und Aric herauszuholen.

Ich bin ein Meister hinter den Kulissen.

Wenn Kit mehr als das brauchte, nun ... Frankie presste entschlossen die Lippen zusammen. Sie würde tun, was getan werden musste.

Sie drückte auf die Taste für die Gegensprechanlage und wartete, bis die Assistentin der gesamten Agentur antwortete. „Hey, Nyla. Wie würde es dir gefallen, für eine Weile meinen Platz einzunehmen?"

Ihrer Familie würde sie in dem Fall keine Wahl lassen.

.

ÜBER DEN AUTOR

Als New York- und USA Today-Bestsellerautorin ist Cherise dafür bekannt, emotionale, herzzerreißende und spannende Liebesromane mit hinreißenden Männern zu schreiben, denen sie Frauen an die Seite stellt, die ihren subtilen – und manchmal nicht so subtilen – Alphamännern gewachsen sind.

Mit den Kindern aus dem Haus lebt Cherise mit ihrem geliebten Ehemann, ihrem vierzig Kilo schweren Schoßhündchen und einer flauschigen Katze im pazifischen Nordwesten, wo nichts gemütlicher ist als ein regnerischer Tag, den sie damit verbringt, neue Bücher zu schreiben.

Rezensionen:

Ich hoffe, Dir hat das Buch gefallen! Ich würde mich freuen, wenn Du für Caz und JJ eine Rezension verfasst. Das hilft mir als Autor und auch anderen Lesern, die auf der Suche nach neuem Lesestoff sind.